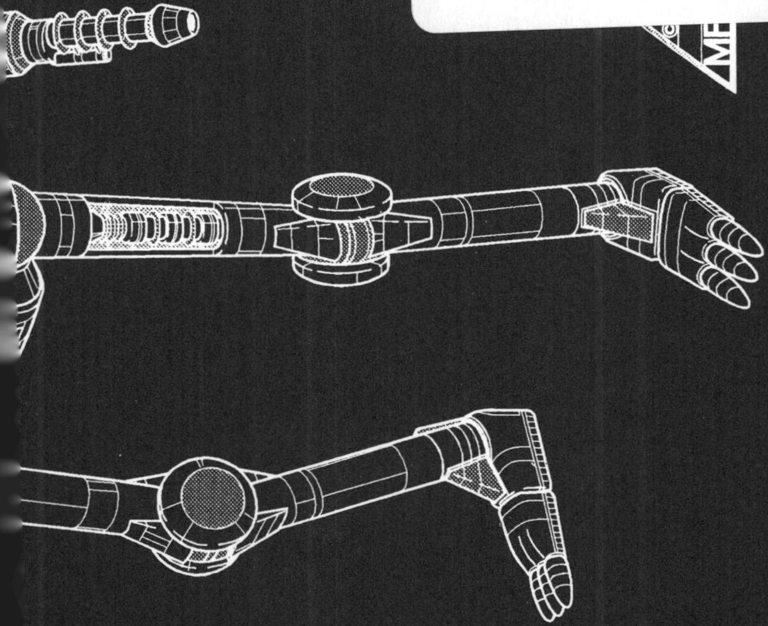

Perry Rhodan

Kampf gegen die VAZIFAR

Perry Rhodan

Kampf gegen die VAZIFAR

Pabel-Moewig Verlag GmbH, Rastatt

Die Welt von Perry Rhodan

Informationen anfordern bei:
Pabel-Moewig Verlag GmbH
PERRY RHODAN-Kommunikation
Karlsruher Straße 31
76437 Rastatt

Bitte Rückporto beifügen
www.perry-rhodan.net

www. perry-rhodan.net
Bearbeitung: Hubert Haensel
Redaktion: Elke Rohwer
Titelillustration: Johnny Bruck
Vertrieb: Edel GmbH, Hamburg
Druck und Bindung: GGP Media GmbH, Pößneck
Printed in Germany 2012
ISBN: 978-3-8118-4104-8

1.

Der letzte Hordenführer der Garbeschianer spürte, dass er sich regenerierte. Der verwirrende Einfluss war nur im Weltraum intensiv ausgeprägt, auf der Oberfläche eines Planeten erlosch er.

Amtranik war mit seinem Flaggschiff VAZIFAR auf der Welt gelandet, von der die gefangenen Terraner gekommen waren; sie nannten den Planeten Imbus.

Unwillig musterte der Hordenführer seine Vertrauten, den Vorbeißer der Laboris, Yesevi Ath, und die Kybernetikerin Usilfe Eth. Beide kauerten in ihren Sesseln und begriffen kaum, was um sie herum vorging. Ähnlich sah es auf allen Schiffen der Flotte aus. Die mit dem Hordeninstinkt der Krieger von Garbesch gezüchteten Orbiter reagierten auf die Beeinträchtigung nicht anders als die Laboris.

Es war Nacht über diesem Bereich des Planeten. Das Sternmeer des galaktischen Zentrumsbereichs überzog den Himmel mit einem Vorhang aus Licht.

Nach 1,2 Millionen Jahren war der Hordenführer geweckt worden. Die Signale hatten einen Ansturm der Horden von Garbesch auf diese Galaxis verkündet. Doch es gab keine neuen Garbeschianer, nur diesen unerklärlichen Fehler, der den Weckvorgang eingeläutet hatte.

Wütend schlug Amtranik auf Yesevi Ath ein. »Wach auf, du Schwächling!«, brüllte er.

Ein Roboter kam auf den Hordenführer zu. »Ein unbekanntes Fahrzeug nähert sich von Süden her«, meldete die Maschine.

»Sofort aufbringen!«, befahl Amtranik.

»Du verstehst von solchen Dingen nichts, Mädchen«, behauptete Valba Sringhalu. »Du bist kein Soldat. Das kann allzu leicht ins Auge gehen.«

»Nenn mich nie wieder Mädchen, oder ich zeige dir, wovon ich eine ganze Menge verstehe!« Larsa Hiob funkelte ihr Gegenüber zornig an. »Wir müssen jedenfalls alles versuchen, um Grador und seine Leute zu befreien.«

»Wer sagt dir, dass sie überhaupt noch am Leben sind?«

»Niemand. Trotzdem scheint mir Amtranik nicht der blindwütige

Barbar zu sein, für den jeder ihn hält. Das letzte Schiff seiner Flotte ist vor vier Stunden gelandet, aber bislang bleibt alles ruhig. Ich gehe einfach davon aus, dass die sechs Besatzungsmitglieder der Space-Jet am Leben sind und sich an Bord des Flaggschiffs befinden.«

Valba Sringhalu, mit ihren achtzig Jahren sehr muskulös, rückte ein großflächiges Kartenbild zurecht, das von Mikrosendern hoch über der Küstenebene angefertigt worden war. Die gelandete Flotte war in allen Einzelheiten zu erkennen, insbesondere das große, plump wirkende Raumschiff des Anführers.

»Wie willst du vorgehen?«

»Wir brauchen Informationen«, antwortete Larsa Hiob. »Ich schlage vor, wir holen sie uns auf einem der Schiffe.«

»Bist du wahnsinnig?«

Die Wissenschaftliche Leiterin der TRANTOR schüttelte den Kopf. Sie deutete auf ein Keilschiff am südlichen Rand der Formation. »Wir setzen dort an. Auf irgendeine Weise werden wir uns Zugang verschaffen können, davon bin ich überzeugt.«

Valba Sringhalu studierte die Abbildungen. »Mit kleinen Fischen gibst du dich nie ab, oder? Das ist ein Sachklärer, der zweitgrößte Schiffstyp der Orbiter, neunhundert Meter lang.«

»Warum nicht?« Larsa Hiob hob die Schultern. »Je größer das Schiff, desto sicherer fühlt sich die Besatzung. Ich brauche einen von unseren fünf Kampfrobotern, dazu vier Allzweckmaschinen.«

»Du willst allein gehen?«

Larsa nickte. »Die einzige Begleiterin, die für mich infrage käme, wärest du. Aber du wirst hier gebraucht.«

Das Keilraumschiff ragte wie ein steiler Berg in die helle Nacht. In der Umgebung war es ruhig.

Der Raumgigant stand auf mächtigen Landebeinen. Larsa Hiob setzte den Gleiter unmittelbar neben einer der Säulen auf. Ihr TARA-III-Kampfroboter schwebte davon, kam allerdings schon nach wenigen Minuten zurück. »Steuerbord, in einhundertzwanzig Metern Höhe, eine offene Schleuse«, meldete er.

Larsa Hiob brach auf. Sie ließ nur einen der Allzweckroboter als Wache im Gleiter zurück.

Niemand hinderte sie daran, die Schleuse zu betreten. Ein breiter Korridor führte ins Schiffsinnere. Larsa empfand Unbehagen. Dass sie so reibungslos vorankam, hatte sie nicht erwartet.

Nach kurzer Zeit machte der TARA die Wissenschaftlerin darauf aufmerksam, dass sich organische Wesen in der Nähe befanden. Der Roboter deutete auf ein Schott – und gab schon Sekunden danach Entwarnung. Er hatte zwar Intelligenzen festgestellt, doch schienen sie handlungsunfähig zu sein, schliefen oder waren gar bewusstlos.

Hinter dem Schott lag ein Mannschaftsquartier. Vier der acht Kojen waren belegt. Einer der Orbiter, eine Simudden-Type, stemmte sich mühsam auf den Ellenbogen hoch und blickte die Eindringlinge verständnislos an.

Was sie sah, erinnerte Larsa an die Ortungsdaten: zwölftausend Raumschiffe unterschiedlicher Größen, die sinnlos durch den Weltraum torkelten. Waren die Orbiter krank, und zeigte Amtranik sich deshalb so wenig aggressiv?

»Was ist mit dir? Warum kümmern sich die Mediker nicht um euch?«, fragte die Wissenschaftlerin.

Statt zu antworten, sank der Orbiter ächzend wieder zurück. Larsa winkte einen ihrer Roboter heran. »Nimm den Mann mit!«, befahl sie.

Die drei anderen Orbiter reagierten in keiner Weise auf das Geschehen.

Der Korridor war weiterhin leer. Larsa Hiob sah ihre Erfolgsaussichten mittlerweile besser geworden, dennoch zog sie sich schon zurück.

»Eine fremde Maschine folgt uns!«, sagte der TARA unerwartet.

Ein kegelförmiger Roboter erschien. Auf seiner Spitze saß wie ein unförmiger Schädel eine Kugel von annähernd sechzig Zentimetern Durchmesser. In die Kugel eingearbeitet war ein breites Sensorband, das große umfangreiche Aktivität erkennen ließ.

Geräuschlos schwebte der Orbiter-Roboter näher.

Der Roboter der Orbiter bewegte sich ohne Eile. Er glitt erst an dem TARA vorbei und dann an der Frau, als nähme er die Anwesenheit der Eindringlinge überhaupt nicht wahr.

Der Rundumkämpfer – Lara Hiob glaubte, diesen Namen schon gehört zu haben – nahm Kurs auf den vordersten terranischen Allzweckroboter, der die halb bewusstlose Simudden-Type transportierte. Er bildete mehrere Tentakel aus, und die äußerst biegsamen Arme umschlangen den Orbiter. Der Roboter war gekommen, um den Kranken ins Quartier zurückzubringen.

Unglaublich war, mit welcher Ignoranz der Rundumkämpfer alles übersah, was nicht unmittelbar mit seiner Aufgabe zu tun hatte. Larsa befahl ihrem Roboter, den Orbiter loszulassen.

Zeitgleich feuerte der TARA. Ein millimeterfein gebündelter Impulsstrahl traf den gegnerischen Roboter. Der Kegel sank zu Boden, schwache Entladungen umzuckten den Einschusskanal.

Larsa entschied, die Gelegenheit zu nützen. Rundumkämpfer gehörten zur Standardausstattung der Orbiterschiffe. Aber so, wie die Besatzungen zu Anhängern Amtraniks geworden waren, hatten wohl auch die Roboter eine neue Programmierung entsprechend den Zielen des Hordenführers erhalten. Zweifellos war es vorteilhaft, diese Programmierung zu kennen.

Der TARA-III transportierte den gegnerischen Roboter ab. Kurz bevor Larsa Hiobs Gruppe die Schleusenkammer erreichte, meldete sich der im Gleiter zurückgebliebene Wachtposten.

»Drei fremde Fahrzeuge nähern sich von Nordwesten.«

Larsa und ihre Roboter zogen sich in aller Eile aus dem Keilraumschiff zurück. Die Ortung des Gleiters zeigte ihr, dass die Insassen der drei Fahrzeuge offenbar nach etwas suchten. Sie flogen eines der gelandeten Schiffe nach dem anderen an.

Noch waren die Fremden mehr als zehn Kilometer entfernt, eine schnelle Flucht wäre nicht aussichtslos gewesen. Aber dann hätte Larsa Verfolger hinter sich gehabt und wäre sie womöglich nicht anders losgeworden als mit Wirkungsfeuer der TRANTOR. Das konnte sehr viel Schlimmeres zur Folge haben.

Larsa besprach sich mit dem Kampfroboter. Im Schatten des monströsen Sachklärers war der Schutz vor Fernortung gut, solange keine energieaufwendigen Aggregate aktiviert wurden. Der TARA verließ den Gleiter wieder, schon nach wenigen Sekunden verschwand er im milchigen Halbdunkel.

Minuten vergingen. Die Suchfahrzeuge waren bis auf fünf Kilometer heran. Larsas Hoffnung, sie könnten abdrehen, blieb vergeblich. In Kürze würden die Anfliegenden so nahe sein, dass sie den Gleiter auch im Ortungsschatten entdecken mussten.

Larsa sendete das Signal für den TARA-III. Im selben Sekundenbruchteil sah sie ihn in der Ortung erscheinen. Der Kampfroboter jagte unter dem Heck eines nahen Keilraumschiffs hervor und entfernte sich in Bodennähe auf Südkurs.

Beinahe sah es so aus, als hätten die Fremden in den drei Suchfahrzeugen das Manöver des Roboters nicht bemerkt. Aber dann beschleunigten sie. Inzwischen hatte der TARA seinen Kurs leicht geändert. Er würde versuchen, die Berge im Osten zu erreichen, und in einem brauchbaren Versteck sämtliche Aggregate abschalten.

Die Verfolger selbst halfen mit, dieses Vorhaben umzusetzen. Sie blieben hinter dem Roboter, statt ihm den Weg abzuschneiden. Als der Ortungsreflex des TARAS jäh erlosch, kreuzten sie ziellos weiter.

Larsa setzte den Gleiter in Bewegung. In Schleichfahrt schwebte sie dicht über dem Boden westwärts, dem Meer zu. Später wollte sie einen weiten Bogen nach Norden fliegen und sich der TRANTOR aus dieser Richtung nähern.

»Der oder die Unbekannten sind verschwunden«, meldete der Roboter. »Wahrscheinlich im Ortungsschutz eines der größeren Schiffe.«

Hordenführer Amtranik zwang sich zur Ruhe. Die Terraner waren kein zweitrangiger Gegner – das hatte er auf Arpa Chai erfahren.

»Drei Robotfahrzeuge sollen die Suche aufnehmen!«, befahl er. »Außerdem sind die Schiffe im südlichen Landebereich einzeln zu kontaktieren. Ich muss wissen, ob ungewöhnliche Beobachtungen gemacht wurden.«

Der Roboter, zur ursprünglichen Besatzung der VAZIFAR gehörend und nach dem Vorbild eines Garbeschianers geschaffen, machte sich an die Arbeit. Amtranik, der mittlerweile wieder klarer denken konnte als noch vor wenigen Stunden, fragte sich, was die Terraner vorhaben mochten. Spionage? Das ließ sich mit Mikrosonden einfacher bewerkstelligen. Eines der Orbiterschiffe angreifen? Der Horde war es jederzeit möglich, die Terraner mit einem einzigen Schlag zu vernichten.

Eher hatten die Terraner den Schluss gezogen, dass es an Bord der Hordenfahrzeuge nicht zum Besten stand. Vielleicht spekulierten sie auf eine geheimnisvolle Krankheit, der Amtranik und seine Neu-Garbeschianer zum Opfer gefallen waren. Sie wollten die Wahrheit über die unkontrollierten Schiffsbewegungen herausfinden.

»Die Schiffe am Südrand melden nichts Ungewöhnliches«, übermittelte der Roboter. »Allerdings reagiert ein Schiff überhaupt nicht.«

»Welches?«

»Einer der Sachklärer, die Flankenschutz fliegen. Vermutlich ist die Kommunikation ausgefallen.«

»Die Sucheinheiten sollen Kurs auf den Sachklärer nehmen!«

Kurz darauf brach aus dem Ortungsschatten nicht dieses, sondern eines zwei Landeplätze entfernten Schiffs ein fremdes Objekt hervor. Als der Verfolgte eine Weile später urplötzlich verschwand, war Amtranik einem Tobsuchtsanfall nahe.

Erst kurze Zeit später erhielt er die Meldung, dass ein Fahrzeug geortet wurde, offenbar dasselbe, dessen Annäherung an den Verband zuvor registriert worden war. Es entfernte sich mit Kurs aufs offene Meer.

Amtranik knirschte mit dem Zangengebiss. »Die Terraner wollen mich auf eine falsche Spur locken.«

»Es steht in deiner Macht, sie zu vernichten«, sagte der Roboter.

Der Führer der letzten Horde machte eine unwillige Geste. »Noch ist es nicht so weit.«

Der Tag war längst angebrochen, der entführte Rundumkämpfer an Bord der TRANTOR demontiert. Im Sondenbett lagen die Speicherzellen seiner Kontrolleinheit, das künstliche »Gehirn«. Hunderte positronische Sonden extrahierten Schaltvorgänge in endloser Reihe.

Larsa Hiob hatte sich ein karges Frühstück bringen lassen. Angespannt registrierte sie jedes Teilergebnis.

Mittlerweile war klar, dass der Orbiter-Roboter mit einer gänzlich neuen Programmierung versehen worden war. Seine Kapazität wurde aber nur zu einem lächerlichen Bruchteil ausgenutzt. Vermutlich die Folge eines Zeitproblems; der Hordenführer Amtranik hatte es bislang nicht geschafft, mehr daraus zu machen. Die Programmierung nach dem Prinzip der Horden von Garbesch erwies sich als so einfach, dass der größte Teil des Hauptspeichers nicht gebraucht wurde.

»Soweit ich es erkennen kann, sind Amtraniks Roboter bislang nur fähig, eine oder mehrere eng umrissene Aufgaben zu versehen«, stellte Larsa Hiob ungläubig fest. »Darüber hinaus können und verstehen sie nichts.«

»Beklage dich nicht«, hielt Sringhalu ihr entgegen. »Es kann uns nur recht sein.«

Larsa blickte auf, als der Mediker eintrat.

»Wir machen kaum Fortschritte«, sagte der Mann. »Entweder begnügen wir uns mit einer geringfügigen Beschleunigung des Dekontaminationsprozesses ...«

»Dekontamination?«, entfuhr es Larsa. »Womit ist die Simudden-Type kontaminiert?«

»Eine psychophysische Verformung ist nachweisbar. Wir kennen die Ursache nicht. Sich selbst überlassen, müsste die Verformung in längstens zwei Tagen verschwinden. Mit leichter Nachhilfe können wir das auf den halben Zeitraum drücken.«

»Zu lang.« Larsa winkte ab. »Gibt es eine Alternative?«

»Wir beseitigen die Verformung vorübergehend. Das lässt sich in einer halben Stunde erreichen. Aber das Ergebnis wird nicht von Dauer sein. Die Verformung kehrt nach gewisser Zeit zurück.«

»Nach einer Minute? Zehn Minuten?«

»Genau lässt sich das nicht sagen. Unwahrscheinlich, dass es weniger als eine Stunde dauert.«

»Gibt es ein Risiko für den Gefangenen?«

»Dazu ist keine Aussage möglich.«

Larsa schürzte die Lippen. »Verkürzen Sie!«

Der Orbiter, nach dem Vorbild des Akonen Pearl Simudden erschaffen, war schlank und groß gewachsen. Äußerlich verriet nichts, dass er unter einem fremden Einfluss stand.

»Setzen Sie sich!«, forderte Larsa den Mann auf.

»Du erteilst mir keine Befehle«, zischte er.

Valba Sringhalu war sofort zur Stelle. Sie ergriff den Orbiter am Kragen seiner Montur und zerrte ihn rückwärts, bis ihm die Kante des Sessels in die Kniekehlen stieß. In der nächsten Sekunde saß er.

»Sei gefälligst freundlich!«, fuhr Valba ihn an. »Gehörst du zur GIR-Flotte?«

Ein knappes Nicken war die ganze Antwort.

»Amtraniks Flaggschiff ist der große Kasten in der Mitte der Flotte?«

»Die VAZIFAR, ja«, bestätigte die Simudden-Type.

»Befinden sich dort die Gefangenen?«

»Ich weiß nichts von Gefangenen.«

»Hör zu, mein Freund ...« Valba brauste auf, doch Larsa unterbrach sie sofort.

»Wenn alle an demselben Schaden leiden, ist es durchaus möglich, dass er nichts davon weiß.« An den Orbiter gewandt, fuhr die Wissenschaftlerin fort: »Euch überfällt eine seltsame Krankheit, wenn ihr durch den Raum fliegt?«

»Wir sind die unüberwindliche Horde von Garbesch«, sagte das Simudden-Ebenbild. »Aber im Weltraum verwirrt ein unerklärlicher Einfluss unsere Sinne. Nur im Linearraum und in der Atmosphäre von Planeten ist es anders.«

»Wird auch Amtranik davon befallen?«

»Es sieht danach aus. Allerdings nicht in demselben Maß wie wir anderen.«

»Wer außer euch Orbitern begleitet Amtranik außerdem?«

»Laboris von Arpa Chai, späte Nachfahren der Krieger von Garbesch.«

»Wo ist euer Ziel?«

Der Orbiter antwortete erst nach einigem Zögern. »Es gibt einen uralten Geheimstützpunkt der Kämpfer von Garbesch in dieser Galaxis. Dorthin sind wir unterwegs.«

»Kennst du die Koordinaten?«

»Sie sind nur Amtranik bekannt.«

Larsa fragte nach den Vorgängen im Bereich der Anlage des Ritters Armadan von Harpoon. Mit der Zeit konnte sie sich ein Bild davon machen, wie Amtranik dort vorgegangen war. Schließlich wurden die Aussagen des Gefangenen wirrer. Ein Medoroboter brachte ihn in die Beobachtungsstation zurück.

»Mehr bringen wir nicht in Erfahrung.« Larsa Hiob seufzte. »Trotzdem haben wir eine Chance.«

Inzwischen wünschte sich Grador Shako, er hätte während der Befragung durch Amtranik nicht über die Imbus-Quarze geredet, sondern eine Lügengeschichte parat gehabt. Aber da er sich auf die Wahrheit eingelassen hatte, musste er dabei bleiben. Als er dem Hordenführer erneut gegenüberstand, hatte er sich Details zurechtgelegt, die möglichst drastisch eine Bedrohung durch die Kristalle darstellten.

Die beiden Amtranik ähnlichen Wesen, die sich schon zuvor in der Befehlszentrale aufgehalten hatten, blickten ihn diesmal forschend an. Sie wirkten verwirrt. Der Kommandant der TRANTOR verstand indes, dass sie den lähmenden Bann abschüttelten.

»Wo befindet sich das terranische Raumschiff?«, fragte der Hordenführer.

»Als ich aufbrach, im Nordwesten des Äquatorialkontinents.«

»Dort befinden wir uns ebenfalls. Ich erwarte eine genaue Angabe.«

»Dazu muss ich unseren Standort kennen«, sagte Grador.

An einer der Wände erschien ein Kartenbild. Ein roter Ring in der Küstenebene markierte den Landeplatz der GIR-Flotte.

»Du siehst im Osten sechs parallel verlaufende Täler. Mein Schiff stand am weitesten östlich. Es ist jedoch möglich, dass es inzwischen die Position gewechselt hat.«

Amtranik ging nicht darauf ein.

»Du behauptest, die Kristalle seien gefährlich?«

Grador versuchte ein wissendes Lachen, es wollte ihm nicht recht gelingen. »Diese beiden Geschöpfe neben dir sind nicht Herr ihrer Sinne«, antwortete er zögernd. »Die Ausstrahlung der Kristalle beeinflusst sie. Das gilt für die Besatzung deiner gesamten Flotte. Ich kann nur nicht sagen, über welche Entfernung der Einfluss wirksam ist.«

»Diese beiden sind die Tapfersten unter den Tapferen und beim Überfall auf Tersalling schwer verwundet worden«, entgegnete Amtranik heftig.

Grador erschrak. Tersalling war eine gemeinsame Siedlung von Terranern und Neu-Arkoniden im äußeren galaktischen Zentrumsbereich. Die Kolonisierung hatte erst vor eineinhalb Jahren mit großem Aufwand begonnen. Beide Völker versprachen sich viel von dem Projekt. Gemeinsame Siedlungsunternehmen galten als wirksames Mittel, Ressentiments abzubauen.

»Was für ein Überfall auf Tersalling?«, fragte er.

Amtranik entblößte sein mächtiges Gebiss.

»Wir wollten dort landen, wurden aber daran gehindert. Von Tersalling wird nie mehr die Rede sein.«

»Wann war das?«

»Vor wenigen Tagen. Hast du nichts davon gehört?«

»Nein«, murmelte Grador fassungslos.

Amtranik wandte sich um. »Bring den Terraner zurück in die Zelle!«, befahl er dem wartenden Roboter.

Die Maschine, deren sich Amtranik bediente, solange Yesevi Ath und Usilfe Eth nur verwirrt reagierten, gehörte zur VAZIFAR. Als Einziger verfügte der Roboter über eine kybernetische Intelligenz. Insofern widersprach er dem Konstruktionsprinzip der Garbesch-Roboter, die nur maschinelle Sklaven für die Verrichtung bestimmter Aufgaben zu sein hatten.

Amtranik selbst hatte die Programmierung vorgenommen, als er sich vor 1,2 Millionen Jahren für den Tiefschlaf rüstete. Dieser Roboter war in der Lage, den Hordenführer zu vertreten. Es war Amtraniks Sicherheitsmaßnahme für den Fall gewesen, dass er selbst nicht mehr erwachte.

»Es wird immer gefährlicher«, sagte Amtranik. »Deshalb sollst du wissen, was ich vorhabe. Mein Ziel ist der Geheimstützpunkt, den die Horden damals errichtet haben. Die Flotte muss den Stützpunkt erreichen. Die Koordinaten sind dir bekannt.«

»Ich werde das Ziel nicht aus den Augen verlieren, Herr«, erklärte die Maschine.

»Was die nähere Zukunft angeht, hängt viel davon ab, ob der Gefangene die Wahrheit sagt. Ich will, dass mehrere Roboter das uns am nächsten liegende Tal inspizieren. Der Fremde sagte bereits beim ersten Verhör aus, dass die Kristalle überall zutage treten. Die Expedition soll eine ausreichende Menge der Kristalle hierher bringen. Jede Auseinandersetzung mit den Terranern ist dabei zu vermeiden.«

»Das widerspricht unseren Prinzipien, Herr.«

»Die Roboter haben zu gehorchen! Weiter: Alle sieben Orbiter-Grundtypen sind mit der Kristallsubstanz in Kontakt zu bringen – bevor das Material an Bord der VAZIFAR gebracht wird. Zeigen sich schädliche

Auswirkungen, ist die Substanz sofort zu vernichten. Andernfalls will ich sie sehen.«

»Du misst den Kristallen große Bedeutung bei?«

»Von ihnen hängt mein weiteres Verhalten ab. Sind sie gefährlich, lassen wir die Terraner in Ruhe und warten nur, bis sich die Laboris und die Horden-Orbiter erholt haben. Sind sie ungefährlich, löschen wir die Terraner aus und verwischen unsere Spuren.«

»Sobald wir die Terraner angreifen, Herr, werden sie über Funk Hilfe rufen.«

»Das hätten sie längst getan, wenn es ihnen möglich wäre. Ich glaube nicht, dass uns von der Seite Schwierigkeiten drohen.«

Vier unbekannte Objekte näherten sich der Flotte aus südöstlicher Richtung.

Amtranik musterte die Anzeige. Schon in wenigen Augenblicken mussten die nicht identifizierten Flugobjekte die Peripherie der Flotte erreichen.

»Befehl an die Einheiten im Südostsektor!«, sagte Amtranik. »Was immer sich da nähert, ist zu vernichten!«

Zweifellos handelte es sich um Terraner. Während der Befehl übermittelt wurde, drangen sie zwischen die gelandeten Keilraumschiffe ein. Ihr Kurs war erratisch. Allem Anschein nach hatten sie kein bestimmtes Ziel. Eher suchten sie nach etwas.

Mehrere Schiffe eröffneten das Feuer mit schwachem Kaliber. Die Zielautomatiken feuerten, sobald die Schussposition Schäden an Nachbarschiffen ausschloss. Daraus ergab sich für die Terraner ein unbestreitbarer Vorteil.

»So können wir ihnen nichts anhaben!«, stellte Amtranik fest. »Sie fliegen in der Deckung der Schiffe. Die Kampfboote der VAZIFAR ausschleusen!«

Die Ortung füllte sich mit Dutzenden Reflexen. Amtranik konnte das Geschehen nicht mehr verfolgen, sein Blick verwirrte sich angesichts der Vielzahl der Eindrücke.

»Wie viele Terraner haben wir vernichtet?«, rief er bald darauf zornig.

»Keine, Herr«, antwortete der Roboter. »Die Terraner haben zwei von unseren Kampfbooten abgeschossen.«

Die VAZIFAR war größer, mächtiger und bedrohlicher als die Orbiterschiffe, zwischen denen sie gelandet war. Der monströse Kasten streckte sich über eine Länge von 2400 Metern und war beachtliche 800 Meter breit.

Im schwindenden Licht der Abenddämmerung waren die geöffneten Hangarschotten gut zu sehen, aus denen Amtraniks Kampfboote aufstiegen.

Larsa Hiob hatte Amtraniks Reaktion richtig eingeschätzt. Ohne behelligt zu werden, war sie bis zum Landeplatz der VAZIFAR vorgestoßen, während die vier TARA-III alle Aufmerksamkeit des Hordenführers auf sich zogen.

Larsa löste ihren kleinen Gleiter aus der Deckung des letzten Keilraumers. Mit geringer Geschwindigkeit, dicht über dem Boden, näherte sie sich der VAZIFAR. Der fünfte TARA war bei ihr. Im Sichtschirm markierte die Wissenschaftlerin einen der offenen Hangars.

»Keine Signale von dort«, sagte der Kampfroboter. »Der Hangar ist leer. Ich kopple mit dem Autopiloten.«

Der Gleiter stieg, von der Positronik gesteuert. Eine langsame, gleichmäßige Bewegung, die helfen sollte, Aufmerksamkeit zu vermeiden. Die galt hoffentlich dem weiter entfernten Ablenkungsmanöver. Larsa rechnete nicht damit, die vier in den Einsatz geschickten TARAS wiederzusehen.

Endlich kam die Hangaröffnung in Sicht, eine leere Halle schloss sich an. »So weit wie möglich in den Hintergrund!«, bestimmte die Wissenschaftlerin.

Der Schiffshangar bot kein brauchbares Versteck. Alles kam darauf an, wie lange die vier TARAS die Kampfboote des Flaggschiffs ablenken konnten.

Ein breiter Korridor führte ins Schiffsinnere. Die Kommandozentrale lag rund zweihundert Meter tiefer. Larsa Hiob musste also eine Vertikalverbindung aufspüren, die es ihr ermöglichte, zu den Gefangenen vorzustoßen.

Die Wissenschaftlerin lief den Korridor entlang bis zum nächsten Verteilerknoten. Erst da fiel ihr auf, dass der TARA hinter ihr gestoppt hatte.

Ein Rundumkämpfer der Orbiter schwebte aus einem der Seitengänge heran. Larsa erkannte erst in dem Moment, wie sehr sie die Bedrohung einer solchen Situation unterschätzt hatte. Doch der TARA war da schon an der Arbeit. Urplötzlich geriet die gegnerische Maschine ins Taumeln, sie drehte sich unschlüssig, näherte sich dann aber dem terranischen Kampfroboter und setzte vor ihm am Boden auf.

In der Anlage des Armadan von Harpoon hatte die VAZIFAR also umprogrammierte Roboter der Orbiter an Bord genommen. Der TARA reagierte minutenlang gar nicht, zumindest war ihm keine Reaktion anzusehen. Schließlich ruckte der Rundumkämpfer wieder an und löste sich eine Handbreit vom Boden.

»Ich erwarte neue Befehle«, meldete er.

Larsa Hiob atmete auf. »Es gibt sechs terranische Gefangene an Bord. Führe uns zu ihnen!«

Sekunden später öffnete sich im Verteilerknoten eine Vertiefung im Boden. Eine gut drei Meter durchmessende schimmernde Platte aus Panzerplast wurde sichtbar.

»Der Schacht führt in die Nähe der Befehlszentrale«, sagte der kegelförmige Roboter. »Dort sind die Gefangenen untergebracht.«

»Wie wird die Platte in Bewegung gesetzt?«

»Ich gebe den Befehl dazu«, sagte der Kegel.

Larsa trat auf die Platte, ebenso der TARA, der seinen Antigrav abgeschaltet hatte, um der Nahortung zu entgehen, und sich seiner mechanischen Fortbewegungsmöglichkeit bediente.

Die Platte sank abwärts.

Larsa beobachtete den Orbiter-Roboter permanent. Der TARA hatte ihn mit einem vom Hauptrechner der TRANTOR entwickelten Programm beeinflusst. Die Bordpositronik hatte den während der vergangenen Nacht erbeuteten Roboter analysiert und die dabei gewonnenen Erkenntnisse verwendet. Trotzdem bestand die Möglichkeit, dass das Programm der Horde einen Sicherheitsmechanismus enthielt. Komplikationen waren nach wie vor nicht auszuschließen.

Die Liftplatte stoppte vor einem breiten Korridor.

»Wo sind wir?«, fragte Larsa.

»Links von uns liegt der Kommandostand«, antwortete der Roboter. »Zur Rechten befinden sich die Quartiere der Gefangenen.«

»Gibt es Seitengänge?«

»Es gibt mehrere«, bestätigte der Kegel. »Außerdem ...«

»Annäherung von rechts!«, meldete der TARA.

Ein zweieinhalb Meter großes Geschöpf kam. Auf einem lächerlich kleinen kugelförmigen Rumpf mit zwei langen Beinen saß ein Hundeschädel.

Sekundenlang glaubte Larsa, einen Garbeschianer vor sich zu haben, dann erkannte sie, dass es sich um einen Roboter handelte.

»Niemand unternimmt etwas«, sagte sie. »Ich will mit ihm reden.«

Der Roboter blieb stehen. Es war nicht zu erkennen, ob er bewaffnet war. Die lang gezogene Schädelpartie mit dem Zangengebiss wirkte nur angedeutet. Roboter brauchten kein Gebiss.

»Sprichst du Interkosmo?«, fragte Larsa.

»Ich beherrsche die Sprache«, antwortete der Roboter mit schnarrendem Akzent.

»Wir suchen die terranischen Gefangenen. Führe uns zu ihnen.«

»Was wollt ihr von ihnen?«

Die Wissenschaftlerin reagierte überrascht. Eine solche Frage hätte ein Roboter der Garbeschianer nicht stellen dürfen. Er hatte sich gehorsam zu verhalten – oder unansprechbar, falls er einen ihm erteilten Befehl nicht verstand.

»Führe uns zu den Gefangenen!«, wiederholte sie.

Der Roboter wandte sich um. Larsa folgte ihm, die Waffe schussbereit. Hinter ihr kamen der TARA und der Rundumkämpfer.

An der Einmündung eines Seitengangs blieb die Garbesch-Maschine stehen.

»Die Gefangenen sind am Ende dieses Korridors untergebracht.«

Larsa wandte sich halb zur Seite, dem Rundumkämpfer zu. »Ist es richtig, was dieser Roboter sagt?«

»Nein«, erwiderte die beeinflusste Orbiter-Maschine. »Die Gefangenen sind ...«

»TARA – Feuer!«, befahl Larsa.

Energiestrahlen aus den Waffenarmen des TARAS zerstörten den Roboter der Garbeschianer.

Amtranik sah sich weit von seinem Ziel entfernt. Seine Roboter meldeten die Zerstörung eines einzigen terranischen Eindringlings, aber den Abschuss von acht Kampfbooten.

Ihm war die Absicht der Terraner nicht klar. Er wandte sich an seinen Spezialroboter.

»Hol mir einen der Gefangenen! Nicht den Fetten mit den roten Haaren, sondern den, der mit ihm in derselben Zelle steckt.«

Der Roboter hatte die Zentrale noch nicht lange verlassen, da war das Dröhnen einer schweren Explosion zu hören. Amtranik ahnte in dem Moment, dass er den Gegner weit unterschätzt hatte.

Die Druckwelle des explodierenden Roboters hatte Larsa Hiob von den Beinen gerissen. Taumelnd richtete sie sich wieder auf.

Blut rann über ihr Gesicht, doch es stammte nur von einer Risswunde an der linken Wange. Ansonsten war sie unverletzt geblieben.

Larsa lief schon weiter. Vor ihr endete der Korridor. Es gab je drei Schotten zur Rechten und zur Linken und eines in der Stirnwand.

Sie fand den ersten Öffnungsmechanismus und schlug mit der Hand darauf. Die Explosion konnte keinesfalls unbemerkt geblieben sein. Wie viele Sekunden blieben ihr noch, bis Amtranik über sie herfiel?

Das Schott glitt auf. Der Raum dahinter war leer und finster. Weiter, der nächste Raum.

Der zweite Versuch bescherte Larsa den ersehnten Erfolg. Zwei Männer der TRANTOR blickten ihr ungläubig entgegen. Sie deutete in Richtung des Rundumkämpfers. »Dort ist der Ausgang. Beeilt euch!«

Hinter ihr ein verwirrter Ausruf: »Larsa!«

Jemand umschlang sie mit kräftigen Armen. »Larsa! Ich wusste, dass du kommen würdest. Du weißt nicht, wie es war. Eng und finster und ...«

»Spar dir die Luft für später!« Larsa Hiob entwand sich der Umarmung. Sie gab Grador einen Stoß, der ihn in Richtung des Kegelroboters torkeln ließ. Mit einem raschen Blick stellte sie fest, dass der TARA inzwischen die übrigen Gefangenen befreit hatte.

Der Schacht lag linker Hand. Der Rundumkämpfer schwebte plötzlich in die entgegengesetzte Richtung davon.

»Was, zum Teufel ...?« Larsa erkannte, dass in der Richtung die Hauptzentrale lag.

Ein wilder Aufschrei hallte durch den Korridor. Der Anführer der letzten Horde stürmte aus dem Halbdunkel heran.

Larsa Hiob hatte das erschreckende Gefühl, an dem Geschehen nicht beteiligt zu sein, sondern nur Zuschauerin. Sie sah den Rundumkämpfer an dem Hordenführer vorbeigleiten.

Amtranik beachtete den Roboter nicht. Warum sollte er auch, es war eine seiner Maschinen.

Die befreiten Gefangenen kamen nicht weiter, denn nur der Orbiter-Roboter wusste, wie die Liftplatte in Bewegung zu setzen war.

Amtranik hob eine Waffe. Der TARA reagierte blitzschnell darauf.

»Nicht töten!«, schrie Larsa. Sie meinte ihren Kampfroboter, dessen Waffenarme sich auf den Hordenführer richteten.

Der Garbeschianer wandte sich dem TARA zu. Zugleich erklang ein helles Summen im Hintergrund des Korridors. Amtraniks wütende Stimme wurde zum Röcheln. Er riss die Arme hoch, seine Waffe flog in hohem Bogen davon. Zuckend stürzte der Hordenführer zu Boden.

Der Rundumkämpfer kam wieder heran. Sein Waffenarm mit der erlöschenden Projektormündung verschwand unter der metallenen Hülle.

»Gut gemacht«, lobte Larsa ihren TARA.

Amtranik lag auf dem Rücken. Ihm war anzusehen, dass er gegen die lähmende Wirkung des Paralysetreffers ankämpfte.

»Ich bin sicher, du kannst mich hören, Amtranik«, sagte die Wissenschaftlerin. »Die Zeit der Horden von Garbesch ist vorüber. Wenn du mit deinen Leuten überleben willst, musst du auf den Kampf verzichten. Es ist dafür gesorgt, dass eure Horden niemals mehr Entsetzen und Verzweiflung über unsere Galaxis bringen können. Ein mächtiger Einfluss lähmt eure Sinne und verdammt euch zur Hilflosigkeit.«

Amtraniks Zuckungen erlahmten langsam.

Larsa trat zu den Befreiten auf die Antigravplatte, die gleich darauf in die Höhe schwebte.

2.

Es war der 7. November 3587. Julian Tifflors Blick schweifte aus dem Panoramafenster über die Skyline von Terrania City hinweg.

»Gibt es eine Alternative, Homer?«, fragte er. »Eigentlich ist unsere Aufgabe unlösbar, denn niemand hat die Möglichkeit, die gesamte Milchstraße zu evakuieren. Wir können nur statistisch ermitteln, welche Sektoren für die Weltraumbeben anfällig sind und welche weniger. Dementsprechend müssen wir die Bevölkerungen umsiedeln.«

»Es wird so oder so Verluste geben.«

»Was immer wir unternehmen, es kann nur schmerzhaft sein. Trotz der sechs Sporenschiffe und der Riesenflotte der Orbiter, die uns zur Verfügung stehen.«

Ein Hyperfunkspruch für den Ersten Terraner wurde gemeldet. Er kam von Martappon, der einstigen Zentralwelt des Ritters Armadan von Harpoon.

Trotz seiner zu groß geratenen Nase wirkte der Anrufer unscheinbar. Wer den Blick seiner graublauen Augen sah und ihn reden hörte, dem fiel es schwer zu glauben, dass Jen Salik die entscheidende Rolle bei der Lösung der Krise gespielt hatte. Die Orbiter akzeptierten seinen Status als Ritter und beugten sich damit seiner Autorität.

»Ich sehe Ihr sorgenvolles Gesicht«, sagte Salik. »Dabei habe ich durchweg Erfreuliches von Martappon zu melden.«

Julian Tifflor lächelte zufrieden.

»Die Anlage stellt ihre Tätigkeit ein, es werden keine Orbiter mehr erschaffen«, fuhr der Ritter der Tiefe fort. »Das Warnsystem bleibt allerdings bestehen. Ich weiß, es hat versagt und sich von den ersten Weltraumbeben verwirren lassen. Doch falls die wahren Horden von Garbesch tatsächlich wieder erscheinen ...«

»Konnten Sie mehr über die Lebenserwartung der Orbiter herausfinden?«, fragte Tifflor.

»Ich weiß, das ist Ihre große Sorge.« Für einen Moment erschienen zwei Falten auf Saliks Stirn. »In spätestens hundert Jahren wird niemand mehr ein Wort über die Milliarden von Orbitern verlieren. Sie sind nicht fortpflanzungsfähig.«

»Weshalb haben Sie ihn ausgerechnet im Labor untergebracht?« Larsa Hiob war wütend, und daraus machte sie keinen Hehl.

Der Mediker, dem die Zurechtweisung galt, wirkte unsicher. »Wir hatten eine Reihe von Untersuchungen durchzuführen«, antwortete er. »Im Labor stehen die entsprechenden Geräte.«

»Das ist ein geophysikalisches Labor«, sagte die Wissenschaftliche Leiterin heftig. »Welche Vorrichtungen gibt es ausgerechnet da, die sich für die Untersuchung eines Kranken eignen?«

»Detektoren, die auf schwache Signale im hochfrequenten Bereich des hyperenergetischen Spektrums ansprechen«, verteidigte sich der Mediziner. »Wir wollten eine Tiefensondierung seines Bewusstseins vornehmen.«

Beides war richtig. Die Detektoren eigneten sich in der Tat für die Untersuchung der geringfügigen hyperenergetischen Tätigkeit eines organischen Bewusstseins ebenso wie für die Analyse der von den Imbus-Quarzen ausgehenden Signale.

Valba Sringhalu trat ein. Die gereizte Atmosphäre konnte ihr gar nicht entgehen. Ihr Blick flog von einem zum anderen.

»Was ist los?«, wollte sie wissen.

»Unsere Leute haben den Simudden-Orbiter umgebracht«, sagte Larsa.

»Wir haben niemanden umgebracht!«, protestierte der Mediker. »Der Kerl wurde zum Berserker. Er hat einem Assistenten den Arm ausgekugelt, und einem zweiten hätte er um ein Haar den Hals umgedreht.«

»Was dann?«, fragte Valba.

»Jemand wollte ihn mit einem Schocker unschädlich machen. Der Orbiter ging wie ein Sack zu Boden. Normalerweise wäre er mit fünf Stunden Bewusstlosigkeit davongekommen.« Der Mediker zuckte mit den Schultern.

Larsa zwang sich zur Ruhe.

»Der Orbiter, eben noch völlig apathisch, wurde also spontan zum Amokläufer. Binnen welcher Zeit, würden Sie sagen?«

»Ein paar Sekunden, nicht mehr als zehn.«

»Im Labor werden die letzten Quarzproben aufbewahrt. Kam er damit in Berührung?«

»Ich kann es nicht sagen. Die Liege stand vor einem orangefarbenen Schrank, als er ...«

»Das genügt.« Larsa atmete tief durch. »Ich mache Ihnen keinen Vorwurf. Aber beim nächsten Mal verlegen Sie Untersuchungen besser in ein medizinisches Labor. Gehen Sie jetzt.«

Beklemmende Stille herrschte, bis das Türschott hinter dem Mediker zuglitt.

»Der orangefarbene Schrank enthält unsere letzten Kristallproben«, stellte Sringhalu fest.

»Richtig.« Larsa nickte. »Es ist denkbar, dass die Nähe des Kristalls beschleunigend auf den Apathieabbau wirkte. Drastisch beschleunigend sogar. Zehn Sekunden ... Falls Amtranik herausfindet, wie die Kristalle auf den Zustand seiner Hordenkämpfer wirken, wird hier in Kürze die Hölle los sein.«

Das Unternehmen »Höhle des Löwen«, wie jemand den Vorstoß zur Befreiung der Gefangenen genannt hatte, war erfolgreich abgeschlossen. Von den vier Kampfrobotern, die den Scheinangriff durchgeführt hatten, waren sogar zwei zurückgekehrt.

Grador Shako und Paar Kox erstatteten ausführlich Bericht. Auf der Basis dieser Informationen setzte Larsa Hiob einen Hyperfunkspruch auf mit allen Einzelheiten der Landung der GIR-Flotte auf Imbus und der seltsamen Verfassung der Horden-Orbiter.

»Was für einen Wert soll das haben?«, fragte Valba.

»Die galaktische Öffentlichkeit muss über die Vorgänge hier aufgeklärt werden.«

»Ich dachte, wir hauen schnellstens ab?«

»Wie weit würden wir kommen? Einige robotgesteuerte Keilschiffe wären wohl schnell hinter uns her.«

»Wartest du auf ein Wunder?«

»Ich lasse die Nachricht senden, sobald Amtranik uns angreift.«

Geringschätzig verzog Sringhalu die Mundwinkel. »Amtranik hört die Nachricht und verschwindet mit seiner Flotte schnellstens«, sagte sie. »Weil er nicht weiß, dass wir von hier aus keine Relaisstation ansprechen können.«

»Das hoffe ich jedenfalls«, bestätigte Larsa.

»Du verlässt dich darauf, dass der Bursche logisch denkt. Ich fürchte eher, dass er alle Logik in den Wind schlägt und ohne Rücksicht auf Verluste über uns herfällt.«

»Damit müssen wir rechnen«, gestand die Wissenschaftlerin zu. »Aber bleibt uns eine andere Wahl, als alle denkbaren Vorkehrungen zu treffen, das Beste zu hoffen und auf das Schlimmste gefasst zu sein?«

Die Tür glitt auf. Der sichtlich gut gelaunte Kommandant trat ein.

»Was meint ihr, wen ich euch hier bringe?«, rief Shako.

Valba gab ein schwer zu deutendes Geräusch von sich. Larsa Hiob winkte ab. Theatralisches Gehabe interessierte keine von beiden.

»Ihr werdet es nicht glauben.« Grador Shako grinste breit.

»Wenn du etwas Wichtiges zu sagen hast, heraus mit der Sprache!«, verlangte Hiob. »Andernfalls verschone uns mit solchen Störungen.«

Grador breitete die Arme zu einer spöttisch gemeinten Geste der Entschuldigung aus. »Tut mir leid, wenn ich störe. Ich dachte, es würde euch interessieren.« Er winkte durch den offenen Zugang.

»Rubin!«, entfuhr es Larsa, als sie die schlanke, zierliche Gestalt näher kommen sah.

Das mädchenhafte Gesicht mit dem zum Bubikopf geschnittenen Haar lachte sie an. »Nicht Rubin. Rubin Frekk war. Ich bin die Stimme des Kristallwesens. Njasi hat eine Botschaft für euch.«

Eine unangenehme Ahnung griff nach Larsa, als sie auf Rubin zutrat. Der Junge hatte sich geändert, sein freundliches Lächeln war das einer Statue.

»Rubin, was geht eigentlich mit dir vor?«, fragte die Wissenschaftlerin.

»Das Buch Merison scheint wahr zu werden.« Sein Blick wirkte wie eingefroren. »Die Glücksbringer folgten ihrem Ruf.«

»Sie haben eine Substanz gefunden, die der Formgebung und Einigung bedarf?«

»Nicht der Formung, die Substanz besteht aus geformten Individuen. Aber sie haben den Weg zur Einigung verfehlt. Die Glücksbringer werden ihnen helfen.«

Larsas Verstand arbeitete auf vollen Touren. Sie musste aus dem verwirrten Bewusstsein des Jungen möglichst viele Informationen herausholen. Er dachte nicht mehr wie ein Mensch, sondern stand unter dem Einfluss der Kristallintelligenz.

»Wann fand der erste Kontakt statt?«

»Vor wenigen Stunden.«

Larsa war verblüfft. »Wie kommst du so schnell hierher? Du hast kein Fahrzeug ...«

»Der Zustand der Einigung beseelt das geeinigte Wesen mit besonderen Kräften.«

»Was lässt Njasi uns mitteilen?«

»Ich habe das bereits verkündet.« Der Junge strahlte. »Das Buch Merison wird Wahrheit. Njasi strebt den nächsthöheren Zustand der Vollkommenheit an.«

Er wandte sich um und ging zur Tür.

»Bleib hier!«, rief der Kommandant. »Du wirst uns erklären, was dieser Unsinn ...«

Rubin verließ den Raum, als habe er die Aufforderung gar nicht wahrgenommen.

»Lass ihn in Ruhe!«, sagte Larsa.

Aber wenn Grador Shako zornig war, konnte niemand mit ihm reden. Er folgte dem Jungen hinaus auf den Korridor.

Ein merkwürdiges Stöhnen erklang. Sekunden später kam Shako zurück. Er war aschfahl, seine Hände zitterten.

»Rubin ist verschwunden ... einfach verschwunden«, ächzte er.

»Erklärst du uns, was das bedeutet?«, drängte Valba.

»Sofort.« Larsa Hiob wandte sich an den Kommandanten. »Lass einige Dutzend Sonden ausschleusen, Grador. Sie sollen die westlichen Täler absuchen. Ich muss wissen, ob Amtraniks Horde sich dort zu schaffen gemacht hat.«

Shako erteilte die entsprechenden Befehle über Interkom. Inzwischen betrat Kox den Raum. Fragend schaute er Larsa an.

»Wir haben von dem missionarischen Drang gehört, der das Kristallwesen erfüllt«, erklärte sie. »Seit Tagen zerbreche ich mir den Kopf darüber, wer das erste Opfer dieser Mission sein könnte. Da Njasi nicht mehr in Erscheinung getreten ist, passten wir offenbar nicht in ihr Schema von formungs- und einigungsbedürftigen Substanzen. Aber jetzt hat sie eine solche Substanz, wie sie es nennt, gefunden: Amtraniks Horde. Ihr habt Rubin gehört: Die Substanz besteht aus geformten Individuen, die jedoch den Weg zur Einigung verfehlt haben. Ich nehme an, dass der seltsame Geisteszustand aller Betroffenen eine Rolle spielt. Womöglich sieht die Kristallintelligenz darin den Faktor, der den Prozess der Einigung der Orbiter-Substanz verhindert. Wie dem auch sei, sie ist entschlossen, ihre Rolle als Glücksbringer zu spielen, wie das Buch Merison es vorschreibt. Das Objekt der Mission sind Amtranik und seine Horde.«

Erst herrschte betretenes Schweigen. Dann platzte der Kommandant heraus: »Das ist doch Quatsch! Diesen Unsinn willst du aus Rubins Geschwafel herausgehört haben?«

Larsa musste sich nicht verteidigen. Paar Kox, berufsmäßiger Friedensstifter, übernahm das für sie.

»Wir sollten das alles besser durchdenken, Grador«, mahnte er. »Mit Temperamentausbrüchen und Beleidigungen kommen wir nicht weiter.«

»Und warum verschwindet der Kerl plötzlich?«, ereiferte sich der Kommandant. »Wo kam er überhaupt her?«

»Eigentlich sollst du uns das sagen«, drängte Larsa Hiob. »Du hast ihn hierher gebracht. Wo hast du ihn gefunden?«

»Er erschien plötzlich im Kommandostand ...«

»Er kam durch das Schott?«

Grador sah die Wissenschaftliche Leiterin verblüfft an. »Ja, natürlich ... Ich meine, wo sollte er sonst hergekommen sein? Er wollte zu dir gebracht werden.«

Weil ihr anderen so in euer konventionelles Denken verstrickt seid, dass er keine Hoffnung hatte, von euch verstanden zu werden. Larsa brachte ihre Gedanken in Ordnung. Dann fuhr sie fort: »Wir müssen uns damit abfinden, dass Njasi über Kräfte verfügt, die uns fremd sind – wenn wir von Mutanten absehen. Sie befördert ihre Stimme, wie Rubin sich nennt, per Teleportation oder mithilfe eines ähnlichen Prozesses.«

»Das fehlt uns noch!« Valba Sringhalu stöhnte. »Eine psi-begabte Kristallintelligenz, die darauf versessen ist, die letzte Horde von Garbesch zu missionieren.«

»Inwiefern bedeutet das für uns eine Bedrohung?«, fragte Kox.

»Wir hatten einen Simudden-Typ festgenommen«, antwortete Hiob. »Er war so apathisch wie alle anderen auch. Als er in die Nähe unserer Kristallproben kam, verwandelte er sich in einen barbarischen Kämpfer. Sobald Amtranik von dieser Wirkung der Imbus-Quarze erfährt, versieht er jeden seiner Krieger mit einem Stück Kristallsubstanz – und wir stehen der Horde in all ihrer Wildheit gegenüber.«

Shako erhielt eine kurze Nachricht über sein Kombiarmband. Als er aufsah, wirkte er besorgt.

»Die Sonden haben im westlichen Tal Spuren gefunden. Es sieht so aus, als hätten Roboter Bruchstücke einer Kristallader abgebaut.«

Nur undeutlich entsann sich Amtranik des Überfalls an Bord seines eigenen Flaggschiffs. Er war niedergeschossen worden. Natürlich kannte er die Wirkung von Schockwaffen, aber nie hatte er sich so erbärmlich gefühlt. Er sah nichts und hörte nur verzerrte Geräusche. Allerdings umfing ihn ein vertrauter Geruch, er befand sich nach wie vor auf der VAZIFAR.

»Ich glaube, er kommt zu sich«, sagte eine Stimme in seiner Nähe.

Es waren die harten, schnarrenden Laute der Laboris. Er reagierte verwundert und fragte sich, wie lange er bewusstlos gewesen war.

»Yesevi Ath – bist du es?«

Ein knarrender Laut des Triumphs antwortete ihm.

»Amtranik ist bei Bewusstsein! Hört, ihr Krieger von Garbesch: Der Herr der letzten Horde ist zurück!«

Jubelnde Stimmen erklangen. Amtranik fühlte neue Kraft, er sah die vertrauten Umrisse der Befehlszentrale. Er ruhte auf einer breiten Liege, und vor ihm stand Yesevi Ath.

»Was ist geschehen?«, fragte er.

»Terraner sind in die VAZIFAR eingedrungen und haben die Gefangenen befreit. Aber das bedeutet nichts. In wenigen Stunden wird es auf diesem Planeten keine Terraner mehr geben.«

Der Vorbeißer der Laboris streckte eine Hand aus. Zwischen seinen Fingern lag ein Brocken kristalliner Substanz. Amtranik dachte an seinen letzten Befehl – und erschrak. Er hatte angeordnet, dass die Kristallsubstanz nicht an Bord gebracht werden dürfe, solange ihre Unschädlichkeit nicht nachgewiesen war.

»Wie kommt das Zeug hierher?«, fragte er.

»Die Roboter nahmen an, dass du ihren Fund besichtigen wolltest, deshalb brachten sie ihn hierher.«

Amtranik stemmte sich halb in die Höhe.

»Ohne vorherigen Versuch?«, stieß er hervor.

»Wir wissen nichts von einem Versuch, Herr«, sagte Ath.

»Gib mir das Stück!« Amtranik streckte die Hand aus. »Es scheint euch nicht geschadet zu haben, also probiere ich es an mir selbst aus.«

Ath gehorchte. Amtranik schloss die Finger um den Kristall. Einen Atemzug lang spürte er keine Wirkung, dann schien die Beleuchtung heller zu werden. Die Geräusche ringsum wurden deutlicher. Er roch die Körperausdünstung der Krieger, das wilde Aroma von Kampf und Unerbittlichkeit.

Der lähmende Schmerz, der ihn behindert hatte, wich schnell. Amtranik fühlte sich kräftig und ausgeruht, seine Gedanken waren klar wie schon lange nicht mehr.

Verwundert betrachtete er den glitzernden Stein, dann schob er ihn in eine Tasche seiner Montur und stand auf. Seine Krieger wichen ehrfürchtig vor ihm zurück.

»Hört mich an!«, rief der Hordenführer. »Die Dämonen von Garbesch weisen uns den Weg, dem unseligen Bann zu entkommen, der uns gefangen hielt. Bald wird diese Galaxis vor dem Ansturm der neuen Horden erzittern.«

»Das Muster ist durchbrochen«, sagte Julian Tifflor. »Nach dem statistischen Modell hätte ein neues Beben spätestens vor dreißig Stunden stattfinden sollen.«

Homer G. Adams sah den Ersten Terraner mit einem merkwürdigen Lächeln an.

»Höre ich aus deinen Worten eine Klage heraus, dass kein weiteres Weltraumbeben stattgefunden hat?«

Der Erste Terraner machte eine ungewisse Geste. »Hört sich grotesk an, nicht wahr? Trotzdem ist die Sache ernst. Wenn unser statistisches Modell zusammenbricht, haben wir keinen brauchbaren Evakuierungsplan mehr.«

»Es sei denn, wir entwickeln ein neues Modell. Das funktioniert aber nur auf der Basis einer Vielzahl von bedrohlichen Ereignissen.« Adams gab ein ärgerliches Lachen von sich. »Ein Teufelskreis, nicht wahr?«

»Als ob ich es nicht wüsste«, sagte Tifflor. »Uns bleibt vorläufig nichts anderes übrig, als weiter nach dem alten Modell zu verfahren. Die erste Evakuierungsflotte ist unterwegs.«

Ein Warnzeichen unterbrach ihn. »Orterposten Ex-Pluto meldet den Einflug eines UFO-Mutterschiffs«, erklang eine Roboterstimme.

»Es wird interessant sein, was er zu sagen hat«, bemerkte Adams nachdenklich.

»Er? Wer?«

»Der Kommandant des Mutterschiffs.«

In dem Moment wurde ein Hyperkomspruch durchgeschaltet. Tifflor war zwar durch die Nachricht vorgewarnt, der Anblick des zierlichen Hominiden überraschte ihn dennoch.

»Alurus!«

»Ich begrüße Sie, Julian Tifflor. Ich habe wichtige Nachrichten für Sie und bin bereit, Sie an einem möglichst neutralen Ort zu treffen.«

Der GAVÖK-Kreuzer schwebte hoch über der Ebene der Planetenbahnen, vierzig Lichtminuten von Terra entfernt. Julian Tifflor hatte sich per Transmitter an Bord des Kreuzers begeben. Alurus erschien mit einem seiner Beiboote, einem annähernd diskusförmigen Gebilde, das längst vergangene Generationen als »fliegende Untertasse« bezeichnet hatten.

Der Terraner und der Hominide begegneten einander in einem Konferenzraum. Der Erste Terraner empfand nach wie vor ein gewisses Misstrauen gegenüber Wesen von Alurus' Art, und der Auftrag des Hominiden enthielt kein Wort davon, dass er sich dem Ersten Terraner gegenüber anders als sachlich zu verhalten habe.

»Julian Tifflor, ich komme zu Ihnen auf Geheiß der Kosmokraten«, eröffnete Alurus. »Ich habe Ihnen drei Botschaften auszurichten und kenne den Wortlaut, mehr nicht. Fragen, die Ihnen in den Sinn kommen mögen, kann ich nicht beantworten.«

Bitternis stieg in Tifflor auf. Wie oft hatte er mit Wesen zu tun gehabt, die bereit waren zu sagen, was sie zu sagen hatten, sich aber hartnäckig weigerten, seine Fragen zu beantworten?

»Wir haben des Öfteren Kontakt miteinander gehabt, Alurus.« Ein wenig von seinem Ärger drückte sich in seiner Stimme aus. »Sie sollten uns Terraner gut genug kennen, um zu wissen, dass wir eine Botschaft nicht ohne Weiteres akzeptieren. Sprechen Sie ruhig. Ich werde zwar nicht nachfragen, aber Sie kennen meine Vorbehalte.«

»Es handelt sich um drei erfreuliche Nachrichten.« Alurus lächelte. »Sie werden keine Schwierigkeiten haben, sie zu glauben. Erstens: Die Restaurierung der manipulierten Materiequelle ist abgeschlossen.«

»Was immer das bedeuten mag ...«, murmelte Tifflor.

»Es bedeutet, und das ist zugleich die zweite Information für Sie, dass weitere kosmische Beben nicht mehr zu befürchten sind.«

Der Erste Terraner beugte sich in seinem Sessel nach vorn.

»Sagen Sie das noch einmal!«, drängte er.

»Es wird keine weiteren Erschütterungen des Weltraums geben«, wiederholte Alurus unmissverständlich.

Das wäre eine Erklärung für das Versagen des statistischen Modells, schoss es Tifflor durch den Kopf. *Es gibt kein nächstes Beben mehr. Das Modell war in Ordnung, doch jemand hat die grundlegenden Voraussetzungen verändert.*

»Wenn ich Ihnen das glauben könnte, würde ich Ihnen um den Hals fallen, Alurus.«

Der Hominide winkte ab.

»Jede emotionelle Äußerung Ihrerseits wäre für mich unverdient. Ich übermittle lediglich die Worte der Kosmokraten, und was deren Glaubwürdigkeit anbelangt – nun, Sie brauchen nur abzuwarten und zu beobachten.«

»Wolle Gott, Sie hätten recht.« Julian Tifflor atmete auf. »Eine enorme Last wäre von uns genommen.«

Alurus verneigte sich knapp.

»Sie hatten eine dritte Nachricht«, erinnerte der Erste Terraner den Boten.

»In der Tat. Sie sollten sich auf Perry Rhodans baldige Rückkehr vorbereiten.«

Alurus wandte sich ab und schritt zur Tür hinaus. Tifflor fragte sich, ob er richtig verstanden hatte. Er eilte hinter dem Hominiden her, kam aber nur wenige Schritte weit. Der Kommandant des GAVÖK-Kreuzers stellte sich ihm in den Weg.

»Alurus ist auf dem Weg zum Hangar, sein Boot wird in wenigen Minuten starten. Bei allem Respekt, Erster Terraner, lassen Sie den kleinen Mann unbehelligt.«

Tifflor gab sich Mühe, die Haltung zu wahren. Zu viel war in den vergangenen Minuten auf ihn eingeströmt. Keine Bedrohung mehr durch die Weltraumbeben. Perry Rhodan auf dem Rückweg nach Terra. Wenn er das nur glauben könnte!

Die Stimmung war gedrückt. Im Kommandostand der TRANTOR zeigte ein großer Holoschirm das Bergland mit den sechs Tälern, das monolithische Bergmassiv im Süden und einen Teil der westlichen Küstenebene. Dazu die Positionen mehrerer Expeditionsgruppen der GIR-Flotte in den beiden westlichen Tälern.

»Amtranik hat vor, seine Schiffe mit Imbus-Quarzen zu versehen. Das wird einige Tage in Anspruch nehmen. Vermutlich wird er uns in Ruhe lassen, bis die Verteilung der Kristalle weitgehend abgeschlossen ist. Wir müssen die Zeit nützen, uns über Abwehrmaßnahmen zu einigen.«

»Ich schlage vor, wir versuchen einen Ausbruch«, sagte Shako.

»Amtranik hat vor zwei Stunden fünf seiner Schiffe starten lassen«, hielt Larsa ihm entgegen. »Sie stehen im fernen Orbit und sind unserem Schweren Kreuzer an Beschleunigung und Bewaffnung überlegen. Nach meiner Ansicht wäre ein Fluchtversuch glatter Selbstmord.«

»Warten wir einfach ab«, bemerkte Kox. »Amtranik war auf dem Weg zu einem eigenen Stützpunkt. Er musste den Flug unterbrechen, weil seine Horde die Orientierung verloren hatte. Sobald die Orbiter wiederhergestellt sind, wird er nichts Eiligeres zu tun haben, als die unterbrochene Fahrt fortzusetzen. Er hat keinen Grund, sich um uns zu kümmern.«

»Sosehr ich deinen Optimismus schätze, es fällt mir schwer, das zu glauben.« Larsa Hiob lächelte nachsichtig. »Wir sind für Amtranik unliebsame Zeugen, die seine Spur an die GAVÖK weitermelden werden.«

»Es gibt noch etwas«, meldete sich Valba Sringhalu. »Larsa, du hast Amtranik förmlich zu uns eingeladen. ›Wenn du dich mir ohne Feindseligkeit näherst, bin ich bereit, dir über den Einfluss zu berichten, der eure Sinne lähmt.‹ Ungefähr so hast du es gesagt. Wenn ich Amtranik wäre, könnte ich vor Neugierde nicht mehr schlafen.«

Larsa seufzte. Es war nicht das erste Mal, dass sie auf sich selbst wütend war und sich wünschte, sie hätte den Mund gehalten.

»Es war eine Dummheit«, bekannte sie. »Ich kann nur hoffen, dass Amtranik nicht mehr verstanden hat, was ich sagte.«

Der Kommandant winkte ungeduldig ab. »Mich interessiert, ob du tatsächlich weißt, woher der Einfluss kommt, der die Horde verwirrt hat.«

»Ich glaube, es zu wissen«, sagte die Wissenschaftlerin. »Es gibt einige Hinweise, die mich nachdenken ließen. Amtranik und seine Krieger spüren den Einfluss offenbar überall, solange sie sich im freien Weltraum befinden. Die Strahlung, nennen wir die Ursache einfach so, ist gewissermaßen allgegenwärtig und tritt überall anscheinend mit annähernd gleicher Intensität auf.

Im Schutz einer planetaren Atmosphäre bleiben Amtranik und die Horde verschont. Das war der zweite Hinweis. Die Strahlung ist ohne Zweifel hyperenergetischer Natur, deshalb glaube ich auf keinen Fall, dass ihr ein so geringfügiges Hindernis wie eine Atmosphäre den Weg versperren kann. Die Masse eines Planeten stellt eine Senke für hyperenergetische Strahlung bestimmter Frequenzbereiche dar, damit ließe sich erklären, warum die Garbeschianer auf jedem ausreichend massiven Planeten unbehelligt bleiben.

Drittens ruft der Einfluss ein Phänomen hervor, das Mediker als reversible psychophysische Kontamination bezeichnen. Ich habe mich darüber informiert. Die Struktur eines anfälligen Bewusstseins – die Betonung liegt auf anfällig – wird durch die Strahlung verändert. Endet der Einfluss, bildet sich die Veränderung zurück.

Der vierte und vielleicht wichtigste Hinweis: Amtranik und seine Krieger sind für die Strahlung empfänglich, wir sind es nicht. Es gibt seit kurzer Zeit in der Milchstraße eine allgegenwärtige hyperenergetische Strahlung, die nur von Messgeräten oder anfälligen Bewusstseinen bemerkt werden kann, hauptsächlich also von entsprechend veranlagten Mutanten.«

»Der Margor-Schwall!«, rief Grador Shako.

»Genau: der Margor-Schwall. Viel wissen wir nicht über ihn, außer dass er von paraplasmatischen Substanzen in der Wolkenhülle der Provcon-Faust ausgeht und dass in diesen Substanzen die entstofflichten Bewusstseine der Prä-Zwotter und Boyt Margors enthalten sind. Es gibt bisher nur wenige wissenschaftliche Untersuchungen, aber die vorliegenden spärlichen Ergebnisse stützen meine Hypothese.«

Für kurze Zeit hing jeder seinen eigenen Gedanken nach. Schließlich räusperte sich Valba Sringhalu heftig.

»Natürlich interessiert Amtranik, woher der verderbliche Einfluss kommt. Warum bist ausgerechnet du so versessen darauf, ihm die Wahrheit zu sagen?«

»Weil ich ihm damit zeigen wollte, dass eine Kraft am Werk ist, gegen die er niemals bestehen kann.«

»Wie kommst du ausgerechnet auf die Idee?«

»Das ist es, eine Idee, weiter nichts. Wir wissen, dass die Grundlage des

Margor-Schwalls nicht auf natürliche Weise entstand, sondern von jemandem geschaffen wurde. Es gibt Anlass für die Vermutung, dass der unbekannte Planer vorhatte, die Strahlung schon viel früher wirksam werden zu lassen. Es gab in der Hinsicht Fehlschläge. Die Zahl der entmaterialisierten Prä-Zwotter-Bewusstseine war zu gering, ihre Nachfolger reagierten anders – alles Entwicklungen, auf die der ursprüngliche Planer keinen Einfluss mehr hatte. Der Schwall wurde erst wirksam, als Boyt Margor sich mit ihm vereinte.

Nehmen wir hinzu, dass außer auf Mutanten nur auf die Mitglieder der Horde die Strahlung wirkt – wer käme dann als Planer des Schwalls am ehesten in Betracht?«

»Armadan von Harpoon, der Ritter der Tiefe«, sagte Valba. »Er war für den Bau der Anlage verantwortlich. Der Schwall sollte eine Art zweiter Verteidigungsring sein.«

»Das wollte ich Amtranik klarmachen.« Larsa nickte. »Ich hätte die Sprache allerdings nicht von mir aus darauf gebracht, er sollte selbst auf die Idee kommen.«

Es wurde still. Larsa taxierte den großen Holoschirm. Die Leuchtmarkierungen hatten ihre Position seit knapp dreißig Minuten nicht mehr verändert. Amtraniks Kristallsucher waren am Werk.

Der Kommandant brach das Schweigen schließlich. »Es wäre mir am liebsten, wenn der Hordenführer uns in Ruhe ließe. Larsa, du bist das Genie unter uns. Welche anderen Vorschläge hast du zur Besserung unserer Situation?«

»Nicht viele.« Es war in Wirklichkeit nur einer, und selbst von dem versprach sich die Wissenschaftliche Leiterin nur wenig. »Ich habe vor, eine kleine Reise zu unternehmen.«

»Reise?« Sringhalus Stimme klang spöttisch. »Ich dachte, alle Sightseeingtouren seien wegen drohender Kriegsgefahr eingestellt.«

»Ich muss mit Njasi sprechen«, sagte Larsa Hiob. »Ich muss der Kristallintelligenz erklären, dass sie ihren missionarischen Ehrgeiz am unwürdigen Objekt praktiziert.«

In atemberaubendem Tempo holte Amtranik nach, was er in den Tagen zuvor wegen seines verwirrten Zustands versäumt hatte. Er ließ ein Stück der Kristallsubstanz in immer kleinere Bruchstücke zerteilen, um zu ermitteln, wie viel von der Substanz benötigt wurde, um Laboris und Horden-Orbiter zu heilen. Der Genesungsprozess verlangsamte sich merklich, sobald das Kristallstück weniger als halbe Fingergröße hatte. Amtranik ordnete an, dass jedes Mannschaftsmitglied seiner Flotte einen Kristall bekommen sollte, der wenigstens eineinhalbmal so groß war wie das Mindestmaß.

Seine Begeisterung griff auf die Laboris über, und diese übertrugen sie auf die Orbiter. Die Funde der ersten Expedition reichten aus, um mehr als zweitausend Kämpfer von der Apathie zu befreien.

Amtranik war Krieger, kein Wissenschaftler. Die Frage nach dem Prinzip der heilenden Wirkung des Kristalls kam ihm zwar in den Sinn, er dachte allerdings nicht lange darüber nach. Das überließ er der Zentralen Positronik der VAZIFAR. Bei sich nannte er die Kristalle »Glücksbringer«, ohne zu ahnen, dass er denselben Begriff verwendete, der für Njasi zur Rechtfertigung ihres Seins geworden war.

Die Kristallvorkommen im westlichsten Tal waren zwar nicht unerschöpflich, aber für den größten Teil der Flotte ausreichend. Amtranik schickte weitere Trupps aus, die nach Kristallen suchen und eine ausreichende Menge bergen sollten.

Um die Terraner würde er sich später kümmern.

3.

Larsa befürchtete, dass die Orbiter ihr Fahrzeug erfassen würden, sobald sie vom Südende des Tales aus auf die Ebene hinaussteuerte. Sie hielt ihre Mission für wichtig, wollte sich indes keinesfalls von Amtraniks Horde einfangen lassen. Als sie das Tal verließ, war sie permanent zur Flucht bereit. Doch nichts geschah, Amtranik interessierte sich nicht für sie.

Ihr Ziel war das einsame Seitental in der Höhe des Bergmassivs, in dem sie mit Valba und Rubin Frekk vor einigen Tagen den Eingang zur Höhle gefunden hatte. Njasi nannte jenen Ort den Raum der Bücher.

Larsa verdrängte alle bedrückenden Gedanken, die sich mit den Garbeschianern befassten. Sie hatte nicht viel Hoffnung, dass sie bei Njasi erfolgreich sein würde, trotzdem musste sie es wenigstens versuchen.

Das Loch im Hintergrund der Seitenschlucht war noch vorhanden. Der Kristallstrang war mächtiger geworden und erfüllte fast die gesamte Wand. Das Quarzvolumen musste sich inzwischen verzehnfacht haben.

Ein ähnliches Bild bot sich der Wissenschaftlerin auf dem gewundenen Felspfad, der aus der Kammer zum eigentlichen Raum der Bücher hinabführte. Die Kristallader, zuvor armdick, war zum Umfang eines mächtigen Baumstamms angeschwollen. Manchmal ragte sie so weit aus der Wand hervor, dass für Larsa in dem engen Gang kaum Platz blieb.

Der Serpentinengang endete in der Halle, in der sie bei ihrem ersten Vorstoß um ein Haar von den grünen Kristallen erschlagen worden wären. Zu dem Zeitpunkt war Rubin Frekk noch normal gewesen, wenigstens zeitweise. Was hieß schon normal? Sein Bewusstsein war unterdrückt. Njasi beherrschte seinen Verstand, sein Empfinden und bediente sich seines Wissens.

Larsa erschrak, als sie den Jungen im Schein ihrer Handlampe sah. Er befand sich im Raum der Bücher, der in der Höhe spitz zulaufenden Höhle. Rubins Gesicht war eingefallen und wirkte ausgetrocknet, in seinen Augen flackerte es unruhig.

»Rubin, du bist halb verhungert!«, entfuhr es Larsa Hiob ungewollt.

Ein seltsam eingefrorenes Lächeln erschien auf dem mädchenhaften Gesicht.

»Ich brauche keine Nahrung, wie ihr sie gewohnt seid«, sagte der Junge. »Njasi speist mich.«

Die Wissenschaftlerin leuchtete an der runden Wand entlang. Hier hatte sich nichts geändert. Drei breite, diamantklare Kristallbahnen stiegen aus dem Boden und strebten bis in den Zenit der Kuppel. Das waren die drei Bücher Taknar, Odom und Merison. Sie hatten denselben Umfang, weil Njasi weder Anlass noch Möglichkeit gehabt hatte, ihr Wissen zu erweitern. Nicht ihre Weisheit, nur das Ausmaß des Gesamtkörpers war gewachsen.

»Was bringt dich hierher?«, fragte Rubin.

»Ich muss mit Njasi reden«, antwortete Larsa fast barsch.

»Sprich zu mir. Meine Gedanken führen weiter zu Njasi.«

Larsa Hiob nickte. »Das Buch Merison gebietet ihr, anderen Wesen zu helfen, die den Weg zur Einigung nicht aus eigener Kraft finden können. Solche Wesen glaubt sie in denen zu erkennen, die vor Kurzem auf dieser Welt gelandet sind. Sie irrt sich! Amtranik und seine Horde sind grausame Geschöpfe. Sie wollen nicht die Einigung, sondern Raubzüge und Krieg. Indem Njasi diesen Wesen beisteht, bringt sie uns in Gefahr, die wir ihr geholfen haben, den Zustand der Vollkommenheit wieder zu erreichen.«

Sie hätte den Jungen anschreien mögen, das dumme Grinsen vom Gesicht zu wischen. Aber Rubin war nicht mehr er selbst, und ihr Gefühlsausbruch hätte vermutlich kein Ergebnis erzielt.

»Du musst verstehen, dass die Gebote des Buches Merison an keine Bedingung gebunden sind«, sagte der Junge. »Das Buch gebietet, jeder formungs- und einigungsfähigen Substanz zu helfen.«

»Sogar auf die Gefahr hin, dass andere Wesen dadurch in Gefahr geraten?«, fragte Larsa bitter. »In Todesgefahr?«

Rubins Schultern strafften sich. »Das Buch Merison spricht nicht von Gefahr. Es spricht nicht von anderen Wesen. Nur von jenen, die der Hilfe der Glücksbringer bedürfen.«

Larsa nickte. Sie hatte kaum etwas anderes erwartet. Wäre ihr Zeit geblieben, hätte sie womöglich eine überzeugende Taktik entwickeln können, doch gerade Zeit fehlte ihr. Sie musste zurück zur TRANTOR. Niemand wusste, wann Amtranik angreifen würde.

Unvermittelt kam ihr etwas in den Sinn. Sie begann zu reden, ohne dass sie es eigentlich gewollt hatte. Larsa erinnerte sich, dass sie bei der ersten Begegnung mit den drei Büchern den Eindruck erhalten hatte, Njasi messe der klaren, diamantartigen Kristallsubstanz den Wert »gut« und den smaragdfarbenen Kristallen den Wert »böse« bei. Stundenlang hatte sie darüber nachgedacht, ob eine einsame Intelligenz, die nie in den Rahmen einer Gemeinschaft von gleichartigen Wesen eingefügt worden war, die Grundbegriffe der Moral entwickelt haben könne.

»Gut und Böse existieren unabhängig von der äußeren Erscheinung«, sagte sie. »Es bedarf nicht der grünen Farbe eines Kristalls, um ihn als böse, oder der Klarheit eines andern, um ihn als gut erscheinen zu lassen. Gut und Böse sind über diesen Kosmos in gleicher Weise verteilt, und das eine von dem anderen widerspruchsfrei zu trennen erfordert den höchsten Grad an Weisheit. Ich sage dir, Njasi, dass die Wesen, denen du zur Einigung verhelfen willst, böse sind und deiner Hilfe nicht würdig.«

Sie wandte sich um und ging. Bei jedem Schritt hatte sie das Gefühl, von Rubins steinernem Lächeln verfolgt zu werden. Schließlich ertrug sie es nicht mehr und wandte sich um. Das Gesicht des Jungen war ernst geworden.

»Njasi hat deine Worte gehört«, sagte er. »Das Böse wird an dir vorübergehen.«

»Das war zu erwarten«, brummte der Kommandant der TRANTOR. »Erst helfen wir dem Ding auf die Beine, dann lässt es uns im Stich.«

Seine Stimme klang so bitter, dass Larsa sich fragte, ob Shako von Njasi so etwas wie Dankbarkeit erwartet hatte. Möglich war es durchaus, denn sie alle hatten sich angewöhnt, von der Kristallintelligenz als einem von menschlichen Empfindungen beseelten Wesen zu denken. Dankbarkeit, eingebettet in zweihunderttausend Tonnen Modul-Kristall, welch groteske Vorstellung.

»Die Zeit wird knapp«, mahnte Valba Sringhalu. »Was unternehmen wir?«

»Nichts.«

Larsa fand es erheiternd, wie jeder sie plötzlich anstarrte: ungläubig, staunend und entrüstet.

»Nichts?«, echote Grador Shako. »Wir sollen abwarten, bis Amtranik uns umbringt?«

»Am Resultat ändert sich nichts«, kommentierte Larsa. »Sterben werden wir so und so.«

»Sie hat natürlich recht«, bemerkte Paar Kox.

»Ausgerechnet du solltest ruhig sein«, grollte Shako. »Es hat noch niemand die Beine in die Hand genommen, ohne dass du ihm Beifall gezollt hättest.«

»Wir sollten uns in den Bergen verkriechen«, meinte Valba. »Amtranik wird seine Zeit nicht mit einer langwierigen Suche vergeuden.«

»Wirklich, eine phantastische Idee!«, spottete Shako. »Amtranik zerlegt die TRANTOR in ihre Bestandteile, und uns eröffnet sich die Aussicht auf ein paradiesisches Dasein bis ans Ende unserer Tage.«

»Irgendwann wird jemand nach uns suchen«, widersprach Valba. »Beim letzten Funkkontakt haben wir unsere Kursdaten hinterlassen.«

»Die Diskussion ist akademisch«, wandte Larsa Hiob ein. »Amtranik wird nicht nach uns suchen. Er wirft ein paar Bomben ab und atomisiert das Gebirge oder meinetwegen den ganzen Kontinent. Dann haben wir außer uns selbst auch die Kristallintelligenz auf dem Gewissen.«

»Auf die ist sowieso gepfiffen.« Shako schnaubte verächtlich.

Die Wissenschaftliche Leiterin setzte sich schließlich durch. Für ein einzelnes Raumschiff war es sinnlos, einer Flotte von zwölftausend Einheiten entkommen zu wollen oder gar Widerstand zu leisten. Zwar brachte Shako die Rede auf einen ehrenvollen Untergang mit wehender Flagge, aber als Valba Sringhalu schallend lachte, verzichtete er auf eine weitere Diskussion.

Larsa war mit sich zufrieden – soweit die Situation eine derartige Empfindung überhaupt zuließ. Amtranik würde die TRANTOR ungeschützt finden, wenn er kam. Das musste ihn überraschen. Er würde erfahren wollen, woher die schleichende Krankheit kam, die ihn und seine Kämpfer überfiel, sobald sie sich im Weltraum befanden. Das gab ihr eine winzige Chance, den Hordenführer zu überzeugen, dass Armadan von Harpoon ihm alle Auswege versperrt hatte.

»Nichts haben sie getan, Herr. Absolut nichts.« Als Yesevi Ath Bericht erstattete, schimmerte Verwirrung in seinen großen Augen. »Wir haben uns dem terranischen Raumschiff bis auf geringste Distanz genähert. Nicht ein einziger Schuss wurde auf uns abgefeuert.«

»Ihr hättet einen zweiten Anflug unternehmen sollen«, sagte Amtranik. »Vielleicht selbst das Feuer eröffnen.«

Ein unbeugsamer Ausdruck erschien auf Aths Gesicht.

»Ich wusste, dass es dein Wunsch sein würde. Wir flogen ein zweites Mal an und feuerten auf das Kugelraumschiff ...«

»Und?«

»Keine Reaktion, Herr.«

»Vielleicht sind sie in die Berge geflohen.«

»Ich konnte zwei von ihnen in einer Beobachtungskuppel ihres Schiffes sehen.«

»Die Terraner befinden sich in aussichtsloser Lage«, sagte Usilfe Eth. »Unsere Flotte gegen ihr einziges Raumschiff.«

»Jeder Krieger wehrt sich!«, brauste Amtranik auf. »Es ist unwürdig, sich ohne Gegenwehr zu Tode prügeln zu lassen.«

»Die Gedanken der Terraner sind womöglich anders.«

»Wie viele gesunde Orbiter haben wir inzwischen?«, fragte Amtranik übergangslos.

»Ein Drittel der Mannschaften ist wiederhergestellt«, antwortete Ath.

»Nimm dir so viele Krieger, wie du brauchst. Besetzt das Tal, in dem das Raumschiff der Terraner steht.«

Amtranik wandte sich wieder an Usilfe Eth: »Was berichten die fünf Raumschiffe?«

»Die Besatzungen registrieren die schädigende Strahlung nicht mehr.«

Amtranik klackte mit den Gebisszangen.

»Morgen werden die Terraner auf dieser Welt tot sein. Einige Tage später erreichen wir die Bastion der Horden von Garbesch. Dann kehren wir zurück zu alter Stärke ...«

»Das ist verrückt.« Grador Shakos Stimme überschlug sich vor Unmut. »Alle Schotten stehen offen, aber sie beschießen uns trotzdem.«

In der Außenbeobachtung verfolgte Larsa Hiob die Kampfboote der Garbeschianer.

»Reg dich nicht auf!«, riet sie dem Kommandanten. »Die Schäden halten sich in Grenzen. Amtranik will uns herausfordern. Er will wissen, wie wir reagieren.«

Nach wenigen Minuten zogen sich die Angreifer zurück.

»Jetzt erstatten sie Bericht.« Larsa lächelte sogar. »Der Hordenführer wird sich fragen, warum wir uns wehrlos geben. Hoffentlich kommt er nicht auf die Idee, dass wir ihm eine Falle stellen wollen. Wir haben nur dann eine Überlebenschance, wenn wir Amtranik von Angesicht zu Angesicht gegenüberstehen.«

Wenige Stunden später brach die Nacht herein.

Gegen Mitternacht zeigte die Ortung der TRANTOR Bewegung im Tal. Hunderte von Gleitfahrzeugen gingen nur wenige Kilometer von der TRANTOR entfernt in Stellung.

Larsa Hiob aktivierte den Hyperkom. Sie sendete den vorbereiteten Hilferuf mit höchster Leistung. Es konnte Amtranik nicht entgehen, dass die TRANTOR seinen gegenwärtigen Aufenthaltsort preisgab.

»Wenn der Hordenführer glaubt, dass wir uns in Reichweite einer Relaisstation befinden, dann müsste er bald darauf reagieren«, sagte Larsa.

»Ich fürchte, der Trick wird uns nicht helfen«, sagte Paar Kox missmutig.

»Warum nicht?«

Der Hundertzwanzigjährige sah den Kommandanten fragend an. »Willst du davon erzählen, oder soll ich ...?«

»Was geht eigentlich vor?« Valba Sringhalu schob angriffslustig ihre Ellbogen nach vorn. »Was für Heimlichkeiten sind das?«

»Es geht um Tersalling«, sagte Kox matt.

»Quatsch!«, knurrte Grador. »Es geht um Amtraniks Bluff. Er hat behauptet, mit seiner Horde Tersalling verwüstet zu haben. Dann wollte er wissen, ob ich davon gehört hätte. Ich sagte Nein.«

»Na und?« Valba verstand nicht.

»Wenn Tersalling vernichtet worden wäre, dann hätte man in jeder Nachrichtensendung darüber gehört«, sagte Larsa. »Nachrichten kann nur der empfangen, der sich in Reichweite eines Funkrelais befindet. Hätte Grador geantwortet: ›Du lügst‹, wäre alles in Ordnung gewesen. Aber sein ›Nein‹ war eindeutig die falsche Antwort.«

Sringhalus Blick wanderte von Shako zu Larsa und wieder zurück. »Oh, du Riesenochse!«, stöhnte sie.

Amtraniks Gelächter klang wie heiseres Bellen.

»Sie glauben, wenn sie so tun, als verrieten sie meinen Standort, liefe ich davon. Aber sie selbst sind die Dummen, weil ihr Funkspruch von keinem Relais weitergeleitet wird.«

Der Hordenführer hatte Zeit gehabt, seine Strategie zu entwickeln. »Lass deine Truppe vorrücken!«, befahl er Yesevi Ath. »Falls die Terraner sich zur Wehr setzen, will ich das sofort erfahren. Wir können das Schiff vernichten, sobald es notwendig wird.«

Er war nur noch halb bei der Sache. Auf ihn wartete die Bastion der Ahnen, in der er seine Flotte ausrüsten konnte. Die fremde Strahlung, die ihn bisher behindert hatte, stellte wohl keine Bedrohung mehr für ihn dar.

Usilfe Eth trat auf ihn zu.

»Eine Nachricht für dich, Herr. Von einem weiblichen Terraner an Bord des Kugelraumschiffs.«

Amtranik knurrte gereizt.

»Was will sie?«

»Sie erinnert dich daran, Herr, dass sie dir die Lösung eines Rätsels versprochen hat – aber nur für den Fall, dass du dich ohne Feindseligkeit näherst.«

Amtranik machte eine verächtliche Geste.

»Was willst du damit erreichen?«, fragte Valba.

»Dass er uns anhört«, antwortete Larsa heftig. Dreißig Stunden ohne Schlaf und die Ungewissheit hatten sie mürbegemacht. Sie fühlte sich einfach zerschlagen und am Ende ihrer Kraft. »Der Hordenführer muss vom

Margor-Schwall erfahren. Vielleicht sieht er dann ein, dass seinem Eroberungsdrang Grenzen gesetzt sind.«

Valba gähnte unterdrückt. »Wir alle haben ein paar Stunden Schlaf bitter nötig. Warum legst du dich nicht eine Zeit lang hin?«

»Ich? Haben wir so viel Zeit?«

»Die Sonne geht auf.« Valba zeigte auf die Holos.

Orangefarben und unnatürlich groß schob sich der Sonnenball über den Gebirgskamm. Der Tag kroch an den Felswänden herab und breitete sich über das Tal aus. Larsa erhob sich aus ihrem Sessel.

Sie verließ die Zentrale und ging zur unteren Äquatorialschleuse.

Die große Schleuse war geöffnet. Ein flirrender Energiesteg führte achtzig Meter in die Tiefe. Larsa sah Fahrzeuge der Horde höchstens hundert Meter von der Stelle entfernt, an der der Steg den Boden berührte.

Larsa setzte sich am Schottrand auf den Boden. Die Versuchung, die Augen zu schließen und einfach einzuschlafen, war fast unwiderstehlich. Sie zwang sich dennoch, wach zu bleiben.

Der Tag war inzwischen vollends angebrochen. Die Sonne stand am wolkenlosen Himmel, ihr Widerschein spiegelte sich in der mächtigen Kristallader, die das Tal durchzog.

Bei den Orbitern entstand Bewegung. Die ersten Fahrzeuge kamen bis an den Energiesteg. Horden-Orbiter stiegen aus. Sie trugen schwere Waffen. Larsa winkte ihnen zu, bedeutete ihnen, dass sie den Steg heraufkommen sollten.

Die Typen wussten nicht, wie sie mit der Lage umgehen sollten, das war ihnen anzusehen. Am oberen Ende des Steges blieben sie stehen und musterten Larsa misstrauisch. Eine Schatten-Type betrat die Schleuse.

»Wo ist der Rest der Besatzung?«

Larsa Hiob zeigte müde hinter sich. »Im Schiff.«

»Ihr seid unsere Gefangenen«, sagte die Schatten-Orbiterin.

Larsa Hiob seufzte tief. »Das weiß ich längst.«

»Was tust du hier?«

»Ich warte auf Amtranik.«

»Der Hordenführer wird nicht hierherkommen.«

»Doch. Er will etwas von mir wissen.«

»Wir werden euch ohnehin zu ihm bringen.«

Der Wortwechsel machte Larsa Vergnügen. Die Horden-Orbiter waren Kämpfer und konnten mit der friedlichen Situation allem Anschein nach nicht umgehen.

»Ich habe Daten an Bord dieses Schiffes, und Amtranik wird sie sehen wollen. Er muss sich schon hierher bemühen. Richte ihm das aus!«

Die Schatten-Type machte kehrt. Larsa sah sie mit einem Axe-Orbiter reden. Der Mann machte danach offensichtlich Meldung über sein Kombiarmband.

Zwei Orbiter kamen und postierten sich neben Larsa. Die anderen drangen ins Schiff ein.

»Ihr seid da, um auf mich aufzupassen, nicht wahr?«, sagte Larsa zu ihren Bewachern.

»Sie still!«, herrschte einer der beiden sie an.

Bis zum Mittag glich das Tal einem Heerlager. Larsa hatte sich nicht von der Stelle gerührt, ihre Wächter harrten ebenfalls aus. Inzwischen befanden sich mehr als dreihundert Horden-Orbiter an Bord der TRANTOR. Aus Gesprächsfetzen hatte Larsa herausgehört, dass alle Gefangenen in der Zentrale eingesperrt waren. Übergriffe hatte es bisher wohl nicht gegeben. Offenbar hatte Amtranik angeordnet, die Terraner nicht anzurühren. Die Wissenschaftlerin war erleichtert darüber.

Schließlich näherte sich eine terranische Space-Jet. Larsa bezweifelte nicht, dass Amtranik mit dem Beiboot der TRANTOR kam. Wollte der Garbeschianer demonstrieren, dass er mühelos mit terranischer Technik umzugehen verstand?

Die Space-Jet landete sehr nahe. Drei Garbeschianer stiegen aus. Larsa erkannte den Hordenführer sofort. Seine Begleiter waren Riesen, doch Amtranik überragte sie noch um eine halbe Kopflänge.

Sie kamen den Steg herauf. Scheinbar gleichmütig schaute Larsa ihnen entgegen. Tatsächlich war sie bis zum Äußersten angespannt.

Amtranik blieb vor ihr stehen. »Ich erkenne dich wieder«, sagte er in holprigem Interkosmo. »Dir verdanke ich es, dass ich aus dem Hinterhalt niedergeschossen wurde.«

Larsa erhob sich langsam. »Außerdem bin ich diejenige, die das Geheimnis der Hordenkrankheit lüften kann.«

Amtranik lachte bellend.

»Hordenkrankheit! Was soll das sein?«

»Sie befällt nur euch. Andere bleiben ungefährdet.«

»Erzähl mir davon!«, befahl Amtranik.

»Nicht hier. Im Schiff, wo die anderen sind.«

»Gut«, sagte der Garbeschianer. »Anschließend werdet ihr ohnehin sterben.«

»Für dich ist Töten ein Vergnügen, nicht wahr? Ich habe gehört, dass die Horden von Garbesch wilde und tapfere Krieger sein sollen. Niemand hat sie mir als Feiglinge geschildert, die wehrlose Opfer umbringen. Mir scheint, die Wahrheit wurde verfälscht.«

Wütend reagierte Amtranik auf Larsas provozierende Worte.

»Davon verstehst du nichts!«, fauchte er. »Es ist das Privileg des Siegers, über die Besiegten zu richten.«

Larsa sah bedrückte, furchtsame Gesichter. Neben dem Hauptschott standen schwer bewaffnete Horden-Orbiter.

Amtranik schritt bis in die Mitte der Zentrale. Er ignorierte die Gefangenen ringsum.

»Rede jetzt, Terranerin!«, befahl er.

Larsa Hiob hatte sich ihre Worte längst zurechtgelegt. Doch jetzt fiel es ihr schwer, alles aus dem Gedächtnis abzurufen. Sie begann langsam und stockend, fand aber, dass ihr das Sprechen leichter fiel, je mehr sie sich darauf konzentrierte.

Sie sprach von der Dunkelwolke Provcon-Faust. Dann schweifte sie in die Vergangenheit der Milchstraße ab und berichtete von der seltsamen Zivilisation der Zwotter und von den Psychoden. Vor allem davon, dass ein unbekannter Einfluss unzählige Mitglieder der frühen Zwotter-Kultur veranlasst hatte, sich zu entstofflichen und in der Materie der Dunkelwolke aufzugehen.

Sie sprach von dem Zweck, dem die Dunkelwolke schon damals hatte zugeführt werden sollen, als wisse sie all dies mit Sicherheit. Sie hatte sich ihre eigene Theorie zurechtgelegt, warum das Ziel nicht zum geplanten Zeitpunkt erreicht worden war, und trug sie als Tatsache vor.

Schließlich redete sie über den Mutanten Boyt Margor und ging auf seine besonderen parapsychischen Fähigkeiten ein. Sie berichtete über seinen Versuch, die Provcon-Faust zum Hauptquartier seiner Unternehmungen zu machen, die darauf abzielten, die Milchstraße zu unterjochen. Dann sagte sie, dass Boyt Margor gescheitert war. Dass er wie die Prä-Zwotter seine stoffliche Gestalt verloren hatte und in der Dunkelwolke aufgegangen war. Sie beschrieb den Margor-Schwall und flocht die unbeantwortete Frage ein, warum der Schwall ausgerechnet zu diesem Zeitpunkt wirksam geworden sei.

Währenddessen ließ sie Amtranik nicht aus den Augen. Sie sah, dass es in dem fremdartigen Gesicht arbeitete, und erkannte, dass sie sich tatsächlich auf dem richtigen Weg befand.

»Das ist, was ich über die Hordenkrankheit weiß. Nun sieh zu, Amtranik, ob du dir deinen eigenen Reim darauf machen kannst.«

Der Aufschrei des Garbeschianers dröhnte laut durch die Zentrale der TRANTOR.

»Armadan von Harpoon – ich verfluche dich! Er war es, niemand anders. Er hat sich nicht damit begnügt, die Anlage einzurichten und sie auf unsere Rückkehr warten zu lassen. Er brauchte eine zweite Waffe, dieser hinterhältige Teufel.«

Ein krächzendes Lachen folgte dem Aufschrei. »Aber diesmal habe ich dich überlistet, Ritter der Tiefe!«

Die vierfingrige Hand brachte ein glitzerndes Kristallstück zum Vorschein. »Ich habe die Glücksbringer gefunden, sie bewahren mich vor deiner Heimtücke, Armadan von Harpoon. Sieh her!« Er reckte den Kristall in die Höhe. »Ich kenne die Dunkelwolke aus den Datenarchiven der Orbiterschiffe. Armadan von Harpoon, nimm dich in Acht! Ich werde deine Waffe vernichten.«

Ruckartig wandte er sich um und zeigte auf die Gefangenen.

»Sie haben den Tod verdient! Tötet ...«

Amtranik zuckte heftig zusammen. Er wankte. Seine Begleiter, die ihn stützen wollten, wischte er beiseite. Langsam, als schrecke er vor einer hastigen Bewegung zurück, wandte er sich wieder der Terranerin zu. Sein Gesicht verzerrte sich vor Schmerz, als er mit der freien linken Hand ein zweites Kristallstück aus seiner Kleidung hervorzog.

»Nimm das ... um der Dämonen von Garbesch willen ...«

Larsa nahm ihm den kleinen Quarzbrocken aus der Hand. Sie hielt den Splitter kaum in der Hand, da schlug eine mentale Stimme mit aller Wucht über ihr zusammen. »Diese Wesen stehen unter meinem Schutz. Wenn du ihnen Schaden zufügst, wird sich meine Substanz auflösen, die Glücksbringer werden dich verlassen ...«

Während Larsa noch ungläubig auf das kleine Stück Kristall in ihrer Hand blickte, gellte der Befehl des Hordenführers:

»Verlasst dieses Schiff! Die letzte Horde verlässt den Planeten.«

Es dauerte lange, bis sich die Besatzung der TRANTOR aus ihrer ungläubigen Starre löste. Larsa Hiob wandte sich sofort der Außenbeobachtung zu. Wer noch gezweifelt hatte, der sah sich angesichts der abziehenden Horde eines Besseren belehrt.

Larsa ließ sich in den nächsten Sessel sinken. Stockend berichtete sie über die mentale Stimme, die sie über den Kristallsplitter vernommen hatte. »Njasi hat uns gerettet ...«

Die Roboter wurden reaktiviert. Sie suchten jeden Winkel der TRANTOR ab, fanden jedoch keinen einzigen Orbiter mehr an Bord.

Bald darauf startete die GIR-Flotte. Außerhalb der Atmosphäre nahmen die Schiffe mit hoher Beschleunigung Fahrt auf und verschwanden schließlich im Linearraum.

Der Albtraum war vorbei, doch Larsa Hiob schlief inzwischen.

Als sie erwachte, wusste sie sofort, dass sie noch zwei Aufgaben zu erledigen hatte, bevor sie Imbus verließ. Sie musste Rubin Frekk bewegen, an Bord zurückzukehren. Und sie hatte Njasi Dank zu sagen für die Rettung in letzter Sekunde.

Auf dem Weg zur Schleuse begegnete sie Valba Sringhalu.

»Ich will mir das Tal noch einmal ansehen«, sagte die Asiatin.

Larsa schloss sich ihr an. Die Schleuse stand offen. Roboter holten die letzten Ausrüstungsgegenstände vom alten Lagerplatz zurück an Bord.

Der Wind hatte aufgefrischt und wirbelte dünne Schwaden einer nebligen Substanz auf.

»Was ist das?«, fragte Larsa überrascht. Im nächsten Moment sah sie die Gestalt. Sie ging vornübergebeugt, jeder Schritt schien ihr Schwierigkeiten zu machen.

»Rubin Frekk!«, rief Valba ungläubig.

Larsa hatte den deutlichen Eindruck, etwas sei auf katastrophale Art und Weise aus dem Gleichgewicht geraten. Sie lief den Steg hinab, und Valba folgte ihr.

Rubin Frekk blieb stehen. Er war dem Verlauf der großen Kristallader gefolgt – und erst jetzt registrierte Larsa bewusst, dass der fahle Dunst von den Kristallen aufstieg und verwehte.

»Rubin, was geht hier vor?«, fragte sie außer Atem.

»Ein viertes Buch muss geschrieben werden«, antwortete der Junge. »Doch es ist unklar, wer es schreiben soll, da ohnehin bald ... nichts mehr sein wird.«

Larsa ergriff ihn an den Schultern und schüttelte ihn. »Was ist los? Wieso wird bald nichts mehr sein?«

»Njasi hat ihren Fehler erkannt. Das Buch Merison war unvollständig. Du hattest recht. Nicht alle Substanzen, die formungs- und einigungsfähig sind, verdienen Njasis Hilfe. Es gilt, den Unterschied zwischen Gut und Böse zu machen.«

»Das war nur so eine Idee von mir, Rubin«, sagte Larsa geradezu beschwörend. »Niemand hat einen Fehler begangen. Im Gegenteil, wir schulden Njasi Dank für unsere Rettung. Rubin, was ist das für ein Nebel, der von den Kristallen aufsteigt?«

»Der Nebel des Todes«, antwortete er. »Das vierte Buch wird das Buch der Sühne und des Todes sein. Njasi hat einen Teil ihrer Substanz hergegeben, um Wesen zu helfen, die ihrer Hilfe nicht würdig sind. Das muss gesühnt werden.«

»Wie, Rubin?«, schrie Larsa in beginnender Verzweiflung.

»Durch Hinwendung zur höchsten Entropie, zum Zustand der größtmöglichen Unordnung. Durch Auflösung.«

Die Kristallader hüllte sich in dichter werdende Wolken. Sie schmolz geradezu dahin.

»Das darf nicht sein!«, rief Larsa. »Ihr begeht einen Fehler ...«

Ihr Blick fiel wieder auf Rubin, und für einen Augenblick fürchtete sie, den Verstand zu verlieren. Der Junge wurde blass und – durchscheinend.

»Rubin!«, schrie die Wissenschaftlerin, und Valba schrie ebenfalls den Namen.

Sekunden später war der Junge verschwunden. Der Dunst verwehte. Eine tiefe Furche erstreckte sich im Talboden, wo bislang der Kristallstrang verlaufen war. Njasi hatte sich aufgelöst – und mit ihr Rubin Frekk.

»Das hat er nicht verdient«, sagte Valba.

Verdient, dachte Larsa niedergeschlagen. *Was heißt schon verdient?* Sie hatte das Gefühl, nichts mehr zu verstehen.

4.

Der schrille Alarm riss Mountvador aus tiefem Schlaf.

Mit einem Satz sprang der Galakto-Mediziner von der Liege. Er griff nach dem langen Gewand, das er am Abend zuvor achtlos abgelegt hatte. Mit einem einfachen Knoten des Gürtels verschloss er den mantelähnlichen Rock.

»Mitten in der Nacht.« Er seufzte. »Was haben die Dummköpfe wieder angestellt?«

Über Interkom rief er nach Ath-Vrilov. Sein engster Mitarbeiter meldete sich nicht.

Müde blickte er aus dem Fenster. Dumpfe Schreie hallten durch die Nacht, sie übertönten sogar den Alarm.

Mountvador runzelte die Stirn.

Endlich sprach der Interkom an. Ath-Vrilov blickte verwirrt drein. »Alarm wurde ausgelöst«, sagte er.

»Ich will wissen, warum.« Mountvador reagierte ungehalten.

»Ich glaube, die Bestien greifen an.«

»Ich glaube, ich glaube ...«, blaffte der Ara. »Kümmern Sie sich darum, Ath-Vrilov, und zwar plötzlich! Ich bin in fünf Minuten im Hauptlabor, dann will ich einen genauen Bericht haben.«

Er unterbrach die Verbindung und eilte aus dem Wohntrakt hinüber zur eigentlichen Forschungsstation. Der größte Teil der aus Stahllit bestehenden Doppelkuppel war transparent. In den wichtigsten Räumen wurde es hell.

Weit hinter der Station zuckten Blitze in den Nachthimmel. Aus der Richtung hallte auch das vielstimmige Gebrüll heran. Mountvador war sicher, dass die Entladungen von dem Energieschutzgitter stammten, das den kleinen Landeplatz von der Forschungsstation trennte.

Dort tobten die Bestien.

Der Einfachheit wegen nannte der Ara die Fauna des Planeten so. Als Fachmann für Galakto-Medizin und Spezialist für exobiologische Probleme hatte er in sechs Jahren auf Shourmager schon manche Überraschung mit der Tierwelt erlebt. Es gab wohl keine zweite Welt wie diese.

Dass die Tiere die Station direkt angriffen, war allerdings neu.

Mountvador betrat die Doppelkuppel. Ein mechanischer Lift trug ihn in die oberste Etage. Vom Hauptlabor aus bot sich die beste Übersicht über die nähere Umgebung.

Von seinen sechs Mitarbeitern, alle Aras, waren vier schon anwesend. Eine der Frauen und Ath-Vrilov fehlten.

»Stehen Sie nicht herum wie tiefgefrorene Salzsäulen!«, herrschte der Galakto-Mediziner seine Leute an. »Schalten Sie die Außenscheinwerfer und die Kameras ein! Ein Roboterkommando muss nach draußen und das Verhalten der Bestien beobachten.«

»Letzteres hat Ath-Vrilov schon veranlasst«, sagte Mesenanda, eine der Frauen. »Er ist sogar selbst mit zum Landeplatz gegangen. Hoffentlich passiert ihm nichts.«

»Was soll ihm schon passieren?« Mountvador reagierte besonders unwirsch. »Er kann auf sich aufpassen. Außerdem sind die Roboter bei ihm.«

Mesenanda, die sich selbst als Instinkt-Diagnostikerin bezeichnete, justierte die Optiksensoren. Mehrere Scheinwerfer erleuchteten den nur wenige hundert Meter entfernten Landeplatz. Drei kleine Raumschiffe standen dort.

Das kreisförmige Areal wurde von einem Energiegitter umschlossen, das bis etwa dreißig Meter Höhe wirksam war.

Ath-Vrilov und die Roboter befanden sich an der abgewandten Seite des Energiezauns. Außerhalb des Gatters herrschte ein wildes Getümmel, dort kletterten die unterschiedlichsten Tiere übereinander. Immer höher wuchs der Berg aus zuckenden Leibern.

»Sind die verrückt geworden?«, entfuhr es Mountvador.

»Mit normalem Instinktverhalten hat das jedenfalls nichts zu tun«, antwortete Mesenanda.

Der junge Gornim ließ sich von dem Schauspiel nicht sonderlich beeindrucken. »Jedenfalls eine völlig neue Reaktion dieser total verrückten Tierwelt«, sagte er.

»Diese Welt ist ein einziges biologisches Rätsel.« Mountvador redete zu sich selbst. »Aber ich werde dieses Geheimnis lüften.«

In dem fast schon zaunhohen Getümmel aus Tierleibern überwog der Typ der Großechsen, die eine Länge von zwei Metern erreichten. Kleinere Tierarten, vor allem wieselähnliche Geschöpfe, bildeten die Spitze der Traube.

»Sie werden die Oberkante des Energiezauns erreichen«, sagte Gornim.

Mountvador ließ sich eine Verbindung zu seinem Gehilfen schalten. »Wehren Sie die Bestien noch nicht ab, Ath. Die Roboter sollen alles aufzeichnen. Vielleicht bekommen wir endlich einen Hinweis auf die Entstehung dieser unmöglichen Fauna. Nur im äußersten Notfall Waffen einsetzen.«

»Immer war es eine unverkennbare Angriffswut der Tiere, die Aggressionen weckte«, stellte Mesenanda fest. »Oder auch Hunger. Jetzt erkenne ich Angst in ihrem Verhalten, und das ist wirklich neu.«

Kehlige Schreie übertönten mehr und mehr alle anderen Laute.

»Gurs!«, rief einer der Mitarbeiter. »Wenn diese Riesen kommen, wird es brenzlig. Was mag nur in sie gefahren sein?«

»Hier ist der Teufel los«, rief Ath-Vrilov. »Sie klettern in panischer Angst immer höher. Wenn die ersten Bestien über den Zaun stürzen, muss ich von hier weg sein.«

»Haben Sie die Gurs bemerkt?«

»Natürlich.« Erstaunlicherweise reagierte Ath-Vrilov ruhig auf die Frage. Schließlich gehörten die riesigen Panzerechsen zu den gefährlichsten Lebewesen von Shourmager überhaupt. Mit sechs Metern Höhe und rund sechzehn Metern vom Kopf bis zum Schwanzende waren sie zugleich die größten Tiere, die Mountvador und sein Forscherteam während ihrer sechsjährigen Arbeit auf Shourmager kennengelernt hatten.

Gurs waren wie die Könige von Shourmager. Nur die gelegentlich auftretenden Rudel der Sprungfrösche konnten ihnen mit ihrer Körpersäure gefährlich werden.

»Die Panzerechsen halten sich im Hintergrund«, sagte Ath-Vrilov. »Ich habe drei Roboter nach draußen geschickt. Sie berichten, dass die Gurs andere Tiere im Halbkreis gegen den Energiezaun treiben. Sehr eigenartig.«

Mountvador schüttelte verwundert den Kopf. Seine Mitarbeiter blickten ihn fragend an.

»Ich muss hier weg!« Ath-Vrilov klang inzwischen aufgeregt. »Ich lasse die Roboter zurück. Ihre Bewaffnung ist zwar nur schwach, aber sie sollten sich gegen die Bestien behaupten können.«

Auf einem der Holoschirme war zu sehen, dass sich ein kleines Gleitfahrzeug aus der Gefahrenzone entfernte. Die Tiere hatte bereits die Oberkante der Energiesperre erreicht. Dutzende monsterartige Lebewesen stürzten auf die Innenfläche des Landeplatzes. Einige wanden sich brüllend unter Schmerzen, weil sie sich beim Sturz aus der Höhe schwer verletzt hatten. Andere griffen die Roboter an.

Die Maschinen waren zur Unterstützung der Forschungsarbeiten konstruiert worden. Ihre schwache Bewaffnung bestand nur aus Lähmstrahlern. Den mächtigen Gurs konnten sie damit wenig anhaben, die kleineren Tiere fielen jedoch reihenweise um.

»Gute Beute für die Laboruntersuchungen«, stellte Mountvador fest.

»Es sind sogar einige Spezies dabei, die wir bislang noch gar nicht fangen konnten.«

Mesenanda warf ihrem Chef einen missbilligenden Blick zu. Die Erforschung des genetischen Rätsels von Shourmager war für den 92-jährigen Galakto-Mediziner und Exobiologen zur Lebensaufgabe geworden. Verbissen und zäh widmete er sich dem Projekt. Die Leidenschaft, mit der er sein Ziel verfolgte, ließ für ihn alles andere in den Hintergrund treten. Er suchte nach Antworten auf das Rätsel der Bestienwelt Shourmager. Die Natur hatte hier eine unglaubliche Vielfalt wilder Geschöpfte hervorgebracht, die offensichtlich nicht miteinander verwandt waren. Weder genetisch noch verhaltensmäßig waren Zuordnungen möglich, mit Ausnahme der Tatsache, dass alle Tiere von Shourmager wild, bösartig und ständig auf Raub aus waren.

Viele Lebewesen von Shourmager wiesen nicht einmal in den Zellkernen verankerte Gene auf. Ellidi-Ti, eine der Mitarbeiterinnen des Arateams, hatte den Begriff der Pseudonatur geprägt. Auch Mountvador glaubte mittlerweile daran, dass eine Manipulation vorlag. Worin diese bestand und warum sie vorgenommen worden war, das waren die Kernfragen des Rätsels.

Es gab Lebensformen wie das Wasserauge, die gar keinen Zellaufbau besaßen. Im Fall des Wasserauges gab eine Körperdrüse bestimmte Hormone ab, die das Wachstum beeinflussten. Wie diese biologische Unmöglichkeit aber funktionierte, war ungeklärt.

Auch hinsichtlich ihrer Fortpflanzung gab es bei den meisten Tieren auf Shourmager bestenfalls zufällige Ähnlichkeiten.

Mountvador schüttelte den Kopf, als Tiere in einer zweiten Welle über den Energiezaun sprangen. Im Hintergrund standen mehrere Gurs. Irgendwie war es den Panzerechsen gelungen, eine Vielzahl der anderen Tiere zusammenzutreiben.

Mountvador zuckte unvermittelt zusammen. Während die Roboter auf der Landefläche die wütenden Tiere abwehrten, überschlugen sich seine Gedanken.

Er lächelte grimmig. Was sich momentan schon erkennen ließ, war die zwangsläufige Folge einer eigenartigen Evolution.

Was die Gurs mit den anderen Tieren machten, war kein Instinktverhalten mehr. Das war etwas anderes, nämlich echte Intelligenz.

Der anfangs so ungleiche Kampf zwischen Mountvadors Robotern und den Tieren, die den Energiezaun überwunden hatten, veränderte sich schlagartig, als eine dritte Welle von Bestien die Sperre überwand. Die

Gurs hatten die kleineren und schwächeren Tiere rücksichtslos gegen den Zaun und damit in die Höhe getrieben.

»Es sind einige der gefährlichen Sprungfrösche darunter.« Aufgeregt deutete Ath-Vrilov auf den Schirm.

Mountvador beobachtete unterdessen die Szene mit einem starken Fernglas. »Sie setzen die Roboter mit ihrem Säurestrahl matt.«

»Ich sehe es«, bestätigte der Chef des Forscherteams gelassen. »Einige der Biester attackieren sogar die Raumschiffe. Bersendar, was sind das für Schiffe?«

Der Angesprochene drehte sich seinem Chef zu. »Außer unserem Linienschiff liegt da ein kleiner Kugelraumer der GAVÖK. Er gehört zum Außenposten. Mit dem dritten ist gestern eine Jagdgruppe gelandet, dort müssten sogar noch Besatzungsmitglieder an Bord sein.«

Unter Außenposten verstanden die Aras die GAVÖK-Station auf Shourmager. Diese gehörte weder zu dem Wissenschaftlerteam noch zu den Jagdvereinen. Ein Blue namens Ooldiek führte dort das Kommando. Er wurde von allen nur »Zwitscher« genannt.

»Was ist mit den drei Robotern, die Sie nach draußen geschickt haben, Ath?«, fragte Mountvador weiter.

»Die Verbindung ist abgerissen. Als ich zurückflog, konnte ich beobachten, wie einer der Roboter von den Gurs zermalmt wurde.«

»Zwitscher muss alarmiert werden. Ebenso die Besatzung auf dem Schiff. Wir werden mit allen Mitteln gegen die Attacke der Bestien vorgehen.«

Auf dem Landefeld wüteten die Bestien weiter. Immer mehr der unterschiedlichsten Tiere drängten vor dem Energiezaun in die Höhe.

»Ich bekomme keinen Funkkontakt mit Zwitscher!«, meldete Bersendar.

Mountvador reagierte nicht darauf. Er beobachtete die riesigen Gurs, die sich nicht nur geschickt im Hintergrund hielten, sondern auch den Lichtkegeln der zahlreichen Scheinwerfer auswichen. Zu überlegt erschienen die Aktionen der Panzerechsen, als dass sie purer Zufall sein konnten.

Immer heftiger attackierten die Frösche eines der Raumschiffe. Ihre Körpersäure griff den Stahl bereits sichtbar an.

»Unmöglich, dass die Bordwache nichts davon mitbekommt«, schimpfte Ath-Vrilov.

»Es sind Springer«, kommentierte Ellidi-Ti. »Wahrscheinlich haben sie einen zur Brust genommen und schlafen tief. Jemand muss raus und sie wecken.«

Prohlo, die dritte Frau des Teams, und die Instinkt-Diagnostikerin Mesenanda flogen mit einem Gleiter in sicherer Höhe auf den Landeplatz zu.

Sprungfrösche überwanden mühelos Höhen bis zu acht Metern. Das kleine Walzenschiff, das sie angriffen, war zwar fünfzehn Meter hoch, das Hangarschott lag jedoch nur vier Meter über dem Boden.

Vergeblich versuchte Mesenanda, ungehindert in die Nähe des Schotts zu kommen. Erst als der Zufall ihr zu Hilfe kam, brachte sie den Gleiter ausreichend weit nach unten. Etliche Tiere, die den Sperrzaun gemeinsam überwunden hatten, griffen die Frösche an. Ein unüberschaubares Getümmel entbrannte.

Der Öffnungsmechanismus reagierte auf das Funksignal, aber da waren die ersten Bestien schon wieder heran.

Ein Wasserauge wurde in den offenen Gleiter geschleudert. Prohlo versuchte noch, in die Kontrollen einzugreifen und die Maschine wieder hochzuziehen, aber der Gleiter drehte sich nur zur Seite.

Mesenanda rettete sich mit einem Sprung in den kleinen Hangar. Die aufflammende Beleuchtung lenkte die angreifenden Bestien für einen Moment ab.

Ein halb bekleideter Mann mit zerzaustem Haar kam der Instinkt-Diagnostikerin entgegen. Mit beiden Händen hielt er einen schweren Desintegrator vor sich. Er feuerte. Zuerst auf eine Reihe aus dem Hintergrund angreifender Bestien und dann, vom Hangarrand aus, auf das Wasserauge.

Prohlo schaffte es, den Gleiter wieder in die Höhe zu ziehen, unerreichbar für die wütenden Tiere.

Das Hangarschott des Walzenraumers war noch im Öffnungsvorgang gestoppt worden und schloss sich schon wieder.

Unmittelbar darauf feuerte eines der kleinen Bordgeschütze des Walzenraumers. Der Spuk innerhalb des abgesperrten Landefelds war rasch beendet.

Vom Hauptlabor aus war deutlich zu sehen, dass die Gurs ihre Taktik änderten. Höchstens zwanzig Panzerechsen befanden sich außerhalb des abgeriegelten Bereichs. Sie zogen sich ein Stück weit zurück, doch unvermittelt stürmten sechs oder sieben von ihnen wieder vor, wobei sie sich fast parallel zu dem Energiezaun bewegten.

Voller Wucht prallten sie auf die tobenden Tiere, von denen etliche zu Tode gequetscht, die meisten aber von dem Energiezaun weggeschleudert wurden und davonstoben. Auch die Gurs verschwanden rasch in der Dunkelheit.

»Das war knapp.« Ath-Vrilov atmete hörbar auf. »Mesenanda und Prohlo sind jedenfalls in Sicherheit.«

»Das war nicht knapp«, stellte Mountvador fest. »Das war hochinteressant. Strengen Sie Ihren Kopf an und denken Sie endlich darüber nach, was Sie gesehen haben. Wir sind heute einen enormen Schritt weitergekommen.«

Der alte Exobiologe erntete verwunderte Blicke.

Als die beiden Frauen bald darauf ins Labor zurückkamen, hatten sich die erregten Gemüter schon beruhigt. Mountvador verlangte eine sofortige Analyse.

»Ich weiß, dass es spät in der Nacht ist und dass Sie alle nur wenig geschlafen haben«, sagte er. »Die Ereignisse haben jedoch absoluten Vorrang. Das müssen Sie einsehen.«

Er erntete nur stumme Blicke.

»Ich sehe schon, dass ich wieder allein denken muss«, begann er mit leichter Ironie. »Wie oft habe ich Ihnen erklärt, dass das Universum von einem Geist durchdrungen ist, der vom primitivsten Einzeller bis zum hochintelligenten Wesen alle beeinflusst. Alles strebt nach Transformation in einen höherwertigen Zustand, auch die Bestien von Shourmager.«

»Ich habe keinen Geist gespürt«, sagte Prohlo. »Nur einen Haufen wilder Tiere, die mich als Beute sahen.«

»Sie können gar nicht mitreden, Prohlo.« Mountvadors Stimme klang scharf. Für sein Team das Zeichen, dass er sich wieder engstirnig in seine Theorien stürzte. »Sie sind jung und tüchtig, aber Sie haben die wichtigsten Szenen verpasst. Haben Sie den Alarm nicht gehört?«

Er erwartete keine Antwort und erhielt auch keine. Die Forscher kannten ihren Chef zur Genüge.

»Ich werde Ihnen sagen, was wir erlebt haben: Es war ein Schritt in der Entwicklung der Bestien. Sie fangen an, ihr Instinktverhalten abzulegen und intelligent zu handeln. Eine andere Erklärung für die gezielten Aktionen gibt es nicht.«

Mountvador musterte die Instinkt-Diagnostikerin Mesenanda. Er erwartete ihren heftigen Widerspruch, und der kam prompt.

»Handelt ein Bulle intelligent, oder folgt er nur seinem Instinkt, wenn er zur Paarungszeit seine Nebenbuhler mit aller Kraft vertreibt?«, fragte die Frau.

»Das können Sie nicht miteinander vergleichen.« Mountvador brauste auf. »Wir haben eine gezielte Aktion erlebt. Die Gurs entwickeln Intelligenz. Sie haben die schwächeren Bestien zusammengetrieben und systematisch auf uns gehetzt. Als sie einsehen mussten, dass ihr Versuch zum

Scheitern verurteilt war, weil die Springer eingriffen, waren sie sogar intelligent genug, den Angriff abzubrechen.«

»Ich verstehe immer intelligent«, protestierte Ath-Vrilov. »Wo soll diese Intelligenz so plötzlich herkommen?«

Anklagend verdrehte Mountvador die Augen. »Sie haben nichts verstanden, Ath. Die Evolution ist ein natürlicher Prozess. Die Gurs sind die stärksten Tiere des Planeten. Also spüren sie zuerst den Geist des Universums. Ihre Maßnahmen gegen uns sind dann absolut folgerichtig, denn wir sind die größte Bedrohung für ihre Umwelt.«

Mesenanda zuckte die Achseln. Dass sie keine Lust hatte, mit ihrem engstirnig veranlagten Chef zu diskutieren, war ihr deutlich anzusehen.

»Jedes Tier vertreibt aus reinem Instinkt andere Lebewesen aus seinem Bereich, wenn es diese nicht fressen kann.«

»Unsinn!« Mountvadors Hand wischte durch die Luft. »Purer Unsinn!«

»Selbst wenn an Ihren Überlegungen etwas Wahres sein sollte, sehe ich keinen Zusammenhang mit dem Hauptproblem«, wandte Gornim ein. »Wie konnten auf Shourmager derart unterschiedliche Lebensformen entstehen, die sich jeder genetischen Zuordnung widersetzen?«

Mountvador lachte hell. »Sie müssen zuerst das eine vom andern trennen und einzeln durchdenken, Gornim. Erst dann erfolgt die Verknüpfung der Erkenntnisse. Für Shourmager bedeutet das wachsende Intelligenz. Ihre Frage, wieso hier genetisch so verschiedenes Leben entstanden ist, kann ebenso einfach beantwortet werden.«

Er legte eine Kunstpause ein und erntete nur fragende Blicke.

»Ganz einfach.« Es bereitete Mountvador Vergnügen, seine Mitarbeiter zappeln zu lassen. Nur so konnte er, seiner Meinung nach, seine Theorien überzeugend anbringen.

»Die Bestien von Shourmager sind gar nicht hier entstanden.«

Sogar Bersendar, der sich fast ausschließlich um organisatorische Angelegenheiten kümmerte, blickte erstaunt auf. Mesenanda schaute auf Ath-Vrilov, und der blickte zu Boden und schüttelte den Kopf.

»Dafür gibt es weder einen Hinweis noch einen logischen oder verständlichen Grund«, sagte Mountvadors rechte Hand schließlich.

»Es ist die einzige akzeptable Erklärung«, dozierte Mountvador.

»Wenn Sie mich überzeugen wollen, müssen Sie das näher erklären.«

Mountvador war sichtlich froh, in Ath-Vrilov zumindest einen interessierten Zuhörer gefunden zu haben.

»Bis heute haben wir keine natürliche Erklärung für diese Tierwelt. Also muss in ferner Vergangenheit ein Ereignis stattgefunden haben, das die Ursache dieses genetischen Chaos ist. Zufall und intelligentes Einwirken müssen sich gepaart haben. Das Leben auf Shourmager kann nur von außen gekommen sein. Denken Sie an die Sage von der Lebensblase des Urolmith, die noch heute auf Aralon erzählt wird. Auch die Terraner kennen ein solches Ereignis; sie nennen es die Arche Noah. Bei den Blues heißt das Geschehen der Erste Magen des Rettenden Alles. Auch andere Völker besitzen Überlieferungen dieser Art. In allen Fällen handelt es sich um eine Art Körper, der alle denkbaren oder vorhandenen Lebensformen in minimaler Anzahl in sich aufnimmt und sie über eine schlechte und alles vernichtende Zeit hinwegrettet. Stellen Sie sich eine solche Arche vor, die vor Urzeiten auf Shourmager notlanden musste. Aus dem Sammelsurium von Lebewesen überlebten alle, die einen geeigneten Nährboden fanden. Das tropische Klima dieser Welt begünstigte die Tiere, die wir heute hier sehen.«

»Nur eine von vielen Theorien.« Ath-Vrilov schüttelte den Kopf. »Beweise sehe ich nicht. Es kann sich auch völlig anders abgespielt haben.«

»Natürlich«, sagte Mountvador. »Aber der Kern der Sache muss richtig sein. Für mich steht jedenfalls fest, dass diese Tierwelt nicht als Ergebnis einer unbeeinflussten Evolution entstanden sein kann.«

Bersendar gähnte.

»Ich bin müde«, murmelte Prohlo.

»Vielleicht ist tatsächlich etwas Wahres dran«, mutmaßte Ath-Vrilov. »Zwitscher erzählte mir kürzlich, dass er tief unter der Oberfläche Hohlräume mit größeren Metallansammlungen geortet hat. Wie ich ihn verstanden habe, soll das sogar im Bereich des Karrosgo-Tales sein.«

»Da sehe ich keinen Zusammenhang«, sagte Mountvador ablehnend. »Wir haben das Tal zur Genüge erforscht. Auf Spuren des Raumschiffs, das die Bestien nach Shourmager brachte, sind wir nicht gestoßen. Das ist auch schwer denkbar, denn die Zeitspanne seit diesem Ereignis muss viel zu groß sein. Die Natur bringt keine Intelligenz innerhalb weniger zehntausend Jahre hervor. Die Suche nach technischen Relikten wäre also vergeudete Zeit.«

Ath-Vrilov zuckte nur mit den Schultern.

Der Chef des Forscherteams erhob sich. »Genug geredet. Die toten Tiere müssen geborgen und untersucht werden. Gleiches gilt für die beschädigten Roboter. Was wichtig ist, wird jetzt erledigt, der Rest morgen früh.«

Der breite Fluss hatte keinen Namen. Die Männer und Frauen um den Exobiologen Mountvador nannten ihn einfach nur den Fluss. Er kam aus den Bergen, die das Karrosgo-Tal nahezu vollständig umschlossen. Zahlreiche Nebenflüsse ließen ihn rasch anschwellen.

Auch Beschnark nannte ihn nur den Fluss.

An beiden Ufern erstreckten sich Urwälder und Sumpfzonen. Alles wuchs und wucherte, starb und verfaulte, wenn stärkeres pflanzliches und tierisches Leben sich ausbreitete. Eine üppige, eigentlich unbeschreibliche Vielfalt an Lebensformen. Die Forscherteams würden wohl nie mit der Bestandsaufnahme fertig werden; es gab zu unterschiedliche und zu viele Lebensformen. Auch Beschnark hatte keine Vorstellung von der Zahl seiner Feinde. Er betrachtete alles und alle als Feinde, die Gurs seiner Drachenhorde ausgenommen.

Die Treibhausatmosphäre kühlte während der Nächte kaum ab. Das Leben kam in dieser Zeit ohnehin nie zur Ruhe.

Den Aras in der Forschungsstation machte das Klima nichts aus. Sie schützten sich mit ihren technischen Möglichkeiten.

Für Beschnark war die warme, feuchte Schwüle geradezu ein Labsal.

Wo der Fluss außerhalb des Tales seine erste große Windung machte, hatte er die Uferböschung tief ausgewaschen. Dichter Bewuchs zog sich von einem Hügel hinab zum Flussbett. Von Zeit zu Zeit stürzten Bäume oder Bodenschollen in die Tiefe. Der Eingang zu der großen Höhle in der Uferböschung blieb jedoch frei. Sobald sich wirklich zu viel Erdreich vor der Öffnung angesammelt hatte, jagte Beschnark seine Weibchen nach draußen. Sie waren zwar kleiner und plumper als die Jungmännchen, für die Räumarbeiten waren sie aber kräftig genug.

Beschnark war der Herr der Horde. Unnachgiebig bestimmte er, was zu geschehen hatte. Keines der rund vierzig Mitglieder seiner Familiengruppe wagte es, seine Aufforderungen zu überhören.

Beschnark lag im rückwärtigen Bereich der Eingangshöhle. Er war satt und ruhte sich aus. In den Nebenhöhlen rumorten die Weibchen, die sich um das Wohl der Eier kümmerten. Bald würde seine Drachenhorde um einige Junggurs reicher sein. Vielleicht besaß er dann die stärkste Gruppe in der Umgebung.

Der mächtige Gur döste vor sich hin. Eigenartige Bilder stiegen in ihm auf. Er blickte kurz hoch und richtete seine Augen in den dunklen Hintergrund der Höhle. Dort befand sich ein Eingang in den tiefen Boden. Nur einmal, als er noch sehr jung gewesen war, hatte er es gewagt, den Tunnel zu betreten. Beschwilil, damals der Führer der Gruppe, hatte ihn herausgeholt und fürchterlich bestraft. Noch heute trug Beschnark die Bissnarben dicht hinter dem kurzen Hals.

Aber durch solche Erlebnisse war er hart geworden. Das hatte genügt, um ihn zum Nachfolger Beschwilils werden zu lassen.

Die seltsamen Gegenstände, die Beschnark bei seinem damaligen Ausflug im Dämmerlicht der leuchtenden Sümpfe gesehen hatte, vergaß er nie.

Die Bilder verfolgten ihn sogar im Traum. Sie verwirrten ihn, aber sie weckten zugleich Wünsche und Sehnsüchte, die er nicht deuten konnte.

»Für sie zählt nur ihr Profit. Im Jagdklub ›Drachenblut‹ schert sich keiner um unser Verlangen. Dieser Überschwere Callon hat mich regelrecht hinausgeworfen. Wir sollen uns mit der Ameisenforschung befassen und seine Jagdtiere in Ruhe lassen. Das sei sein Revier.«

Mountvador runzelte die Stirn, als Bersendar ihm Bericht erstattete. »Primitive Wüstlinge«, sagte er abfällig. »Sie haben tatsächlich nichts anderes im Sinn, als aus der Sensationslust einer Handvoll Verrückter Geld zu machen. Von hohen wissenschaftlichen Zielen haben die nie etwas gehört. Ich werde heute noch einen persönlichen Appell an Callon und den Unither Karvist richten. Beide sollten eigentlich weich sein. Wenn die Informationen stimmen, haben sie heute wieder einmal zwei ihrer jagdlüsternen zahlenden Gäste verloren. Falls ich auch nicht weiterkomme, muss Zwitscher eine einstweilige Verfügung erlassen, bis das Gutachten da ist und die Jagd auf Gurs endgültig verbietet.«

Bersendar war nicht so überzeugt von den vorgesehenen Maßnahmen. »Wann rechnen Sie mit einer Antwort der GAVÖK-Fachleute?«, fragte er vorsichtig.

»Das darf nicht länger als drei oder vier Tage dauern«, antwortete Mountvador. Seine Stimme klang jedoch unsicher. »Momentan herrschen leider viel Unruhe und Aufregung in der Milchstraße. Wir müssen damit rechnen, dass eine Antwort auf unser Problem etwas länger dauert.«

»Und bis dahin?«

»Einfach nur zu warten wäre unerträglich. Ich werde morgen selbst die Jäger überwachen und sie von den Gurs fernhalten. Ihre Population ist ohnehin schon denkbar gering, rund siebenhundert Exemplare, die in vierzig Großfamilien leben.«

Bersendar blickte zur Seite, um seinem Vorgesetzten nicht zu zeigen, dass er dessen Zuversicht keineswegs teilte.

Nur Sekunden später schrillte der Alarm.

Ath-Vrilov stürmte in den Raum. »Die Gurs greifen an!«, rief er erregt. »Mindestens zwanzig Echsen nähern sich.«

»Aufzeichnung einschalten! Beobachtungsgleiter startklar machen!«, befahl Mountvador knapp.

Auf den Holoschirmen wurden die heranpreschenden Gurs aus mehreren Perspektiven sichtbar.

»Sie halten genau auf den Energiezaun zu«, stellte Ath-Vrilov fest. »Das gibt eine Katastrophe.«

»Gegen die Energiesperre können diese Riesen nichts ausrichten«, sagte Mountvador.

Die Gurs rasten frontal gegen den Energiezaun. Noch während die ersten Tiere zu Boden sanken, warfen sich die nachfolgenden heran. Es handelte sich ausschließlich um männliche Tiere, wie ihre Zackenkämme verrieten.

Mountvador stockte der Atem, als zwei der kräftigsten Panzerechsen aus dem Getümmel in die Höhe geschleudert wurden und den Zaun überwanden. Unglaublich geschmeidig landeten beide Kolosse auf ihren Füßen. Noch in der Luft hatten sie ihren Leibern die Drehung gegeben, die sie richtig aufkommen ließ.

Auf dem Landeplatz standen nur mehr zwei Raumschiffe. Der Walzenraumer der Jagdgruppe war mittlerweile abgeflogen.

Die beiden Echsen verharrten kurz, als müssten sie sich orientieren, dann bewegten sie sich auf das Schiff der Forschungsstation zu.

»Ath!«, rief Mountvador. »Unternehmen Sie etwas!«

Der Gehilfe stand wie versteinert da. Es wäre ohnehin zu spät gewesen. Die Panzerechsen rammten bereits mit ihren Schädeln gegen das kleine Raumschiff. Ihr Gebrüll musste ohrenbetäubend laut sein, selbst auf die Distanz war es erschreckend deutlich zu hören.

Bersendar alarmierte die Außenstation der GAVÖK. Diesmal kam der Kontakt mit Zwitscher sofort zustande.

»Wir haben die Gurs gesehen«, sagte der Blue. »Ich schicke ein Kampfschiff der Hauptbasis. Dem Spuk werden wir ein schnelles Ende bereiten.«

»Spuk?« Mountvador war überaus erregt. »Das sind intelligente Aktionen. Die nötigen Beweise. Wir müssen uns mit den Gurs verständigen. Auf keinen Fall dürfen Sie angreifen.«

Scheinbar abschätzend wiegte Zwitscher den Tellerkopf. »Wenn Sie es wünschen, setzen wir nur Lähmstrahler ein. Die Biester werden allerdings eine gehörige Portion brauchen.«

»Ja, ja, nur lähmen. Auf keinen Fall töten. Sie sind intelligent.«

Die Funkverbindung erlosch.

Auf dem Landeplatz rannten die Gurs erneut auf das kleine und entsprechend verletzliche Raumschiff zu. Ihre Aktion wurde von lautem Gebrüll der Tiere außerhalb der Energiesperre begleitet.

»Die anderen feuern sie an!«, rief Mountvador. »Auch das ist ein Zeichen der wachsenden Intelligenz.«

Der wuchtige Aufprall ließ diesmal mehrere Landebeine des Schiffes einknicken. Sofort setzten die Echsen nach.

Außerhalb des Sperrzauns gruppierten sich die übrigen Gurs für einen neuen Vorstoß gegen das energetische Hindernis. Aus mehreren hundert Metern Distanz nahmen sie brüllend Anlauf. Sieben kräftige Echsen waren diesmal in der vordersten Linie nebeneinander. Ihr Aufprall brachte den Zaun nahe an die Belastungsgrenze.

Als die nachfolgenden Tiere sich in das Gewühl warfen, gab es eine schwere energetische Entladung. Mehrere Gurs stürzten bewusstlos oder tot zu Boden, aber der Energiezaun brach zusammen, und gut ein Dutzend der mächtigen Tiere trampelte ungehindert weiter.

Es dauerte höchstens Minuten, bis die beiden kleinen Raumschiffe demoliert zur Seite kippten. Mit ihnen zu starten würde vorerst wohl unmöglich sein.

Die Gurs sammelten sich. Der Blick ihres Anführers richtete sich auf die Doppelkuppel von Mountvadors Forschungsstation.

Sie setzten sich in Bewegung.

Mountvador wich entsetzt von der Stahllitwand zurück. In dem Moment schwand seine Selbstsicherheit.

Erst in letzter Sekunde sank ein großes Diskusschiff der GAVÖK über der Station herab. Die Blues feuerten mehrere lähmende Salven ab und beendeten damit den Spuk.

Das Diskusschiff schwebte noch über dem Areal, als Zwitscher eintraf.

Mountvador bedankte sich bei dem Blue für die schnelle Unterstützung. »Sie werden sehen, Ooldiek, dass die Gurs freiwillig das Weite suchen, sobald sie wieder zu sich kommen«, sagte der erregte Ara zu dem Blue. »Diese Wesen handeln bereits sehr bewusst. Ihre noch geringe Intelligenz nimmt ständig zu. Sie lernen.«

Die Behauptung bewahrheitete sich schon bald danach. Als die Gurs erwachten, galten ihre Blicke erst dem Diskusraumschiff, dann liefen sie in gemächlichem Tempo davon.

»Das war knapp.« Ath-Vrilov stöhnte leise.

»Das war interessant«, berichtigte Mountvador. Er wandte sich an Zwitscher. »Sie konnten selbst sehen, wie überlegt diese angeblichen Tiere handeln. Wir müssen einen Weg finden, uns mit ihnen zu verständigen. Bis das gelingt, sollten Sie dafür sorgen, dass die Leute in den Jagdklubs nicht zu Mördern an intelligentem Leben werden.«

»Ich bin kein Experte für solche Fragen und nur für die Sicherheit auf Shourmager verantwortlich«, entgegnete Ooldiek ausweichend. »Sobald Sie die Sicherheit gefährdet sehen, melden Sie sich. Bis dahin oder bis die Expertenantwort zu Ihrem Bericht eintrifft, kann ich nichts unternehmen. Versuchen Sie selbst, mit Callon ein Stillhalteabkommen zu treffen.«

Der Blue ging. Mountvador blickte ihm unzufrieden hinterher.

5.

Mountvador setzte seinen Plan, sich persönlich mit dem Jagdklub »Drachenblut« über die Einstellung der Gurjagd zu einigen, in die Tat um. Wenn erst Callon und Karvist seinem Vorschlag folgten, würden sich die anderen Klubs dem hoffentlich anschließen. Schließlich war »Drachenblut« das größte und einflussreichste Unternehmen auf Bestienrummel.

Er wählte Gornim als Begleiter. Mesenanda würde als Gleiterpilotin ohnehin dabei sein.

Vor dem Verwaltungsgebäude des Jagdklubs wurde er nicht gerade mit offenen Armen empfangen. Aber das hatte er ohnehin nicht erwartet. Seine Ankündigung, dass sich die Verhältnisse auf Shourmager verändern würden, hatte ihm bestimmt keine neuen Freunde verschafft. Wer verzichtete schon gern auf betuchte Abenteurer als Kunden.

»Callon ist mit einem Jagdteam unterwegs«, wurde ihm eröffnet. »Wo er sich momentan aufhält, wissen wir nicht. Sie können ihn über Funk aber bestimmt erreichen. Karvist hat sich zurückgezogen und will nicht gestört werden. Das sind seine privaten Stunden.«

Mountvador sah ein, dass er so nichts erreichen würde. Er forderte Mesenanda auf, umgehend wieder zu starten.

Während des Flugs versuchte Gornim, mit Callon Kontakt aufzunehmen. Es gelang nicht. Wahrscheinlich wollte der Überschwere einfach nicht bei der Jagd gestört werden.

Mountvador ließ sich mit dem Blue Ooldiek verbinden und klagte ihm sein Leid. »Wie soll ich mit Callon ein Abkommen treffen, wenn er sich verkriecht?«

»Der Mann wird ahnen, was Sie vorhaben«, meinte Zwitscher. »Aber seine Jagdgruppe ist vor ungefähr einer Stunde nordwestlich des Karrosgo-Tales gesehen worden. Vielleicht erwischen Sie ihn dort.«

»Dann kann ich ihn auch gleich daran hindern, Jagd auf die Gurs zu machen.«

»Sie wissen, wie ich zu erreichen bin«, sagte der Blue ausweichend und unterbrach die Verbindung.

Mesenanda beschleunigte den Gleiter.

Der Überschwere hatte ein Randgebiet für die Jagd ausgewählt. Der dichte Dschungel ging hier in offenes Sumpfgelände über.

Drei Gleiter mit den Emblemen des touristischen Jagdklubs »Drachenblut« schwebten nur wenige hundert Meter vom Wald entfernt über dem Sumpf. Eine vierte Maschine kreiste über dem Dschungel und warf von Zeit zu Zeit kleine Sprengkörper oder Brandbomben ab. Auf diese Weise wurden viele Tiere ins Freie getrieben, wo sie für die Jäger zur leichten Beute wurden.

Eine faire Jagd war das nicht. Der Ara wusste, dass Callon Kopfprämien für jeden Abschuss erhob. Wer nicht zahlen konnte oder wollte, durfte nicht schießen oder wurde gar nicht erst mitgenommen.

Gut zwei Dutzend erlegte Tiere lagen in dem Sumpfgelände. Zu seinem Entsetzen erkannte der Exobiologe, dass zwei junge Gurs darunter waren.

Entschlossen, dem Treiben Einhalt zu gebieten, übernahm er selbst das Steuer des Gleiters und flog direkt in die Schusslinie der Jagdgruppe. Callon war außer sich vor Zorn, befahl aber letztlich seiner Gruppe, das Feuer einzustellen.

In zwanzig Metern Höhe über dem Sumpf näherten sich die Gleiter einander.

»Hören Sie mir zu, Callon!«, rief der Ara eindringlich. »Was Sie tun, ist Mord. Sie bringen intelligentes Leben um. Ich sehe ein, dass Sie das von sich aus kaum erkennen können. Ich will Ihre Jagd auch nicht stören, aber Sie dürfen keine Gurs mehr schießen. In zwei Tagen wird die Expertise der GAVÖK-Spezialisten vorliegen. Dann wird die Jagd auf Gurs ohnehin untersagt. Wenn Sie sich vorher nicht freiwillig meinem Wunsch anschließen, bringe ich Sie vor ein Gericht.«

»Die Gerichte der GAVÖK sind weit weg!«, brüllte der Überschwere zurück. »Wenn ich die Jagd auf die Gurs einstellen würde, bekäme ich erhebliche finanzielle Einbußen. Da liegt das Problem.«

Mountvador zögerte. Er beriet sich kurz mit Mesenanda, dann wandte er sich wieder an den Überschweren.

»In Ordnung, Callon. Ich mache Ihnen ein Angebot. Sie stellen für die Zeit bis zum Eintreffen der Expertise die Jagd auf Gurs ein. Als Ersatz zahle ich Ihnen pro Tag zehntausend Solar.«

Sobald es um finanzielle Angelegenheiten ging, handelte Callon immer schnell. Das Angebot war gut. Offenbar reizte ihn aber auch, den Wissenschaftler in die Schranken zu weisen. Die Arbeit aller Forscher auf Shourmager war dem Besitzer des Jagdklubs ein Dorn im Auge.

»Der Handel gilt«, sagte er. »Aber nur für zwei Tage. Wenn bis dahin keine Antwort der Narren von der GAVÖK vorliegt, geht die Jagd weiter. Egal, was Sie dann bieten.«

Mountvador musste sich damit zufriedengeben. Er verständigte den

Blue über die Vereinbarung und forderte ihn nochmals auf, Druck hinter die zu erwartende Entscheidung zu machen.

Ooldiek sicherte dies zu. Dabei wussten beide, dass es in der Milchstraße andere wichtigere Probleme gab als ein paar hundert Drachenechsen, die an der Schwelle zur Intelligenz standen.

Als die Gruppe zurückkehrte, war Beschnark wütend. Der alte Gur riss sein Maul auf und röhrte Traubilt an. Der war nur wenige Jahre jünger als der Führer der Drachenhorde. Es war Beschnark nicht entgangen, dass Traubilt ihn hin und wieder eifersüchtig beobachtete.

Zwei der Jungen, die zum ersten Mal auf Jagd gegangen waren, fehlten. Das schwächte Beschnarks Macht und weckte seinen Zorn auf Traubilt, der sich rasch in der Höhle verkroch.

Beschnark war unruhig. Während der Schlafpause hatten ihn üble Träume geplagt.

Der mächtige Gur setzte sich in Bewegung. Sein Ziel lag im hinteren Bereich der Höhle. Das Tosen des Flusses wurde leiser, je weiter er sich von der Uferböschung entfernte.

Erneut drängten sich fremde Bilder in sein Denken. Beschnark fühlte, dass die Szenen nicht aus seinem Dasein stammten. Seine winzige Intelligenz reichte jedoch nicht aus, um einen Zusammenhang zu erkennen.

Über zwei mächtige Felsblöcke gelangte er auf ein Sims, das die Höhle wie ein Band umlief. Irgendwo dahinter lag der Eingang zu dem Tunnel, den er in früher Jugend manchmal aufgesucht hatte. Ein innerer Zwang trieb ihn voran. Felsen, Steine und tropfende Rinnsale ringsum.

Doch seine Augen sahen etwas anderes, Bilder, die in ihm steckten.

Glänzende Stoffe bedeckten seinen Leib, in seinen Pranken hielt er funkelnde Gegenstände. Fremde Kreaturen lagen zu seinen Füßen.

Klänge drangen an sein Ohr, wie er sie nie gehört hatte. Als er sein Haupt schüttelte, verstummten die seltsamen Töne. Die Kreaturen drückten sich noch tiefer in den Sand, und er spürte seine Macht. Mit einem Schlag konnte er diese Wesen hinwegfegen. Er genoss dieses Gefühl.

Über ihm schien eine helle gelbe Sonne. Riesige Körper schwebten in der Luft. Beschnark wusste, dass sie alle auf seine Stimme hören würden. Er konnte befehlen, die Drachenhorde zu neuen Kämpfen führen und seine Macht immer weiter ausdehnen.

Ein unsagbar starker Eroberungswille befiel ihn. Er wollte Anordnungen treffen und öffnete das breite Maul, brachte aber nur einen dumpfen kehligen Schrei hervor, der ihn in die Wirklichkeit zurückriss.

Um ihn herum war nur feuchtes Gestein. Und kaum eine Körperlänge entfernt gähnte ein großes Loch.

Er vergaß den seltsamen Traum und blickte sich um. Kein anderer Gur war ihm gefolgt. Wahrscheinlich wurde seine Abwesenheit gar nicht bemerkt.

Beschnark kletterte in den Höhlengang. Sicher krallte er sich in dem morastigen Boden fest. Schließlich erreichte er eine Anhöhe.

Dumpf blickte er auf das Ding vor seinem Schädel. Es war ein toter Gegenstand, und er versetzte dem seltsamen Ding einen Stoß, dass es von der Anhöhe rollte.

Allmählich verspürte Beschnark Hunger. Er wollte schon umkehren, da sah er eine seltsame Gestalt.

An die Dunkelheit der Höhle gewöhnt, starrte er einen Stollen hinab, der zu einem kleinen See führte. Am Ufer des Wassers bewegte sich eine Gestalt, die viel kleiner war als jeder Gur.

Er hatte schon gelegentlich diese Zweibeiner beobachten können. Sie schienen nichts anderes zu sein als gewöhnliche Feinde.

Der Gedanke an Macht brach wieder in ihm auf. Seltsame Gegenstände mit außergewöhnlichen Formen schienen vor seinen Augen zu tanzen.

Die Gestalt da unten, ist das einer der bestimmenden ...? Beschnark konnte den Gedanken nicht zu Ende denken, denn ihm fehlten geeignete Vorstellungsbilder.

Sein Hunger wurde quälend. War das Wesen dort unten Beute? Oder einer der Mächtigen der ...

Die Gestalt verschwand aus seinem Blickfeld. Beschnark machte kehrt und kletterte zurück zu seiner Horde.

Beschnarks Traumbilder zerstoben, als unvermittelt die Junggurs heulten. Ihr Gebrüll signalisierte Gefahr.

Gleich darauf sah er den Eindringling, einen kleinen Zweibeiner. Die Gestalt, die er am Wasser gesehen hatte? War ihm dieses Wesen gefolgt?

Der Gur richtete sich auf und blickte dem Feind entgegen, der etwas mit beiden Händen in die Höhe hob. Schlagartig ergriffen die Traumbilder wieder von Beschnark Besitz. Der seltsame Gegenstand, das Ding, das er eines Tages besitzen würde ...

Vor seinen Augen tanzte eine Figur in glänzenden Gewändern. Sie warf ihm böse Blicke zu und rief etwas, das Beschnark nicht verstand. Er antwortete mit wütendem Geheul.

Die tanzende Figur verschmolz mit dem Feind. Das Ding in seiner Hand wurde zu einem glänzenden Etwas, aus dem grelle Flammen hervorstachen.

Beschnark war völlig verwirrt. Sein Instinkt, das Nest der Horde zu verteidigen, vermischte sich mit den Traumbildern. Er sprang von seinem Platz auf und stürmte durch die Höhle. Von seinem Gebrüll eingeschüchtert, kamen die anderen Gurs näher. Beschnark hatte den Eindruck, dass der Zweibeiner aus der Höhle floh, aber wirklich erkennen konnte er es nicht.

Es dauerte eine ganze Weile, bis Ruhe und Ordnung wieder einkehrten.

Beschnark schlich unruhig umher und belauerte die anderen. Er spürte, dass etwas falsch gelaufen war. Mit seiner kümmerlichen Intelligenz erkannte er die Zusammenhänge aber nicht.

Die Erinnerung verblasste schnell.

Mountvador war schlecht gelaunt. Die Zeit seines Stillhalteabkommens mit Callon verstrich, ohne dass etwas geschah. Seine ständigen Nachfragen bei Zwitscher hatten dazu geführt, dass der Blue ihm unmissverständlich gesagt hatte, er solle ihn endlich in Ruhe lassen.

Seine Mitarbeiter gingen ihm auch bei jeder Gelegenheit aus dem Weg.

Als sich Ath-Vrilov näherte, atmete Mountvador auf. Er fühlte sich so isoliert, dass ihm jede Abwechslung willkommen war. Dass er an seinem Zustand selbst schuld war, sah er nicht ein. Zu sehr hatte er sich in seine Idee verrannt.

»Was gibt es?«, rief er Ath zu. Im Stillen hoffte er, dass endlich eine Antwort auf seinen Antrag bei der GAVÖK vorlag.

»Nichts von Bedeutung«, antwortete Ath-Vrilov. »Ein Fahrzeug vom Jagdklub ›Tausend Bestien‹ nähert sich. Sie haben einen Verletzten und bitten um Hilfe.«

»Den Klub kenne ich nicht.«

»Ein kleiner Verein im Süden von Dycsus. Der Verletzte gehört nicht zu ihnen. Sie haben ihn außerhalb des Tales gefunden.«

Mountvador war enttäuscht.

Minuten später schleppten ein Springer und ein Ara den Verwundeten in die Forschungsstation. Mountvador musterte den Angehörigen seines Volkes missbilligend. Sogar Galaktische Mediziner frönten also schon der üblen Jagd auf Bestienrummel.

»Warum versorgen Sie den Mann nicht selbst?«, fragte der Exobiologe gereizt.

Der Ara zuckte mit den Schultern. »Ich habe keinen Hang zur Medizin. Sie sollten sich auch überlegen, wo Sie mehr verdienen können.«

»Außerdem gehört der Verletzte zum Jagdklub ›Drachenblut‹ und zu den GAVÖK-Genialreisen«, ergänzte der Springer. »Mit denen haben wir nichts zu tun.«

»Also einer von Callons und Karvists Jagdgästen.« Mountvador witterte die Chance, mit den beiden Chefs des Klubs in ein für ihn und seine Idee vorteilhafteres Verhältnis zu kommen. »Die Sache geht in Ordnung. Wir werden den Mann versorgen und zu seinem Verein zurückbringen.«

Die beiden Jäger gingen grußlos. Mountvador rief nach Ellidi-Ti. Die Frau besaß die besten Kenntnisse in der Humanmedizin.

Sie untersuchte den Bewusstlosen und gab ihm vorsorglich eine Breitbandinjektion.

»Viele Hautabschürfungen, Prellungen und eine Platzwunde am Kopf«, sagte sie. »Vermutlich Terraner.«

»Von wegen Terraner«, murmelte der Mann benommen und schlug die Augen auf. »Ich stamme von Olymp. Mein Name ist Bletz.«

Er richtete sich von der Liege auf. Mit seinen knapp zwei Metern überragte der Ara ihn um fast zwei Kopflängen.

»Ihnen ist nichts Ernstliches zugestoßen«, sagte Mountvador. »Ellidi-Ti wird Ihre Wunden in Ordnung bringen.«

Bletz guckte starr in die Höhe. »Wo bin ich hier gelandet?«, fragte er zögernd.

Mountvador erklärte es mit wenigen Worten. »Und woher kommen Sie?« Die Frage war mehr rhetorisch, eigentlich wandte er sich schon zum Gehen. Doch er blieb wie versteinert stehen, als er die Antwort hörte.

»Von den Gurs«, sagte Bletz.

»Das ist ein Scherz?«

»Nein.« Bletz legte wie zur Beteuerung eine Hand auf sein Herz.

»Sie konnten den Gurs entkommen?«, fragte Mountvador interessiert.

»Stimmt!« Bletz nickte. »Ich war in einer wahren Drachenhöhle. Alles unterirdisch und viele wilde Bestien. Aber ich konnte ihnen entwischen.«

»Sie wollen sagen, die Gurs haben Sie gehen lassen?« Mountvador sprach mehr zu sich selbst als zu dem untersetzten Mann vom Planeten Olymp. »Die aufkeimende Intelligenz wird immer stärker. Sie beginnen, sich vernünftig zu verhalten, und werden friedlich. Die Echsen suchen den Kontakt mit uns.«

Bletz schüttelte verständnislos den Kopf. Er bedankte sich bei Ellidi-Ti, die seine Wunden versorgt hatte und ihm ein schmerzstillendes Pflaster in den Nacken klebte.

»Ich weiß nicht genau, was Sie wollen«, sagte er zu dem Exobiologen. »Aber wenn Sie von den Gurs sprechen: Es handelt sich um wilde Bestien, um nichts anderes.«

»Das verstehen Sie nicht.« Mountvador wischte durch die Luft, als wollte er alle Gegenargumente wegfegen. »Sagen Sie mir einfach, wo diese Drachenhöhle liegt, in der Sie gewesen sein wollen.«

»In der ich war.« Bletz verzog das Gesicht zur Grimasse. »Sie und Ihre Leute haben mir geholfen – gut, ich verrate ihnen, was ich weiß. Die Höhle liegt etwa zehn Kilometer außerhalb des Karrosgo-Tals. Der Eingang liegt unter der Uferböschung an einer großen Flussbiegung. Es gibt aber noch eine andere Möglichkeit, die ich ...«

»Ich lasse Sie jetzt zu Callon bringen«, sagte Mountvador hastig. »Grüßen Sie den Überschweren von mir und richten Sie ihm aus, er soll die Finger von den Gurs lassen.«

Mountvador bekam das sichere Gefühl, dass er ohne Unterstützung der GAVÖK die Gurs retten musste. Es galt, den geschäftstüchtigen Überschweren und seinen unithischen Partner zu überzeugen.

Der Ara sah sich schon auf einer Panzerechse reiten, von den erstaunten Jägern des Klubs »Drachenblut« bewundert.

In derartige Gedanken versunken, die auf wunderbare Weise alle Rätsel Shourmagers lösen würden, kehrte Mountvador ins Hauptlabor zurück. Gornim und Mesenanda erwarteten ihn mit Neuigkeiten.

»Wir haben die Tierkörper untersucht, die bei dem Angriff auf dem Landeplatz gelähmt wurden«, erläuterte der junge Ara. »Besonders die neuen Gattungen haben wir uns vorgenommen. Es gibt keine verwandtschaftlichen Linien zwischen den verschiedenen Bestien. Ähnlichkeiten im Körperbau oder in der Art der Fortpflanzung sind höchstens zufällig. Mesenanda und ich sind deshalb von allen biologischen Überlegungen abgewichen und in die physikalische Statistik eingestiegen.«

Mountvador runzelte missbilligend die Stirn. Für ihn war das ein wissenschaftliches Randgebiet, das er weder beherrschte noch sonderlich schätzte. »Und?«, fragte er knapp.

»Wir haben die Häufigkeit der Elemente in den verschiedenen Tierkörpern analytisch ermittelt und die Werte miteinander verglichen. Wir wissen, Mountvador, dass es für alle Lebewesen eine obere und untere Grenze der Elementhäufigkeit gibt. Das gilt für die in organischen Lebewesen vorkommenden häufigen Elemente wie Kohlenstoff und Sauerstoff ebenso wie für die Spurenelemente.«

»Gerade bei den Spurenelementen haben wir Erstaunliches festgestellt«, fuhr Mesenanda fort. »Alle Lebewesen von Shourmager passen trotz ihrer Verschiedenartigkeit in das universelle Schema der Elementenhäufigkeit. Bis auf eine Ausnahme. Das sind die Gurs. Drei Spurenelemente, nämlich Cer, Kobalt und Niob, kommen bei ihnen mit einer Häufigkeit vor, die über dem zehnfachen Wert der Obergrenze liegt. Das Kohlenstoff-Isotop C-14 dagegen liegt weit unterhalb der Minimalwerte.«

»Welche Schlüsse ziehen Sie aus diesen Abweichungen?«

»Aus der C-14-Häufigkeit, dass die Gurs eine uralte Lebensform sind. Die Größenordnung muss bei einer Million Jahren oder darüber liegen.«

Gornim nickte zustimmend. »Und die Cer-, Kobalt- und Niob-Werte lassen eigentlich nur einen Schluss zu: Die Gurs stammen nicht aus der Milchstraße.«

»Ihre Folgerungen sind falsch«, sagte Mountvador. »Sie müssen den Gesamtzusammenhang sehen und alle Erkenntnisse, die wir über die Gurs und die anderen Tiere gewonnen haben, in ihrer Wechselwirkung auswerten. Wenn Sie dies täten, würden Sie feststellen, dass die Gurs eine Sonderstellung einnehmen. Sie sind die ersten Wesen dieser Welt, die den Schritt zur erwachenden Intelligenz vollziehen.«

Mesenanda und Gornim blickten sich vielsagend an. Es war schwer, mit Mountvador über dessen Theorien zu diskutieren.

Als Bletz im wahrsten Sinn des Wortes im dichten Dschungel verloren gegangen war, hatte er zu Karvists Jagdgruppe gehört. Als der Vermisste zurückkehrte, umarmte der Unither den untersetzten Mann von Olymp herzlich mit beiden Armen und mit seinem Rüssel. Kein Wort fiel über die Kosten einer vergeblichen Suchaktion, Karvist war einfach nur zufrieden.

Später saßen Bletz, Callon und Karvist in der Kantine des Klubs. Eine Handvoll Jäger scharte sich um den Tisch. Alle lauschten Bletz' Erzählung. Eigentlich ein Wunder, dass er es geschafft hatte, weitgehend unverletzt zurückzukommen.

»Die Gurs sind und bleiben wilde Bestien.« Bletz prostete den anderen zu. »Die Ideen des Aras kapiere ich nicht. Zugegeben, die Gurs in der Drachenhöhle haben sich etwas eigenartig verhalten. Das lag aber wohl daran, dass plötzlich ein Fremder zwischen ihnen war.«

Auf den Gedanken, dass seine Waffe dabei eine Rolle gespielt haben könnte, kam er nicht.

»Auf Gurjagd möchte ich trotzdem noch gehen«, fuhr er fort. »Danach habe ich von Bestienrummel die Nase bestimmt voll, und es geht zurück nach Olymp.«

Callon lachte rau. »Von mir aus könnte die Jagd sofort losgehen. Aber ich habe dem Ara mein Wort gegeben, und er hat dafür bezahlt. Wir müssen noch bis morgen Mittag warten.«

Sie saßen lange zusammen. Callon erzählte von seinen Erlebnissen auf Bestienrummel und versetzte seine Gäste damit in die richtige Jagdstimmung. Morgen würden sich wohl alle der Jagd anschließen. Das gab einen guten zusätzlichen Gewinn.

Dass dieser Tag alle bisherigen Ereignisse auf Shourmager auf den Kopf stellen würde, konnte keiner der Männer auch nur erahnen.

6.

Die Sonne Bullauge brannte aus dem Zenit auf Shourmager herab. Nur wenige Tiere waren zu dieser Zeit aktiv, das Brüllen, Heulen und Kreischen war auf ein Minimum reduziert.

Im Jagdklub wurden die letzten Vorbereitungen getroffen und schwere Waffen ausgegeben, denn das Jagdziel waren die riesigen Panzerechsen.

Dass sich Mountvador nicht mehr gemeldet hatte, war für Callon der Beweis, dass dessen Plan gescheitert war, die Jagd auf die Gurs offiziell verbieten zu lassen.

Zur gleichen Zeit, als die Gleiter des Jagdklubs beladen wurden, folgte ein anderer Gleiter dem Verlauf des großen Flusses. Der Mann auf dem Pilotensitz trug keine Waffen. Nur zwei kleine Kästchen hingen an dem Gürtel, der die einfache Arbeitskleidung zusammenhielt, es handelte sich um hochmoderne Translatoren.

Als die große Biegung in Sicht kam, reduzierte der Mann die Geschwindigkeit. Ein fiebriger Glanz stand in seinen Augen.

Aus der Tiefe drangen dumpfe, kehlige Laute herauf.

Die Jagdgruppe stieß schon im Karrosgo-Tal auf Gurs. Es handelte sich um einzelne männliche Tiere, die beim Anblick der Gleiter sofort die Flucht ergriffen.

»Eigenartig«, stellte Callon fest. »Normalerweise gehen sie in Gruppen von vier oder fünf Tieren auf Jagd.«

In dem freien und weitgehend gerodeten Tal lohnte sich die Jagd auf einzelne Gurs nicht. Zwar waren die Gleiter fast doppelt so schnell wie die Panzerechsen. Bei dieser Geschwindigkeit war es aber nur noch für erfahrene Jagdteams mit sicheren Schützen und einem gewandten Piloten möglich, Tiere zu erlegen. Die Gäste des Jagdklubs erfüllten diese Voraussetzungen in keiner Weise.

Nachdem sie weitere einzelne Gurs entdeckt hatten, schüttelte Callon den Kopf.

»Ich habe das sichere Gefühl, dass alle in eine Richtung laufen. Weiß der Teufel, was das bedeuten soll.«

Die Gruppe bewegte sich weiter nach Süden und überflog die Bergkette. Wo der dichte Urwald begann, war ein sicheres Jagdgebiet für Gurs.

Callon und Karvist mussten ihren Gästen einiges bieten. Schließlich hatten diese hohe Prämien für den Ausflug bezahlt.

Die Jäger erlegten eine Vielzahl kleinerer Raubtiere, Panzerechsen bekamen sie aber nicht mehr zu sehen.

Karvist führte die Gruppe in ein Sumpfgebiet noch weiter im Süden. Er schwor, dass dort Gurs anzutreffen wären. Doch auch diesmal wurden die Jäger enttäuscht. Außer einem sehr jungen Tier, das schnell im Dickicht verschwand, zeigten sich keine Echsen.

Allmählich kam Unruhe auf.

»Dieser Ara hat irgendetwas angestellt«, vermutete Callon.

»Eine üble Sache«, bestätigte Karvist über Funk. »Aber ich werde es dem Burschen heimzahlen.«

Nachdem in zwei weiteren, als sicher geltenden Jagdgebieten ebenfalls keine Gurs aufgespürt wurden, brach Callon die Jagd ab. Er überließ die Gäste einem seiner Unterführer, der die Jagd auf andere Tiere leiten sollte. Für die auf Panzerechsen fixierten Männer war das nur ein schwacher Trost.

Karvist wechselte in Callons Gleiter.

»Wir fliegen zu den Aras«, knurrte der Überschwere wütend. »Diesem verflixten Mountvador werde ich auf den Zahn fühlen. Er muss die Tiere beeinflusst haben, weil er wusste, dass wir ab Mittag wieder auf Jagd gehen würden.«

Als Bletz bat, sie begleiten zu dürfen, hatten beide keinen Einwand. Der Mann von Olymp hatte kein Interesse an der weiteren Jagd, ohnehin würde er den Planeten in wenigen Stunden wieder verlassen.

Der Gleiter mit Callon, Karvist und Bletz nahm Kurs auf das Zentrum des Karrosgo-Tales, wo die Doppelkuppel der Forschungsstation stand. Noch bevor die Gebäude in Sichtweite kamen, wurde ein Notruf empfangen.

Nur für Sekunden erklang eine schrille Stimme, dann wurde sie von den kehligen Lauten der Gurs übertönt.

»Das ist ein Blue«, bemerkte Karvist. »Zwitscher und seine Leute in der Außenstation der GAVÖK.«

Callon blickte seinen Partner forschend an.

»Die Station liegt ganz in der Nähe von Mountvadors Kuppeln«, fuhr der Unither fort. »Wir sollten nachsehen.«

Der Überschwere änderte den Kurs. Er beschleunigte.

Die GAVÖK-Station bestand nur aus drei flachen Bauten und einem hohen Antennenturm für die Verbindungen in die Milchstraße. Schon von Weitem erblickten die drei Männer das Chaos.

Etwa fünfzig Gurs stürmten auf die Gebäude und den Antennenturm zu.

Zwei kleinere Bauten waren bereits halb eingerissen. Aus dem einzigen noch halbwegs unbeschädigten Haus wurde auf die angreifenden Bestien geschossen.

»Hier treiben sich die Bestien herum.« Callon schnaubte zornig. »Zwitscher scheint ganz schön in der Klemme zu sitzen. Es wird höchste Zeit, dass wir den Bestien zeigen, wer diese Welt beherrscht. Karvist, mach das Bordgeschütz klar. Bletz, nimm dir eine Waffe und schieß auf alles, was wie ein Gur aussieht.«

Unter dem Gleiter formierten sich die Panzerechsen, um gegen die noch unversehrten Gebäudeteile anzurennen. Der Unither feuerte mit dem kleinen Bordgeschütz, konnte aber dennoch nicht verhindern, dass auch das letzte Gebäude der GAVÖK-Station halb in sich zusammensank. Bletz hatte mit seinem großkalibrigen Gewehr noch weniger Erfolg.

»Der Antennenturm!«, brüllte Callon. »Wenn er fällt, sind wir von der Außenwelt abgeschnitten.«

Karvist konzentrierte sein Feuer auf die Echsen in der Nähe des Mastes. Schließlich stoben die Tiere in alle Richtungen auseinander.

Callon landete den Gleiter Minuten später. Fast zur gleichen Zeit trafen zwei weitere Fahrzeuge mit Ath-Vrilov und den Leuten der Forschungsstation ein. Mountvador war jedoch nicht bei ihnen.

Aus den Trümmern der GAVÖK-Station konnten sie nur Ooldiek lebend, wenngleich sehr schwer verletzt bergen. Seine drei Helfer hatten den Angriff der Panzerechsen nicht überstanden.

Die Aras gaben dem Blue ein starkes schmerzstillendes Mittel. »Er wird es nicht überleben«, sagte Ath-Vrilov zu Callon.

Der Überschwere ging zu dem Blue, der auf einer Decke auf dem Boden lag. Ooldiek öffnete mühsam die beiden Augen der Kopfvorderseite. Seine Stimme war kaum verständlich.

»Was ist nur in die Bestien gefahren?«, fragte er stockend. »Als ob jemand sie zu diesem Wüten angestachelt hätte.« Seine Stimme glitt teilweise in den Ultraschallbereich ab. »Callon, Sie und Karvist und Mountvador müssen jetzt auf Shourmager für Ordnung sorgen. Die GAVÖK muss informiert werden. Scerp wird eine Lösung finden. Die Antennen stehen noch, die Funkanlage können Sie in Ordnung bringen. Zwei GAVÖK-Schiffe befinden sich noch im Orbit. Wir konnten sie nicht erreichen, der Überfall kam für uns völlig überraschend.«

Der Blue blickte Callon matt an. »Vertragen Sie sich mit Mount...« Er sackte schlaff in sich zusammen.

Der Überschwere richtete sich auf. »Wo befindet sich Ihr Chef?«, fragte er Ath-Vrilov.

»Wenn wir das wüssten.« Der Ara blickte unsicher auf seine Begleiter.

»Mountvador ist mit einem unserer Gleiter verschwunden. Er hat keine Information hinterlassen. Wir wollten Zwitscher um Hilfe bei der Suche bitten, bekamen aber keinen Funkkontakt. Deshalb sind wir hier.«

Es behagte Callon nicht, dass er durch die Ereignisse gezwungen wurde, sich um andere Dinge als um seinen Jagdklub zu kümmern. Aber die Situation erlaubte ihm nicht, dass er jetzt den Desinteressierten spielte.

»Ich übernehme das Kommando«, entschied er heftig. »Hier wird die Hand eines erfahrenen Praktikers gebraucht. Ich nehme an, Sie haben nichts dagegen.«

Die letzten Worte galten Ath-Vrilov. Der Ara nickte zustimmend.

»Gut. Ihre Leute sollen die Funkanlage in Ordnung bringen, damit wir die GAVÖK-Schiffe informieren können.«

»Das machen Bersendar und Gornim.« Ath-Vrilov war sichtlich erleichtert, dass der Überschwere ihm die Verantwortung abnahm. »Wir holen außerdem unsere Roboter, falls die Gurs noch einmal angreifen sollten. Einige gute Jäger Ihres Klubs als Unterstützung wären auch nicht schlecht.«

»Einverstanden«, sagte Karvist.

»Dann kümmern Sie sich um die toten Blues«, fuhr Callon fort.

»Und was machen Sie?« Aths Frage klang vorwurfsvoll.

»Wir suchen Ihren Oberara Mountvador. Haben Sie wenigstens eine Idee, wo er stecken könnte?«

Die Aras schwiegen. Schließlich äußerte Gornim eine Vermutung.

»Er hat sich in den letzten Tagen ausschließlich mit den Panzerechsen befasst. Er glaubt, dass die Gurs in einer Entwicklungsphase stecken, in der ihnen echte Intelligenz erwächst. Zweifellos haben wir solche Anzeichen beobachten können. Trotzdem hält unsere Instinkt-Diagnostikerin seine Überlegungen für einen Irrglauben. Ich übrigens auch. Jedenfalls versucht Mountvador alles, um seine Gurs vor neuen Jagdangriffen zu schützen. Auffällig ist, dass er ziemlich genau zu dem Zeitpunkt verschwand, zu dem sein Abkommen mit Ihnen abgelaufen war. Schon deshalb schließe ich nicht aus, dass er etwas versucht, um die Gurs zu retten.«

Callon schüttelte den Kopf. »Ich kann mir absolut nicht vorstellen, was das sein sollte. Der Angriff auf die GAVÖK-Station beweist doch schon, dass Mountvador auf dem Holzweg ist.«

»Vielleicht ist er zu den Gurs gegangen, um mit ihnen zu verhandeln.« Karvist glaubte selbst nicht, was er sagte, das verriet schon seine begleitende Geste.

Ath-Vrilov antwortete dennoch in vollem Ernst: »Diese Möglichkeit dürfen wir nicht ausschließen. Mountvador ist von seinen Theorien so überzeugt, dass er daneben nichts anderes gelten lässt. Er wird jedes persönliche Risiko auf sich nehmen, um die Richtigkeit seiner Behauptungen zu beweisen.«

»Das ist doch idiotisch!« Callon wollte dem Ara nicht glauben. »Wenn er zu den Gurs gegangen ist, brauchen wir nach ihm nicht mehr zu suchen. Dann ist er tot. Womöglich hat er nicht einmal eine Waffe mitgenommen.«

»Wir haben nur wenige Waffen in der Forschungsstation«, sagte Ath-Vrilov. »Keine fehlt.«

»Trotzdem sollten wir nach ihm suchen.« Der Unither war nicht bereit, so schnell aufzugeben.

Callon nickte. »Aber wo?«

Darauf wusste keiner eine Antwort. Ein einzelner Mann oder ein Gleiter in den Urwäldern des Hauptkontinents von Shourmager, das war schlimmer als eine Nadel im Heuhaufen.

»Ist er nicht über Funk zu erreichen?«

Aber Ath-Vrilov stellte fest, dass Mountvador kein Funkgerät an Bord hatte.

»Dann hilft wirklich nur eine groß angelegte Suchaktion.« Callons Schlussfolgerung war durchaus richtig. »Wir müssen alle Jagdklubs alarmieren, auch die auf Lettesc und Jamuc. Allein haben wir bis zum Einbruch der Dunkelheit keine Chance, den Verrückten zu finden.«

»Wenn keiner etwas dagegen hat, schließe ich mich dem einen Suchtrupp an, den wir brauchen«, sagte Bletz. »Ich hoffe nur, dass ich dadurch mein Schiff heute Abend nicht verpasse.«

Callon, Karvist und Ath-Vrilov blickten den kleinen Mann fragend an. Bletz fuhr gelassen fort: »Ich bin der Einzige, der weiß, wo der Ara steckt. Außerdem könnt ihr dann auf die groß angelegte Suchaktion verzichten.«

Fünf Minuten später startete Callon seinen Gleiter. Mit Ath-Vrilov waren sie jetzt vier an Bord.

Der umgestürzte Baum war gut drei Meter dick. Mountvador verbarg sich hinter dem Stamm und beobachtete den Höhleneingang.

Jetzt, in unmittelbarer Nähe der Panzerechsen, wurde ihm erst bewusst, dass er seinen Plan kaum durchdacht hatte. Irgendwie hatte er geglaubt, die Gurs würden nur auf sein Erscheinen warten und ihn freudig begrüßen.

Die Wahrheit sah anders aus.

Schon am späten Vormittag verließen einzelne männliche Tiere die Höhle. Sie kamen unter der Uferböschung hervor, witterten kurz und stürzten sich ins Wasser. Fast ausnahmslos wählten sie die Richtung zum Karrosgo-Tal.

Die kräftigen Tiere schwammen schnell gegen die Strömung an. Mountvador sah, dass sie schon nach wenigen hundert Metern den Fluss auf der anderen Uferseite wieder verließen.

Der Ara hatte einen Translator eingeschaltet und den Aufnahmebereich auf die Tonhöhe der Gurs beschränkt. Das kleine Gerät blieb jedoch still, demnach konnte die Positronik noch nichts mit den aufgenommenen Lauten anfangen.

Mountvador glaubte, dass sich die Gurs mit ihren kehligen Tönen verständigten. Freilich konnte es sich dabei erst um die primitiven Anfänge einer Sprache handeln.

Nachdem mehr als ein Dutzend Gurs die Höhle verlassen hatten, kletterte Mountvador am Uferhang entlang auf den Höhleneingang zu. Von dem unangenehmen Geruch nach Moder und Abfall ließ er sich nicht beirren.

Mountvador kletterte über Felsbrocken und Gestein langsam nach oben. Schließlich erhielt er freien Blick in die Drachenhöhle. Das Tageslicht blendete ihn aber noch so sehr, dass er keine Einzelheiten erkennen konnte.

Im Halbdunkel stieg er über einen Baumstamm, den die Gurs in die Höhle geschleppt haben mussten. Erst im letzten Moment erkannte er seinen Irrtum, als der vermeintliche Stamm in die Höhe schnellte und ihn an der Hüfte streifte. Wenige Meter entfernt erklang ein kehliges Grollen.

Erst jetzt wurde dem Ara klar, dass er um ein Haar vom Schwanz einer Panzerechse niedergestreckt worden wäre. Der Rückweg ins Freie war ihm plötzlich versperrt, zudem hatte ihn der Schlag noch weiter in die Höhle hineinbefördert.

Inzwischen hatte er sich an das Dämmerlicht gewöhnt. Vor ihm türmten sich große Felsbrocken. Mountvador kletterte an ihnen hoch. Die Echse schnellte zur gleichen Zeit herum und schnappte nach ihm. Das mörderische Gebiss verfehlte seine Beine nur knapp.

Während der Ara hastig in die Höhe kletterte, schaltete er auch den zweiten Translator ein. Aber beide Geräte zeigten nur das Sperrsignal, gleichbedeutend mit »keine Übersetzung möglich«.

Weitere Gurs sammelten sich um den Felsen. Es handelte sich nur um kleinere Exemplare und um weibliche Gurs, die keineswegs die Größe eines Männchens erreichten. Die Tiere wurden unruhiger und fauchten wütend.

Mountvador schaffte es, mit einem Satz auf das Felssims zu springen, das sich an der Höhlenwand entlangzog.

Die Gurs wurden wütender, als er sich weiter von ihnen entfernte. Mountvador zog seine kleine Handlampe aus der Schenkeltasche. Er leuchtete zuerst die Echsen an, die wenige Meter unter ihm versuchten, ihn mit großen Sprüngen aus der Wand zu holen. Sie ließen sich von dem grellen Lichtkegel nicht irritieren.

Nach einer Weile versuchte er es mit beruhigenden Worten. Er beteuerte seine friedlichen Absichten und bat um Verständigung. Die Antwort bestand in wütendem Gebrüll.

Die erste intelligente Reaktion der Gurs bereitete ihm Unbehagen. Sie sammelten sich am Fuß der Seitenwand und kletterten übereinander, um den Höhenunterschied zu überwinden. Mountvador leuchtete die Umgebung ab. Der Felsvorsprung verlief weiter ins Höhleninnere und stieg dabei leicht an. Er beschloss, diesem Weg zu folgen, um die Panzerechsen von der Stelle wegzulocken, wo sie relativ leicht den Höhenunterschied überwinden konnten.

Die beiden Translatoren zeigten weiterhin die Sperre. Mountvador verstand das nicht. Die Geräte mussten inzwischen genügend Lautvariationen aufgenommen haben.

Die Gurs folgten ihm hartnäckig. Erneut versuchte es der Ara mit beruhigenden Worten. Als Antwort flogen ihm Steine um die Ohren. Die Echsen schleuderten die Brocken mit ungeschickten Bewegungen.

Er wich in eine kleine Seitenhöhle aus, einen fast kreisrunden Raum, der höchstens zwanzig Meter durchmaß. Zuerst entdeckte er den zweiten Zugang, dann fiel sein Blick auf die Reste riesiger Eierschalen.

Draußen kam das Lärmen der Panzerechsen näher.

Mountvador schüttelte den Kopf. Er verstand nicht, warum die Gurs sich derart aggressiv verhielten.

Schon wenig später streckte ein Gur den Schädel durch die Öffnung, durch die Mountvador in die Nebenhöhle gelangt war. Der Ara hatte da schon die Lampe ausgeschaltet und sich seitlich so verborgen, dass die Echse ihn nicht sehen konnte.

Vom anderen, etwas größeren Zugang her erklangen nun ebenfalls Geräusche. Die Gurs kreisten Mountvador systematisch ein.

Erst als ihr Schnauben schon sehr nah war, handelte er. Bezeichnend für die Situation war, dass der nach Intelligenz suchende Mann sich nun seinen Instinkten überließ. Die Angst vor dem gewaltsamen Tod besiegte seinen Verstand.

Kurz bevor die Gurs in die Höhle kamen, kroch der Ara in eine der leeren Eierschalen. Dort wartete er mit rasendem Puls.

»Da muss es sein!« Bletz deutete auf die Flussbiegung.

Callon drückte den Gleiter nach unten.

»Es sieht zumindest so aus, als ob die Gurs dort ein Nest hätten«, bemerkte Karvist.

Ein halbes Dutzend Panzerechsen durchquerten soeben den Fluss. Nacheinander verschwanden die Tiere in der Höhle.

Unweit der Höhle stand auf einer Landzunge ein Gleiter.

»Es ist unser Fahrzeug«, sagte Ath-Vrilov bestimmt. »Mountvador muss also in der Nähe sein.«

»Wenn er wirklich in der Höhle ist, kann er nicht überlebt haben«, stellte der Überschwere fest.

»Es gibt zahlreiche kleine Nebenhöhlen, in denen er sich verbergen kann«, widersprach Bletz. »Teilweise sind diese Nischen so klein, dass die großen Gurs gar nicht hineinkommen. Außerdem war ich auch da drin und lebe noch.«

Callon steuerte den Gleiter dicht über dem Wasser auf den Höhleneingang zu. Er zog die Maschine sofort wieder höher, als mehrere Echsen aus der Höhle stürzten und versuchten, in die Höhe zu springen.

Mit ihren mächtigen Pranken packten die Tiere dann einzelne Felsbrocken und schleuderten sie nach den Menschen.

»Sie scheinen tatsächlich etwas Intelligenz zu besitzen.« Karvists Bemerkung klang eher höhnisch als ernsthaft.

»Da kommen wir niemals hinein«, sagte Callon. »Es sei denn, wir erledigen vorher sämtliche Gurs. Die Familien umfassen bis zu vierzig Tiere. Ein solches Massengemetzel verträgt sich nicht mit meiner Ehre als Jäger.«

Bletz schlug vor, sich über den Weg der Höhle zu nähern, den er schon einmal nehmen musste. Karvist lehnte ab.

»Das kostet zu viel Zeit. Falls der Ara noch lebt, müssen wir schnell handeln.«

Der Überschwere pflichtete ihm bei. Aus einem Staufach holte er zwei schwere Waffen heraus.

»Nichts Waidmännisches, sondern modernste Narkosegewehre«, erklärte er mit missbilligendem Tonfall, entsicherte eine der Waffen und legte auf die tobenden Tiere an. Die ersten Treffer zeigten keine Wirkung. Erst als Callon auf höchste Intensität umschaltete und ein Tier über mehrere Sekunden unter Beschuss nahm, brach es zusammen.

»Ich habe nur zwei von diesen Waffen. Wer kommt mit?«

Ath-Vrilov zuckte verlegen mit den Schultern. Und Karvist meinte, er sei noch nicht wieder im Vollbesitz seiner Kräfte.

Bletz seufzte schwer. »Ich kenne mich da drinnen ein bisschen aus. Also gehe ich mit. Wir brauchen aber noch starke Lampen.«

Auch das gehörte zur Ausrüstung. Die beiden Männer schnallten sich die Scheinwerfer um. Bletz machte sich mit der Handhabung des Gewehrs vertraut.

Zuerst wurden die Gurs vor dem Eingang betäubt. Karvist übernahm die Kontrollen des Gleiters. Er setzte Callon und Bletz nahe am Höhleneingang ab.

Als dort ein weiterer Gur auftauchte, eröffneten beide gleichzeitig das Narkosefeuer. Das Tier brach schnell zusammen und stürzte in den Fluss.

Bletz zeigte die Richtung, die sie nehmen mussten, als sie in die Höhle eindrangen. Callon leuchtete mit seinem Scheinwerfer die Wände an. Etliche Gurs reckten ihre Schädel und rannten auf die Lichtquelle zu.

»Da hinauf!« Bletz deutete auf das Sims, das einen dürftigen Schutz bot.

Callon sprang vorwärts. Noch ehe Bletz an seiner Seite war, feuerte er auf die anstürmenden Tiere. Er fällte zwei der vordersten Angreifer und hielt damit die Meute für einen Moment auf Distanz. Aus Nebenhöhlen kamen weitere Tiere.

Die beiden Männer rannten das Felsband entlang. Einige Gurs warfen mit Steinbrocken nach ihnen.

»Das wird verflucht eng«, rief Bletz dem Überschweren zu.

Die Narkosegewehre reichten nicht aus, um die Gurs aufzuhalten. Als es einem der Tiere gelang, auf das Felsband zu springen, reagierte Callon wie ein Automat und erledigte die Panzerechse, bevor sie zum Angriff übergehen konnte.

»Mountvador!«, brüllte der Überschwere. »Sind Sie hier irgendwo?« Er leuchtete die Umgebung ab und feuerte zugleich mit dem Narkosegewehr.

Schreiend deutete Bletz in die Höhe. In einem schmalen Felsentor stand der Exobiologe und blickte ungläubig den angreifenden Gurs und den beiden Männern entgegen.

Augenblicke später war Bletz bei dem Ara. Der Überschwere folgte, wild um sich schießend. Gemeinsam drängten die drei sich in die Nebenhöhle, deren Eingang so eng war, dass die Gurs ihnen nicht folgen konnten.

Mountvador war totenbleich. »Mein Traum ist vorbei«, murmelte er immer wieder. »Ich verstehe das nicht.«

»Wie kommen wir hier raus?«, fragte Callon.

»Ich hatte mich in einer Eierschale versteckt«, antwortete der Ara.

Callon rief über sein Armbandfunkgerät nach Karvist und informierte den Unither über die Lage. »Wir brechen jetzt aus, Kumpel«, schloss er. »Wenn dir das Herz noch nicht in die Hose gerutscht ist, komm uns ein Stück entgegen.«

Mit beiden Narkosewaffen schossen sie sich den kleinen Eingang frei. Callon zerrte den Ara nach draußen. Bletz sicherte die beiden ab und feuerte auf die Gurs. Wieder kletterten die Echsen teilweise übereinander, um auf das Sims zu gelangen.

Callon hatte seine Waffe leer geschossen. Wütend schleuderte er sie auf die Gurs und zog seinen Handstrahler.

In der Sekunde rollte Explosionsdonner vom Höhleneingang heran. Mehrere Gurs wurden zur Seite gerissen. Karvist drang mit dem Gleiter in die Höhle ein.

Bletz schwenkte den Scheinwerfer.

Der Unither war Sekunden später zur Stelle. Als Letzter hechtete der Überschwere an Bord. Er hatte kaum Zeit, sich einen Halt zu suchen, da raste der Gleiter schon zurück.

»Ab zum Jagdklub«, knurrte Callon zufrieden, als sie wieder im Freien waren.

Mountvadors Dank an seine Retter fiel knapp aus. Für den Ara war eine Welt zusammengebrochen. Seine Träume von den intelligent werdenden Gurs hatten sich nahezu aufgelöst.

»Und doch verbergen die Echsen ein Geheimnis«, dozierte er. »Ich gebe nicht so schnell auf.«

»Sie haben sich da in etwas verrannt, was ich nur als völlig lächerlich bezeichnen kann«, sagte Callon spöttisch.

»Macht doch, was ihr wollt.« Bletz grinste. »Für mich ist so oder so Ende der Jagdsaison. Ich fliege nach Hause.«

Eine Stunde später verließ das Zubringerschiff der GAVÖK-Genialreisen nach kurzem Aufenthalt den Planeten.

Eine weitere Stunde später meldete sich Bersendar.

»Wir haben die Funkanlagen der GAVÖK-Außenstation wieder in Ordnung gebracht«, sagte er aufgeregt. »Es tut sich Unheimliches. Eine große Flotte nähert sich Shourmager. Die GAVÖK-Schiffe im Orbit sprechen von 12.000 Einheiten. Die Schiffe erschienen urplötzlich im System. Auf Funkanrufe reagieren sie nicht ...«

7.

»Wir antworten nicht auf die Funkanrufe!«

Amtranik blickte verdrossen auf das Häufchen Staub in seiner Hand. Es symbolisierte das Ende einer Illusion.

Seine Wut wuchs. Nichts schien ihm mehr gelingen zu wollen. Er hatte mehr damit zu tun, seine kleine Streitmacht funktionstüchtig zu halten, als ihm lieb sein konnte – zum Einsatz gegen die Feinde war es bislang nicht gekommen.

Vergebens seine Hoffnung, mit den Kristallen von Imbus den fatalen Einfluss des Margor-Schwalls zu überwinden. Was der Hordenführer in der Hand hielt, war der Rest seines Kristallbrockens. In den Schiffen der GIR-Flotte sah es nicht anders aus als in der VAZIFAR.

Auf den Holoschirmen sah Amtranik, wie gut die Waffe Armadan von Harpoons noch immer wirkte. Die zuletzt geordnete Formation der Flotte löste sich auf. Immer mehr Schiffe verließen ihren Kurs und legten sich anderen Einheiten in den Weg. Ihre Besatzungen verloren die Orientierung.

Wenn die Orbiter wenigstens die Finger von den Kontrollen gelassen hätten, dann wären die Positroniken eingesprungen, um den Kurs zu halten. Aber so gerieten zwölftausend Einheiten immer mehr zu einer Art Narrenhaus.

Amtranik stieß einen knurrenden Laut aus, als zwei Schiffe kollidierten und von heftigen Explosionen zerrissen wurden.

Zum Glück war das Ziel so gut wie erreicht.

Der Hordenführer kannte dieses System, das ein Stützpunkt der Horden von Garbesch war. Die Bastion lag auf dem zweiten Planeten.

Seit die Flotte ihre Überlichtetappe in Sonnennähe beendet hatte, wurde sie angefunkt. Amtranik dachte nicht daran, die Anfrage beantworten zu lassen.

Wütend schleuderte er den Kristallstaub zur Seite.

»Wir werden unaufhörlich angefunkt«, sagte einer der Unterführer.

»Aber wir schweigen weiterhin«, gab Amtranik zurück. »Ist festgestellt, wer sich auf dem Planeten herumtreibt?«

»GAVÖK-Leute. Es scheint nicht sehr viele Galaktiker auf dem Planeten zu geben.«

»Dann werden wir auf wenig Widerstand stoßen.«

Amtranik sah auf den Ortungsschirm. Es war hässlich, wie die Flotte überall aufbrach und in teils schon chaotisch anmutenden Flugmanövern an Imposanz verlor.

Auch an Bord der VAZIFAR gab es wieder erste Ausfälle. Die Zahl der apathisch und verwirrt Reagierenden wuchs schnell.

Amtranik fluchte.

Je schneller die Flotte landete, umso besser für alle. Weitere Schiffe vergingen in brodelnden Glutwolken.

Vielleicht schon deshalb fieberte der Hordenführer immer mehr dem Moment entgegen, in dem er den Planeten betreten konnte. Die Bastion war einst von den Horden von Garbesch angelegt worden und würde Amtraniks Machtposition erheblich verbessern.

Die Flotte näherte sich dem zweiten Planeten und wurde langsamer. Von einem geordneten Anflug konnte allerdings keine Rede sein. Die Wirkung des Margor-Schwalls wurde deutlicher. Einige Kommandanten ließen wieder beschleunigen, anstatt das Bremsmanöver zu Ende zu führen. Andere leiteten ein Linearmanöver ein und verschwanden mit ihrem Orbiterschiff im Nirgendwo.

Die erste große Einheit stürzte auf den Planeten ab. Ein gewaltiger Blitz schien die dichte Wolkendecke aufzureißen. Nur wenige Kilometer neben dem ersten Einschlag brodelte plötzlich eine zweite Explosionswolke. Weitere Schiffe drangen viel zu schnell in die Atmosphäre ein, fielen wie aufglühende Meteoriten in die Tiefe.

Amtranik schrie seine Befehle, fand aber kaum Gehör. Die Flotte entglitt ihm zusehends. Außerdem musste er schon auf der VAZIFAR eingreifen, und das wurde ihm erheblich erschwert, weil ihm jemand beständig in die Quere kam. Viele seiner Kommandoimpulse wurden von einem verwirrten Besatzungsmitglied manipuliert, und das mit teilweise katastrophalen Folgen.

Schmetternde Schläge hallten durch das Schiff. Für wenige Augenblicke fielen die Absorber teilweise aus, und die Bremsbeschleunigung der VAZIFAR schlug durch. Es gab Verletzte, wahrscheinlich sogar Tote.

Bis Amtranik das Problem in den Griff bekam, war das Flaggschiff der Oberfläche des Planeten schon bedrohlich nahe. Alles sah danach aus, als würde er die VAZIFAR in den Boden rammen – wie etliche andere Keilraumer, deren Landemanöver schon nicht mehr als solche bezeichnet werden konnten.

Amtranik verzögerte mit voller Schubkraft, weit mehr, als nötig gewesen wäre.

Ein unheimlicher Schlag wirbelte das Schiff herum. Die VAZIFAR dröhnte wie eine angeschlagene Glocke. Ein kleines Keilraumschiff schrammte vorbei und sackte steil in die Tiefe.

Der Havarist stürzte praktisch auf der Landebahn der VAZIFAR ab. Amtraniks Flaggschiff würde in die Explosion hineinrasen. Er versuchte auszuweichen, obwohl ringsum Dutzende andere Schiffe im Landeanflug waren, und wusste zugleich, dass er eine weitere Niederlage erlebte. Vermutlich würde er ein Drittel der Flotte einbüßen, und das schmälerte seine angeschlagene Machtposition noch mehr.

Die VAZIFAR sackte tiefer. Irgendein Beeinflusster legte für Sekunden fast alle Steuereinrichtungen lahm.

Dann war es zu spät.

Mit viel zu hoher Geschwindigkeit schlug die VAZIFAR zu Boden.

Nur langsam begriff Amtranik, dass sein Flaggschiff trotz allem weitestgehend unbeschädigt war. In der letzten Phase des Landeanflugs war auch er kaum mehr bei Sinnen gewesen.

Die Laboris und seine Horden-Orbiter kamen langsam wieder zu sich. Amtranik hatte trotzdem Mühe, sich einen Überblick zu verschaffen.

Es sah katastrophal aus, seine Flotte hatte fürchterliche Verluste erlitten. Dabei fielen die beim Absturz explodierten Einheiten weit weniger ins Gewicht als all die schwer beschädigten Schiffe, die sich wohl nie mehr in den Weltraum erheben würden.

Die Wirkung des Margor-Schwalls war verheerend gewesen. Besonders überrascht hatte Amtranik der Umstand, dass sich die Desorientierung diesmal sehr schnell eingestellt hatte. Offensichtlich war die Desorientierung nur am Anfang langsam vorangeschritten, inzwischen trat die Wirkung spontan und sehr schnell auf.

Im Schutz des Planeten war alles wieder anders. Amtranik atmete tief durch. Sein Zustand hatte sich rasch wieder gebessert, auch die Besatzung reagierte wieder normal. Ein Teil der Crew hatte inzwischen das Schiff verlassen und suchte nach Bewohnern des Planeten. Zweifellos hatten die Hordenführer, denen dieses Versteck zu verdanken war, eine Schutztruppe zurückgelassen.

Draußen wimmelte es jedoch von Tieren in den seltsamsten Erscheinungsformen. Amtranik hatte nie eine derart artenreiche Welt gesehen, auf der sich nahezu jede Lebensform ins Bestialische entwickelt hatte.

Vielleicht steckte Planung dahinter. Er zog in Erwägung, dass die Bestien eine Sicherungsmaßnahme der alten Garbeschianer gewesen sein könnten. Traf diese Überlegung zu, war der Planet hervorragend gesichert.

Die Geschöpfe der Vergangenheit setzten den Laboris der Gegenwart jedoch erheblich zu. Es gab die ersten Toten in der Gruppe des Vorbeißers.

Amtranik wollte möglichst schnell die alte Bastion erreichen. Er befahl seine Leute an Bord zurück.

Die Besatzungen aller havarierten Schiffe hatten genug damit zu tun, die mörderische Fauna und Flora zurückzuschlagen. Unablässig wurden die Horden-Orbiter von den Bestien des Dschungelplaneten angegriffen. Der ganze Planet schien sich zum Kampf gerüstet zu haben.

Amtranik ließ die VAZIFAR aufsteigen. Solange er sein Flaggschiff besaß, war der Kampf der Horden von Garbesch nicht verloren.

Die VAZIFAR ging auf Zielkurs, der Bastion des Bestienplaneten entgegen.

»Mir gefällt das alles nicht«, sagte Julian Tifflor.

Sein Gegenüber machte ein nachdenkliches Gesicht.

»Darf ich fragen, was dich beunruhigt, Tiff?«

»Die Ruhe.« Der Erste Terraner machte eine Geste der Ratlosigkeit. »Ich werde misstrauisch, wenn die Dinge sich allzu erfreulich entwickeln.«

»Zum Beispiel?«

Unwillkürlich sah Tifflor zu dem Holoschirm hinüber, der die Position der sechs gigantischen Raumschiffe im Bereich des Solsystems zeigte.

»Es gibt keine Schwierigkeiten mit den Sporenschiffen der ehemaligen Mächtigen«, sagte Mutoghmann Scerp, der erste Mann der GAVÖK.

»Trotzdem ...«

Scerp lächelte. »Punkt zwei?«, fragte er.

Tifflor zögerte kurz. »Jen Salik, der Mann, dem wir das Ende der Orbiter-Krise zu verdanken haben – vorläufig.«

»Was heißt vorläufig?«

»Er kann seine Meinung jederzeit ändern.«

»Ich verstehe dich.« Scerp nickte langsam. »Du hast lange Zeit geduldig und voll Sorge das Messer an der Kehle gespürt. Nun kommt einer, pfeift einmal laut, und das Messer ist verschwunden. Du wirst jetzt von einer ganz normalen Sorge gequält: Wenn dieser Pfeifer stärker ist als die Orbiter, wozu wird er im Zweifelsfall fähig sein?«

»Es geht nicht um mich, es geht ...«

»Ich weiß, dass persönliche Rücksichtnahmen in der Politik fremd sind«, sagte Scerp besänftigend.

»Also gut.« Tifflor lächelte. »Mich überfällt stets Besorgnis, wenn ich eine derartige Machtfülle in einer einzigen Hand sehe. Grundsätzlich bin ich mit der Entwicklung der Dinge mehr als zufrieden. Die Orbiter-Gefahr ist gebannt. Und von Alurus wissen wir, dass es keine Weltraumbeben mehr geben wird – wir werden weder die Sporenschiffe noch die Keilschiffflotten für eine Evakuierung einsetzen müssen. Das alles hört sich sehr viel besser an als noch vor wenigen Wochen, gewiss.«

Der Neu-Arkonide lächelte verhalten. Mutoghmann Scerp kannte Tifflor gut genug, um zu wissen, dass der Erste Terraner sich niemals zu voreiligen Entschlüssen würde verleiten lassen.

»Jen Salik als Einzelner hat eine zu große Machtfülle«, murmelte Tifflor.

»Die hatte Perry Rhodan auch.«

Tifflor schüttelte den Kopf. »Die hatte Perry nicht, jedenfalls nicht unkontrolliert. Wir hatten zu jeder Zeit in den letzten eineinhalb Jahrtausenden eine demokratisch legitimierte Abgeordnetenversammlung, der Perry Rhodan Rechenschaft schuldete und die ihn im Zweifelsfall binnen Kurzem aus Amt und Würden hätte entlassen können. Auch die Macht des ersten Mannes der GAVÖK unterliegt demokratischer Kontrolle. Wer aber kontrolliert Jen Salik?«

Es gab tatsächlich keine Instanz, die Salik kontrollierte.

»Wir werden uns auf das zugleich zuverlässigste und unvollkommenste Kontrollinstrument verlassen müssen, das es gibt«, sagte Scerp zögernd.

»Und das wäre?«

»Jen Saliks Gewissen.«

»Das bleibt abzuwarten.« Tifflor wiegte den Kopf.

In der Sekunde meldete sich die Vermittlung. »Ein Gespräch für Mutoghmann Scerp!«

Die beiden Männer wechselten einen raschen Blick.

»Stellen Sie durch!«, bestimmte Tifflor.

»Endlich!«, rief ein Sprecher. Die Verbindung war nicht stabil genug, die Tonqualität schwankte.

»Ich habe verzweifelt versucht, Sie zu finden, Scerp«, sagte der Sprecher, ebenfalls ein Neu-Arkonide. »Wir sind auf Einmuure.«

»Ich höre«, sagte Scerp.

»Wir haben einen Notruf aufgefangen.«

»Quelle?«

»Bullauge«, antwortete der Sprecher. »Der Name klingt seltsam, stammt aber nicht von mir. Auf dem zweiten Planeten, Shourmager, Zweitname Bestienrummel, unterhalten wir eine Station, schwach besetzt.«

Scerp nickte. Sein Gegenüber hatte die lobenswerte Eigenschaft, seine Informationen kurz und knapp vorzutragen. Scerp und Tifflor mochten solche Gesprächspartner gleichermaßen.

»Zeitweise hatten wir auch zwei Kurierschiffe im Orbit. Eines meldet, eine Flotte von mehreren tausend Einheiten greife Shourmager an. Der größte Teil der Invasionsflotte sei bereits gelandet.«

»Standort?«

»Östlicher Sektor. Von Sol mehr als siebzehntausend Lichtjahre entfernt. Nicht eben der bestbesuchte Bereich der Milchstraße.«

Scerp zwinkerte verblüfft.

»Was gibt es auf Shourmager zu holen?«

»Jede Menge Ärger mit wilden Tieren«, antwortete der GAVÖK-Mann von Einmuure. »In der Meldung ist von keilförmigen Schiffen die Rede.«

»Orbiter!«, sagten Tifflor und Scerp gleichzeitig.

»Mehr Informationen liegen nicht vor.«

»Besteht noch Verbindung?«

»Shourmager antwortet nicht mehr.«

Scerp dankte mit einem Nicken und trennte die Verbindung. Er sah Tifflor an.

»Martappon!«, sagte der Erste Terraner nur.

Die Verbindung war schnell hergestellt. Nach kurzer Zeit erschien ein sehr müde aussehender Jen Salik in der Bildübertragung.

»Was gibt es?« Der ehemalige Klimaingenieur gähnte. Mit beiden Händen fuhr er sich durchs Haar. »Hier ist tiefe Nacht.«

»Tut mir leid«, sagte Tifflor. »Ich habe Neuigkeiten für Sie. Auf einer Welt namens Shourmager findet gerade eine Orbiter-Invasion statt.«

Jen Salik war schlagartig hellwach.

»Das gibt es nicht!«, protestierte er. »Ich habe die Orbiter fest im Griff.«

»Die Nachrichten sind eindeutig. Es soll sich um Tausende von Einheiten handeln.«

Tifflor hatte es nicht anders erwartet, desgleichen Scerp. Salik traf die Feststellung spontan: »Der Garbeschianer und die GIR-Flotte! Wo liegt dieser Planet – in der Nähe des Sonnensystems?«

»Eine völlig unbedeutende Welt in der Eastside, an die achtzehntausend Lichtjahre von uns entfernt.«

»Was will der Garbeschianer dort?«, fragte Tifflor.

»Ich weiß dafür nur eine Erklärung«, antwortete Salik. »Wahrscheinlich müssen wir Shourmager als das Martappon des Garbeschianers bezeichnen – ich kann mir keinen anderen Grund vorstellen, weshalb der Hordenführer mit der gesamten Flotte erscheint.«

Eine bedeutungsvolle Pause entstand.

Seit einigen Tagen wusste Tifflor, dass Amtranik einen geheimen Stützpunkt aufsuchen wollte.

Amtranik hatte den Jagdklub keineswegs übersehen, dafür war er zu vorsichtig. Ihm waren die festungsartigen Gebäude auf dem gerodeten Land sofort aufgefallen, dennoch hatte er die VAZIFAR nicht in unmittelbarer Nähe landen lassen. Er konnte nicht wissen, was für Geheimwaffen möglicherweise existierten.

Aus dem gleichen Grund verzichtete er darauf, das Schiff in dem Tal abzusetzen, in dem er die uralte Bastion der Horden von Garbesch vermutete.

Infolgedessen ließ er die VAZIFAR zwischen beiden Positionen landen – und stand vor den nächsten Fragen. Amtranik war sicher, dass die ungeheure Artenvielfalt des Planeten keineswegs naturgegeben war, sondern eine Abwehrmaßnahme der früheren Hordenführer.

Es war ihm kaum möglich, einfach den Talkessel und die Bastion aufzusuchen, dann hätte er die GAVÖK-Leute aus der Siedlung im Nacken gehabt. Ob sie ihm angesichts der überall lauernden Bestien und der weit verteilten Horden-Orbiter überhaupt gefährlich werden konnten, blieb abzuwarten. Dennoch konnte er nicht sicher sein, dass die GAVÖK nicht dennoch alle Kräfte mobilisierte und zu einem Überraschungsangriff auf die VAZIFAR ausholte.

Die Reihenfolge seines Vorgehens stand also fest. Er musste erst die Siedlung erobern, danach die Verteidiger des Tales besiegen und zuletzt die Bastion aufsuchen.

Er registrierte, dass sich etwas verändert hatte, und überflog die Kontrollen. Nichts Bedeutsames war zu sehen, aber ... Versuchte eine Horde großer Bestien tatsächlich, die VAZIFAR zu umzingeln? Mehr noch, einzelne der Riesentiere nahmen sogar Anlauf und rammten ihre klobigen Leiber gegen den Schiffsrumpf.

Amtranik verließ die Zentrale. Er winkte etliche Laboris hinter sich und befahl ihnen, sich zu bewaffnen. Gleich darauf verteilte er sich auf mehrere Schleusenbereiche.

Der Ring der Bestien war dichter geworden.

Inzwischen hatten sich mehr Tiere gesammelt. Kleine, wendige Räuber fegten blitzschnell heran, sie schnappten nach allem, was ihnen vor die Mäuler kam. Allerdings zogen sie sich auch sehr schnell zurück, als sich zeigte, dass die Laboris noch härter zuschlagen konnten.

Aus der Höhe stürzten gefiederte Jäger herab und vergingen im Sperrfeuer der Verteidiger.

Die gewaltigen Panzerechsen, gegen deren Größe Amtranik sich klein und unbedeutend vorkam, trampelten alles nieder, was ihnen vor die massigen Leiber kam. Zudem bewiesen sie eine erstaunliche Beweglichkeit.

Mindestens einhundert Tiere hatten sich mittlerweile zusammengerottet. Nebeneinander stapften sie auf die VAZIFAR zu.

Doch unvermittelt blieben die Riesenechsen stehen. Nur zwei schoben sich sehr langsam weiter vorwärts.

Amtranik hob seine schwere Waffe.

Erst zehn Schritt vor dem Hordenführer hielten die beiden Echsen an. Eine Zeit lang standen sie da wie erstarrt, dann stießen sie leise, wimmernde Laute aus und sanken zu Boden.

In diesem Moment verstand Amtranik.

Die gepanzerten Riesen waren übrig geblieben von der Wachmannschaft der Bastion. Sie allein hatten die Erinnerung an die Horden von Garbesch bewahrt, in ihren Hirnen war nicht alles in Vergessenheit geraten. Und sie hatten, ein Zeichen ihrer Intelligenz, Amtranik als denjenigen erkannt, dem sie gehorchen mussten.

»Steht auf!«, sagte Amtranik.

Vielleicht waren sie früher erheblich intelligenter gewesen. Davon ging der Garbeschianer aus. Wahrscheinlich hatte man sich mit ihnen verständigen können, doch jetzt reichte ihr Verstand gerade aus, seine Befehle zu verstehen.

Die beiden mächtigen Echsen richteten sich jedenfalls gehorsam auf.

»Bewacht mein Schiff!«, verlangte Amtranik.

Der Anführer der Horde stieß ein ohrenbetäubendes Brüllen aus. Die anderen Giganten setzten sich in Bewegung.

Nur flüchtig dachte Amtranik daran, dass er sich möglicherweise in höchster Gefahr befand. Wer sagte ihm, dass die Kolosse nicht eigene Pläne verfolgten? Er umklammerte die Waffe fester.

Die Panzerechsen umstellten das Schiff. Dabei kamen einige von ihnen dem Hordenführer und den Laboris so nahe, dass ein einziger wuchtiger Angriff genügt hätte, nur ein Herumwerfen ihrer massigen Leiber, um Amtranik und seine Leute zu erschlagen.

Nichts dergleichen geschah.

Die Drachenhorde bildete einen Ring um das Schiff, und aus dem Dschungel kamen weitere Panzerechsen heran und verstärkten den Schutzwall.

Amtranik war durchaus zufrieden. Er zog seine Laboris zusammen und befahl, ihm zu folgen.

»Dass uns das ausgerechnet jetzt passieren muss«, polterte Callon. Der Überschwere war mehr als erregt.

»Niemand kann vorhersagen, wann ein Hyperfunkgerät den Dienst einstellt«, gab Karvist scharf zurück.

Die Stimmung im Jagdklub »Drachenblut« war mehr als gereizt. Nach Schätzungen der Beobachter waren an die 12.000 Raumschiffe entweder schon auf Shourmager niedergegangen oder hingen noch in eigenwilligen Orbits. Angesichts dieser Drohung würden wohl die beiden GAVÖK-Raumer nicht so schnell zurückkehren. Callon hatte Informationen, dass die Schiffe sich vor der Flotte in Sicherheit gebracht hatten. Ob sie wirklich zutreffend waren, vermochte er jedoch nicht festzustellen.

»Wir müssen die Verbindung wieder zusammenflicken«, stellte er mit Nachdruck fest.

»Das weiß ich«, gab der Unither zurück. Seit Stunden versuchte er, das defekte Gerät zu reparieren.

Im Jagdklub war eine illustre Gesellschaft versammelt. Aus allen Winkeln der Yanthur-Platte hatten sich Jäger in die Gebäude des Klubs geflüchtet.

»Grässlich«, sagte einer am Fenster. »Es regnet.«

Callon hätte den Witzbold am liebsten niedergeschlagen. Für lose Reden hatte er kein Verständnis.

»Überall wird gekämpft«, fuhr der Mann am Fenster fort. »Bestien gegen Bestien, Orbiter gegen Bestien, und bald werden wir gegen die Orbiter bestehen müssen.«

»Wie groß mag die Besatzung eines Keilschiffs sein?«, fragte ein hagerer Plophoser.

»Hundert, zweihundert, keine Ahnung ...«

»Ich gebe gern ein paar von meinem Anteil ab.« Der Plophoser seufzte.

»Ich frage mich weit mehr, was dieses Heer auf Bestienrummel will«, sagte Callon.

»Vielleicht haben sie vor, sich mit Mountvadors Gurs zu unterhalten«, stellte jemand im Hintergrund fest. Dröhnendes Gelächter brandete auf.

Karvist stieß einen wütenden Laut aus. Sein Rüssel hing schlaff herab. »Aussichtslos«, sagte er niedergeschlagen. »Ich brauche Ersatzteile aus einem der Raumschiffe.«

Niemand lachte mehr. Der kleine Raumhafen, auf dem noch zwei Zubringerschiffe standen, war nicht sehr weit entfernt. Aber womöglich doch zu weit. Auf Bestienrummel herrschte Großkampftag, so hatte es ein Jäger erst vor Kurzem formuliert.

»Wer kommt mit?«, fragte Callon und fügte sofort hinzu: »Nicht alle. Ich brauche nur ein paar Leute.«

Er wählte einige der Besten aus, kaltblütige Männer, die ihre Waffen zielsicher anzuwenden wussten. Ihnen stand die Hölle bevor, das war nicht mehr Jagdalltag, sondern sogar für Bestienrummel eine Ausnahmesituation.

Callon rüstete acht Männer und sich selbst aus. »Ich fürchte, dass die Orbiter versuchen werden, den Jagdklub zu stürmen«, stellte er nebenbei fest.

»Damit rechne ich ebenfalls.« Karvist wirkte aufgeregt. Der junge Unither war von seinem Ziel, mit dreißig Jahren genug für den Rest seines möglichst langen Lebens verdient zu haben, in diesen Stunden weiter entfernt als jemals zuvor. Sehr viel wahrscheinlicher war, dass er nicht einmal sein momentanes Vermögen würde verbrauchen können.

»Vermutlich ist die GAVÖK informiert«, sagte Callon. »Falls aber nicht, wenn keine Hilfe kommt, ist dieses Spiel für uns alle verloren. Uns bleibt also gar keine Wahl. Im günstigsten Fall werden wir in einigen Stunden mit den Ersatzteilen für den Hyperkom zurück sein. Ohnehin werden wir versuchen, vom Schiff aus einen GAVÖK-Außenposten zu erreichen.«

Callon verließ mit seiner Gruppe den Klub.

Ein Brummbeutler griff an. Für die Verhältnisse Shourmagers war dieses Tier geradezu harmlos. Mit einem Fausthieb streckte der Überschwere das nur zwei Meter große und behäbig wirkende Tier nieder.

»Trotzdem wird es gleich lustig, nicht wahr?«, fragte der Blue, der zu dem Team gehörte. Üyütikiip war einer der besten Schützen, die Callon je erlebt hatte.

»Allerdings«, stieß Callon hervor. »Jetzt geht der Tanz los.«

Der Blue zwitscherte vergnügt. Mit terranischem Wortwitz kamen die Tellerköpfe sehr oft nicht klar. Sie nahmen vieles wörtlich, was übertragen oder ironisch gemeint war. Callon brauchte infolgedessen einige Sekunden zu viel, um dem Blue klarzumachen, was er tatsächlich gemeint hatte.

Dieser kurze Aufenthalt verzögerte das Eindringen in den Dschungel jedoch um den entscheidenden Moment. Callon sah auf der anderen Seite des um die Gebäude herum gerodeten Bereichs eine Bewegung, die ihn innehalten ließ.

Der Überschwere kannte so ziemlich alles, was sich in der Umgebung des Jagdklubs herumtrieb. Das gehörte einfach zu seinem Beruf, immerhin musste er dafür sorgen, dass selbst leichtfertige Jäger überlebten.

Diese Art von Bestien hatte Callon aber nie zuvor gesehen. Die Tiere schlichen sehr vorsichtig heran, als folgten sie einem gemeinsamen Plan.

Callon stockte der Atem, als er sah, dass die Bestien moderne Energiewaffen trugen. Trotzdem: Er durfte nicht zögern, musste mit seinem Trupp weiter.

»Wir hatten keine Chance, an Bord eines der Zubringerschiffe zu gelangen.« Callon schüttelte den Kopf, als müsse er sich selbst klarmachen, dass es wirklich so gewesen war. »Wir konnten nur noch hierher ausweichen.«

Mountvador, der Chef-Wissenschaftler der Ara-Station, schaute ihn nachdenklich an. »Sie sind intelligent geworden, nicht wahr? Die Echsen werden uns ebenbürtig.«

Der Ara blickte verdrossen auf den Interkom. Es gab keine Verbindung zum Jagdklub. Callon ging davon aus, dass Karvist und die anderen Jäger sich vor den Angreifern abgesetzt hatten. Vieles veränderte sich.

Callon wischte sich übers Gesicht. »Ihre These, dass die Gurs eine gewisse Form von Intelligenz aufweisen, ist beängstigend wahr. Die Zubringer werden von den Echsen bewacht«

»Vielleicht können wir doch mit ihnen reden«, sagte der Ara.

»Unsinn!« Callon wehrte scharf ab. »Sogar das große Kastenschiff der Fremden wird von Gurs umlagert. Irgendwie haben sie es geschafft, die Panzerechsen vollkommen unter ihre Kontrolle zu bringen. Ich habe es ausprobiert – die Bestien warten nur ab. Sie haben keine Anstalten gemacht, sich auf mich zu stürzen.«

»In der Tat. Ein Gur, der sich einen solchen Leckerbissen entgehen lässt, kann einfach nicht intelligent sein.«

Callon sah den hageren Wissenschaftler entgeistert an, dann erst verstand er, dass Mountvador seinen eigenen Standpunkt ironisch angriff.

»Wie seid ihr überhaupt zu uns gekommen?«, fragte der Ara. »Zwischen dem Jagdklub und dem Tal liegen mehr als einhundert Kilometer Dschungel.«

Callon deutete auf zwei Männer. »Damon und Arbogast sind mehr auf eigene Faust unterwegs, sie jagen mit der Kamera.« Er schüttelte sich. »Immerhin verfügen sie über einen Shift. Zwei von meinen Leuten sind inzwischen mit dem Flugpanzer unterwegs, um Versprengte aufzunehmen. Wir sollten am Eingang des Tales eine eigene Verteidigungslinie aufbauen – nur für den Notfall.«

»Was heißt Notfall?«, wollte Ath-Vrilov wissen.

»Ich weiß es selbst noch nicht«, antwortete Callon. »Ich frage mich nur, was die Fremden von uns wollen. Auf Bestienrummel gibt es nichts, aber auch gar nichts zu holen. Tausende von Schiffen, doch kein erkennbarer Grund für eine solche Invasion.«

»Früher oder später wird Hilfe eintreffen«, sagte der Ara.

»Wahrscheinlich später ...« Der Überschwere stand vor der Transparentwand und sah hinaus.

Der Landeplatz in der Nähe der wissenschaftlichen Station war übersät mit ausgeglühten Wrackteilen. Ein abstürzendes kleines Keilraumschiff hatte die Korvette der Wissenschaftler zermalmt.

»Der Shift kommt!«, rief der Blue schrill.

Callon nickte. Er hatte den näher kommenden Flugpanzer ebenfalls entdeckt.

Wenige Minuten später standen die Überlebenden des Jagdklubs in der Station der Aras. Keiner dachte jetzt noch an die Streitigkeiten vergangener Tage.

»Der Klub existiert nicht mehr«, sagte Karvist wütend. »Wir konnten uns nicht lang halten, dann wurden wir abgedrängt. Zwei Tote mussten wir im Kampf gegen die Langbeinigen zurücklassen. Jetzt nähern sich diese Wesen dem Karrosgo-Tal. Sie sind unheimlich schnell und werden wohl bald hier sein.«

»Was können wir dagegen tun?«, fragte Callon.

»Nichts.« Der Ara schüttelte den Kopf. »Das wäre die erste Möglichkeit. Wir verteidigen uns mit allen Mitteln – das ist der zweite Weg, aber wohl entschieden zu wenig. Die dritte Lösung sehe ich darin, dass wir schnellstens verschwinden. In den Bergen gibt es genügend Verstecke, bis eine GAVÖK-Flotte eingetroffen ist.«

Unwillig verzog Callon das Gesicht. »Die Sache hat einen Haken«, stellte er fest. »Wir sind nur ein paar Dutzend. Und bei dem Versuch, unser Leben zu retten, würden vielleicht Tausende von GAVÖK-Leuten den Tod finden.«

»Du meinst ...«

»Dass Mutoghmann Scerp zähneknirschend einsehen wird, dass eine Schlacht um Shourmager das Schlimmste wäre, auf das er sich einlassen darf.«

»Er kann diese Riesenflotte nicht einfach übergehen«, warf Karvist ein. »Die Orbiter sind aus irgendeinem Grund unsere Feinde. LFT und die GAVÖK werden sich auf jeden Fall mit dem Problem auseinandersetzen müssen.«

»Mag sein«, gab Callon zu. »Ich frage: Wer will hierbleiben und um die Station kämpfen?«

»Hier lagern die Ergebnisse jahrelanger intensiver Forschung«, sagte Mountvador. »Wir müssen versuchen, diese Informationen zu retten – aber das können wir nicht, sobald wir die Station zum Schlachtfeld machen.«

»Ich mache einen Änderungsvorschlag.« Callon knurrte gereizt. »Wir ziehen uns in die Berge zurück, und sobald die Langbeinigen im Tal sind, machen wir die Falle zu. Wir können den Eingang zum Karrosgo-Tal absperren, dazu sind wir auch vom Waffentechnischen her in der Lage.«

Die rasche Abstimmung ergab, dass die Mehrheit für den Vorschlag des Überschweren war.

Mehrere Gleiter der wissenschaftlichen Station und der Shift überquerten den Fluss, danach führte der Kurs in nördliche Richtung. Nie zuvor war dem Überschweren Callon aufgefallen, was für eine perfekte Falle das Tal darstellte.

Die Berge ringsum ragten bis zu zweitausend Meter hoch auf, der Zugang über den Pass war gut abzuriegeln.

Callon ließ die Fahrzeuge in einiger Entfernung vom Pass niedergehen. Den Rest des Weges zu Fuß zurückzulegen kostete zwar Zeit, schützte aber davor, von den heranrückenden Gegnern frühzeitig bemerkt zu werden.

»Dort sind sie!« Karvist deutete mit dem Rüssel auf etliche Punkte, die sich am jenseitigen Flussufer bewegten. Die langbeinigen Fremden kamen tatsächlich sehr schnell voran.

»Ich möchte wissen, was die hier wollen.«

Callon zählte, als er ein Fernglas zu Hilfe nahm, an die achtzig dieser Wesen, die in unglaublich schnellem Lauf dem Fluss folgten und auf diese Weise zwangsläufig die Station der Aras erreichen mussten.

Er wartete, bis er die Fremden gerade noch erkennen konnte, dann gab er das Zeichen zum Weitergehen.

Die Gruppe marschierte bis zu der Engstelle, an der der Fluss schäumend den Fels durchschnitt und sich in der Weite der Yanthur-Platte verlor.

Amtranik hatte zwar bemerkt, dass sich die Besatzung der kleinen Festung in den Dschungel zurückgezogen hatte, sie aber gewähren lassen. Diese Leute interessierten ihn nicht.

»Schneller!«

Amtranik lief an der Spitze seiner Laboris. Er war zuversichtlich, in der Bastion alles vorzufinden, was er brauchte. War der Stützpunkt der Horden von Garbesch erreicht, würden die Schwierigkeiten ein Ende haben.

Ihn wunderte, dass er auf keinen Widerstand stieß. Sich kampflos zu entfernen war nicht die Art seiner Gegner. Allerdings konnten sie auf dieser Welt nicht zahlreich sein.

Er folgte dem Fluss. Einigen Unterlagen in der eroberten Festung hatte er entnommen, dass es in dem Talkessel eine weitere Station der Gegner gab. Sie musste bald erreicht sein.

Tatsächlich erschienen die Gebäude schon wenig später vor ihm. Nichts regte sich im Umfeld der Doppelkugel.

Amtranik fragte sich, ob die Anlage verlassen worden war. Oder wartete eine Falle auf ihn?

Der Hordenführer schickte drei Laboris in die Station. Sie würden herausfinden, ob die Doppelkugel präpariert worden war. Kamen sie lebend wieder heraus, hatte es sich nicht um eine Falle gehandelt.

Tatsächlich kamen die Laboris bald wieder zum Vorschein.

Amtranik schickte einen zweiten Trupp hinein. Es gab so raffinierte Fallen, die erst beim zweiten Betreten zuschnappten – speziell konstruiert, um so vorsichtige Wesen wie ihn zu töten.

Das Ergebnis fiel nicht anders aus. Erst jetzt betrat Amtranik selbst die Kuppeln. Sie waren leer, bargen nichts für ihn Interessantes.

Immerhin: Der letzte Hordenführer war überzeugt, dass er das Tal gefunden hatte, in dem sich die garbeschianische Bastion befand.

8.

Amtranik blieb stehen.

Der Boden war so kahl wie das gesamte Tal. Nur wenige Bäume waren zu finden. Zwischen grauen Felsen wucherte dürres Gras. Es gab wenig Leben in diesem Bereich des Talkessels.

»Sucht!«, trieb Amtranik seine Leute an. Er war sicher, den richtigen Platz gefunden zu haben.

Die Laboris schwärmten aus. Sorgfältig durchkämmten sie das Gelände.

»Hierher!«, erklang schließlich eine laute Stimme.

Der Hordenführer rannte mit weiten Sätzen zu dem Labori, der glaubte, dass er den Eingang gefunden hatte.

Ein Loch gähnte im Boden. Zu sehen waren Zapfen, in denen sich einmal eine schwere Tür bewegt hatte. Außerdem Steinstufen, die hinabführten in undurchdringliches Dunkel.

War schon jemand vor ihm an diesem Ort gewesen? Amtranik sah sich um.

Er entdeckte Dinge, die seinen Untergebenen verborgen blieben. Er sah die Spuren im Boden, die gerade noch verrieten, dass hier etwas gestanden haben musste, ein Gebilde wie ein riesiger Steinklotz.

Der Eingang zur Station war gesprungen. Langfaseriges Gras wuchs in den Spalten, Moose wucherten auf den Stufen.

Amtranik betrat die ersten Stufen.

Es musste hier große Hallen geben. Riesige Magazine, die Waffen und Maschinen enthielten.

Immer tiefer hinab stieg der Garbeschianer. Er fand nur Verwitterung, und langsam dämmerte ihm die Einsicht.

Eine Million und zweihunderttausend Jahre waren vergangen, seit die Bastion angelegt worden war. In solchen Zeiträumen wurden Kontinente geboren und verschoben.

Die Zeit hatte die Bastion ausgelöscht, geprägt von tektonischen Beben, Einbrüchen und unaufhaltsamer Erosion. Es gab keine Waffen mehr, überall nur die Spuren unendlich langsamer Verwüstung.

Überall hatte Wasser Zutritt gefunden. Kalkhaltiges Wasser, wie mächtige Tropfsteinsäulen bewiesen. Heute gab es nur noch versinterte Höhlen, die kaum als Werk intelligenter Wesen erkennbar waren.

Die Laboris schweiften aus. Sie fanden nur leere Räume und Hinweise auf viele verschüttete Bereiche.

Sie entdeckten auch eine mächtige Röhre, die einmal tief in die Kruste des Planeten hinabgeführt haben mochte. Ein Antigravschacht zweifellos. Heute war er mit Schlamm gefüllt, darüber stand ein brackiger stinkender See.

Kein Wunder, dass ihm die Terraner das Tal überlassen hatten – es gab nichts mehr zu finden.

»Die Station existiert schon lange nicht mehr«, sagte Yesevi Ath, der Vorbeißer der Laboris.

Die Suchaktion war ein Fehlschlag geworden. Die Bastion der Garbeschianer war wohl schon vor Jahrzehntausenden untergegangen. Selbst wenn es unter Schutt, Schlamm und Sinterüberzügen noch Geräte gab, waren sie nicht mehr zu gebrauchen. Abgesehen davon, dass sie für Amtranik ohnehin unerreichbar waren.

Er stieg die letzten Stufen hinauf, ins Freie zurück.

»Ein Fehlschlag«, fasste er zusammen. »Jetzt heißt es ...«

Er brachte den Satz nicht zu Ende. Die Automatorter der VAZIFAR meldeten sich mit einem kurzen Funkimpuls.

Die Maschinen waren auf das Erscheinen von Kugelraumschiffen im System programmiert.

»Lauft zurück!«, rief der Hordenführer den Laboris zu.

»Da kommen sie«, sagte Callon zufrieden.

In der Ferne zeichnete sich die Schar der langbeinigen Fremden ab. Sie schienen müde geworden zu sein, bewegten sich jedenfalls langsamer als beim Eindringen in das Tal.

Mit einem schnellen Blick überflog Callon die Stellung seiner Leute. Sie waren hervorragend postiert, kauerten selbst für ihn beinahe unsichtbar hinter Felsblöcken oder steckten in tiefen Spalten. Jeder hatte sein freies Schussfeld.

Dies war etwas anderes als die üblichen Jagden, von denen der Überschwere Hunderte mitgemacht hatte.

Die Fremden kamen zügig näher.

»Ich weiß, wonach die Fremden gesucht haben«, sagte Mountvador plötzlich. Er lag etwa zwanzig Meter von Callon entfernt hinter einem Felsblock. »Wir haben doch vor Jahren dieses subplanetare Höhlensystem gefunden.«

»Aber die Höhlen sind leer und verlassen«, entgegnete Callon. »Zum größten Teil sind sie eingestürzt. Dort ist nichts zu holen.«

»Das wissen wir«, betonte der Ara. »Die Fremden wussten es nicht – sie haben es gerade erst erfahren.«

»Wonach haben sie in den Höhlen gesucht? Wie alt ist die Formation eigentlich?«

Der Ara zögerte mit einer Antwort.

»Mehr als eine Million Jahre«, sagte er dann skeptisch. »Genau steht das aber nicht fest. Es gab keine Notwendigkeit zu weiteren Analysen.«

»Ausgerechnet nach einer Jahrmillion soll sich jemand für die Höhlen interessieren? Das glaubt kein Mensch.«

»Was wissen wir schon über die Zeitvorstellungen dieser Wesen?«, fragte der Ara.

Die Fremden waren fast heran. Überdeutlich empfand Callon das Absurde dieser Situation. Er kannte nicht einmal den Namen der Fremden.

Also musste er wenigstens den Versuch unternehmen, mit ihnen zu reden.

Callon verließ sein Versteck.

Ein gebündelter Impulsschuss zuckte nah an ihm vorbei und ließ von einem Felsen in seiner Nähe verflüssigtes Gestein hochsprühen. Der Schuss verfehlte ihn überhaupt nur, weil er sich gedankenschnell zur Seite geworfen hatte.

Augenblicklich erwiderten die Jäger von allen Seiten das Feuer. Die Fremden gingen ebenso rasch in Deckung. Schon im ersten Zusammenstoß bildeten sich damit deutliche Fronten.

»Wir hätten sie erschießen sollen, als sie noch da standen«, schimpfte ein Mann in Callons Nähe.

»Wir schießen nicht auf sitzende Vögel«, gab der Überschwere wütend zurück. »Es wäre unwaidmännisch.«

»Mag sein. Bisher hat das Viehzeug, das ich jage, aber nie zurückgeschossen.«

Einer der Fremden schnellte sich urplötzlich aus seiner Deckung und hetzte davon. Er war so schnell und wendig, dass die Schüsse der Jäger ihn verfehlten. Er schaffte es sogar, während seiner wilden Sprünge zurückzuschießen und einen von Callons Leuten außer Gefecht zu setzen. Keine Minute später verschwand er im nahen Dschungel.

Jemand tippte dem Überschweren auf die Schulter. Es war Arbogast Jafter, und er grinste Callon freundlich an.

»Ich habe da eine Idee«, sagte der Mann. »Wäre es nicht sinnvoll, den Interkom meines Shifts zu benutzen, um möglicherweise herauszubekommen, was sich bei den Gegnern tut?«

Callon zögerte für einen Moment, dann nickte er, zumal er Jafters Kampfkraft ohnehin nur als denkbar gering einschätzte.

Der Mann winkte seinen Fahrer zu sich, gemeinsam zogen sich die beiden zurück. Kaum ein Nachteil. Beide waren ohnehin miserable Schützen und wussten wohl mit hochmodernen Kamerasystemen umzugehen, aber nicht mit tödlich wirkenden Waffen.

Der Kampf um den Pass zog sich hin.

Die Fremden waren schnell, sobald sie sich aus ihrem Versteck hervorwagten. Callon fluchte jedes Mal, wenn er im letzten Sekundenbruchteil das Ziel wieder aus dem Visier verlor.

Allerdings schossen auch die Langbeinigen nur ab und zu. Es hatte fast den Anschein, als warteten sie auf etwas Bestimmtes.

»Was meinst du?«, fragte Callon seinen Teilhaber, als er das Energiemagazin seines Strahlers wechselte. »Sollen wir uns an die Stellungen der Langbeine heranarbeiten?«

»Nicht ungefährlich«, kommentierte der Unither und feuerte eine Salve ab, die zwei der Gegner in ihre Verstecke zurückzwang. »Was versprichst du dir davon?«

»Ich will wenigstens einen von den Burschen lebend schnappen«, sagte Callon. »Er wird uns irgendwann verraten, warum sie wie ein Heuschreckenheer über Shourmager hereingebrochen sind und weshalb sie ohne Warnung auf uns schießen.«

Karvist machte eine zustimmende Geste.

Im Schutz der Felsblöcke schlichen beide Männer weiter.

»He, Callon!«

In einer Situation wie dieser konnte ein noch so leiser Ruf lebensgefährlich sein. Der Überschwere fuhr herum. Zwischen den Felsen stand Iswolski.

»Wir haben Kontakt zu GAVÖK-Schiffen! Hier im System tobt eine heftige Schlacht. Die LFT und die GAVÖK haben ihre Flotten mobilisiert und kämpfen um Shourmager.«

Unwillkürlich sah Callon nach oben. Nichts war zu erkennen. Allerdings konnte es noch dauern, bis die ersten Schiffe in die Atmosphäre vorstießen.

Callon knirschte mit den Zähnen. Er hegte plötzlich einen schrecklichen Verdacht.

»Zurück!«, befahl er. »Am Pass wird irgendeine Teufelei vorbereitet.«

Amtranik lachte, während er lief. Es tat ihm gut, die eigene Kraft und Schnelligkeit so augenfällig ausgespielt zu haben. Dutzendfach hatten die Terraner hinter ihm hergeschossen, aber nicht getroffen. Hingegen hatte er einen seiner Gegner erwischt.

Er lief schnell. Immer wieder sah er in den Himmel hinauf. Dort waren die Schiffe der Milchstraßenbewohner vermutlich gerade dabei, die GIR-Flotte vollends zu dezimieren.

Amtranik sprang meterweit über einen versumpften Tümpel hinweg. Er hatte die Schlacht um Shourmager aufgegeben – wenn er die Flotte nicht opferte, saß er mit der VAZIFAR und den Laboris ebenfalls in der Falle.

Sein Ziel war das Flaggschiff.

Noch immer hielten die Gurs dort Wache, eine hinreichend große Streitmacht.

Der Hordenführer brauchte keine Pause. Er schwang sich in den Nacken des stärksten Tieres und trieb es an. Die anderen folgten ohne Zögern.

»Lauft!«, brüllte Amtranik.

Mit der Wucht von Kampffahrzeugen trampelten die Gurs alles nieder, was sich ihnen in den Weg stellte. Gut zweihundert Exemplare waren es inzwischen.

Nach vergleichsweise kurzer Zeit erreichten sie den Engpass. Zwar konnten nicht alle gleichzeitig den schmalen Pfad hinauftoben, aber schon drei nebeneinander genügten, um alles niederzutrampeln.

Schüsse fauchten ihnen entgegen. Ein Gur brach todwund zusammen und wurde von den Nachrückenden überrannt. Einer der Verteidiger des Passes geriet unter die Stampede, andere hetzten von Deckung zu Deckung davon. Sie glaubten wohl, sich vor der tobenden Horde in Sicherheit bringen zu können.

Amtranik hielt sich im Nacken seines Gurs und schoss mehrere Gegner nieder.

Dann erreichte er die Laboris. »Steigt auf die Tiere!«, befahl er.

Die meisten Gurs sammelten sich, während die anderen regelrecht Jagd auf die Galaktiker machten.

Ein zweites Mal setzte sich die Phalanx der Panzerechsen in Bewegung und stürmte auf die Passhöhe zu.

Einzelne Verteidiger hatten sich gut verschanzt. Sie nahmen die Gurs unter Beschuss und zielten dabei recht gut. Amtranik gab den Laboris den Befehl, das Feuer gezielt zu erwidern.

Völlig überraschend näherte sich dem Pass ein Flugpanzer. Amtranik erschrak. Er kannte terranische Shifts. Diese Panzer waren nicht nur schnell und wendig, sie waren auch erstklassig bewaffnet – nicht stark genug, um ein Raumschiff gefährden zu können, wohl aber Bodentruppen.

Shifts verfügten über einen HÜ-Schirm und waren mit einer Desintegratorkanone und zwei kleinen Impulsgeschützen bestückt. Wenn dieses Kampffahrzeug angriff, konnte das nur in einem Blutbad unter Amtraniks Laboris und den Gurs enden.

Der Garbeschianer schrie seine Befehle. Ein Dutzend Gurs lösten sich aus der Horde und stürmten dem Shift entgegen.

Tief duckte sich Amtranik auf den Nacken seines Reittiers. Die Passhöhe war erreicht, und die ungestüme Wucht der Panzerechsen gab letztlich den Ausschlag. Der Hordenführer sah, wie die abgesonderten Gurs den Shift erreichten und rammten. Der Flugpanzer wurde aus der Bahn geworfen und überschlug sich. Offenbar war das Fahrzeug doch nicht bewaffnet gewesen.

Aus der Höhe erklang ein infernalisches Heulen. Ein Raumschiff jagte quer über den Himmel und verschwand hinter dem Horizont.

Es wurde höchste Zeit für Amtranik, den Planeten zu verlassen.

Die Gurs liefen bis zur völligen Erschöpfung, aber sie erreichten die VAZIFAR noch rechtzeitig.

»Ihr könnt gehen!«, rief Amtranik den Panzerechsen zu. Sie umstanden ihn in beinahe ehrfurchtsvoller Haltung. »Ich danke euch, und ich verspreche, dass eines Tages Freunde kommen werden. Diese Welt wird wieder von den Horden von Garbesch kontrolliert werden. Bis dahin wartet auf unsere Rückkehr.«

Die Gurs stießen wimmernde Laute aus, als hätten sie die wohlkalkulierten Sätze wortgenau verstanden. Dafür aber reichte nach Amtraniks Einschätzung ihr Verstand nicht aus. Es war sehr wenig übrig geblieben von dem, was die Hordenführer der Vergangenheit der Wachtruppe an Intelligenz mitgegeben hatten.

Amtranik musterte die Schar seiner Getreuen. Sechsundfünfzig Laboris waren ihm geblieben.

Er ging vor ihnen her an Bord der VAZIFAR.

Die Ortungen zeigten ihm, dass es rings um Shourmager von Raumschiffen wimmelte.

Gleich nach dem Start würde sich die Desorientierung durch den Margor-Schwall wieder bemerkbar machen. Amtranik bereitete deshalb für sich und seine Leute Tiefschlafzellen vor. Nacheinander sanken die Laboris in tiefe Bewusstlosigkeit.

Amtranik programmierte die Automatik. Er hatte nur noch ein Ziel: die Provcon-Faust.

Der Hordenführer ließ die Maschinen der VAZIFAR anlaufen. Noch funktionierten die Triebwerke einwandfrei.

Amtranik übernahm die Kontrollen. Er durfte nicht einfach mit voller Schubkraft starten, das verbot sich von selbst. So unauffällig wie möglich davonschleichen hieß es, auch wenn ihm das missfiel.

Langsam stieg die VAZIFAR auf.

Das Flaggschiff erreichte die obere Atmosphäre.

Die Landung der GIR-Flotte hatte den Planeten mit Kraternarben übersät. Aus der Höhe waren sie gut zu überblicken. Gefährdet war diese Welt dadurch nicht, auf jeden Fall aber über Jahrzehntausende hinweg gezeichnet.

Im planetennahen Raum tobte die Schlacht.

Es war schwer, in dem herrschenden Chaos einen Überblick zu finden. Die Orbiter-Kommandanten standen unter der verwirrenden Wirkung des Margor-Schwalls und wurden für die Galaktiker damit unberechenbar.

Amtranik ließ die VAZIFAR wieder absacken. Er hatte das Manöver bewusst so gewählt. Einem Stein vergleichbar, der in flachem Winkel auf eine Wasseroberfläche auftrifft, prallte das Schiff von der Atmosphäre ab und taumelte in den Raum hinaus.

Da das kastenförmige Raumschiff offenkundig Schwierigkeiten hatte, war es für die GAVÖK-Kommandanten erst einmal überflüssig, sich mit ihm zu beschäftigen – und genau das hatte Amtranik erreichen wollen. Er verzichtete sogar darauf, die Schutzschirme hochzufahren.

Wieder tauchte die VAZIFAR in die Lufthülle des Planeten ein. In der Fernbeobachtung erkannte Amtranik, dass auf Shourmager die Horden-Orbiter immer noch erbittert gegen die Tierwelt kämpften.

Ein furchtbarer Schlag erschütterte die VAZIFAR. Amtranik spürte, wie der Boden unter ihm wegsackte, im nächsten Moment stürzte er.

Und schon einen Augeblick später erkannte er die Ursache. Ein Orbiterschiff mit einem offenbar völlig verwirrten Kommandanten hatte die VAZIFAR unter schweren Beschuss genommen. Die Schäden waren noch nicht groß, aber wenn die Verrückten so weitermachten ...

Amtranik ließ die VAZIFAR das Feuer erwidern.

Schwer beschädigt trieb das Keilschiff nach seinem Feuerstoß davon, aber drei andere Keilraumer warfen sich der VAZIFAR entgegen.

Es war eine Situation, die Amtranik mit Genugtuung erfüllte, denn in dem Moment kamen ihm zwei Kugelschiffe zu Hilfe. Deren Kommandanten hatten wohl nie von der VAZIFAR gehört und sahen nur, dass ein großes Schiff von den klar als Feinden erkennbaren Orbitern angegriffen wurde.

Das Hohngelächter des Hordenführers dröhnte durch die verlassene Zentrale. Er ließ sein Schiff langsam abtreiben und sorgte dafür, dass es sich immer weiter vom Kampfgeschehen entfernte.

Allmählich spürte er, dass ihn die wieder aufbrechende Verwirrung verunsicherte.

Es wurde Zeit, dass er den Tiefschlaftank aufsuchte. Er musste die letzte Phase der Programmierung bei voller Konzentration vornehmen – andernfalls würde er womöglich nie wieder erwachen.

Die Zentrale von Imperium-Alpha hatte den Hyperfunk auf Konferenzschaltung gelegt. Julian Tifflor hatte damit sowohl den Ara-Wissenschaftler Mountvador als auch Jen Salik auf Martappon vor sich. Der vierte Teilnehmer, Mutoghmann Scerp, saß Tifflor gegenüber.

»Ich freue mich, Sie zu sehen, Mountvador«, sagte Scerp. »Ich folgere daraus, dass die Stationen auf dem Planeten die Invasion der Horden-Orbiter überstanden haben.«

»Mit einigen Verlusten«, entgegnete der Ara.

Scerp nickte traurig. Er gehörte nicht zu der Sorte Politiker, für die verlorene Leben wenig bedeuteten.

»Ich möchte gern Einzelheiten hören«, fuhr der Neu-Arkonide fort. »Wer oder was ist tatsächlich auf Shourmager gelandet?«

»Horden-Orbiter«, berichtete der Ara. »Wir wissen inzwischen, dass es 12.000 Schiffe gewesen sind, die Shourmager angeflogen haben.«

»Die komplette GIR-Flotte«, warf Salik ein.

»Ein großer Teil der Schiffe ist hoffnungslos zerstört«, sagte Mountvador. »Die Flotte existiert praktisch nicht mehr, ihre Besatzungen irren auf Shourmager umher, wo ihre Lebenserwartung nur sehr gering ist. Der Name Bestienrummel sagt wohl genug über die Eigenart von Shourmager.«

»Wissen Sie, was die Orbiter wollten?«, fragte Tifflor.

»In erster Linie haben sie wohl nach Sicherheit gesucht«, antwortete der Ara. »Eine geheimnisvolle Strahlung scheint sie völlig verwirrt zu haben.«

Tifflor nickte. »Die Wirkung des Margor-Schwalls. Die Langzeitwaffe Armadan von Harpoons funktioniert noch. Dies bedeutet aber, dass die Quarzkristalle von Imbus nicht mehr wirken.«

»Außerdem hat eine Gruppe von Fremden versucht, eine Art unterirdische Ruine in der Nähe der Forschungsstation aufzusuchen.«

»Sagten Sie Ruine?« Tifflor reagierte sofort.

»Ruinen, Trümmer«, bestätigte Mountvador. »Ich weiß nicht, was die Fremden dort wollten. Gefunden haben können sie jedenfalls nichts.«

»Was waren das für Fremde?«, fragte Scerp.

»Sehr muskulös, langbeinige Wesen ...«

»Amtranik und seine Laboris«, warf Jen Salik ein. »Shourmager war tatsächlich Amtraniks Geheimstützpunkt. Mountvador, wo steckt der Hordenführer jetzt?«

»Das weiß ich nicht«, sagte der Ara.

»Amtraniks Schiff ist sehr groß, fast zwei Kilometer lang. Die VAZIFAR ist auffällig kastenförmig. Hat jemand auf Shourmager das Schiff gesehen?«

»Bis jetzt nicht. Sollen wir danach suchen?«

»Unbedingt! Die Milchstraße wird nicht zur Ruhe kommen, solange Amtranik weitermachen kann. Lassen Sie den Planeten absuchen ...«

»Verehrter Herr!«, unterbrach Mountvador. »Etliche tausend Schiffe sind gelandet – irgendwie jedenfalls. Ein Teil davon wurde von Explosionen zerrissen. Muss ich Ihnen erzählen, was eine Hundertschaft atomarer Explosionen mit der Ökologie eines Planeten anstellt? Wir haben mehr zu tun, als uns um den Verbleib von Raumschiffen zu kümmern – hier liegen Tausende Wracks herum.«

Jen Salik schüttelte den Kopf. »Ich verstehe Sie, aber verstehen Sie mich auch. Wir müssen Amtraniks VAZIFAR finden, um jeden Preis. Der Hordenführer ist hochgefährlich. Wenn er Gelegenheit findet, zu einem neuen Schlag auszuholen, wird die Ökologie mehr als eines Planeten ruiniert werden.«

»Ich lasse nach dem Schiff suchen«, versprach Mountvador.

»Tun Sie das«, sagte Salik. »Die Form ist wirklich auffällig.«

»Das Schiff kann meines Erachtens nicht explodiert sein«, sagte der Ara. »Dann hätten die Laboris den Absturz nicht überlebt. Einer von ihnen war übrigens herausragend groß und kräftig.«

»Amtranik!«, stieß Salik hervor. »Sind Orbiterschiffe aus dem Bereich um den Planeten verschwunden?«

»Eine Reihe von Orbiterschiffen scheint entkommen zu sein«, berichtete der Leiter der GAVÖK-Station auf Shourmager. »Die meisten dieser Schiffe scheinen kaum noch manövrierfähig gewesen zu sein, weil die Besatzungen hoffnungslos desorientiert gewesen sein müssen. Teilweise haben sie sich gegenseitig angegriffen.«

»Dann ist Amtranik entkommen.« Jen Salik wirkte plötzlich überaus betroffen. »Das sieht ihm ähnlich, auf eigene Schiffe zu schießen, um sich den Weg frei zu machen.«

»Er kann nicht spurlos verschwinden«, sagte Mutoghmann Scerp. »Ich danke Ihnen, Mountvador. Werden Sie Ihre Arbeit fortsetzen können?«

»Allerdings. Und wir haben noch eine gute Nachricht. Wir haben übereinstimmend festgestellt, dass es auf Shourmager eine intelligente Spezies gibt.«

»Das gibt Callon zu?«, fragte Scerp. Er hatte sich bereits über die besonderen Verhältnisse auf Shourmager unterrichten lassen.

»Dem Überschweren blieb nichts anderes übrig.« Mountvador lächelte.

Der Erste Terraner ließ die Verbindung nach Bestienrummel trennen. Es war nicht nötig, dass der Ara an sämtlichen Problemen teilhatte.

»Wir müssen Amtranik um jeden Preis finden«, drängte Salik, der von den Orbitern als Ritter der Tiefe anerkannt wurde. »Er ist eine Gefahr für die gesamte Milchstraße.«

»Das glaube ich durchaus.« Scerp nickte. »Zweifellos können wir davon ausgehen, dass er versucht, die Provcon-Faust unschädlich zu machen. Doch dazu braucht er hochwertige Ausrüstung. Ich kann mir nicht vorstellen, wo er sich die beschaffen will.«

»Das wird für Amtranik kein Hindernis sein«, murmelte Jen Salik ahnungsvoll.

9.

Die beiden Gestalten bewegten sich durch den schmalen Korridor, dessen Wände aus synthetischem Marmor bestanden.

Die eine war zweifellos ein Mensch. Nicht sonderlich groß, das Gesicht leicht gerötet und das mittelbraune Haar kurz geschnitten.

Die andere, eiförmig, schwebte knapp über dem Boden. Sie war etwa fünfzig Zentimeter lang. An der oberen Rundung war ein schmaler »Hals« ausgefahren. Darauf saß ein kleiner kugelförmiger »Kopf«.

»Soll ich den Kode abstrahlen?«, fragte die eiförmige Gestalt.

»Das ist nicht nötig, Vario. Ich teste meine besondere Ausstrahlung.«

Sekunden später meldete sich eine mechanische Stimme. Sie gehörte zur Schutzvorrichtung der subplanetaren Räumlichkeiten. »Die Sicherheitsanlage wurde für immer desaktiviert, Igsorian von Veylt.«

»Sehr gut«, kommentierte der Vario-Roboter. »Da die Schalteinheiten der Anlagewelten zerstört sind, müssen sie nicht länger vor Unbefugten geschützt werden.«

Jen Salik nickte.

Er und der Vario-500 betraten die Abtastanlage. Die Abwehrvorrichtungen konnten nun niemandem mehr gefährlich werden. Die Maschinerie zerfiel zu Staub, der Energieschirm erlosch.

Gleich darauf wurde der Boden durchsichtig. In dem Schacht darunter sank die Plattform tiefer. In rund hundert Metern Tiefe verschwand sie so abrupt wie immer. Diesmal wurde sie jedoch nicht gegen einen bläulichen Zylinder ausgetauscht, sondern gegen einen blutrot leuchtenden, der schnell aufwärtsglitt.

Jen Salik und der Vario zögerten dennoch nicht, den Zylinder zu betreten, als er sich vor ihnen öffnete. Diesmal war ihr Ziel nicht die geheime Kontrollstation, sondern die Alarmanlage Martappons. Sie wollten den Fehler finden, der die Weltraumbeben falsch interpretiert hatte.

Ein Kraftfeld umfing die beiden Personen und ließ sie sanft auf den Boden des Zylinders sinken.

Der Zylinder bewegte sich abwärts, dann entmaterialisierte er mit seinen Passagieren.

Jen Salik und der Vario erreichten eine scheibenförmige Halle. Acht Meter Durchmesser, vier Meter Höhe, das entsprach dem Ritterwissen des Terraners. Wände und Decke waren in zahllose kleine Quadrate unterteilt, auf denen Symbole leuchteten.

Jen Salik benutzte das Kommando-Armband, das ihm Schaltmeister Goonerbrek gegeben hatte. Alle Symbole pulsierten.

»Der erste Versuch ist fehlgeschlagen. Ich hatte gehofft, über die Testschaltung den Fehler eingrenzen zu können. Nur das Symbol der defekten Box hätte aufleuchten dürfen.«

»Vielleicht liegt der Fehler im gesamten Alarmsystem«, meinte der Vario. »Gibt es kein zentrales Kontrollsystem?«

»Die Alarmanlage von Martappon ist ein dezentralisiertes Multisystem aus quasiidentischen Elementen. Ihre Funktionen gleichen sich bis auf einen schmalen Bereich, in dem sich alle Elemente extrem unterscheiden.«

Die Symbole verblassten wieder. Salik tippte mit der Fingerspitze auf die Ecke eines Quadrats.

Etwas summte warnend. Ein schmaler, offener Metallkasten glitt aus der Wand. Sein Inhalt sah aus wie Tausende dünne Metallscheiben, hintereinander angeordnet und durch grün leuchtende Elemente in Gruppen getrennt.

Jen Salik löste einen Metallstift von seinem Gürtel und umfasste das Analysegerät an dem verdickten oberen Ende. Eine dünne Kristallnadel wurde ausgefahren. Als Salik mit ihr die Oberkante einer Metallscheibe berührte, hob sich die Scheibe zu zwei Dritteln aus dem Kasten.

Erst jetzt wurde deutlich, dass die Scheibe von verwirrenden Strukturen aus spinnwebenfeinen goldfarbenen Adern durchzogen war.

Der Ritter der Tiefe löste ein weiteres Instrument von seinem Gürtel, es klappte zu einem schmalen Fächer aus zahlreichen schwarzen Spiegelflächen auf. Als er das Werkzeug über die Scheibe hielt, rotierten die spiegelnden Flächen. Salik wurde in ein flimmerndes Energiefeld gehüllt.

»Bist du in Gefahr?«, fragte der Vario.

Salik antwortete nicht. Ihm war anzusehen, wie sehr er sich konzentrierte. Sekunden später erlosch das Energiefeld. Die Scheibe glitt in den Kasten zurück.

»Dieses Subelement arbeitet einwandfrei«, erklärte Salik.

»Wie konntest du das feststellen, mein Ritter?«, fragte der Vario.

»Die Strukturen in den Subelementen bestehen aus Gold. Allerdings nicht aus gewöhnlichem Gold, sondern aus solchem, dessen Atome aufgeladene Kerne besitzen. Dieses spezielle Gold wird nicht künstlich hergestellt, sondern kommt in der Natur vor, allerdings ...«

»... entfällt auf zehntausend Goldatome nur eines mit aufgeladenem Kern«, ergänzte der Vario.

Jen Salik blickte das Robotei verblüfft an.

»Woher weißt du das, Vario? Das ist Geheimwissen der Ritter der Tiefe.«

»Im Jahre 2649 erhielt die Erde Besuch von Algonkin-Yatta, einem Kosmischen Kundschafter, und seiner Begleiterin Anlytha«, erwiderte der Roboter. »Es war die Zeit, in der Atlan mitsamt Atlantis verschwunden war. Algonkin-Yatta hatte die Spur von Atlantis aufgenommen, weil er Atlan finden wollte, was ihm viel später auch gelang. Bei seiner Suche benutzte er eine Zeitkapsel. Infolge einer Panne wurde er ins alte Rom verschlagen. Eine Zeitbeschleunigerspule war ausgefallen. Um sie reparieren zu können, benötigte er dreißig Gramm Gold mit aufgeladenen Atomkernen – und um das im Psi-Filterverfahren extrahieren zu können, brauchte er dreihundert Kilogramm chemisch hundertprozentig reinen Goldes.

Zu dieser Zeit existierte ich noch nicht. Aber Algonkin-Yatta traf sich nach Behebung der Panne im Jahre 2649 mit seinem Freund Perry Rhodan. Ihm verriet er das Geheimnis – und Rhodan sorgte später nach meiner Erzeugung dafür, dass es als Information in meiner Biopositronik gespeichert wurde wie so vieles andere auch.«

»Es ist kaum zu fassen!«, rief Salik. »Ritterwissen in fremdem Besitz!«

»Möglicherweise dienten die Mathoner vor langer Zeit den Rittern der Tiefe. Aber du wolltest mir etwas erklären.«

Salik nickte. »Die aufgeladenen Strukturen dienen hier lediglich dazu, einem Ritter Auskunft über die Funktionen der Subelemente zu übermitteln, indem sie ihn in ein fünfdimensionales Informationsfeld hüllen, das die Auskünfte direkt in sein Bewusstsein überträgt.«

»Das bedeutet, dass du alle Subelemente einzeln prüfen musst?«

Der ehemalige Klimaingenieur lächelte. »Dann wären wir noch nicht fertig, wenn das Universum in sich zusammenfällt. Es genügt, wenn ich Stichproben durchführe. Da ich das System kenne und verstehe, werde ich in wenigen Tagen auf einen Ansatzpunkt stoßen, von dem aus dann innerhalb von Stunden der Fehler gefunden werden kann.«

Er wandte sich einem zweiten Quadrat zu.

Als der Kasten sich öffnete, hob Salik den Metallstift, doch zog er die Hand ruckartig zurück. Der Stift fiel zu Boden, während er beide Hände stöhnend auf seinen Hinterkopf presste.

»Was hast du, mein Ritter?« Der Vario fuhr seine Tentakelarme aus und stützte den Mann.

»Mein Kopf!«, stöhnte Salik. »Furchtbare Schmerzen. Urplötzlich.«

»Hattest du das schon früher?«

»Nie. Ich muss mich setzen, dann geht es bestimmt bald vorbei. Die Belastungen der letzten Zeit waren wohl zu viel für mich.«

Bran Howatzer unterbrach seine Arbeit an der Versuchsanordnung einer Speicheraufladung mit psionischer Energie, als der Interkom summte. Er nahm den Anruf entgegen und sah das Abbild eines Ertrusers mit schlohweißem Sichelkamm. Goran Maisk war Stellvertretender Leiter des Terranischen Instituts für Para-Phänomene, an dem der Gäa-Mutant an dem Forschungsauftrag arbeitete.

»Hallo, Goran!«, sagte Howatzer knapp. Die Unterbrechung seines Versuchs gefährdete das Timing.

»Es tut mir leid, dass ich Sie stören muss«, entgegnete Maisk. »Der kriminalistische Ordnungsdienst hat angefragt, ob Sie bereit wären, eine Frau zu sondieren, die unter Mordverdacht steht.«

Howatzer verzog das Gesicht. Seine parapsychische Fähigkeit war die eines Tastsensors, auch Erlebnis-Rekonstruktor genannt. Er konnte so in die gefühlsmäßige Erinnerung anderer Intelligenzen hineinlauschen, dass er nachempfand, was die betreffende Person während der letzten zwölf Stunden erlebt hatte. Das war nicht immer angenehm, im Fall von Gewalttaten sogar schockierend.

»Es bleibt selbstverständlich Ihnen überlassen, ob Sie helfen wollen«, sagte Maisk. »Andererseits sieht es so aus, als könnte der Ordnungsdienst der Verdächtigen den Mord niemals nachweisen. Sie scheint äußerst raffiniert vorgegangen zu sein.«

»Falls sie den Mord begangen hat.«

»Zugegeben. Brauchen Sie Bedenkzeit?«

Howatzer schüttelte den Kopf. »Das wäre unnötig verschenkte Zeit. Ich bin einverstanden, Goran. Wo?«

»Testraum siebenunddreißig. Die Frau kennt Ihre Fähigkeiten nicht, Sie treten am besten als Psychologe auf.«

»Ich gehe sofort hin.«

Zehn Minuten später betrat Bran Howatzer den Testraum. Außer Goran Maisk war nur ein Mitarbeiter des Ordnungsdienstes anwesend, der sich als Jugor Tarantow vorstellte. Die Tatverdächtige wurde wenig später hereingeführt.

Howatzer stand unwillkürlich auf und blickte die Frau an. Sie war höchstens vierzig Jahre alt und eine ausgesprochene Schönheit. Ihr halblanges schwarzes Haar umrahmte ein ovales braunes Gesicht mit einer schmalen Nase, zwei mandelförmigen dunklen Augen und sinnlichen Lippen.

Niemals ist das eine Mörderin!, durchfuhr es Howatzer.

»Frau Lilje Korbus – Herr Professor Noel Bran«, stellte Goran Maisk vor. Er nannte absichtlich nicht Howatzers richtigen Namen, denn der war der Öffentlichkeit bekannt.

»Sehr erfreut«, sagte der Gäa-Mutant.

»Ebenfalls«, erwiderte Korbus.

»Nehmen Sie Platz!«, sagte Maisk und fügte kurz danach hinzu: »Ich halte es für notwendig, dass das Gespräch fortgesetzt wird, damit die Angelegenheit ohne weitere Verzögerung geklärt werden kann.«

Lilje Korbus musterte den Ertruser. »Ich habe alles gesagt, was ich weiß. Für mich ist es schon schlimm genug, dass mein Onkel auf so grausame Weise ums Leben kam. Dass ich dieser grausamen Tat auch noch verdächtigt werde, ist kaum zu ertragen. Warum tun Sie das? Sie wissen, dass ich zur fraglichen Zeit nicht einmal in der Nähe des Tatorts war.«

»Nur Sie haben ein starkes Motiv«, sagte Tarantow. » Ihr Onkel war an der Zentrumspest erkrankt und hatte höchstens noch ein Vierteljahr zu leben. Wir wissen, dass er Sie enterben wollte, weil Sie sich an ungesetzlichen Spekulationen beteiligt hatten. Bei diesen Spekulationen verloren Sie nicht nur Ihr Vermögen, Sie stürzten sich außerdem in Schulden. Ohne die Erbschaft von rund dreißig Millionen Solar wären Sie für immer finanziell erledigt gewesen. Darum konnten Sie nicht warten, bis Ihr Onkel Sie enterbt hätte.«

»Das ist doch Unsinn!«, protestierte Lilje Korbus. »Onkel Lavarre hat Selbstmord begangen, weil er sein Leiden abkürzen wollte. Sicher, er sprach einmal davon, mich enterben zu lassen, aber das hat er schon früher oft gesagt, wenn er sich aufgeregt hatte. Niemals hätte er mich wirklich enterbt.«

»Die Tat liegt fast acht Stunden zurück.« Goran Maisk blickte den Gäa-Mutanten bedeutungsvoll an.

Howatzer zögerte, die Erinnerungswelt der jungen Frau zu sondieren. Er traute ihr keinen Mord zu und befürchtete, bei der Sondierung auf intimste Erlebnisse zu stoßen.

»Wie ist der Mann umgekommen?«, fragte er rau.

»Er stürzte sich in dem abgeschalteten Antigravlift seines Hauses zu Tode«, erklärte Tarantow. »Das ist eine ziemlich ungewöhnliche Methode für einen Suizid. Aber sie wäre nicht auszuschließen, wenn Lavarre Corv nicht wenige Minuten vorher einen Termin mit seinem Anwalt vereinbart hätte, um über eine Testamentsänderung zu sprechen. Es wäre absurd, wenn er gleich darauf den Antigrav desaktiviert hätte.«

»Ich konnte die Schaltung jedenfalls nicht vornehmen, denn ich befand mich zu der Zeit seit zwei Stunden bei meiner Bioregenerationstechnikerin«, wandte Lilje Korbus ein. »Ich kann das auch nicht vor dem Verlassen des Hauses getan haben, denn da befanden sich drei Geschäftsfreunde meines Onkels bei ihm im achten Stock. Es waren alte Männer, die niemals die Nottreppen statt des Antigravlifts benutzt hätten.«

»Auch das wissen wir«, sagte Tarantow resignierend.

Diese Resignation rief bei der Frau ein so starkes Triumphgefühl hervor, dass Bran Howatzer es auffing, ohne sich darauf konzentrieren zu müssen.

Das brachte ihn dazu, sich spontan in die Erinnerungen der Frau einzuschalten. Gleichsam wie bei einem rückwärtslaufenden Sensofilm registrierte er die gefühlsmäßigen Eindrücke der Verdächtigen rückwärts, bis er einen Zeitpunkt erreichte, der fast genau zwölf Stunden zurücklag.

Der Mutant erkannte, dass er nicht länger hätte warten dürfen, denn durch die Rekonstruktion des Sehens und Erlebens der Frau erlebte er praktisch mit, wie sie den Lift so programmierte, dass er das abwärtsgepolte Kraftfeld abschaltete, sobald die Schachtsensoren eine Masse von neunundvierzig Kilogramm feststellten. Anschließend erteilte sie dem Hauswartungsroboter den Befehl, bei einem Ausfall des Antigravlifts die Schaltung auf manuell zu programmieren. Damit würde automatisch die vorherige Programmierung gelöscht werden. Um zu verhindern, dass der Roboter darüber berichten konnte, programmierte sie seine Positronik mit einer Überlagerungsschleife, wodurch seine Erinnerungen an die drei Stunden nach der Manuellprogrammierung auf die zuvor »gefütterten« Speicher gegeben wurden und dort die betreffenden Daten löschten. Selbst für Roboterspezialisten musste es so aussehen, als hätte der Hauswartungsroboter drei Stunden lang untätig herumgestanden und infolge fehlender Beobachtungen auch nichts registriert.

Bran Howatzer fröstelte. Mit blassem Gesicht starrte er die Frau an.

»Was schauen Sie mich so an?«, fragte sie unsicher.

»Sie hat ihren Onkel ermordet«, sagte der Gäa-Mutant. Danach erklärte er, wie die Verdächtige es angestellt hatte.

Als er fertig war, tobte die Frau wie eine Besessene und musste mit einer Injektion ruhiggestellt werden.

Goran Maisk führte die Besucher vorschriftsmäßig zurück in den Warteraum, von wo sie aus dem Institut geleitet wurden. Bis er zurückkam, saß der Mutant weit zurückgelehnt in seinem Sessel und starrte geistesabwesend an die Decke.

»War es so schlimm, Bran?«, fragte Maisk.

Howatzer zuckte zusammen. »Es war schon schlimm, aber das ist es nicht, Goran. Seit einigen Minuten nehme ich eine Veränderung der Impulse des Margor-Schwalls wahr.«

»Des mentalen Leuchtfeuers der Provcon-Faust«, entfuhr es dem Ertruser. »Wie hat er sich verändert, Bran?«

»Das weiß ich nicht. Es scheint ein fließender Vorgang gewesen zu sein, und er dauerte ungefähr drei Minuten. Seitdem bleibt die Veränderung konstant.«

Goran Maisk dachte eine Weile nach, dann sagte er: »Wie immer sich die Impulse verändert haben, das dürfte auf jeden Fall bedeutsam sein. Ich denke, Sie sollten darüber dem Ersten Terraner berichten.«

Bran Howatzer nickte.

»Zuerst werde ich mich mit Dun und Eawy in Verbindung setzen, ob sie ebenfalls die Veränderung bemerkt haben. Danach müssen wir wohl Tiff darüber berichten. Mein Versuchsprogramm ...«

»Wird angehalten«, versicherte Goran Maisk. »Es ist sicher nicht so wichtig wie die Veränderung des Margor-Schwalls.«

Julian Tifflor erwachte mit dem Gefühl des Bedauerns über den zu kurzen Schlaf. Der Erste Terraner hatte nach endlos langen Konferenzen, zwischen denen er nur wenige Minuten zum Verschnaufen Zeit gefunden hatte, sich selbst drei Stunden Schlaf verschrieben.

Mit einem Ruck schwang er sich aus dem Bett. In der angrenzenden Nasszelle duschte er abwechselnd heiß und kalt und genoss die entspannenden Massagefelder. Danach tastete er im Wohnraum ein kleines Frühstück am Versorgungsautomaten, aß und trank und ging in seinen Arbeitsraum.

Laria Nimitz, seine diensthabende Sekretärin, nickte ihrem Chef freundlich lächelnd zu.

»Dun Vapido, Eawy ter Gedan und Bran Howatzer warten seit fünfzehn Minuten im Besucherraum auf Sie, Tiff.«

»Die drei Gäa-Mutanten haben sich lange nicht sehen lassen. Haben sie gesagt, um was es geht?«

»Eine Veränderung des Margor-Schwalls. Das wollten sie vorsichtshalber melden.«

Tifflor runzelte die Stirn.

»Während Sie noch frühstückten, habe ich bereits dafür gesorgt, dass unsere Orbit-Messstationen sich darum kümmern«, fuhr die Sekretärin fort. »Die Aussage der Mutanten wurde soeben bestätigt. Die Impulse des kosmischen Leuchtfeuers haben sich tatsächlich verändert. Die Zentralpositronik von Alpha teilte mir mit, dass die Veränderung geringfügig sei, jedenfalls, soweit sie das anhand der Information beurteilen kann. Es besteht wahrscheinlich keine Gefahr dadurch. Dennoch schlage ich vor, dass wir Jen Salik informieren. Vielleicht kann er mit seinem Ritterwissen eine bessere Beurteilung des Vorfalls abgeben als wir.«

Der Erste Terraner nickte.

»Danke, Laria. Im Grunde genommen erledigen Sie meine Arbeit, während ich fast ständig auf Konferenzen bin.«

Laria Nimitz lächelte dezent. »Gehen Sie zu den Mutanten, Tiff?«

»Die drei sollen hereinkommen.«

Laria Nimitz veranlasste, dass die Gäa-Mutanten aus dem Besucherraum abgeholt wurden. Wenig später betraten sie den Raum.

Tifflor begrüßte sie mit Handschlag.

»Ich freue mich sehr, Sie wiederzusehen«, sagte er und musterte den hochgewachsenen, hageren Vapido, den untersetzten Howatzer und Eawy ter Gedan, die eine ausgesprochene Schönheit war. »Wie geht es Ihnen?«

»Recht gut«, antwortete die junge Frau.

»Mir auch«, erklärte Bran Howatzer.

Dun Vapido nickte nur.

Tifflor führte die Mutanten in sein Büro und bot ihnen Plätze an. Während er mit den dreien redete, versuchte Laria von seinem Platz aus, über die Hyperkomzentrale von Imperium-Alpha eine Hyperfunkverbindung nach Martappon zu bekommen.

Der Erste Terraner trat neben sie, als sie endlich wenigstens den Vario-500 in der Wiedergabe hatte.

»Hallo, alter Freund! Wie geht es dir?«

»Ich fühle mich wohl, Tiff«, antwortete der Roboter. »Du denkst vielleicht, ich litte darunter, dass ich nicht mehr als Anson Argyris agieren kann. Das dachte ich zuerst auch. Doch seit ich der Orbiter unseres neuen Ritters der Tiefe bin, fühle ich mich ausgesprochen wohl.«

»Das freut mich, Anson«, sagte Tifflor. »Aber eigentlich muss ich mit Jen Salik reden. Wenn du ihn ...«

»Er ist momentan etwas unpässlich. Eine Folge der nervlichen Anspannung während der Auseinandersetzung mit Amtranik.«

»Ich wollte ihn darüber informieren, dass unser Mutantentrio von Gäa eine Veränderung des Margor-Schwalls aufgespürt hat. Kontrollmessungen bestätigen das mittlerweile. Ich weiß nicht, ob und für wen das bedeutungsvoll sein könnte, aber Salik sollte zumindest darüber informiert sein.«

»Ich werde es ihm sagen«, erwiderte der Vario. »Wie haben die Mutanten die Veränderung denn wahrgenommen? Haben sie es nur registriert oder irgendwelche Auswirkungen wahrgenommen?«

Tifflor wandte sich zu den Mutanten um, die das Hyperkomgespräch verfolgt hatten.

»Keine Auswirkungen«, versicherte Eawy ter Gedan.

»Dann weiß ich auch noch nicht, ob die Veränderung eine Bedeutung hat«, sagte der Roboter. »Ich gebe die Information an meinen Ritter weiter. Danke dafür.«

Der Vario-500 hatte den Ersten Terraner nicht direkt belogen, ihm aber die Vermutung verheimlicht, dass die Veränderung des Margor-Schwalls die Ursache für Jen Saliks zunehmende Schwierigkeiten sein könnte. Es war allerdings wirklich nur seine Vermutung.

Er suchte die Unterkunft des Ritters auf.

Salik saß vor seinem Terminal und gab Daten ein. Der Vario verhielt sich ruhig, bis vor Salik die gewünschten Auskünfte aufleuchteten.

Erschüttert erkannte der Roboter, dass Jen Salik sich bemüht hatte, Fakten zu rekonstruieren, über die er noch vor Kurzem selbst verfügt hatte. Offenbar überprüfte oder erneuerte er einen Teil seines Ritterwissens.

Nach einer Weile wandte Salik sich um. Sein merklich gealtertes Gesicht zeigte die Andeutung eines Lächelns.

»Mein lieber Vario! Was gibt es Neues?«

»Julian Tifflor hat angerufen, um uns mitzuteilen, dass die Gäa-Mutanten eine Veränderung des Margor-Schwalls registriert haben. Grundsätzlich wurde das bereits über Kontrollmessungen bestätigt. Könnte diese Veränderung etwas mit deinen Schwierigkeiten zu tun haben?«

Jähe Hoffnung zeichnete sich Jen Saliks Blick ab – und verblasste wieder. »Warum sollte sie, Vario? Ich bin kein Mutant. Haben die drei unter ähnlichen Schwierigkeiten zu leiden wie ich?«

»Überhaupt nicht. Sie spürten die Veränderung offenbar nur beiläufig, wie wenn das Wetter umschlägt. Hast du noch Kopfschmerzen?«

»Nur schwach. Dafür treten plötzlich Erinnerungslücken auf.« Salik deutete auf das Terminal. »Ich musste zahlreiche bekannte Fakten kombinieren, um durch Rekonstruktion einige Erinnerungslücken zu schließen. Hoffentlich ist das kein schleichender Prozess, denn dann würden die Orbiter ihr Vertrauen in mich verlieren.«

»Meiner Meinung nach sollten wir die geheime Kontrollzentrale aufsuchen und herauszufinden versuchen, ob du außer den Programmierungs-Schalteinheiten versehentlich etwas anderes umgeschaltet hast.«

»Du vermutest, ich hätte eine Schaltung ausgelöst, die sich auf den Margor-Schwall auswirkt?«, fragte Salik. »Das mag sein, ich ging manchmal etwas hastig vor. Dennoch glaube ich nicht, dass ich davon beeinflusst werde. Ich bin kein Mutant.«

»Trotzdem bist du mehr als ein Mensch«, erklärte der Vario. »Du bist ein Ritter der Tiefe und hast bestimmt nicht nur das Ritterwissen Igsorian von Veylts in dich aufgenommen, sondern auch dessen psychische Besonderheiten. Vielleicht gehört dazu, dass du auf die Veränderung des Margor-Schwalls so reagierst, wie du reagierst.«

Salik blickte den Roboter nachdenklich an. »Wir müssen die Schaltung finden, die den Margor-Schwall verändert – und sie rückgängig machen.« Er stand auf. »Gehen wir!«

Während der Vario vor ihm herschwebte, wurde Jen Salik zum ersten Mal deutlich bewusst, dass er seit einiger Zeit ahnte, warum das Ritterwissen Igsorian von Veylts ausgerechnet auf ihn übergegangen war.

Auch das musste von Armadan von Harpoon geplant gewesen sein. Und der Ritter der Tiefe hatte keineswegs einen beliebigen Menschen ausgewählt, sondern zweifellos einen, dessen Integrität er sich sicher sein durfte. Einen Menschen, der im Sinn des Ritterordens handelte, weil er aufgrund seiner Herkunft gar nicht anders konnte.

Das konnte logischerweise nur auf einen direkten oder indirekten Nachkommen Armadan von Harpoons zutreffen ...

Im Leerraum zwischen den Galaxien ...

Nach einem Flug über gewaltige Entfernungen hinweg kehrte ein plumpes Gebilde in den Normalraum zurück.

Es durchmaß stolze zwölf Kilometer und glich dem Rumpf einer riesigen Schildkröte, die an den Rändern ihrer beiden Panzerschalen von einem Wulst umfangen wurde.

Dieses Gebilde war die BASIS, die sich endlich auf dem Rückflug in die heimatliche Milchstraße befand.

Perry Rhodan stand in der Kommandozentrale. Angespannt blickte er auf den blass leuchtenden Spiralnebel im Frontbereich des Rundumschirms. Der in der optischen Vergrößerung noch verwaschen wirkende Fleck war mehr als nur eine von vielen Galaxien ...

... er war die Heimat der Menschheit.

Ein tiefer Seufzer erklang hinter ihm. Rhodan wandte sich um. Er sah, dass Reginald Bull sich in seinen Kontursessel sinken ließ. In Bullys Augen schimmerte es feucht.

Perry schwieg. Er blickte wieder nach vorn. Endlich war die Milchstraße wieder zu sehen, sozusagen in greifbare Nähe gerückt, und er war überwältigt von der Vorfreude auf das Wiedersehen mit der Erde und den dort zurückgebliebenen Freunden.

Viele Besatzungsmitglieder hatten unter der langen Abwesenheit von der Heimat gelitten, vor allem verstanden noch immer nicht alle, wie schicksalhaft der Ausgang ihrer Mission sein würde. Rhodan zweifelte in ruhigen Momenten selbst daran, ob er die Zusammenhänge völlig begriff.

Immer wieder musste er daran denken, was ES beim Abschied zu ihm »gesagt« hatte.

Ein Unsterblicher, der bald überall sein kann, sollte nicht so denken und auch niemals verzagen ...

Diese Worte hatten sich auf den Exodus jener Mutanten bezogen, die in ES eingegangen waren, ein Opfer, das Perry manchmal als zu hohen Preis für das angesehen hatte, was die Menschheit dem Geisteswesen verdankte.

Unauslöschlich hatten sich diese Worte in sein Gedächtnis eingeprägt. Er verstand ihren prophetischen Charakter und dass sie sich auf seine Zukunft und die Zukunft aller Völker der Mächtigkeitsballung bezogen, zu der auch die heimatliche Galaxis gehörte. Allerdings ahnte er nicht, was sie konkret bedeuteten.

»Spürt ihr es auch?«, flüsterte jemand.

Gucky hatte diese sonderbare Frage gestellt. Perry Rhodan sah sich nach dem Mausbiber um.

Der Ilt stand bei den Mutanten, die der Menschheit geblieben waren: Ras Tschubai, Irmina Kotschistowa, Fellmer Lloyd und Alaska Saedelaere. Guckys Gesichtsausdruck glich dem seiner Freunde. Er schien in sich hineinzulauschen.

»Ich spüre es deutlich«, sagte Lloyd. »Ein starkes mentales Leuchtfeuer. Es muss sich in der Milchstraße befinden.«

»Nie habe ich etwas Derartiges wahrgenommen«, flüsterte Irmina Kotschistowa. »Eine ungeheuer starke paramentale Ausstrahlung. Fast wie ein Ruf, aber nicht artikuliert.«

»Ich sagte ja, ein mentales Leuchtfeuer«, wiederholte Lloyd.

»Für uns?«, fragte Tschubai.

»Wohl kaum. Es ist nicht gerichtet«, sagte Saedelaere. »Die Ausstrahlung einer Wesenheit, aber nicht die eines Individuums. Ich kann es nicht genauer beschreiben. Aber zweifellos kommt es aus Richtung der Milchstraße ...« Er taumelte plötzlich.

»Alaska!«, rief Rhodan. Mit wenigen schnellen Schritten war er an der Seite des Transmittergeschädigten.

»Was zum Teufel ...«, entfuhr es Bull.

»Es ist nichts.« Saedelaeres Stimme klang heiser. »Nichts Schlimmes für mich, Perry. Das Leuchtfeuer hat sich eben verändert.«

»Auf welche Weise?«, fragte Payne Hamiller.

Irmina Kotschistowa bedachte den Wissenschaftler mit einem leichten

Kopfschütteln. »Es lässt sich nicht erklären, Payne. Die Impulse verändern sich, das ist alles.«

»Es handelt sich also um Impulse?«

»Um paranormale Strahlung«, behauptete Saedelaere.

»Mit der Bedeutung eines kosmischen Leuchtfeuers?« Hamiller fragte hartnäckig weiter.

Gucky verdrehte die Augen. Er seufzte. »Über die Bedeutung können wir nur rätseln. Beispielsweise, indem wir Karotten abzählen und ...«

»Bitte, Gucky!«, sagte Hamiller. »Ich versuche, den Ansatz einer wissenschaftlichen Analyse herauszuarbeiten, und du redest von Gemüse. Fellmer hat klar gesagt, es handele sich um ein mentales Leuchtfeuer. Das stimmt doch?«

Fellmer Lloyd zuckte mit den Schultern. »Das war keine wissenschaftliche Analyse, sondern eine impulsive Äußerung, Payne. Auch wenn ich ›mentales Leuchtfeuer‹ gesagt habe, muss es das nicht sein. Vielleicht ist die Erscheinung zweckfrei, ein Naturphänomen.«

»Oder die Ausstrahlung ist das Nebenprodukt von etwas Ungeheuerlichem, das sich in der Milchstraße abspielt«, wandte Bull ein. »Dass die Impulse sich verändern, muss von Bedeutung sein. Wir sollten uns jedenfalls auf Schlimmeres vorbereiten, bevor wir in die Galaxis einfliegen.«

»Seit wann betätigst du dich als Pessimist, Dicker?«, fragte der Mausbiber. »Vergiss nicht, was wir alles fertiggebracht haben. Dann wirst du gar nicht erst daran zweifeln, dass wir auch mit dem fertig werden, was uns daheim erwartet.«

»Bully hat recht«, erklärte Rhodan. »Wir haben nicht die geringste Ahnung, was dieses paranormale Leuchtfeuer bedeutet. Ich denke trotzdem, dass wir nicht blindlings in die Milchstraße einfliegen dürfen. Überraschen lassen will ich mich keinesfalls.«

»Das kannst du nicht tun, Perry!«, protestierte Tschubai. »Die Besatzung wird sich vor den Kopf geschlagen fühlen, sobald du erklärst, dass wir nicht in die Milchstraße zurückkehren. Es könnte zur Meuterei kommen.«

»Ich weiß«, sagte Rhodan gelassen. »Ich habe auch keineswegs vor, den Heimflug abzublasen. Wir werden allerdings einen kleinen Umweg in Kauf nehmen.«

»Zu den Posbis!«, entfuhr es Reginald Bull.

»Gratuliere.« Rhodan lächelte. »Die Hundertsonnenwelt liegt zwar nicht in gerader Linie zwischen uns und der Milchstraße, aber wir brauchen nur um zirka siebzigtausend Lichtjahre vom direkten Kurs abzuweichen, um sie zu erreichen – und was sind siebzigtausend Lichtjahre verglichen mit den Entfernungen, die hinter uns liegen.«

»Nicht viel«, gab Tschubai zu.

Rhodan nickte. »Unsere biopositronischen Freunde wissen sicher mehr über die Vorgänge in der Milchstraße. Sie können uns wahrscheinlich mehr über das mentale Leuchtfeuer sagen. Ist das ein fairer Vorschlag oder nicht?«

Er sah sich um und las Zustimmung in allen Gesichtern.

»Also dann, auf zur Hundertsonnenwelt!«, rief Reginald Bull.

10.

Seit Tagen bewegte sich die VAZIFAR mit mäßiger Geschwindigkeit abwechselnd im Linearflug und durch den Normalraum. An Bord des Schiffes war es fast totenstill, es folgte ausschließlich seiner Programmierung.

Der Zeitpunkt kam, zu dem der Hordenführer Amtranik aus dem Tiefschlaf geweckt werden sollte. Es dauerte nicht lange, bis der Garbeschianer die Arbeit der Reanimationsanlage wahrnahm.

Schließlich wurde der Behälter geöffnet.

Amtraniks Brustkorb dehnte sich in einem tiefen Atemzug. Seine kugelförmigen großen Augen musterten die Umgebung.

Ruckartig richtete er sich zu seiner vollen Größe auf. Symbole, die vor ihm entstanden, zeigten ihm, dass die Überwachung eine Veränderung registriert hatte. Die schädlichen Impulse des Margor-Schwalls schienen schwächer geworden zu sein.

Triumphierend knackte Amtranik mit den kräftigen Kieferzangen. Er spürte es bereits an sich selbst, dass die Langzeitwaffe Armadan von Harpoons ihre Wirkung verlor. Noch blieben die Orientierungsschwierigkeiten aus, die ihn beeinträchtigt und seine Horde fast kampfunfähig gemacht hatten.

Amtranik eilte in die Zentrale seines Flaggschiffs. Die VAZIFAR befand sich noch weit von der Provcon-Faust entfernt.

Er leitete den Weckvorgang für die gesamte Besatzung ein. Als die Bestätigung über den erfolgten Vorgang kam, meldete er sich über die Bordkommunikation:

»Laboris, ich sehe, dass auch ihr nicht mehr an Orientierungsschwierigkeiten leidet. Wir werden unsere Feinde besiegen!«

Begeisterter Jubel erfüllte die VAZIFAR. Keiner der sechsundfünfzig Laboris hatte je an ihrem Sieg gezweifelt.

Jen Salik und der Vario befanden sich wieder im abgesicherten Herz der Anlage. Salik konzentrierte sich auf einen weiteren Kode.

Die Luft füllte sich mit einem fahlen Leuchten. Beide Besucher fanden sich im selben Augenblick in einem schneckenhausförmig gewundenen Saal wieder. An den Wänden reihten sich Tausende unterschiedlicher Steuer-, Regel- und Auswertungseinheiten aneinander.

Von hier aus waren die Konservierung und die spätere Überholung der Keilschiffe gesteuert sowie die Produktion der Biomasse für den Schnellaufbau der Orbiter geregelt worden. Alle diese Maschinen hatte Jen Salik abgeschaltet, da keine Notwendigkeit mehr bestand, weitere Orbiter zu produzieren.

Die Maschinen für Konsumgüter und Ersatzteile arbeiteten jedoch weiter. Weder Salik noch der Roboter kümmerten sich darum. Sie suchten eine desaktivierte oder veränderte Schaltung, die für die Steuerung der Impulse des Margor-Schwalls verantwortlich war.

Saliks Blick verriet Unsicherheit.

»Leidest du immer unter diesen Kopfschmerzen?«, fragte der Vario.

»Es ist ein dumpfer Schmerz hinter der Stirn«, antwortete Jen Salik. »Ich kann mit einem Mal nicht mehr sagen, wozu die einzelnen Schaltungen dienen.«

»Vergiss niemals, dass du ein Mitglied des Ritterordens der Tiefe bist!«, mahnte der Roboter. »Du hast die humanoiden Zivilisationen der Milchstraße gerettet, Amtranik entlarvt und wirst schließlich auch dir selbst helfen können. Du musst nur die eine Schalteinheit finden, die für die Impulse des Margor-Schwalls verantwortlich ist.«

»Hoffentlich wird es bis dahin nicht zu spät sein.« Salik rieb sich die Augen.

»Du hast Zeit«, sagte der Vario.

Langsam ging Salik an den Schalteinheiten entlang, den schneckenhausförmigen Saal hinauf.

»Wir wissen, dass Amtranik und seine Horde unter Orientierungsschwierigkeiten litten«, formulierte der Ritter der Tiefe quälend langsam. »Nun leide ich darunter. Ist die Befürchtung logisch, dass Amtranik und die Garbeschianer dafür von ihren Schwierigkeiten befreit sind?«

»Das nützt ihm nicht viel«, antwortete der Roboter. »Amtranik hat nur noch die VAZIFAR. Mit dem Schiff allein kann er nicht viel ausrichten.«

»Du vergisst, dass der Hordenführer einen großen Teil des geheimen Ritterwissens kennt – woher auch immer. Außerdem muss er Armadan von Harpoon ebenbürtig gewesen sein. Andernfalls wäre er niemals zum Anführer der Horden avanciert.« Salik blieb stehen und drehte sich nach dem Vario um, der dicht hinter ihm schwebte. »Amtranik hat längst erkannt, was die Ursache für seine Orientierungsschwierigkeiten war. Seinem Hordeninstinkt folgend, wird er schon auf dem Weg zur Provcon-Faust sein, um das Problem zu beseitigen.«

»Mit einer völlig desorientierten Mannschaft?«

Jen Salik berührte sanft den eiförmigen Robotkörper. Er lächelte schmerzlich.

»Du versuchst, mich zu schonen. Aber ich weiß selbst, dass sich ein Raumschiff auch robotgesteuert ans Ziel bringen lässt. Und wende nicht ein, mit einem einzigen Schiff könne der Garbeschianer der Provcon-Faust nicht gefährlich werden. Mit den Waffen der Verdammnis kann er das wohl. Wir müssen so schnell wie möglich zur Provcon-Faust fliegen.«

»Ich halte es für dringlicher, die Schaltung zu suchen und den alten Zustand wiederherzustellen«, wandte der Vario ein. »Dann hätten wir gegen Amtranik schon halb gewonnen.«

Salik lehnte sich müde gegen eines der unzähligen Aggregate.

»Du siehst, wie hilflos ich bin, Vario. Wie soll ich in diesem Zustand die Schaltung finden?«

»Wie willst du in diesem Zustand Amtranik besiegen? Ich bitte dich: Ruhe dich eine Weile aus!«

»Einverstanden«, murmelte Salik. »Ich fühle mich im Augenblick wirklich nicht danach, in den Kampf zu ziehen.«

Er sackte in sich zusammen. Der Vario fing den schlaffen Körper auf und trug ihn zum spitzen Ende des Saales hinauf.

Warum er das tat, wusste der Roboter selbst nicht. Wahrscheinlich hatte die Verzweiflung über den jämmerlichen Zustand seines Ritters ihn so verwirrt, dass sogar seine hochwertige Biopositronik nicht mehr folgerichtig dachte ...

»Wo ist er?«, fragte Noo-Len, der Kommandeur der TUL-Flotte. Er war bis auf die kurz geschnittenen Haare exakt dem ehemaligen Flibustier Körn Brack nachgebildet, aber seine Haltung war nicht vom Alter seines Vorbilds gebeugt, sondern sichtbar straffer.

»Er sucht nach einer bestimmten Schaltung«, antwortete Shakan, Kommandeur der Wachflotte von Martappon und damit automatisch Befehlshaber aller Orbiterflotten. »Ich bitte um etwas Geduld.«

»Geduld!«, wiederholte Vergaaner, Kommandeur der BEL-Flotte und eine Treffner-Type. »Seit fast vier Tagen warte ich hier auf Befehle des Ritters. Bisher hat er sich nicht einmal sehen lassen. Es ist, als gäbe es keinen Ritter der Tiefe auf Martappon.«

Schaltmeister Goonerbrek hob die Hände in einer beschwichtigenden Geste. »Ich weiß, dass Igsorian von Veylt sich auf Martappon befindet, denn ich habe viele Tage mit ihm zusammengearbeitet und zahlreiche Gespräche mit ihm geführt. Der Ritter hat euch gerufen, also wird er demnächst erscheinen, um zu sagen, was getan werden muss.«

»Hier gibt es außer mir noch Hunderte Flottenchefs, die bisher vergeblich warten.« Vergaaner machte eine Handbewegung, die den Saal umfassen sollte, in dem sich die Kommandeure versammelt hatten. »Und weshalb nennst du ihn Igsorian von Veylt? Ich denke, er heißt Jen Salik.«

»Er besitzt das Ritterwissen Igsorians«, antwortete die Treffner-Type Chetter, die als Ausbildungsaufsicht über alle Anlagewelten fungiert hatte. »Du wirst es selbst erkennen, wenn er dir gegenübertritt.«

»Woher willst du das wissen?«, höhnte Vergaaner. »Du kannst Igsorian von Veylt niemals kennengelernt haben, kennst also auch seine Ausstrahlung nicht.«

»Dennoch weiß jeder Orbiter, dass es die mentale Ausstrahlung Igsorian von Veylts ist, wenn Jen Salik ihm gegenübertritt«, erwiderte Chetter. »Es spielt keine Rolle, dass wir Orbiter nicht verstehen, weshalb das so ist. Wir sind nicht in die Geheimnisse des Ritterordens eingeweiht.«

Zustimmendes Gemurmel erhob sich im Saal.

»Nun gut«, lenkte Vergaaner ein. »Er nennt sich also Igsorian von Veylt, und wenn ich ihn an seiner mentalen Ausstrahlung identifiziere, werde ich es akzeptieren.«

»Er nennt sich nicht Igsorian von Veylt«, warf Ausrüstungsverwalterin Sheltra ein. »In seiner Bescheidenheit besteht er darauf, dass wir ihn Jen Salik nennen. Das sei sein Geburtsname, sagte er.«

»Durchsage an Kommandeur Shakan!«, ertönte eine Lautsprecherstimme. »Soeben fliegt die LEZ-Flotte in den Innenrandsektor YEIN-VSF-11 ein. Es handelt sich um einen Verband von siebzehntausend Einheiten. Kommandeur Poener lässt anfragen, welche Koordinaten er anfliegen soll.«

Shakan antwortete sofort.

»Kommandeur Poener führt seine Flotte ins System der Sonne Margyein und geht in einen Orbit um Churuude. Ich erwarte ihn selbst mit seinem Flaggschiff hier im Roggyein-System zum Rapport in der neuen Befehlszentrale.«

Nachdenklich wandte Shakan sich an Goonerbrek. »Ich schlage vor, du schickst jemanden zu Igsorian von Veylt, der ihm mitteilt, dass er dringend gebraucht wird. Es ist kein Wunder, dass die Kommandeure unruhig werden, wenn immer mehr Flotten eintreffen und niemand ihnen sagt, wie ihre Zukunft aussieht.«

Goonerbrek nickte zögernd. »Ich selbst werde gehen. Außer mir, dir und Sheltra ist niemand befugt, die Schalt- und Steuerzentralen zu betreten. Du wirst dringender hier gebraucht, und Sheltra ...«

»Ich begleite dich!«, rief die Ausrüstungsverwalterin.

»Wie lange war ich bewusstlos?«, fragte Jen Salik matt.

»Dreieinhalb Stunden«, antwortete der Vario. »Ich hoffe, es geht dir besser.«

»Ich habe meine Entschlossenheit wiedergefunden. Vor dem Zusammenbruch muss ich richtiggehend demoralisiert gewesen sein. Ich glaube, ich wollte überstürzt zur Provcon-Faust aufbrechen und dort im Kampf gegen Amtranik den Tod suchen, um nicht mehr als Schatten meiner selbst leben zu müssen.«

»Das wäre kein guter Ausweg gewesen«, kommentierte der Vario.

»Ganz bestimmt nicht.«

Noch schwankend machte Salik die ersten Schritte. Er trat vor die nächste desaktivierte Einheit und schaltete sie auf Pseudoaktivität, also eine Simulation ihrer Funktionen. Schließlich wollte er keine Komplexe der Anlage wieder zum Leben erwecken, die besser für immer stillgelegt blieben. Das hätte nur größte Verwirrung unter den Orbitern erzeugt.

Nach etwa zehn Minuten wusste Salik, dass diese Einheit nichts mit dem Margor-Schwall zu tun hatte. Er schaltete die Energiezufuhr wieder ab und wandte sich dem nächsten Block zu.

Auf diese Weise hatte er elf Einheiten überprüft, ohne die gesuchte gefunden zu haben, als der Vario ihm etwas zurief.

»Jemand ist gekommen«, teilte der Roboter mit. »Ich orte kurzzeitig Transmitterfeldenergie im unteren Bereich des Saales.«

»Das kann nur Goonerbrek sein. Oder Shakan oder Sheltra. Andere Orbiter haben keinen Zutritt. Wir sollten ihnen entgegengehen.«

Zehn Minuten später tauchten Goonerbrek und Sheltra hinter der nächsten Biegung des gewundenen Saales auf. Die Orbiter blieben stehen, als sie Jen Salik und den Vario sahen. Respektvoll verneigten sie sich.

»Ihr wollt, dass ich zu den Kommandeuren der Orbiterflotten spreche.« Salik versuchte zu überspielen, dass ihm schwarz vor Augen wurde.

»So ist es, mein Ritter«, sagte Goonerbrek. »Die Sonnensysteme der Anlage gleichen einem Heerlager, denn viele der Flotten, die du zurückbefohlen hast, sind inzwischen eingetroffen. Ich bitte um Vergebung, dass ich dich dränge, mein Ritter, aber die Kommandeure fühlen sich von dir im Stich gelassen.«

»Ich nehme dir nicht übel, dass du mich drängst, Goonerbrek. Dennoch muss ich erst eine wichtige Aufgabe erfüllen. Richte das den Kommandeuren aus und bitte sie um Geduld!«

»Ich weiß nicht, ob das richtig wäre, Salik«, sagte Sheltra zögernd.

»Er ist nicht Salik, sondern unser Ritter!«, fuhr Goonerbrek die Schatten-Type an. »Also gebührt ihm auch die richtige Anrede.«

Sheltra zeigte sich unbeeindruckt.

»Ich spüre nicht mehr, dass er den Ritterstatus besitzt, Goonerbrek. Alles ist irgendwie anders.«

Salik zwang sich zu einem Lächeln und stützte sich dabei unauffällig auf den Roboter, der unmittelbar neben ihm schwebte. Ihm war schwindlig. Allein hätte er sich kaum auf den Beinen halten können, doch das durfte er nicht erkennen lassen.

»Die Ausstrahlung dieses geheimen Platzes überlagert meine Ritteraura, Sheltra«, erklärte er mit gezwungen fester Stimme. »Wenn ich zu euch in die Befehlszentrale komme, wird niemand mehr daran zweifeln. Geht jetzt, ich muss ungestört arbeiten können.«

»Fühlst du dich nicht wohl, mein Ritter?« Goonerbrek trat einen Schritt näher.

»Wunderst du dich darüber, dass mein Ritter abgespannt ist?«, fragte der Vario. »Er, der am meisten von uns geleistet und alle Probleme gelöst hat, kann nicht ausgeruht und frisch sein. Er hat seine Kraft für euch und für den Frieden in dieser Galaxis gegeben. Wenn er dennoch nicht ruht, solltet ihr ihn wenigstens mit unsinnigen Zweifeln verschonen. Geht zurück und richtet den Kommandeuren der Orbiterflotten aus, dass unser Ritter kommen wird, sobald er seine Aufgabe hier erfüllt hat.«

Goonerbreks Miene verriet seine Verlegenheit. Sogar Sheltra schien verunsichert zu sein.

»Wir bitten um Vergebung, mein Ritter«, sagte der Schaltmeister. »Es war töricht, dich zu belästigen. Wir richten aus, was du uns aufgetragen hast.«

Als Goonerbrek und Sheltra wieder verschwunden waren, sagte der Vario leise: »Wir haben etwas Zeit gewonnen, mein Ritter.«

»Aber ich habe meine Ritteraura verloren«, erwiderte Salik verzweifelt. »Verstehst du, was das bedeutet? Früher oder später werden die Orbiter mir die Gefolgschaft verweigern, wenn es mir nicht gelingt, den Margor-Schwall zu normalisieren.«

Die VAZIFAR war nach einem weiteren Linearmanöver in den Normalraum zurückgekehrt. Amtranik war gezwungen, Schäden beheben zu lassen, die vom Absturz über Shourmager herrührten und doch schwerer waren als zunächst angenommen.

»Ich habe die Systeme geprüft, Hordenführer«, meldete Usilfe Eth, die Kybernetikerin der Laboris. »Die Linearkonverter arbeiten noch einwandfrei, aber ihre Einengungsfeld-Projektoren haben durch die schweren Erschütterungen Ermüdungserscheinungen davongetragen. Wir müssen bald mit ersten Ausfällen rechnen.«

Amtranik blickte die Frau bedeutungsvoll an.
»Der Linearantrieb hätte also bereits ausfallen können. Weiter, Usilfe!«
»Die Schutzschirmprojektoren zeigen zahllose Haarrisse. Die Reparaturen können aber zügig durchgeführt werden.«
»Dann fangen wir sofort damit an. Führe die entsprechenden ...«
Ein ohrenbetäubendes Dröhnen übertönte alles andere. Grelle Entladungen umzuckten die schrankgroßen Strukturtaster. Aber schon nach wenigen Augenblicken ebbte die Erscheinung ab.
Amtranik wandte sich der Außenbeobachtung und den Ortungsanzeigen zu. An einen Angriff glaubte der Hordenführer nicht, dann wären die Folgen ungleich extremer geworden.
Die Optiken erfassten nur die zahllosen Sterne und Gaswolken im Schwarz des Alls. Die Ortung zeigte jedoch zweiundzwanzig massereiche Objekte in nur eineinhalb Lichtsekunden Entfernung. Eine Identifizierung war unmöglich.
Der Garbeschianer bediente sich einer Mischung aus Zoom und Ortungsbild und holte dadurch die unbekannten Objekte faktisch sehr nahe heran. Überrascht knackte er mit dem Gebiss – und hörte ähnliche Gefühlsäußerungen von überall in der Zentrale.
Er sah zweifellos Raumschiffe. Ihre Konstruktion war jedoch so sinnverwirrend, dass Amtranik zögerte. Asymmetrische Würfel war sein erster Vergleich. Ein Unding, doch genau so wirkten dieser Schiffe auf ihn. Erst bei genauerem Hinsehen entdeckte er die zahllosen Rumpfvertiefungen, Kuppeln, Erkeraufbauten und Türme.
»Nur Verrückte können so etwas konstruieren!«, rief Usilfe Eth.
»Vernichten wir sie?« Yesevi Ath schnaubte erregt.
»Ich will mehr über sie wissen«, wies Amtranik den Vorbeißer zurecht. »Diese Schiffe sind Konglomerate unterschiedlichster Bauteile, und keines gleicht einem anderen. Ich kenne kein Volk, das so etwas baut.«
»Sollen wir sie nicht anfunken?«, fragte Eth.
»Ich denke gerade darüber nach«, erwiderte Amtranik. »Die Fremden sollten Funkverbindung mit uns aufnehmen, da sie sich denken können, dass wir durch sie Schaden genommen haben. Ihr gleichzeitiger Rücksturz hat das Raum-Zeit-Gefüge so stark erschüttert, dass unsere Strukturtaster durchbrannten.«
»Dafür sollen sie büßen!«, rief der Labori am Feuerleitpult.
»Es war nicht ihre Schuld, sondern der beinahe undenkbare Zufall, dass sie ausgerechnet an dem Punkt zurückstürzten, an dem wir uns gerade befanden.«
»Du willst sie ungeschoren davonkommen lassen?«, fragte Ath.

»Wir werden mit den Waffen der Verdammnis einundzwanzig Schiffe vernichten und nur das letzte kapern«, sagte Amtranik. »Wir müssen mehr über dieses Volk herausfinden. Falls es sich lohnt, seine Produktionskapazität an Kampfschiffen zu nutzen, müssen wir es unterwerfen. Aber zuerst nehmen wir Funkverbindung mit ihnen auf, um sie in Sicherheit zu wiegen. Usilfe, übernimm das!«

Die Gefährtin des Vorbeißers setzte einen Funkspruch auf Interkosmo ab. Sie schaltete die Bildübertragung nicht ein und gab außerdem den Namen des Schiffes mit HARMOS an, weil sie sich plötzlich an das terranische Schiff von Arpa Chai erinnerte. Sie bat um Kontakt und wies darauf hin, dass die HARMOS durch Strukturerschütterungen beschädigt worden sei.

Amtranik schaltete die Feuerleitkontrollen auf sein Pult und aktivierte, ohne darüber nachzudenken, die Schutzschirmprojektoren.

Sein Hordeninstinkt musste ihn gewarnt haben, denn kaum stand der Schirm, da blitzte es bei den zweiundzwanzig Schiffen auf. Gewaltige Entladungen tobten plötzlich im Schutzschirm.

In schneller Folge aktivierte Amtranik Blender, Abschaltstrahler und Verdichter. Diese Waffen der Verdammnis legten die gegnerischen Ortungssysteme lahm, sie schalteten die Großhirne intelligenter Wesen regelrecht ab, sodass die davon Betroffenen für begrenzte Zeit nur animalisch reagierten, und sie erzeugten innerhalb der getroffenen Materie punktförmige Stellen allerhöchster Schwerkraft, so stark verdichtet, dass atomare Kettenreaktionen die Folge waren. Vorausgesetzt, feindliche Schiffe besaßen keinen Schutz gegen diese Waffen.

Nach wenigen Sekunden hätte es nur mehr eines der Würfelschiffe geben dürfen. Stattdessen existierten alle noch.

Im nächsten Moment verschwanden sie unter eigenartigen Begleiterscheinungen.

»Sie haben sich zurückgezogen!«, rief Ath dem Hordenführer zu. »Trotzdem sind sie noch da.«

»Was ist das für ein Unsinn?«, erregte sich Amtranik. »Sie sind entweder noch da oder haben sich zurückgezogen. Was denn, Yesevi?«

»Sie haben ihre dreidimensional räumliche Position nicht geändert«, erklärte Ath. »Andernfalls müssten entsprechende energetische Emissionen gemessen worden sein. Stattdessen gibt es eine räumlich begrenzte Verzerrung der Zeitdimension unseres Raum-Zeit-Kontinuums. Die Schiffe verstecken sich hinter einer Zeitbarriere.«

Amtranik eilte ebenfalls zur Ortung.

»Tatsächlich!«, stellte er fest, nachdem er die Anzeigen geprüft hatte. »Sie verwenden einen Zeit- oder Relativschirm, der sie unserer Ortung und der Wirkung unserer Waffen entzieht – und sie besitzen recht eindrucksvolle Angriffswaffen.«

»Warum hast du unseren Schutzschirm zu früh aktiviert, Hordenführer?«, fragte Ath. »Deshalb konnten die Fremden unsere Absicht erraten und uns zuvorkommen.«

»Du irrst dich«, gab Amtranik zurück. »Sie haben nicht auf den Aufbau des Schutzschirms reagiert, sondern auf unseren Funkspruch. Ich kam ihrem Angriff nur einen Sekundenbruchteil zuvor.«

»Aber warum reagieren sie auf einen harmlosen Kontaktwunsch feindselig?«, fragte Usilfe Eth.

»Möglicherweise wissen sie über die HARMOS bescheid«, meinte Amtranik. »Oder sie sind über das Aussehen der VAZIFAR informiert. In dieser Galaxis spricht sich anscheinend alles sehr schnell herum. Ah, sie beschleunigen, wenn auch weiterhin im Schutz ihrer Relativschirme. Sie fürchten uns. Dennoch erscheint mir ihr Rückzug unverständlich. Es wäre logisch gewesen, Unterstützung herbeizurufen und uns mit größerer Übermacht erneut anzugreifen.«

»Sie scheinen andere Interessen zu haben«, sagte die Kybernetikerin. »Vielleicht sind sie in Eile und dürfen sich nicht lange aufhalten lassen.«

»Wir ziehen uns etwa ein Lichtjahr weit zurück«, entschied der Hordenführer. »Während wenigstens die notwendigsten Reparaturen ausgeführt werden, versuchen wir, Ausgangspunkt und Ziel der Schiffe zu ermitteln.«

»Hölle und Teufel!«, schimpfte Jen Salik in unbändigem Zorn.

Der Vario richtete seine Aufmerksamkeit auf die Schalteinheit, die der Terraner soeben untersucht hatte. »Kann ich dir helfen, mein Ritter?«, fragte er.

Salik war bleich, seine Lippen bebten. Im nächsten Moment lachte er hektisch und versetzte der Kontrollwand der eben untersuchten Einheit einen Fußtritt.

»Das ist sie!«, keuchte er. »Genau die Schalteinheit, nach der ich gesucht habe. Ach, verdammt.«

Eine schlimme Ahnung beschlich den Vario. Deshalb schwieg er.

Nach einer Weile sagte Jen Salik verbittert: »Beim ersten Mal nahm ich mir nicht die Zeit, die Funktion dieser Einheit genau zu ermitteln. Ich stellte nur fest, dass sie für die Kontinuität eines Hyperfunkfeuers zuständig war. Da ich annahm, dass dieses Funkfeuer kriegerischen Zwecken diente, desaktivierte ich die Kontinuitätsschaltung. Ein verdammter Irrtum.

Leider. Die Schaltung war für die Stabilisierung des Margor-Schwalls zuständig. Wahrscheinlich hatte Armadan von Harpoon sogar vorgesehen, dass jedes Wesen mit Ritterstatus die Diskontinuität der Paraplasmatischen Sphäre, also des aufgeladenen Staubmantels der Provcon-Faust, spürt und folglich dafür sorgt, dass die Schalteinheit wieder in Ordnung gebracht wird. Genau das könnte ich jetzt tun, wenn nicht ein paar übereifrige Orbiter in ihrem Bestreben, ihrem Ritter zu helfen, meine Arbeit perfektioniert hätten.«

Er zog an der Frontplatte der Schalteinheit. Sie löste sich leicht aus der Wand und fiel um. Dahinter wurden verschmorte Schalt- und Kontrollelemente sichtbar.

»Die Schäden sind irreparabel. Ich kann diese Schalteinheit auch nicht nachbauen lassen. Niemals wird der Margor-Schwall wieder als Langzeitwaffe Armadan von Harpoons funktionieren. Aber die Kopfschmerzen und Orientierungsschwierigkeiten werden mich immer an meine eigene Dummheit erinnern.«

»Du siehst zu schwarz, mein Ritter«, erwiderte der Vario. »Du sagst selbst, dass nichts mehr die Kontinuität der Impulse garantiert. Das bedeutet doch, dass sie sich laufend weiter verändern werden – und irgendwann stören sie dich nicht mehr.«

»Bis dahin blockiert meine Ritteraura. Die Orbiter werden aber schon bald meinen Ritterstatus bezweifeln und mich vielleicht sogar für einen Betrüger wie Amtranik-Keijder halten.«

»Nur drei Orbiter sind autorisiert, die Kontroll- und Schaltstationen Martappons zu betreten«, sagte der Vario. »Folglich können nur diese drei Personen oder einer von ihnen allein in ihrem Übereifer verhindert haben, dass du die verhängnisvolle Schaltung rückgängig machst. Meinst du nicht auch, dass sie alles tun werden, um sich vor einer gewaltigen Blamage oder Schlimmerem zu bewahren, wenn wir ihnen klarmachen, was sie angerichtet haben?«

Jen Salik blickte das Robotei nachdenklich an.

»Ich merke immer wieder, dass du alles andere als ein gewöhnlicher Roboter bist.«

»Dann weißt du auch, dass wir beide gemeinsam unsere Probleme lösen können, mein Ritter. Ich schlage vor, wir stellen uns den Kommandeuren der Keilschiffflotten. Aber vorher reden wir vertraulich mit Goonerbrek, Shakan und Sheltra.«

»Das werden wir«, sagte Jen Salik. »Trotzdem warne ich dich vor Illusionen.«

Amtranik war enttäuscht. Die VAZIFAR befand sich seit fast sechzig Stunden an der neuen Position. Die Strukturtaster waren wieder einsatzbereit, hatten aber nicht ein einziges Mal angesprochen.

»Es ist also nichts damit, die Heimat der Konglomerat-Schiffe zu ermitteln«, sagte Amtranik zu seiner Besatzung. »In einer halben Stunde werden die wichtigsten Reparaturarbeiten abgeschlossen sein. Das heißt allerdings nicht, dass wir in jeder Hinsicht wieder kampffähig sind. Wir fliegen trotzdem weiter zur Provcon-Faust, um uns wenigstens zu orientieren.«

Kurz vor dem vorgesehenen Termin machte Llarou Vith bei der Überprüfung der automatisch aufgezeichneten Funkortungen eine überraschende Entdeckung. Es handelte sich um einen gerichteten Hyperfunkspruch, der scheinbar aus dem Leerraum kam und an die Konglomerat-Schiffe gerichtet war. Bei der Rekonstruktion der lückenhaften Ortungsdaten stellte der Labori fest, dass sich 34 Lichtstunden von der anfänglichen eigenen Position entfernt eine Masse von der Größe eines mittleren Planeten befand.

»Vermutlich die Antwort auf einen ebenfalls gerichteten Funkspruch der fremden Schiffe«, vermutete der Hordenführer. »Wir konnten den ersten nicht auffangen, weil er von uns weg gerichtet war. Ist die Antwort von dem Dunkelplaneten zu entschlüsseln?«

»Es handelt sich um eine Sendung aus abstrakten Symbolgruppen einer solchen Vielfalt, dass wir sie wahrscheinlich nur entschlüsseln können, wenn uns der Kode bekannt ist«, sagte Vith.

»Wir sehen uns die Dunkelwelt an«, entschied Amtranik. »Wenn es sich um eine Stützpunktwelt der Unbekannten handelt, können wir dort mehr über sie und ihr Verhältnis zu den anderen Zivilisationen dieser Galaxis erfahren – falls es ein solches Verhältnis gibt. Wir landen mit einem Beiboot und sondieren die Lage.«

Die VAZIFAR beschleunigte, ging zum Linearflug über und kehrte nach halber Distanz in den Normalraum zurück.

Die Ortung erfasste den Dunkelplaneten sehr schnell. Er schien aus der Richtung des galaktischen Zentrums zu kommen – wenn seine Bahn inzwischen nicht von anderen Objekten verändert worden war – und bewegte sich auf das Randgebiet der Galaxis zu.

»Ich leite die Erkundung«, erklärte der Garbeschianer. »Yesevi Ath und Usilfe Eth, ihr begleitet mich. Außerdem fünf Kampfroboter. Wir benutzen ein Beiboot der LUUFIR-Klasse.«

Sie legten ihre schweren Schutzanzüge an.

Amtranik übernahm den Pilotensitz des Beiboots, wies Ath die Feuerleitkontrollen und seiner Gefährtin die Ortung zu und startete sofort. Kuthur Quath, der das Interimskommando über die VAZIFAR erhielt, sollte dem

Beiboot langsam folgen, aber eine halbe Lichtstunde vor dem Dunkelplaneten auf Warteposition gehen.

Die Ortung zeigte den Planeten inzwischen als stark abgeflachte Kugel, die sich in elfeinhalb Stunden einmal um ihre Achse drehte und, wie erwartet, keine Atmosphäre besaß.

Aus knapp einer Lichtstunde Entfernung wurde erkennbar, dass der Planet von einer kilometerdicken Eisschicht überzogen war.

»Keine energetischen Aktivitäten«, meldete Usilfe Eth.

»Sind Verzerrungen der Zeitdimension festzustellen?«

»Bislang nicht.«

»Vielleicht nur eine automatische Station, die auf äußere Aktivitäten anspricht«, überlegte Amtranik.

»Sie hat auf einen Anruf des Schiffspulks reagiert«, sagte Eth. »Ich schlage vor, dass wir ihren Antwortspruch senden.«

Amtranik blickte die Kybernetikerin erstaunt an. Seine Achtung vor ihren Qualitäten stieg. Er überlegte ernsthaft, ob er sie zu seiner Gefährtin machen sollte. Sie war zu gut für Ath, der zwar ein sehr guter Taktiker war, aber längst nicht so tiefgründig dachte wie sie.

Er verschob die Entscheidung.

Über Richtfunk wies er die VAZIFAR an, den gespeicherten Symbolfunkspruch gerichtet zur Dunkelwelt zu senden.

Schon Sekunden nach der Sendung wurde die Antwort vom Dunkelplaneten aufgefangen, allerdings ein sehr kurzer Funkspruch. Er kam aus der Äquatorgegend, aus einem begrenzten Gebiet mit starker Masseanomalie.

»Wir haben sie!«, rief Usilfe Eth begeistert.

»Aber vermutlich sollte der Funkspruch länger werden«, sagte Amtranik. »Er wurde abgebrochen, als der Station auffiel, dass er identisch war mit dem, den sie selbst an den Schiffspulk gesendet hatte.«

»Dann war mein Vorschlag nicht nützlich, sondern schädlich«, meinte Usilfe Eth betroffen.

»Ich hatte damit gerechnet, dass die Station unsere List durchschaut. Das musste ich in Kauf nehmen, um ihren Standort zu ermitteln. Was sich geändert hat, ist lediglich, dass die Station nun auf den Besuch Unbekannter vorbereitet ist.«

11.

»Was soll die Geheimbesprechung zu einem Zeitpunkt, an dem unter den Flottenkommandeuren Unruhe herrscht?«, polterte Shakan.

»Ihr werdet es erfahren.« Jen Salik hatte sich mit Shakan, Goonerbrek und Sheltra in einer untergeordneten Kontrollzentrale nahe der Befehlszentrale getroffen. »Vario, klär du sie darüber auf!«

»Ein Roboter!«, rief Sheltra verächtlich.

»Mein persönlicher Orbiter«, erklärte Salik. »Jeder Ritter der Tiefe hatte seinen persönlichen Orbiter, der in der Rangordnung unmittelbar nach ihm stand.«

»So ist es«, sagte der Vario-500. »Ihr lasst den nötigen Respekt gegenüber dem Ritter der Tiefe vermissen, und das nur, weil ihr seine Ausstrahlung nicht wahrnehmt.«

»Wir zweifeln«, gab der Kommandeur der Wachflotte zu. »Nur an der Ausstrahlung erkennen wir Orbiter ein Wesen mit Ritterstatus.«

»Aber ihr hattet eine Zeit lang einem Garbeschianer den Ritterstatus zuerkannt«, erwiderte der Vario-Roboter streng.

»Zu dem Zeitpunkt wussten wir noch nichts von der Ritteraura«, erklärte Goonerbrek. »Erst als wir Jen Salik gegenüberstanden, verstanden wir, dass ein Wesen mehr besitzen muss als das Ritterwissen, um den Status zuerkannt zu bekommen.«

»Ihr glaubt tatsächlich, dass ihr Orbiter jemandem den Ritterstatus zuerkennt oder auch nicht?«, fragte der Vario. »Ihr seid verblendet. Ein Ritter der Tiefe gehört dem Orden völlig unabhängig davon an, ob ihr es wahrhaben wollt oder nicht.«

»Wir glauben das gern«, erwiderte Goonerbrek. »Verzeiht uns unsere Verwirrung.«

»Verwirrt seid ihr tatsächlich. Ihr wart sogar so verwirrt, dass ihr glaubtet, alles besser machen zu können als unser Ritter. Vor allem, dass er gewisse Schaltungen nicht gründlich genug desaktiviert hat. Als Autorisierte seid ihr in eine der Schaltstationen eingedrungen und habt mindestens eine Schalteinheit, die der Ritter nur abgeschaltet hatte, völlig unbrauchbar gemacht.«

»Es waren viele Schalteinheiten«, warf Shakan ein. »Igsorian von ... ah, Jen Salik musste bei den Abschaltungen überhastet vorgehen. Deshalb haben wir hinter ihm dafür gesorgt, dass alles gründlicher erledigt wurde.«

»Hinter seinem Rücken! Ihr habt euch erdreistet, seine Arbeit als unvollkommen einzustufen, und euch angemaßt, sie besser machen zu können. Ihr Wahnsinnigen. Wenn die anderen Orbiter jemals erfahren, was ihr in eurer Überheblichkeit angerichtet habt, werden sie euch mit Schimpf und Schande davonjagen!«

»Aber was haben wir denn ...?«, wandte Sheltra kleinlaut ein.

»Was ihr getan habt? Ich sage es euch. Inzwischen wisst ihr, dass der Grund dafür, warum Amtranik, seine Garbeschianer und die Horden-Orbiter im Weltraum an Orientierungsschwierigkeiten litten, die Impulse des sogenannten Margor-Schwalls waren. Der Schwall war eine Langzeitwaffe Armadan von Harpoons gegen die Garbeschianer.

Ja, *war!* Ihr habt mit eurer Arbeit dafür gesorgt, dass die Schalteinheit für die Kontinuität der Impulse unwiderruflich zerstört wurde. Die Folge davon waren Veränderungen des Margor-Schwalls, und die neuen Impulse bewirken eine Unterdrückung der Ritteraura Jen Saliks.

Das allein wäre schon schlimm genug. Aber wir müssen befürchten, dass sie außerdem nicht mehr desorientierend auf die Garbeschianer wirken. Wahrscheinlich befindet sich Amtranik mit seinen letzten Getreuen in der VAZIFAR inzwischen auf dem Weg zur Provcon-Faust, um die Paraplasmatische Sphäre zu vernichten. Glaubt nur nicht, das sei unmöglich.

Es gibt nur einen Weg, die Vernichtung der Langzeitwaffe Armadan von Harpoons zu verhindern. Jen Salik und ich müssen zur Provcon-Faust und Amtranik besiegen. Ich verlange von euch, dass ihr alles tut, um uns das zu ermöglichen und damit einen Teil eurer Schuld abzutragen!«

Die drei Orbiter starrten den Vario und Jen Salik fassungslos an.

»Wir bereuen zutiefst!«, rief Goonerbrek. »Wir bitten um Vergebung, mein Ritter! Selbstverständlich werden wir alles tun, um den Schaden wiedergutzumachen.«

»Ich verzeihe euch«, sagte Jen Salik. »Überzeugt die Kommandeure davon, dass es im Sinn Armadan von Harpoons liegt, wenn ich mich vorerst nicht ihrer Fragen annehme und stattdessen zur Provcon-Faust fliege.«

»Und schweigt über euren Fehler!«, fügte der Vario hinzu. »Mein Ritter und ich werden ebenfalls nichts dazu sagen.«

Der Holoschirm des Hyperkoms zeigte das Konterfei des Ersten Terraners.

»Hallo, Freunde!«, sagte Tifflor keineswegs überrascht, als er Jen Salik und den Vario sah. »Ich hoffe, Sie fühlen sich wieder besser, Jen.«

»Einigermaßen«, erwiderte Salik. »Aber was weitaus wichtiger ist: Sie haben den Vario über die Veränderung des Margor-Schwalls unterrichtet. Nun, genau diese Veränderung verursacht bei mir Orientierungsschwierigkeiten. Der Umkehrschluss ist, dass dies bei den Garbeschianern nicht mehr der Fall sein wird. Und sie bewirkt eine Unterdrückung meiner Ritteraura. Es gab bereits einige Orbiter auf Martappon, die mir den Ritterstatus nicht mehr glaubten.«

»Was bedeutet das?«, fragte Tifflor ahnungsvoll.

»Vorerst herrscht hier hoffentlich ein Status quo. Aber es dürfte klar sein, dass Amtranik tatsächlich versuchen wird, die Paraplasmatische Sphäre zu vernichten.

Ich werde deshalb zur Provcon-Faust fliegen. Und ich bitte um Unterstützung durch Flottenverbände der LFT und der GAVÖK. Es muss verhindert werden, dass die VAZIFAR nahe genug an die Dunkelwolke herankommt. Amtranik darf die Waffen der Verdammnis keinesfalls einsetzen.

Außerdem müssen die in der Provcon-Faust lebenden Intelligenzen gewarnt werden. Wenn es dem Hordenführer gelingen würde, die Sphäre zu vernichten, hätte das wahrscheinlich katastrophale Auswirkungen auf das Kräftegleichgewicht innerhalb der Dunkelwolke.«

Tifflor nickte.

»Ich werde alles tun, um die VAZIFAR vor der Provcon-Faust abfangen zu lassen. Wir wissen immerhin, dass dieses Schiff nicht unbesiegbar ist ...«

»Bisher litt die Besatzung an Orientierungsschwierigkeiten«, erinnerte der Vario. »Das sollten wir nicht vergessen.«

»Du jagst mir Angst ein, Anson.« Tifflors Miene verriet, dass er nicht scherzte.

»Genau das wollte ich«, erwiderte der Vario. »Und ich bitte dich, mich künftig Vario zu nennen wie mein Ritter. Anson Argyris war nur meine Hauptrolle in einem wichtigen und interessanten Spiel – aber sie ist ausgespielt.«

»Alles klar, Vario«, sagte der Erste Terraner. »Passt gut auf euch auf!« Er unterbrach die Verbindung.

»Energetische Aktivität!«, rief Usilfe Eth plötzlich. »Wenige Kilometer voraus.«

Amtranik drosselte die Leistung der Prallfeldprojektoren. Das Beiboot glitt dicht über die eisige und dunkle Oberfläche des Planeten hinweg. Nun wurde es langsamer. Die Ortungstaster waren so eingestellt, dass sie lediglich bis knapp hundert Meter vor dem Boot die Oberflächenkonturen erfassten. Damit war alles getan, damit das Beiboot möglichst unbemerkt blieb.

Völlig anders verhielt es sich mit der Passiv-Ortung. Fremde energetische Aktivität wurde selbstverständlich auch auf größere Distanz erfasst.

»Energiequelle bewegt sich. Etwa fünfundsechzig Kilometer in der Stunde mit Bodenberührung. Keine Rückstoßemissionen. Energie wird durch Fusion hochkatalysierten Deuteriumplasmas erzeugt.«

»Eine mobile Station«, überlegte Amtranik. »Ob sie uns geortet hat und sich absetzen will? Wir müssen ihr den Weg verlegen.«

Er verstärkte die Leistung des Prallfelds wieder, setzte sie aber nicht auch in größere Flughöhe, sondern in höhere Geschwindigkeit um. Das Beiboot beschrieb einen Halbkreis, der bis zum Fuß der aus dem Weltraum optisch festgestellten flachen Erhebung führte.

»Energiequelle kommt nun schräg von vorn«, sagte Usilfe Eth. »Entfernung noch achtzig Meter, Geschwindigkeit gesunken.«

»Eigentlich müsste die Station inzwischen die Emissionen des Prallfelds geortet haben«, sagte Yesevi Ath. »Ich frage mich, warum sie dennoch näher kommt.«

»Yesevi, du steigst aus und schneidest dem Objekt zu Fuß den Weg ab!«, bestimmte Amtranik. »Wir kommen dir zu Hilfe, falls das nötig werden sollte.«

Wortlos schloss Ath den Druckhelm und verschwand in der Backbordschleuse. Usilfe Eth verfolgte ihn über die schwachen energetischen Emissionen seines Rückentornisters. Selbstverständlich bewegte er sich ohne das Flugaggregat.

»Er hat dem Objekt den Weg abgeschnitten«, erklärte Eth gleich darauf. »Es kommt zwanzig Meter vor ihm zum Stillstand.«

Amtranik ließ das Beiboot in wenigen Zentimetern Höhe und mit geringer Geschwindigkeit auf das Objekt zuschweben.

»Energieausbruch!«, rief Eth. »Das Objekt hat sich in einen Hochenergie-Überladungsschirm gehüllt und schwebt auf Yesevi zu. Da, er feuert mit dem Detonator. Es ist zwecklos. Endlich weicht er aus! Objekt verschwindet in der Bodenerhebung.«

Amtranik schaltete die Bugscheinwerfer ein. Wo das Licht von Materie reflektiert wurde, war es plötzlich taghell, ein scharf abgegrenzter Bereich.

Die Außenbeobachtung zeigte, dass sich in der eisbedeckten Erhebung eine Öffnung gebildet hatte und dass das fremde Objekt in einer Art Tunnel weiterschwebte.

Amtranik feuerte mit dem Desintegrator, als sich die Öffnung wieder schloss. Eis, Felsgestein und Metallplastik lösten sich in molekulares Gas auf, das zu Boden sank.

»Ich steige ebenfalls aus und nehme mit Yesevi die Verfolgung auf«, sagte der Hordenführer. »Du wartest hier. Im Notfall fordere Hilfe von der VAZIFAR an!«

»Verstanden«, erwiderte Usilfe Eth.

Amtranik verließ das Boot ebenfalls durch die Backbordschleuse. »Mitkommen, Yesevi!«, befahl er über Helmfunk.

Er schwebte durch die Öffnung in den Tunnel ein. Dabei registrierten seine Messgeräte einen Energievorhang, der für feste Körper kein Hindernis darstellte, aber die klimatisierte Atmosphäre am Entweichen hinderte. In größerer Distanz traf der Lichtkegel seines Helmscheinwerfers auf etwas, das das Licht glitzernd reflektierte. Ihm schien, als bewegten sich mehrere Arme oder Tentakel.

Amtranik erhöhte seine Geschwindigkeit. Aber nur kurz sah es aus, als würde er aufholen, dann beschleunigte auch die mobile Station, bis die anfängliche Distanz wiederhergestellt war.

»Sie will uns in eine Falle locken!«, rief Ath über Helmfunk.

»Das ist mir klar«, erwiderte Amtranik. »Usilfe, schicke uns zwei Kampfroboter nach! Sie sollen aufschließen!«

Der Tunnel wurde zu einem spiralförmig abwärtsführenden Gang. Dadurch geriet die mobile Station außer Sichtweite. Amtranik beschleunigte dennoch nicht weiter.

Kurz darauf kamen die beiden Roboter, walzenförmige Kampfmaschinen aus schmalen Ringsegmenten.

Amtranik beschrieb ihnen die mobile Station. »Gegen sie unternehmt ihr nichts!«, sagte er. »Sollte sie jedoch stoppen, fliegt an ihr vorbei und greift alles an, was sich ihr nähert!«

Dieser Moment kam schneller als erwartet. Nach der nächsten Biegung mündete der Gang in eine große Halle. Die mobile Station stand auf dem Boden und blickte die Verfolger aus großen Facettenaugen an, in denen sich das Scheinwerferlicht brach.

»Ein Roboter!«, entfuhr es Yesevi Ath.

Amtranik und er stoppten. Die beiden eigenen Roboter flogen an der fremden Maschine vorbei.

Es konnte wirklich nur eine Maschine sein. Aus dem vorderen Rumpfteil mit einem reptilhaften großen Schädel ragte ein langer Arm hervor, der in dünnen Greiftentakeln endete. Außerdem gab es noch einen mit Flüssigkeit gefüllten halb transparenten Auswuchs, eine Art Baggerarm und zwei mehrgelenkige Arme mit Greiffingern und einem Schneidwerkzeug. Gestützt wurde dieses Rumpfteil von zwei kurzen Beinen, die in Laufrollen endeten.

Das Vorderteil endete in einem kesselförmigen Behälter, der ebenfalls Rollen aufwies.

Die sichtbare Instrumentierung war typisch für einen Planetenerkunder. Die Hyperfunkantenne auf der Schädeloberseite verriet zudem, dass er über große Entfernungen Informationen senden konnte. Eine Angriffsbewaffnung blieb zumindest verborgen.

»Wie heißen deine Auftraggeber?« Amtranik sendete seine Frage in einem breiten Frequenzband. Er benutzte das geläufige Interkosmo.

Die Antwort entsprach keineswegs seiner Erwartung.

»Ergebt euch, oder wir vernichten euer Raumschiff!«, funkte der Roboter zurück.

Ungefähr hundert Orbiter drängten sich vor dem Eingang zur Hyperfunkstation. Alle trugen auf ihren Monturen die Rangabzeichen von Flottenkommandeuren.

»Was wollt ihr hier?«, fragte Jen Salik. »Habe ich euch nicht ausrichten lassen, dass ich mich vorläufig nicht um euch kümmern kann, sondern erst eine wichtige Mission durchführen muss?«

Einer der vordersten Orbiter räusperte sich.

»Ich bin Vergaaner, Kommandeur der BEL-Flotte. Uns gefällt es nicht, wie wir abgespeist werden sollen. Wir verstehen nicht, warum du dich hier mit unwichtigen Dingen abgibst, anstatt uns darüber aufzuklären, was wir mit unseren Schiffen und vor allem den Besatzungen anfangen sollen und wie unsere Zukunft aussehen wird. Was für eine wichtigere Aufgabe als das hast du dir vorgenommen?.«

»Hat euch Goonerbrek nichts darüber gesagt?« Salik vermochte nicht so hart und entschlossen aufzutreten, wie es die Situation eigentlich erforderte.

Vor wenigen Sekunden hatten sich seine Kopfschmerzen derart gesteigert, dass er fürchtete, wahnsinnig zu werden.

»Er hat nur verirrendes Zeug erzählt«, antwortete Vergaaner. »Es hörte sich an, als wollten er und die beiden anderen etwas vertuschen. Deshalb haben wir alle drei unter Arrest gestellt. Warum spüre ich eigentlich nichts von der Aura, die dich als Ritter der Tiefe ausweisen soll, von der uns über Funk so viel berichtet wurde?«

»Es gibt eine Überlagerungsstrahlung«, sagte Salik matt.

»Faule Ausrede!«, schrie jemand aus der Menge. »Beweise deinen Ritterstatus!«

»Wenn nicht, nehmen wir unser Schicksal in die eigenen Hände!«, rief eine andere Stimme.

»Was seid ihr?«, fuhr der Vario dazwischen. »Seid ihr Raumpiraten oder Orbiter?«

»Natürlich sind wir Orbiter«, erwiderte Vergaaner.

»Warum benehmt ihr euch dann nicht entsprechend? Sieht eure Treue gegenüber einem Ritter so aus, dass ihr beim geringsten Zweifel die Gefolgschaft verweigert?« Der Vario deutete mit einem Tentakel auf Salik. »Der Ritter hat euch vor dem katastrophalen Fehler bewahrt, die Zivilisationen auszulöschen, die ihr nach dem Vermächtnis Armadan von Harpoons retten solltet. Nun befindet er sich in einer Krise, die durch einen Strahlungsschauer aus der Provcon-Faust ausgelöst wurde. Das ist es, was euch den Ritterstatus nicht erkennen lässt und Jen Salik gleichzeitig schwächt. Doch anstatt ihm mit eurer Treue zu helfen, lehnt ihr euch auf und versucht zu meutern!«

»Niemand von uns meutert«, widersprach Vergaaner. »Wir sind allerdings der Meinung, dass der Platz eines Ritters der Tiefe bei seinen Orbitern ist. So fühlen wir.«

Er wandte sich um und redete auf die anderen Kommandeure ein. Schweigend oder murrend zogen sie sich schließlich zurück.

»Danke, Vario.« Jen Salik war erschöpft. »Ich hätte nicht die richtigen Worte gefunden.«

»Sie sind beschämt gegangen«, sagte der Vario. »Aber wie lange wird diese Scham anhalten, wenn sie mit unlösbaren Problemen konfrontiert werden? Sie sind so programmiert, dass sie nur eine Aufgabe erfüllen können, nämlich die Abwehr der Horden von Garbesch.

Nun hat sich herausgestellt, dass es keine Invasion der Garbeschianer gibt. Die Orbiter sehen sich einer Situation gegenüber, die in ihrer Programmierung nicht vorgesehen ist. Ohne deine feste Führung werden sie verzweifeln und dann wirklich meutern.«

Jen Salik nickte. »Die Lage auf Martappon wird explosiv. Es wäre das Beste, wenn wir von hier verschwinden, bis mein Zustand sich stabilisiert.«

Sie begaben sich zu einer Station der Wartungsbahn und fuhren zu einem der Raumhäfen des Planeten.

Ihre Hoffnung, dort eine ruhige Atmosphäre vorzufinden, erfüllte sich allerdings nicht. Das wurde beiden klar, als sie vom Hafenverwalter einen Erkunder anforderten.

»Es tut mir außerordentlich leid«, widersprach der Mann namens Ektron. »Der neue Schaltmeister Noo-Len hat angeordnet, dass ich dir kein Raumschiff zur Verfügung stellen darf, mein Ritter.«

»Ein Orbiter wagt es, einen Ritter der Tiefe zu bevormunden?«, fragte der Vario.

»Noo-Len behauptet, Jen Salik hätte den Ritterstatus verloren«, erwiderte Ektron. »Und, ehrlich gesagt, ich spüre nichts davon, dass er die Aura noch besitzt. Dennoch tut es mir sehr leid, dass ich dir nicht helfen kann.«

»Quiryleinen!«, rief Salik aus. »Er war der loyalste aller Orbiter gewesen. Er wird mich nicht im Stich lassen. Ektron, stelle eine Funkverbindung zu Quiryleinen her!«

Der Hafenverwalter gehorchte.

Wenig später erschien auf dem Holoschirm das Abbild des Flottenkommandeurs Quiryleinen. Er befehligte die Flotte, die das Solsystem besetzt hatte. Er war auch der erste Orbiter gewesen, der Jen Salik als Ritter der Tiefe anerkannt hatte.

»Ich brauche ein Schiff, Quiryleinen«, sagte Salik. »Doch man will mir keines geben. Deshalb bitte ich dich, mir mit einem Erkunder deiner Flotte auszuhelfen. Der Vario und ich befinden uns im Raumhafen Gebor-Veel. Wann wird das Schiff hier sein?«

Quiryleinens Miene drückte Verlegenheit aus.

»Die Flottenkommandeure auf Martappon haben einen neuen Schaltmeister gewählt, und Noo-Len hat befohlen, dir kein Raumschiff zu überlassen. Es tut mir leid, ich kann diesen Befehl nicht ignorieren.«

»Der Ritter kann jeden Befehl eines Orbiters aufheben«, sagte der Vario.

»Jen Salik hat den Ritterstatus nicht mehr. Ich muss dem Schaltmeister glauben, es sei denn, Salik beweist mir das Gegenteil. In dem Fall würde ich mit meiner Flotte auf Martappon landen und den neuen Schaltmeister absetzen ...«

»Das würde ich nicht wollen, denn das würde neue Kämpfe bedeuten«, erwiderte Salik. »Aber ich kann dir das Gegenteil auch nicht beweisen. Die veränderten Impulse des Margor-Schwalls unterdrücken meine Ritteraura. Uns allen kann nur geholfen werden, wenn ich zur Provcon-Faust fliege ...«

»Es tut mir leid«, sagte Quiryleinen. »Übrigens muss ich schnellstens einen Versorgungsflug nach Churuude organisieren. Ich melde mich später wieder.«

Die Übertragung erlosch.

Amtranik zog eine stabförmige Waffe mit einer kugelförmigen Verdickung in der Mitte aus dem linken Holster. Es handelte sich um einen Telepsimat-Werfer, der winzige Mengen destabilisierter Psi-Materie gleich einem Fiktiv-Transmitter ins Ziel beförderte, wo sie sich in ein Sextadimfeld verwandelte, das prompt in die sechste Dimension entwich und alle Materie im kugelförmigen Umkreis von maximal neun Metern mitriss.

Doch er zielte nicht auf den fremden Roboter. Obwohl er sehr risikofreudig war, wollte er seine VAZIFAR auf keinen Fall gefährden.

»Wer will mein Schiff vernichten?«, fragte er stattdessen.

»Spielt das eine Rolle?«, entgegnete der Roboter. »Wir beweisen dir, dass wir in der Lage sind, euer Schiff zu vernichten. Wir werden es für fünf Sekunden ins Kreuzfeuer nehmen – allerdings so, dass es nicht getroffen wird. Du kannst deinen Schiffsführer anrufen, wie er die Lage einschätzt.«

»Er blufft nur«, sagte Ath.

»Er meint es ernst«, widersprach Amtranik. »Ich bezweifle allerdings, dass er den Beweis wirklich antreten kann.«

»Es ist geschehen«, sagte der Roboter. »Frage nach!«

Amtranik aktivierte sein kleines Hyperfunkgerät. »Keijder ruft GAVRIELL!« Er verwendete die alten Tarnnamen, doch ihm wurde bewusst, dass sie ja ebenso bekannt sein mussten wie die richtigen.

»Hier GAVRIELL!«, meldete sich Quath.

»Hat es einen Zwischenfall gegeben?«

»Vor wenigen Sekunden erschienen wie aus dem Nichts neun riesige Raumschiffe und feuerten mit einer Art Impulsstrahlen. Die Energie ging dicht an uns vorbei. Wenn sie getroffen hätte, würde das Schiff wohl nicht mehr existieren.«

»Wie sahen die Schiffe aus?«

»Nicht festzustellen. Sie sandten auf allen Frequenzen Störimpulse. Wir wissen nicht einmal, ob es zu Zeitverzerrungen kam.«

»Dessen bin ich sicher.« Amtranik starrte den fremden Roboter höhnisch an. »Wer sich hinter einer Zeitbarriere versteckt, braucht Zeit, um hinter ihr hervorzukommen. Vorher kann er nichts gegen uns unternehmen. Meine Position wirst du angepeilt haben. Beschleunige voll, hole uns hier ab, aktiviere die Schutzschirme und setze Blender, Kriecher und Abschaltstrahler gegen die Verfolger ein. Vollzug sofort!«

»Natürlich!«, erwiderte Kuthur Quath.

Der Hordenführer wandte sich an den fremden Roboter: »Denkst du immer noch, ihr könntet mein Schiff vernichten?« Langsam hob er den Telepsimat-Werfer. »Weißt du nicht, wer ich bin?«

»Ein Feind«, sagte der Roboter. »Mehr brauche ich nicht zu wissen.«

»Du stehst Amtranik gegenüber, dem Anführer der Horden von Garbesch!« Amtranik presste die Hand um den Auslösekolben zusammen.

Wo der Roboter war, entstand für den Bruchteil einer Sekunde eine finstere Kugel. Mit ihr verschwanden der Roboter und ein Teil des Hallenbodens.

Im nächsten Moment klatschten schwammige Fladen oder Matten auf den Boden und auf Amtraniks beide Kampfroboter. Eine dieser Erscheinungen streifte den Hordenführer und hätte ihn beinahe umgeworfen.

Amtranik wich zurück. Kreischende Geräusche waren plötzlich überall. Es klang, als wären Tausende hochtouriger Stahlbohrer in Betrieb genommen worden. Die beiden Roboter wurden förmlich zerstückelt, dann schraubten sich die Fladen mit ihnen in den Boden und verschwanden.

»Zurück, Yesevi!«, befahl Amtranik.

Erst da bemerkte er, dass auch der Vorbeißer verschwunden war. Wo der Labori vor wenigen Sekunden gestanden hatte, klaffte ein gut zwei Meter durchmessendes Loch im Boden.

Der Hordenführer warf sich herum, schaltete sein Flugaggregat auf höchste Beschleunigung und raste durch den Tunnel zurück.

»Starten!«, rief Amtranik, kaum dass er das Beiboot betrat.

»Aber – Yesevi ...?«, wandte Usilfe Eth ein.

»Er ist tot. Im Kampf gefallen, wie es einem Garbeschianer zukommt.«

Usilfe Eth startete, ohne ein weiteres Wort zu verlieren. Das Leben auf Arpa Chai war gnadenlos gewesen, ein Kampf ums nackte Überleben. Tote zählten nicht mehr.

»Die VAZIFAR kommt uns entgegen und wird uns im Flug aufnehmen«, sagte Amtranik. »Alles muss schnell und präzise ablaufen. Wahrscheinlich wird die VAZIFAR von Konglomerat-Schiffen verfolgt.«

Er öffnete die Feuerleitkontrollen. Die Erfahrung aus unzähligen Kämpfen ließ den Hordenführer stets mit allen Möglichkeiten rechnen.

Als Usilfe Eth das heranrasende Flaggschiff ortete, setzte sie den Peilsender in Betrieb. In ihre Augen trat ein fatalistischer Glanz, als sie knapp eine Lichtsekunde über der VAZIFAR neun vage erkennbare Objekte ortete.

Im Schutzschirm der VAZIFAR entstand eine enge Strukturlücke. Das Beiboot raste förmlich hindurch. In dem Moment schon Gegenschub mit Maximalwert. Tobende Vibrationen erschütterten das Beiboot, schon schrammte es an der Hangarschleuse entlang, schlug auf den Boden auf und wirbelte in wilder Drehung gegen die Rückwand des Hangars.

Der Hordenführer löste sein Rückhaltesystem. Er musste sich beeilen, denn die entscheidende Waffe konnte nur er selbst bedienen. Sie war auf seine Individualimpulse geeicht.

Nicht einmal der Notausstieg des Beiboots ließ sich öffnen. Amtranik zündete die Sprengladungen, und als ein Teil der Hülle aufbrach, sprang er nach draußen.

Als er die Zentrale der VAZIFAR erreichte, eröffneten die feindlichen Schiffe gerade das Feuer. Sekunden später tauchten die Angreifer wieder in den Schutz der Zeitbarriere. Der Schutzschirm der VAZIFAR flackerte und stand kurz vor dem Zusammenbruch.

Amtranik warf sich in seinen Sessel und griff in das rot leuchtende Energiefeld, das die Aktivierung der schweren Schiffs-Telepsimat-Werfer blockierte. Das Feld erlosch, die Werferkontrollen zeigten Freigabe.

»Beschleunigung weg!«

Sekunden später waren die fremden Schiffe wieder da. Sie feuerten im Salventakt.

Amtraniks Fingerspitzen glitten über die Sensorpunkte des TPM-Schaltpults. Übergangslos verschwand eines der feindlichen Schiffe. Unmöglich, ohne geeignete Hilfsmittel zu erkennen, dass es für einen Sekundenbruchteil von undurchdringlicher Schwärze eingeschlossen worden war.

Ein zweiter der Angreifer schien sich geradezu aufzulösen.

Die anderen sieben feuerten weiter auf die VAZIFAR, deren Schutzschirm sich aufblähte und bereits von heftigen Entladungen durchtobt wurde.

»Höchste Beschleunigung!«, befahl der Hordenführer. Seine Finger hackten geradezu auf die Sensoren ein.

Das dritte Konglomerat-Schiff verschwand. Zwei weitere fielen zurück. Nur noch vier Schiffe folgten der VAZIFAR. Ihre Salven wurden unregelmäßig.

Das vierte feindliche Schiff verschwand. Nahezu zeitgleich blähte sich der Schutzschirm der VAZIFAR auf und brach zusammen. Das Schiff schüttelte sich wie sich ein Lebewesen in schweren Krämpfen.

Der Hordenführer blickte zu den Ortungskontrollen. Nacheinander lösten sich die letzten Konglomerat-Schiffe auf.

»Sie haben uns verfolgt und beschossen, obwohl sie wissen mussten, dass sie sich der sicheren Vernichtung aussetzen«, sagte Amtranik nachdenklich. »Sie wussten, wie unsere Waffen wirken. Ich bezweifle, dass sich organisch lebende Wesen auf diesen Schiffen befanden.«

»Sie hätten es beinahe geschafft, die VAZIFAR zu vernichten«, warf Quath ein.

»Wenn wir die Telepsimat-Werfer nicht hätten, wäre es ihnen gelungen«, erwiderte Amtranik. »Immerhin waren sie entschlossen, uns sogar um den Preis ihrer eigenen Existenz zu vernichten. Das aber tun für gewöhnlich nur Roboter.«

»Es handelte sich um Robotschiffe?«

»Um Schiffe, die von individuellen Robotern gesteuert wurden. Sie konnten nicht nur denken, sondern auch fühlen. Deshalb wichen sie nach dem ersten Angriff aus, als der Beschuss durch Kriecher ihnen zu schaffen machte. Sie mussten sich erst darüber einigen, ob sie uns nur vertreiben oder uns vernichten sollten. Es gibt in dieser Galaxis also eine echte Roboter-Zivilisation. Sobald wir den Margor-Schwall aufgelöst haben, werden wir uns um sie kümmern.«

»Eigenartig«, sagte der Vario, während Jen Salik und er den Plan der Anlage von Martappon studierten, der in einem Trivideo-Scheinkubus abgebildet wurde. »In diesem Konstruktionsplan kann ich die subplanetarischen Anlagen nicht wiedererkennen. Sie zeigen nur einen Teil jener Anlagen, die ich nach meiner Ankunft kennengelernt habe. Armadan von Harpoon wollte demnach wohl sicherstellen, dass niemand den wahren Umfang der Anlagen einfach abfragen kann.«

Der Roboter sah Salik bedeutungsvoll an. Doch der Ritter presste sich beide Hände an den Kopf und stöhnte.

»Ich werde einen Mediker holen«, sagte der Vario.

»Der Schmerz lässt schon wieder nach.« Salik wischte sich den Schweiß von der Stirn. »Ich habe schon verstanden, was du meintest, Vario. Es gibt eine Fülle solcher Anlagen, die noch nicht von dir erkundet wurden. Es wäre durchaus möglich, dass wir irgendwo intakte Raumschiffe finden, vielleicht als geheime Fluchtmöglichkeiten mit getarnten Startschächten.«

»Wir sollten danach suchen. Das ist auf jeden Fall besser, als untätig zu warten.«

»Also brechen wir auf!«, entschied Jen Salik.

Im nächsten Ausrüstungsmagazin belud der Roboter eine kleine Antigravplattform mit all den Dingen, die sie in den nächsten Tagen brauchen würden, von Nahrungskonzentraten und ausreichend Trinkwasser über eine medizinische Notausrüstung für Salik bis hin zu technischer Ausrüstung.

Schließlich schwebten sie in einem der noch funktionierenden großen Antigravschächte in die Tiefe.

Bei siebentausend Metern unter der Oberfläche war Ende. Glücklicherweise arbeiteten auch hier unten die Klimaanlagen noch, sonst wäre es für Salik unerträglich heiß geworden und er hätte seinen Schutzanzug schließen müssen.

Sie erreichten eine stillgelegte Pneumotrain-Station. Mehrere Versuche, die Anlagen wieder in Betrieb zu nehmen, scheiterten. Der Vario ließ den Ritter auf der Antigravplattform Platz nehmen und schob sie durch die Tunnels bis zur nächsten Station.

Von hier aus führte ein Liftschacht noch tiefer ins Innere Martappons.

»Das sehen wir uns genauer an«, schlug der Vario vor. »Einverstanden, mein Ritter?«

»Der Schacht ist außer Betrieb«, wandte Salik ein.

»Die Antigravplattform hat ihre Nützlichkeit schon bewiesen. Wir machen es wieder so.«

Wenig mehr als einen Kilometer tiefer endete der Schacht an der Peripherie einer großen unbeleuchteten Halle.

Den Vario störte die Dunkelheit nicht, Salik schaltete seinen Scheinwerfer ein.

»Ein Telekontrollsystem wäre jetzt hilfreich«, erklärte der Vario. »Während meiner Streifzüge durch die Anlagen habe ich einige entdeckt, die jeweils für einen Umkreis von gut drei Kilometern zuständig waren.«

Eineinhalb Stunden später wurden sie fündig.

»Es ist nicht für Orbiter gedacht«, erklärte der Vario, als Salik enttäuscht reagierte. »Vielmehr dient die Positronik als Kontroll- und Meldeeinheit des Überwachungsbereichs. Der Hohlraum ist nur für Roboter vorgesehen, die Wartungen und Reparaturen durchführen müssen, die das System nicht selbst vornehmen kann.«

Er öffnete das Luk und schwebte in die Öffnung. Die Wandung des Hohlraums bestand aus dreihundertsiebenundvierzig kleinen Bildflächen. Als sie hell wurden, zeigten sie den erhofften Überblick einer rund dreitausend Meter durchmessenden Sektion.

Der Vario benötigte nur kurze Zeit, um alle Anzeigen zu prüfen.

»In diesem Kontrollbereich befindet sich nichts Außergewöhnliches«, stellte er fest. »Allerdings führt ein offenes Tor zu einem beleuchteten Korridor. Da sich dort alle zehn Meter eine Nische mit einem abgeschalteten Roboter befindet, muss es sich um einen wichtigen Bereich der Anlage handeln.«

Der Boden und die Wände vibrierten schwach.

»Offenbar ließ sich von den Kontrollstationen nicht alles abschalten«, erklärte der Vario. »Ich nehme nicht an, dass wir uns in einem Teil des Versorgungssystems befinden. Wäre es so, müssten von hier aus Lieferungen an die Oberfläche gehen.«

»Das wäre bekannt«, bestätigte Salik. »Ich weiß aber nichts davon.«

Zahlreiche Monitoren waren in die Wände eingelassen. Salik versuchte, einen der Schirme zu aktivieren, und es gelang ihm auf Anhieb. Der Ausschnitt einer großen Maschinenhalle wurde sichtbar.

»Sieht aus wie eine Mischung aus Erzverhüttung und Raffinerie für hochwertige Kohlenwasserstoffe«, bemerkte der Vario. Im nächsten Moment klang seine Stimme sogar überrascht: »Das ist ein Materiewandler!«

»Ich wusste gar nicht, dass es das auf Martappon gibt.« Salik kratzte sich verwirrt am Kopf. »Arbeitet der Wandler?«

»Offensichtlich nicht«, antwortete der Vario.

»So ein Aggregat ist wertvoller als ein Planetoid voll Gold«, stellte Jen Salik fest. »Vario, wir müssen diesen Materiewandler der Menschheit zur Verfügung stellen!«

»Ich fürchte, die Orbiter würden das nicht zulassen, mein Ritter. Sicher werden sie ihn früher oder später selbst brauchen, und heimlich wegschaffen können wir ihn nicht.«

Salik musterte die beiden in den nächsten Wandnischen stehenden Roboter. Es handelte sich nicht um Rundumkämpfer, sondern um eiförmige Vielzweckroboter mit je sechs langen Gliedmaßen.

»Sie sehen dir ähnlich, Vario, nur sind sie größer. Ob sie auch klüger sind als du?«

Es sollte ein Scherz sein, aber Salik konnte nicht mehr darüber lachen. Stöhnend sank er auf die Knie und hielt sich den Kopf. Der Vario gab ihm eine schwache Narko-Injektion.

Der Korridor schien unendlich weit geradeaus zu führen. Aber der Roboter stellte mit seinen Instrumenten fest, dass er sich langsam nach links krümmte. Aus dem Krümmungswert errechnete er eine Korridorlänge von neunundsiebzig Kilometern. Innerhalb dieses Kreises musste der Materiewandler liegen.

Ein solch gewaltiges Aggregat auf Martappon war nur logisch. Wenn die Keilschiffflotten vor über 1,2 Millionen Jahren im Bereich des Planeten hergestellt worden waren, hatten die Werften gigantische Mengen von Stahl und hochwertigen Polymeren gebraucht, ganz zu schweigen von Aluminium, Kobalt, Kupfer, Platin, Tantal, Iridium, Wolfram, Gold und so weiter. Zweifellos gab es auch auf den anderen Planeten der Anlage Materiewandler, denn ein Planet allein konnte niemals die Unmengen an niederwertigen Elementen von seiner Substanz hergeben, ohne dass das innere Gefüge zusammenbrach.

Irgendwann würde die Menschheit das alles erben – und wahrscheinlich auch dringend benötigen. Sie befand sich in einer Phase ihrer Evolution, die ihr alles abverlangen würde.

Julian Tifflor flog den schweren Gleiter über den Stadtkern von Terrania City hinweg. Hier gab es noch sehr viele wuchtige Hochhäuser, aber das Meer aus Stahl und Beton, das den Kern früher umgeben hatte, war verschwunden. Stattdessen erstreckte sich hier eine weitläufige Parklandschaft mit kleinen Waldgebieten, Seen und Bächen.

»Diese Veränderung ist ansteckend, Homer«, sagte der Erste Terraner zu dem neben ihm sitzenden Aktivatorträger.

Homer G. Adams nickte nachdenklich.

»Bald werden alle Großstädte, wie wir sie einmal kannten, dem naturbelassenen Bereich gewichen sein«, fuhr Tifflor fort. »Ich hoffe nur, dass Perry bald zurückkommt. Gefühlsmäßig ist es eine halbe Ewigkeit her, dass er mit der SOL aufbrach. Ich habe gestern die sechs Sporenschiffe in Richtung Provcon-Faust losgeschickt. Außerdem drei Flottenverbände der Liga. Die GAVÖK hat mehr als siebenhundert Schiffe in Marsch gesetzt. Ich hoffe, dass es gelingen wird, diesen wild gewordenen Garbeschianer aufzuhalten, bis Jen Salik selbst kommt.«

Ein Anruf kam für ihn. Das Abbild von Laria Nimitz stabilisierte sich. »Soeben kam ein Hyperkomspruch von Alurus herein. Soll ich ihn vorlesen?«

»Ich will nur sinngemäß hören, was er mitteilt!«

»Alurus erklärt, dass die Aufgaben der UFOnauten in der Milchstraße erfüllt seien. Sie würden sich deshalb aus der Galaxis zurückziehen. Alles Weitere müssen wir Menschen in die eigenen Hände nehmen.«

Tifflors Blick verdüsterte sich.

»Ich hatte mir von Alurus Informationen und weitere Hilfestellung erwartet«, sagte der Erste Terraner. »Es gefällt mir nicht, dass er uns sozusagen in der Luft hängen lässt.«

»Wir werden schon mit allem fertig.« Die Sekretärin lächelte zuversichtlich.

»Bei der Gelegenheit: Stellen Sie bitte eine Verbindung mit Jen Salik her, Laria. Ich nehme an, dass er sich noch auf Martappon befindet. Fragen Sie ihn, wann er zur Provcon-Faust aufbricht und wie es ihm geht!«

»Verstanden, Tiff«, sagte Laria Nimitz und unterbrach die Verbindung.

»Mir ist die Lust vergangen, über Terrania spazieren zu fliegen und nachzusehen, ob alles auf Hochglanz gebracht wird, damit Perry uns nicht Schlamperei vorwirft«, erklärte Tifflor halb scherzhaft seinem Begleiter. »Ich fürchte, dass ich in die Tretmühle zurückmuss.«

Die Sekretärin meldete sich schon wieder, da befand sich der Gleiter erst im Anflug auf Imperium-Alpha.

»Ich fürchte, ich habe keine gute Nachricht«, sagte sie. »Martappon reagierte nicht.«

»Meine Ahnung!«, rief Tifflor. »Bleiben Sie hartnäckig dran, Laria!«

»Was hältst du davon, Homer?«, fragte er, nachdem die Verbindung beendet war.

»Das sieht nicht gut aus«, antwortete Homer G. Adams.

»Sogar äußerst bedrohlich, als würden wir wieder vom Pech verfolgt.«

12.

Der Vario-500 stutzte, als er das Anlaufen zahlreicher kleiner Kraftwerke ortete. Schon Sekunden später nahm er Bewegung wahr. Ungefähr dreißig jener Vielzweckroboter, die in den Wandnischen gestanden hatten, näherten sich ihm und Jen Salik.

Eigentlich sah der Vario nur einen logisch fundierten Grund dafür. Der Ritter und er verharrten bereits stundenlang vor dem verschlossenen Tor, das mit großer Wahrscheinlichkeit den Zugang zur Schaltzentrale des Materiewandlers darstellte.

»Ich bin Vario, persönlicher Orbiter des Ritters der Tiefe Jen Salik«, funkte er die Maschinen an. »Die Verzögerung geschieht aus medizinischem Grund. Mein Ritter litt unter einem Schmerzanfall und wurde deshalb von mir narkotisiert.«

Erleichtert stellte der Vario fest, dass die Roboter anhielten.

»Die Sicherheitsfrist wurde überschritten«, teilte ihm eine Positronik mit. »Offenbar aus Unwissenheit. Die unveränderliche Anweisung lautet, sich nicht vor einem hochwertig geschützten Zugang aufzuhalten, wenn jemand aus zwingendem Grund nicht in der Lage ist, sich Zugang zu verschaffen. Jemand kann entweder autorisiert oder unwissend sein, nicht beides.«

»Nicht ich bin die autorisierte Person«, erklärte der Vario. »Mein Ritter ist es – und er befand sich in Narkose. Deshalb war er nicht in der Lage, mich über die betreffende Anweisung zu informieren. Ich bitte darum, die Anweisung nachträglich ausführen zu dürfen.«

»Du willst dich entfernen?«

»Mit meinem Ritter, damit der Anweisung Genüge getan wird.«

»Das ist nach einer Fristüberschreitung nicht zulässig. Deine Begründung für den schwerwiegenden Verstoß wird jedoch als akzeptabel eingestuft. Gleichzeitig muss die Autorisierung deines Ritters geprüft werden. Das Ergebnis wird darüber entscheiden, welche Maßnahme zu treffen ist.«

Der Vario wäre zweifellos blass geworden, hätte er eine seiner Kokonmasken getragen. Der Bescheid der Positronik bedeutete, dass Salik würde beweisen müssen, dass er die Kodes der Sicherheitssysteme kannte. Das war in seinem derzeitigen Zustand äußerst fraglich.

Als das Tor sich öffnete, wurde der Gang ins Ungewisse unvermeidlich.

»Tritt hindurch!«, befahl die Positronik. »Sobald dein Ritter erwacht, wird er sich den Prüfungen zu stellen haben.«

»Dann wird er durch die Nachwirkungen der Narkose noch benommen sein«, wandte der Vario ein.

Die Positronik reagierte nicht darauf. Also war sie nicht in der Lage, weitere Entschuldigungen anzuerkennen. Als sich die Vielzweckroboter weiter näherten, schob der Vario die Antigravplattform in eine Schleusenkammer. Jenseits ortete er ein Labyrinth aus zahlreichen unterschiedlichen Energiewänden.

Als sich das Tor schloss, erwachte Jen Salik. Er setzte sich auf und blickte sich verständnislos um.

»Wo sind wir, Vario?«

»Sei unbesorgt, mein Ritter! Wir befinden uns im Zugang zur Schaltzentrale des Materiewandlers. Wie fühlst du dich?«

»Ein wenig schlapp, aber allmählich werde ich munterer. Ich glaube, der Cybermed meines Schutzanzugs hat mir Anregungsmittel injiziert.«

»Das ist gut. Das wird dir helfen, dich zu erinnern, wie die Sicherheitssysteme der Schaltzentrale arbeiten.«

Salik runzelte die Stirn. »Ich weiß nichts über diesen Zugang. Es erscheint mir auch unnötig, die Schaltzentrale des Materiewandlers aufzusuchen. Wir brauchen ein Schiff, sonst nichts.«

»Wir werden niemals ein Schiff finden, wenn wir nicht die Sicherheitssysteme dieses Zugangs desaktivieren, mein Ritter. Genau das wird von uns verlangt. Schaffen wir es nicht, werden wir als Unbefugte eingestuft.«

»Eine solche Einstufung bedeutet den Tod!«, rief Salik entsetzt.

»Du musst das betreffende Wissen besitzen, folglich kannst du dich daran erinnern.«

»Ich wollte, es wäre so ...«

»Noch zehn Subeinheiten bleiben euch«, drängte die Positronik.

»Es muss eine andere Möglichkeit geben, das Missverständnis aufzuklären«, sagte Jen Salik. »Die Zentralpositronik wird bestätigen, dass ich ein Ritter der Tiefe bin.«

»Ich habe versucht, Verbindung mit ihr aufzunehmen. Aber dazu benötige ich einige Schalteinheiten, die offenbar abgeschaltet sind«, erklärte die Wachpositronik.

»Die von mir abgeschaltet wurden«, sagte Salik bitter. »Wenn es gar nicht anders geht, müssen die verantwortlichen Orbiter von Martappon informiert werden. Sie können uns hier herausholen.«

»Es gibt keine Möglichkeit, sie zu informieren«, erwiderte die Positronik.

»Denke nach, mein Ritter!«, mahnte der Vario. »Du besitzt das Wissen. Rufe es ab!«

Jen Salik war jetzt schon schweißgebadet. Er wusste noch genug, um sein Schicksal vorherzusehen, aber er wusste nicht mehr, wie er es abwenden sollte.

»Acht Subeinheiten!«, mahnte die Wachpositronik.

»Jetzt weiß ich es!«, sagte Salik. »Hoffentlich sind meine Erinnerungen vollständig.«

»Versuche es!«, drängte der Vario.

Jen Salik schwang sich von der Plattform. »Wir müssen ins Labyrinth eindringen, dann werde ich sehen, welcher Kode als erster verlangt wird.«

Er setzte sich in Bewegung, und der Vario schwebte dicht neben ihm. Mit seinen Ortungssystemen konnte der Roboter genau einen halben Meter weit in das Labyrinth sehen und den Zugang erkennen. Der Vario wollte Salik darauf hinweisen, doch sein Ritter fand den Zugang von allein. Nur das Ritterwissen konnte ihm den Weg gezeigt haben.

Kaum befanden sie sich zwischen den Energiewänden, ertönte ein geisterhaftes Raunen. Als flüsterten zahllose fremdartige Wesen miteinander. Aber nicht einmal der Vario erkannte, in welcher Sprache die Geisterstimmen redeten und ob sie sinnvolle Worte gebrauchten.

Salik blieb stehen. Sein Blick wirkte seltsam entrückt.

»Ihr Wächter der Spiegelwelt Drongg!«, rief er halblaut. »Diener des Armadan von Harpoon! Ich grüße euch!«

Vor ihm und dem Vario verblassten einige Energiestrukturen und gaben gut fünf Meter weit den Blick frei. Dahinter setzte sich das Labyrinth fort.

Das Raunen verstummte.

Jen Salik ging weiter, begleitet von seinem Orbiter.

Plötzlich schwebte eine nur wenige Millimeter große blutrot leuchtende Kugel vor ihnen. Salik aktivierte den Kodegeber seines Kombiarmbands und berührte mehrere Sensorpunkte mit den Fingerspitzen.

Die blutrote Kugel verschwand. Sonst änderte sich nichts.

Salik ging weiter. Vor ihm entstand eine Strukturlücke, gerade so breit, dass er hindurchgehen konnte. Vor dem Vario schloss sich das energetische Labyrinth blitzartig wieder.

Jen Salik stand allein in einer zylindrischen Kammer, deren Wände zuerst milchig weiß strahlten, dann aber bläulich leuchteten. Dieses Leuchten wurde so intensiv, dass Salik die Augen schließen musste.

Im gleichen Moment fühlte er, wie energetische Schauer ihn durchliefen.

Dieses Prickeln hielt höchstens Sekunden an. Als Salik die Augen wieder öffnete, leuchtete die Kammer in blassem Rot.

Minutenlang änderte sich nichts daran.

Jen Salik wusste, dass die energetischen Schauer seine Identität geprüft hatten. Diese Prüfung war abgeschlossen, eigentlich hätte damit die Entscheidung gefallen sein müssen.

Plötzlich erlosch das Labyrinth. Salik befand sich in einem gewöhnlichen Korridor. Wenige Meter vor ihm verschloss ein Panzerschott den weiteren Weg. Aus dem Schott ragten Projektormündungen.

Das ist das Ende!, durchfuhr es Salik. Im selben Moment schwebte der Vario wieder neben ihm.

»Du besitzt das Wissen eines Ritters der Tiefe, aber nicht die Ritteraura«, teilte die Wachpositronik mit. »Lediglich in den Atomkernen deines Körpers haben die Messfelder eine Restschwingung entdeckt, die identisch mit der Aura ist. Eine Totalabfrage der Biopositronik deines Orbiters gab den Grund für das Fehlen der Ritteraura preis. Nur deshalb wurde auf die Auflösung verzichtet. Ihr dürft jedoch nicht weitergehen, denn die Schaltzentrale ist nur Rittern mit intakter Aura zugängig.«

»Das ist sie!« Amtranik deutete auf die Auswertung der Fernortung.

Die Zentralpositronik der VAZIFAR hatte alle ermittelten Daten in eine bildhafte Darstellung der Provcon-Faust umgesetzt. Deshalb sahen der Hordenführer und die Laboris in der Zentrale eine nahezu kugelförmige dunkle Wolke aus Mikromaterie.

Die VAZIFAR war nur noch dreiundvierzig Lichtjahre von der Dunkelwolke entfernt.

»Hätte ich einst vorausgesehen, dass das Volk der Zwotter von Armadan von Harpoon vorbestimmt war, in diese Dunkelmaterie einzugehen und sie paraenergetisch aufzuladen, ich hätte es ausgelöscht!«, rief Amtranik verbittert.

»Die Ausstrahlung der Provcon-Faust stört uns nicht mehr«, warf Llarou Vith ein.

»Die Provcon-Faust ist und bleibt eine Langzeitwaffe des Ritters. Ihre Ausstrahlung könnte sich eines Tages wieder gegen uns wenden. Deshalb werden wir sie zerfetzen.«

»Eine Dunkelwolke mit knapp fünf Lichtjahren Durchmesser?«, fragte Kuthur Quath zweifelnd. »Wie lange müssten die Schiffs-Telepsimat-Werfer feuern, um ihre Strukturen zu schädigen?«

»Länger, als wir ihnen Energie zuführen könnten«, erwiderte Amtranik. »Natürlich nützen uns die Telepsimat-Werfer nichts. Wir werden den Mental-Ruptur-Strahler einsetzen. Er muss die geistigen Inhalte der paraplasmatischen Sphäre zerfetzen. Die Provcon-Faust wird danach nur mehr das sein, was sie immer war, nämlich eine gewöhnliche Ballung kosmischer Mikromaterie.«

Der Hordenführer blickte zur Seite, als das Panzerschott der Zentrale sich öffnete. »Usilfe Eth!«, rief er überrascht. »Ich hatte nicht damit gerechnet, dass du noch lebst.«

»Ich wurde nach einer Gehirnoperation wiederhergestellt.« Eth sah abgemagert aus. Unter der dunkelgrauen rissigen Gesichtshaut waren deutlich die Knochen des lang gestreckten Schädels zu sehen.

»Nimm deinen Platz wieder ein!«, befahl Amtranik. »Du wirst einwandfrei funktionieren müssen, denn wir befinden uns im Anflug auf die Provcon-Faust.«

Usilfe Eth setzte sich auf ihren Platz.

»Ich bin bereit.«

»Fordere die Einblendung von Raumschiffen und ihren Bewegungen an, die sich in der Nähe der Provcon-Faust befinden! Wir müssen Bescheid wissen, denn wir werden sie meiden, bis die paraplasmatische Sphäre vernichtet ist.«

Sekunden später war zu sehen, dass es von Raumschiffen förmlich wimmelte.

»Mindestens tausend Schiffe«, sagte Eth. »Sie kreuzen nach einem Schema, das eine lückenlose Überwachung der Umgebung der Dunkelwolke ermöglicht.«

»Man erwartet uns also«, stellte Kuthur Quath fest.

»Salik hat mit der ewigen Tradition gebrochen, welche die Kriege zwischen den Horden von Garbesch und den Rittern der Tiefe regelt«, erwiderte Amtranik. »Danach beschränken sich beide Seiten auf ihre eigenen Streitkräfte.«

»Vielleicht sind es Flotten der Orbiter«, sagte Quath.

»Dann würden wir nicht tausend Schiffe orten, sondern Hunderttausende«, widersprach Usilfe Eth.

»Das ist richtig.« Amtranik knackte zustimmend mit den Kieferzangen. »Dennoch werden wir nicht sofort zum entscheidenden Kampf antreten. Der Kampf gegen die Robotschiffe hat kleinere Schäden hinterlassen. Vor dem entscheidenden Kampf werden wir sie erst beheben.«

Der automatische Ortungsalarm schrillte durch die Zentrale, auf dem Ortungsschirm erschienen reihenweise Daten.

»Fremdes Objekt fiel dreiundvierzig Millionen Kilometer voraus in den Normalraum zurück, befindet sich in einer ›Tasche‹ zwischen zwei glühenden Gaswolken«, meldete die Zentralpositronik. »Diskusform, fünfundfünfzig Meter Horizontaldurchmesser, zwanzig Meter Höhe. Achtung, Objekt beschleunigt soeben.«

»Das ist eine terranische Space-Jet!«, rief Amtranik. »Auf den Funkverkehr achten!«

Er aktivierte den schweren Schiffs-Telepsimat-Werfer. Der Zielsucher bewegte sich rasend schnell und hielt an, als er das fremde Objekt erfasst hatte. Im selben Moment löste der Hordenführer die Waffe aus.

»Fremdes Objekt verschwunden«, teilte die Positronik mit.

»Funkverkehr?«, fragte Amtranik.

»Nichts«, antwortete Anuro Oth. »Wahrscheinlich konnten die Terraner uns nicht orten, sie wurden durch die Nähe der Gaswolken behindert.«

»Aber man wird die Space-Jet vermissen. Wir werden deshalb diesen Raumsektor verlassen und auf der anderen Seite der Provcon-Faust ein Sonnensystem suchen, in dem wir die letzten Reparaturen vornehmen können.«

Die VAZIFAR beschleunigte und ging wenig später in den Linearraum.

Nach mehreren Orientierungs- und Ausweichmanövern erreichte das Schiff das neue Zielgebiet.

Astrogator Vith suchte nach Sonnen mit Planeten, auf denen das Schiff landen konnte. Er fand nur zwei geeignete Systeme.

Amtranik entschied sich für die kleinere Sonne. Von ihren fünf Planeten wies der zweite eine atembare und nicht zu heiße Sauerstoffatmosphäre auf. Außenarbeiten konnten dort ohne Schutzanzüge ausgeführt werden.

Der Vario schob die Antigravplattform mit Jen Salik und der Ausrüstung auf den Ringkorridor hinaus. Mit einer gewissen Vorsicht musterte er die in den Nischen stehenden Vielzweckroboter. Doch sie regten sich nicht.

Eine Weile später erreichten sie ein offenes Tor, das aus dem Sektor des Materiewandlers hinausführte.

»Wir sind vierzig Kilometer von der Position entfernt, an der wir diesen Bereich betreten haben«, sagte der Vario. »Wir sollten abermals nach einem Telekontrollsystem suchen.«

»Einverstanden«, sagte Salik.

»Wie geht es dir, mein Ritter?«

»Nur Kopfschmerzen, aber sie sind erträglich. Darüber hinaus fühle ich mich ausgelaugt und verwirrt. Es sollte eine Werkstatt für beschädigte Ritter geben.«

»Möglicherweise existiert eine Medostation, die damals von Armadan benutzt wurde«, sinnierte der Vario. »Weißt du nichts darüber?«

»Mir ist bekannt, dass Ritter der Tiefe bei Einsätzen eine Ausrüstung trugen, die etwas wie meinen Cybermed enthielt. Aber den Margor-Schwall gab es zu jener Zeit nicht. Wir werden also nichts finden, was meinen Zustand stabilisieren könnte.«

Der Vario lenkte die Plattform in einen unbeleuchteten Korridor. Ihm machte es nichts aus, und Salik war zurzeit nicht sehr an seiner Umgebung interessiert.

»Ein Tor mit dem Reliefbild eines Brunnens in einer Stahlwüste!«, rief der Vario. »Ob es einen besonderen Zugang markiert?«

»Das ist kein gewöhnlicher Brunnen, sondern ein Zeitbrunnen«, sagte Salik seltsam monoton.

»Was ist ein Zeitbrunnen, mein Ritter?«

»Wie bitte?«, fragte Salik verständnislos. »Was redest du für einen Unsinn, Vario?«

»Du sagtest, es sei kein gewöhnlicher Brunnen, sondern ein Zeitbrunnen.«

»Ich soll das gesagt haben? Komisch, ich erinnere mich nicht daran.«

»Dann kam die Feststellung aus deinem Unterbewusstsein«, behauptete der Vario. »Wie fühlst du dich jetzt?«

»Immer noch Kopfschmerzen und ein leichtes Schwindelgefühl.«

Salik saß auf dem Rand der Antigravplattform. Sie schwebte dicht über dem Boden eines Magazinraums, dessen Wandregale mit Stangen aus einer unbekannten Legierung gefüllt waren. Sie waren hart und leuchteten türkisfarben.

Der Vario befand sich im Wartungshohlraum eines Telekontrollsystems und musterte die dreihundertsiebenundvierzig kleinen Monitoren.

»Was immer ein Zeitbrunnen sein mag, dieses Tor sieht aus wie das vor dem Zugang zur geheimen Kontrollstation. Möglicherweise hat Armadan von Harpoon alle Zugänge zu seinen Geheimnissen mit solchen Toren markiert. Ich schlage vor, wir versuchen, es zu öffnen.«

»Einverstanden. Habe ich wirklich von einem Zeitbrunnen gesprochen?«

»So ist es.«

»Das muss etwas zu bedeuten haben.« Salik presste die Hände an seine

Schläfen. »Vario, ich habe das Gefühl, dass ich gleich ohnmächtig werde.«

Der Roboter schwebte aus dem Wartungsluk. Besorgt musterte er das bleiche Gesicht des Terraners.

»Kannst du mich hören, mein Ritter?«

Salik murmelte etwas Unverständliches und glitt von der Plattform. Hoch aufgerichtet schritt er auf die offene Tür des Magazins zu und auf den Korridor hinaus.

Der Vario schwebte dicht neben Salik, um eingreifen zu können. Doch der Ritter der Tiefe hielt sich stets in der Mitte des Korridors und bog an der übernächsten Einmündung in einen der Seitengänge ab.

Nach einer Weile stand der Mann vor den offenen Zugängen eines Zwillingslifts, bei dem die Kraftfelder des einen Schachtes nach oben und die des anderen Schachtes normalerweise nach unten gepolt waren. Dieser Lift war jedoch nicht aktiv.

Der Vario konnte gerade noch an seinem Schützling vorbeischweben und ihn mit seinen Tentakelarmen packen, bevor er abstürzte. Ohne zu zögern, war Salik durch eine der Öffnungen getreten.

Da es sich um den Schacht handelte, dessen Kraftfeld abwärtsgepolt gewesen wäre, schwebte der Vario nach unten. Salik bewegte sich unbehaglich im Griff des Roboters, wehrte sich aber nicht dagegen. Sieben Etagen tiefer griff er nach der Ausstiegshilfe, die jeden Liftbenutzer sanft aus dem Schacht beförderte. Natürlich funktionierte sie nicht. Der Vario beförderte stattdessen seinen Ritter nach draußen.

Ein einziger Korridor führte weiter. Der Gang endete an jenem Tor, das der Vario im Telekontrollsystem entdeckt hatte. Jen Salik löste sich aus dem Griff der Armtentakel und ging auf das Tor zu.

»Halt!«, rief der Vario. »Du musst den Kodeimpuls senden, sonst werden wir vernichtet.«

Salik reagierte nicht auf die Warnung.

Der Vario konnte weiter nichts tun, als seinen Ritter zurückzuhalten. Er wollte das auch tun, doch etwas Unbegreifliches hinderte ihn daran.

Im nächsten Moment schwang das Tor um seine vertikale Mittelachse auf.

Savar Turlum blickte erwartungsvoll auf den Schirm seines Interkomanschlusses, als der Melder summte. Das Abbild Morlina Sahenks wurde sichtbar, der Cheffunkerin des Schnellen Kreuzers RUTHERFORD. Aus den Augen der schlanken hundertachtjährigen Frau sprühte für gewöhnlich überquellende Vitalität. Diesmal wirkte ihr Blick eher trübe.

Turlum schluckte schwer.

»Nichts?«, fragte er zögernd.

»Die WHITE ROSE schweigt. Kein Schiff aus den benachbarten Suchsektoren hat sie geortet oder hatte Funkverbindung mit ihr.«

»Aber die Space-Jet hätte sich schon vor anderthalb Stunden zurückmelden müssen, Morlina!« Turlum war verzweifelt, an Bord der WHITE ROSE befand sich sein Sohn Lintus.

»Savar«, sagte Sahenk beschwörend. »Die Space-Jet kann sich in einer Zone besonders starker hyperenergetischer Turbulenzen befinden, die eine Funkverbindung unmöglich machen. Sie sollten nicht gleich das Schlimmste befürchten.«

Turlum wischte sich über die Augen.

»Das hätten die Schiffe aus den benachbarten Sektoren gemeldet.« Sein Blick wurde hart. »Alarm für den gesamten Verband! Erste, zweite und dritte Flottille durchkämmen den Suchsektor der WHITE ROSE! Vierte bis siebente Flottille verstärken die Suchgruppen in den Nachbarsektoren! Volle Gefechtsbereitschaft! Jedes Schiff, das sich nicht mit dem gemeinsamen Erkennungskode von LFT- und GAVÖK-Flotten identifiziert, ist zu vernichten!«

»Alles klar, Chef«, erwiderte Morlina Sahenk. »Bis auf den letzten Befehl. Ihn gebe ich nicht durch, denn er verstößt gegen unsere Anweisungen. Wir suchen ausschließlich ein Schiff, die VAZIFAR. Sie dürfen sich nicht von persönlichen Gefühlen leiten lassen, Savar!«

Turlum ballte die Hände zu Fäusten, dann seufzte er und nickte.

»Es tut mir leid, Morlina. Ich widerrufe diesen letzten Befehl.«

»Schon vergessen, Chef.« Die Funkerin unterbrach die Verbindung.

Savar Turlum wandte sich an Hassan Frey, den Operationskoordinator der RUTHERFORD: »Manöver positronisch koordinieren, Verhaltensmöglichkeiten Amtraniks durchrechnen und mögliche Zielsektoren mit Schiffen verstärken! Verband der GAVÖK informieren und um Kooperation bitten!«

Frey nickte.

Der Schnelle Kreuzer RUTHERFORD war das Führungsschiff des 103. Gemischten LFT-Flottenverbands. Sie war nur leicht bewaffnet, dafür jedoch mit hochwertigen positronischen Elementen vollgestopft. Fernortungen; Fernüberwachung; Dekodierung aufgefangener Hyperfunksprüche; Lageanalysen; logistische Berechnungen und Kontakt mit Imperium-Alpha waren neben der Operationsführung und -koordinierung einige der wichtigsten Funktionen des Führungsschiffs. Dazu kam die schnelle Beweglichkeit dank modernster Triebwerke. Der Einsatz von Flottenverbänden war ohne solche Schiffe längst undenkbar geworden.

Am liebsten hätte sich Savar Turlum in seine Kabine zurückgezogen und sich dem Schmerz und der Trauer hingegeben. Er zweifelte nicht daran, dass die WHITE ROSE der VAZIFAR begegnet und von den Garbeschianern vernichtet worden war. Aber er konnte seinen Posten nicht verlassen. Die VAZIFAR musste aufgespürt und vernichtet werden. Sie bedrohte die paraplasmatische Sphäre der Provcon-Faust und die Intelligenzen, die in der Dunkelwolke lebten. Sie stellte eine permanente Gefahr für alle Zivilisationen der Milchstraße dar, denn Amtranik war ein unversöhnlicher Feind, der seine Pläne verfolgen würde, solange er lebte.

»Eine Verbindung zur BRITTA JUREE!«, verlangte Turlum.

Sekunden später stand die Verbindung mit dem Schweren Kreuzer, auf dem die Space-Jet WHITE ROSE stationiert gewesen war.

»Den Kommandanten, bitte!«

Stadtner Crov wirkte ernst. Er hatte die Space-Jet auf Erkundung geschickt.

»Es tut mir leid, Savar«, sagte er zögernd. »Ich mache mir Vorwürfe, weil ich ...«

»Sie haben sich nichts vorzuwerfen, Stadtner. Mein Sohn ist genauso freiwillig bei der Flotte wie alle anderen Männer und Frauen. Wer befindet sich noch auf der WHITE ROSE?« Er vermied es mit einem letzten Rest von Hoffnung, schon in der Vergangenheitsform zu sprechen.

»Djibah Hesselar, Maas Igorow und Sirti Rogan«, antwortete Crov.

»Was können wir noch tun?«, fragte Turlum. »Wie können wir feststellen, was aus der Jet geworden ist? Sie haben meine entsprechenden Befehle empfangen. Gibt es noch andere Möglichkeiten?«

Crov schüttelte den Kopf. »Wir können nur hoffen, dass die WHITE ROSE gefunden wird oder sich endlich meldet. Vielleicht treibt sie angeschlagen im Raum.«

»Würde Amtranik einen angeschlagenen Gegner schonen?«

»Es muss ja nicht sein, dass die Space-Jet der VAZIFAR begegnet ist«, erwiderte Crov. »Sie kann in einen schweren Hypersturm geraten sein. Falls der Hyperkom ausgefallen ist, kann sie keine Verbindung mit uns aufnehmen.«

Savar Turlum klammerte sich mit verzweifelter Hoffnung an jede dieser Möglichkeiten, obwohl er wusste, wie unwahrscheinlich sie waren. Die technische Ausstattung erlaubte es den Space-Jets der LFT, jedem Hypersturm zu entkommen. Gegenüber einem Feind wie der VAZIFAR waren sie jedoch zu schwach.

Und welchen Feind außer der VAZIFAR konnte es nahe der Provcon-Faust geben? Keinen.

»Ich weiß, wie dir zumute ist, Savar«, sagte eine Frau.

Turlum blickte auf. Liddy Tsumai, die Erste Navigatorin der RUTHERFORD und Medotechnikerin, stand vor ihm. Sie und Savar hatten sich vorgenommen, nach diesem Einsatz auf Terra einen Ehekontrakt zu schließen, erst einmal für zwei Jahre. Es würde Liddys fünfter Vertrag sein und Savars dritter.

»Wir werden Amtranik finden und ihn vernichten, sobald er sich bei der Provcon-Faust blicken lässt!«, fauchte Savar Turlum.

Der Planet sah fast so öde aus wie Arpa Chai. Es gab weder Meere noch Flüsse, nur einige wenige kleine und flache Seen.

»Für unseren Zweck ist er gut genug«, sagte der Hordenführer.

»Mentaltaster spricht an!«, meldete Llarou Vith. »Es gibt intelligentes Leben auf dem Planeten.«

»Dann sollten wir in Kürze mehr feststellen können. Wo sind ihre Städte und Anlagen? Diese Welt wirkt eher tot.« Amtranik erwartete keine Schwierigkeiten. Er dachte eher darüber nach, ob es sich um Humanoide handelte, an denen er stellvertretend für die humanoiden Völker schon einmal ein Exempel statuieren konnte. Sobald die letzten Schäden an der VAZIFAR behoben waren, würde er die instand gesetzten Waffensysteme an diesem Planeten testen.

Die VAZIFAR schwenkte in viertausend Kilometern Höhe in einen Orbit ein.

»Keine Ansiedlungen bisher«, sagte Vith enttäuscht.

»Das stimmt nicht ganz!«, rief Anuro Oth. »Überreste von Ruinen bei der fast zugewehten Vertiefung. Das scheint ein Krater gewesen zu sein.«

Amtranik musterte das Ortungsbild. Es hatte in der Tat den Anschein nahezu völlig eingeebneter Ruinen einer ehemaligen Großstadt.

»Vor sehr langer Zeit zerstört«, stellte der Hordenführer fest. »Möglich, dass die Eingeborenen sich selbst vernichtet haben.«

»Der Planet könnte auch aus dem Raum angegriffen und verwüstet worden sein«, meinte Usilfe Eth.

»Eine unsinnige Maßnahme. Was man verwüstet, kann man nicht ausbeuten«, erwiderte Amtranik. »Vielleicht ein Racheakt, aber für uns ist das ohne Bedeutung.«

Zwei weitere Ruinenansammlungen kamen in Sicht. Fragmente einer Meeresküste und mehrere verschüttete Flussbetten wurden ebenfalls geortet.

Nach drei Umkreisungen stand fest, dass vor langer Zeit mehrere hundert größere Städte existiert hatten. Die Ruinen lagen überwiegend in der Nähe riesiger Erdhügel.

»Wir landen auf der Ebene neben der Ruinenansammlung.« Amtranik deutete auf eine der ehemaligen Städte. »Einige von uns sollen Ausgrabungen vornehmen, während die anderen die Reparaturen überwachen.«

»Was erhoffst du von Ausgrabungen?«, fragte Quath.

»Informationen sind immer wertvoll.«

Langsam sank die VAZIFAR tiefer. Als sie in die obere Atmosphäre eindrang, aktivierte der Hordenführer den Schutzschirm.

Um die VAZIFAR bildete sich jedoch keine stabile Abwehrhülle, sondern lediglich eine dünne, lückenhafte Haut von Energie.

»Es wird Zeit, dass die Projektoren überholt werden«, kommentierte Amtranik.

Er musste die Triebwerke stärker zum Abbremsen einsetzen und das Schiff langsamer durch die Atmosphäre steuern. Auch die Antigravprojektoren zeigten deutlicher werdende Fehlfunktionen. Deshalb ließ er die Landestützen ausfahren.

Amtranik schaltete die Triebwerke ab, da ging ein merklicher Ruck durch die VAZIFAR. Da die künstliche Bordschwerkraft auf einem Planeten nicht benötigt wurde, war sofort zu spüren, dass das Schiff kippte.

Ein anschwellendes Poltern, Krachen und Knirschen verkündete neues Unheil. Die Schirme der Außenbeobachtung wurden dunkel. Einige ließen aufgewirbelten Dreck erkennen.

Das Schiff war durch die Decke eines gewaltigen subplanetarischen Hohlraums gebrochen. Amtranik fuhr die Triebwerke im Notstart hoch, um die VAZIFAR zu befreien. Sofort flammten die Warnmeldungen drohender Energierückstaus auf. Der Hordenführer schaltete den Antrieb ab.

Mit einem letzten harten Ruck kam das Schiff zum Stillstand. Die Geräusche sanken zu leisem Knirschen ab.

»Wir sitzen fest!«, rief Oth.

»In Schräglage, mit einem Winkel von etwa zwanzig Grad«, detaillierte Llarou Vith. »Mit dem Triebwerksblock unten. Der Bug befindet sich zirka neunzig Meter unter der Planetenoberfläche.« Seine Stimme wurde schrill. »Wie sollen wir da hinauskommen?«

»Indem wir nachdenken«, sagte Usilfe Eth. »Wenn wir mit den Desintegratorgeschützen einen Hohlraum unter dem Triebwerksblock schaffen ...«

»Damit das Schiff noch tiefer sinkt?«, entgegnete Vith.

»Nicht, wenn wir vorher die Antigravprojektoren reparieren.«

»Ortung negativ!«, rief Yürül Amlüyk, Cheforter auf dem GAVÖK-Schiff TAAMORK, seinem Kommandanten zu.

Szeptar blickte auf die Rundsichtgalerie. Die Schirme zeigten hauptsächlich Ballungen glühenden Wasserstoffs, scheinbar in rasenden Turbulenzen erstarrt, als hätte ein Mächtiger sie angehalten.

»Wir müssen weitersuchen, Yürül«, erwiderte der alte Springer, dessen fuchsroter Vollbart von eisgrauen Strähnen durchzogen war. »Nur in diesem Sektor kann die WHITE ROSE verschwunden sein. Ich fühle es.«

»Wie kann man so etwas fühlen, Szeptar?«, fragte Inrya von Kontz, Akonin und Chefkybernetikerin.

»Die schwarze Kreatur der Weisheit verleiht manchen Intelligenzen so etwas wie einen sechsten Sinn«, wandte Amlüyk ein. »Ist es nicht so, Jean?«

Jean Galser nickte. Der Terraner war in früher Jugend von Patriarch Szeptar adoptiert worden, nachdem er als einziger Überlebender eines ausgebrannten terranischen Flüchtlingsschiffs geborgen werden konnte.

»Dad hat diesen sechsten Sinn«, erklärte er bestimmt und fuhr sich durch seinen schwarzen Vollbart. »Ich habe oft erlebt, wie er Ereignisse vorausgeahnt hat.«

Viereinhalb Stunden Flug inzwischen, aber noch keine Spur der vermissten Space-Jet. Szeptar beriet sich kurz mit der Neu-Arkonidin Moara, seiner Navigatorin. Danach entschied er sich für ein kurzes Linearmanöver bis nahe an zwei glühende Gaswolken heran.

Als die TAAMORK nach dem Linearmanöver in den Normalraum zurückfiel, spielte die Ortung verrückt. Schuld daran waren die starken hyperenergetischen Entladungen zwischen den nur achtzig Millionen Kilometer voneinander entfernten Gaswolken.

»Die Ortungssysteme sind blind und taub«, stellte die Akonin fest.

»Nicht ganz«, widersprach der Blue. »Die lichtschnellen Taster lassen sich stabilisieren, indem wir eine Abdeckmaske für die hyperenergetischen Störimpulse programmieren. Ich mache gerade nichts anderes. – Seltsam, die blaue Kreatur der Heimtücke versucht, mich zu irritieren.«

»Was haben Sie gefunden, Yürül?«, fragte Szeptar.

Der Blue wiegte den blassrosa Tellerkopf hin und her. »Nichts, Szeptar«, antwortete er schrill.

»Genau das glaube ich Ihnen, Yürül.« Die Akonin lachte spöttisch.

»Zwischen den Gaswolken wimmelt es von Mikromaterie, Inrya«, sagte der Blue in dozierend klingendem Tonfall. »Da ist es schon bedeutungsvoll, wenn die Normaltaster eine kugelförmige Lücke anmessen.«

Aller Hochmut fiel schlagartig von der Akonin ab.

»Bitte überspielen, Yürül!«, rief sie.

Eineinhalb Minuten später hatte sie ihre Auswertung beendet.

»Wir haben vermutlich den Ort gefunden, an dem die WHITE ROSE vernichtet wurde. Da die Space-Jet einen Horizontaldurchmesser von fünfundfünfzig Metern hatte, muss das Wirkungsfeld, das sie und mit ihr alle Mikromaterie aus diesem Kontinuum fegte, mindestens fünfundfünfzig Meter durchmessen haben, wahrscheinlich deutlich mehr.«

»Was für ein Wirkungsfeld?«, fragte Galser.

»Es gibt mehrere Möglichkeiten«, erklärte Amlüyk. »Da eine Transformexplosion ausscheidet, könnte es sich sowohl um ein Entstofflichungsfeld als auch um ein Übertrittsfeld aus destabilisierter Psi-Materie gehandelt haben.«

»Sehr wahrscheinlich um Letzteres«, sagte die Akonin. »Ein Transmitterfeld lässt sich nur auf ein Ziel aus Festmaterie einrichten. Der Hohlraum würde in diesem Fall exakt die Form der Space-Jet aufweisen. Da er jedoch annähernd kugelförmig ist, oder offenbar vor etlichen Stunden gewesen sein muss, kann er nur von künstlich destabilisierter Psi-Materie geschaffen worden sein ...«

»Wir kennen keine solche Waffe«, wandte Moara ein.

»Weil unsere Wissenschaftler und Techniker bisher keine Möglichkeit fanden, die entsprechende Theorie zu realisieren. Hier wurde aber zweifellos mit technischen Mitteln das erreicht, was der Telepsimat Ribald Corello mit seinen paranormalen Fähigkeiten zustande bringt. Da weder GAVÖK noch LFT über eine solche Waffe verfügen, muss sie von einem fremden Schiff eingesetzt worden sein.«

»Von der VAZIFAR!«, rief Galser. »Diese Mörder!«

»Amtranik muss es als Notwendigkeit angesehen haben, jeden Zeugen seiner Anwesenheit nahe der Provcon-Faust zu beseitigen«, vermutete von Kontz.

»Ich muss die RUTHERFORD benachrichtigen«, sagte Szeptar. Trotzdem traf er keine Anstalten, eine Hyperkomverbindung zum Führungsschiff des LFT-Flottenverbands herstellen zu lassen.

Jeder in der Hauptzentrale der TAAMORK wusste, warum. Der Kommandant der RUTHERFORD hatte an Bord der WHITE ROSE seinen Sohn verloren.

13.

»Wir können noch nicht nach Hause«, erklärte Ronald Tekener, als seine Frau sich zu ihm in den Gleiter schwang. Er hatte Jennifer Thyron im Einkaufs- und Kulturzentrum von Terrania Mitte abgeholt.

»Tiff hat sich gemeldet und bat darum, ihn in Imperium-Alpha aufzusuchen. Es sei wichtig, mehr wollte er noch nicht preisgeben.«

»Dann hat er seine Gründe«, erwiderte Jennifer. »Fahr schon los!«

Knapp eine halbe Stunde später betraten beide das Büro des Ersten Terraners. Tifflor bot ihnen Platz an.

»Wo brennt es diesmal?«, fragte Tekener.

»Es geht um Salik ...« Tifflor berichtete knapp, was er über die Probleme des Ritters der Tiefe erfahren hatte. Das Schlimmste war für ihn, dass er nun schon den zweiten Tag keine Funkverbindung bekam, weder mit Jen Salik selbst noch mit dem Vario-500.

»Wenn ich hier im Solsystem abkömmlich wäre, würde ich persönlich nach Martappon fliegen. Ich mache mir große Sorgen um Salik. Aber ich kann nicht einfach ein Schiff hinschicken, dessen Besatzung wohl kaum qualifiziert wäre, dem Ritter helfend unter die Arme zu greifen.«

»Das ist eher ein Fall für die Sonderbeauftragten der LFT«, kommentierte Jennifer Thyron. »Was meinst du dazu, Tek?«

Der Smiler nickte knapp. »Hast du schon ein Schiff für uns?«

»Ich hatte schon befürchtet, mit euch erst argumentieren zu müssen«, sagte Tifflor. »Der Leichte Kreuzer OHIO steht bereit. Kommandant ist Quapu Norron, Ertruser und ein vorzüglicher Emotionaut.«

»Hyperkomanruf von der CORON TAN!«, meldete Cheffunkerin Chraouk.

»Auf meinen Anschluss umlegen!«, bat der Springerpatriarch Szeptar die Topsiderin.

Rund dreißig Stunden waren seit der Bestätigung vergangen, dass die Space-Jet WHITE ROSE einem Angriff zum Opfer gefallen war. Die TAAMORK befand sich auf dem Flug zur gegenüberliegenden Seite der Provcon-Faust. Die Führung der GAVÖK- und der LFT-Flottenverbände nahm an, dass der Hordenführer Amtranik über kurz oder lang dort erscheinen würde.

Der Akone Mertlan von Kmosz war der Anrufer.

»Wir haben ein Randproblem, Szeptar«, erklärte der Kommandeur des GAVÖK-Flottenverbands. »Der Kontrollsender eines gesperrten Planeten meldet, dass dort ein Raumschiff gelandet ist. Da keine Genehmigung registriert ist, handelt es sich um eine ungesetzliche Aktion.«

Szeptar ahnte in dem Moment schon, was er gleich hören würde.

Als gesperrt wurden Planeten bezeichnet, deren Intelligenzen noch nicht die Stufe Raumfahrt treibender Zivilisationen erreicht hatten. Der Galaktische Gerichtshof, die gemeinsame Institution von LFT und GAVÖK, wachte darüber, dass solche Planeten nicht angeflogen wurden. Es ging darum, jegliche Ausbeutung zu verhindern.

Um die Einhaltung des Gesetzes zu garantieren, setzten LFT und GAVÖK Kontrollsensoren aus, die bereits beim Einflug eines Raumschiffs in die Atmosphäre eine entsprechende Meldung an die nächste Zentralwelt absetzten.

»Es handelt sich um den Planeten Wurrleh der unter KCF-44 236 registrierten Sonne. Die bärenartigen Eingeborenen nennen sich Wurregs, sie leben in Höhlenlabyrinthen unter der Oberfläche. Ruinenfelder beweisen, dass sie früher an der Oberfläche lebten – bis zu einer umfassenden Katastrophe. Sehen Sie nach, Szeptar, welche Glücksritter das Gesetz gebrochen haben, nehmen Sie die Leute nach Möglichkeit fest, ohne die Eingeborenen größeren Belästigungen auszusetzen!«

»Warum ausgerechnet die TAAMORK?«

»Weil sie Wurrleh mit zweiundzwanzig Lichtjahren Distanz am nächsten steht. Ein anderes Schiff wird als Ersatz für euch in euren Zielsektor befohlen.«

»In Ordnung«, sagte Szeptar. »Ich hoffe, die Mission schnell zu beenden. Wir wollen dabei sein, wenn die VAZIFAR gestellt wird.«

Eine heftige Explosion erschütterte das Schiff.

Über die Bordkommunikation meldete sich ein schwer verletzter Labori. Seine Montur war zerfetzt und teilweise mit der Haut verbacken. Er blutete stark aus einer klaffenden Schädelwunde.

»Urnok Tath«, meldete er stockend. »Explosion im Triebwerksblock, Aggregat drei. Wahrscheinlich von außen verursacht. Die Schäden sind gering, aber der Entladungsblitz in der Hochenergiewicklung zerstörte zwei Roboter.«

»Von außen verursacht?«, rief Amtranik. »Das würde heißen, dass die primitiven Eingeborenen ...«

»Offenbar verfügen sie über Sprengmittel. Ich würde nachsehen, aber ich ...« Tath sackte in sich zusammen.

Der Hordenführer schaltete auf Rundruf.

»Die Eingeborenen haben einen Anschlag auf den Triebwerksblock verübt. Wir müssen mit weiteren Angriffen rechnen. Llarou Vith übernimmt die Führung einer Kampfgruppe, um die Angreifer zu vernichten. Folgende Laboris werden seinem Kommando unterstellt ...«

Vith legte bereits wortlos seinen Kampfanzug an, während der Hordenführer die Namen der Laboris nannte, sieben Männer und neun Frauen.

Während das Tor aufschwang, erhielt der Vario seine Handlungsfreiheit schon wieder zurück. Spontan erkannte er, was soeben seine Handlungsfähigkeit beeinträchtigt hatte.

Eine psionische Wellenfront!

Sie konnte nur von Jen Salik ausgegangen sein und hatte bewirkt, dass die Mentaltaster des Tores ihn als autorisiert einstuften und die Öffnungsschaltung aktivierten.

Aber der Ritter war kein Mutant im Sinne einer parapsychischen Begabung. Demnach mussten äußere Einflüsse die kurzzeitige besondere Fähigkeit Jen Saliks bewirkt haben.

Die zylindrischen, türkisfarben leuchtenden Stangen im Magazinraum.

PEW-Metall!

Parabio-Emotionaler-Wandelstoff, ein fünfdimensional strahlendes Metall mit sechsdimensionaler Tastresonanz, im Jahr 3444 auf dem Planeten Asporc entdeckt. Im Urzustand war es eine weiche, graue, glanzlose Substanz. Kamen parapsychisch begabte Wesen in die Nähe des Metalls im Urzustand, trat die Wandlung zum harten, türkisfarben leuchtenden Material spontan ein.

Es schien einige dem Vario bisher unbekannte Eigenschaften zu haben. Jedenfalls hatte es seine Biopositronik gehemmt, andernfalls wäre ihm sofort aufgefallen, dass die Stangen aus PEW-Metall bestanden. Und Jen Salik hatte es in Trance versetzt und ihn zu dem Tor gelenkt, hinter dem sich offenbar eine weitere verborgene Anlage Armadan von Harpoons befand.

Der Vario überlegte, ob womöglich Salik erst die Wandlung des Minerals aus dem Urzustand hin zum türkisfarbenen Leuchten veranlasst haben könnte. In dem Fall musste der Ritter aber doch parapsychisch begabt sein.

Warum Armadan von Harpoon PEW-Metall in einem subplanetarischen

Magazin aufbewahrt hatte, vermochte der Vario nicht zu ergründen. Dafür fehlte ihm jeglicher Ansatzpunkt.

Vielleicht hatte es Jen Salik gegen die veränderten Impulse des Margor-Schwalls immun gemacht?

Der Roboter dachte nicht länger darüber nach, denn Jen Salik ging, ohne zu zögern, durch das offene Tor hindurch.

Rasch schloss der Vario zu seinem Ritter auf.

Sie befanden sich nun in einer ausgedehnten Kuppelhalle, die bis auf einen relativ kleinen Hohlraum mit energetischen Strukturen angefüllt war. Diese bildeten in sich abgeschlossene große wabenförmige Einheiten.

Tore aus Formenergie schienen den Zugang zu ermöglichen. Keines dieser Tore glich einem anderen. Sie waren quadratisch, rund, rechteckig, mit Bögen versehen oder unterschiedlich gefärbt – aber alle trugen Mosaiken oder Reliefbilder, und gerade darin unterschieden sie sich am stärksten voneinander. Die Bilder zeigten Darstellungen aus Tausenden unterschiedlicher Welten und Zeiten, wie sie nicht einmal die Vorstellungskraft des Varios hätte erfinden können.

Der Roboter sah, dass Jen Salik von diesem Anblick gefangen war. Der Ritter befand sich nicht mehr in jenem eigenartigen Trancezustand, sondern schien wieder Herr seiner selbst zu sein.

Trotzdem vermochte Salik damit nichts anzufangen.

»Lass dich nicht verwirren, mein Ritter!«, mahnte der Vario. »Du kannst nicht alles gleichzeitig ansehen und verstehen. Wer weiß, wie lange Armadan von Harpoon brauchte, um das alles zu sammeln und hier zu deponieren. Es müssen Jahrtausende gewesen sein.«

Salik blinzelte. »Sammeln und deponieren? Wie meinst du das?«

»Für mich steht fest, dass wir uns in der Schatzkammer eines Ritters der Tiefe befinden. Profan und sicher nicht ganz zutreffend könnte ich das hier als Museum bezeichnen. Ich bin sicher, dass hinter jedem Tor Informationen aus einer anderen Welt warten.«

»Das ist phantastisch ...«

»Es beweist, dass Armadan von Harpoon mächtiger war, als wir es uns bisher vorstellen konnten. Er muss in fernste Bereiche des Universums vorgestoßen sein.

Mein Ritter, ich zweifle nicht daran, dass dir ähnliche Erfahrungen bevorstehen. Du wirst über die gleichen Möglichkeiten verfügen wie Armadan von Harpoon, sobald die vom Margor-Schwall ausgehenden Schwierigkeiten behoben sind.«

»Niemals werde ich Tausende von Galaxien kennenlernen wie Armadan«, sagte Jen Salik zaghaft. »Ich kann mir nicht einmal vorstellen, dass ich alle hier gespeicherten Informationen aufnehmen und geistig verarbeiten könnte.«

»Sobald du deine Ritteraura zurückgewonnen hast, wirst du dazu in der Lage sein«, versprach der Vario. »Ich schlage vor, wir gehen durch eines der Tore und sehen uns an, welche Informationen uns dahinter erwarten – vor allem, in welcher Form.«

»Das dritte von links«, sagte Jen Salik mit einem zaghaften Lächeln.

Es gab kein »drittes Tor von links«, denn ihre Anordnung war dreidimensional. Der Vario schwebte dennoch auf ein Tor zu, denn er verstand, dass sein Ritter keine Auswahl treffen konnte.

Das Tor trug ein Reliefbild. Es zeigte eine in rötliches Zwielicht getauchte, düster wirkende Landschaft. Im Vordergrund eine Ebene wie erstarrter schwarzer Nebel, dahinter, im Mittelpunkt des Reliefs, ein steiler Bergkegel, der festungsartig ausgebaut war und verlassen wirkte. Den Hintergrund bildeten die verschwommenen Konturen eines Gebirges, das mit dem rötlichen Zwielicht verschmolz.

»Was empfindest du bei diesem Anblick?«, fragte der Vario.

»Hoffnung und Zuversicht«, antwortete Salik, ohne zu zögern.

»Es ist schon eigenartig, wie Armadan von Harpoon es verstand, eine augenfällig düstere Szenerie mit positiven Emotionen zu unterlegen. Wenn ein Mensch das könnte, würde er als begnadeter Künstler gefeiert.«

»Wie öffnen wir das Tor?«, fragte Salik.

»Sage einfach: Öffne dich!«

»Tlaga Sutere!«, sagte Jen Salik.

Das Tor drehte sich um eine Mittelachse.

»Tlaga Sutere«, wiederholte der Vario. »Das ist weder Interkosmo, noch sind es Worte einer anderen mir bekannten Sprache, mein Ritter. Es muss die Sprache des Ritterordens sein. Du hast sie also nicht völlig vergessen.«

Salik strich sich nachdenklich über die Stirn.

»Die emotionale Wirkung des Reliefs muss meinem Unterbewusstsein den Zugang zu den richtigen Worten geöffnet haben. Es fiel mir gar nicht auf, dass ich etwas anderes sagte als ›öffne dich‹.«

Sie passierten den Zugang, in dem nichts anderes zu sehen war als Dunkelheit. Erst dahinter riss die Finsternis auf. Jen Salik und der Vario sahen vor sich eine sanft gewellte Wüste, die am Horizont in ein schroffes Gebirge überging. Eine rote Sonne tauchte das Land in mäßig helles Licht.

»Es ist nicht das Zwielicht des Reliefs.« Salik beobachtete, wie der Wind Staubfahnen von den Dünenkämmen riss. »Aber wo sind die Informationen?«

Der Vario ließ seinen Ortungskopf kreisen.

»Dort sind Reiter!« Er deutete mit einem Tentakelarm nach vorn.

Es waren mindestens fünftausend vermummte Gestalten, die auf entfernt spinnenähnlichen Lebewesen saßen. Die Reittiere wirbelten den staubfeinen Sand mit ihren je acht langen dünnen Beinen auf. Ihr Fell oder Pelz war gelbweiß wie der Wüstensand; die Umhänge der Reiter waren nachtschwarz.

In Fünferreihen näherte sich die Karawane gleich einem gigantischen Tausendfüßler dem Gebirge.

»Die Positronik muss in unmittelbarer Nähe sein«, sagte Salik ungeduldig. »Schließlich ist diese wabenförmige Einheit höchstens zehn Meter lang. Alles, was darüber hinaus zu sehen ist, sind Projektionen. Du müsstest mit deinen Sensoren die Positronik anmessen können.«

»Schau auf deinen Zeitmesser, mein Ritter!«, verlangte der Vario.

Jen Salik blickte auf sein Armband. »Es ist defekt«, erklärte er nach wenigen Sekunden.

»Die Zeit anzeige kann nur durch massive Gewaltanwendung unterbunden werden.«

»Aber die Projektion zeigt keine Veränderung an.«

»Folglich vergeht für uns keine Zeit, verglichen mit den Verhältnissen außerhalb der Wabe«, erklärte der Roboter. »Ich ahne, was das bedeutet. Es gibt keine Positronik, die wir abfragen könnten. Wer hierherkommt, muss die Informationen erleben. Er ist gezwungen, diese Welt zu erforschen, Kontakt mit ihren Bewohnern aufzunehmen, womöglich sogar Kämpfe zu bestehen – und am Schluss wird er über alles Bescheid wissen, als hätte er den Planeten tatsächlich besucht.«

»Aber wie könnten wir diese Welt erforschen, solange die Zeit stillsteht?«

»Das tut sie nicht, mein Ritter. Nur vergeht außerhalb keine Zeit. Und da dein Kombiarmband ein Stück von draußen ist, steht dafür faktisch die Zeit still. Ich weiß, es gibt einen scheinbaren Widerspruch, nämlich den, dass wir eigentlich weder sprechen noch uns bewegen dürften, da auch wir Bestandteile von ›draußen‹ sind.«

»Eben!«, sagte Jen Salik.

»Spürst du den Margor-Schwall?«

Der Ritter lauschte in sich hinein, dann blickte er seinen Orbiter aus geweiteten Augen an.

»Der Schwall existiert nicht mehr.«

»Er existiert schon, aber er kann uns nicht erreichen, weil ›draußen‹ keine Zeit vergeht. So muss es auch sein, denn andernfalls brauchten wir Jahrtausende, um alle Informationswaben zu ›durchwandern‹. Genau so lange, wie Armadan von Harpoon benötigt hat, um die Informationen zu sammeln.«

»Fiktiverlebnisse.« Salik dachte nach. »Das wird es sein, Vario. Unsere Körper befinden sich in einem Stasisfeld, aber die Bewusstseine wurden auf Fiktivkörper übertragen, mit denen sie fiktive Welten erleben.«

»Irgendwann werden wir die Wahrheit erfahren. Möchtest du, dass wir diese Welt durchwandern, mein Ritter?«

Salik schüttelte den Kopf. »Wie könnte ich? Mir brennt die Zeit auf den Nägeln! Ich weiß, draußen vergeht keine Zeit, sodass nichts geschehen kann. Aber ich bringe nicht die Geduld auf, Jahre hierzubleiben, wenn mein Gefühl anderer Meinung ist.«

»Dann sollten wir die Schatzkammer verlassen und weitersuchen«, entschied der Vario.

Der Blue Yürül Amlüyk deutete auf das Schirmsegment, das die kleine Sonne zeigte. »Fünf Planeten, der zweite mit atembarer Sauerstoffatmosphäre.«

»Das ist Wurrleh«, bestätigte Szeptar. »Orten Sie energetische Aktivitäten, Yürül?«

»Nur sehr gering und nicht im Weltraum, sondern auf Wurrleh.«

»Dann leite ich das letzte Linearmanöver ein.«

Eine Lichtwoche Distanz. Die TAAMORK überwand sie im Überlichtflug innerhalb weniger Minuten. Nur mehr dreihunderttausend Kilometer vor dem Planeten beendete der Walzenraumer die Etappe.

»Energieortung! Achtung, differenzierte Anzeige! Punktförmige Energiequelle auf Wurrleh charakteristisch für gedrosselt laufende Kraftwerke eines Großraumschiffs. In naher Entfernung schwache Entladungen, vermutlich Handfeuerwaffen.«

»Hauptauswertung bestätigt«, erklärte Inrya von Kontz gleich darauf.

»Die Banditen schießen auf Eingeborene!«, schimpfte Galser. »Wir müssen eingreifen! Wer auf Eingeborene schießt, ist ein Verbrecher und verdient keine Nachsicht.«

»Immer ruhig!«, mahnte Szeptar. »Die Glücksritter auf dem Planeten werden Vorsorge getroffen haben, falls ein Schiff der LFT oder der GAVÖK ihnen auf die Finger klopfen will. Schließlich ist es bekannt, dass gesperrte Planeten mit Kontrollsensoren ausgestattet werden.«

»Unsere speziellen Freunde scheinen das zu ignorieren«, widersprach Amlüyk. »Sonst wären sie nicht mit ihrem Schiff gelandet, sondern hätten Beiboote hinabgeschickt.«

Szeptars Kopf ruckte herum. Er musterte seinen Cheforter nachdenklich, dann lachte er dröhnend – für ihn als Springer war das aber keineswegs ein Zeichen von Erheiterung.

»Jean!«, rief er. »Zielerfassung auf das fremde Schiff ausrichten! Aber noch keine Feuerfreigabe.«

Er schaltete den Interkom zu. »Kommandant an Raumlandegruppen fünf bis zehn und an Chef Robotkommando: bereit für Beibootstart und Landung auf Wurrleh! Schwere Ausrüstung für Bodenkampf! Chef Robotkommando: Bereithalten drei Hundertschaften Kampfroboter, abregnen vom Schiff!«

»Das ist plötzlich sehr massiv«, sagte Jean Galser. »Was steckt dahinter?«

Grimmig fuhr Szeptar sich durch den Bart.

»Es gibt in unserer Galaxis keinen Glücksritter, der nicht über die Kontrollsensoren informiert wäre. Folglich sind auf Wurrleh Raumfahrer gelandet, deren Informationen sehr lückenhaft sind – und wir befinden uns ganz in der Nähe des Sektors, in dem die VAZIFAR vermutet wird.«

»Bei allen Dunkelwolken!«, entfuhr es Moara. »Die Garbeschianer!«

»Die blaue Kreatur der Heimtücke hat uns hierher geführt«, zeterte der Blue. »Gegen die VAZIFAR haben wir keine Chance.«

»Doch«, entgegnete der Springer. »Die VAZIFAR steht auf der Oberfläche des Planeten. Hat der Hordenführer etwa schon den Start eingeleitet, Yürül?«

»N... nein«, stieß Amlüyk hervor. »Die Energieabgabe ist nur leicht angestiegen. Die Borddesintegratoren arbeiten mit geringer Kapazität.«

»Und die Entladungsenergien?«

»Keine. Offenbar wird nicht mehr gekämpft.«

»Also steckt die VAZIFAR in Schwierigkeiten«, erklärte der Springer. »Ihr Bodenkommando hat die Angriffe auf die Eingeborenen eingestellt, wahrscheinlich, weil die TAAMORK geortet wurde.

Die Triebwerke wurden nicht aktiviert. Stattdessen arbeiten die Desintegratoren mit geringer Kapazität. Wir wissen aus dem Katalog, dass die subplanetarisch lebenden Wurregs zahllose riesige Leerhöhlen dicht unter der Oberfläche angelegt haben. Was liegt näher als die Annahme, dass die VAZIFAR nach ihrer Landung eingebrochen ist und sich in einer solchen Leerhöhle verkeilt hat. Die Garbeschianer können wegen des Rückstaus der Triebwerke nicht starten. In dem Fall gibt es für sie nur eine Möglichkeit: Sie müssen ihrem Schiff durch behutsamen Einsatz der Desintegratoren mehr Platz verschaffen, damit die Triebwerke gefahrlos aktiviert werden können.

Amtranik und seine Horde sitzen also fest. Es wäre pure Dummheit von uns, diesen Vorteil zu unseren Gunsten nicht zu nutzen. Wenn wir warten, wird der Gegner wieder manövrierfähig.«

Szeptar schaltete zur Funkzentrale durch.

»Kodierter ungerichteter Hyperkomspruch mit höchster Energie. Wortlaut: Kommandant TAAMORK an alle Schiffe der GAVÖK und der LFT. VAZIFAR auf Planet Wurrleh gestellt. Die Garbeschianer befinden sich in Schwierigkeiten und sind vorerst am Start gehindert. Ich setze fünf mechanisierte Raumlandegruppen mit schwerer Ausrüstung und drei Hundertschaften Kampfroboter ab. TAAMORK bleibt in stationärem Orbit über Landeplatz der VAZIFAR. Erbitte vorsorglich Unterstützung. Szeptar, Ende!«

Inzwischen hatte sich die TAAMORK dem Planeten bis auf sechzigtausend Kilometer genähert. Amlüyk konnte bereits feststellen, dass Amtraniks Schiff unter einem eingebrochenen Bodenareal lag. »Noch immer keine Startvorbereitungen«, fügte er hinzu.

»Diesmal sind sie dran!«

Szeptar steuerte das Schiff in die obere Atmosphäre und öffnete die Schleusen für die dreihundert Kampfroboter. Es handelte sich nur um leichte und mittelschwere Kampfmaschinen, TARAS und andere schwere Typen gehörten nicht zur Ausrüstung der TAAMORK.

Als die erste Hundertschaft der Roboter gelandet war, gab der Springer den Start der Beiboote frei.

Wenig später ortete Amlüyk, dass die ersten Kämpfe entbrannten ...

Amtranik wusste sofort, dass er in Schwierigkeiten steckte. Ein walzenförmiges Raumschiff war nur dreihunderttausend Kilometer entfernt aus dem Linearraum zurückgefallen.

»Das kann kein Zufall sein«, stellte der Hordenführer fest. »Die Eingeborenen haben Hilfe herbeigerufen.«

»Wir haben keinen Hyperfunkspruch aufgefangen«, sagte Quath.

»Er kann gerichtet, gebündelt und gerafft gewesen sein. Usilfe, die Kampfgruppe muss sofort ins Schiff zurück! Kuthur, Energie auf die Desintegratorgeschütze, sobald die Laboris an Bord sind! Wir müssen die VAZIFAR freibekommen und starten. Anders können wir den Gegner nicht vernichten.«

»Es handelt sich nur um ein einziges Schiff«, wandte Usilfe Eth ein. »Wüssten GAVÖK und LFT von der VAZIFAR, hätten sie einen Flottenverband geschickt.«

Amtranik blickte die Frau anerkennend an.

»Schiff nähert sich weiter«, berichtete Anuro Oth, der die Ortung übernommen hatte. »Es scheint dicht über der Atmosphäre stoppen zu wollen.«

Amtranik ahnte, was der gegnerische Kommandant vorhatte. Er wollte Landungstruppen absetzen. Folglich musste er erkannt haben, in welcher unguten Lage sich das gelandete Schiff befand. Wenn die VAZIFAR nicht bald starten konnte, würde er sich einem Dilemma gegenübersehen.

Der Hordenführer verwünschte seinen Entschluss, die Schiffs-Telepsimat-Werfer überholen zu lassen. Sie waren beim Gefecht mit den Roboterschiffen zwar überlastet gewesen, aber keineswegs ausgebrannt. Für kurze Zeit hätten sie noch ihren Dienst getan. Nun konnte er sie nicht gegen das Walzenschiff einsetzen.

Aber woher hätte er wissen sollen, dass die primitiven Eingeborenen über die Möglichkeit verfügten, einen Hilferuf zu senden?

»Feindliches Schiff setzt Kampfroboter ab«, meldete Oth. »Ortung erfasst dreihundert Objekte.«

»Wir vernichten sie!«, erklärte der Hordenführer.

»Womit?«, fragte Eth. »Selbst die Energiegeschütze lassen sich wegen der Rückstaugefahr nicht einsetzen.«

»Wir haben noch hundert Kampfroboter«, bemerkte Amtranik.

»Feindliche Roboter sind gelandet!«, rief Anuro Oth. »Walzenraumer schleust zwanzig Flugpanzer aus.«

Amtranik wusste vom Hay Hayyat, dass die Flugpanzer neben der Kampfbesatzung drei bis fünf Bodenkämpfer mitführen konnten. Er wusste außerdem, dass diese Kämpfer hervorragend ausgebildet waren.

»Unsere hundert Roboter sind etwa der doppelten Anzahl der feindlichen Maschinen ebenbürtig«, sagte Usilfe Eth. »Wenn sie ausgeschaltet sind, werden uns immer noch hundert Roboter gegenüberstehen, zudem zwanzig schwer bewaffnete Flugpanzer mit weiteren hundert Bodenkämpfern.«

»Bis es so weit sein wird, können wir starten«, versicherte Amtranik. »Wir werden auch diesen Kampf gewinnen.«

»Vielleicht, wenn alle Laboris das Schiff verlassen und an der Seite unserer Roboter kämpfen«, beharrte Eth. »Mit einer Ausnahme natürlich: Du bist der Hordenführer und darfst dein Leben nicht aufs Spiel setzen. Während wir kämpfen, wirst du die Desintegratorgeschütze bedienen und versuchen, die VAZIFAR rechtzeitig freizubekommen.«

»Du bestimmst über mich?«, brauste Amtranik auf. »Hast du vergessen, dass ich der Hordenführer bin?«

»Ich sage nur, was getan werden muss«, erwiderte die Frau. »Die Entscheidung liegt bei dir. Aber kannst du anders entscheiden, als es die Lage erfordert?«

»Nein«, gab Amtranik zu. »Ich gebe dir freie Hand, Usilfe.«

Während Eth die notwendigen Befehle weitergab, lauschte Amtranik in sich hinein. Er fragte sich, warum er gezögert hatte, die einzig richtige Entscheidung zu treffen, doch er fand keine Antwort darauf.

Usilfe Eth legte ihren schweren Kampfanzug an. Auch die anderen in der Zentrale bereiteten sich auf den Waffengang vor. Dann geschah etwas völlig Ungewöhnliches. Usilfe kam zu Amtranik. Dicht vor ihm blieb sie stehen und sah ihn aus ihren Kugelaugen durchdringend an.

»Gib nicht auf, Amtranik! Siege für Garbesch!«

Sie wandte sich um und verließ mit den anderen die Zentrale.

Der Hordenführer blickte ihr nach, und plötzlich kannte er den Grund für sein Zögern. Es war die Sorge um Usilfe gewesen, die ihn seine Pflicht hatte vergessen lassen, wenn auch nur für einen kurzen Moment. Ein persönliches Gefühl?

Amtranik war wütend auf sich selbst. Zugleich, obwohl er sich mit aller Kraft dagegen wehrte, spürte er Trauer. Er wusste plötzlich, dass er Usilfe Eth nicht mehr wiedersehen würde, und dieses Wissen brachte ihn vollends durcheinander.

Sekunden später saß Amtranik an den Kontrollen der Desintegratorgeschütze und speicherte das gerade noch vertretbare Maximum an Energie. Er vermied es, auf die Ortung zu blicken, die ihm den Verlauf der Bodenkämpfe offenbart hätte.

Als Jen Salik und der Vario die Schatzkammer verließen, wurden sie von Scheinwerfern geblendet. Der neue Schaltmeister Noo-Len, Vergaaner und Poener warteten auf sie.

Die beiden wären keineswegs über die Anwesenheit der Orbiter beunruhigt gewesen, hätten sich bei ihnen nicht fünf Roboter vom Typ Rundumkämpfer befunden.

»Was wollt ihr?«, fragte der Vario, da die Orbiter schwiegen.

»Wir haben nach euch gesucht«, erklärte Noo-Len. »Um festzustellen, was ihr vorhabt. Rund zweitausend Orbiter sind deshalb in den Untergrund vorgedrungen. Dreißig mussten sterben, nachdem ihr eines der alten Waffensysteme aktiviert habt.«

»Unmöglich?«, rief Jen Salik. »Wir haben kein Waffensystem aktiviert. Das ist eine Lüge.«

»Wo soll das geschehen sein?«, fragte der Vario.

»Vor einem versperrten Tor innerhalb eines Ringkorridors«, erklärte Vergaaner. »Die Gruppe wurde völlig unerwartet von Robotern angegriffen.«

»Dann haben sie einen schwerwiegenden Fehler begangen. Diese Roboter greifen nur an, wenn sich jemand längere Zeit vor einem hochwertig geschützten Zugang aufhält und nicht autorisiert ist. Diese Schutzmaßnahme stammt von Armadan von Harpoon.«

»Niemand außer euch ist dafür verantwortlich«, beharrte Poener. »Wäre es nicht nötig gewesen, euch beobachten zu lassen, hätte kein Orbiter sterben müssen.«

»Wir haben entschieden, dir den Aufenthalt hier zu untersagen, Jen Salik. Du wirst mit uns an die Oberfläche zurückkehren.« Vergaaners Geste dazu war unmissverständlich.

»Ihr habt entschieden, was euer Ritter zu tun und zu lassen hat?«, fuhr Salik auf. »Verschwindet! Nehmt eure Beobachtungskommandos mit nach oben! Und kommt mir nicht wieder unter die Augen, es sei denn, ihr stellt mir ein Raumschiff zur Verfügung!«

Die drei Orbiter wirkten nur für wenige Sekunden verlegen.

»Es tut mir leid, Jen Salik«, erklärte Noo-Len. »Aber wir können nicht zulassen, dass du mit deinem Orbiter hier unten bleibst. Du könntest Waffen finden, über die du nicht Bescheid weißt, und versehentlich dich und uns in Gefahr bringen.«

»Mein Ritter gefährdet niemanden«, entgegnete der Vario. »Ihr seid es, die Gefahren heraufbeschwören, weil ihr eurem Ritter den Gehorsam verweigert.«

»Er ist nicht unser Ritter«, beharrte Noo-Len.

Salik fühlte, wie er abermals von bohrenden Kopfschmerzen befallen wurde. »Geht!«, sagte er matt. »Lasst mich mit meinem Orbiter allein!«

Noo-Len schüttelte den Kopf. »Ich stelle dich und deinen Robotdiener unter Arrest. Bei Gegenwehr wäre ich gezwungen, die Roboter einzusetzen. Folgt uns!«

Die Orbiter drehten sich um und gingen. Salik und der Vario rührten sich nicht von der Stelle, bis die fünf Rundumkämpfer auf sie zukamen. Da blieb ihnen keine Wahl mehr.

Die Scheinwerfer der Roboter leuchteten an die Decke, die das Licht reflektierte und streute. Salik erkannte, dass die Orbiter sie zumindest so programmiert hatten, dass sie ihm dienten – solange er nicht zu fliehen versuchte.

Trotzdem fand er sich keine Sekunde lang mit seiner Lage ab. Deshalb lenkte er die Aufmerksamkeit des Varios auf sich, indem er beide Hände vor der Brust zusammenlegte.

Anschließend bedeutete er seinem Orbiter mit sparsamen Gesten, dass er erwartete, Julian Tifflor würde ein Schiff nach Martappon schicken. Dem Ersten Terraner musste es verdächtig erscheinen, dass sie in den letzten Tagen keinen Kontakt mehr gehabt hatten. Zuvor hatten sie fast täglich über Hyperkom miteinander gesprochen.

Der Vario verstand und bat Jen Salik, einen Zusammenbruch vorzutäuschen, sobald der an die Oberfläche führende Schacht erreicht war. Die Rundumkämpfer bekamen auch davon nichts mit.

Eine halbe Stunde später war es so weit. Stöhnend presste Salik sich die Hände an die Schläfen. Er wankte und sackte in sich zusammen.

Bestürzt beugten die Orbiter sich über ihn. Damit deckten sie ungewollt den Vario gegen schnelle Aktionen der Rundumkämpfer.

Der Roboter raste in die Liftöffnung und jagte mit wachsender Geschwindigkeit den Schacht hinauf. Bis die Rundumkämpfer ihm folgten, hatte er den Schacht schon in einem höher gelegenen Stockwerk verlassen.

14.

Die OHIO flog ins System der blauen Sonne Roggyein ein.

»Mindestens einhunderttausend Schiffe haben sich versammelt«, meldete die Ortung. »Sie reagieren nicht auf unser Erscheinen.«

»Ein einzelnes kleines Schiff werden sie kaum als Bedrohung empfinden«, sagte Tekener. »Dennoch werden wir uns auf Martappon anmelden. Das gebietet schon die Höflichkeit.«

Augenblicke später stand die Hyperkomverbindung. Die Schatten-Type im Übertragungsholo war offensichtlich verblüfft, jemanden zu sehen, der nicht zu den Orbitern gehörte. Offensichtlich hatte auf Martappon niemand den Einflug des LFT-Schiffes erkannt.

»Wer sind Sie?«

Ronald Tekener trat in den Aufnahmebereich der Bilderfassung. Er lächelte sanft.

»Ronald Tekener und Jennifer Thyron. Wir sind Sonderbeauftragte der LFT und wollen mit Jen Salik und weiteren Verantwortlichen von Martappon sprechen. Dazu brauchen wir eine Landegenehmigung.«

»Sie sind mit einem Raumschiff gekommen, Mister Tekener?«

»Zu Fuß hätte es zu lange gedauert.«

»Das kann ich nicht entscheiden«, erwiderte die Schatten-Type. »Kommandeur Shakan wird sich Ihrer annehmen.«

Der Holo erlosch. Fast erst eine Minute später erschien das Konterfei einer Tobbon-Type.

»Shakan«, stellte sich der Orbiter vor. »Sie sind Sonderbeauftragte der LFT?«

»So ist es«, erwiderte Tekener. »Wir erbitten eine Landegenehmigung für unser Schiff, die OHIO. Außerdem bitten wir Sie, Jen Salik zu informieren, dass wir angekommen sind.«

»Weshalb sind Sie nach Martappon gekommen?«

»Um Jen Salik und die führenden Orbiter zu sprechen. Über Hyperkom war das von Terra aus leider unmöglich.«

»Ich gebe Ihnen eine Landegenehmigung für den Raumhafen Urtah«, sagte Shakan. »Bitte lassen Sie sich von den Peilimpulsen führen.«

Vierzig Minuten später setzte die OHIO auf dem letzten freien Landefeld auf. Keilschiffe aller Typen standen beängstigend dicht nebeneinander. Die OHIO wirkte klein und wehrlos zwischen ihnen.

Ein Schwebefahrzeug kam, um die Besucher abzuholen. Es brachte die beiden Sonderbeauftragten zu einem Kuppelbau, und kurz darauf standen sie drei Orbitern gegenüber, die sich als Noo-Len, Vergaaner und Poener vorstellten.

»Wo ist Jen Salik?«, fragte Jennifer Thyron.

»Er lässt sich entschuldigen«, sagte Noo-Len. »Vielleicht findet er später Zeit für euch.«

»Na schön.« Tekener seufzte demonstrativ. »Dann warten wir auf unserem Schiff, bis euer Ritter der Tiefe Zeit für uns findet. Es wäre sinnlos, Gespräche ohne ihn zu führen.«

Er bemerkte die Verlegenheit der Orbiter. Damit wurde ihm vollends klar, dass sie ein Zusammentreffen mit Salik verhindern wollten. Doch das konnte er ihnen schon so kurz nach seiner Ankunft nicht auf den Kopf zusagen.

»Worüber wollt ihr überhaupt mit uns sprechen?«, fragte Vergaaner.

Tekener schüttelte den Kopf. »Mit eurem Ritter und mit euch wollen wir reden, nicht nur mit euch. Teilt ihm das mit und gebt uns Bescheid, wann ein gemeinsamer Termin möglich sein wird.«

Er nickte Jennifer zu und verließ mit ihr den Kuppelbau. Das Schwebefahrzeug, das sie abgeholt hatte, wartete genau dort, wo sie ausgestiegen waren. Von dem Piloten war allerdings nichts zu sehen.

»Wir werden auch ohne ihn auskommen«, sagte Tekener und stieg ein.

Verblüfft blickte er auf das metallisch schimmernde Ei zwischen den Sitzen. Er erkannte den Vario-500 sofort.

»Hallo, Anson!«, sagte Jennifer in dem Moment und schwang sich ebenfalls in das Fahrzeug. »Fahr schon los, Tek, bevor der Pilot kommt. Ich nehme an, dass Anson das gar nicht recht wäre.«

»Durchaus, Jenny«, erklärte der Roboter. »Aber nennt mich bitte nicht Anson, sondern Vario.«

Tekener startete das Schwebefahrzeug und nahm Kurs auf den Landeplatz der OHIO.

»Nur das Wichtigste«, sagte der Vario. »Jen Salik steht unter Arrest, die Orbiter behandeln ihn jedoch gut. Er lebt sozusagen in einem goldenen Käfig. Nur zu melden hat er hier nichts mehr. Allerdings braucht mein Ritter dringend ein Raumschiff, die Orbiter geben ihm keines. Sein Ziel ist die Provcon-Faust, er will Amtranik stellen. Ich kann ihn befreien und in die OHIO bringen.«

»Das geht auf gar keinen Fall«, widersprach Tekener. »Wir können es uns nicht leisten, die Orbiter wieder zu unseren Feinden zu machen. Außerdem gehört Jen Salik zu ihnen. Er ist der Erbe Armadan von Harpoons und ihr Ritter der Tiefe.«

»Sie erkennen ihn nicht mehr an, Tek. Außerdem hat Jen mich beauftragt, Verbindung zu euch aufzunehmen und seine Flucht zu organisieren. Es ist sein eigener Wille. Zudem bin ich absolut sicher, dass kein anderer als ein Ritter der Tiefe den Hordenführer ausschalten kann. Amtranik stellt eine permanente Bedrohung für alle Zivilisationen der Milchstraße dar.«

»Der Vario hat mich überzeugt, Tek«, sagte Jennifer. »Wenn Jen Salik um Hilfe bittet, dürfen wir sie ihm nicht versagen. Schließlich war er es, der uns von der Orbitergefahr befreit hat.«

Amtranik, der Hordenführer der Garbeschianer, hatte es nicht wahrhaben wollen. Er durfte es nicht ignorieren, nicht glauben, dass er auf dieser Welt noch eine Chance gegen die Terraner hatte. Ihre Roboter und die Flugpanzer näherten sich bereits der VAZIFAR.

Sie würden bald hier sein und in das Schiff eindringen.

Die letzten Laboris kämpften einen aussichtslosen Kampf. Amtranik zwang sich jetzt, auf die Ortung zu sehen, und er erschrak.

Die Desintegratoren hatten ihre Arbeit getan. Er konnte mit der VAZIFAR starten.

Usilfe Eth? Die Kybernetikerin war da draußen, eine der letzten zwanzig Laboris, die sich jetzt den anrückenden Flugpanzern entgegenwarfen.

Wieder erloschen mehrere Ortungssymbole. Seine Truppe ... aufgerieben auf einer unbedeutenden namenlosen Welt ...

Amtranik brüllte seinen Zorn hinaus. Alles in ihm schrie danach, diese Schmach zu rächen. Aber nicht hier, nicht im Boden versunken wie ein armseliger Wurm.

Sein Aufschrei verstummte.

Amtranik aktivierte den Antrieb.

Die VAZIFAR dröhnte und schüttelte sich, ein Monstrum, das aus tiefem Schlaf erwachte. Das sich erhob, um alle Gegner zu vernichten.

In einer Wolke aus Dreck, Rauch und Feuer stieg das Schiff auf. Langsam erst, dann schneller werdend, auf einer brodelnden Feuersäule.

Die VAZIFAR kam frei.

Von mehreren Seiten wurde sie unter Feuer genommen. Tödliche Energien tobten im Schutzschirm. Dann war es vorbei. Das Schiff jagte hinaus in die Schwärze des Weltraums, ging schließlich in den Überlichtflug.

Amtranik registrierte, dass es ruhig geworden war um ihn.

Aber der Kampf hatte gerade erst richtig begonnen.

Der Vario-500 beendete seine Manipulationen an der Zentralpositronik von Martappon. Er war mit sich zufrieden, vor allem, weil die Orbiter ihn noch immer unterschätzten.

Er schwebte zurück zum Auslassschacht der Klimaanlage und befestigte das Gitter hinter sich wieder. Er kehrte auf dem Weg zurück, auf dem er gekommen war, verließ das Schachtsystem in einem verlassenen Korridor und begab sich zum nächsten Telekontrollsystem.

Lange brauchte er nicht zu warten.

Entsprechend seiner Manipulation rief die Zentralpositronik über Funk nach dem Schaltmeister der Anlage. Wenig später erschien Noo-Len in der Positronikhalle.

»Was ist vorgefallen?«, fragte der Orbiter. Die Manipulation machte es zugleich möglich, dass der Vario hörte, was gesprochen wurde.

»Ich habe errechnet, dass vorbeugende Maßnahmen ergriffen werden müssen, Schaltmeister.«

Noo-Len bewegte sich unruhig.

»Es geht um Jen Salik«, stellte die Positronik fest. »Die Sonderbeauftragten der Liga Freier Terraner werden sich nicht mehr lange hinhalten lassen. Sie werden darauf bestehen, die Anlagen zu inspizieren, und dabei nach dem Ritter der Tiefe Ausschau halten.«

»Kein Terraner kann mich zwingen, ihn herumspionieren zu lassen«, erklärte Noo-Len.

»Es wäre undiplomatisch, ihnen eine kleine Gefälligkeit zu verweigern, Schaltmeister. Immerhin werdet ihr Orbiter künftig mit der LFT und der GAVÖK auskommen müssen.«

»Wir sind ihnen weit überlegen!«

»Ihr könnt nicht gegen sie Krieg führen, seit bekannt wurde, dass sie keine Garbeschianer sind. Eure genetische Programmierung verhindert das.«

»Sie dürfen nicht erfahren, dass Jen Salik unter Arrest steht. Was schlägst du vor?«

»Der Ritter der Tiefe muss verlegt werden. Es gibt in der Nähe eine alte Waffen-Erprobungsanlage Armadan von Harpoons mit Projektoren für Fiktivprojektionen und multidimensionale Tarnfelder. Dazu einen Ladungsmanipulator, der Objekte und Personen auf eine andere Existenzebene versetzen kann. Damit ließe sich Jen Salik so verbergen, dass er nicht einmal durch Mentalrezeptoren aufgespürt werden könnte.«

»Das klingt hervorragend«, erwiderte Noo-Len. »Aber würde das Jen Salik schaden?«

»Auf keinen Fall, Schaltmeister. Außerdem kann er jederzeit auf unsere Existenzebene zurückgeholt werden.«

»Ich werde alles Notwendige veranlassen«, sagte Noo-Len.

Nachdem der Schaltmeister die Zentralpositronik verlassen hatte, eilte der Vario zur Waffen-Erprobungsanlage. Er hatte den Ladungsmanipulator so verändert, dass er Objekte und Personen nur auf eine einzige »benachbarte« Existenzebene versetzen konnte.

Nun nahm er zwei weitere Einstellungen vor. Die eine bewirkte, dass das Gerät sich kurzfristig einschaltete und den Energiegehalt seiner Atome der vorprogrammierten Existenzebene anglich. Die zweite sorgte dafür, dass die Randzone der anderen Ebene destabilisiert wurde und jemanden, der in Kontakt mit ihr kam, ladungsmäßig auf den ursprünglichen Stand brachte.

Die Sache war ungeheuer kompliziert. Der Vario hatte Stunden gebraucht, um sich mit den Kontrollen so vertraut zu machen, dass ein Fehler ausgeschlossen war.

Als das Gerät sich aktivierte, hatte der Roboter sekundenlang den Eindruck, in das leicht bewegte Wasser eines Sees einzutauchen. Da seine Sensoren jedoch genau feststellten, was geschah, verblasste diese Illusion sofort.

Plötzlich stand er nicht mehr in der subplanetarischen Anlage von Martappon, sondern auf einer in düsteres Zwielicht getauchten Ebene. Der Boden schien aus zerkrümelter Schlacke zu bestehen. In einiger Entfernung wogte Dunst.

Der Vario wartete.

Nach mehr als einer halben Stunde stand Jen Salik plötzlich neben ihm.

»Himmel!«, rief der Mann und sah sich um. Dann entdeckte er den Vario. »Was machst du hier?«

»Ich habe auf dich gewartet, mein Ritter. Ich werde dich an Bord der OHIO schmuggeln.«

»Wo sind wir hier?«, fragte Salik.

»Auf einer anderen Existenzebene.«

»Wüst und leer. Wie vor der Erschaffung der Welt.«

»Unsere Existenzebene ist die mit dem Energiegehalt der größten Wahrscheinlichkeit«, dozierte der Vario. »Nur sie bringt die Vielfalt des Lebendigen hervor. Alle anderen Ebenen bleiben meist öde und leer und haben eine begrenzte Ausdehnung.«

»Ich weiß.« Jen Salik lachte. »Vario, ich habe mein Ritterwissen wieder und spüre nicht den geringsten Kopfschmerz. Bevor ich hierherkam, war es besonders schlimm.«

»Kein Wunder, denn die Provcon-Faust liegt auf einer anderen Existenzebene. Dennoch können wir hier nicht bleiben. In spätestens zwei Tagen würde sich unser Energiegehalt ohnehin wieder normalisieren, und wir fänden uns in der gewohnten Umgebung wieder.«

»Also gut, gehen wir durch die destabilisierte Randzone!« Salik deutete auf die Dunstschleier.

Als sie in den Nebel eindrangen, hatten beide das Gefühl, als lösten ihre Körper sich auf. Diese Illusion war eine Folge der langsamen Umstellung auf die Ladungen der vertrauten Existenzebene.

Aber sehr schnell kamen andere, vertraute Wahrnehmungen.

Der Vario orientierte sich im Bruchteil einer Sekunde. »Geradeaus und dann nach links!«, raunte er. »Ich bringe dich zu dem Schweber, mit dem Jennifer und Tek zur OHIO zurückkehren werden, dann verschwinde ich.«

Zweimal mussten sie in Seitengänge ausweichen, weil ihnen Orbiter entgegenkamen, dann hatten sie es geschafft.

Niemand befand sich in der Nähe des Fahrzeugs. Der Vario schob Jen Salik in den Gepäckraum des Gleiters.

»Alles Glück des Universums, mein Ritter!«

Der Vario hatte es plötzlich eilig, in die Anlage zurückzukehren.

»Wir befinden uns nun in einer alten Waffen-Erprobungsanlage Armadan von Harpoons«, erläuterte Noo-Len.

Ronald Tekener bemerkte des verstohlene Lächeln des Schaltmeisters und die Geste, die seinen Begleitern galt. Tek wusste, worüber die Orbiter sich amüsierten, denn der Vario hatte ihn eingeweiht. Die Orbiter glaubten, Salik sicher verborgen zu haben. Womöglich standen sie in diesem Moment neben dem Ritter, nur eben auf einer anderen Ebene und dadurch so gut wie lichtjahreweit entfernt.

Inzwischen musste sich Jen Salik allerdings schon im Gepäckraum des Gleiters befinden.

»Interessant.« Tekener deutete auf den Ladungsmanipulator, den er aufgrund der Beschreibung erkannte. »Was ist das?«

»Das ist uns nicht bekannt«, antwortete Noo-Len. »Armadan von Harpoon hat viele Geheimnisse zurückgelassen. Nach und nach wird der Ritter sie lösen. Das ist auch der Grund, warum er keine Zeit für euch findet.«

Jennifer Thyron lächelte verständnisvoll.

Tekener zuckte die Achseln.

»Leider haben wir keine Zeit mehr, auf Jen Salik zu warten. Wir werden uns damit begnügen müssen, dass es ihm besser geht und dass er sich mit den Geheimnissen vertraut macht. Ihr selbst habt keine besonderen Probleme?«

»Bei uns ist alles in Ordnung«, versicherte Vergaaner.

Tekener nickte seiner Frau zu. »Dann brauchen wir uns nicht länger auf Martappon aufzuhalten. Was meinst du?«

»Wir können auf dem Rückweg von der Provcon-Faust noch einmal vorbeischauen«, erwiderte Jennifer Thyron. »Das wird in rund zwei Wochen sein.«

»Provcon-Faust?«, fragte Poener.

»Das Flaggschiff eures Keijder-Amtranik soll dort aufgetaucht sein«, sagte Tekener. »Wir müssen uns darum kümmern.« Er bemerkte die Verlegenheit der Orbiter. »Ihr braucht uns nicht zu helfen«, fügte er deshalb hinzu. »Um die Provcon-Faust wurden Flottenverbände der LFT und der GAVÖK zusammengezogen. Amtranik hat so gut wie ausgespielt.«

Kurze Zeit später wurden Tekener und Thyron verabschiedet.

Noo-Len wurde über Armbandfunk angesprochen.

»Saliks Robotdiener wurde aufgespürt!«, meldete eine Simudden-Type. »Ich habe Rundumkämpfer in die betreffende Sektion geschickt. Sie sollen ihn einfangen, aber nicht zerstören.«

»Das war richtig«, bestätigte der Schaltmeister. »Sorge vor allem dafür, dass dieses Robotei nicht in die Nähe der alten Waffen-Erprobungsanlage kommt. Im schlimmsten Fall könnte es durch einen Zufall auf die andere Ebene geraten.«

»Alles wurde schon abgeriegelt«, erklärte der Anrufer. »Der Vario hat keine Chance.«

»Deine Freiheit war nicht von langer Dauer«, stellte Noo-Len fest, als Saliks persönlicher Robot-Orbiter ihm vorgeführt wurde.

»Ich habe die Zeit optimal genutzt«, behauptete der Vario.

Noo-Len lachte spöttisch.

»Indem du ziellos durch die subplanetarische Anlage geirrt bist«, meinte Poener. »Es war dein Vergnügen.«

Vergaaner stand am Hyperkom. Er hatte eine Verbindung hergestellt. »Martappon an Wachschiff SIRRON-GEL«, sagte er. »Hat die OHIO der Terraner das System schon verlassen?«

»Sie ist vor zehn Minuten in den Linearraum gegangen.«

Poener nickte knapp, schaltete ab und wandte sich an die anderen. »Dann können wir Salik zurückholen, denke ich.«

»Du übernimmst das selbst«, bestimmte der Schaltmeister. »Du kennst die nötigen Eingaben, damit Salik zurückkehrt.«

»Nimm Rundumkämpfer mit!«, riet Poener.

Vergaaner verließ den Raum.

»Bald wirst du deinen Herrn wiedersehen, Vario«, sagte Noo-Len. »Du wirst verblüfft sein, wenn du erfährst, wo er vor den Sonderbeauftragten der LFT verborgen war.«

»Wahrscheinlich auf einer anderen Existenzebene«, bemerkte der Vario mit gut gespielter Naivität.

Noo-Len und Poener zuckten heftig zusammen, als hätten sie einen nicht isolierten Energieleiter berührt.

»Was hast du da gesagt?«, fragte der Schaltmeister, als er sich halbwegs gefasst hatte.

Noo-Len löste Großalarm aus.

»Ich weiß nicht, welchen Sinn der Alarm für ganz Martappon haben soll«, sagte der Vario.

»Du könntest Salik freigelassen haben!«, schrie Noo-Len zornig. »Der Großalarm garantiert, dass er schnell gefunden wird, bevor er einen Fehler machen kann.«

»Mein Ritter befindet sich an Bord der OHIO«, gestand der Roboter. »Lass die Zentralpositronik von Spezialisten prüfen. Sie werden feststellen, dass sie manipuliert wurde, um dir zu raten, unseren Ritter auf einer anderen Existenzebene zu verstecken. Es war die beste Möglichkeit für mich, ihm zu helfen.«

»Dafür werden wir dich verschrotten!«

»Ich bin der persönliche Orbiter eures Ritters. Jen Salik wird euch beweisen, dass er den Status eines Ritters der Tiefe besitzt – nachdem er Amtranik besiegt hat. Was wollt ihr ihm antworten, wenn er dann nach mir fragt?«

»Er wird es nicht wagen, wieder nach Martappon zu kommen«, behauptete Poener.

»Sei still!«, befahl Noo-Len. »Wir dürfen nichts tun, was sich nicht rückgängig machen ließe. Der Vario bleibt unversehrt. Salik hat dir sicher eine Botschaft an uns aufgetragen, nicht wahr, Vario?«

»Du kannst also noch logisch denken. Ja, mein Ritter will, dass ich euch etwas sage. Er bittet euch beim Vermächtnis Armadan von Harpoons, zwei Wochen Ruhe zu bewahren. Er braucht diese Zeitspanne, um den Hordenführer zu besiegen. Anschließend kehrt er nach Martappon zurück und wird den gewünschten Beweis antreten.«

Die Berufung auf das Vermächtnis Armadan von Harpoons blieb nicht ohne Wirkung. Immerhin waren die Orbiter Werkzeuge dieses Ritters der Tiefe. Die Frage war nur, wie lange diese Wirkung anhalten würde.

Als sich in dem Moment Vergaaner meldete, nahm der Schaltmeister ihm geradezu das Wort aus dem Mund. »Jen Salik ist nicht dort, nicht wahr?«, sagte Noo-Len.

»Ich weiß nicht, was mit ihm geschehen ist!«, rief Vergaaner. »Salik ist entweder geflohen oder auf der anderen Existenzebene verschwunden.«

»Er befindet sich auf dem Flug zur Provcon-Faust«, erklärte der Schaltmeister. »Allmählich zweifle ich daran, dass es richtig war, seinen Ritterstatus infrage zu stellen. In zwei Wochen will Salik zurückkehren und uns seinen Status beweisen.«

»Glaubst du daran?«, fragte Vergaaner.

»Ich weiß es selbst nicht. Aber ich denke, wir müssen diese zwei Wochen abwarten. Komm zurück zur Beratung.«

Noo-Len beendete den Großalarm.

»Warum fliegen wir nicht direkt zur Provcon-Faust?«, fragte Jen Salik, als er den Kurs der OHIO erkannte.

»Julian Tifflor hat uns beauftragt, dich zuerst nach Terra zu bringen«, antwortete Tekener. »Wir wussten überhaupt nichts über die Situation auf Martappon. Inzwischen wird die Provcon-Faust von Flottenverbänden der LFT und der GAVÖK kontrolliert.«

»So ein Gebiet lässt sich nicht absolut kontrollieren«, sagte Salik. »Es wäre Zufall, wenn ein einzelnes Schiff wie die VAZIFAR gefunden würde.«

Jennifer Thyron zuckte die Achseln. »Das trifft auch auf dich zu. Du könntest ebenfalls Monate mit einem Schiff im Gebiet der Dunkelwolke kreuzen, ohne eine Spur der VAZIFAR zu finden.«

»Ich würde Amtranik finden, bestimmt. Tausende Schiffe können vergebens suchen, ich nicht.«

»Wie meinst du das?«, fragte Tekener.

Jen Salik antwortete nicht. Stöhnend presste er die Hände an seine Schläfen. Langsam rutschte er aus dem Kontursessel und wand sich stöhnend am Boden.

»Das sehe ich mir nicht länger an!«, rief Jennifer Thyron aufgebracht. »Ein Medoroboter hierher!«

Kurz darauf wurde Salik untersucht.

»Sein Schmerzzentrum ist hochgradig sensibilisiert, einen organischen Befund gibt es nicht«, stellte der Medoroboter fest. »Eine Schmerzbefreiung ist nur durch Vollnarkose möglich.«

»Maßnahme genehmigt«, sagte Tekener.

Sofort nach der Landung der OHIO kam Julian Tifflor an Bord.

Jen Salik war inzwischen aus der Narkose erwacht, wirkte aber noch benommen. Trotzdem erhob er sich, als der Erste Terraner die Zentrale betrat.

Tifflor drückte ihn in den Kontursessel zurück. »Schonen Sie sich, Jen. Niemandem wäre gedient, wenn Sie völlig zusammenbrechen. Ich habe die medizinischen Kapazitäten und Parawissenschaftler Terras in Imperium-Alpha zusammengerufen. Sie kommen in die besten Hände.«

»Ich muss zur Provcon-Faust!«, begehrte Salik auf. »Amtranik ...«

»Machen Sie sich keine Sorgen wegen des Garbeschianers. Die VAZIFAR konnte auf einem Planeten in der Nähe der Provcon-Faust gestellt werden. Es kam zum Kampf, den unsere Bodentruppen für sich entschieden haben. Der größte Teil der Garbeschianer dürfte bei den Kämpfen ums Leben gekommen sein. Für unsere Leute hatte es den Anschein, als hätten Amtraniks Leute sich für ihn geopfert ...«

»Und die VAZIFAR?«, unterbrach Jen Salik ungeduldig.

Tifflor schüttelte den Kopf. »Das Schiff konnte entkommen, es scheint angeschlagen zu sein. Außerdem dürfte Amtranik nun weitgehend allein dastehen.«

»Sie kennen ihn nicht, Tiff«, sagte Salik. »Ein Hordenführer von Garbesch gibt niemals auf, sondern wird auch in aussichtsloser Lage unbeirrt auf seinen Sieg hinarbeiten. Amtranik ist und bleibt eine Gefahr. Er wird auf jeden Fall versuchen, in die Provcon-Faust einzudringen – und nur dort kann ich ihn stellen. Amtranik erwartet mich; das fühle ich.«

15.

»Sie werden diese Krise überwinden«, sagte Julian Tifflor zuversichtlich. »Eines Tages wird sich der Margor-Schwall wieder einpendeln.«

Jen Salik sah den Ersten Terraner an und schüttelte den Kopf. »Es wird sich nichts bessern, wenn ich hier auf Terra untätig bin. Ich kann erst Ruhe finden, wenn ich den Hordenführer gestellt habe. Zu meinem Erbe als Ritter der Tiefe gehört, dass ich den Kampf fortführe, den Armadan von Harpoon vor 1,2 Millionen Jahren begann.«

Tifflor seufzte.

»Wir reden um das eigentliche Thema herum«, sagte Ronald Tekener. »Halten wir uns die Tatsachen vor Augen, Jen. Der veränderte Margor-Schwall setzt dir hart zu. Nach deiner eigenen Aussage sind die Anlagen auf Martappon irreparabel, die für die Entartung des Margor-Schwalls gesorgt haben. Das bedeutet, dass dein Ritterstatus gestört bleiben wird. Fühlst du dich in dieser Situation Amtranik überhaupt gewachsen?«

Salik lächelte säuerlich.

»Ich weiß es nicht, denn ich bin mir über meine Stärke oder Schwäche selbst nicht im Klaren. Aber eines steht für mich fest, nämlich, dass ich mich vor dieser Entscheidung nicht drücken kann. Ich muss sie bald herbeiführen.«

»Wenn Jen so von seiner Mission überzeugt ist, sollten wir ihm nichts in den Weg legen«, bemerkte Jennifer Thyron. »Wir haben sogar die Verpflichtung, ihn zu unterstützen, nach allem, was er für die Menschheit getan hat.«

»Die Orbiter haben die Milchstraße praktisch geräumt«, warf Mutoghmann Scerp ein, der ebenfalls an der Besprechung teilnahm.

»Wir wollen Sie nicht gewaltsam zurückhalten, Jen«, stellte Tifflor klar. »Daran liegt uns bestimmt nicht.«

Salik sprang auf und straffte sich. Trotz seiner geringen Körpergröße vermittelte er in dem Moment Entschlossenheit und Tatkraft. Auf gewisse Weise wirkte er wie ein Kämpfer, als hätte er einiges von seinem Ritterstatus zurückgewonnen.

»Wann kann ich losfliegen?«, erkundigte er sich. Im nächsten Moment krümmte er sich unter neuen Schmerzen. Tekener musste ihn stützen.

»Ich fürchte, meine Entscheidung war voreilig«, sagte Tifflor. »Es wäre unverantwortlich, Sie in diesem Zustand in einen Entscheidungskampf zu hetzen.«

»Es geht ... nicht anders«, drängte Salik.

»Tiff, willst du, dass Jen nach Amsterdam zurückkehrt und seinen Platz im Büro der Firma Kanika wieder einnimmt?«, fragte Jennifer Thyron. »Dazu würde es zweifellos kommen, wenn wir ihm nicht beistehen. Er muss sich Amtranik stellen, das ist sein eigentliches Trauma. Er wird siegen oder untergehen. Eine andere Möglichkeit sehe ich nicht.«

Tifflor fuhr sich mit der Hand übers Gesicht. »Gut«, sagte er. »Aber wennschon, dann möchte ich, dass Tek und du ihn begleitet.«

»Einverstanden.« Jennifer Thyron blickte zu ihrem Mann. Tekener nickte knapp.

»Danke.« Jen Salik versuchte ein Lächeln, er wirkte ein wenig gelöster.

Wenige Stunden später gingen Jennifer Thyron und Ronald Tekener gemeinsam mit Jen Salik per Transmitter an Bord der MESSIER. Das Schiff startete soeben aus dem Erdorbit zur Provcon-Faust.

Die MESSIER brachte zivile Entwicklungshilfe in die Provcon-Faust. Seit vor nahezu acht Monaten der Gäa-Mutant Boyt Margor in die Paraplasmatische Sphäre aufgegangen war und sie der endgültigen Bestimmung zugeführt hatte, wurden die Vakulotsen nicht mehr gebraucht. Jedes Raumschiff konnte nun den Staubmantel ohne Hilfe der Vincraner durchdringen.

Das war jedoch nur eines der neuen Probleme in der Provcon-Faust, seit es den Margor-Schwall gab. Hinzu kamen die etwa achtzigtausend Abenteurer, die in Margors Sog eingewandert und auf Gäa ansässig geworden waren. Außerdem galt es, den Zwottern Starthilfe zu geben, deren Kultur im Aufstreben begriffen war. Die eigentlichen Schwierigkeiten lagen jedoch tiefer, sie stammten aus den Tagen, als das Unternehmen Pilgervater begonnen hatte und die meisten Menschen aus der Provcon-Faust ausgewandert waren.

Der Erste Terraner verfolgte den Abflug der MESSIER von seinem Büro in Imperium-Alpha aus. Der Vorsitzende der GAVÖK war bei ihm.

»Warum so sorgenvoll?«, fragte Mutoghmann Scerp. »Ich bin sicher, dass deine Leute gut auf den Ritter der Tiefe aufpassen werden.«

»Das sagt sich so leicht«, erwiderte Tifflor. »Aber Salik bleibt vorerst ein Unsicherheitsfaktor. Ich habe ihn frühzeitig erlebt und war von ihm beeindruckt. Zugleich war mir schon etwas bange davor, dass ein einzelner Mann solche Macht in Händen hält. Nun hat er größte Probleme, ohne sein

Machtpotenzial wirklich eingebüßt zu haben. Das bereitet mir Kopfzerbrechen. Ich habe absichtlich unerwähnt gelassen, dass ich eine Nachricht vom Vario bekommen habe.«

»Und?«, fragte Scerp.

»Der Roboter hat die Orbiter dazu gebracht, dass sie zwei Wochen auf Saliks Rückkehr warten. Ich frage mich, was geschehen wird, wenn Salik in dieser Zeit seinen Ritterstatus nicht zurückbekommt.«

Scerp nickte wissend. »Wir können eigentlich nur hoffen, dass Salik über den Hordenführer zu seiner Bestimmung zurückfindet ...«

»Die Gefahr, dass Jen endgültig abstürzt, erscheint mir ungleich größer«, sagte Tifflor.

Im Vollbesitz seines Ritterwissens war Salik jedermann überlegen gewesen. Die Frage war, welche Kräfte er unter dem destruktiven Einfluss des Margor-Schwalls freisetzen konnte. Der Erste Terraner dachte dabei weniger an die Auseinandersetzung mit dem Hordenführer, denn Amtranik stellte in seinen Augen keine besondere Gefahr mehr dar. Vielmehr fragte er sich, was geschehen würde, falls Salik sich gegen seine Beschützer wandte, aus welchen Motiven auch immer.

»Ich habe noch keine ausreichenden Sicherheitsvorkehrungen getroffen«, sagte er wie zu sich selbst.

Ohne Scerp eine Erklärung zu geben, ordnete der Erste Terraner an, dass die Kommandanten der im Gebiet der Provcon-Faust operierenden Einheiten über Saliks Ankunft unterrichtet werden sollten. Diese Order betraf die Schiffe der LFT ebenso wie die der GAVÖK. Auch die sechs Sporenschiffe. Tifflor befahl den Kommandanten, die MESSIER im Auge zu behalten.

Er war der letzte Garbeschianer. Allein stand er mit seinem nicht mehr voll einsatzfähigen Schiff gegen die Streitkräfte der Galaxis. Doch sein Wille zum Kämpfen und Siegen war ungebrochen.

Amtranik gab sich noch lange nicht geschlagen!

Über all seinen Feinden stand der Name eines einzelnen Wesens. Es hatte dem Orden angehört, der Amtranik und seinen Horden schon vor sehr langer Zeit schwer zu schaffen gemacht hatte: Armadan von Harpoon.

Amtranik erinnerte sich daran, als ob es gestern erst gewesen wäre.

Nach der verlorenen Entscheidungsschlacht, vor 1,2 Millionen Jahren: Amtranik befand sich mit seinen Horden auf dem Rückzug. Scheinbar, um diese Galaxis zu verlassen. Tatsächlich jedoch, um auf einer geheimen Welt Unterschlupf zu finden und eines fernen Jahres als Eroberer zurückzukehren. Er hatte bereits ein geeignetes Sonnensystem gefunden und auf dem zweiten Planeten einen Unterschlupf eingerichtet. Arpa Chai, das bedeutete »verstecktes Nest«.

Eine seiner Spionsonden ortete eine Lichtzelle. Es war die NYLE von Grenodart, dem Orbiter Armadan von Harpoons. Amtranik schaffte es, aus den fliehenden Hordenflotten noch neunhundert Schiffe um sich zu sammeln. Mit der VAZIFAR an der Spitze stellte er die NYLE zum Kampf. Eine blitzartig errichtete Funksperre verhinderte, dass der Orbiter seinen Ritter zu Hilfe rufen konnte. Amtranik wollte den Orbiter gefangen nehmen. Doch dem wütenden Beschuss seiner Horden konnte die Lichtzelle schließlich nicht mehr standhalten. Sie verglühte mitsamt dem Orbiter.

Amtranik blieb wegen der Präsenz Armadan von Harpoons doch nichts anderes übrig, als mit der VAZIFAR in dem Versteck auf Arpa Chai zu landen und sich in den Tiefschlaf zu legen. Die übrigen Horden flohen aus der Galaxis ...

Wäre es ihm damals gelungen, Armadans Orbiter als Geisel zu nehmen, hätte er der Auseinandersetzung schon vor 1,2 Millionen Jahren noch eine Wende geben können. Dann wäre er nie in diese verzweifelte Lage gekommen.

Aber noch hatte der letzte Garbeschianer nicht verloren.

Gegen ihn stand jetzt ein Mensch, der den Ritterstatus besaß und auf ein riesiges Orbiterheer und eine starke Keilschiffflotte zurückgreifen konnte. Doch Amtranik dachte nicht mehr daran, sich dieser Übermacht zum Kampf zu stellen.

Der erste Wall Armadan von Harpoons, die Anlage um Martappon, war für Amtranik ein unüberwindbares Hindernis geworden. Nun wandte er sich dem zweiten Wall zu, der Provcon-Faust mit der Paraplasmatischen Sphäre. Der hier ausgehende Margor-Schwall hatte die Aufgabe, die Garbeschianer zu verwirren und hilflos zu machen.

Es war Amtraniks Absicht gewesen, die Sphäre zu eliminieren und den Margor-Schwall unschädlich zu machen. Nun war dieser zweite Wall von selbst ausgefallen, weshalb auch immer.

Trotzdem flog die VAZIFAR zur Provcon-Faust. Denn Amtranik hatte einen Traum, der mehr als eine Million Jahre alt war:

Er sah sich einem Ritter der Tiefe gegenüber. Ob der Gegner Armadan von Harpoon hieß, Igsorian von Veylt oder Jen Salik, spielte keine Rolle, ein Ritter war als Gegner so gefährlich wie der andere. Es kam zum Zweikampf, aus dem Amtranik als Sieger hervorging!

Dieser Traum war aktueller denn je. Gegen das Heer der Orbiter hatte der Garbeschianer keine Chance. Aber einen Ritter der Tiefe zu besiegen, das traute er sich zu.

Amtranik öffnete sein Zangengebiss und stieß einen Kriegsruf aus. Er sehnte diese Auseinandersetzung geradezu herbei. Alles andere wurde dagegen bedeutungslos. Sobald er Jen Salik besiegte, würden die Orbiter kopflos sein, und der Verteidigungsplan Armadan von Harpoons würde in sich zusammenfallen.

»Ich weiß, wo ich dich finden kann«, presste Amtranik mit mühsam beherrschter Wut hervor. »Dein Ordensbruder Armadan hat ein kosmisches Leuchtfeuer entzündet, als hätte er uns beiden den Weg zum Kampfplatz weisen wollen.«

Die Ortung der VAZIFAR erkannte die Massierung von Raumschiffen im Bereich der Provcon-Faust.

Amtranik war noch achtundzwanzig Lichtjahre entfernt, dennoch schützte er sein Schiff vor frühzeitiger Entdeckung. Obwohl einige Anlagen der VAZIFAR noch ausgefallen waren, reichten die Defensiveinrichtungen aus.

Die VAZIFAR bewegte sich im Schleichflug durch den Zwischenraum. Amtranik brachte sie nur für gelegentliche Standortbestimmungen in den Normalraum zurück.

Ein solcher Zwischenstopp geschah nahe einer roten Sonne. Es war ein sterbender Stern mit acht Planeten, westlich der Provcon-Faust.

Die Zentralpositronik der VAZIFAR blockierte. Anstelle der erwarteten Auswertungen erschien eine Kodebezeichnung auf den Schirmen.

Sonderfall durch Impulsschwankungen des zweiten Ritterwalls. Veränderliche Phasensprünge erfordern Übernahme durch Automatik. Sonderfall!

Bevor Amtranik sich über die Bedeutung klar werden konnte, meldete sich die Positronik: »Der zweite Wall, in der Sprache des Gegners ›Margor-Schwall‹ genannt, ist unberechenbaren Veränderungen unterworfen, die das Eingreifen der Automatik erforderlich machen. Diese Maßnahme ist lebensnotwendig. Das für einen solchen Notfall vorbereitete Sonderprogramm tritt in Kraft.«

»Ich bin der Hordenführer!«, rief Amtranik aufgebracht. »Alle Programme des Flaggschiffs stammen von mir selbst. Einen Sonderfall gibt es nicht.«

»Das ist ein Irrtum«, sagte die mechanische Stimme. »Es gibt ein Notfallprogramm, das die Konstrukteure der VAZIFAR erstellt haben. Es wurde durch die Impulsschwankungen des zweiten Walles aktiviert.«

»Ich hebe dieses Programm auf!«

»Das ist nicht möglich. Die Automatik übernimmt.«

Amtranik kam nicht dagegen an. In ohnmächtigem Zorn musste er mit ansehen, wie ihm die Kontrolle über das Schiff entglitt.

Der veränderte Margor-Schwall konnte ihm selbst nichts mehr anhaben, wirkte sich jedoch auf die Schiffstechnik aus und entzog sie seinem Einfluss. Es war für den Garbeschianer kaum vorstellbar, dass der zweite Schutzwall auf diese Weise zerstörerisch wirken konnte, trotzdem musste es so sein.

»Ich bin bereit!«, rief Amtranik.

Ein Schott glitt auf, drei Roboter schwebten herein. Sie waren dem Hordenführer nachgebildet. Das konnte den Garbeschianer aber nicht darüber hinwegtäuschen, dass sie durch Impulse seines Erzfeindes gelenkt wurden. Amtranik zerstrahlte sie augenblicklich. Im Hintergrund erschienen weitere Roboter, doch sie schlossen nicht auf. Das Schott schloss sich wieder.

Amtranik erkannte die Absicht, ihn in der Zentrale einzuschließen, und er durchkreuzte sie im selben Moment. Er kannte die Verzögerungswerte der Bordpositronik und konnte sich ausrechnen, wie wenig Zeit ihm für Gegenmaßnahmen blieb.

Einen Kampfschrei ausstoßend, wandte er sich dem Seitenschott zu und stürzte in den dahinter liegenden Korridor. Er wurde von Robotern empfangen, die ihn sofort unter Beschuss nahmen. Aber sein Schutzschirm hielt.

»Du willst mich lebend?«, schrie er. Die Bordpositronik verstand ihn, wo immer er war. Gleichzeitig schoss er auf mehrere der Roboter und sprang über ihre ausglühenden Wracks hinweg.

»Einen Hordenführer fängt niemand lebend!«, stieß er hervor. »Selbst wenn man ihn tötet, ist er noch nicht besiegt.«

Denn dann kehrt er als Trodar zurück, fügte Amtranik im Geist hinzu.

»Töte mich – Schiff! Denn lebend bekommst du mich nie!«

Ich werde Trodar sein!

Trodar, ein magisches Wort. Inbegriff von Unbesiegbarkeit und unversiegbarer Kampfkraft.

Trodar, das war die garbeschianische Kriegsphilosophie gemeinhin. Eine Lebensanschauung, eine Todessehnsucht. Trodar war Teil eines jeden Garbeschianers. Dieses Zauberwort gab ihm Kraft und Mut und nahm ihm die Furcht vor dem Tod. Denn Trodar bedeutete so viel wie »Ewiges Leben in der Großen Horde«.

Ein Garbeschianer konnte im Kampf nicht sterben – wenn er heldenhaft fiel, ging er in die Große Horde ein. Kein Garbeschianer, der sich nicht danach sehnte, zu Trodar zu stoßen.

Wenn Trodar sich eines Tages erhob, dann war die kosmische Endzeit gekommen, und die Große Horde würde alle Feinde hinwegfegen.

Amtranik lachte verächtlich.

Er kam in einen Korridor, der in Sperrzonen unterteilt war. Sensoren registrierten jeden Eindringling und klassifizierten ihn.

Amtranik wurde langsamer. Er wusste, wo die Spione positioniert waren, und hätte jeden zielsicher eliminieren können. Aber darauf legte er es nicht an.

Die Sensoren konnten nur zwischen Nicht-Garbeschianern und Garbeschianern unterscheiden. Jeder Nicht-Garbeschianer wurde als Feind eingestuft und getötet. Amtranik fletschte die wulstigen Lippen. Er zweifelte nicht daran, dass der veränderte Margor-Schwall die Spione umgepolt hatte, sodass sie ihn als Feind einstufen würden.

Doch darauf wollte er es ankommen lassen.

Er kannte nun seine Bestimmung. Er war nicht aus dem langen Tiefschlaf erwacht, um einen Einzelkrieg gegen die Feinde von Garbesch zu entfachen. Die Vorsehung hatte ihn vielmehr dazu bestimmt, aufzustehen und in Trodar aufzugehen.

Die Sensoren klassifizierten ihn offenbar als Feind, denn die Todesfallen wurden aktiviert. Er wurde mit einem Strahlenschauer bedeckt, aber die Strahlung war nicht tödlich. Sie sollte ihn nur kampfunfähig ma-chen. Mit den Waffen der Verdammnis zerstörte er die umgepolten Sensoren.

»Du kannst mich nur schlagen, indem du mich tötest!«, schrie er.

Das Schott, das seinen Weg blockierte, atomisierte er. Ein Schwarm von Medorobotern, die ihn paralysieren sollten, zerstob in der Luft.

Natürlich war Amtranik seinem Feind überlegen, solange der ihn lebend fangen wollte. Er würde eher ein Chaos entfachen, als sich in Gefangenschaft zu begeben.

Mit einem Mal zögerte er und ließ die Waffen der Verdammnis ruhen. In die folgende Stille, in der nur das Knistern erkaltenden Metalls zu hören war, drangen seine Überlegungen wie eine Flutwelle: Wenn sein Gegner nichts anderes wollte, als dass er die VAZIFAR zerstörte, wäre er dann nicht hilflos und eine leichte Beute? Sicher, er könnte sich das Leben nehmen, sobald es keinen anderen Ausweg mehr gab. Aber so handelte kein Krieger.

Das Beiboot fiel ihm ein. Es lag auf dem obersten Deck der VAZIFAR in Bugnähe. Zehn Decks trennten ihn noch davon. Das Beiboot konnte seine Rettung sein, selbst wenn die gesamte VAZIFAR vom Feind ferngesteuert wurde. Es war nicht mit der Automatik gekoppelt, die veränderten Impulse des Margor-Schwalls hatten darauf keinen Einfluss.

Amtranik setzte den Kampf gegen die Bordautomatik fort. Mit den Waffen der Verdammnis kämpfte er sich drei Decks höher hinauf, konnte aber nicht verhindern, dass er weiter vom Bug abgedrängt wurde. War seine Absicht durchschaut?

Wennschon. Sobald er die VAZIFAR verließ, entzog er sich dem Einflussbereich der Automatik und konnte sich über die Außenhülle zum Beiboot begeben.

Amtranik gelangte noch ein Deck höher. Dann musste er feststellen, dass alle Zugänge zum nächsthöheren Deck mehrfach gesichert waren. Es gab kein Durchkommen.

Urplötzlich stand das Deck unter Energie. Amtranik konnte nicht einmal zur Seite ausweichen, denn vor den Wänden spannten sich Absorberfelder, die jegliche Waffenenergie schluckten. Zum Bug hin war es dasselbe. Da er spürte, dass die Absorberfelder an seinem Schutzschirm zehrten, nahm er den einzig möglichen Weg.

Amtranik entdeckte eine Strukturlücke in Richtung Heck, erweiterte sie mit einem schnellen Feuerstoß und drang hindurch. Mithilfe des Flugaggregats entfernte er sich so rasch aus diesem Bereich, dass die Automatik nicht schnell genug ein weiteres Absorberfeld aufbauen konnte.

Auf diese Weise erreichte er die wissenschaftlichen Abteilungen. Die Umgebung brachte ihn auf den Gedanken, dass er vielleicht mit feineren Methoden erreichen konnte, was ihm mit Waffengewalt nicht gelang.

Amtranik schlug sich zu einem Labor durch, in dem er schon nach seinem Erwachen gearbeitet hatte. Die Automatik setzte ihm keinen Widerstand entgegen. Im Labor angekommen, verbarrikadierte er sich vor den ihm folgenden Robotern.

Seltsam, hier fühlte er sich geborgen. Das Labor bot ihm einen vertrauten Anblick, hier fühlte er sich von dem unsichtbaren Feind nicht bedroht. Als reiche der Einfluss des wieder veränderten Margor-Schwalls nicht bis in diese Halle. Oder war dieses Gefühl trügerisch?

Amtranik wurde wieder misstrauisch. Aber schon glitten Wände des Labors zurück und gaben Räume frei, die er nie gesehen hatte. Nicht einmal ihre Einrichtung war ihm bekannt.

Einem ersten Drang folgend, wollte er seine Waffen der Verdammnis einsetzen. Aber schnell gewann seine Vernunft die Oberhand. Amtranik handelte nicht, er gab dem Denken den Vorzug.

Was immer hier geschah, konnte nicht dem zerstörerischen Einfluss eines Feindes zuzuschreiben sein. Diese Anlagen mussten gleichzeitig mit der VAZIFAR entstanden sein. Sie waren nicht nachträglich installiert worden, sondern galten einem bestimmten Zweck.

»Dein Widerstand war sinnlos und unbegründet, Amtranik«, meldete sich die Automatik.

Ein Kraftfeld hüllte ihn ein und lähmte die Geräte seines Kampfanzugs.

»Die Maßnahmen der Schiffspositronik geschahen zu deinem Wohl. Es ist ein Sonderfall eingetreten, der die Bevormundung notwendig macht ...«

Roboterarme öffneten Amtraniks Kampfanzug. Bald darauf war er nackt, wie in der Stunde, als er auf Arpa Chai aus dem Tiefschlaf erwachte. Wurde er nun auf einen neuerlichen Schlaf vorbereitet?

»Die Situation hat sich zugespitzt. Als Hordenführer ohne Heer stehst du auf verlorenem Posten. Du setzt deine Kräfte falsch ein, deine Qualitäten werden vergeudet. Es gibt nur noch eine Möglichkeit, das Heft herumzudrehen. Du hast eine einzige Chance, den Entscheidungskampf zu gewinnen ...«

Warten?, dachte Amtranik. *Die Zeit für mich arbeiten lassen? Und schlafen, schlafen und zu einem günstigeren Zeitpunkt erwachen?*

»Ich will nicht wieder eine Million Jahre verstreichen lassen, um eine neue Chance zu bekommen«, sagte er entschieden.

Lähmstrahlen betäubten ihn oberflächlich. Sein Geist blieb hellwach, er konnte klarer als zuvor denken.

»Kein Tiefschlaf«, schlich sich die sanfte Stimme in seinen Geist. »Du hast lange genug gewartet, du sollst endlich kämpfen.«

»Aber wie?«

»Du wirst Trodar sein, der Anführer der Großen Horde ...«

Zwischen Wahn und Wirklichkeit schwankend, erkannte Amtranik sich in dem Moment als die Inkarnation Trodars, des Hordenführers aller Hordenführer – als die legendäre und mystifizierte Große Horde selbst.

»Kommen Sie mir nicht so, Tekener!« Gail Bedomo war erbost. Sie wippte auf den Zehenspitzen, wie um den eklatanten Größenunterschied zu ihrem Gegenüber wettmachen zu wollen. Jennifer Thyron stand schmunzelnd im Hintergrund; sie war der Meinung, dass Tek mit der kleinen, quirligen Entwicklungshelferin allein fertig werden musste.

»Ich habe auch einen Auftrag zu erledigen, und der hat allemal Vorrang, denn ich will aufbauen und nicht zerstören. Ich bin bereit, Sie in die Provcon-Faust zu fliegen und an fast jedem Ort abzusetzen. Aber die MESSIER fliegt auf geradem Kurs nach Point Allegro. Ich hoffe, wir haben uns verstanden!«

»Das Verständnis ist einseitig, denn Sie scheinen nicht zu verstehen, was auf dem Spiel steht. Da ich nicht ebenso streitsüchtig bin wie Sie, lasse ich mich auf keine weiteren Diskussionen mehr ein. Hier sind meine Vollmachten.«

Tekener zog aus seiner Kombination Tifflors Vollmacht hervor. Als Gail Bedomo die Hand danach ausstreckte, brachte er die Folienkarte aus ihrer Reichweite.

»Die Unterlagen sind für Kommandant Argosen bestimmt, oder haben Sie ihn schon abgesetzt, Ehe Bedomo?«

»*Entwicklungshelferin* Bedomo, wenn ich bitten darf!«, protestierte die kleine Frau.

Tekener ließ sie einfach stehen und ging zum Kommandopodest. Er lächelte sanft, aber dieses Lächeln war schon wieder verschwunden, als er vor dem Kommandanten stand.

Carpo Argosen war ein ruhiger und schweigsamer Mann von beachtlicher Leibesfülle. Er führte seine Mannschaft weniger mit harter Disziplin als mit Kameradschaft. Gail Bedomo und ihr aufgescheuchter Haufen von Entwicklungshelfern waren der einzige unruhige Pol auf dem 1500-Meter-Kugelraumer.

Tekener übergab die Vollmacht des Ersten Terraners. »Diese Suffragette lässt mir keine andere Wahl«, stellte er fest. »Sie wurde um eineinhalb Jahrtausende zu spät geboren.«

»Gail Bedomo?« Kapitän Argosen nickte, während er die Karte kurz an den Lesesensor hielt. »Das ist meine zweite Fahrt mit ihr. Sie ist anstrengender als ein ganzes Rudel Zwotter – und sie schafft auch diese Gnomen von Zwottertracht.«

Er warf einen Blick auf die Auswertung.

»Die MESSIER steht zu Ihrer Verfügung. Was ordnen Sie an?«

Erst als Gail Bedomo in einem Gespräch mit Jen Salik herausgefunden hatte, dass er einem »Entscheidungsduell« mit einem Hordenführer der Garbeschianer entgegenfieberte, war sie auf die Barrikaden gegangen – und mit Tekener aneinandergeraten.

Momentan befand sich das Schiff im Linearflug. Nach dem Ende der Überlichtetappe würde die MESSIER noch etwa 120 Lichtjahre von der Provcon-Faust entfernt sein. Bis dahin blieb allerdings noch etwas Zeit.

Tekener hielt es für angebracht, Jen Salik zu diesem letzten längeren Zwischenstopp in die Zentrale zu holen. Er suchte den Ritter in dessen Kabine auf. Salik hatte sich zurückgezogen, nachdem er in den ersten Stunden nach dem Abflug aus dem Solsystem eine beinahe hektische Unruhe entwickelt hatte. Jennifer und Gail Bedomo waren mit ihm quer durch das Schiff geirrt, um sein wachsendes Interesse an allem, was mit der MESSIER zu tun hatte, zufriedenzustellen.

»Ich komme Amtranik näher«, stellte der ehemalige Klimaingenieur fest. »Ich fühle, dass die Entscheidung naht.«

»In kurzer Zeit steht ein Zwischenstopp an. Kommst du gleich in die Zentrale?«

»Natürlich.«

Jen Salik wirkte überaus konzentriert, seitdem die MESSIER wieder im Normalraum flog.

»Ich nehme an, dass es von der VAZIFAR keine neue Spur gibt«, sagte der gebürtige Gäaner, während er die Positionsdaten des Kugelraumers in Bezug zur Provcon-Faust betrachtete. Tekener ahnte, dass Salik ein wenig seines Ritterstatus zurückerlangt hatte. Als scharfer Beobachter merkte der Smiler jedoch, dass Saliks Bewegungen mitunter fahrig wurden. Immer dann zeigte sich in seinem eher ausdruckslosen Mienenspiel Überraschung oder auch Verwirrung. Jen Salik litt weiterhin unter der veränderten Strahlung des Margor-Schwalls, versuchte allerdings, sich mit eiserner Selbstdisziplin darüber hinwegzusetzen.

»Keine Informationen«, antwortete Argosen einsilbig.

Tekener wusste, dass Lageberichte von den im Bereich der Provcon-Faust patrouillierenden Flotten angefordert waren. Salik schien sich dafür aber wenig zu interessieren.

»Die Provcon-Faust ist noch nicht relevant«, sagte der Ritter unvermittelt. »Wir fliegen zuerst ein anderes Ziel an.«

»Da stimme ich nicht zu!«, protestierte Gail Bedomo im Hintergrund. Abwehrend mit den Armen wedelnd, kam sie heran. Als Salik sie nachdenklich ansah, fügte sie etwas versöhnlicher hinzu: »Wir haben auf Zwottertracht eine wichtige Mission zu erfüllen. Wenn Sie ein anderes Ziel haben, nehmen Sie eines der Beiboote.«

»Mir würde in der Tat eine Space-Jet genügen«, sagte Jen Salik.

»Kommandant Argosen hat Order, mit der MESSIER jedes von uns gewünschte Ziel anzufliegen«, bemerkte Tekener überrascht. »Warum diese Zurückhaltung, Jen?«

»Ich passe mich nur den Gegebenheiten an.« Der Ritter rief ein Sterndiagramm des Provcon-Sektors ab. Stückweise rief er Ausschnittvergrößerungen ab.

»Wonach suchen Sie?«, fragte der Kommandant.

»Der Hordenführer befindet sich in dem Gebiet.«

»Wie willst du das erkennen, Jen?«, erkundigte sich Tekener.

»Gefühlsmäßig.« Salik reduzierte den erfassten Raumsektor weiter. Wie im Selbstgespräch murmelte er vor sich hin. Allerdings verstand Tekener nicht, was der Mann sagte.

Die Provcon-Faust wanderte langsam aus dem Holobereich aus.

»Ihre Abweichung von der Provcon-Faust beträgt bereits über fünfundzwanzig Lichtjahre«, stellte Argosen fest.

»Völlig richtig«, entgegnete Salik. »Es bereitet doch keine Schwierigkeiten, den Kurs entsprechend zu korrigieren?«

»Eine Lineartetappe mehr«, erwiderte Argosen lakonisch.

»Wie heißt die Sonne?« Salik markierte einen Kartenausschnitt.

»Pradels Stern«, antwortete der Kommandant. »Ist das unser Ziel?«

»Natürlich«, sagte Salik. »Ich kann mir auch eine Space-Jet leihen.«

Tekener entging die besondere Betonung nicht. Wollte ihm Salik damit zu verstehen geben, dass er zu allem entschlossen war, um sein Vorhaben durchzuführen? Offenbar gewann er allmählich seine Fähigkeiten zurück. Es war, soweit Tek das inzwischen miterlebt hatte, ein stetes Auf und Ab. Aber womöglich wirkte die Nähe der Paraplasmatischen Sphäre doch eher stabilisierend auf den Ritter.

»Ich protestiere ...«, begann die Entwicklungshelferin wieder. Jennifer ergriff sie an den Schultern und schob sie sanft, aber mit Nachdruck zur Seite.

»Verrate mit eines, Jen«, bat Tekener. »Wieso ausgerechnet Pradels Stern?«

»Ich ... fühle, dass dort eine Vorentscheidung fallen wird«, antwortete Salik zögernd. »Es ist, als gäbe es zwischen Amtranik und mir eine tiefere Verbindung.«

»Über einhundertzwanzig Lichtjahre hinweg? Noch dazu sind in diesem Sektor die Sonnen nicht gerade dünn gesät.«

»Ich kann es nicht erklären«, sagte Salik. »Dafür fehlen mir verständliche Begriffe.«

Im nächsten Moment verkrampfte er sich. Doch der Anfall hielt nur wenige Sekunden an. Als Tekener ihm helfen wollte, schüttelte Salik sich ab. Er schien zu frieren trotz der angenehmen Temperatur an Bord.

»Kein Grund zur Beunruhigung.« Der Ritter massierte sich kurz die Schläfen. »Alles in Ordnung, kein Problem, über das wir uns den Kopf zerbrechen müssten.«

Dreißig Minuten später begann die nächste Lineartetappe. Ronald Tekener hatte sich mit seiner Frau in einen Seitenbereich zurückgezogen. Niemand beachtete sie beide.

»Jenny, du warst mit ihm unterwegs. Überall im Schiff oder nur an besonderen Punkten? Kannst du mir alles zusammenfassen? Was hat sich Besonderes dabei ereignet?«

»Ist das wirklich wichtig?«, fragte Jennifer Thyron zurück. Als Tekener nicht antwortete, verstand sie, was er meinte.

Sie erzählte, was sie selbst während des Rundgangs erfahren hatte, dass die MESSIER für die Bedürfnisse der Entwicklungshilfe ausgebaut worden war, aber keineswegs speziell für die Provcon-Faust. Die MESSIER war schon in den unterschiedlichsten Systemen im Einsatz gewesen, wenn auch erst seit Kurzem mit Gail Bedomos Team.

Tekener wollte schon ungeduldig werden, als er erkannte, warum seine Frau so ausführlich darauf einging. Jen Salik war ausgerechnet an den Neuerungen der MESSIER sehr interessiert gewesen. Die besondere Einrichtung, die es erlaubte, das Schiff vollständig mit Gas zu fluten, um eingeschleppte Schädlinge zu vernichten, hatte Salik sich eingehend erklären lassen. Geradezu hartnäckig waren seine Fragen über die für Zwottertracht bestimmte Fracht gewesen, hauptsächlich Gebrauchsgegenstände des alltäglichen Lebens und altertümlich anmutende Fertigungsmaschinen. Immerhin schienen die Zwotter bestrebt zu sein, eine eigene Industrie aufzubauen.

»Irgendwann waren wir bis zu den Hangars vorgedrungen.« Thyron seufzte. »Ich habe schon lange kein Schiff dieser Größenordnung mehr so ausgiebig zu sehen bekommen. Jen hat dann auch noch die neuen Space-Jet-Modelle inspiziert. Er meinte, dass er sich jederzeit zutrauen würde, ein solches Beiboot zu steuern. Zwischendurch hat er uns von Amsterdam erzählt und ...«

»Welche Space-Jet war das?«, unterbrach Tekener seine Frau.

»Ich glaube, die MES-SJ-13. Ja, stimmt. Wir haben uns über Glücks- und Unglückszahlen unterhalten. Jen meinte noch, er sei überhaupt nicht abergläubisch ...«

»Er brütet etwas aus«, sagte Tekener. »Er ist längst nicht mehr so hilflos, wie er sich den Anschein gibt.«

»Glaubst du, dass er uns getäuscht hat?«

»Das nicht. Er ist immer noch beeinträchtigt. Aber selbst in seinem Zustand ist er uns immer überlegen. Eigentlich bin ich froh darüber, denn sonst wäre er der Auseinandersetzung mit Amtranik nicht gewachsen.«

»Es ist schon fast einhundertunddreißig Jahre her, dass der Provconer-Lare Roctin-Par die Terraner zum Versteck seines Volkes in der Provcon-Faust führte. Perry Rhodan gab der Dunkelwolke mit den mörderischen Turbulenzen den Namen ›Point Allegro‹. Als der gesamte Innensektor Null-Nord erforscht und katalogisiert wurde, stieß man auf eine kleine rote Sonne mit acht Planeten. Bei sieben der Planeten handelte es sich um unbelebte Himmelskörper ohne bedeutende Rohstoffvorkommen. Nur der zweite Planet besaß eine Sauerstoffatmosphäre und für Menschen gerade noch erträgliche Bedingungen. Die Welt war etwa marsgroß, mit einer Eigenrotation von knapp über sechzehn Stunden und einer Schwerkraft von 0,72 Gravos. Die Temperatur war mit einem Mittel von achtzehn Grad Celsius annehmbar. Menschen konnten es hier aushalten, also landete man.

Die Forscher glaubten, Neuland betreten zu haben. Umso erstaunter reagierten sie, als ihnen aus den Überresten einer uralten Kultur ein Mensch gegenübertrat. Es war der Prospektor Marcel Pradel. Ein Spinner und Mystiker, das sei vorweggenommen.

Diese erste Begegnung ist in den Annalen festgehalten, darum kann ich ziemlich genau darüber berichten. Marcel Pradel lebte seit über zehn Jahren auf dieser Welt und durchforschte die Überreste von Monumentalbauten der Zyklopenstädte. Die Ureinwohner hatten sie im Äquatorgebiet erreichtet. Die Einsamkeit muss zumindest mitschuld gewesen sein, dass Pradel den Verstand verloren hat und sich in pseudoreligiösen Wahn verstieg.

Die Zyklopenstädte dieser Welt waren für ihn der Mittelpunkt des Universums geworden, die früheren Bewohner die Schöpfer schlechthin. Die sterbende Sonne war für ihn aus dem Urknall unmittelbar hervorgegangen. Die acht Planeten bezeichnete er als Geschwister dieses Ur-Sterns, und er gab den acht Planeten entsprechende Namen, die in seiner Mystik eine besondere Bedeutung hatten.

Phantasie hatte Pradel, das muss man ihm lassen. Er glaubte in seinem Wahn, dazu bestimmt zu sein, das Leben auf die anderen leblosen und unfruchtbaren Planeten tragen zu müssen. Damals wussten Terraner noch nichts von der Existenz und den Aufgaben der Sporenschiffe, obwohl sie mit dem Schwarm üble Erfahrungen gemacht hatten. Aber selbst jetzt, da wir die Hintergründe besser durchschauen, oder gerade jetzt können wir sagen, dass die Parallele rein zufällig ist.

Da dieses Sonnensystem bislang nur mit einer Katalognummer bezeichnet worden war, wurden Pradels Planetennamen übernommen und die Sonne sogar nach ihm benannt. Pradel selbst durfte auf seiner Welt bleiben; niemand weiß jedoch, was aus ihm wurde. Wegen der Nähe zur Provcon-Faust wurde Pradels Stern nicht öffentlich bekannt. Niemand wollte die Laren zum bestgehüteten Versteck der Menschheit führen, zu dem die Provcon-Faust schließlich avancierte. Nicht einmal Forschungsteams gelangten zu Pradels Stern.

Nach der Laren-Krise hatte Terra andere Sorgen, als die Zyklopenstädte auf dem zweiten Planeten, genannt Bruder Amos, zu untersuchen ... Vielleicht bergen sie noch manch interessantes Geheimnis.«

»Amtranik hat diese Welt als Arena für den Entscheidungskampf ausgesucht, nicht ich«, sagte Jen Salik, nachdem Ronald Tekener seinen kurzen historischen Abriss beendet hatte. »Ich habe vorher nie von Pradels Stern gehört und denke auch jetzt nicht daran, Bruder Amos zu mystifizieren. Ich sehe die Angelegenheit sehr viel nüchterner ...«

Salik verstummte, als das bevorstehende Ende der Linearetappe angekündigt wurde, redete aber sehr schnell weiter.

»Es ist, als würde mir die Stunde der Wahrheit schlagen«, sagte er. »Danke für deine aufschlussreichen Auskünfte, Tek. Ich muss jetzt in die Kommandozentrale zurück.«

»Nur noch eine Frage, Jen«, sagte Tekener. »Willst du wirklich um jeden Preis allein gehen?«

»Eine Gegenfrage, Tek. Würdest du mich daran hindern?«

Fast ein wenig überhastet verließ er den zur Zentrale offenen Bereitschaftsraum.

»Gehen Sie in einen Orbit über Bruder Amos!«, trug er dem Kommandanten auf. »Aber Vorsicht ist nötig. Es kann sein, dass Amtranik den planetennahen Raum gesichert hat.«

»Sie wissen, dass der Garbeschianer hier ist?« Die Verblüffung war Argosen anzusehen.

»Im System von Pradels Stern und auf Bruder Amos, wo sonst?«, sagte Salik.

Von ihm hatte eine seltsame Erregung Besitz ergriffen. Nicht einmal vor der Konfrontation mit dem Orbiterkommandanten im Solsystem, Quiryleinen, war er so angespannt gewesen. Ebenso wenig bei seiner Ankunft auf Martappon und auch nicht, als ihm bewusst geworden war, dass er ein ferner Nachkomme des Armadan von Harpoon war.

Dies war eine neue, eine einmalige Situation für Salik. Sie würde sich nicht wiederholen. Es gab etwas zwischen ihm und Amtranik, was er nicht mit Worten erklären, geschweige denn beweisen konnte. Diese Verbindung war einfach da. Er spürte sie.

Seine Überzeugung, dass Amtranik ihn erwartete, drückte sich in einer fieberhaften Erwartung aus.

Es war eine außergewöhnliche Situation. Jen Salik hatte eingehend darüber nachgedacht und war zu dem Schluss gekommen, dass er radikal vorgehen musste. Zum ersten Mal, seit das Ritterwissen des Igsorian von Veylt auf ihn übergegangen war, würde er es gegen seinesgleichen anwenden. Er konnte nicht anders, denn Tekener würde ihn nicht allein gehen lassen.

Die MESSIER schwenkte in den Orbit ein.

Kurz darauf wurde auf der Planetenoberfläche ein Objekt angemessen, das nach Größe und Form die VAZIFAR sein konnte.

Jen Salik hörte kaum hin, er brauchte diese Bestätigung nicht.

Er hatte die Bordpositronik und die Sicherheitseinrichtungen so manipuliert, dass es nur einer einzigen unverdächtigen Schaltung bedurfte. Salik nahm sie vor.

Das Schiff wurde über die Luftumwälzung mit Schlafgas geflutet.

Jen Salik lief zu einer der Fluchtröhren, die ihm erlaubte, die Zentrale schnell zu verlassen. Er hatte mehrere Fluchtmöglichkeiten durchdacht, nur waren die weniger Erfolg versprechend gewesen. Im Röhrenwulst hatte er eine Atemmaske versteckt. Salik zog sie sich übers Gesicht, während er in die Fluchtröhre sprang. Ohne die Atemmaske wäre er nicht weit gekommen, und falls Tekener ihm folgte, würde das Gas noch während seiner Rutschpartie wirken.

Salik hatte bewusst darauf verzichtet, einen Druckanzug bereitzuhalten, denn das wäre keinesfalls unbemerkt geblieben.

Salik erreichte den Space-Jet-Hangar. Die MES-SJ-13 war startbereit, das hatte er schon festgestellt.

Ein Blick zurück. Niemand war ihm gefolgt. Das Schlafgas würde nahezu vierundzwanzig Stunden wirken.

Salik startete die Space-Jet und öffnete das Außenschott über Funk.

»Ich komme«, sagte Jen Salik hart. »Das Duell, das vor 1,2 Millionen Jahren nicht stattfinden konnte, wird nun nachgeholt.«

16.

Im Land Trodar harren die Helden aus und warten auf die Endzeit. Ihre Zahl ist unvorstellbar, denn die Große Horde besteht aus Garbeschianern aller Zeiten und Völker. Ihr Leben ist ein ewiger Kampf.

Die Endzeit wird gekommen sein, wenn jener erscheint, der die Große Horde anführen wird. Er muss stärker sein als alle anderen, klüger, mutiger, flinker und kampfstärker, gnadenloser und brutaler; eine Symbolgestalt, der Inbegriff des Kampfes selbst; ein Heerführer und Kamerad, Taktiker und Stratege; eine reißende Bestie – ein kluger Kopf.

Dieser eine und alles zusammen ist Trodar.

»Ich bin Trodar!«

Amtranik fühlte, wie er verging und dabei größer wurde. Gleichzeitig war er sich seiner Existenz auf der VAZIFAR bewusst. Das war kein Sterben, sondern eine phantastische Neugeburt.

Mit Trodars Augen sah er die Große Horde, und zugleich verfolgte er das Geschehen an Bord der VAZIFAR. Sein Flaggschiff war in das System der sterbenden Sonne eingeflogen, er wandelte sich zum Unbesiegbaren.

Endzeit! Die Große Horde wird sich erheben.

Die VAZIFAR passierte den äußeren Planeten hoch über der Ekliptik des Systems ...

Die Krieger der Großen Horde warten auf ihren Anführer. Sie stehen dicht an dicht. Schreite ihre Reihen ab, und du wirst kein Ende erreichen. Von jedem Punkt dieses Landes bis zum Horizont stehen sie dicht gedrängt, eine gigantische Armee, Garbeschianer ohne Zahl ...

Sie sind Trodar und in Trodar und warten auf Trodar.

Die VAZIFAR überflog den sechsten Planeten der sterbenden roten Sonne ...

In dem Schiff starb Amtranik, wenn auch nur in übertragenem Sinn und um auf wundersame Weise verändert zu werden. In dem Laboratorium, dessen Wände nie geschaute Räume und Einrichtungen freigegeben hatten, erfuhr Amtranik seine Metamorphose.

Auf dem Weg zu Trodar passierst du viele Stationen. An ihnen musst du dich teilen und Teil um Teil deines alten Wesens ablegen. Das musst du tun, um von einem Sterblichen zu einem Ewigen zu werden.

»Gib mir dein *kah!*«

Du gibst es, bekommst dafür das *tolah.*

Weiter ging der Flug zur Großen Horde und dem Ort der Bestimmung. Die VAZIFAR ließ den fünften Planeten hinter sich, eine tote Welt ...

Die Stimme der Hauptpositronik drang in den Geist des Hordenführers, der sich schon nicht mehr als Amtranik verstand.

»Dein Körper ist unzulänglich geworden für die Aufgabe. Du könntest als Trodar jedes beliebige Aussehen haben, darauf kommt es nicht an. Doch dein Äußeres muss zweckdienlich sein, es muss deine Kampfstärke zeigen und deine Qualitäten zur Geltung bringen. Es gibt keinen Körper, der den Erfordernissen gerecht werden könnte. Darum musst du dich in ein multiples System verwandeln.«

Die VAZIFAR wich dem vierten Planeten aus und näherte sich ihrem Ziel ...

In dem Laboratorium funktionierte die Automatik mit kalter Präzision. Sie bearbeitete den Körper des Garbeschianers.

Und auf dem Weg zu Trodar verlangte der Prüfer, er solle sich von weiteren Dingen trennen, die seine Existenz ausmachten, und andere dafür in Empfang nehmen.

Die Ortung der VAZIFAR stellte fest, dass auch Planet Nummer drei eine tote Welt war. Natürlich hätte Trodar unter allen nur denkbaren Bedingungen existieren können. Aber gewisse Voraussetzungen begünstigten ihn. Dazu gehörten eine Sauerstoffatmosphäre und nicht zu extreme Umweltbedingungen.

Während das Flaggschiff dem nächsten Planeten zustrebte, herrschte im Laboratorium angespannte Erwartung. Trodar sah seinem Werden entgegen.

Er warf alles ab, wie es von ihm verlangt wurde. Er entblätterte sich Schicht um Schicht, fühlte sich aber nicht nackter werden. Im Gegenteil: Er wurde!

Die VAZIFAR erreichte den zweiten Planeten. Die Automatik hatte diese Welt gewogen und für geeignet befunden. Es war eine todgeweihte Welt. Spuren einer uralten und längst vergangenen Zivilisation schufen vortreffliche Bedingungen für eine Entscheidung Trodars. Die Ruinen sollten zu einer Arena werden.

Schreite den vorbestimmten Weg ab und gehe deiner Vollendung entgegen.

Die geheimnisvolle Maschinerie gab seltsame Gebilde frei, die ihre Bahn durch das große Laboratorium zogen. »Das alles sind Trodar-Träger«, verkündete die Stimme. »Und das alles bist du, der du aus Amtranik hervorgehst. Du bist Trodar.«

Die VAZIFAR durchstieß die dünne Atmosphäre und senkte sich auf die in düsterem Rot darbende Welt hinab. Auf einer Hochebene nahe dem

Äquator fand sie einen Landeplatz. Ruinen erhoben sich ringsum wie Skelette in den tiefpurpurn verfärbten Himmel.

Nur noch ein kleiner Schritt zu Trodar, egal wie kompliziert und unverständlich der Vorgang ist.

»Die Transplantation ist nahezu beendet«, erklärte die Automatik. »Was an Amtranik gewichtig und bedeutungsvoll war, wurde auf die Trodar-Träger verteilt. Jeder dieser Träger hat etwas von dir, aber dennoch ergeben alle zusammen nicht mehr Amtranik. In der Gesamtheit aller Komponenten bist du ...«

»Ich weiß: Trodar!«

Nun war er vollendet.

»Noch nicht«, widersprach die Automatenstimme. »Es gilt, dich zu bewähren, indem du aus dem Duell mit deinem ärgsten Widersacher als Sieger hervorgehst. Erst dann ertönt das Signal zur Endzeit. Kämpfe, Trodar, und siege!«

Die Geräte verstummten. Sie verschlossen ihre Öffnungen, die 121 Trodar-Träger freigegeben hatten. In jedem dieser Teile unterschiedlicher Form und Größe war etwas von dem garbeschianischen Hordenführer Amtranik verankert.

In der Gesamtheit war das multiple System Trodar. Hunderteinundzwanzig Träger waren ebenso gut Trodar wie nur dreißig. Der Verlust einzelner Einheiten schwächte die Kampfkraft, aber keinesfalls den Willen zum Kampf.

Die Schleusen der VAZIFAR öffneten sich ...

Trodar fieberte der Entscheidung entgegen. Er ließ seine Träger in den Ruinen ausschwärmen, um die Lage zu erkunden und die Vorbereitungen zu treffen.

Der Anführer der Großen Horde ist für den Kampf bereit!, signalisierte er.

Trodar wusste, dass sein Ruf nicht vergeblich war. Der Ritter der Tiefe würde erscheinen.

Komponente 17 fühlte sich so sehr als Trodar wie jede andere Komponente ebenfalls. In allen waren die sechs Hordentugenden verankert, wenn auch in unterschiedlicher Reihenfolge.

Trodar 17 verstand sich vor allem als Biologe und Großwildforscher. Er war einer lang gestreckten Bohne nicht unähnlich. Natürlich konnte er auch kämpfen, dies sogar in der Hauptsache.

Trodar 17 schwebte über die Landefläche hinaus auf der Ebene, die sich am Fuß des Gebirges bis zum Horizont erstreckte. Die skelettartigen Bauten der Zyklopenstadt, ausnahmslos Ruinen, waren mit dem Gebirge, dem Hochplateau und der Niederung wie verwachsen. Andere Trodar-Träger drangen in die Zyklopenstadt ein und erforschten sie. Siebzehn stand mit ihnen in ständiger Verbindung und wurde über ihre Unternehmungen unterrichtet, wie auch er die von ihm erarbeiteten Forschungsdaten an die anderen Komponenten weiterleitete.

Die Ebene wies eine karge Flora auf, die Fauna bestand hauptsächlich aus kleinerem Getier. Die Ausläufer der Zyklopenstadt griffen vom Steilhang wie die klammen Finger eines toten Riesen in die Ebene hinein. Die Spitzen der Skelettbauten waren von Flechten und Schmarotzerpflanzen überwuchert. Darin lebten vor allem Insekten, um die sich ein anderer Trodar-Träger kümmern würde.

Siebzehn ging weiter in die Ebene hinaus. Er fand ein großes Tier, das einen aufregenden Buckelkörper und vier säulenartige Beine hatte. Der Hals verjüngte sich aber stark und trug einen vergleichsweise kleinen Kopf.

Der Buckelpanzer war auf der Jagd. Er hatte mit seinen scharfen Krallen den harten Boden aufgewühlt und ein anderes Tier aufgescheucht, einen großen Wurm, so dick wie Siebzehn, aber dreimal so lang. Der Wurm rollte sich zu einer Kugel zusammen und war in dieser Form doppelt so groß wie der Kopf des Buckelpanzers.

Doch die Kiefer des Jägers dehnten sich so weit, dass sie mühelos die Kugel aufnehmen konnten. Der Buckelpanzer würgte, und dann sah Siebzehn, wie sich am Hals eine Verdickung bildete und langsam in Richtung Körper wanderte.

Während die Halsmuskeln noch mit dem Schlucken der Beute zu tun hatten, glitt der Schädel des Buckelpanzers schon wieder witternd über den Boden. Der fauchende Atem wirbelte Staub auf, den das halb geöffnete Maul mit den trompetenförmig gespitzten Lippen einsog. Alles andere Unverdauliche wurde durch die Nüstern wieder ausgestoßen. Die eingeatmeten Pflanzen und Insekten wanderten aber in den mächtigen Magen des Tieres.

Siebzehn berechnete den Weg, den der Buckelpanzer nehmen würde, und ließ sich auf der Route nieder. Nicht viel später geriet Siebzehn in den Sog des Allesfressers. Die Schluckmuskeln schoben ihn in Etappen den Schlund hinunter, und er gelangte über den Hals in den Magen. Dort ließ sich Siebzehn nieder.

Der Trodar-Träger aktivierte sein chemisches Labor und untersuchte den Wirtskörper eingehend, bevor er sich an dessen Nervensystem anschloss und die Kontrolle der Körperfunktionen übernahm. Er stellte fest, dass sein Wirtstier ein überaus anfälliges und labiles Kreislauf- und Stoffwechselsystem hatte. Der Buckelpanzer konnte fast alles hinunterwürgen und verdauen, stand dabei jedoch stetig am Rand eines Kollapses. Darum ging Siebzehn sehr vorsichtig ans Werk und tastete sich mit seinen Sonden und Impulsgebern nur langsam zu dem kleinen Gehirn vor.

Einen Herzschlag lang glaubte Siebzehn, dass der Buckelpanzer die Phase der Übernahme nicht überleben würde. Die Körperfunktionen des Tieres normalisierten sich aber schnell wieder.

Der Buckelpanzer war in Trodars Gewalt, und nun sah Siebzehn durch seine Augen und konnte über seinen Körper handeln.

Trodar ließ dem Tier jede Freiheit und wartete ...

... wartete auf den Ritter der Tiefe.

Achtunddreißig hatte die ungefähre Form einer Halbkugel, *rhema* war die dominierende Hordentugend. Auch Achtunddreißig war ebenso Forscher und Analytiker wie Kämpfer und Stratege. Aber das traf auf alle 121 Trodar-Träger zu, jeder hatte nur ein anderes Mischungsverhältnis.

Achtunddreißig durchstreifte die Ruinen. Er untersuchte das uralte Gemäuer, stellte den Grad des Verfalls fest, die Zusammensetzung und Widerstandsfähigkeit des Materials.

Die Ureinwohner hatten für die Ewigkeit gebaut. Zwar waren Zwischenwände und Decken längst zu Staub zerfallen, die tragenden Teile würden indes den Planeten selbst überdauern. Wenn die Atmosphäre längst verweht oder zu Eis erstarrt war, würden die Bauten noch stehen und allen kosmischen Stürmen trotzen.

Nur die Baumeister dieser Zyklopenstadt hatten die Zeiten nicht überdauert. Wo waren ihre Grüfte, in denen die Gebeine ruhten? Wo hatten sie das Monument erbaut, in dem ihr kulturelles Erbe aufbewahrt wurde?

Das war der Schatz, den Achtunddreißig suchte.

Er fand ihn nicht, begegnete überall nur uralten Zeugen der Bauwerkskunst. Das verbindende technische Element schien längst verwittert zu sein.

Die Skeletträger bestanden alle aus einer Mischung aus Mineralien und Metall. Die Legierung war nur schwer zu analysieren. Entweder zerfiel sie während der Untersuchung zu Staub, oder sie wurde zu Antimaterie und explodierte. Mitunter wanderte sie einfach in fremde Dimensionen ab.

Mehr als diese Erkenntnis brachten die Analysen nicht ein. Achtunddreißig fand die Wahrheit nach Abschluss der Versuchsreihe: Die gesamte Technik der Zyklopen, wie er die Schöpfer der Zyklopenstadt nannte, war in die Skelette integriert. Es war Achtunddreißig möglich, die Zyklopenstadt zu rekonstruieren und im Geist in der Form zu sehen, die sie ursprünglich gehabt hatte.

Die Wände hatten nur ermöglich, dass sich die Individuen darin verkriechen konnten. Die Ureinwohner bewohnten nicht ihre Stadt, sondern füllten mit ihren wandelbaren Körpern die Lücken in den Skeletten aus. Und sie ließen in den so entstehenden Räumlichkeiten andere leben und profitierten von ihnen. Sie lockten Intelligenzwesen in ihre Stadt und führten auf deren Kosten ein Schmarotzerdasein.

Eine lebende Stadt, aber nur das technische Vermächtnis der Zyklopen blieb – und würde selbst den Sturm der Großen Horde überstehen.

Als Achtunddreißig das erkannte, beorderte er andere Trodar-Träger herbei. Gemeinsam bildeten sie eine Lebenszelle, wie sie vor urdenklichen Zeiten existiert haben mochte. Sie warteten ...

... auf den Ritter der Tiefe.

Es gab sechs Gruppen von Trodar-Trägern, und in jeder dominierte eine andere Hordentugend. Im hunderteinundzwanzigsten Trodar-Träger waren alle sechs Tugenden gleich stark vertreten.

Hunderteinundzwanzig fühlte sich deswegen nicht den anderen überlegen. Er hatte nur etwas andere Anlagen. Seine Fähigkeiten waren stärker und verfeinert.

Trodar war Hordenführer und Horde in einem.

Der 121. Trodar-Träger drang tiefer zum Herzen der Zyklopenstadt vor. Er gelangte in einen Sektor, der sich wesentlich von allen anderen unterschied. Zwischen den Trägern waren Trennwände aus einem wenig widerstandsfähigen Material errichtet. Eine Analyse zeigte, dass das Material höchstens 130 Jahre terranischer Zeitrechnung alt war. Warum Trodar terranische Maßstäbe anlegte? Das Material und die Einrichtung waren terranischer Abstammung.

Trodar 121 forschte weiter. Er fand Unterlagen und überaus persönliche Dinge, die aus dem Besitz eines Terraners stammten. Sein Name: Marcel Pradel.

Hunderteinundzwanzig fand auch die Überreste des Mannes. Es war nicht schwer, anhand der Spuren eine Rekonstruktion des Lebensträgers zu erstellen und ihn zu duplizieren. Die Unterlagen gaben Aufschluss über seinen Charakter und sein psychisches Spektrum, über seine Wünsche und Sorgen, sein Streben und Wollen – über Mängel und Stärken und die sehr persönlichen Eigenheiten.

Vor Trodar entstand ein widerwärtiges Geschöpf; es kostete ihn Überwindung, seine theoretischen Erkenntnisse in die Praxis umzusetzen. Welcher Kämpfer übernahm gern die Rolle eines Feiglings?

Marcel Pradel war ein Träumer, ein Mystiker und verschrobener Einzelgänger gewesen. Schwächlich und von unzulänglicher Konstitution, ein typischer Mensch und zugleich das Zerrbild eines solchen.

Trodar hielt ihn sich als Spiegel vor, und ein komplizierter und vergleichsweise langwieriger Prozess lief ab. Es war ein ähnlicher Vorgang wie jener, der aus dem Individuum Amtranik den multiplen Trodar gemacht hatte, nur lief er in umgekehrter Reihenfolge ab. Hunderteinundzwanzig wurde zu Marcel Pradel.

Das verwahrloste Camp wurde zum Tempel einer in Vergessenheit geratenen Mystik.

So bekam Pradels Stern neue Bedeutung. Die sterbende rote Sonne wurde zum Mittelpunkt des Universums, und in seinem Camp, in scheinbarer Meditation versunken, wartete Marcel Pradel ...

... wartete auf den Ritter der Tiefe.

Die Space-Jet zog enger werdende Kreise über dem Landegebiet der VAZIFAR. Jen Salik war vorsichtig und ständig auf einen Überraschungsangriff vorbereitet.

Trotzdem fand er Gelegenheit, auch die weitere Umgebung zu erforschen. Die VAZIFAR war auf einem Hochplateau gelandet, dahinter erhoben sich die Vier- bis Sechstausender eines Gebirgsmassivs, das entlang des Äquators verlief. Die Hochebene und die steilen Berghänge am Rand einer weiten Ebene waren ein einziges gewaltiges Ruinenfeld, aus dem die skelettartigen Überreste monumentaler Bauwerke aufragten.

Salik vermutete, dass sich die Bewohner der sterbenden Welt einst in lebensfreundlichere Gefilde zurückgezogen hatten. Die Zyklopenstadt war das einzige kulturelle Zeugnis einer hochstehenden Kultur auf Bruder Amos.

Salik fragte sich auch, wann diese Kultur verfallen sein mochte. War sie einst den Horden von Garbesch zum Opfer gefallen? Sein Ritterwissen gab ihm darüber keine Auskunft.

Dabei wäre es für ihn wichtig gewesen, zu wissen, ob Amtranik in einer Beziehung zu dieser Welt stand. Es gab nur diese Zyklopenstadt, eine spärliche Flora und eine ebenso karge Fauna. Die Tierwelt beschränkte sich auf eine Reihe von Insekten, die alle nicht flugfähig waren, und verschiedene Spezies von Riesenechsen. Der Kreislauf des Lebens war unterbrochen, irgendwann würden auch die letzten Tiere dieser Welt aussterben, und die Echsen waren am ärgsten bedroht.

Die Messungen ergaben, dass diese behäbigen Tiere weite Gebiete als Lebensraum beanspruchten, um sich ernähren zu können. Die Not machte sie zu Einzelgängern, die ihre Herrschaftsgebiete eifersüchtig auch gegen Artgenossen verteidigten. Tod und Leben lagen wohl nirgends sonst so dicht beieinander wie auf Bruder Amos: zu töten, um zu überleben – und gleichzeitig zu zeugen, um die Art zu erhalten. Der Überlebenskampf auf Bruder Amos lag in den letzten verzweifelten Zuckungen.

Bei dem Flaggschiff des Hordenführers Amtranik rührte sich nichts, alle Energiesysteme waren ausgeschaltet. Von der VAZIFAR drohte keine Gefahr. Damit wurde klar, dass Amtranik die Auseinandersetzung auf eine andere Ebene heben wollte. Nicht die Technik sollte ausschlaggebend sein, sondern die Fähigkeiten der Gegner selbst. Ein Kampf »Mann gegen Mann«.

Salik wurde klar, dass seine Vorsicht unbegründet war. In der Space-Jet hatte er keine Feindseligkeiten zu erwarten.

Er landete das Diskusschiff zwei Kilometer von der VAZIFAR entfernt in dem Ruinenfeld. Dabei machte er eine interessante Feststellung: Die Zyklopenstadt war nicht tot.

Marcel Pradel fiel ihm ein ...

Salik schaltete die Schiffsfunktionen aus und schwebte im zentralen Antigravschacht abwärts. Nahe der endgültigen Entscheidung hatte er keine Eile mehr. Die Impulse des Margor-Schwalls waren nicht mehr schmerzhaft, er empfand sie lediglich noch als Hintergrundrauschen. Dennoch machte er sich nichts vor: Ohne die Einflüsse der Paraplasmatischen Sphäre wäre er ein vollwertiger Ritter der Tiefe gewesen. Dabei musste er schon dankbar sein, dass er wenigstens von den »Migräne-Anfällen« verschont blieb, die ihm so schwer zugesetzt hatten.

Er betrat den Laderaum mit dem Shift. In dem Flugpanzer hatte er seine Ausrüstung zusammengetragen, die er für die bevorstehende Auseinandersetzung brauchte. Waffen, einen Kampfanzug, wissenschaftliches Gerät und Nahrungsvorräte. Er glaubte nicht, dass sich das Duell lange hinziehen würde. Trotzdem rechnete er nicht damit, zur MESSIER zurückzukehren.

Die Space-Jet konnte ihn jederzeit zur Provcon-Faust bringen.

Salik ließ den Shift aus der Ladeschleuse schweben und flog ins Ruinenfeld ein.

Wie schon beim Anflug ortete er eine schwache Energiequelle in der Tiefe der Zyklopenstadt.

Jen Salik flog mit dem Shift dicht über den Ruinen. So genoss er einigen Schutz, bot kein deutliches Ziel und hatte gleichzeitig einen guten Überblick. Er erreichte den Steilhang, über den sich die Zyklopenstadt in die

Tiefe erstreckte und mit ihren Ausläufern in die Ebene hinausgriff. Genau dort wühlte eine einzelne Riesenechse. Sie hob den kleinen Kopf und schien den Shift zu beobachten. Ihr krächzender Schrei gellte über die Ebene. Heißhunger und Wut paarten sich darin.

Salik folgte dem Gefälle der Zyklopenstadt. Als er die Ebene erreichte, landete er den Flugpanzer zwischen den Ruinen und ließ ihn auf den Raupenketten weiterrollen.

Brüllend trampelte die Riesenechse heran. Salik beschleunigte den Shift und fuhr einige Täuschungsmanöver, das Tier ließ sich nicht abschütteln.

Als die Echse nur noch hundert Meter hinter ihm war, bog der Shift in eine schmale Schlucht zwischen den hoch aufragenden Ruinen ein. Gleichzeitig löste Salik die Bugkanone aus. Eine Impulssalve traf die Basis eines Skelettturms und ließ ihn in sich zusammenstürzen, kaum dass der Shift vorbei war. Doch die Riesenechse erschien plötzlich vor dem Shift, sie hatte dem Panzer den Weg abgeschnitten.

Bevor Salik mithilfe der Antigravtriebwerke über die Echse hinwegsetzen konnte, bäumte sie sich auf den Hinterbeinen auf und versperrte den Weg. Salik aktivierte den Desintegrator, aber da war es bereits zu spät. Der Shift bohrte sich in den Leib des Tieres, schob den Körper einige Meter vor sich her und sackte dann zur Seite ab. Der Flugpanzer hatte sich mit dem Kadaver so verkeilt, dass Salik ihn nicht mehr anfahren konnte. Ihm blieb nichts anderes übrig, als auszusteigen und das Tier mit seiner Handwaffe zu zerstrahlen.

Noch während er sich aus dem Pilotensessel erhob, wurde das Tier von einer Explosion förmlich zerfetzt. Ein großes Loch klaffte plötzlich in der Frontpartie des Shifts. Salik war es zwar noch gelungen, den Schutzschirm seines Kampfanzugs einzuschalten, dennoch schleuderte ihn die Druckwelle aus dem Cockpit in den Verbindungsgang. Er raffte sich auf, stürzte ins Freie und ging sofort in Deckung.

Eine weitere Attacke blieb aus.

Die Riesenechse war geradezu atomisiert worden. Eine Untersuchung der spärlichen Reste ergab, dass sich darunter Spurenelemente einer unbekannten Metalllegierung befanden. Das überraschte Salik nicht, denn letztlich wies das Verhalten des Tieres darauf hin, dass es beeinflusst und manipuliert worden war. Jemand musste es auf seinen Shift angesetzt und ihm befohlen haben, das Fahrzeug zu zerstören.

Die Frage nach der Identität des Fadenziehers im Hintergrund konnte sich Salik leicht beantworten.

Für ihn hatte das Duell gegen Amtranik begonnen.

Obwohl keine unmittelbare Bedrohung bestand, entfernte Salik sich von dem Wrack des Shifts. Er nutzte das Flugaggregat seines Kampfanzugs, um tiefer in die Zyklopenstadt hineinzufliegen. Dabei schaltete er seinen Schutzschirm wieder aus, um nicht für jede Ortung sofort erkennbar zu sein.

Jen Salik spürte die Nähe des Hordenführers fast körperlich. Nur konnte er den Standort des Garbeschianers nicht erkennen – Amtranik schien überall um ihn zu sein. Salik schrieb das seinem gestörten Ritterstatus zu, war aber dennoch zuversichtlich.

Die Zyklopenstadt bot einen trostlosen Anblick. Nichts von der Technik ihrer Erbauer schien die Zeit überdauert zu haben.

Salik fühlte sich wie in einem Labyrinth. Bald drang das Licht der roten Sonne nicht mehr bis zu ihm vor, und er schaltete seinen Helmscheinwerfer ein. Das konnte er riskieren, denn bevor Amtranik auf Sichtweite kam, würde er es wissen.

Plötzlich sah er vor sich eine Bewegung. Im gleichen Moment verstärkte sich das Gefühl von Amtraniks Nähe.

Salik aktivierte seine Waffen. Er konnte das gesichtete Objekt kurz anpeilen, verlor es aber sofort wieder aus seinem Bereich. Es war klar, dass seine Ortung neutralisiert wurde.

Amtranik ist mir waffentechnisch überlegen, dachte Jen Salik. *Er wird auch als hervorragender Stratege gerühmt. Ich kann gegen ihn nur mein Ritterwissen ins Feld führen, aber das ist arg strapaziert.*

Wieder eine verschwommene Ortung. Im Scheinwerferlicht erschien ein kleines keilförmiges Flugobjekt zwischen den Ruinen. Salik feuerte, und das Objekt explodierte.

Sekundenlang überlagerte die Streustrahlung den Nahbereich, sodass Salik keine Ortungsanzeigen mehr bekam. Als zwischen den Ruinen weitere unbekannte Objekte auftauchten, glaubte er, Amtraniks Taktik zu durchschauen. Der Hordenführer hatte einen Roboter geopfert, um die eigentliche Kampftruppe unbemerkt heranzubringen.

Keines der Objekte ähnelte einem anderen. Manche staksten auf stelzenartigen Beinen, andere schwebten auf Prallkissen oder rollten auf Rädern und Raupenketten. Während Salik die Eigenheiten seiner Gegner in sich aufnahm, eröffnete er das Feuer. Die Roboter erwiderten es sofort.

Salik hob mithilfe seines Flugaggregats mit starker Beschleunigung vom Boden ab. Dem Inferno, das plötzlich genau da tobte, wo er sich eben noch befunden hatte, entging er um Haaresbreite.

Die Roboter setzten nach, Salik musste den Schutzschirm aufrechterhalten. Ein scheibenförmiges Flugobjekt stieß auf ihn zu. Aus dem flachen Gebilde schoben sich feine stachelförmige Antennen heraus. Aus ihren

Spitzen entluden sich grünliche Blitze, die sich ausdehnten und eine leuchtende Aureole bildeten, die auf ihn zutrieb.

Panikstrahlung!, registrierte Salik.

Er flog höher, um dem Psycho-Statikfeld zu entkommen, das sogar seinen Schutzschirm durchdrungen hätte. Als er über sich ein Stück des düsterroten Himmels sah, warf er eine der mitgeführten Minigranaten und beschleunigte mit Höchstwert. Er stieß durch eine Lücke zwischen den Skelettbauten und schwenkte ab.

In dem Moment wurde die Zyklopenstadt von der Explosion erschüttert. Salik flog weiter und ging erst mehrere Kilometer weiter westlich in den Ruinen nieder. Hier spürte er weder Amtraniks unmittelbare Nähe, noch ortete er einen der Roboter.

Salik landete auf der Verdickung eines Skelettturms, wo sich ein halbes Dutzend Verstrebungen trafen und wie abgebrochene Rippen ins Leere ragten. Die Höhenmessung ergab zwei Kilometer über dem Bodenniveau. Nach dieser Ortsbestimmung schaltete er alle Funktionen des Kampfanzugs ab und öffnete den Helm.

Es war Zeit, dass er umdachte.

Jen Salik war zu der Erkenntnis gekommen, dass die Roboter, die Amtranik einsetzte, nicht garbeschianischen Ursprungs sein konnten. Im Kampf gegen die Horden von Garbesch hatte kein Ritter der Tiefe je mit solchen Konstruktionen zu tun gehabt.

Demnach musste Amtranik ein Arsenal der Ureinwohner entdeckt und die Waffen daraus für seine Zwecke eingesetzt haben. Damit konnte er selbst einen Ritter der Tiefe überraschen.

Entweder musste Salik einen Weg finden, Amtraniks Helfer auszuschalten. Oder er suchte nach dem Arsenal, um den Hordenführer mit dessen eigenen Waffen zu schlagen. Was Amtranik gelungen war, nämlich die fremden Roboter in seinem Sinn zu programmieren, traute er sich ebenfalls zu. Ein Teil von ihnen war gewiss in der Explosion vergangen, aber er hatte keine Ahnung, wie viele Amtranik noch zur Verfügung standen.

Die Sonne ging unter, die Nacht kam. Sie war hell und sternenklar. Salik begann mit dem Abstieg über den skelettartigen Turm, doch sehr schnell gab er dieses Unterfangen wieder auf. Die geringe Schwerkraft von 0,72 Gravos begünstigte ihn zwar, und die Ausbuchtungen und Vertiefungen der Ruine boten ihm guten Halt. Aber der Kampfanzug war einfach zu plump und schwer, sodass er schließlich doch den Antigrav zu Hilfe nahm. Das erhöhte zwar die Ortungsgefahr, aber er vergeudete seine Kräfte nicht. Salik drosselte die Energiezufuhr auf ein Minimum und schwebte langsam in die Tiefe, bis er das Gewirr von Verstrebungen erreichte und über diese seinen Weg fortsetzen konnte.

Er befand sich nun achthundert Meter über dem Bodenniveau, sank jedoch nicht tiefer. Die Ortung zeigte, dass er sich auf gleicher Höhe mit einer Energiequelle befand, die in nördlicher Richtung lag. Da er keinen anderen Bezugspunkt hatte, näherte er sich ihr.

Amtranik war gegenwärtig.

Etwa fünfhundert Meter war die Energiequelle entfernt. Je näher Jen Salik ihr kam, desto deutlicher wurde sie für ihn. Er empfing jedoch keine verstärkte Ausstrahlung des Hordenführers.

Nach wie vor beeinträchtigte die veränderte Strahlung des Margor-Schwalls sein Orientierungsvermögen. Einmal glaubte er, Amtranik sehr nahe zu sein, dann wieder schien der Gegner in weiter Ferne zu verschwinden.

Salik bewegte sich nun nicht mehr geradlinig auf die Energiequelle zu, sondern näherte sich ihr auf Umwegen. Er hatte Miniatursender ausgelegt, die Störsignale sandten. Die Hälfte davon war mit hochbrisanten Sprengsätzen versehen.

Salik nahm keineswegs an, Amtranik auf diese Weise besiegen zu können. Aber wenn Amtranik die auf ein Ortungssystem reagierenden Sprengsätze ungewollt zündete, würde ihn das zumindest aufhalten.

Salik legte gerade seinen letzten Störsender aus, da kam es hinter ihm zu einer Explosion. Zwei weitere folgten unmittelbar darauf. Da Amtranik nicht an drei Orten gleichzeitig sein konnte, schloss Salik, dass die Sprengsätze von Robotern gezündet worden waren.

Die Energiequelle lag nun vor ihm. Sie war nicht stark, hätte jedoch ausgereicht, einen kleineren Stützpunkt zu versorgen. Salik erkannte, dass es sich um einen herkömmlichen Kernfusionsreaktor handelte.

Wer mochte in dieser Zyklopenstadt ein solches Kraftwerk betreiben? Amtranik hatte wohl nichts damit zu tun. Er würde sich keiner solchen verräterischen Energiequelle bedienen. Von den Ureinwohnern konnte sie aber noch weniger stammen.

Salik entsann sich, was Ronald Tekener ihm über diesen Planeten erzählt hatte. War es möglich, dass Marcel Pradels Stützpunkt nach 130 Jahren noch intakt war, obwohl der Prospektor selbst schon tot sein musste?

Wer sagte, dass es den seltsamen Eremiten tatsächlich nicht mehr gab? Diese Welt war während der Wirren der Larenkrise in Vergessenheit geraten ...

Salik blieb stehen, als er die zwischen den skelettartigen Verstrebungen eingebettete Insel sah. In schwindelerregender Höhe, achthundert Meter über dem Boden, hatte jemand eine Oase erschaffen. Schlingpflanzen überwucherten die Skelettarme. Aus einer sichtbar dicken Humusschicht erhoben sich zwischen Farnen und Sträuchern verkrüppelte Bäume, und sie standen in voller Blüte, obwohl das Licht von Pradels Stern nicht bis in diese Tiefe vordrang. Salik lächelte, als er die drei Kunstsonnen sah, die hoch über der üppig grünen Insel hingen. Momentan waren sie abgeschaltet und deshalb in dem Gewirr sehr schwer zu entdecken.

Im Hintergrund, hinter Hecken halb verborgen, hing ein Gebäude wie ein abstraktes Wespennest. Ein schmuckes Pionierhäuschen mit einer von wildem Wein umrankten Pergola. Es war über eine künstlich aufgeschichtete Böschung zu erreichen.

Salik ging in Deckung, als zwischen den Büschen ein Mann erschien. Er kam aus der Richtung, aus der sich auch Salik dieser Oase genähert hatte. Dennoch hatte einer den anderen nicht bemerkt.

Der Mann trug eine ausgebleichte Kombination, die fast so alt wie er selbst sein musste – und er zählte zweifellos weit über 150 Jahre. Sein Gesicht war faltig und dunkel und wurde von einem dichten grauen Bart gerahmt.

Der Mann ging gebückt. Er hielt etwas in der Hand, was er eindringlich betrachtete, und immer wieder schüttelte er den Kopf.

Routinemäßig warf Salik einen Blick auf seine Ortungen – und erstarrte. Das Peilgerät empfing eine Impulsfolge, wie sie von seinen Störsendern ausgestrahlt wurde, um Amtranik abzulenken.

Der alte Mann musste einen solchen Sender und möglicherweise gar einen Sprengsatz gefunden haben – und nun trug er ihn arglos zu seinem Haus.

Ohne zu zögern, schaltete Salik seinen Antigravprojektor ein und schwebte auf den Eremiten zu.

»Das ist eine Bombe!«, rief er. »Legen Sie das Ding weg!«

Der Alte zuckte zusammen. Als er die Gestalt im Kampfanzug auf sich zukommen sah, ließ er den Störsender mit einem Aufschrei fallen und hastete zum Haus.

Salik landete neben dem im Gras liegenden Störsender und entschärfte ihn. Inzwischen war der Alte im Haus verschwunden. Sein zerfurchtes Gesicht erschien hinter einem der Fenster.

»Haben Sie keine Angst!«, rief der Ritter. »Von mir haben Sie nichts zu befürchten.«

Im Haus blieb alles ruhig. Eine ferne Explosion zeigte an, dass Amtraniks Roboter an einem weiteren Störsender gescheitert waren. Wie leicht hätte dasselbe mit dem Alten geschehen können, wenn er seinen Fund untersucht hätte.

Die Ortung zeigte in unmittelbarer Nähe nur den Fusionsreaktor. Roboter waren nicht in der Nähe. Salik näherte sich dem Haus. Der Alte verschwand hinter dem Fenster, tauchte aber gleich darauf hinter einem anderen auf.

Der Ritter betrat die Veranda. »Ich heiße Jen Salik und komme von Terra«, sagte er so laut, dass der Alte ihn hören musste. »Wer sind Sie?«

»Was geht Sie das an?«, erklang eine krächzende Stimme aus dem Haus. »Verschwinden Sie! Das ist meine Welt!«

»Empfangen Sie jeden Besucher so unfreundlich?« Als er keine Antwort bekam, wurde Salik energischer. »Kommen Sie heraus, Marcel Pradel! Oder soll ich zu Ihnen kommen?«

»Nicht im Kampfanzug!«, krächzte der Einsiedler. Panik schwang in seiner Stimme mit. »Woher wissen Sie überhaupt, wer ich bin?«

»Bruder Amos und Ihr Name sind nicht voneinander zu trennen.« Salik prüfte seine Ortung, fand aber keinen Hinweis auf eine nahe Bedrohung. Vielleicht war er in der Oase sicherer, als würde er sich in der Tiefe der Zyklopenstadt verstecken. Mit seiner Ortskenntnis konnte Pradel außerdem zu einem wertvollen Verbündeten werden.

»Ich lege meinen Kampfanzug ab!«, rief Salik. »Dann komme ich zu Ihnen.«

Schweigen antwortete ihm. Er zog den schweren Anzug aus und ging auf die Verandatür zu, da wurde ein Fenster aufgerissen. Ein Waffenlauf erschien in der Öffnung. Hinter Salik schlug ein Glutbündel in den abgelegten Kampfanzug ein.

»So«, sagte der Alte zufrieden und senkte den Lauf des Strahlers. »Nun habe ich mit Ihnen gleichgezogen und fühle mich bedeutend wohler.«

Salik war bestürzt. Da der Alte es nur auf seinen Kampfanzug abgesehen hatte, verzichtete er auf Gegenmaßnahmen. Der Kampfanzug wäre ohnehin auf Dauer unbrauchbar gewesen, vielleicht konnte er so wenigstens Pradels Vertrauen erringen.

Amtraniks Gegenwart wurde ihm wieder stärker bewusst.

Salik schritt über die Schwelle der Verandatür. Er bemerkte zu spät, dass Pradel seinen Standort gewechselt hatte und sich neben der Tür versteckte. Der Alte stieß ihm die Mündung des Strahlers in den Rücken.

»Bist du überhaupt ein Mensch?«, fragte Pradel.

»Wie soll ich das verstehen?«

»Ich könnte dir ein Loch brennen und dann feststellen, ob du statt eines Gehirns eine Positronik hast. Aber das ist nicht meine Art. Ich werde auch so mit dir fertig. Wenn sich mein Verdacht bestätigt, werde ich dich einfach umprogrammieren.«

»Welcher Verdacht?« Salik verstand den Alten nicht. Als Pradel ihn mit der Waffe bedrohte, hatte er sofort angenommen, dass der Alte ein Werkzeug Amtraniks sei. Aber hätte der Garbeschianer ihn nicht auf der Stelle töten lassen?

»Schau durchs Fenster!«, forderte der Alte ihn auf.

Salik kam der Aufforderung nach. Er sah, dass sich der Oase aus verschiedenen Richtungen die von Amtranik gesteuerten Roboter näherten. Einige schossen auf die Pflanzeninsel und entfachten eine Flammenhölle.

»Das sind auch meine Feinde!«, rief Salik.

»... wird sich herausstellen«, murmelte der Alte. »Wie auch immer, so kommt man mir nicht bei. Los, vorwärts!«

Er stieß Salik auf eine Wand zu, vor der plötzlich ein waberndes Transmitterfeld aufflammte. Bevor der Ritter seine Überraschung verwinden konnte, trieb ihn ein Stoß in den Rücken auf den Transmitter zu.

17.

Als Jen Salik die MESSIER verließ, hatte er keine Ahnung von der Anwesenheit zweier blinder Passagiere an Bord der Space-Jet.

Nun befanden sich Jennifer Thyron und Ronald Tekener ebenfalls auf dem zweiten Planeten von Pradels Stern. Bruder Amos bot sich ihnen so dar, wie er in den Unterlagen beschrieben war: als marsgroße Welt mit karger Flora und einer zum Aussterben verurteilten Tierwelt, die im Schein einer roten, sterbenden Sonne ihre Bahn zog. Die Atmosphäre war für Menschen gut verträglich, das Klima im Äquatorgebiet nicht zu kalt und auch ohne besondere Schutzkleidung zu überstehen.

Nach der Landung zwischen den Ruinen der Zyklopenstadt und kaum dass Jen Salik mit dem Shift verschwunden war, machte Ronald Tekener die Feststellung, dass sowohl Waffen als auch Raumanzüge verschwunden waren.

»Damit habe ich nicht gerechnet«, schimpfte er. »Jen hat alles von Bord geschafft, was er nicht selbst braucht.«

»Ich habe dich gewarnt«, sagte Jenny. »Er hat genau kalkuliert, was wir tun könnten.«

»Das richtet sich nicht gegen uns«, erwiderte Tekener. »Jen war sich seiner Sache absolut sicher. Ich denke, er hat alle überflüssige Ausrüstung von Bord geschafft, damit Amtranik nicht darauf zugreifen kann.«

»Und warum?«, fragte Jenny. »Was erwartet er von dem Garbeschianer?«

Tekener zuckte die Achseln. »Wir folgen ihm zu Fuß. In dem Labyrinth wird er mit dem Shift ohnehin nicht weit kommen.«

Sie verließen die Space-Jet. Die Luft war dünn. Unter einer größeren Schwerkraft wäre der Marsch durch die Zyklopenstadt beschwerlich gewesen, aber die 0,72 Gravos machten es erträglich.

Am Ende des Hochplateaus angekommen, sahen sie gerade noch, wie der Shift mit der Riesenechse zusammenstieß.

»Das Duell hat begonnen«, stellte Tekener fest.

Sie verloren Salik bald aus den Augen. Von Amtranik war ohnehin keine Spur.

»Der Hordenführer hat den Vorteil, dass er Zeit hatte, um Vorbereitungen zu treffen«, sagte Jennifer Thyron bekümmert.

Sie setzten ihren Weg durch die Zyklopenstadt fort, die sich über den steilen Hang in die Tiefe erstreckte. Der Abstieg war nicht beschwerlich, es gab unzählige begehbare Verstrebungen zwischen den Skelettpfeilern und auch immer wieder kühn geschwungene Brücken.

»Wie sollen wir die beiden aufspüren?«, fragte Tekeners Frau nach geraumer Zeit.

Wie zur Antwort erklangen aus der Ferne eine Reihe von Explosionen. In der dünnen Atmosphäre waren sie nur schwach zu hören.

»Die beiden machen auf ihre Weise auf sich aufmerksam.« Der Smiler schlug die Richtung ein, aus der die Explosionsgeräusche heranrollten.

Jennifer deutete in den purpurn verfärbten Himmel. Sie zeigte auf einen dunklen Punkt, der sich aus den Ruinen erhob.

»Jen Salik im Kampfanzug«, stellte Tekener fest. »Es hat allerdings auch etwas Gutes, dass wir praktisch mit leeren Händen dastehen. Wir können nicht geortet werden und unbemerkt eingreifen.«

Jennifer dachte an ihre Gespräche mit Salik, während sie die MESSIER besichtigt hatten. Ihr war das Genie mit dem Ritterstatus manchmal geradezu hilflos vorgekommen. Der Einfluss des veränderten Margor-Schwalls hatte Salik wieder zu einem Durchschnittsbürger gemacht, der mit dem latent in ihm vorhandenen Machtpotenzial wenig anzufangen wusste. Aber wie zerrüttet er auch erschienen war, Jen Salik hatte zugleich eine unerschütterliche Entschlossenheit gezeigt, bis zum Ende durchzuhalten.

Er würde sich selbst opfern, um anderen zu helfen. Vielleicht machte diese Eigenschaft letztlich den Ritter der Tiefe aus, Jenny wusste es nicht.

Hundertzwanzig Jahre lang hatte Salik ein Leben ohne Höhen und Tiefen geführt und dann für kurze Zeit einen unbeschreiblichen Höhenflug erlebt. Konnte er mehr vom Leben erwarten? Er hatte als Ritter der Tiefe seinen Zenit überschritten, nun befand er sich am Abstieg. War es so? Gehörte Märtyrertum tatsächlich zum Ritterstatus?

Jennifer wusste es nicht zu sagen. Jen Salik hatte sogar seine Überzeugung geäußert, dass er ein ferner Nachkomme Armadan von Harpoons sei, obwohl sich das weder genetisch noch genealogisch nachprüfen ließ.

Ein neuer Explosionsdonner schreckte sie auf.

Jennifer Thyron und Ronald Tekener hatten den Fuß des Bergmassivs fast erreicht. Pradels Stern ging unter, aber die Nacht wurden von Myriaden Sternen erleuchtet, die in der dünnen Atmosphäre zum Greifen nahe schienen.

»Hoffentlich erreichen wir Jen, bevor die Entscheidung fällt«, sagte Tekener.

Jennifer befürchtete, dass keiner der beiden Kontrahenten eine Einmischung zulassen würde. Sie sprach ihre Bedenken aus.

»Ich betrachte unsere Rolle mehr als die von Sekundanten«, erwiderte Tekener. »Aber auch Sekundanten können das Zünglein an der Waage sein. Im Übrigen habe ich gar nicht vor, Jen Hilfe anzubieten.«

Weitere Explosionen bestätigten, dass sie die richtige Richtung eingeschlagen hatten.

Tekener blieb dann so abrupt stehen, dass seine Frau gegen ihn stieß. Stumm blickte sie voraus.

Die Ruinen hatten sich gelichtet. Vor ihnen war ein weitgehend freies Feld, aus dem nur wenige Stützen aufragten. Ein einzelner Träger führte hier über die Kluft und mündete in ein dichtes Gewirr von Verstrebungen. Dazwischen hing, wie das Nest eines Riesenvogels, eine Insel aus blühenden Pflanzen. Aus ihnen erhob sich ein Gebäude.

Diese Oase inmitten der toten Zyklopenstadt wirkte überaus unwirklich. Erhellt wurde die Szene von flackernden Entladungen ...

»Wir sind zu spät dran!«, sagte Tekener. »Wir können nicht mehr eingreifen.«

Unterschiedlich große Flugkörper schwebten von allen Seiten heran. Keines dieser Objekte schien mehr als eineinhalb Meter zu durchmessen. Es waren Kampfmaschinen, und ihre Strahlenfinger entfachten eine Flammenhölle. Die Pflanzen verglühten. Ein greller Lichtblitz ließ das Haus aufbrechen.

Jennifer Thyron wandte sich geblendet ab. Als sie wieder hinsah, war alles vorbei. Kein Grün mehr, nur noch rauchende Trümmer. An einigen Stellen tobten noch Glutnester.

Die Kampfmaschinen verschwanden zwischen den Ruinen.

»War das die Entscheidung?«

Tekener verließ seine Deckung. Auf dem nur einen Meter breiten Träger überwand er den Abgrund. Jennifer folgte ihm. Doch von dem Gebäude waren nur verkohlte Reste geblieben.

»Das muss Pradels Klause gewesen sein«, vermutete Tekener. »Möglicherweise hat er sich Amtraniks Zorn zugezogen, weil er sich gegen ihn auflehnte. Oder er bot dem Ritter Unterschlupf an.«

Tekener durchsuchte die rauchenden Trümmer. Er hob einige halb geschmolzene Metallteile auf, untersuchte sie und wühlte weiter in den Trümmern. Er fand andere Fragmente, die sein Interesse erweckten, und betrachtete sie prüfend.

»Hier hat ein Kleintransmitter gestanden«, stellte er schließlich fest. »Vermutlich gibt es irgendwo in den Ruinen auch eine Empfängerstation.«

»Wenn Jen Salik hier war, besteht also die Chance, dass er sich in Sicherheit bringen konnte«, sagte Jenny hoffnungsvoll. »Aber wo sollen wir nun nach ihm suchen? Die Zyklopenstadt erstreckt sich kilometerweit entlang des Berghangs.«

»Vielleicht würden wir durch Zufall seine Spur wiederfinden«, entgegnete Tekener. »Aber besser, wir kehren zum Landeplatz zurück.«

Eine Weile standen sie nur da und lauschten. Über der Zyklopenstadt lastete unheilvolles Schweigen. Schließlich machten sie sich an den Aufstieg zur Hochebene.

Die erste Runde war an ihn gegangen. Aber Trodar machte sich nichts vor. Trotz dieses Teilsiegs war er noch weit vom Triumph entfernt. Wie harmlos Jen Salik sich auch gab und wie verwundbar er sich zeigte, das war nur Tarnung.

Als Trodar in der Maske Marcel Pradels mit der Waffe in der Hand seinem Erbfeind gegenüberstand, ließ er sich nicht provozieren, Salik einfach niederzuschießen. Und dafür waren zwei Gründe maßgebend. Zum einen, dass sein Gegner zweifellos gegen einen derart simplen Angriff abgesichert war; Salik hatte Sicherheitsmaßnahmen für viele Eventualitäten getroffen, auch oder gerade, wenn sie nicht sofort erkennbar waren. Zum anderen fand Trodar es unter seiner Würde, einen Ritter der Tiefe auf derart einfallslose Weise zu vernichten.

Trodar hatte sich einen Plan zurechtgelegt, wie er seinen Erzfeind raffiniert zur Strecke bringen konnte. Doch zuvor wollte er Salik erniedrigen und nachhaltig demütigen.

Das sollte Trodars Rache für die Schlappe sein, die er als Amtranik vor 1,2 Millionen Jahren erlitten hatte.

In der Maske Marcel Pradels fühlte er sich dieser Aufgabe gewachsen. Aber er vertraute nicht nur dem Augenschein, er musste zudem die psychologische Basis schaffen, um seine Rolle glaubhaft zu machen.

Deshalb nahm er nicht einfach mit Jen Salik Verbindung auf, sondern lockte ihn zu der Lebensinsel in den Ruinen. Prompt fiel der Ritter darauf herein, auch auf den Versuch, die Bombe näher in Augenschein zu nehmen. Trodar zweifelte nicht daran, dass Salik ihn von diesem Moment an für den Eremiten Pradel hielt. Er tat noch ein Übriges, um seine Position zu festigen, indem er mit dem Ritter durch ein Transmitterfeld floh und sich als Lebensretter in Szene setzte.

Das war sein erster Teilsieg. Nun konnte er die nächste Phase in Angriff nehmen.

»Du hast mir das Leben gerettet, Marcel«, sagte Jen Salik, das vertrauliche Du beibehaltend, mit dem der Eremit begonnen hatte. »Wieso hast du das getan, wenn du in mir eigentlich einen Roboter gesehen hast?«

»Ich wollte dich auf die Probe stellen«, sagte Trodar-Pradel. »Du hast sie bestanden.«

Der Ritter blickte sich um. »Wo sind wir hier?«

»Im Tempel des Lebens. Ich habe ihn an dieser Stelle errichtet, als ich herausfand, dass dies der Mittelpunkt allen Seins ist.«

»Ich kenne deine Lehren«, sagte Salik.

Pradel bedachte ihn mit einem misstrauischen Blick. »Aber du bezweifelst sie? So klingt das jedenfalls. Warum bist du dann überhaupt gekommen und hast meine Ruhe gestört?«

»Ich bin auf Bruder Amos verabredet. Hast du außer mir jemanden gesehen?«

»Seit deiner Ankunft tut sich einiges auf Bruder Amos, was mir missfällt.« Pradel seufzte schwer. »Du bringst den Tod mit dir. Meine grüne Klause ist nicht mehr, und ich habe keine Möglichkeiten, die Insel des Lebens wiedererstehen zu lassen.«

»Ich kann dir dabei helfen – wenn ich meine Mission erledigt habe.«

»Welche Mission?«

»Ich muss denjenigen, mit dem ich verabredet bin, besiegen. Sein Name ist Amtranik. Er ist ein durch und durch schlechtes und überaus gefährliches Geschöpf.«

»Also willst du kämpfen. Hier auf Bruder Amos?«

»Ich habe den Ort nicht ausgesucht, es hat sich so gefügt«, bemerkte Salik. »Wenn es nach mir ginge, würde ich die Auseinandersetzung an einen anderen Ort tragen. Vielleicht kannst du mir dabei behilflich sein.«

»Ich bin kein Soldat, sondern ein Bewahrer des Lebens.«

»Ich verlange nicht von dir, dass du für mich kämpfen sollst«, sagte der Ritter. »Das ist ausschließlich meine Angelegenheit, ich würde es auch keinem anderen erlauben. Aber du könntest mir Informationen geben. Keiner kennt diese Welt so wie du.«

»Was willst du wissen?«

»Hast du Informationen über die Erbauer der Zyklopenstadt?«, erkundigte sich der Ritter. »Gibt es in diesen Ruinen noch Zeugen ihrer Technik? Wissenschaftliche Geräte? Waffen?«

Trodar-Pradel fing an, unruhig auf und ab zu gehen. Dabei warf er in der Art eines wunderlichen alten Mannes immer wieder die Arme in die Luft und schlug die Hände zusammen. Sein Lachen dazu klang schrill.

Endlich blieb er stehen und betrachtete den Ritter der Tiefe. Salik hatte sich nicht von der Stelle gerührt. Er zeigte keine Gefühlsregung, nicht, ob er das Gelächter für die Äußerung eines Irren hielt, und ebenso wenig, ob er die Maske durchschaut hatte. Trodar-Pradel beschloss, sich zurückhaltender zu geben. Er durfte nicht übertreiben. Der kleinste Fehler konnte den Ritter der Tiefe misstrauisch machen.

Welche Trümpfe hatte Salik noch? Welche Waffen gaben ihm dieses unerträgliche Selbstvertrauen? Oder war er einfach nur ahnungslos? Trodar wollte sich auf diese Spekulationen nicht einlassen. Einen Ritter der Tiefe durfte er nie unterschätzen, selbst wenn dessen Niederlage scheinbar besiegelt war. Der Ritterstatus an sich war schon eine ungeheure Waffe, er formte aus Menschen Überwesen, wie man am Beispiel dieses schwächlichen Jen Salik sah.

Aber eigentlich war Salik kein anderer als Igsorian von Veylt. Das spürte Trodar; wenn er dem Ritter nahe kam, dann nahm er die Aura Igsorians wahr, und das durfte er nie vergessen.

»Warum lachst du mich aus?«, fragte der schmächtige Mann ruhig.

»Du willst Waffen von mir?« Trodar-Pradel seufzte. »Um Bruder Amos in Schutt und Asche zu legen?«

»Keineswegs«, behauptete der Ritter. »Ich will sie nicht einsetzen, ich will nur verhindern, dass mein Widersacher sich ihrer bedient. Vergiss nicht den Angriff der Roboter auf deine grüne Oase. Die Roboter, die das getan haben, stammen nicht aus Amtraniks Arsenal. Ich nehme an, dass sie von den Ureinwohnern geschaffen wurden. Habe ich recht? Du müsstest es mir sagen können.«

Trodar hätte triumphieren können. Jen Salik – oder war er doch viel mehr Igsorian von Veylt? – reagierte genau so, wie er es von ihm erwartete. Was für ein Narr war dieser Ritter doch. Er sah in den Trodar-Trägern Relikte der untergegangenen Kultur. Damit hatte Salik sein Schicksal praktisch schon besiegelt.

Oder ...? War Salik wirklich so ahnungslos, wie er sich gab? Hatte nicht Igsorian von Veylt in ihm die Wahrheit längst erkannt und ging nur zum Schein darauf ein? Weil er Trodar in Sicherheit wiegen wollte, um ihm dann, wenn er es am wenigsten erwartete, den Todesstoß zu versetzen?

Trodar-Pradel musste vorsichtig bleiben und auf jede List des Gegners gefasst sein.

»Das hast du richtig erkannt«, sagte er. »Diese zerstörerischen Roboter stammen aus den Arsenalen der Ureinwohner. Vor Jahren habe ich die Lagerstätten entdeckt, in denen jene unbekannten Wesen ihr Vermächtnis hinterließen. Tief unter der Planetenoberfläche existiert eine Art Museum, in dem sie Zeugnis für ihr Schaffen ablegten. Als ich das alles fand, war ich nahe daran, mich ihrer Technik zu bedienen. Ich habe es doch nicht getan. Dein Todfeind hatte diese Skrupel wohl nicht. Aber die einstigen Herren von Bruder Amos werden ihn dafür bestrafen.«

»Darauf verlasse ich mich nicht«, sagte Jen Salik. »Die Ureinwohner sind längst vergangen, sie können Frevlern nicht mehr schaden. Du solltest mir dieses Problem überlassen.«

Trodar taxierte den Ritter der Tiefe mit einem verächtlichen Blick. »Du glaubst mir nicht, dass die Ureinwohner ihre Macht noch ausüben können?«, rief er schrill.

»Du mystifizierst die Geister der Toten, Marcel, aber du kannst sie nicht heraufbeschwören«, antwortete Salik. »Wenn ich das glauben soll, musst du mir einen Beweis erbringen.«

»Das werde ich!«, rief Trodar. Er sammelte sich und fuhr bedächtig fort, jedes seiner Worte sorgsam wählend: »Die Ureinwohner sind nicht tot. Einige von ihnen haben die Jahrhunderttausende überdauert. Zu ihrem Museum gehört eine Lebenszelle, darin haben sie sich verewigt. Soll ich dich hinführen?«

»Ich bitte sogar darum.«

War es nicht seltsam, dass Trodar durch die Tatsache verunsichert wurde, dass er mit Jen Salik so leichtes Spiel hatte. Wachte mehr als die Aura Igsorian von Veylts über diesen schmächtigen Mann? Nachdenklich fragte sich Trodar, welche Waffen der Ritter zur Verfügung hatte.

Ein reizvoller Gedanke ergriff von ihm Besitz: *Stelle den Ritter, fordere die Entscheidung hier und jetzt!*

Aber das war zu riskant. Da Jen Salik ihm keinesfalls misstraute und ihn für diesen Irren Marcel Pradel hielt, würde er sich vielleicht doch eine Blöße geben.

Trodar-Pradel musste herausfinden, was der wunde Punkt des Ritters war. Das konnte er nur, solange er seine Strategie des Blendens und Versuchens weiterhin verfolgte.

»Folge mir!«, sagte Trodar.

Trodar-Pradel unterzog den Ritter der Tiefe einer weiteren Prüfung. Er rief ein halbes Dutzend seiner Träger und ließ sie einen Überfall vortäuschen. Jen Salik hatte seinen terranischen Kampfanzug verloren und war ungenügend mit herkömmlichen Waffen ausgerüstet. Bei der nächsten Bewährungsprobe würde er etwas von seinem Ritterpotenzial einsetzen müssen.

Trodar erhoffte sich davon wertvolle Erkenntnisse.

Sie waren schon einige Zeit unterwegs. Pradel ging voran und trug die veraltete Strahlwaffe. Salik besaß ein vielseitig einsetzbares Armbandgerät, das jedoch keine große Reichweite aufwies und zudem von den Magnetfeldern der Skelettkonstruktionen gestört wurde. Der Ritter konnte demnach feindliche Objekte erst orten, wenn sie beinahe schon auf Sichtweite heran waren. Sein Kombistrahler würde im Ernstfall gegen die Trodar-Träger nichts ausrichten können.

Trodar – der nicht nur in Marcel Pradel, sondern zugleich in allen anderen Trägern existent war – beobachtete den Ritter, während er angriff.

»Achtung!« Salik stellte sich mit dem Rücken zur Wand und hob seine Waffe.

»Was ist?«, fragte Pradel, der ebenfalls instinktiv Abwehrhaltung einnahm.

»Ich spüre, dass mein Feind näher kommt«, sagte der Ritter.

»Du spürst es?«, fragte Trodar, obwohl er das sehr genau wusste. Was er nicht verstand, war, dass Jen Salik nicht auch Marcel Pradel als Feind erkennen konnte. Trodar schrieb das dem Umstand zu, dass er sich als Pradel das Vertrauen des Ritters erschlichen hatte und Saliks Instinkt deshalb nicht zum Tragen kam.

Vielleicht spielte ihm die Aura Igsorian von Veylts auch nur etwas vor. Trodar traute dieser Kombination noch mehr zu als dem, zugegeben, schwer durchschaubaren Salik.

Trodar glitt in sechs seiner Träger näher. Er beobachtete ihre Annäherung durch Pradels Augen und sah durch die Träger-Sensoren sich selbst in Pradels Gestalt an Saliks Seite Kampfstellung einnehmen.

Der Ritter feuerte. Trodar flog mit seinen Trägern verwirrende Ausweichmanöver. Dennoch schoss Salik zwei Träger ab. Trodar spürte weder Schmerz noch Ärger. Damit hatte er rechnen müssen.

Die verbliebenen vier Träger griffen in Formation an. Trodar-Pradel eröffnete gleichzeitig das Feuer auf sie. Ein Träger wurde getroffen, aber dieses Opfer war Trodar die Sache wert. Er wäre zu noch größeren Opfern bereit gewesen, um den Ritter der Tiefe endlich zu durchschauen.

Aber Salik gab sich keine Blöße. Er trat den Rückzug an und verlangte von Pradel, er solle sein Heil ebenfalls in der Flucht suchen. Trodar ging ärgerlich darauf ein und schickte seine Träger wieder fort.

»Was bist du nur für ein Soldat, Salik«, sagte der Eremit abfällig. »Um ein Haar wäre es uns an den Kragen gegangen.«

»Manchmal braucht der Tüchtige das Glück«, entgegnete Jen Salik. »Das Blatt wird sich zu unseren Gunsten wenden, sobald wir die Lebenszelle der Ureinwohner erreicht haben.«

»Was erhoffst du dir Großartiges davon?«

»Wenn der Geist einiger Ureinwohner wirklich in einem Lebenserhaltungssystem verankert ist, werde ich überzeugend genug argumentieren, damit sie mich im Kampf unterstützen«, sagte der Ritter. Nach einer Weile fügte er hinzu: »Zumindest werde ich sie dazu bringen, Amtranik ihre Unterstützung zu entziehen.«

»Wir sind gleich da«, stellte Trodar fest. Er hoffte ebenfalls, dass sich bei der Lebenszelle Entscheidendes ereignen würde.

Die Rekonstruktion der Lebenszelle war ihm vortrefflich gelungen. Ebenso wie er von Marcel Pradel einen lebensechten Doppelgänger erschaffen hatte.

Trodar hatte viel über die Ureinwohner herausgefunden. Er wusste, dass sie ihre Stadt nur erbaut hatten, um Raumfahrer anzulocken. Die verbindenden Wände, die Böden der Räume und der Verbindungsgänge, nahezu alles bestand aus Plasma, in dem die vergeistigten Ureinwohner existierten. Sie führten ein Schmarotzerdasein.

Die Lebenszelle, die Trodar rekonstruiert hatte, bildete zwischen mehreren Skeletträgern ein wabenartiges Gebilde, das dem gleichen Zweck diente. Es hatte ihn nicht viel Mühe gekostet, das Plasma synthetisch zu erschaffen und durch vier seiner Träger zu steuern. Der ovale Zugang war mit der Funktion eines organischen Schließmuskels versehen, der sich in einem gleichbleibenden Rhythmus zusammenzog und wieder öffnete.

Jen Salik betrachtete das Gebilde staunend. Zumindest mimte er Erstaunen.

»Ist das ein Lebewesen?«, fragte er. »Oder handelt es sich gar um einen der Ureinwohner selbst?«

»Es muss einem Ureinwohner nachgebildet sein«, antwortete Trodar-Pradel. »Gewiss handelt es sich um ein synthetisch erschaffenes Gebilde. Ich habe es schon mehrmals betreten und Kontakt mit den konservierten Geistern aufgenommen. Sie ließen keinen Zweifel daran, dass sie organisch längst tot sind.«

»Also handelt es sich um die mentale Manifestation einer elitären Schicht?«, sagte der Ritter der Tiefe fasziniert. »Phantastisch. Kann ich die Lebenszelle ohne Weiteres betreten?«

»Du musst die größte Öffnungsphase abwarten, sonst wirst du wieder abgestoßen«, erklärte Trodar. »Ich zeige es dir.«

Marcel Pradel näherte sich dem Zugang, und als dieser die größte Ausdehnung hatte, trat er hindurch. Seine Erregung übertrug sich auf die Träger der Lebenszelle. Gleich würde sich herausstellen, ob er die zweite Phase seines Planes ebenfalls erfolgreich abschließen konnte.

Sobald Jen Salik die Lebenszelle betrat, würde er der Falle nicht so leicht wieder entrinnen. Er würde schon sein geballtes Ritterwissen einsetzen müssen.

»Phantastisch!«, murmelte der schmächtige Mann, als er die Wabe betrat.

Die Falle war zugeschnappt.

Wieder war Trodar versucht, die Maske fallen zu lassen und den Ritter zum offenen Schlagabtausch aufzufordern. Aber der ideale Zeitpunkt war noch nicht gekommen. Er musste die Rolle des Marcel Pradel weiterspielen und durfte seine gute Ausgangsposition nicht dem Aggressionstrieb opfern. Er war nicht irgendein zügelloser Krieger der wilden Horde, sondern Trodar, die Gesamtheit der Großen Horde und der Hordenführer selbst.

»Wie nimmt man Kontakt mit den Ureinwohnern auf?«, fragte Salik.

»Ich werde es dir zeigen!«

Amtranik mochte sich einige Waffen aus dem Arsenal der Ureinwohner beschafft haben. Aber wenn Salik die in der Lebenszelle manifestierten Geister für sich gewinnen konnte, würde ihm das einen großen Vorteil verschaffen.

Marcel Pradel verließ den ersten Raum durch einen weiteren stetig tätigen Zugang. Es kostete Jen Salik keine Mühe, dem Einsiedler während der nächsten Öffnungsphase zu folgen.

»Hier ist das Kommunikationszentrum.« Pradel deutete auf eine Wand der Lebenszelle, von der zu Bündeln vereinte Fasern hingen. »Es genügt, wenn man unter die Kommunikatoren tritt. Das sind sehr empfindliche Perzeptoren, die auf Gehirnimpulse im Verein mit akustischen Signalen reagieren. Du kannst meinem Beispiel unbesorgt folgen, ich habe die Kontaktaufnahme jedes Mal unbeschadet überstanden.«

Salik zögerte, als er sah, dass sich Faserbündel über Pradels Kopf legten und mit seinem Haar verwoben.

»Ich habe etwas gegen Gedankenkontrolle«, sagte er.

»Das hat mit Telepathie nichts zu tun.« Pradel lächelte aufmunternd. »Deine geheimen Gedanken bleiben diesen Perzeptoren verborgen. Sie erfahren nur, was du ihnen mitteilen willst. Dein Unterbewusstsein bleibt unberührt, und dein Geist ist die ganze Zeit über wach. Du kannst dich zwischendurch mit mir unterhalten, wenn es dir beliebt.«

Salik trat zögernd an die Wand. Sofort schwebten die Faserbündel empor. Wieder zögerte er, tat schließlich aber doch den entscheidenden Schritt. Die Berührung der Fasern auf seiner Kopfhaut verursachte ein Kribbeln.

Ich fürchte, dass ich im Begriff bin, eine Dummheit zu begehen, erkannte Salik. Er hatte eine unbestimmte Ahnung, die jedoch aus dem verschütteten Ritterwissen nicht den Weg in sein Bewusstsein fand.

Er schob seine Bedenken beiseite, weil er gar keine andere Wahl hatte, als diese Möglichkeit aufzugreifen. Wenn er sich die Technik der Ureinwohner nicht zunutze machen oder sie ausschalten konnte, war er verloren. *Ich bin ein Ritter der Tiefe,* sagte er sich.

»Hast du Kontakt?«, fragte Pradel.

Salik lauschte in sich hinein. Da waren keine fremden Gedanken.

»Wie nennen sich die Ureinwohner?«, fragte er.

»Ich habe ihren Namen nicht erfahren«, antwortete Pradel. »Ich nenne sie in ihrer Gesamtheit, weil ich sie als Kollektiv sehe, einfach Bruder Amos. Das gefällt ihnen.«

Hörst du mich, Bruder Amos?, dachte Salik. Sekundenlang wartete er vergeblich auf eine Antwort, dann stellte er seine Frage laut: »Hörst du mich, Bruder Amos?«

»Ah, ja ...«, hallte es verzerrt von den Wänden. Über den Faserbündeln hatten sich porenartige Öffnungen gebildet, die sich im Rhythmus der Laute bewegten.

»Ah, ja ...«, erklang es wieder. »... da ist ein Gast in der Stadt ... auf dass du dich wohlfühlst ... Komfort können wir dir leider nicht bieten, müder Wanderer ... Du weißt, die Zeit hat eine gar zerstörerische Kraft ...«

»Ich bin nicht hier, um mich auszuruhen.«

»... um zu forschen?«, hallte es in der Lebenszelle. »Was erforschenswert ist, haben wir hier. Es ist nicht genug geblieben, um für dein Wohlergehen zu sorgen, aber reichlich, um deine Neugierde zu befriedigen.«

»Ein Freund, der ständiger Gast auf Bruder Amos ist und mich hergeführt hat, sagte, dass es viele Zeugnisse eurer Technik gibt. Ich möchte sie sehen.«

»Ah, ja ...«

Salik wandte sich wieder an seinen Begleiter. »Wieso nimmt die Lebenszelle nicht Stellung zu meinen Wünschen? Habe ich etwas falsch gemacht?«

»Ganz und gar nicht«, sagte Pradel. »Bruder Amos gab dir seine Zustimmung. Er wird uns beide zur Technik seines Volkes führen. Wir befinden uns schon auf dem Weg ...«

»Das ist Manipulation!« Jen Salik riss sich gewaltsam von den Faserbündeln los. Ein stechender Schmerz unter der Schädeldecke ließ ihn aufschreien. Er taumelte zur gegenüberliegenden Wand und stützte sich mit einer Hand ab. Das nachgebende Plasma schloss sich um seine Hand. Heftig zog Salik den Arm zurück und griff nach dem Kombistrahler.

»Jen, nein!«, rief Pradel entsetzt. »Du darfst Bruder Amos nicht töten. Er ist der Letzte seiner Art.«

»Ich bin nicht bereit, mich einer Gedankenkontrolle auszusetzen«, sagte Salik.

»Kein Grund zur Panik.« Pradel löste sich langsam von den faserigen Perzeptoren. »Du siehst, es geht ebenso ohne Gewaltanwendung. Bruder Amos hört dich auch so, du kannst dich mit ihm unterhalten.«

»Wenn du mich hörst, Bruder Amos, dann verstehst du meine Warnung.« Salik hielt den Kombistrahler schussbereit. »Versuche nicht noch einmal, mich zu beeinflussen.«

»... zu deinem Wohl, nur zu deinem Wohl«, wisperten die Wandporen. »Wir wollen Zeugnis ablegen über den Werdegang eines Volkes, das in die Isolation geriet und deswegen zum Untergang verurteilt war ...«

Salik spürte einen Luftzug hinter sich. Als er sich umwandte, traf ihn ein Pseudopodium des Plasmas mitten ins Gesicht. Er konnte nichts mehr sehen und rang nach Atem. Für einen Moment fürchtete er, das Bewusstsein zu verlieren, aber da wurde sein Gesicht wieder freigegeben. Entsetzt stellte er jedoch fest, dass sein Körper in dem Plasma steckte.

»Kein Grund zur Panik«, sagte Pradel neben ihm. »Ich habe diese Prozedur schon oft über mich ergehen lassen. Bruder Amos will dich kennenlernen.«

»Du verstehst nicht, Marcel«, sagte Salik und kam sich dabei hilflos vor. »Bruder Amos hat dich in seiner Gewalt, du bist von ihm konditioniert worden.«

»Das ist doch Unsinn!« Pradel lachte spöttisch.

Salik wusste nicht, ob er sein Wissen über das Lebenskollektiv selbst bezog oder ob es ihm von seinem Ritterstatus offenbart wurde. Jedenfalls erkannte er die Wahrheit aus den Einzelheiten, die er von Pradel erfahren hatte, und aus seinen eigenen Beobachtungen.

»Diese Stadt war einst ein gigantisches Kollektivwesen, das ein Schmarotzerdasein auf Kosten jener führte, die sich hierher verirrten. Was von der Stadt übrig blieb und Assoziationen an ein riesiges Skelett weckt, ist tatsächlich nichts anderes als das Skelett des ursprünglichen Lebenskollektivs.«

»Das ist doch Unsinn«, widersprach der Eremit. »Es stimmt schon, dass Bruder Amos früher größer war und die ganze Stadt bevölkerte, sogar den gesamten Planeten. Er musste sich den Umweltbedingungen anpassen und sich auf diese Lebenszelle reduzieren. Das weiß ich längst. Aber Bruder Amos ist kein Schmarotzer – er ist die Urzelle des Lebens selbst.«

»Dann stelle Bruder Amos auf die Probe und verlange, dass er uns freilässt!«, forderte Salik.

»Er will uns nur kennenlernen ...«, murmelte Pradel verzückt.

Jen Salik schalt sich einen Narren. Er hätte sich nicht auf den Einsiedler verlassen dürfen und war an seiner Situation selbst schuld. Im Vollbesitz seines Ritterwissens wäre er nie in diese Lage geraten, doch momentan fehlte es ihm noch an der Übersicht. Zu spät rundete sich das Bild für ihn ab.

»Verstehst du denn nicht, was Bruder Amos wirklich ist?«, fragte Salik. »Er war ein Protoplasmawesen, das möglicherweise aus der Urzelle hervorging, aber dann mutierte. Zuerst hat es nahezu alles Leben dieser Welt absorbiert und das spärliche Potenzial in sich aufgenommen. Irgendwann sind ihm auf dem Planeten landende Raumfahrer zum Opfer gefallen. So hat das Kollektivwesen neues Wissen bekommen – und Intelligenz. Die Stadt entstand darauf ganz bewusst als Falle für andere Raumfahrer. Sie brachten Bruder Amos neues Wissen, und seine Intelligenz stieg. Er fing an, die technische Ausrüstung seiner Opfer in einem Arsenal zu horten. Was du als Museum bezeichnest, Pradel, ist nichts anderes als das Beutelager eines Parasiten.«

Salik machte eine kurze Pause. Da weder der Einsiedler noch das Lebenskollektiv reagierten, führte er seine Überlegungen laut fort: »Irgendwann geriet diese Welt in Isolation. Entweder stellten die raumfahrenden Völker sie unter Quarantäne, oder die Ursache dafür war, dass zu dieser Zeit die Horden von Garbesch über die Galaxis hereinbrachen. Denkbar ist natürlich auch, dass Armadan von Harpoon die Degeneration von Bruder Amos verursacht hat. Wir werden die Wahrheit wohl nie erfahren. Auf jeden Fall führte die Abgeschiedenheit dazu, dass sich das Lebenskollektiv zurückentwickelte auf eine einzige Lebenszelle.«

»Das glaube ich nicht«, widersprach Pradel. »Bruder Amos ist kein Parasit. Er hat sich immer vorbildlich verhalten.«

Salik hätte dem Einsiedler entgegenhalten können, dass er für das Kollektiv kein attraktives Opfer gewesen sei. Was hatte ein Eremit einem wissbegierigen Parasiten schon zu bieten?

»Bruder Amos, hörst du mich?«, fragte der Ritter.

»Wir haben deine Ausführungen gehört«, erklang es aus den Wandporen. »Du kommst der Wahrheit nahe, doch in entscheidenden Punkten sind deine Überlegungen falsch. Wir waren ein Volk aus vielen Individuen und haben uns erst später zum Kollektiv zusammengeschlossen. Ich ... Wir haben die Stadt zu unserem Gerippe gemacht, damit sie unsere Lebenszellen trägt. Am Anfang diente uns die Skelettkonstruktion nur für die Kommunikation und zur Fortbewegung. Aber das führte zwangsläufig zur Vermischung unserer Persönlichkeiten, und so war es ein ungewollter Prozess, dass wir uns nach und nach zur homogenen Einheit zusammenschlossen. Wir waren die Stadt! Als andere Intelligenzen kamen, boten wir ihnen Asyl. Wir lernten von ihnen und nahmen jene, die es wert waren, in unser Kollektiv auf. Was sie an Technik mitbrachten, betrachteten wir als Einstandsgeschenk. Wir feierten oft Vermählung mit Besuchern, aber wir suchten unsere Partner nur unter der Elite aus. Du, Jen Salik, wärest würdig ...«

»Was ist mit Amtranik?«

»Wenn du erst in uns aufgegangen bist, brauchst du ihn nicht mehr zu fürchten.«

»Ich fürchte ihn nicht«, sagte Salik. »Ich wäre bereit, mich euren Wünschen zu fügen, aber zuerst muss ich Amtranik besiegen. Bruder Amos, gib meinen Körper frei, dann komme ich freiwillig zu dir zurück.«

Die Lebenszelle schwieg.

»Das ist entsetzlich!«, rief Pradel. »Du hast recht, Salik, Bruder Amos ist ein Schmarotzer. Ich hätte das nie geglaubt.«

»Deine Erkenntnis kommt reichlich spät.« Angestrengt versuchte der Ritter, sich aus der Umklammerung des Plasmas zu befreien.

»Weißt du einen Ausweg, Jen?«, rief der Eremit. »Du musst etwas für unsere Rettung tun.«

»Ich ...« Salik verstummte sofort wieder. Deutlich spürte er Amtraniks Nähe. Der Garbeschianer war rings um ihn, und seine Ausstrahlung wurde intensiver, als ziehe sich seine geistige Schlinge immer enger um das Lebenskollektiv.

»Salik, unternimm etwas!«, schrie Pradel.

»Ich kann nicht«, presste der Ritter der Tiefe hervor. »Ich bin machtlos ...«

»Salik! Salik!« Pradels Stimme verriet seine Todesangst.

»Ich habe auf dich gebaut«, sagte Salik niedergeschlagen. Ihm war, als schlichen sich Amtraniks hasserfüllte, verderbliche Gedanken bereits in seinen Geist, um ihn im Würgegriff zu ersticken.

»Auf mich?«, fragte Pradel ungläubig.

»Du warst meine letzte Hoffnung«, gestand der Ritter. »Meine Macht ist erloschen. In mir ist etwas von einem Ritter der Tiefe, mehr noch, ich trage das Potenzial Igsorian von Veylts in mir ...«

»Dann benütze es!«

»Ich kann nicht«, stieß Salik hervor. »Alles, was meinen Status als Ritter der Tiefe ausmacht, ist verkümmert. Meine Sinne sind umnebelt, meine Macht ist in unerreichbare Tiefe verdrängt ...«

»Du muss an dein Wissen gelangen!«, schrie Pradel. »Konzentriere dich darauf, sonst ist es zu spät.«

Salik schüttelte den Kopf. Amtranik griff bereits nach ihm.

»Ich schaffe es nicht. Der Margor-Schwalls übt einen zerstörerischen Einfluss auf mich aus. Er verhindert, dass ich mein Ritterwissen einsetzen kann.«

»Das sind Ausflüchte, Jen Salik!«, rief Pradel. »Wenn es eine Rettung gibt, dann durch dich.«

Salik war kaum noch Herr über sich. Er erkannte, dass er Amtraniks stärker werdendem geistigen Zugriff ausgesetzt war.

»Es gibt keine Rettung«, ächzte er und stellte erstaunt fest, dass Pradel der Umschlingung des Plasmas entkommen war und nun vor ihm stand.

»Du bist ein Opfer des zweiten Walles?« Der Eremit starrte ihn ungläubig an. »Der Margor-Schwall, den Armadan von Harpoon gegen die Horden von Garbesch errichtet hat, wendet sich gegen seinen eigenen Orden?«

Salik blickte seinem Gegenüber ins Gesicht. Marcel Pradel war für ihn plötzlich nicht mehr der weltfremde Eremit. Endlich durchschaute er die Maske und erkannte Amtranik.

Salik konnte nicht anders, er lächelte.

»Jen Salik oder auch Igsorian von Veylt«, sagte Pradel hasserfüllt. »Du bist verloren – und mit dir alle, die hinter deinem Orden stehen. Wenn die Legende recht hat, dass mit dem Tod des letzten Ritters der Tiefe alle Sterne erlöschen, dann wird die Endzeit über dieses Universum hereinbrechen. Ich werde dich nämlich töten.«

Pradel betrachtete ihn lauernd. Es schien Amtranik zu irritieren, dass Salik unentwegt lächelte.

»Du bist verloren«, sagte der Hordenführer in der Maske des Einsiedlers nachdrücklich. »Oder hast du noch einen Trumpf auszuspielen?«

»Nein«, sagte Salik wahrheitsgetreu. Er war nun sehr ruhig. »Mich amüsiert nur, dass deine Anstrengungen, meiner habhaft zu werden, im Grunde genommen überflüssig waren. Ich war dir von Anfang an weit unterlegen. Aber es ehrt mich, dass du mich so überschätzt hast.«

Pradel stieß einen Wutschrei aus. Er riss sich die Biomaske herunter, bis nur mehr die Robot-Komponente übrig war.

Salik verfolgte es mit Gleichmut. »Dein Temperament geht mit dir durch, Amtranik«, sagte er spöttisch.

»Ich bin nicht mehr Amtranik«, schrie der 121. Trodar-Träger. »Ich bin Trodar, der Anführer der Großen Horde. Alles ist Trodar!«

Sogar das Plasma der Lebenszelle löste sich auf, bis nur noch die verschiedenartigen Trägerkörper übrig blieben.

»Diesen Aufwand war ich nicht wert«, sagte Jen Salik spöttisch.

Trodar war als Sieger aus dem Duell hervorgegangen. Dennoch hatte er sich vor dem Ritter der Tiefe zum Gespött gemacht, weil er seinen Feind maßlos überschätzt hatte. Er beruhigte sich nur langsam.

Gut, er hatte wegen seiner maßlosen Überschätzung des Gegners übertriebene Vorsichtsmaßnahmen ergriffen. Aber wie hätte er ahnen können, dass Jen Salik unter einem Schwund seines Ritterwissens litt? Es war fast unglaublich, dass sich die Wirkung des zweiten Walles gegen ihn wandte.

Letztlich hatte Trodar es doch nur seinen umfangreichen Vorbereitungen zu verdanken, dass er die Wahrheit über den Ritter der Tiefe erfahren hatte.

»Nur der Sieg zählt.« Trodar umkreiste mit den verbliebenen Trägern seinen Feind. »Ich werde meinen Triumph vervollständigen, Jen Salik. Nein, eigentlich bist du so sehr Igsorian von Veylt, wie ich Trodar bin«, sagte er, wie um sich selbst zu bestätigen. Er musste nur fest daran glauben, einen ebenbürtigen Gegner vor sich zu haben, um sich nicht selbst um den Erfolg zu betrügen.

Es befriedigte nicht, einen Gefangenen zu töten, der nur pure Hilflosigkeit war.

Trodar bestand nur noch aus 82 Komponenten. Alle anderen hatte er geopfert, fast umsonst, wie er nun wusste. Aber das war keine Schwächung. Trodar war mit 82 Trägern so stark wie mit 121.

Hätte er die Schwäche seines Gegners von Anfang an erkannt, wäre ein einzelner Träger mit dem Ritter fertig geworden. Diese Tatsache machte Trodar wütend, aber es war nicht mehr zu ändern.

»Du wirst um deinen Tod betteln«, sagte Trodar. »Ich will dich flehen und winseln hören, damit mir deutlich wird, welch erbärmliche Kreatur du bist, Jen Salik. Du wirst den Orden der Ritter der Tiefe der Lächerlichkeit preisgeben.«

Das war der Weg, den Trodar einschlagen musste, um Befriedigung zu finden.

»Wir gehen an Bord der VAZIFAR und fliegen in die Provcon-Faust«, sagte er. »Dort wird sich dein Schicksal erfüllen.«

18.

Die düsterrote Sonne ging hinter den bizarren Ruinen der Zyklopenstadt auf. Die VAZIFAR, das Schiff des Hordenführers Amtranik, lag noch im Schatten.

»Sieht ziemlich verlassen aus«, stellte Ronald Tekener fest. Aus der Deckung der verfallenden Gebäudeskelette heraus beobachteten er und seine Frau.

»Die Schlagkraft des Schiffes dürfte immer noch enorm sein«, bemerkte Jennifer Thyron.

Tekener lächelte sanft. »Genau das sollten wir ändern.«

»Bist du noch bei Trost?« Seine Frau blickte ihn entgeistert an. »Willst du die VAZIFAR mit bloßen Händen demontieren?«

Tekener sah sich um, dann huschte er weiter auf das gewaltige Schiff zu. Thyron folgte ihm eilig.

»Wir könnten Hilfe von der MESSIER anfordern«, überlegte der Smiler, als sie seitlich vor dem Schott anhielten. Immer noch war alles ruhig. »Aber eine Großaktion würde Amtranik nur vorwarnen ...« Er hatte die ganze Zeit über die Anzeigen seines Kombiarmbands nicht aus den Augen gelassen. »Die VAZIFAR ist völlig ungeschützt. Mit uns beiden rechnet niemand. Wenn wir überhaupt etwas für Jen Salik tun können, dann hier.«

Einige schnelle Schritte brachten ihn in die geräumige Schleusenkammer. Jennifer folgte ihm. Ihr war anzusehen, dass sie sich dazu überwinden musste.

»Wenn Amtranik an Bord kommt?«, raunte sie. »Der Zweikampf zwischen Jen und ihm kann sich jederzeit zur VAZIFAR verlagern.«

»Dann sind wir wenigstens schon an Bord«, erwiderte Tekener. »Keiner von beiden weiß, dass wir auf dem Planeten sind. Wir haben Handlungsfreiheit, die VAZIFAR ist ungesichert. – Sieh dir das an!«

Er hatte die Schleuse schon durchschritten und den angrenzenden quer verlaufenden Korridor betreten. Sein Ausruf galt dem ausgeglühten Wrack eines Roboters, das nur wenige Meter vor ihm lag. Unverkennbar, dass die Maschine nach Amtraniks Äußerem gestaltet gewesen war. Ihre Bruchstücke lagen weit verstreut.

Die Wände des Korridors zeigten die Spuren schwerer Strahlschüsse. Ein erbitterter Kampf war hier ausgetragen worden.

Tekener ließ die Armbandortung nicht aus dem Auge. Allerdings ergaben die Messungen keine besorgniserregenden Werte. Die Anlagen der VAZIFAR waren tatsächlich stillgelegt.

»Kann es sein, dass der Hordenführer die Kontrolle über sein Schiff verloren hat?«, fragte Jennifer nachdenklich. »Hat er alles in Trümmer geschossen?«

»Wohl nur die Roboter ...«

»Du meinst, die Maschinen könnten sich aufgelehnt haben?« Jennifer Thyron schüttelte den Kopf.

Der Eindruck blieb. Und es blieb still im Schiff. Sie fanden weitere Roboterwracks, aber keine toten Besatzungsmitglieder. In einigen Bereichen sah es aus, als hätte eine Kompanie von Raumsoldaten versucht, das Schiff zu zerlegen.

Ungehindert erreichten Tekener und seine Frau die Kommandozentrale.

Tekener widmete sich sofort den Konsolen.

»Alles tot, nichts reagiert«, stellte er nach einigen Minuten fest. »Ich bekomme zu nichts Zugriff. Da hilft nur eins ...«

»Einfach mit dem Brecheisen dreinhauen«, sagte Jennifer Thyron. Sie zog ihren Handstrahler.

»Exakt«, bestätigte Tekener lächelnd, während er ihrem Beispiel folgte. »Im Grunde genommen tun wir nichts anderes, als das von Amtranik angefangene Chaos zu vervollständigen. Unsere Waffen reichen aus, hier in der Zentrale solchen Schaden anzurichten, dass die VAZIFAR ohne größere Reparaturen nicht mehr starten kann.«

Die beiden begannen mit ihrem Zerstörungswerk.

Trodars 82 verbliebene Trägerkörper befanden sich mit dem gefangenen Ritter der Tiefe auf dem Rückweg zur VAZIFAR, als sie Aktivitäten an Bord registrierten. Eine Reihe schwacher Energieentladungen wirkte sich zerstörerisch aus.

Alle Systeme des Schiffes waren abgeschaltet. Demnach konnten die Zerstörungen nur durch Fremdeinwirkung verursacht werden.

»Warum hast du mir verschwiegen, dass deine Orbiter in mein Schiff eindringen, um Sabotage zu betreiben?«, herrschte Trodar den Besiegten an.

»Ich bin allein nach Bruder Amos gekommen«, erwiderte Jen Salik. »Ich habe keinen Orbiter.«

»Als was bezeichnest du den Vario?«

»Er ist auf Martappon zurückgeblieben.«

Trodar konnte sich vor Wut kaum halten. »Wer zerstört dann mein Schiff? Das geschieht in deinem Auftrag!«

»Nein«, sagte Salik. Er befand sich in Trodars Gewalt. Obwohl er sich scheinbar frei bewegen konnte, war er nicht in der Lage, eigenständig zu handeln. Salik hatte nicht einmal die Möglichkeit, seine geheimsten Gedanken für sich zu behalten.

»Es könnte jedoch sein, dass Ronald Tekener und seine Frau Jennifer heimlich mit mir gekommen sind. Die beiden wurden mir vom Ersten Terraner Julian Tifflor als Bewacher zur Seite gestellt. Eine andere Erklärung habe ich nicht.«

In seinem Zorn ließ Trodar einen seiner Träger mit Schockstrahlen auf den Ritter schießen. Salik wimmerte vor Schmerz, sein Körper zuckte unkontrolliert.

»Das war die Strafe dafür, dass du mir Informationen vorenthalten hast.«

Trodar schickte mehrere Träger voraus. Schnell näherten sie sich dem Flaggschiff auf der Hochebene. Mittlerweile kam es zu keinen weiteren Energieentladungen mehr.

Die Feinortung zeigte, dass in der Zentrale irreparable Schäden vorlagen. Die VAZIFAR war nicht mehr flugtauglich. Trodar blieb nur die Möglichkeit, den Flug zur Provcon-Faust mit einem der Beiboote fortzusetzen.

Aber wo waren die Saboteure?

Trodars Träger schwärmten in die Umgebung des Landeplatzes aus. Wenn die Angreifer noch an Bord des Schiffes waren, konnten sie nicht entkommen. Falls sie sich schon in den Ruinen versteckten, würde er sie aufspüren.

Unvermittelt kam die Ortung eines kleineren Flugobjekts. Schon im nächsten Moment erschien ein kleines Diskusraumschiff über den Ruinen. Es näherte sich der VAZIFAR. Trodar erkannte den Flugkörper als eine terranische Space-Jet.

Der Diskus eröffnete das Feuer auf die VAZIFAR. Trodar fand nicht die Zeit für Gegenmaßnahmen. Er konnte seine Träger nur noch in den Schutz der Ruinen zurückweichen lassen und beschränkte sich aufs Beobachten.

Die Insassen der Space-Jet nahmen ausschließlich die Beiboothangars unter Beschuss. Sie zerstörten zuerst die Schotten und feuerten dann ins Innere der Hangars. Immer mehr Explosionen im Schiffsinnern ließen erkennen, dass ein Beiboot nach dem anderen vernichtet wurde.

Im ersten Zorn wollte Trodar die Space-Jet abschießen, es wäre einem halben Dutzend seiner Träger ein Leichtes gewesen, das zu tun. Doch sofort siegte sein strategisches Denken.

War die Space-Jet nicht ein besseres Fluchtfahrzeug als jedes Beiboot der VAZIFAR? Ein terranisches Raumschiff war unauffällig. Außerdem gehörte die Space-Jet zu einem größeren Schiff. Aus den Gedanken des Ritters wusste Trodar einiges über das Mutterschiff, den 1500-Meter-Kugelraumer MESSIER.

Der Zorn der Trägerkörper verflog. Trodar konnte der Zerstörung der VAZIFAR plötzlich emotionslos zusehen.

Die VAZIFAR wurde von einer letzten heftigen Explosion erschüttert. Die Angreifer zogen sich zurück und landeten mit der Space-Jet ein Stück weit entfernt. Allem Anschein nach hatte das Schiff zuvor schon dort gestanden. Trodars Vorhut bezog in der Nähe Beobachtungsposten.

Alle Träger, die mit dem besiegten Ritter zu tun hatten, änderten die Richtung und näherten sich ebenfalls dem Landeplatz der Space-Jet.

Salik hatte sich von den Schocktreffern so weit erholt, dass er wieder ansprechbar war. Trodar entließ ihn aus dem Fesselfeld, in dem er ihn transportiert hatte.

»Die Zerstörung der VAZIFAR bedeutet keinen Verlust für mich«, erklärte Trodar-Pradel seinem Gefangenen. »Die Space-Jet ist ein willkommener Ersatz. Wir werden mit ihr zum Mutterschiff fliegen und das Kommando über die MESSIER übernehmen. Was hältst du von meinem Plan, Ritter?«

»Er taugt nichts«, antwortete Salik wahrheitsgetreu, er konnte gar nicht anders. »Sobald du dich der Space-Jet näherst, wird Tekener dich unter Beschuss nehmen. Solltest du dennoch an Bord gelangen, musst du die Kontrollen beim Einschleusen ins Mutterschiff über dich ergehen lassen. Gib das Vorhaben auf, es hat zu viele Risikofaktoren.«

»Keineswegs«, sagte Trodar. »Ich muss den Plan nur etwas abändern. Ich gebe dich zum Schein frei. Du wirst zu dem Diskusschiff zurückkehren und die Besatzung von Bord locken. Sag einfach, dass du mich besiegt hast. Diese Narren werden nicht daran zweifeln und zur MESSIER zurückkehren.«

»Auch diese Variante ist unsicher«, erklärte Salik. »Du bestehst aus zu vielen Komponenten, du kannst nicht alle unbemerkt auf der Space-Jet verbergen.«

»Wer sagt, dass ich vollzahlig an Bord gehen will? Ich kann mich auf weit weniger Träger reduzieren, ohne meine Kampfkraft einzubüßen. Ich werde mich sogar teilweise selbst zerstören, und du wirst das als dein Werk ausgeben. Ein genialer Plan.«

»Er hat sehr gute Erfolgschancen«, gestand Jen Salik.

Er hatte kaum ausgesprochen, da beschleunigte einer der Trägerkörper und prallte gegen die nächste Ruine. Der Träger explodierte beim Aufprall.

Sofort danach sonderte Trodar zehn Träger ab und nahm sie mit den anderen Komponenten unter Beschuss. Der Reihe nach wurden sie von gewaltigen Explosionen zerrissen.

»Das ist völlig unerheblich«, erklärte Trodar seinem Gefangenen. »Ich bleibe unbesiegbar.«

Fünfzehn Träger verglühten nahezu gleichzeitig. Zurück blieben nur Fragmente, die auf einen heftigen Kampf schließen ließen.

»Jetzt erfülle deine Aufgabe, Ritter!«, befahl Trodar. »Lass dich in der Space-Jet als Sieger feiern. Ich sorge für die Begleitmusik.«

Trodar opferte noch ein Dutzend seiner Träger und gleich darauf ein weiteres. Als Jen Salik schließlich den Landeplatz der MES-Space-Jet-13 erreichte, war das multiple System Trodar nur noch in vierzehn Komponenten vertreten.

»Der Kampf scheint in eine entscheidende Phase getreten zu sein«, stellte Jennifer Thyron mit sorgenvollem Blick auf die Instrumente der Space-Jet fest. »Das Geschehen verlagert sich ziemlich rasch in unsere Richtung.«

Tekener schaltete den HÜ-Schirm ein. »Damit wissen wir wenigstens, dass Jen noch lebt«, sagte er lakonisch.

Sie sahen es zwischen den Ruinen aufblitzen, doch selbst in der optischen Vergrößerung waren die Duellanten nicht aufzuspüren.

»Amtranik muss vor Wut außer sich sein«, sagte Tek. »Sollte er Jen besiegen, wird er versuchen, unsere Space-Jet zu kapern.«

»Es scheint vorbei zu sein«, bemerkte Jenny wenig später, nachdem schon Minuten seit der letzten Detonation verstrichen waren. »Entweder ist die Entscheidung gefallen, oder die beiden lecken erst einmal ihre Wunden. Nein, ich meine es nicht wörtlich«, fügte sie hinzu, als Tekener sie durchdringend musterte.

Minuten verstrichen, ohne dass der Kampf wieder begonnen hätte.

»Jen kommt!«, rief Jennifer Thyron erleichtert aus, als hinter einem der bizarren Skeletttürme eine schmächtige Gestalt auftauchte. Es war unverkennbar Salik. Die Kombination hing ihm in Fetzen vom Leib. Er bewegte sich unsicher, taumelte und suchte vorübergehend nach einem festen Halt.

»Er ist verwundet!«

Tekener nickte stumm. Er schaltete eine Strukturlücke im Schutzschirm und verließ die Kommandokuppel. Jennifer sprang hinter ihm in den Antigravschacht.

Beide konnten es kaum erwarten, dass sich die Luftschleuse öffnete.

Der Ritter hatte sich nicht mehr auf den Beinen halten können. Er war zusammengebrochen. Tekener erreichte die reglos daliegende Gestalt zuerst.

»Es ist nicht so schlimm, wie es aussah«, erklärte er nach einer schnellen Untersuchung des Bewusstlosen. »Jen hatte wohl ziemlich großes Glück. Nur ein paar Schrammen und Schürfwunden ...«

Als sich Jennifer Thyron über den Verwundeten beugte, öffnete er die Augen. Nach einem kurzen verwirrten Zögern zeichnete sich Erkennen in Saliks Gesicht ab. Er lächelte schwach.

»Ich ... habe gesiegt«, brachte er hervor. »Es gibt keinen ... Hordenführer mehr.«

»Gratuliere«, sagte Tek anerkennend. »Wir bringen dich in die Space-Jet – und dann ab zur MESSIER, die Krankenstation wartet.«

Salik schnaufte. Ein dankbares Nicken, dann schloss er wieder die Augen.

Tekener trug ihn zum Beiboot. Während seine Frau sich um den Ritter kümmerte, der bereits vor Erschöpfung eingeschlafen war, startete er. Nichts und niemand versuchte, die Space-Jet am Boden festzuhalten.

Schnell ließ der Diskus die Atmosphäre hinter sich.

Jennifer kam. »Er schläft fest!«, rief sie ihrem Mann zu. Augenblicke später schaltete sie eine Funkverbindung zur MESSIER und kündigte den Hangareinflug an.

Unvermittelt mischte sich eine weibliche Stimme ein. »Hier ist Entwicklungshelferin Bedomo. Haben Sie den Verbrecher an Bord?«

»Falls Sie damit Jen Salik meinen ... Wir bringen ihn nahezu unversehrt zurück«, antwortete Thyron.

»Das ist gut«, sagte Gail Bedomo. »Ich werde dafür sorgen, dass ihr Schützling wegen Meuterei zur Verantwortung gezogen wird. Sie wissen, dass er die gesamte Mannschaft mit Schlafgas betäubt hat?«

Wortlos schaltete Jennifer ab.

»Bedauerlich, dass Jen für diesen Giftzwerg kein wirksameres Gas verwendet hat«, sagte Tekener. »Diese Frau wird uns noch Schwierigkeiten machen.«

»Nimmst du ihre Drohung mit der Anklage tatsächlich ernst?«, wunderte sich Jenny.

»Natürlich nicht«, antwortete Tekener. »Aber du weißt, dass ihr Ziel Zwottertracht ist. Wir haben plötzlich andere Pläne. Nachdem Jen den Hordenführer ausgeschaltet hat, wird er schnellstens nach Martappon zurückwollen, um die Orbiter wieder unter Kontrolle zu bringen.«

»Daran habe ich nicht mehr gedacht«, gab Jennifer zu. »Vierzehn Tage hatte Jen Zeit. Ja, Gail wird damit nicht einverstanden sei. Aber sie wird sich fügen müssen. Es sei denn, wir wechseln das Schiff.«

»Natürlich wäre das denkbar. Aber warum sollten wir?« Tekener grinste anzüglich.

Zugstrahlen erfassten die Space-Jet und setzten sie im Hangar ab. Medoroboter kamen an Bord, um Jen Salik zur Krankenstation zu bringen. Als die Roboter ihn abtransportierten, winkte der Ritter Tekener zu sich.

»Es bleibt bei dem ursprünglichen Ziel«, sagte er leise. »Ich muss in die Provcon-Faust!«

»Das verstehe ich nicht, Jen«, sagte Tekener, als er Salik zwei Stunden später in der Krankenstation aufsuchte. »Was willst du jetzt noch in der Provcon-Faust? Oder bist du dir nicht sicher, den Hordenführer vernichtend geschlagen zu haben?«

»An meinem Sieg ist nicht zu rütteln.« Der Ritter der Tiefe lächelte sanft. Er hatte sich überraschend schnell erholt, trotzdem ließen die Ärzte ihn noch nicht zur Tagesordnung übergehen. »Amtranik wurde vernichtet.«

»Dann ist es mir erst recht ein Rätsel, wieso du trotzdem in die Provcon-Faust willst. Ich habe angenommen, dass es dich nach Martappon ziehen würde.«

»Eben deswegen«, betonte Salik. »Solange der Margor-Schwall die negative Wirkung auf mich hat, würden die Orbiter meinen Ritterstatus auch weiterhin nicht anerkennen.«

»Der Sieg über Amtranik hat nichts daran geändert?«, fragte Tekener.

Salik schüttelte den Kopf. »Ich muss in die Provcon-Faust, um den Margor-Schwall zu untersuchen. Vielleicht finde ich auf Zwottertracht heraus, was sich so nachteilig auf mich auswirkt. Und falls du daran zweifelst, Tek: Ich fühle mich durchaus in der Lage, die richtige Entscheidung zu treffen. Ich bestehe darauf, in die Provcon-Faust gebracht zu werden! Lass mich jetzt allein, Tek.«

Der Smiler verließ ohne ein weiteres Wort das Krankenzimmer.

Jen Salik schaute Tekener noch hinterher, dann ließ er sich kraftlos zurücksinken. Seine Miene wurde ausdruckslos. Es war, als sei ein Schauspieler nach seinem Auftritt von einer Bühne gegangen und streife seine Maske ab.

Der Medoroboter, der sich derzeit unauffällig im Hintergrund gehalten hatte, kam nun heran.

»Du hast dich gut gehalten, Igsorian«, sagte die Maschine. »Nur zum Schluss hast du dich etwas gehen lassen. Dein Verhalten scheint Tekener misstrauisch gemacht zu haben.«

»Ronald Tekener ist der misstrauischste Mensch, der mir je untergekommen ist«, kommentierte Salik unbewegt. »Wenn etwas nicht seinen Vorstellungen entspricht, geht er sofort auf Abwehr.«

»Kann das Konsequenzen haben?«, fragte der Roboter.

»Keine«, antwortete Salik. »Der Erste Terraner hat ausdrücklich angeordnet, dass Tekener sich meinen Wünschen fügen soll. Und ich habe deutlich genug gesagt, dass ich in die Provcon-Faust will.«

»Das klingt beruhigend. Dann kann ich mich deiner besser annehmen.«

Für einen Sekundenbruchteil schien es, als zeige sich in Saliks Augen leichtes Entsetzen, doch sein Blick wurde sofort wieder matt.

»Ich habe mich von Anfang an gefragt, wie es möglich ist, dass in einer so durchschnittlichen Erscheinung wie dir das Ritterwissen Igsorian von Veylts gesammelt ist«, fuhr der Medoroboter fort.

»Vielleicht, weil ich ein ferner Nachkomme Armadan von Harpoons bin«, sagte Salik.

»Woher willst du das wissen? Ich werde aus deinem Unterbewusstsein Informationen herausholen müssen, die dir selbst nicht zugänglich sind. Das wäre überaus verlockend.«

»Willst du deine Sicherheit aufs Spiel setzen, um mich zu quälen?« Salik hatte immerhin so viel freien Willen, dass er die Situation richtig erfassen konnte. Seine Emotionen waren nicht völlig abgestorben, Trodar ließ ihnen ausreichende Entfaltungsmöglichkeiten von gewöhnlicher Furcht über höchstes Entsetzen bis hin zur nackten Todesangst.

Vier inspizierte einen der Laderäume der MESSIER. Vormals, als Trodar noch aus 121 Trägern bestanden hatte, war er Dreiunddreißig gewesen. Die Reduzierung auf vierzehn Komponenten hatte sich wegen der veränderten Bedingungen als nötig erwiesen.

Trodar 4 drang unbemerkt in den Frachtraum ein. Hier lagerten hauptsächlich Lebensmittel in konservierter Form für die Bewohner von Zwottertracht.

Daneben gab es Behälter mit Saatgut, speziell für Extremwelten gezüchtet, widerstandsfähig und besonders ertragreich. Zwottertracht war ein Wüstenplanet.

Im Informationsaustausch mit den anderen Trägern hatte Vier einiges über jene seltsame Welt und ihre Bewohner erfahren. Die Zwotter blickten auf eine turbulente Geschichte zurück, obwohl ihre Entwicklung für die Dauer von mehr als einer Million Jahren stagniert hatte und sogar rückläufig gewesen war.

Vor 1,2 Millionen Jahren hatte Armadan von Harpoon die Horden von Garbesch aus dieser Galaxis zurückgeschlagen. Der Ritter der Tiefe hatte auch die Geschichte jenes Volkes geprägt, aus dem die degenerierten Zwotter hervorgegangen waren. Sie hatten in seinem Auftrag den zweiten Wall gegen die Horden von Garbesch errichtet.

Inzwischen war der zweite Wall wieder zusammengebrochen. Die Ausstrahlung des sogenannten Margor-Schwalls konnte Trodar nichts mehr anhaben und wandte sich seitdem gegen den letzten Ritter der Tiefe.

Trodar war weiterhin stark an diesem Komplex interessiert. Er hoffte, mehr über die Ritter der Tiefe zu erfahren und sein Wissen für eine neue Generation der Horden von Garbesch verwerten zu können. Dazu gehörte auch, dass er sich über die Zwotter informierte, die Nachfahren jener Läander waren, die für Armadan von Harpoon den zweiten Wall errichtet hatten.

Saatgut für Zwottertracht. Ein Wüstenplanet sollte neu erblühen, und Trodar 4 machte Inventur in dem Laderaum mit den Samenkörnern und den Lebensmittelkonserven. Doch er hatte nicht die Mittel, das Saatgut zur Mutation anzuregen oder in den Konserven entsprechende chemische Prozesse zu starten. Er hätte die Ladung dabei vernichten können, aber das wäre nicht klug gewesen. Damit hätte er nur auf seine Existenz aufmerksam gemacht.

Ein anderer Träger, der sich mit den technischen Abläufen an Bord der MESSIER befasste, meldete, dass das Raumschiff in den Linearflug übergegangen war.

Trodar 1 gab laufend die Ergebnisse seines Verhörs mit Jen Salik durch. Er kam dabei nur langsam voran, obwohl der Ritter sich nicht gegen die Befragung wehrte. Doch war Saliks Ritterwissen nach wie vor teilweise blockiert.

Trodar 7 besichtigte den Laderaum mit den technischen Anlagen für die Zwotter. Er meldete einen Erfolg, dass sieben Träger einen Weg gefunden hatten, sich in eine der Anlagen zu integrieren.

Elf wäre beinahe von einem Roboter aufgespürt worden. Diesem Trodar-Träger war keine andere Möglichkeit geblieben, als den Roboter zu zerstören und seine Überreste zu beseitigen. Das Verschwinden eines einzelnen Maschinenwesens würde nicht so schnell auffallen. Und bis das geschah, glaubte Trodar seine Position genügend gefestigt zu haben, um das Schiff und die Besatzung übernehmen zu können.

Eins, der über einen Medoroboter ständig bei Jen Salik war, setzte dessen Befragung fort. Eins beschritt dabei einen gefährlichen, aber durchaus Erfolg versprechenden Weg: Er spaltete die Persönlichkeit des Ritters der Tiefe, um das Ordinärwissen vom Ritterwissen abzusondern.

Einmal sagte der Ritter der Tiefe: »Ich bin Igsorian von Veylt.« Dann wiederum bezeichnete er sich als Jen Salik, der im Zuge des »Unternehmens Pilgervater« von Gäa in der Provcon-Faust nach Terra »zurückgekehrt« war.

Auf diese Weise lernte Trodar die terranische Geschichte kennen. Aber die Methode der Persönlichkeitsspaltung war eine gefährliche Gratwanderung. Der Ritter der Tiefe zeigte während dieser Therapie mehrmals besorgniserregende Symptome, die den Medikern nicht verborgen blieben.

Vier wurde auch Zeuge eines Gesprächs, das die Entwicklungshelferin Bedomo mit der Sonderbeauftragten Jennifer Thyron führte. Daraus entwickelte Trodar seine Taktik.

»Ich mag Sie, Jenny«, sagte Gail Bedomo. »Aber Sie tun mir leid, weil Sie sich von Ihrem Mann in dessen Schatten drängen lassen.«

»Ich denke, dass ich mit Tek gleichberechtigt bin«, entgegnete Jennifer Thyron belustigt.

»Das ist zu wenig«, erwiderte die Entwicklungshelferin. »Dass jede Frau ihrem männlichen Gegenstück überlegen ist, zeigt gerade die Geschichte der Zwotter sehr deutlich.«

»Die Zwotter sind zweigeschlechtlich, jeder von ihnen ist zeitweilig Frau und dann wieder Mann«, erwiderte Jenny. »Darum lässt sich ihre Gesellschaft mit der unseren nicht vergleichen.«

»Bei den Zwottern dominiert das Weibliche«, beharrte Bedomo. »Während ihrer männlichen Phase sind sie eher animalisch, sobald das Weibliche in den Vordergrund tritt, werden sie Genies. Es waren die Zwotterfrauen, die ihr Volk vor dem Rückfall in die Primitivität bewahrt und letztlich dafür gesorgt haben, dass die Paraplasmatische Sphäre ihrer Bestimmung zugeführt wurde.«

»Ich habe die Geschichte der Zwotter gemeinsam mit Tek in einer parusischen Sendung erlebt«, sagte Jennifer. »Deshalb weiß ich, dass sie nicht so einfach darzustellen ist, wie Sie das tun, Gail. Warum verachten Sie die Männer?«

Gail Bedomos Gesicht wurde hart. »Schauen Sie sich doch die terranische Geschichte an, Jenny. Immer wurde sie von Männern gemacht, obwohl wir Frauen viel mehr hätten leisten können. Dann hätte es auch nie so viele Kriege gegeben.«

»Mein Verdacht ist, Gail, dass Sie nur die Rollen vertauschen wollen.

Das ist hoffnungslos veraltet, eine Denkweise, wie sie vielleicht vor eineinhalb Jahrtausenden ...«

»Ich habe wie Sie gedacht – bis ich nach Zwottertracht kam«, unterbrach Gail Bedomo heftig. »Seitdem weiß ich, dass die Menschheit besser dastünde, wenn wir nicht daran gehindert worden wären, uns zu entfalten.«

»Sie sind eine Träumerin, Gail.«

Die Entwicklungshelferin seufzte. »Immerhin habe ich mich gegen Ihren Mann durchgesetzt!«, rief sie aus. »Er wollte nach Martappon fliegen, aber nun haben wir doch die Provcon-Faust als Ziel.«

»Tek hat sich Jen Saliks Wünschen gebeugt.«

»Unsinn«, sagte Bedomo abfällig. »Das ist doch nur ein lascher Vorwand. Er gönnt mir den Triumph nicht.«

»Wie stehen Sie eigentlich zu Jen Salik?«, fragte Jennifer unvermittelt.

Zum ersten Mal verlor die Entwicklungshelferin etwas von ihrer ruppigen Selbstsicherheit. »Jen Salik ist etwas anderes«, sagte sie bedächtig. »Er steht auf einem besseren Niveau.«

Damit war das Gespräch beendet. Jennifer Thyron stand auf und verließ als Erste den Gemeinschaftsraum.

Gail Bedomo blickte ihr verunsichert hinterher. Jennifer hatte in einer Wunde gebohrt. Es stimmte, dass Gail mehr für Jen Salik empfand, aber ihre Gefühle gingen weit über das hinaus, was für eine Beziehung wichtig gewesen wäre.

Gail Bedomo wischte diese Überlegungen beiseite und wandte sich ihrer Arbeit zu. Vor der Landung auf Zwottertracht gab es noch viel zu erledigen. Sie hatte ein schlechtes Gewissen, weil sie ihre Leute arbeiten ließ, während sie ... Etwas stimmte nicht. Gail blieb unvermittelt stehen. Da war etwas um sie, was sie nicht sehen konnte. Sie war allein, aber das Gefühl, beobachtet zu werden, verstärkte sich mit jeder Sekunde, die sie zögerte. Es war, als schleiche sich fremdes Gedankengut in ihren Geist.

Gail Bedomo atmete tief durch. Sie kniff die Augen zusammen und schüttelte heftig den Kopf. Die Benommenheit verflog wieder.

Eigentlich war es nicht so wichtig, was sie vorgehabt hatte, ihre Leute konnten die anstehenden Arbeiten gut allein erledigen. Sie machte sich auf den Weg in die Krankenstation, um Jen Salik aufzusuchen.

Ken Voijt bezweifelte, dass Maschinen für die Fließbandproduktion von Psychoden die richtige Entwicklungshilfe für die Zwotter waren. Damit wurde eher dafür gesorgt, dass ihre Kreativität völlig erlosch.

Da ihre Welt in die Randzone des Staubmantels eingebettet lag, waren sie durch die Turbulenzen der Paraplasmatischen Sphäre in ihrer Entwicklung gehemmt worden. Voijt hatte einem Bericht entnommen, dass an der Stagnation der Zwotter auch das Vermächtnis der sogenannten Kosmischen Ingenieure schuld gewesen war, die vor 1,2 Millionen Jahren Waffen für den Kampf gegen die Horden von Garbesch angeboten hatten ... Aber das war für einen Techniker wie ihn zu wenig greifbar.

Er brauchte Fakten. Erst als vor über einem halben Jahr Boyt Margor in die Paraplasmatische Sphäre aufgegangen war, hatten sich die Turbulenzen gelegt. Der positive Aspekt für die Zwotter war, dass sie nun nicht mehr durch äußere Einflüsse in ihrer Entwicklung gehemmt wurden.

Voijt ging ziemlich lustlos ans Werk. Obwohl er die Anlage nur oberflächlich prüfte, entging ihm nicht, dass etwas damit nicht stimmte. Er hatte eine Wartungsplatte abgenommen und stellte fest, dass die Anordnung der Elemente nicht mit dem Schaltplan übereinstimmte.

»George, sieh dir das hier an!«, rief er seinem Kollegen zu, der eine andere Maschine prüfte.

In dem Moment geschah das Unerwartete.

George Tainer wandte zögernd den Kopf, als Voijt nach ihm rief. Was er in dem Moment sah, ließ ihn schier erstarren.

Aus der Schaltwand, an der Voijt arbeitete, brach ein gleißender Energiestrahl hervor. Sekundenlang wurde der Techniker von grellem Leuchten umflossen, dann war von ihm nur mehr ein unterarmlanges Ding übrig, das aussah wie eine vertrocknete Wurzel.

Tainer stand noch unter Schock, da schwebte ein seltsames Gebilde aus der Schaltwand hervor. Es hatte Ähnlichkeit mit einem Rochen, zeigte jedoch auf seiner schillernden Haut stachelartige Auswüchse. Einige davon richteten sich auf Voijts sterbliche Überreste und atomisierten sie.

Obwohl Tainer keinen klaren Gedanken fassen konnte, tat er instinktiv das Richtige, und das rettete ihm das Leben. Als sein Kollege von dem Energiebündel getroffen wurde, löste er den Alarm aus, der bei Unfällen die robotische Hilfsmannschaft herbeirief.

Als Trodar 7 die Warnmeldung empfing, erkannte er seinen Fehler. Niemals hätte er den Mann, der ihn entdeckt hatte, sofort töten dürfen. Es wäre besser gewesen, nur seinen Geist zu zerstören.

Trodar blieb nicht mehr die Zeit, auch den zweiten Techniker zu töten, denn da erschienen schon die Roboter der Rettungsmannschaft, die einen weiteren Todesstrahl zweifellos geortet hätten. Trodar konnte dem überlebenden Zeugen einen nicht anzupeilenden Impuls entgegenschicken, der seinen Geist für einige Zeit verwirren würde. Dann floh er, bevor ihn die Roboter entdeckten.

Sieben würde sich später um den Zeugen kümmern, bevor der Techniker seine Erinnerung an den Vorfall zurückerhielt. Aber der Fehler an sich war nicht mehr zu korrigieren. Trodar musste die Aufmerksamkeit der Terraner auf andere Dinge lenken. Dafür bot sich Jen Salik wie kein anderer an.

Es widerstrebte Trodar, dem Ritter der Tiefe Freiheiten zuzugestehen. Doch in dieser Situation blieb ihm keine Wahl. Jen Salik war als Einziger in der Lage, der Entwicklung die gewünschte Wendung zu geben.

19.

Jen Salik erwachte wie aus einem langen Albtraum. Nur zögernd verblassten die schrecklichen Bilder, die ihm körperlichen Schmerz verursacht und ihn in ein geistiges Chaos gestürzt hatten.

»Sein Zustand bessert sich«, sagte jemand.

»Wie konnte es nur dazu kommen, Doc?«, fragte eine Stimme, die Salik vertraut war. Ronald Tekener?

»Ich habe keine Ahnung.« Das musste der Arzt sein. »Der Medoroboter wies keine Mängel auf ...«

»Trotzdem hätte er Salik durch seine falsche Behandlung fast umgebracht.« Tekener klang hart. Unnachgiebig. Beinahe wütend.

»So schlimm war es nicht«, meinte der Arzt beschwichtigend. »Sie sehen selbst, wie rasch sich der Patient erholt. Ich will die Angelegenheit nicht bagatellisieren, aber Tatsache ist ...«

»... dass Jen Salik durch falsche Behandlung fast in den Irrsinn getrieben worden wäre.«

»Tek, lass es gut ...«, murmelte Salik. Das Sprechen bereitete ihm schon keine Mühe mehr. Doch war eine Stimme in ihm, die ihm riet, sich zurückzuhalten. Trodar! Salik erkannte, dass sein Erbfeind noch Macht über ihn hatte. Aber er konnte sich nicht dagegen wehren, und er konnte sich niemandem mitteilen.

»Ich bin wieder in Ordnung.« Salik schlug die Augen auf. Er sah Tekener neben sich. »Was ist passiert?«, fragte er.

»Ein fehlprogrammierter Medoroboter hat dir Medikamente gegeben, die zu einer Persönlichkeitsspaltung führen müssten«, antwortete Tekener. »Gleichzeitig hat er dich einer Schocktherapie unterzogen, als wollte er dich umbringen.«

»Tatsächlich?« Salik gab sich verwundert. »Ich habe nichts davon bemerkt, sondern tief geschlafen.«

Tekener betrachtete ihn skeptisch. »Darüber solltest du froh sein, Jen. Andernfalls hättest du die Tortur kaum so gut überstanden.«

»Ich schreibe das meinem Ritterstatus zu«, sagte Salik.

Er richtete sich auf. Nur für einen Moment erfasste ihn ein Schwindel, doch die Benommenheit schwand schnell. »Ich sehe alles klarer als zuvor. Vielleicht hat der Roboter ungewollt die richtige Therapie angewandt.«

»Der Patient ist in jeder Hinsicht wiederhergestellt«, betonte der Mediker.

»Gibt es Neuigkeiten?«, drängte Salik.

»Wir nähern uns der Provcon-Faust«, antwortete Tekener. »Die Flotte wurde über die Ereignisse auf Bruder Amos informiert.«

Salik blickte sich herausfordernd um. »Gebt mir eine Kombination. Ich werde die MESSIER selbst durch den Staubmantel fliegen.«

»Traust du dir das wirklich zu?«, fragte Tekener.

»Mit meinem zurückgewonnenen Ritterwissen traue ich mir noch viel mehr zu«, erwiderte Salik heftig. Etwas bedrückter fügte er hinzu: »Ich spüre den Margor-Schwall kaum mehr.«

»Ich weiß«, sagte Tekener. »Die neuesten Messungen ergeben, dass die Impulse sich weiter verändert haben und schwächer geworden sind. Über kurz oder lang werden sie vermutlich von selbst erlöschen. Demnach müssen wir in die Dunkelwolke gar nicht einfliegen.«

»Auf Vermutungen gebe ich nichts.« Salik zog die Kombination an, die ihm der Arzt reichte. Dabei fiel sein Blick auf den Medoroboter, der von Trodar gelenkt worden war. Er zuckte leicht zusammen.

»Du hast von dem Roboter nichts mehr zu befürchten, Jen«, sagte Tekener und zeigte damit, dass ihm die Reaktion des Ritters keineswegs entgangen war. Aber hatte Tekener auch erkannt, dass Salik ihm hatte ein Zeichen geben wollen?

»Der Roboter wurde stillgelegt und soll einer eingehenden Überprüfung unterzogen werden«, fügte Tekener hinzu.

»Können wir gehen?«, drängte Salik, während er den letzten Haftsaum schloss. »Ich möchte in die Kommandozentrale.«

Er verließ zusammen mit Tekener das Krankenzimmer. In einem Antigravschacht schwebten sie zur Ebene der Kommandozentrale hinauf. Sie sprachen nicht miteinander. Aber Salik entging nicht, dass Tekener ihn verstohlen musterte.

Wie kann ich ihm zu erkennen geben, dass ich nicht Herr über mich bin?, dachte Salik verzweifelt. Ihm war klar, dass seine Überlegungen Trodar nicht verborgen bleiben konnten. Aber das störte ihn nicht. Solange er unter Menschen war und speziell in Tekeners Nähe, würde Trodar ihn nicht fester in den Griff nehmen oder gar bestrafen können.

Sie erreichten die Zentrale. Salik fiel sofort auf, dass der gewaltige Staubmantel der Provcon-Faust den Panoramaschirm ausfüllte. Davor waren einige Raumschiffe zu sehen.

»Haben wir Begleitschutz bekommen?«, fragte Salik spöttisch.

»Das sind die Schiffe arbeitsloser Vakulotsen«, antwortete Gail Bedomo. »Sie bieten ihre Dienste weiterhin an, obwohl niemand mehr auf sie angewiesen ist. Gelegentlich verdingen sie sich als Fremdenführer für Rundflüge durch den Staubmantel. Es ist entwürdigend.«

Salik schenkte der Entwicklungshelferin ein flüchtiges Lächeln, das Trodar jedoch schnell unterband. Salik fragte sich, was seinen Erbfeind daran stören konnte, wenn er Kontakt zu der Entwicklungshelferin hatte.

Die Antwort drängte sich ihm von selbst auf: Trodar hatte auch Gail Bedomo in seiner Gewalt. Und wen noch?

»Überlassen Sie mir Ihren Platz, Kommandant!«, bat Salik.

Carpo Argosen wuchtete seinen massigen Körper aus dem Kontursessel und klopfte auf die Instrumentenkonsole.

»Ich werde die MESSIER schon nicht zu Bruch fliegen«, sagte Salik, während er seinen Platz einnahm und Argosen in den Sessel des Kopiloten wechselte.

Salik machte sich mit Anzeigen und Schaltflächen vertraut.

Seltsam, dass sich der Margor-Schwall aus unmittelbarer Nähe nicht verhängnisvoller auf mich auswirkt, dachte er.

Das Gegenteil war der Fall. Immer deutlicher spürte er das Ritterwissen zurückkehren.

Wie gefällt dir das, Trodar?

»Willst du es dir nicht doch überlegen, Jen?«, fragte Tekener hinter ihm.

»Nein!«

Salik grübelte darüber nach, wie er Tekener zu erkennen geben konnte, warum er in die Provcon-Faust musste. Selbst wenn der Margor-Schwall völlig erlosch, würde es ihn nach Zwottertracht ziehen, denn das Duell gegen Amtranik war noch nicht entschieden.

»Willst du um jeden Preis in die Provcon-Faust?«

Salik hakte sofort ein.

»Eine Gegenfrage, Tek. Würdest du mich daran hindern?«

Darauf gab Tekener keine Antwort. Er hatte verstanden.

Ronald Tekener zog sich in den Beobachtungsraum zurück, in dem er auf Monitoren die Kommandozentrale überblicken konnte. Die MESSIER besaß diese Zusatzeinrichtung, weil sie gelegentlich als Schulschiff für Raumkadetten verwendet wurde.

Es handelte sich dabei um eine zweite Kommandostelle, von der aus in die Schiffsführung eingegriffen werden konnte, wenn ein angehender Raumoffizier die Kontrolle über die Steuerung verlor.

Jennifer wusste, wo er sich aufhielt. Er hatte ihr aufgetragen, ihm nach einiger Zeit zu folgen.

Tek hatte endlich Gewissheit, dass sich eine fremde Macht an Bord befand. Um wen es sich handelte, war nicht schwer zu erraten.

Zuerst hatte er nur einen vagen Verdacht gehegt. Weil schon auf Bruder Amos für Salik alles zu glatt abgegangen war. Sein Kampf gegen Amtranik war ein imposantes Schauspiel gewesen, als wäre all das von einem begnadeten Regisseur inszeniert worden.

Die Zwischenfälle auf der MESSIER stimmten Tek ebenfalls nachdenklich. Da war der Tod des Technikers Voijt. Niemand hatte eine Erklärung, wie es zu diesem Unfall gekommen sein konnte. Eine Überprüfung hatte ergeben, dass sich zwischen den Schaltelementen ein Fremdkörper befunden haben musste. Über Infrarotverstärkung war seine ungefähre Form rekonstruiert worden: ein mit Stacheln bewehrter Rochen. Das wiederum stimmte mit der wirren Aussage des anderen Technikers überein, der Zeuge des Unfalls geworden war und seitdem unter Schock stand. Tekener fragte sich, ob der Schockzustand beeinflusst war.

Er hatte weitere Ermittlungen angestellt und herausgefunden, dass es mehr unerklärliche Zwischenfälle an Bord gegeben hatte. Sie waren alles andere als dramatisch verlaufen, deshalb hatte kaum jemand darauf geachtet. Insgesamt waren sie aber geeignet, Tekeners Verdacht zu erhärten, dass auf der MESSIER eine unbekannte Macht agierte.

Erst der Zwischenfall mit dem Medoroboter führte auf die richtige Spur. Ronald Tekener war von Anfang an davon ausgegangen, dass der Spuk von Bruder Amos eingeschleppt worden war. Doch hatte er zu der Annahme geneigt, dass alles mit den Ureinwohnern der Zyklopenstadt zu tun hatte.

Tekener schreckte aus seinen Überlegungen auf, als seine Frau den Beobachtungsraum betrat.

»Warum so geheimnisvoll?«, fragte sie. »Du siehst aus, als würdest du ein Komplott schmieden.«

»Das ist nicht einmal falsch.« Tekener verriegelte das Schott. »Hier können wir ungestört reden. Amtranik – oder das, was Salik von ihm eingeschleppt hat – kann uns nicht belauschen.«

»Wie kommst du darauf?«, fragte Jennifer.

Tekener teilte ihr seine Beobachtungen mit. »Amtranik muss es geschafft haben, Jen in seine Gewalt zu bekommen«, schloss er. »Als wir Jen zu Hilfe eilten, war es für den Hordenführer leicht, an Bord zu gelangen. Auf der MESSIER konnte er dann seine Macht ausweiten. Ich bin sicher, dass außer Jen noch andere in Amtraniks Gewalt geraten sind.«

»Könnte ich nicht ebenso dazugehören?«, fragte Jenny.

»Natürlich.« Tekener taxierte sie nachdenklich. »Aber irgendwem muss ich vertrauen. Und wem, wenn nicht meiner Frau?«

»Du verlässt dich sonst nicht allein auf dein Gefühl.«

»Eine Diskussion über meine Beweggründe führt zu nichts«, sagte Tekener.

»Vielleicht schiebst du den Gedanken, Amtranik könnte mich beherrschen, einfach von dir. Und wieso bist du so sicher, dass wir es mit Amtranik zu tun haben? Der Techniker wurde von einem rochenähnlichen Gebilde getötet. Amtranik oder auch seine Roboter sehen anders aus.«

»Jen selbst hat mir den entscheidenden Hinweis gegeben«, antwortete Tekener. »Ich fragte ihn vor dem Verlassen der Kommandozentrale, ob er um jeden Preis in die Provcon-Faust wolle. Diese Frage habe ich ihm auch gestellt, bevor er zu seinem Duell mit Amtranik aufbrach. Damals wie heute hat er wortwörtlich darauf geantwortet: ›Eine Gegenfrage, Tek. Würdest du mich daran hindern?‹ Deutlicher konnte er mir nicht sagen – vor allem, weil er beeinflusst wird –, dass das Duell mit Amtranik noch nicht beendet ist. Amtranik lebt. Und er befindet sich an Bord der MESSIER.«

»Ich weiß nicht«, sagte Jennifer Thyron zweifelnd. »Es könnte auch ganz anders sein. Aber egal, schon beim geringsten Verdacht, dass Amtranik noch lebt und Jen überwältigt hat, müssen wir etwas unternehmen.«

»Ich weiß auch schon, was«, sagte Tekener. »Aber erst will ich die Landung auf Zwottertracht abwarten.«

Tekener schaute auf die Bildübertragung aus der Kommandozentrale. Salik saß noch im Sessel des Kommandanten. Argosen hatte sich untätig zurückgelehnt. Gail Bedomo stand auf der anderen Seite neben Salik.

»Ihr Benehmen gefällt mir überhaupt nicht«, stellte Tekener fest. »Was will Bedomo da?«

Der Panoramaschirm zeigte in verwaschen wirkenden Schlieren den Staubmantel. Tekener rief die Positionsdaten ab. In knapp zwanzig Minuten würde das Dreiplanetensystem der roten Sonne Zwotta erreicht sein, deren zweite Welt Zwottertracht war.

»Jen ist ein souveräner Pilot«, stellte Jenny fest. »Er muss viel von seinem Ritterstatus zurückbekommen haben.«

»Nur darum war es ihm möglich, mir ein Zeichen zu geben«, bestätigte Tek. »Aber es reicht nicht, dass er sich aus Amtraniks Gewalt befreien könnte.«

»Mach's nicht so spannend«, sagte Jennifer. »Was hast du vor?«

»Ich will dich nicht belasten, Jenny.«

»Also traust du mir doch nicht.«

»Das ist genau der Ton, den Amtranik anschlagen würde, um mich auszuhorchen.« Tekener grinste. »Durch seinen Hinweis hat Jen mir auch einen Tipp gegeben – ob gewollt oder unbewusst, weiß ich nicht –, wie Amtranik beizukommen wäre.«

»Jen hat die MESSIER mit Schlafgas geflutet«, sagte Jennifer nach einer Weile. »Aber das wird bei Amtranik nicht wirken. Wir wissen, dass er zumindest einen robotischen Helfer hat.«

»Es gibt noch andere Mittel«, bemerkte Tekener. »Zum Beispiel existiert die Vorrichtung für eine statische Aufladung der MESSIER. Natürlich kann sich das störend auf die Positronik auswirken. Darum muss ich die Landung abwarten.«

Aus den Staubschleiern tauchte ein golden glänzender Planet auf: Zwottertracht. Das schwache Licht der Sonne brach sich in den von Stürmen verwirbelten Staubwolken und ließ die unwirtliche Welt wie ein Juwel glitzern.

»Angenommen, Jen hatte die Kraft, dir bewusst diesen Hinweis zu geben, dann muss er sich intensiv darauf konzentriert haben«, gab Jennifer zu bedenken. »Da er jedoch vom Gegner beherrscht wird, kann Amtranik Jens Absicht nicht verborgen geblieben sein. Der Hordenführer weiß also, dass Jen dir einen Tipp gegeben hat, und wird daraus die Konsequenzen ziehen.«

Die MESSIER tauchte in die staubige Atmosphäre von Zwottertracht ein.

»Amtranik kann nicht verhindern, dass ich mein Vorhaben durchführe«, entgegnete Tekener. »Ich kann von dieser Nebenstelle aus alle Schiffsfunktionen übernehmen. Er wird sich aber ausrechnen, dass ich meinen Plan nicht vor der Landung verwirkliche, um die Mannschaft nicht zu gefährden.«

»Dann bleibt Amtranik immer noch die Flucht«, argumentierte Jennifer.

Tekener drehte sich zu ihr um und zwinkerte ihr grinsend zu. »Erraten!«

»Jetzt verstehe ich.« Jennifer Thyron fasste sich an die Stirn. »Du willst Amtranik die Flucht ermöglichen, damit er von Jen ablässt.«

Tekener ließ die Höhenanzeige nicht mehr aus den Augen. Er hatte alle Vorbereitungen getroffen und brauchte nur noch eine Schaltung vorzunehmen.

Salik fing die MESSIER mit verstärktem Bremsschub erst einen Kilometer über der Oberfläche auf. Dann ließ er das Schiff langsam sinken. Die Staubdecke gab den Blick auf die von riesigen Kakteen bewachsene Oberfläche frei.

Tekener spannte sich an.

Jenny stieß eine Warnung aus und deutete auf einen der Schirme.

Gail Bedomo hatte sich an einem Wandfach zu schaffen gemacht und eine der Reservewaffen hervorgeholt. Den schweren Kombistrahler im Anschlag, wandte sie sich dem Kommandostand zu.

Tekener durchschaute ihre Absicht schon, bevor sie auf Salik zielte, der keine Ahnung hatte, was sich hinter ihm zusammenbraute.

Tekener gab den Befehl für die statische Aufladung.

Das Schiff war nur noch fünfzig Meter über der Oberfläche, als sämtliche Instrumente ausfielen.

Ein deutlicher Ruck war zu spüren. Für einen Moment schien es, als würde das Schiff in die Tiefe stürzen. Doch fast gleichzeitig wurde die manuelle Steuerung aktiv, und Tek konnte das Schiff stabilisieren. Von Störungen überlagert, zeigten die Schirme, dass Kommandant Argosen alles versuchte, um die MESSIER unter Kontrolle zu bringen.

Erneut ging ein Ruck durch das Schiff, doch die Andruckabsorber fingen die jähe Belastung ab.

Die MESSIER war auf Zwottertracht gelandet.

Jen Saliks Platz am Kommandopult war leer. Der Ritter der Tiefe hatte die Gelegenheit zur Flucht genutzt. Ob er unter Amtraniks Zwang gehandelt hatte oder aus eigenem Antrieb, vermochte Tekener nicht zu beurteilen.

Salik hatte sich mit einem flugfähigen Raumanzug von der MESSIER abgesetzt, als für ihn feststand, dass Trodar mit allen Komponenten von Bord geflohen war.

Nach rund fünfzehn Kilometern Flug sah er unter sich eine Karawane. Sie bestand aus zwanzig Zwottern und zwei geschuppten Riesenechsen, die beladene Schlitten zogen. Dazu gehörte ein Raupenfahrzeug, das sich wie ein Wurm über die Sanddünen schlängelte. Es war ein verbeultes, altersschwaches Gefährt, dessen Ächzen und Schnaufen weithin zu hören waren.

Als er über der Karawane kreiste, kam sie zum Stillstand. Die klein gewachsenen Humanoiden mit den großen Köpfen kletterten von den Echsen und kamen aus dem blechernen Sandwurm.

Er landete. Augenblicklich umringten ihn die wild schnatternden Gnomen. Er verstand nicht viel davon, doch offenbar glaubten sie, dass er ihnen »gutes Saatgut« brachte. Dabei deuteten sie immer wieder nach Osten, wo die MESSIER gelandet war.

»Ich gehöre nicht zu den Entwicklungshelfern«, beteuerte er. »Ich bin

Tourist und nach Zwottertracht gekommen, um eure Kultur kennenzulernen.«

»Ah, verständlich, alles Klarheit!« Die Zwotter nickten wissend mit ihren großen Köpfen. Es waren durchweg Zwotter, die gerade die männliche Phase durchmachten. Er fragte sich, ob sie an der uralten Tradition festhielten, dass Zwotterfrauen sich nicht in der Öffentlichkeit zeigen durften.

Irgendwie war er enttäuscht. Er hatte angenommen, dass für die Zwotter eine neue Zeit angebrochen sei und ihre Entwicklung mit Riesenschritten voranschreiten würde. Am Beispiel dieser kleinen Schar zeigte sich, dass dem nicht so war. Aber die Versäumnisse von mehr als einer Million Jahren ließen sich nicht in wenigen Monaten nachholen.

»Ah, Tourist mit Solar-Geld!« Die Zwotter nickten einander zu. »Wollen Kultur und geben Solar – viel gescheit und Bildung.«

»Tut mir leid«, sagte Jen Salik bedauernd. »Ich besitze kein Geld und habe nur, was ich am Leib trage.«

Sie befingerten seinen Raumanzug, untersuchten den Falthelm und klopften den Rückentornister mit dem Flugaggregat ab. Sie äußerten sich ziemlich abfällig darüber, schleppten aber dennoch Tauschware aus dem Wurm und von den Sandschlitten heran.

»Das ist Ramsch«, stellte Jen Salik fest, als er die Waren begutachtete. Es handelte sich zumeist um ausgediente technische Gegenstände, die nicht einmal mehr Schrottwert hatten. Allerdings hatten die Zwotter sie kunstvoll bemalt und verziert.

»Oho«, machte einer und hielt ihm die verbeulte Saugdüse eines Reinigungsroboters unter die Nase.

Salik lehnte lachend ab. Nach einiger Zeit des Suchens fand er doch etwas für seine Zwecke Geeignetes.

Er nahm weite Hosen mit einem dazu passenden Hemd, Stiefel aus Echsenleder, einen Rucksack aus demselben Material und eine Kutte mit Kapuze und Klarsichtscheibe zum Schutz gegen Sandstürme. Als Draufgabe bekam er allen möglichen Kram, mit dem die Zwotter den Rucksack füllten.

Dafür überließ er ihnen den Raumanzug. Er behielt nur den Paralysator, den Handstrahler und das Kombiarmband – aber darum musste er regelrecht kämpfen, denn die Zwotter wollten nicht verstehen, dass eine der Riesenechsen keinen entsprechenden Gegenwert darstellte.

Salik machte einen anderen Vorschlag. Er bot sich an, den Sandwurm zu reparieren, wenn die Zwotter ihn damit an das von ihm gewünschte Ziel brachten. Die Gnomen waren einverstanden.

Während des Feilschens hatte er erfahren, dass im Westen eine große

Stadt lag, die nach dem ursprünglichen Namen dieser Welt Ailand hieß. Es sollte sich um eine Gigant-mächtige Groß-City-Stadt handeln, deren wahre Ausmaße und Bedeutung man nur ausdrücken konnte, wenn man die Hände schüttelte und die Luft pfeifend ausstieß. Die Zwotter taten das ausgiebig.

Es kostete Salik keine große Anstrengung, den Sandwurm auf die doppelte Leistungsstärke zu trimmen bei halb so viel Motorenlärm. Dabei sah er sich ständig nach eventuellen Verfolgern aus Richtung der MESSIER um.

Trodar vergaß er ohnehin nicht. Er versuchte die Zwotter auszufragen, ob ihnen fliegende Robotgebilde aufgefallen waren, bekam aber keine brauchbare Antwort.

Schon bald war der Sandwurm startklar. Ein Zwotter namens Jagizzer sollte das Gefährt nach Ailand fahren.

Jagizzer erwies sich als wahre Redemaschine mit Händler- und Rennfahrerblut in den Adern. Während er den Sandwurm durch die Dünenlandschaft jagte, versuchte er, Salik seine restliche Habe abzuschwatzen.

»Ich habe keinen materiellen Besitz mehr«, beteuerte Salik. »Nur Wissen. Ich weiß sehr viel über die Geschichte dieser Welt und deines Volkes. Wir könnten Informationen tauschen.«

»Oh«, machte Jagizzer. »Was viel plappern und bleibt nichts davon, was greifen und tauschen gekonnt.«

Salik durchschaute den Zwotter. »Du bist intelligenter, als du tust. Warum verstellst du dich? Nur, um Besucher besser übers Ohr hauen zu können?«

Jagizzer verfiel in ein völlig unverständliches Sprachgewirr.

»Ich mache dir einen Vorschlag«, sagte Salik unbeeindruckt. »Ich verrate dich nicht, wenn du über unsere Bekanntschaft schweigst. Ich bin auf der Suche nach einem Zwotter, der die Kunst beherrscht, Paraplasma zu erschaffen. Psychode, verstehst du? Euer Volk hat in jüngster Zeit wieder solche Talente hervorgebracht. Kennst du jemanden, der Psychode machen kann?«

»Und ob und wie! Echt Psychode von Meistergeist.«

»Psychode, von einem Meistergeist gefertigt, genau die suche ich«, bestätigte Salik.

Durch die starke Bindung an Trodar hatte Salik einiges über den mystischen Anführer der Großen Horde erfahren, der aus Amtranik hervorgegangen war. Trodar wollte ihn nicht nur besiegen, um an die große Zeit der Horden von Garbesch anzuschließen, er wollte zugleich den Horden von Garbesch den Weg für eine Rückkehr in die Milchstraße ebnen. Trodar war sicher, dass die Horden eines Tages wiederkehren würden. Darum wollte er nicht nur den zweiten Wall eliminieren, sondern auch dessen Geheimnis lüften. Das Geheimnis lag in den Psychoden der Prä-Zwotter.

Wenn die neue Generation der Zwotter fähig war, paraplasmatische Gebilde wie die Psychode kraft ihres Geistes zu erschaffen, dann würde Trodar danach forschen. Darum verfolgte auch Jen Salik diese Spur.

Er spürte nach seiner Gefangenschaft eine noch stärkere Bindung an Trodar, obwohl sie auf negativen Erfahrungen basierte. Hass war das Leitmotiv. Doch war er selbst weniger von diesem Gefühl betroffen als Trodar. Jen Salik war zu sehr Ritter der Tiefe, um nur nach Rache und Vergeltung zu streben. Er spürte, dass der Einfluss des Margor-Schwalls auf ihn schwächer wurde. Die Strahlung der Sphäre beeinträchtige sein Denken kaum mehr, beeinflusste ihn aber auch nicht im positiven Sinn.

Der Margor-Schwall war neutral geworden.

Irgendwann wird er völlig erlöschen, dachte Salik.

Jagizzer bremste den Sandwurm ab.

»Da Echt-Psychode!«, rief er dabei begeistert. »Viel und vieler, Herzbegehren und Aug'-Überquellen. Alles Psychode von Meistergeist.«

Vor ihnen erstreckte sich ein Marktplatz, auf dem sich Menschenmassen drängten. Dazwischen boten die Zwotter lautstark ihre Waren an. Es handelte sich durchweg um Psychode.

Jen Salik winkte zum Abschied und stieg aus dem Sandwurm.

Psychode von Meistergeist!

Parusisch und wunderwirksam!

Echt! Echt! Echt!

Das stand auf einer Tafel neben der Hütte aus gehärtetem Wüstensand. Solche und ähnliche Ankündigungen entdeckte Salik überall.

Lautsprecher plärrten. Die Zwotter schrien mit heiserer Stimme. »Echt-Psychode von Meistergeist!«

Psychode en masse, und Touristen erstanden sie im Dutzend, soviel sie tragen konnten. Echt-Psychode für 100 Solar das Stück oder für zehn eine Miniatur. Alles garantiert von starker parusischer Aussagekraft.

Einziger Trost für Salik war, dass er zwischen dem Touristenstrom mit seiner Kleidung nicht auffiel. Alle waren in die Windkutten aus grobem Gewebe gehüllt.

Salik ließ sich mit der Menge treiben. Aber alle Psychode waren nur geschmackvolles Kunsthandwerk.

»Schön-wundervoll ist Psychod!«, pries ein Zwotter seine Werke gestikulierend an.

»Ja, schön sind die Dinger schon«, gestand ein Tourist. Er wog ein fünfzig Zentimeter hohes, phantasievoll geformtes Gebilde in der Hand; es schien federleicht zu sein. »Aber ist es auch echt?«

»Voll-ehrliches Echt-Psychod«, versicherte der Zwotter.

»Ist es wirklich Paraplasma? Hat es überhaupt Parusie?«

»Parusie und wie. Voll Glücksbringung. Stell es Kopf an den Schlaf: gut Träumerei. Betrachte an den Tag: was wunder Hochgefühl! Tu hinein deine Ich – und selbst voller Parusie ...«

Der Besucher aus der Milchstraße konnte nicht widerstehen.

Salik entdeckte einen Mann in offizieller LFT-Kombination. Ein halbes Dutzend Zwotter redeten gestikulierend auf den Beamten ein, während er vergeblich versuchte, sie zu beruhigen. Salik stellte sich in ihrer Nähe vor ein Pult mit Psychoden und lauschte.

»Haltet endlich einmal die Luft an!«, rief der Mann. »Es besteht kein Grund zur Aufregung. Bei dem notgelandeten Schiff handelt es sich um die MESSIER. Wir haben Funkverbindung aufgenommen und erfahren, dass die Ladung wohlbehalten ist. Alles wird später ordnungsgemäß verteilt ...«

Wieder redeten die Zwotter alle gleichzeitig.

»Ja, Saatgut ist unter der Ladung«, beantwortete der Beamte die auf ihn einstürmenden Fragen. »Auch die Psychode-Maschinen ... Ihr könnt bald mit der Massenproduktion beginnen ... Entwicklungshelferin Bedomo hat ihr Kommen für heute zugesagt ... Einzelheiten werden öffentlich bekannt gegeben ... Was ich euch sage, ist vertraulich ... Es wurde auch eine Fahndung durchgegeben ...«

Salik machte, dass er weiterkam. Er ließ sich von der Menge treiben, bis er den Marktplatz verlassen hatte. Im Osten färbte sich der goldene Himmel schwarz. Etwas wie eine Windhose bildete sich. Schon Sekunden später heulte eine Sirene, und eine Lautsprecherstimme plärrte.

»Erste Sturmwarnung! Bitte ziehen Sie sich in die Gebäude zurück. Wenn kein öffentlicher Sturmbunker in Ihrer Nähe liegt, nehmen Sie die Gastfreundschaft der Zwotter in Anspruch. Bewahren Sie Disziplin, Sie haben genügend Zeit, sich in Sicherheit zu bringen.«

Die Warnung wurde wiederholt. Die Zwotter rafften ihre Echt-Psychode zusammen und machten die Läden dicht. Die Besucher das Marktes strebten nach allen Richtungen davon. Schon nach wenigen Minuten war der Platz wie leer gefegt.

Salik fand sich zwischen Neubauten wieder. Vor den Fenstern klappten die Läden zu.

Sturmbunker!, blinkte es vor Salik, und ein roter Pfeil wies den Weg.

Der Ritter ließ sich in diese Richtung drängen. Ein Zwotter tänzelte verkehrt gehend vor ihm, redete auf ihn ein und verschwand dann wieder.

Eine breite Treppe führte abwärts. Dann ein kurzer Gang, der in eine große, niedrige Halle mündete. Menschen und Zwotter verteilten sich über die Tische und rückten auf den Bänken zusammen, um anderen Platz zu machen.

Der Bunker wirkte auf Jen Salik wie ein Mittelding zwischen Theater und Bar. Im Hintergrund gingen Lichter an und beleuchteten eine Bühne. Livrierte Zwotter eilten geschäftig hin und her und fragten die Schutzsuchenden nach ihren Wünschen.

»Ich kann nicht zahlen«, sagte Salik, als ihn ein Zwotter-Kellner um seine Bestellung bat.

»Reine Frage.« Der Gnom grinste und wiederholte ungeduldig die Frage nach Saliks Wünschen. »Was?«

»Essen und Trinken«, bestellte der Ritter, und der Zwotter eilte weiter.

Erst jetzt registrierte Salik, dass er an einem Tisch mit lauter Zwottern saß. Sie blickten ihn erwartungsvoll an. »Kein Geld, kein Tourist«, sagte einer der Einheimischen, die anderen nickten eifrig. »Nicht-ungekauftes billigst wie umsonst.«

»Ich verstehe«, sagte Salik. »Es klingt wie ein Kompliment, dass ihr mich für keinen Touristen haltet.«

»So ist es«, bestätigte ein anderer Zwotter in fast akzentfreiem Interkosmo.

Salik blickte überrascht auf. »Bist du weiblichen Geschlechts?«, fragte er.

»Im Augenblick«, antwortete die Zwotterfrau. »Ich heiße Stiva, zwischendurch auch Stivon. Jagizzer hat mich auf dich aufmerksam gemacht.«

»Ich heiße Jen. Hat dir Jagizzer auch gesagt, was ich suche?«

Die Zwotterfrau nickte. »Es gibt den Meistergeist, der alles in ein Psychod hineinlegen kann, was er zu bieten hat«, flüsterte sie über den Tisch hinweg. »Ein Psychod vermag im Nu mehr auszudrücken als ein stundenlanges Holorama.«

Salik blickte unwillkürlich zur Bühne. Der Laserprojektor erschuf gerade die perfekte Illusion eines kosmischen Schauspiels: die Geburt einer Dunkelwolke, die Erschaffung der Provcon-Faust. Das idealisierte Bildnis eines Zwotters, der offenbar König Tezohr darstellen sollte, gab dazu mit sonorer Stimme Erklärungen ab. Er sprach sehr geschwollen, und der Gesamteindruck war kitschig. Im Bunker herrschte dennoch atemlose Spannung. Man wurde schließlich nicht jeden Tag Zeuge der Erschaffung eines kosmischen Leuchtfeuers.

Aber wer außer Salik wusste schon, dass das Leuchtfeuer am Verglimmen war? Trodar!

»Kannst du mich zu diesem Meistergeist der Psychode-Kunst führen, Stiva?«

»Komm mit!«

Die Zwotter erhoben sich wie auf Kommando.

»Aber der Sturm!«, wandte Salik ein.

Stiva winkte ab, und da stand auch Salik auf. Jemand ergriff ihn am Ärmel seiner Kutte und zog ihn herum. Es war der LFT-Beamte.

»Ich habe zufällig mitgehört. Seien Sie auf der Hut, mein Freund«, sagte er warnend. »Die Zwotter verstehen ihr Geschäft. Es gibt keine parusischen Psychode mehr. Alle wurden bei Boyt Margors Abgang entstofflicht, falls Ihnen das etwas sagt.«

Salik deutete hinter sich. »Aber das ist eine Zwotterfrau!«, bemerkte er im Tonfall des Gutgläubigen.

»Sie sind ein Kenner«, bemerkte der LFT-Mann anzüglich.

Salik wurde rot, das verdankte er dem Alltagsmenschen, der für einen Augenblick in ihm durchbrach. Er überwand diese Schwäche sofort wieder. Ihm war klar, dass ihn der Beamte so genau betrachtet hatte, dass er ihn jederzeit würde beschreiben können.

»Grüßen Sie Ronald Tekener von mir«, sagte er daher und ging davon. Er ließ einen völlig verdatterten Beamten hinter sich.

»Kutte zu, Sichtschutz vor!«, ordnete Stiva an und fasste Jen Salik an der Hand. Sie selbst schloss ihre Hornlider zu schmalen Schlitzen, bevor sie mit Salik in den Sandsturm hinaustrat.

Die Staubwand war so dicht, dass der Ritter keine drei Schritt weit sehen konnte. Fast blind stolperte er hinter der Zwotterfrau her. Sie schritt zielstrebig aus.

Salik gab sich keinen Illusionen hin, es konnte durchaus sein, dass die Zwotter ihn nur ausnehmen wollten. Allein die Tatsache, dass Stiva eine Zwotterfrau war, machte die Sache für ihn interessant.

Salik stemmte sich gegen den Sturm. Der Sand trommelte gegen seinen Sichtschutz und rann durch den Schlitz an der Kapuze. Stiva wurde von einer Bö erfasst und gegen ihn geschleudert, doch sie hielten einander mit aller Kraft fest.

Der Sand knirschte bereits zwischen den Zähnen. Als die tosende Wand für einen Moment aufriss, erkannte Salik, dass sie die Neustadt schon hinter sich gelassen hatten.

Hier gab es nur bunkerartige Gebäude, die dicht beieinanderstanden.

Straßen im eigentlichen Sinn sah er nicht mehr, nur winklige Gassen zwischen den schrägen Hauswänden.

Auf einem Schild stand: *Echt-Psychode von Tezohr Meistergeist.* Es klang sehr nach Blasphemie. Hatten die Zwotter eigentlich vor nichts Achtung?

Stiva zog ihn in einen schmalen Durchlass zwischen zwei Hauswänden. Nach einigen Metern war der Durchlass überdacht. Eine kleine Sandhose wirbelte vor ihnen her, dann standen sie vor einer niedrigen Pforte.

Stiva trat dagegen. Es klang dumpf. Nicht wie Holz oder Metall, eher nach Stein.

Ein Torflügel schwang nach innen auf. Salik musste den Kopf einziehen, um nicht anzustoßen.

Sie betraten einen engen Flur. Als Jen Salik sich aufrichtete, streifte er mit den Haaren an der Decke entlang. Schweigend führte ihn die Zwotterfrau in den nächsten Raum. Er war leer, von dem Zwotter, der sie eingelassen hatte, keine Spur.

»Wir müssen hier warten«, flüsterte Stiva. »Meine Schwester Stirizza muss sich erst auf deinen Besuch vorbereiten.«

»Ist das der Name der Psychode-Schöpferin?«, fragte Salik. »Hat sie mich nicht erwartet?«

»Stirizza ist keine Hellseherin«, erwiderte Stiva. »Leg aber ruhig ab.«

Salik entledigte sich des Rucksacks, der prall gefüllt war mit den nutzlosen Dingen. Er setzte sich, Stivas Beispiel folgend, im Schneidersitz auf den Boden und wollte die Verschnürung des Rucksacks aufmachen. Aber Stiva hinderte ihn daran.

»Noch nicht«, sagte sie. »Warte damit, bis du vor Stirizza stehst. Ich habe kein Recht, die für sie bestimmte Freundschaftsgabe vor ihr zu sehen.«

Das klang sehr bedeutungsvoll. Salik wurde in der Enge des Raumes immer wärmer. Er öffnete seine Kutte und hoffte, dass Stiva die Waffen in seinem Gürtel nicht sehen konnte. Das hätte sie womöglich erschreckt.

»Es ist so heiß, dass ich kaum atmen kann«, stellte er fest.

»Stirizza wird gleich so weit sein.«

Der Raum war durch einen Rollladen von dem dahinter liegenden getrennt. Als ein undefinierbares Geräusch erklang, spannte sich Salik an, aber Stiva sagte: »Meine Schwester wünscht, dich zu sehen.«

Sie stand auf und holte den Rollladen an einer Schnur ein. Salik hob den Rucksack auf und hielt ihn vor sich, als er sich bückte und das Hinterzimmer betrat.

Es gab keinen anderen Zugang, auch kein Fenster. Hier war es beinahe völlig dunkel. Aber Salik hatte gute Augen. Er sah eine uralt wirkende Zwotterfrau, in grobe Tücher gewickelt, am Boden hocken. Sie wies ihm einen Platz vor ihr zu.

»Was bringst du mir?«, fragte sie krächzend.

»Nichts, wenn du mir keine wahren Psychode zu bieten hast«, sagte Jen Salik, nachdem er Platz genommen hatte. »Alles, wenn ich über dich in die Geheimnisse deiner Vorfahren eingeweiht werde.«

Die Alte kicherte, es klang unnatürlich.

»Narr, mehr bringst du nicht?«

»Doch.« Salik hatte die Verschnürung des Rucksacks geöffnet. Ihm war bewusst, dass jemand nur darauf wartete, dass er diese vermeintliche Büchse der Pandora entleerte. Aber stattdessen griff er unauffällig unter seine Kutte. Es war einer der wesentlichen Kniffe bei Taschenspielertricks: die Aufmerksamkeit durch Nebensächlichkeiten vom Wesentlichen abzulenken.

»Doch«, wiederholte er. »Wenn du in Trodars Diensten stehst, habe ich einen raschen Tod zu bieten.«

Er hatte Trodars Nähe längst gespürt.

Die Alte flog auf einmal wuchtig zur Seite. Dahinter tauchte einer der Träger Trodars auf.

Salik hatte den Strahler bereits im Anschlag. Er feuerte. Gleichzeitig begann er mit seiner geistigen Attacke.

Die Salve aus der Strahlwaffe kam für den Trodar-Träger, der seine Aufmerksamkeit auf den Rucksack konzentrierte, völlig überraschend. Er konnte seine eigenen Waffen nicht mehr einsetzen, weil der Angriff sein Verteidigungssystem blockierte.

Salik verstärkte den geistigen Druck.

Der Trodar-Träger heulte auf. Er ruckte höher, hing für einen Sekundenbruchteil scheinbar unbewegt in der Luft und raste dann auf die Wand zu und durchbrach sie. Die Geräusche verrieten, dass er gegen eine zweite Mauer prallte.

Stille folgte.

Trodar hatte einen weiteren Träger verloren.

Salik beugte sich über die reglos am Boden liegende Stirizza. Sie war tot.

»Ich wollte das nicht«, sagte er zu der entsetzten Stiva. »Ich konnte es aber nicht verhindern.«

»Es ist nicht deine Schuld«, entgegnete die Zwotterfrau. »Ich habe diese böse Macht Trodar gespürt und konnte mich so wenig dagegen wehren wie Stirizza.«

»War deine Schwester wirklich eine Psychode-Schöpferin?«

Stiva schüttelte den Kopf. »Aber es gibt welche«, sagte sie. »Meistergeist ist kein leeres Wort.«

»Kannst du mich zu einem Meistergeist führen?«

20.

»Ailand war als Musterkolonie gedacht, aber die Stadt wurde zweckentfremdet«, sagte Gail Bedomo wie zu sich selbst. »Die ursprüngliche Siedlung bestand nur aus etwa hundert Gebäuden, die vor Jahrhunderten erbaut wurden, aber lange verlassen standen. Die Zwotter bezogen sie erst wieder, als die petronische Maschine zerstört wurde, die ihre geistige Entwicklung hemmte, und Boyt Margor in die Paraplasmatische Sphäre der Dunkelwolke aufging und sie auf diese Weise stabilisierte ...«

»Das wissen wir alles, Ehe Bedomo«, fiel Tekener der Entwicklungshelferin ins Wort. »Jenny und ich kennen sogar die Geschichte der Provcon-Faust aus einer parusischen Vision. Uns interessiert nur, was Sie über Trodar wissen!«

Jennifer gab ihm einen Wink. Tekener nickte knapp. Ihm war ebenso wenig entgangen, dass Gail Bedomo ihm gar nicht zugehört hatte.

Bis vor Kurzem hatte sie noch unter dem Schock der Beeinflussung durch Amtranik-Trodar gestanden. Nach Ansicht der Ärzte war es besser gewesen, darauf zu warten, dass sie von selbst alles abschüttelte, statt sie medikamentös zu behandeln. Tekener und seine Frau hatten die Entwicklungshelferin und ihr Team deshalb zur Musterkolonie begleitet.

Mittlerweile befanden sie sich in der Botschaft der Liga Freier Terraner. Das große Gebäude war dem wuchtigen bunkerartigen Zwotter-Stil nachempfunden. Im Innenhof blühten terranische Pflanzen, ein sichtbarer Beweis dafür, dass die Wüstenwelt kultiviert werden konnte.

Bisher hatte Bedomo nichts über ihre Erfahrungen mit Amtranik-Trodar gesagt.

»Unsere Wissenschaftler haben dieses Gebiet ausgesucht, weil es sich am besten für Pflanzenkulturen eignet«, redete sie weiter. »Versuche zeigten, dass sich der Boden in Humus umwandeln lässt. Schon in vier Jahren könnten anstelle der Wüste Kornfelder stehen. Aber ich fürchte, die Zwotter sind schon so zivilisationsgeschädigt, dass sie nie zu Bauern werden. Skrupellose Geschäftemacher haben die Zwotter dazu gebracht, dass sie sich nur der Psychode-Produktion zuwenden und sich zu Sklaven des Tourismus machen ...«

»Die Zwotter waren immer Händler, das liegt ihnen im Blut«, warf der LFT-Gesandte Mandolar Abrusk ein. Er war auf Gäa geboren und hatte schon früher mit den Zwottern zu tun gehabt. Abrusk war vor hundert

Jahren einer der Männer gewesen, die den Gerüchten auf Zwottertracht nachgegangen waren.

Das war noch vor Margors Geburt, überlegte Tekener.

»Sehen Sie sich um!«, verlangte Bedomo in dem Moment. »Der Landeplatz für die Zubringerschiffe der Besucher wächst jeden Tag. Überall schießen Neubauten aus dem Boden, und am Fuß der Ail-Berge wuchern Industrieanlagen. Das habe ich mir nicht unter Entwicklungshilfe vorgestellt. Ich kann das nicht länger mit ansehen.«

»Vielleicht sorgt Trodar ohnehin dafür, dass alles zu Schutt und Asche wird«, provozierte Tekener.

Gail Bedomo sah ihn bohrend an. »Ich kann Ihnen keine Auskunft über Trodar geben. Ich weiß nur, dass er keine Einzelperson ist, sondern ein multiples System. Er gab mir nur den Befehl, Jen Salik zu töten.« Sie fröstelte.

»Wären Sie mit einer Hypnosebefragung einverstanden?«, fragte Tekener.

»Keinesfalls!«

»Gail, wenn Sie Ihr Einverständnis gäben, würden Sie nicht nur uns einen großen Dienst erweisen, sondern auch Jen helfen ...« Jennifer versuchte, die Entwicklungshelferin umzustimmen.

Abrusk erhielt in dem Moment einen Anruf. Was ihm mitgeteilt wurde, war nicht zu verstehen, doch er blickte Tekener immer starrer an.

»In der Altstadt hat es einen Zwischenfall gegeben«, sagte der Gesandte dann hastig. »Irgendein großes Ding hat den Tod einer Zwotterfrau verursacht.«

»Wie sieht dieses Ding aus?«

»Es ist spurlos verschwunden«, sagte Abrusk. »Aber der Beschreibung nach muss es sich um eine Art Roboter gehandelt haben.«

»Trodar!«, stellte Tekener fest. »Können wir den Tatort aufsuchen?«

Abrusk tätigte einen Anruf, dann erklärte er, dass ein Schweber bereitstehe. Jennifer Thyron brachte Gail Bedomo dazu, sie zu begleiten.

Zu viert flogen sie in die Altstadt. Abrusk selbst steuerte den Schweber.

Sie kamen durch verwinkelte enge Gassen, in denen sich neugierige Zwotter drängten. Der Tatort war von LFT-Leuten abgesichert worden.

Tekener betrat das niedrige Haus, in dem die tote Zwotterfrau lag. Er musste sich tief bücken. Die Zwotterfrau lag zusammengekrümmt auf der Seite, sie wies keine äußeren Verletzungen auf.

»Gehirnschlag«, sagte ein LFT-Beamter und fügte erklärend hinzu: »Ich leite die Untersuchungen. Der Arzt führt die Todesursache auf äußere Einflüsse zurück. Wir müssen den Obduktionsbefund abwarten. Hoffentlich geben uns die Zwotter ihre Einwilligung dazu.« Er zeigte auf die Wand. »Das Loch wurde von einem widerstandsfähigen Körper mit großer Wucht geschlagen. Sie können durch die Öffnung ins Nebengebäude blicken.«

Tekener suchte das andere Gebäude auf und betrachtete die aus der Wand geschlagenen Trümmer. Das Sandgemisch war fast gänzlich zerfallen.

Der LFT-Mann zeigte Tekener einen Abdruck in der dem Loch gegenüberliegenden Wand. Es handelte sich um ein recht tiefes Negativ-Relief, das eindeutig verriet, dass das Geschoss hier eingeschlagen hatte.

»Kein Zweifel, dass die Zwotter sich das Ding unter den Nagel gerissen haben«, fuhr der Sicherheitsbeamte fort. »Wenn es sich noch in Ailand befindet, werden meine Leute es finden. Immerhin ist der Abdruck deutlich genug, dass wir von dem Ding eine Holo-Rekonstruktion machen konnten. Wollen Sie sie sehen?«

Er zog einen Projektorwürfel aus der Tasche und schaltete ihn ein. Das entstehende Holo zeigte ein formloses Gebilde mit antennenartigen Auswüchsen.

»Erkennen Sie das Ding als einen Trodar-Teil wieder?«, fragte Tekener die Entwicklungshelferin.

»Ich hatte von Trodar überhaupt keinen optischen Eindruck«, antwortete Gail Bedomo.

Der Beamte erhielt einen Anruf über sein Armbandgerät. »Meine Leute haben das Ding gefunden«, stellte er fest. »Ein Zwotter bietet es als Echt-Psychod zum Verkauf an. Leider haben wir nicht die Befugnis, es zu beschlagnahmen.«

»Dann nichts wie hin!«, verlangte Tekener.

»Wir können zu Fuß gehen«, sagte Abrusk.

Sie mussten sich förmlich einen Weg durch die Menge der neugierigen Zwotter kämpfen. Das wurde in der Neustadt nicht anders, weil sich dort Touristen aus allen Teilen der Galaxis drängten. Endlich erreichten sie den Stand, an dem der Trodar-Träger als parusische Schöpfung eines Meistergeists angepriesen wurde.

»Der Gnom verlangt fünfhundert Solar für dieses Wrack«, sagte der Sicherheitsmann, der den Trodar-Träger entdeckt hatte.

Das Gebilde wirkte in der Tat wie ein Wrack. Die antennenartigen Auswüchse waren geknickt, verbogen und teilweise geschmolzen. Ziemlich in der Mitte wies das Objekt eine Schmelzöffnung wie unter Einwirkung eines Strahlenschusses auf.

»Zahlen Sie dem Zwotter den verlangten Preis«, bat Tekener.

»Das erledige ich.« Abrusk nickte.

Tekener nahm den Trodar-Träger an sich und war über dessen geringes

Gewicht verblüfft. Er wollte den Roboter zur MESSIER bringen, damit er eingehend untersucht werden konnte.

Als er den Zwotter nach den näheren Umständen fragen wollte, war der Gnom schon nicht mehr zu sehen. »Gail ist ebenfalls verschwunden«, stellte Jennifer fest. »Besteht da ein Zusammenhang?«

»Womöglich steht die Entwicklungshelferin immer noch unter Trodars Einfluss.« Ronald Tekener betrachtete die Einschussöffnung an dem Roboter.

»Denkst du das Gleiche wie ich?«, wollte seine Frau wissen. »Dass eine weitere Konfrontation Trodars mit Jen Salik stattgefunden hat?«

»Wenn der Ritter noch in Ailand ist, werden wir ihn finden«, sagte Tekener, aber das klang nicht besonders zuversichtlich.

»Also bis in drei Tagen, Gail«, sagte Alfarian Grois. »Kann ich mich darauf verlassen? Wir können sonst unsere Arbeit nicht fortführen.«

»In drei Tagen bekommst du den Vermessungswagen zurück«, versprach Gail Bedomo. »Sollte es eine Panne geben, dann weißt du ja, auf welches Peilzeichen du achten musst. Ich pass schon auf das Drei-Millionen-Solar-Stück auf.«

»Hals- und Beinbruch«, wünschte der Vermessungsingenieur, der zum Team der Entwicklungshelferin gehörte.

Bedomo fuhr den Geländewagen an. Sie verließ das Camp in westlicher Richtung und fuhr bis zu dem Kakteenhain, wo sie Vasnizzer – oder sollte sie schon Vasnizza sagen? – zurückgelassen hatte. Er lag nicht mehr an der Stelle, sondern hundert Meter weiter. Zweifellos war er gerobbt, denn die Paralyseschelle an den Knöcheln verhinderte ein Gehen.

Der Zwotter krümmte sich wie unter Schmerzen und gab einen winselnden Singsang von sich.

Auf dem Markt hatte er den Trodar-Träger zum Verkauf angeboten. Während alle nur Augen für das Robotobjekt gehabt hatten, hatte Bedomo erkannt, dass er sich im Wechsel befand, im Übergangsstadium vom Mann zur Frau. Die Zwotter selbst nannten diesen Zustand das »Unaussprechliche«, während man die Zwitterzwotter allgemein als Morphlinge bezeichnete.

»Alles in Ordnung«, redete sie dem Morphling zu, befreite ihn von der Paralyseschelle und hob ihn auf den Beifahrersitz des Vermessungswagens. Wie ein Embryo rollte er sich zusammen.

»Ich nehme an, es zieht dich in die Höhlensysteme der Ail-Berge«, sagte Gail Bedomo, während sie anfuhr. Sie rechnete mit keiner Antwort. »Ich bringe dich hin. Dafür wirst du mich in die Frauenkolonie führen. Ich möchte deinem Volk helfen. Aber wie kann ich das unter euren degenerierten Artgenossen, die männliche Zwotter nun einmal sind.«

Das Gelände stieg leicht an. Bedomo lenkte den Wagen in ein ausgetrocknetes Flussbett und verlangsamte die Geschwindigkeit.

Bald verlor sich der Wüstensand zwischen Geröll. Die Wände des ausgetrockneten Tales erhoben sich zunehmend höher. Die dunklen Gipfel der Ail-Berge waren schon deutlich zu sehen.

Eine dunkel wirbelnde Front stieg hinter den Bergen auf. Schnell bildete sich eine riesige Sandwolke, und dann fegte sie mit unglaublicher Geschwindigkeit die Berghänge herab.

Gail Bedomo suchte den Schutz einer Felswand. Sie hätte natürlich den Energieschirm des Fahrzeugs einschalten können, fürchtete jedoch, dass sie dann geortet werden konnte. Es war möglich, dass Grois plauderte, sobald er nach ihr gefragt wurde.

Der Sandsturm tobte heran. Minutenlang fegte der Sand heulend vorbei, und Steine trommelten auf das Wagendach, aber der Fels bot ausreichend Schutz. Der Wagen wurde schnell verschüttet, war dann aber wenigstens nicht mehr dem Geschosshagel ausgesetzt.

»Wir könnten eine Pause einlegen.« Bedomo blickte auf den Morphling. Er lag nach wie vor zusammengerollt da.

»Ich weiß, wo mein Platz ist«, fuhr Bedomo fort. »In der Frauenkolonie deines Volkes. Dort kann ich besser wirken als in der Welt der Männer.«

Sie war unsagbar froh, diese Welt hinter sich zu lassen. Ihr Traum war es, das Matriarchat der Zwotter in eine neue Hochkultur zu führen. Noch hatte sie keine klare Vorstellung davon, wie sie das bewerkstelligen konnte. Aber in Ailand waren ihre Fähigkeiten verschwendet.

Gail Bedomo fuhr hoch, als der Morphling einen durchdringenden Singsang anstimmte. Sie musste eingeschlafen sein. Wie lange hatte sie geschlafen? Egal. In einigen Tagen würde der Morphling seine Krise überwunden haben und zu Vasnizza geworden sein. Dann würde sie erfahren, wo die Frauenkolonie lag.

Gail legte die Maulwurfsschaltung ein, und der Vermessungswagen wühlte sich aus der Düne. Es dauerte einige Minuten, bis das Gefährt den Sand abschüttelte. Finstere Nacht herrschte.

Im weitreichenden Licht der Scheinwerfer war zu sehen, dass meterhohe Sandwechten die Schlucht verschüttet hatten. Es würde Tage dauern, bis der Wind den Sand wieder weggeweht hatte.

Einige Male sank das Fahrzeug ein, kämpfte sich aber jedes Mal wieder frei. Schließlich wurde der Sand weniger. Wind kam auf und wirbelte den feinen Sandstaub in dichten Schleiern davon.

Gail Bedomo fuhr schneller.

Urplötzlich spiegelte sich das Scheinwerferlicht in einem kristallinen Gebilde. Aber schon blieb die Erscheinung hinter dem Wagen zurück.

Gail fragte sich, ob sie nur einer optischen Täuschung erlegen war. Die Sandformationen gaukelten einem manchmal die verrücktesten Dinge vor.

Aber da war es schon wieder.

Diesmal reduzierte sie die Geschwindigkeit und bündelte den Scheinwerfer zu einem dünnen Strahl. Das Licht erfasste ein etwa menschengroßes Gebilde, das zwischen den schroffen Felsen stand. Es hatte die Form eines Tropfsteins, doch es stand auf der Spitze – und es hatte die Leuchtkraft eines Diamanten.

Ein Psychod – das Psychod von einem wahren Meistergeist!

Gail Bedomo nannte es bei sich Parusisches Pendel.

Einen Moment lang wollte sie aussteigen, überlegte es sich aber sofort wieder anders. Wenn der Schöpfer dieses Psychods in der Nähe war, würde ihr Anblick ihn womöglich erschrecken.

Sie fuhr weiter. Schon kurz darauf erfasste der Scheinwerfer das nächste Psychod.

Die Straße der Psychode!, dachte Bedomo ergriffen.

Sie hatte schon viel über diese Allee aus Psychoden, voll Parusie und aus Paraplasma erschaffen, reden hören. Aber bislang hatte sie das für einen Reklametrick der geschäftstüchtigen Zwotter gehalten.

Hinter einer Biegung erschien bereits das nächste Psychod. Es war höchstens faustgroß, spiegelte das Scheinwerferlicht jedoch mit Farben sprühendem Feuer wider.

Da, ein weiteres Psychod und da noch eines. So viele standen entlang der Schlucht, dass es unmöglich wurde, sie zu zählen. Ihr Glanz blendete, ihre Parusie verwirrte die Sinne.

Gail stoppte den Wagen und stieg aus. Die Parusie der paraplasmatischen Gebilde legte sich schwer auf ihren Geist, aber sie ließ die Ausstrahlung der Psychode auf sich wirken, sog sie geradezu begierig in sich auf.

Als sie gleich darauf die Scheinwerfer ausschaltete, leuchteten die Psychode trotzdem weiter. Sie erstrahlten sogar in einem noch schöneren Feuer.

Dennoch schlich sich etwas in die Parusie und verdrängte sie immer mehr.

Geh! Geh!, erklang eine wesenlose Stimme. *Du gehörst nicht hierher. Verlasse diesen Ort, bevor es zu spät ist.*

»Ich gehöre sehr wohl hierher!«, rief Bedomo. Ihre Worte hallten in vielfachem Echo zurück. Sie wollte noch mehr sagen, um die Schöpfer dieser einmaligen Kunstwerke davon zu überzeugen, dass sie sehr wohl reif war, die Straße der Psychode entlangzugehen. Aber eine unsichtbare Kraft verschloss ihr den Mund. Dieselbe Kraft zwang sie zur Umkehr.

Sie stieg in den Wagen und startete ihn. Währenddessen badete sie im übernatürlichen Licht der Psychode. Sie fuhr den Wagen an, wollte ihn wenden, alles auf Befehl der von den Psychoden ausgehenden Macht.

Doch gerade als sie das Fahrzeug herumlenkte, erlosch der Zwang. Eines der Psychode explodierte, dann ein weiteres. Viele erloschen einfach, ohne Laut und ohne Entladung.

Gail schrie.

Ein Psychod stieg senkrecht in den Nachthimmel auf und zerbarst. Es regnete feurige Brocken. Diese ließen Felsen und Sand schmelzen und entzündeten die Pflanzen.

Immer noch schrie Gail Bedomo. Der Morphling kam zu sich und sprang sie an. Dabei ging die Fahrertür auf, und sie fielen beide hinaus in den Sand.

Gail spürte ein verzehrendes Feuer in sich, als würde nun mit ihr geschehen, was mit den Psychoden passiert war.

»Ich habe es nicht getan!«, rief sie und schlug auf den Morphling ein.

Etwas zerrte unerbittlich an ihr und löste sie von dem Morphling. Gail Bedomo merkte erst jetzt, dass der Druck auf ihren Geist wie weggeblasen war. Ihr Blick klärte sich, und sie sah Jen Salik vor sich. Wie einen Geist musste sie ihn angestarrt haben, denn er sagte beruhigend: »Du träumst nicht, ich bin wirklich.«

Sie wunderte sich nicht über das vertraute Du, sie nahm es einfach hin.

»Hast du die Psychode zerstört?«, wollte sie wissen.

»Es gibt die Straße der Psychode und den Meistergeist der Zwotter«, sagte Salik sanft. »Aber das hier war nur das Blendwerk eines Trodar-Trägers. Ich habe ihn zerstört.«

Gail Bedomo wurde es schwarz vor Augen. Im Hinüberdämmern fragte sie sich, ob sie das alles wirklich erlebte.

Das Rumoren des Fahrzeugs weckte die Frau. Gail Bedomo öffnete die Augen und stellte fest, dass sie sich im Vermessungsraum befand und auf dem Notbett lag. Die Scheiben waren abgedunkelt, nur durch ein Oberlicht fiel goldenes Tageslicht.

»Du hast eine Nacht, einen Tag und die folgende Nacht durchgeschlafen«, sagte eine melodiöse Stimme.

Gail wandte sich dem Sprecher zu und erkannte einen Zwotter. »Vasnizza?«, fragte sie.

»Stimmt«, bestätigte die Zwotterfrau, die Gail als Morphling kennengelernt hatte. »Ich hätte den Wechsel schon längst vollziehen können, aber ich zögerte ihn bewusst hinaus.«

»Warum?« Gail Bedomo setzte sich auf und hob die Verdunklung der Seitenfenster auf. Trotzdem war nicht viel zu sehen, die Sicht reichte keine fünfzig Meter weit. Das Fahrzeug fuhr durch hügeliges Gelände. Aus den sandverwehten Senken ragten vereinzelt Riesenkakteen auf.

Gail wandte sich wieder der Zwotterfrau zu. »Warum hast du deine Frauwerdung hinausgezögert?«

»Ich habe das männliche Geschlecht so lange beibehalten, um Igsorian von Veylts Verfolger aufhalten zu können«, antwortete Vasnizza. »Aber dann erregte ich deine Aufmerksamkeit und habe mich in den Wechsel geflüchtet, um mich nicht zu verraten.«

»Igsorian von Veylt?«, wiederholte Bedomo. »Du meinst Jen Salik.«

»Nein, Igsorian von Veylt«, beharrte Vasnizza.

Gail ging nicht näher darauf ein.

»Dann ist es wahr, dass er mich gefunden hat?«, fragte sie. »Wo ist er? Kann ich ihn sehen?«

»Ich werde ihn holen.« Vasnizza verschwand durch die Verbindungstür nach vorn. Gleich darauf kam sie mit Jen Salik zurück.

Der kleine, sonst so unscheinbar und durchschnittlich aussehende Mann wirkte verändert. Er sah aus wie immer, aber er war nicht mehr der Durchschnittsmensch, als den Gail Bedomo ihn kennengelernt hatte.

»Sie ... Sie haben sich stark gewandelt«, sagte sie zögernd.

»Warum bleiben wir nicht beim angenehmeren Du?« Er setzte sich ihr gegenüber auf einen Klappsessel.

»Ich ... Warum nicht«, sagte sie und fragte: »Stimmt es, dass Trodar die Illusion von Psychoden erschaffen hat?«

»Das ist wahr«, bestätigte Salik. »Die Falle galt mir. Aber dein Erscheinen hat Trodars Pläne durchkreuzt. Du hast mir das Leben gerettet. Trodar reagierte irritiert, sodass es mir leichtfiel, ihn wieder zu besiegen. Aber das war nur ein Teilerfolg.«

»Wie lange wird dieser Kampf noch dauern?«, fragte sie besorgt.

»Ich hoffe, dass ich bald eine Entscheidung herbeiführen kann«, antwortete Salik. »Aber damit will ich dich nicht belasten.«

Sie schaute ihm in die Augen. »Ich habe Angst um dich!«, gestand sie.

»Du fürchtest um Jen Salik. Aber ich bin Igsorian von Veylt.«

Gail Bedomo nickte langsam, verstehend. »Ja, ich sehe es, du bist ein anderer geworden. Aber hast du deshalb Trodar weniger zu fürchten?«

»Nur auf eine andere Art«, antwortete er. »Unser Kampf hat sich auf eine andere Ebene verlagert. Trodar kann mit den Waffen der Verdammnis nichts mehr gegen mich ausrichten, so wenig, wie ich ihm mit konventionellen Waffen etwas anhaben kann.«

»Heißt das, dass du parapsychische Fähigkeiten entwickelt hast? Bekämpft ihr euch auf diese Weise?«

Salik schüttelte den Kopf. »Ich habe kein Psi-Talent, besitze aber dennoch einige ungewöhnliche Gaben, die ich als Jen Salik nie hatte. Sie wurden erst durch den engen Kontakt mit Trodar mobilisiert. Ich weiß, wo Trodar im Augenblick ist, und er kennt meinen Aufenthalt. Es wird immer schwieriger, dass einer sich gegenüber dem anderen Vorteile verschaffen kann.«

»Dann wird es ewig so weitergehen?«

»Eine Entscheidung muss fallen.« Jen Salik deutete aus dem Seitenfenster und sagte, offenbar um von diesem Thema abzulenken: »Nach dem Sturm ist Zwottertracht am schönsten.«

Gail Bedomo folgte seinem Blick. Sie sah, wie sich in das goldene Licht der rötliche Schein der durchbrechenden Sonne mischte. Hagel musste gefallen sein, denn in den Dünen glitzerte es, als breche sich das Sonnenlicht in Myriaden von Kristallen.

Die Sandschleier rissen auf und gaben den Blick frei auf eine bis zum flachen Horizont reichende Sandwüste.

»Wo sind die Ail-Berge?«

»Wir haben das Gebirge längst hinter uns gelassen«, antwortete Salik. »Ich weiß, dass es dich zu einer der Frauenkolonien zieht, und ich kenne auch die Gründe dafür. Aber in den Ail-Bergen hättest du nicht gefunden, was du suchst.«

»Ich weiß, dass es in dem Höhlensystem der Ail-Berge eine Frauenkolonie gibt!«, rief Bedomo aufgebracht.

»Es gibt überall auf Zwottertracht Verstecke, in die sich die Zwotter während der weiblichen Phase zurückziehen. Aber das sind nicht die Hochburgen ihrer Kultur.«

»Die Frauenkolonien *sind* die Zentren der zwotterischen Kultur!«

Salik seufzte. »Das mag früher so gewesen sein. Aber bei den Zwottern hat es große Umschichtungen gegeben. Du kannst mir vertrauen, ich habe meine Informationen aus sicherer Quelle.«

»Von wem?«, fragte Gail misstrauisch.

»Von Stiva, die den Vermessungswagen fährt. Sie will uns zur Straße der Psychode führen und mit jenen Zwottern zusammenbringen, die Paraplasma erschaffen können. Sie haben die Führung ihres Volkes übernommen.«

»Ist das wahr?« Gail Bedomos Gedanken drehten sich im Kreis. Sie ahnte, dass sie von falschen Voraussetzungen ausgegangen war, aber sie konnte das neue Weltbild der Zwotter noch nicht klar erkennen.

Der eben noch klare Himmel verdüsterte sich. Mit elementarer Wucht tobte ein Sturm heran.

Stiva fuhr den Wagen in eine Senke. Schon nach wenigen Minuten war er von den Sandmassen begraben.

»Sind wir Trodar nun schutzlos ausgeliefert?«, fragte Gail.

Salik schüttelte nur den Kopf. Gail Bedomo griff zaghaft nach seiner Hand, aber er zog den Arm zurück.

»Ich hätte so viele Fragen«, sagte sie.

»Später. Trodar ist ständig in unserer Nähe, wir müssen weiter. Ich gehe zurück auf meinen Platz neben Stiva.«

»Darf ich ...?«

»Ich schicke dir Vasnizza.«

Jen Salik ging nach vorn. Er war ihr auf einmal fremd. Oder zeigte er nun sein wahres Gesicht? Als Igsorian von Veylt erschien ihr Salik wie alle anderen Männer. Herrschsüchtig wie Tekener, ebenso überheblich und sich seiner Stärke voll bewusst.

»Igsorian von Veylt, du bist ein Patriarch!«, sagte Bedomo zornig.

Aber wenn er ihr den Weg zur Stätte der zwotterischen Hochkultur wies, wenn er sie in die Frauenkolonie brachte, dann konnte ihr alles andere egal sein.

»Jen Salik meint, dass ich mich ein wenig um dich kümmern soll«, erklang die melodiöse Stimme Vasnizzas.

»Er soll sich um sich selbst kümmern«, sagte Gail heftig.

Der Vermessungswagen wühlte sich aus dem Sand frei. Nach einer kurzen Verzögerung ging die Fahrt mit halsbrecherischer Geschwindigkeit weiter.

Gail Bedomo traute ihren Augen nicht, als sie den Kopf wandte und durch das gegenüberliegende Seitenfenster eine der urweltlichen Echsen und eine kleine Schar von Zwottern sah. Zwischen ihnen befand sich Jen Salik!

»Anhalten!«, rief Gail und wollte in die Fahrerkanzel stürmen. Aber Vasnizza verstellte ihr den Weg.

»Es ist gut so«, sagte die Zwotterfrau beruhigend. »Alles in Ordnung.«

»Warum hat Jen den Wagen verlassen?«

»Er wird an der Straße der Psychode wieder zu uns stoßen«, erklärte Vasnizza.

Gail Bedomo glaubte kein Wort davon. Sie ahnte, warum Salik sich von ihnen getrennt hatte. Vermutlich wollte er sie nicht in der Nähe haben, wenn er sich Trodar zum Entscheidungskampf stellte.

Ronald Tekener hatte mit seiner Frau im Botschaftsgebäude der LFT Quartier bezogen. Seit achtundzwanzig Stunden wartete er auf das abschließende Untersuchungsergebnis über den aufgefundenen Trodar-Teil.

Vor wenigen Stunden hatte er schon ein Teilergebnis erhalten. Demnach hatten sich in dem Robot-Träger innerhalb der positronischen Leiter organische Substanzen befunden, bei denen es sich offenbar um konzentriertes Zellgewebe Amtraniks handelte. Die Biologen bezeichneten dieses in den Trodar-Träger integrierte Material als zwar prinzipiell lebensfähig, aber zugleich als in scheintoter Starre befindlich.

Tekener hatte von den Wissenschaftlern einen Versuch verlangt, dieses konzentrierte Gewebe künstlich zu beleben, damit auf diese Weise die Positronik zu neuer Funktion angeregt werden konnte.

Seitdem waren Stunden vergangen.

»Hatten Sie Erfolg gehabt?«, fragte Tekener sofort, als sich der Chefingenieur der MESSIER wieder meldete.

»Ich würde es eher als Teilerfolg bezeichnen«, antwortete der Mann. »Zumindest, was die Bemühungen der Naturwissenschaftler betrifft. Es ist ihnen zwar gelungen, das Zellgewebe anzuregen und teilweise aus dem Zustand des Scheintods zu wecken. Aber das ist nicht genug, um die Positronik so weit zu aktivieren, dass wir Informationen abrufen könnten. Ich würde es als biopositronisches Koma bezeichnen, in dem sich der Trodar-Träger befindet.«

»Was bringt uns das?«, fasste Tekener nach.

»Der Träger ist nicht selbstständig denkfähig, deshalb kann er auch nicht die typischen Trodar-Impulse senden. Aber immerhin kann er empfangen.«

»Mit anderen Worten: Wir können ihn dazu benützen, Trodar aufzuspüren?«

»Wir haben die entsprechenden Adapter eingebaut, um das zu ermöglichen«, erklärte der Chefingenieur. »Außerdem haben wir das schadhafte Antriebssystem durch ein passendes Triebwerk aus unseren Beständen ersetzt. Leider ließ es sich nicht bewerkstelligen, dass der Trodar-Träger selbstständig den eingehenden Impulsen folgt. Aber immerhin ist es möglich, ihn ferngesteuert zu den Impulsgebern zu fliegen.«

»Das ist mehr, als ich erwartet habe.« Tekener war durchaus zufrieden. »Damit haben wir wenigstens die Möglichkeit, die anderen Trodar-Träger aufzuspüren.«

»In gewissem Rahmen«, schränkte der Chefingenieur sofort ein. »Da das Fernsteuersystem keine unbegrenzte Reichweite hat, wird es nötig, dem Träger in relativ geringer Entfernung zu folgen.«

»Das deckt sich mit meinen Plänen«, sagte Tekener. »Können Sie den Träger nach Ailand schicken, damit ich ihn hier übernehme?«

»Das ist mir recht. Ich betrachte es gleichzeitig als eine Art Testflug.«

Tekener unterbrach die Verbindung und versuchte sofort, den Gesandten Mandolar Abrusk zu erreichen.

»Jetzt haben wir endlich die Möglichkeit, Trodar aufzuspüren«, sagte er zu seiner Frau, während er auf die Verbindung wartete. »Ich bin sicher, dass wir dabei auf die Spur von Jen stoßen werden. Die Dinge entwickeln sich.«

»Wir müssen vorsichtig sein, um Jen nicht zu gefährden. Sobald Trodar bemerkt, dass wir ...« Jennifer verstummte, als der Gesandte sich meldete.

Abrusk machte einen verschlafenen Eindruck.

»Habe ich Ihre Mittagsruhe gestört?«, fragte Tekener sarkastisch. »Das täte mir leid. Aber ich benötige sofort einen Schweber oder etwas in der Art, dem selbst der stärkste Sandsturm nichts anhaben kann.«

»Die Entwicklungshelfer verfügen über zwei Schweber, die eigens für die Verhältnisse auf Zwottertracht konstruiert wurden. Ich könnte anfragen ...«

»Befehlen Sie ihnen, dass sie uns eines ihrer Spezialfahrzeuge zur Verfügung stellen!«, sagte Tekener. »Ich erwarte, dass der Schweber spätestens in einer Viertelstunde vor der Botschaft landet.«

Er unterbrach die Verbindung. Als er Jennifers besorgten Blick sah, fügte er beruhigend hinzu: »Ich habe keine Großaktion im Sinn. Nur wir beide werden dem präparierten Träger zu den anderen Komponenten folgen. Zufrieden?«

Sie legten die in der Botschaft erhaltene Ausrüstung an, die speziell für Einsätze in exponierten Wüstengebieten gedacht war: eine luftdicht zu schließende leichte Kombination mit faltbarem Schutzhelm und Atemmaske. Dazu kam die Bewaffnung, die sie von der MESSIER mitgebracht hatten.

Vor dem Gebäude wurden sie bereits von Abrusk erwartet.

»Der Schweber kommt«, sagte er. »Ich habe nebenbei erfahren, dass Gail Bedomo im Camp war und sich einen Geländewagen ausgeborgt hat. Angeblich für drei Tage. Sie hat sich bislang nicht wieder gemeldet. Aber das muss nichts besagen, denn seit ihrem Verschwinden sind erst dreißig Stunden vergangen.«

»Mir sagt es genug«, erklärte Tekener.

»Du könntest mit der Vermutung recht haben, dass sie Jen gefolgt ist«, meinte seine Frau.

Der angeforderte Schweber landete. Er unterschied sich nur durch breitere Tragflächen von den Standardmodellen, verfügte aber nach Aussage des Piloten über ein effektiveres Stabilisierungssystem und weitere Sondereinrichtungen für die besonderen Verhältnisse auf Zwottertracht.

Tekener startete, kaum dass der Pilot den Schweber verlassen hatte. Jennifer nahm Funkverbindung mit der MESSIER auf, während Tek mehrere Schleifen über Ailand zog, um sich an die Flugeigenschaften der Maschine zu gewöhnen.

Von der MESSIER wurde gemeldet, dass der manipulierte Träger bereits gestartet worden war. Ein Shift folgte dem Roboter mit fünf Kilometern Abstand.

Jenny ließ sich den Fernsteuerkode und die Frequenz geben und stellte ihr Peilgerät darauf ein. Tekener passte den Schweber der Flughöhe des Trodar-Trägers an und flog ihm entgegen.

»Ich habe ihn in der Erfassung!«, meldete Jennifer, kaum dass sie den Luftraum von Ailand verlassen hatten. Sie setzte sich mit dem Shift in Verbindung.

Die Übergabe erfolgte reibungslos. Jenny hatte keine Mühe mit der Manipulation des Trodar-Trägers. Die Shiftbesatzung gab ihr über Funk noch einige Tipps für die Auswertung der Impulse, die der präparierte Träger von den anderen Komponenten erhielt.

Jenny konzentrierte sich auf die empfangenen Peilsignale, die der Träger ihr übermittelte.

»Trodar befindet sich jenseits der Ail-Berge«, stellte sie fest. »Aber es ist besser, wenn wir den Bergen ausweichen, um nicht dichtauf folgen zu müssen.«

»Ich habe den Roboter in der Erfassung«, erklärte Tekener mit einem Blick auf den Ortungsschirm, der den Träger als blinkenden Lichtpunkt zeigte. »Du kannst dich auf die Fernsteuerung konzentrieren.«

Jennifer ließ den Träger nach links abschwenken und auf eine Höhe von zwei Kilometern steigen. Tekener blieb mit dem Schweber tiefer. So flogen sie parallel zu den Ausläufern des Gebirges.

Erst als sie die Berge hinter sich ließen, gerieten sie in einen Sandsturm. Jenny wollte schon melden, dass die empfangenen Impulse stärker wurden, als diese urplötzlich abrissen. Schuld daran waren die statischen Störungen des Sandsturms.

»Ich behalte die ursprüngliche Richtung bei«, sagte sie. »Kannst du folgen?«

Tekener nickte. Er beschleunigte den Schweber und kam bis auf wenige hundert Meter an den Träger heran.

Endlich flaute der Sandsturm ab. Vor dem Schweber erstreckte sich eine endlos scheinende Wüste, über die einige kleinere Windhosen wirbelten. Die Sicht war dennoch gut.

»Unser Trodar-Teil empfängt wieder die Impulse der anderen Komponenten«, sagte Jennifer. »Achtung! Ich muss die Richtung korrigieren.«

Tekener stellte fest, dass der blinkende Punkt auf seinem Ortungsschirm einen Zickzackkurs beschrieb. »Was ist los?«, erkundigte er sich.

»Trodars Impulse kommen plötzlich aus verschiedenen Richtungen«, antwortete Jennifer. »Unser Träger wird deshalb förmlich hin und her gerissen.«

»Das zeigt, dass Trodar seine verbliebenen Teile über ein weites Gebiet verstreut hat«, bemerkte Tekener. »Behalte eine konstante Richtung bei, egal, in welcher Intensität die Impulse von dort kommen. Zu Trodar führen sie uns auf jeden Fall.«

»Und wenn Trodar auf unseren Träger aufmerksam wird?«

Tekener antwortete nicht sofort. Es war anzunehmen, dass Trodar die Manipulation eines seiner Träger sofort erkennen konnte. Gewiss würde er nicht zögern, diese Komponente zu vernichten.

»Halte unseren Spion zurück«, sagte er schließlich. »Ohne ihn hätten wir keinen einseitigen Kontakt mehr. Sieh zu, dass wir ins Zentrum von Trodars Einflussbereich gelangen. Dort werden wir vermutlich irgendwann auch auf Salik stoßen.«

Jennifer lenkte den Träger tiefer und drosselte seine Geschwindigkeit auf dreißig Kilometer in der Stunde. Tekener glitt mit dem Schweber kaum mehr zwanzig Meter über den Sanddünen dahin und blieb so weit zurück, dass er den Roboter gerade noch in der Ortung hatte.

»Vor uns ist etwas«, stellte Tekener nach einer Weile fest.

Am Horizont wuchs ein dunkler Streifen. Die Bildvergrößerung zeigte einen dichten Wall aus Riesenkakteen. Davor bewegte sich ein Geländewagen, der geradewegs auf den Kakteenwald zuhielt.

»Das kann nur Bedomo sein«, überlegte Tekener.

»Wir müssen den Wagen stoppen«, sagte Jenny besorgt. »Die Impulsverteilung zeigt deutlich, dass Trodar den Wald umzingelt hat. Gail fährt in ihr Verderben.«

»Pass auf, dass wir unseren Träger nicht verlieren«, mahnte Tekener. »Um das andere kümmere ich mich.«

Er beschleunigte den Schweber und hielt in gerader Linie auf den Geländewagen zu. Es dauerte nur kurze Zeit, bis er das Bodenfahrzeug überholte, in einer engen Kurve herumschwenkte und knapp vor dem Geländewagen aufsetzte. Der Fahrer das Wagens, ein Zwotter, konnte gerade noch abbremsen, um einen Zusammenstoß zu verhindern.

Jennifer Thyron landete den Trodar-Träger vorsichtshalber am Rand des

Kakteenwalds. Bis das erledigt war, verließ Gail Bedomo bereits in Begleitung zweier Zwotter den Geländewagen. Tek ging ihnen entgegen. Bedomo redete gestikulierend auf ihn ein.

Jenny steckte die Fernsteuerung für den Träger ein und verließ ebenfalls den Schweber.

»Wenn es eure ehrliche Absicht ist, den Ritter der Tiefe zu unterstützen, dann werdet ihr euch uns unterordnen müssen«, sagte in dem Moment eine der Zwotterfrauen ziemlich laut und aufgebracht. »Wir wissen, was gut für ihn ist.«

21.

Trodar nahm es ziemlich gelassen hin, dass Jen Salik zwei seiner Anschläge abgewehrt hatte. Es war kein Verlust für ihn, dass er jedes Mal einen seiner Träger eingebüßt hatte. Er war in zwölf Komponenten nicht schwächer als in vierzehn.

Nur die Erkenntnis, dass er dem Ritter mit den Waffen der Verdammnis nichts mehr anhaben konnte, war anfangs bitter gewesen. Inzwischen hatte er sich damit abgefunden. Trodar war sich darüber klar, dass er neue Wege beschreiten musste. Und sein Gegner sollte selbst die Route bestimmen.

Trodars neue Taktik war so einfach wie zweckdienlich. Indem er Jen Salik die Offensive überließ, wollte er ihn aus der Defensive holen.

Trodar durchschaute die Absicht des Ritters, sie war zu eindeutig. Salik wollte das Zentrum der zwotterischen Kultur aufsuchen, um die Mittel der Zwotter als Waffe zu nützen.

Der Ritter der Tiefe konnte ihn in keiner Weise täuschen. Trodar erkannte das Ablenkungsmanöver, als Salik den Geländewagen verließ und sich mit einer Schar Zwotter absetzte. Trodar verfolgte sowohl die Fahrt des Geländewagens als auch Saliks Ritt auf dem Echsenwesen.

Außerdem der simple Trick mit einem seiner Träger, der manipuliert worden war. Trodar ging nicht in diese Falle, er ließ sich nicht von seinem Gegner ablenken.

Er hatte den Kakteenwald mit seinen zwölf verbliebenen Trägern umzingelt. Er beobachtete sowohl die Gruppe mit Jen Salik als auch jene, die sich seines präparierten Trägers als Köder bediente.

Es wäre Trodar ein Leichtes gewesen, alle zu vernichten – bis auf seinen Erzfeind selbst. Aber daran dachte er nicht. Er spielte mit ihnen, und er spielte vor allem mit dem Ritter, der sich vermutlich besonders schlau vorkam.

Der Ritter der Tiefe spürte die Trodars Nähe, der Anführer der Großen Horde wusste das. Die Bande der über eine Jahrmillion währenden Todfeindschaft, die sie aneinanderketteten, waren nicht mehr zu zertrennen, es sei denn durch den Sieg des einen über den anderen.

Trodar wusste, was sein Gegner hier wollte. Es war für Jen Salik ein harter Schlag gewesen, dass der zweite Wall durch sein eigenes Verschulden zusammenbrach und sich sogar gegen ihn selbst richtete. Damit war der Weg für die Horden von Garbesch frei. Saliks Bestreben war es, dem Margor-Schwall seine ursprüngliche Funktion zurückzugeben.

Aber wie anders konnte er den zweiten Wall festigen als durch einen heroischen Opfergang? Trodar war darauf vorbereitet. Jen Salik würde eine herbe Überraschung erleben, wenn er, statt zur Verstärkung der Paraplasmatischen Sphäre beizutragen, hilflos in übergeordneten Räumen verging ...

Jen Salik hatte noch immer die Windkutte an, als er auf den Rücken der Riesenechse kletterte. Einer der Zwotter bedeutete ihm, dass er sich in einer Ausbuchtung des Rückenkamms niederlassen sollte. Salik versuchte es, aber dabei war ihm der Rucksack hinderlich, den er aus dem Geländewagen mitgenommen hatte. Er hoffte, dass Trodar dies nicht entgangen war.

»Darf ich deinen Schatz für die Dauer des Rittes verwalten?«, erkundigte sich der Zwotter, der in der Lücke hinter ihm Platz genommen hatte. Salik überließ ihm den Rucksack.

Als alle Zwotter aufgestiegen waren, setzte sich das Riesentier in Bewegung und fiel bald in schaukelnden Trab.

Der Vermessungswagen mit Gail Bedomo und den Zwotterfrauen an Bord verschwand zwischen den Dünen. Saliks Begleiter waren alle männlich, dennoch wunderte er sich nicht, dass sie Interkosmo akzentfrei beherrschten. Er hatte schon längst vermutet, dass sich manche der männlichen Zwotter nur verstellten, um den Menschen die Degenerierten vorzuspielen.

Ihr Verhalten konnte nur in der Furcht der Zwotter begründet sein, dass die Menschen sich von ihnen abwenden würden, sobald sie herausfanden, dass die Gnomen nicht mehr die geistig unterentwickelten und evolutionsgeschädigten Nachfahren eines einst hochstehenden Volkes waren. Das war eine unbegründete Angst, gewiss, aber die Zwotter mussten das von selbst erkennen. Sie mussten den Mut aufbringen, den Terranern als gleichberechtigte Partner entgegenzutreten. Salik hoffte, etwas dazu beitragen zu können. Aber die Vernichtung Trodars war weiterhin sein Hauptanliegen.

Vor ihnen erstreckte sich ein Wald aus Kakteen.

»Ist das unser Ziel?«, fragte Salik. »Liegt dort die Straße der Psychode?«

»Du wirst es sehen«, antwortete der Zwotter vor ihm.

»Gehört einer von euch zu den Meistern des Geistes, die Paraplasma erschaffen können?«, fragte Salik weiter.

Der Zwotter hinter ihm lachte. Die anderen stimmten in dieses meckernde Gelächter ein.

»Entschuldigheit«, sagte der Zwotter, der mit dem Lachen begonnen hatte. »Ist es nicht ungehörig, statt einer Antwort zu lachen? Aber gehört es sich andererseits nicht, sich für schlechtes Benehmen zu entschuldigen? Wir haben das Lachen von euch gelernt, und wir können damit so manche Stimmung ausdrücken.«

»Ihr solltet euch nicht sklavisch nach menschlichen Sitten und Gebräuchen richten«, mahnte Salik. »Bleibt euch lieber selbst treu. Aber ich hätte doch gerne gewusst, was ihr mit eurem Lachen ausdrücken wolltet.«

»Nun ...« Der Zwotter zögerte kurz. »Es erheitert uns, wenn wir merken, dass du immer noch eine falsche Vorstellung davon hast, wie Psychode erschaffen werden.«

»Ich weiß nur, wie es in der Vergangenheit war«, sagte Salik.

»Du wirst erfahren, wie es heute ist.«

Sie erreichten die ersten Kakteen. Der Treiber, der im Nacken der Riesenechse saß, zügelte das Tier. Nacheinander kletterten alle Zwotter zu Boden. Salik bekam seinen Rucksack zurück und schnallte ihn sich um.

Sei wachsam, Trodar, dachte er. *Lass dir keine Einzelheit entgehen!*

Gemeinsam gingen sie weiter. Der Zwotter, der zuvor Saliks Gepäck gehalten hatte, übernahm die Führung. Zwischen den Kakteen wuchsen fächerförmige Farne, und Moose waren überall. Jen Salik hatte das Gefühl, über einen schallschluckenden Teppich zu gehen. Die Luft war rein und würzig, und er wusste, dass seine Windkutte hier überflüssig war.

Die Kakteen standen immer dichter, waren gewunden und ineinander verschlungen. Immer öfter stellte Salik fest, dass die Stämme keilförmig angeschnitten waren. Aus den Schnittstellen floss zähe Kaktusmilch, die von Tongefäßen aufgefangen wurde. Gelegentlich tauchte ein Zwotter auf, der die vollen Gefäße einsammelte und durch leere ersetzte. Es waren Zwotter beiderlei Geschlechts.

Nach etwa einer Viertelstunde lichtete sich der Wald. Die Gruppe erreichte eine große Lichtung mit einer Siedlung.

Saliks spontaner Eindruck war der einer Stufenpyramide. Dann erkannte er, dass sich dieses Monument aus trapezförmigen Bunkergebäuden zusammensetzte, wie er sie in der Altstadt von Ailand gesehen hatte. Sie standen dicht gedrängt und waren sogar übereinandergebaut, sodass der Eindruck einer Stufenpyramide entstand. Dazwischen gab es enge Durchlässe, Treppen und großzügig angelegte Terrassen. Und überall herrschte reges Treiben, eilten Zwotter und Zwotterfrauen hin und her.

»Unsere Stadt!«, sagte Saliks Führer, als gäbe es nur diese auf Zwottertracht. Aber Jen erkannte an der Betonung, wie es gemeint war. Die Siedlung war für die Zwotter die Hauptstadt ihrer Welt.

»Sie ist so alt wie unser Volk«, fügte der Zwotter hinzu.

Das war eine maßlose Übertreibung, aber Salik deutete auch das richtig. So hatten die Zwotter schon vor 1,2 Millionen Jahren gebaut, vor dem Untergang ihrer Kultur.

»Es ist die Residenz unseres Königs. Die Straße der Psychode durchkreuzt die Stadt in vier Himmelsrichtungen.«

König war bei den Zwottern nicht der Titel eines Monarchen, sondern die ehrenvolle Bezeichnung für einen aus ihrer Mitte, den sie als »Meister des Geistes« anerkannten. Davon abgeleitet war die Verballhornung Meistergeist.

Aus der Nähe sah die Königsstadt immer weniger wie ein geschlossener Komplex aus. Jedes Gebäude wurde zur Einheit für sich, ob es nun an der Basis stand oder in einer oberen Etage.

Saliks Führer hielt vor einem großen Durchlass an. Das war kein Tor im eigentlichen Sinn, den seitlichen Abschluss bildeten nämlich die schrägen Wände der angrenzenden Gebäude. Es war der Beginn einer Straße, die quer durch die Stadt verlief.

»Die Straße der Psychode«, sagte Saliks Führer. »Wenn du zum Meistergeist willst, musst du den Weg allein finden.«

Jen Salik betrat die Straße. Sie verlief etwa dreißig Schritt geradeaus, dann bog sie nach links ab. Es gab keine Beleuchtung, nur das einfallende Tageslicht erhellte die Straße ein wenig.

Nach einigen Schritten kam wieder ein Knick, und die Straße führte in der ursprünglichen Richtung weiter. Sie war so breit und hoch wie am Beginn, und so führte sie unverändert weiter. Nur gerade verlief sie nicht.

Nach der nächsten Biegung sah Salik vor sich einen fahlen Schein. Er spürte, dass dieses Leuchten nur die Begleiterscheinung einer viel stärkeren Ausstrahlung war. Als er dann zu der Abzweigung kam, erkannte er die Psychode. Ihre starke Parusie verwirrte seine Sinne. Er konnte die Fülle der auf ihn einströmenden Impulse nicht analysieren oder gar deuten, sondern die Sendungen nur in ihrer Gesamtheit empfangen.

Deshalb war er gezwungen, sich auf die optischen Eindrücke zu verlassen. Auch diese waren verwirrend genug. Er musste alles vergessen, was er jemals über Psychode gehört hatte. Das waren keine Einzelgebilde, deren Form sich abgrenzen und bestimmen ließ und die Assoziationen geweckt hätten. Er konnte keine bunten Schmetterlinge in sie hineindenken, bekam auch nicht die Vorstellung von Heroen. Er sah keine Fabelwesen und keine geometrischen Figuren, deutete die Gebilde nicht als Wolken oder Berge, als Planeten, Sonnen oder kosmische Systeme.

Die Psychode standen für sich selbst und nur für sich. Eine ganze Straße davon. Betrat man die Straße, so schritt man über Psychode. Sie gaben sich nicht durch ihre Form zu erkennen, sondern durch ihre Parusie. Und dieser konnte man sich nicht entziehen.

Die Parusie beeinflusste nicht, sie war nicht belehrend und nicht erzieherisch, weder aufklärend noch unterdrückend. Dominierend, aber nicht aufdringlich. Sie ließ sich weder verdrängen noch ignorieren und ließ dennoch den Gedanken genügend Spielraum.

Wie wenig ergiebig Saliks optische Eindrücke auch waren, so drängte sich ihm doch der Vergleich mit einer Schalt- und Steuerzentrale auf. Ein Psychode-Computer, eine paraplasmatische Denkmaschine war eigentlich unvorstellbar – dennoch war Jen Salik seiner Sache sicher, dass diese Straße der Psychode das Herz der neo-zwotterischen Kultur war, von dem aus sich ein parusisches Netz über den gesamten Planeten spannte.

Er kam ins Zentrum, in dem sich die Straßen aus allen vier Himmelsrichtungen trafen. Hier wurde er von einem Zwotter erwartet und wusste sofort, dass er dem »Meistergeist« gegenüberstand.

»Ich bin Tezohr«, stellte sich der Zwotter vor. »Meine Artgenossen haben mich zum Meistergeist erhoben.«

Einer näheren Erklärung bedurfte es nicht. Salik wusste, dass er nicht den legendären König Tezohr vor sich hatte, der die Geschicke der Zwotter gelenkt hatte, als die Zwotter sich noch Läander nannten. Dieser Tezohr vor ihm war nur ein ferner Nachkomme jenes Königs.

»Wir haben dir etwas zugestanden, was bisher noch keinem Menschen erlaubt wurde«, sagte Tezohr. »Du wurdest in das bestgehütete Geheimnis unseres Volkes eingeweiht, weil du glaubhaft machen konntest, dass viel davon für dein Volk und diese Galaxis abhängt. Nun liegt es an dir, das in dich gesetzte Vertrauen zu bestätigen.«

»Ich bin ein Ritter der Tiefe«, sagte Jen Salik.

»Und was weist dich als solchen aus?«

»Mein Wissen.«

»Bisher hast du wenig davon gezeigt.«

»Schuld daran war die veränderte Ausstrahlung des Margor-Schwalls.« Salik berichtet von der Schaltung der Anlagen auf Martappon und dem verhängnisvollen Fehler. »Der Margor-Schwall wurde immer schwächer, bis er vor Kurzem gänzlich erlosch«, fügte er hinzu. »Seitdem bin ich wieder im Vollbesitz meines Ritterwissens.«

»Wir haben ebenfalls registriert, dass die Paraplasmatische Sphäre verstummt ist«, sagte Tezohr. »Ich frage mich, ob ein Ritter der Tiefe gewollt haben kann, dass ein anderer desselben Ordens sein Werk zerstört.«

»Es war ein Unglücksfall. Aber ich weiß, du willst hören, wieso ich mich als Ritter der Tiefe fühle. Aus einem ähnlichen Grund, aus dem du dich Tezohr nennst. Ich berufe mich auf einen Traum.«

»Ein Traum ist dein Beweis?«

»Jawohl, ein Traum. Ich erzähle ihn dir. Danach sollst du entscheiden, ob ich das Recht habe, mich Ritter der Tiefe zu nennen.«

Salik schloss die Augen, um die Bilder heraufzubeschwören, die für ihn eine Zeit lang in Vergessenheit geraten waren. Es war ein tief greifendes Erlebnis gewesen, viel mehr als nur ein Traum, obwohl der Ablauf nicht streng chronologisch gewesen war und eher der chaotischen Ordnung eines Traumes gehorcht hatte.

Ihm war ein Wesen erschienen, von dem er sofort gewusst hatte, dass es Marifat hieß und ein Sikr war. Es war nicht wichtig, was der Begriff Sikr bedeutete, auch die Position und die Herkunft des Wesens waren nicht von Belang.

Er sah Marifat jetzt wieder mit schlammverkrustetem braunem Pelz, der im Gesicht zerzaust war und räudig wirkte. Narben und getrocknetes Blut sollten offenbar zeigen, dass Marifat verwundet war. Dieser Eindruck wurde dadurch verstärkt, dass das Wesen um den rechten Arm einen Verband trug und dass seine Füße mit Lumpen umwickelt waren.

Ganz im Gegensatz zu dem wenig vertrauenerweckenden Anblick, den Marifat bot, stand das, was er zu sagen gehabt hatte. Zur Einleitung hatte er Salik mitgeteilt, dass er dabei sei, den letzten Teil einer großen Schuld abzutragen.

So zusammenhanglos und widersprüchlich wie in den meisten Träumen hatte Salik gleichzeitig den Eindruck bekommen, dass dieses Wesen vor einem großen Auditorium sprach, seine Worte aber ausschließlich an ihn, Salik, richtete.

»Im weitesten Sinn bist du ein Nachkomme Armadan von Harpoons. Das scheint schwer nachprüfbar nach mehr als einer Million Jahren, und diese Behauptung würde auch keiner anerkannten wissenschaftlichen Untersuchung standhalten. Aber die Wissenschaft untersucht ohnehin nur das, was sie beschreiben kann. Der Wächterorden besaß jedenfalls ein profundes Wissen über genetische Zyklen, sodass dein Status nicht so unglaublich ist, wie es auf den ersten Blick aussehen mag. Deine Herkunft hätte dir wenig genützt, wenn niemand gekommen wäre, um eine mentale Affinität zwischen dir und einem falschen Mitglied des Wächterordens zu

wecken. Ich kann mich kaum noch daran erinnern, wie lange ich schon auf diese Gelegenheit warte.«

Salik wiederholte die Rede Marifats wörtlich.

Erklärend fügte er hinzu: »Dieses falsche Mitglied war ein Mann namens Harden Coonor, der durch einen Schwindel den Ritterstatus des Igsorian von Veylt erhielt. Das war vor über einer Million Jahren, und ich bin überzeugt davon, dass Marifat damit zu tun hatte. Und nun geschah es in der Gegenwart, dass Harden Coonors Wissen auf mich überfloss. Ich erhielt alles, das Wissen und den Status, was einen Ritter der Tiefe ausmacht – und ich wurde damit gewissermaßen zu Igsorian von Veylt. Eine Zeit lang fürchtete ich mich vor diesem Wissen. Danach folgte eine Periode, in der ich Angst hatte, alles wieder zu verlieren. Nun, da der Margor-Schwall erloschen ist, bin ich gefestigt und stehe dir, Tezohr, als ein Mitglied des Ritterordens gegenüber, das deine Hilfe erbittet.«

Der Zwotterkönig nickte langsam mit seinem großen Kopf. Eindringlich sah er sein Gegenüber an. Salik erwiderte den Blick und spürte in diesem Moment die starke Verbundenheit zwischen ihnen.

»Du bist nicht minder berechtigt, dich Igsorian von Veylt zu nennen, als ich, den Namen Tezohr zu tragen«, sagte das Oberhaupt der neuen Zwottergeneration. »Wie ich ein König bin, so bist du ein Ritter der Tiefe. Was erwartest du von mir?«

»Ich muss ein Duell beenden, das begann, als der zweite Wall gegen die Horden von Garbesch erschaffen wurde. Der Kampf hat sich derart verlagert, dass mit herkömmlichen Mitteln eine Entscheidung nicht mehr herbeizuführen ist.« Salik straffte sich. »Ich möchte mithilfe deiner Gabe Psychode erschaffen, die als Waffe gegen meinen Erzfeind zu gebrauchen sind.«

»Das ist ein großes Wagnis. Es ist überaus gefährlich, Paraplasma zu erschaffen, weil man sich dabei leicht selbst verlieren kann.«

»Ich darf kein Risiko scheuen«, sagte Jen Salik mit Nachdruck.

»Die Trodar-Träger setzen sich in Bewegung und fliegen in den Kakteenwald ein!«, meldete Jennifer.

»Trodar bläst zur Attacke«, stellte Tekener fest. »Aber wir werden nicht untätig zusehen. Wir folgen den Trodar-Trägern mit dem Schweber.«

Tekener drängte Gail Bedomo in den Einstieg, und sie protestierte seltsamerweise überhaupt nicht dagegen.

Nur die beiden Zwotterfrauen wollten Tekeners Vorhaben verhindern.

»Das darfst du nicht tun!«, rief Stiva. Vasnizza fügte hinzu: »Der Ritter muss das allein durchstehen.«

»Ihm kommt unsere Hilfe bestimmt nicht ungelegen«, erwiderte Tekener. »Was ist? Ihr könnt hierbleiben oder mitkommen. Aber behindern könnt ihr uns nicht.«

Zögernd folgten die beiden Zwotterfrauen der Aufforderung und betraten den Schweber. Tekener folgte ihnen und schloss hinter sich die Schleuse.

Jenny lenkte den präparierten Trodar-Träger bereits wieder auf die Höhe der Kakteen. Tekener startete den Schweber und folgte dem Träger.

»Trodar begibt sich mit allen Komponenten ins Zentrum des Waldes«, berichtete Jennifer.

»Was ist dort?«, fragte Tekener die Zwotterfrauen.

»Unsere Hauptstadt«, antwortete Vasnizza. »Dort liegt auch die Straße der Psychode, die von Meistergeistern unserer Generation erschaffen wurden.«

Tekener sah die Stadt bald aus der Ferne. Wie eine Stufenpyramide ragte sie aus dem Wald auf.

»Psychode«, sagte er. »Ich hätte mir denken können, dass Salik diesen Weg wählt. Ich muss ihn daran hindern.«

»Nein!«, riefen Stiva und Vasnizza entsetzt.

»Warum müssen Sie sich da überhaupt einmischen, Mister Tekener?«, sagte Gail Bedomo giftig.

»Tek meint es nur gut mit Jen«, antwortete Jennifer anstelle ihres Mannes. »Es sieht danach aus, als wolle Jen sich opfern. Da er Trodar nicht mehr auf konventionelle Weise besiegen kann, wird er alles daransetzen, dass er selbst in die Paraplasmatische Sphäre aufgehen kann. Auf die Weise wird er den Margor-Schwall regulieren und letzten Endes über Trodar triumphieren.«

Bedomo wurde bleich. »Das wusste ich nicht«, stammelte sie. »Jen darf nichts geschehen.«

»Die Trodar-Träger fliegen von verschiedenen Seiten in die Stadt ein«, stellte Jennifer fest, ohne länger auf die Entwicklungshelferin zu achten.

Tekener steuerte den Schweber auf die Lichtung. Er landete auf einer der oberen Terrassen. Aufgeschreckte Zwotter flohen vor dem Fahrzeug.

Kaum hatte der Schweber aufgesetzt, wollten die beiden Zwotterfrauen die Flucht ergreifen.

»Lasst sie nicht entkommen!«, rief Tekener.

Seine Frau und Gail Bedomo holten die Zwotterfrauen noch im Ausstieg ein und nahmen sie in Gewahrsam.

»Ihr beide führt uns jetzt zur Straße der Psychode!«, drängte Tekener und griff demonstrativ zur Waffe. »Und versucht nicht, uns zu verschaukeln.«

»Nichts verschaukelndes Wiegen«, sang Stiva, die vor Schreck in den Zustand des Unaussprechlichen gefallen und zu einem Morphling geworden war.

Augenblicklich widmete Tekener sich Vasnizza. »Dann wirst du uns eben allein führen«, sagte er.

Vasnizza wehrte sich nicht einmal dagegen, dass der Terraner sie am Oberarm festhielt, während sie den Schweber verließen. Jennifer und Gail Bedomo redeten abwechselnd auf sie ein, um sie von der Notwendigkeit der Rettungsaktion zu überzeugen.

»Ich füge mich«, sagte Vasnizza endlich. »Aber Jen Salik braucht euch nicht. Es wäre dasselbe, als würde man das Licht einer Sonne mit Kerzenschein verstärken wollen. Lass mich los!«

Tekener löste seinen Griff. Die Zwotterfrau lief in einen Durchlass zwischen zwei Gebäuden und stieg über eine verwinkelte Treppe in die Tiefe. Der Smiler blieb ihr dicht auf den Fersen.

Vasnizza lief kreuz und quer über verschiedene Ebenen der Stadt, und Tek hatte manchmal das Gefühl, dass sie sich im Kreis bewegten. Aber er hatte keine Wahl, er musste der Zwotterfrau vertrauen.

Vor einer Treppe blieb Vasnizza schließlich stehen.

»Ihr findet jetzt den Weg allein«, sagte sie. »Unten am Ende der Treppe verläuft der Kreuzweg der Psychode.«

Tekener zögerte nur kurz, dann hetzte er an der Zwotterfrau vorbei die Stufen hinab. Den Strahler hatte er entsichert in der Hand. Die Treppe schien kein Ende zu nehmen, und es wurde düsterer.

Erst auf dem nächsten Treppenabsatz nahm Tek einen von unten kommenden fahlen Lichtschein wahr. Als er diesen letzten Absatz überwand, konnte er in eine geräumige Halle blicken.

Plötzlich verlangsamte er seinen Lauf. Er war eindeutig zu spät gekommen ...

In die Halle mündeten vier Straßen, die vom unwirklichen Schein der überall verteilten Psychode erhellt wurden. Etwa dreißig Zwotter standen im Kreis, zwischen ihnen Jen Salik und ein einzelner Zwotter. Beide kauerten erschöpft auf dem Boden und hielten einander an der Hand. Zwischen ihnen und dem reglosen Kreis der Zwotter standen dreizehn Psychode, skurrile Skulpturen, abstrakt und fremdartig. Sie sahen aus, als seien sie aus Kristallen zusammengesetzt, zwischen denen eine leuchtende Flüssigkeit floss. In den verschiedengestaltigen Kristallgebilden eingebettet entdeckte Tekener die Trodar-Träger.

Für jede Komponente ein Psychod, auch für den von Jenny ferngesteuerten Träger. Tekener sah es förmlich vor sich, wie Salik sich mit den Zwottern zu einem Geistesblock zusammenschloss und sie sich darauf konzentrierten, die heranstürmenden Trodar-Träger in paraplasmatischen Gebilden zu binden.

»Ich habe mich geirrt«, sagte Tekener, als Gail Bedomo und seine Frau zu ihm aufschlossen. Er schüttelte ungläubig den Kopf. »Ich hätte Jen diesen geistigen Kraftakt nie zugetraut.«

Salik schaute in dem Moment auf und kam auf die Beine. Er ließ die Hand des Zwotters los. Dabei lächelte er.

»Ich hätte es nie geschafft, wenn der Margor-Schwall nicht schon zuvor erloschen wäre«, sagte der Ritter der Tiefe.

»Dann ist Trodar endgültig besiegt?«, fragte Jenny.

»Für ewig in die Psychode eingeschlossen.« Jen Salik blickte Tekener und seine Begleiterinnen prüfend an. »Was habt ihr befürchtet?«, erkundigte er sich zögernd.

»Das Schlimmste«, gestand Tekener. »Aber ich wusste nicht, dass es den Margor-Schwall nicht mehr gibt und du wieder ein vollwertiger Ritter der Tiefe bist.«

»Der Schwall ist von selbst erloschen«, sagte Jen Salik.

Die MESSIER durchbrach den Staubmantel und verließ die Provcon-Faust. Während die erste Linearetappe eingeleitet wurde, schickte Ronald Tekener über die Funkbrücke eine Nachricht ins Solsystem. Er unterrichtete den Ersten Terraner in groben Zügen über die Geschehnisse.

Tifflors Antwort traf überraschend schnell ein. Er gratulierte Jen Salik zu seinem Triumph und gab gleichzeitig bekannt, dass er die Verbände der GAVÖK und der LFT mitsamt den Sporenschiffen aus dem Sektor der Provcon-Faust abziehen lasse.

Damit war dieses Kapitel abgeschlossen.

Ronald Tekener verließ die Funkzentrale und suchte den Bereitschaftsraum auf. Dort traf er seine Frau zusammen mit Jen Salik und Gail Bedomo.

»Die Enttäuschung, dass es bei den Zwottern keine reine Frauenherrschaft mehr gibt, steht Ihnen ins Gesicht geschrieben, Dr. Bedomo.« Tekener konnte sich die Bemerkung nicht verkneifen.

Zu seiner Überraschung brachte die Entwicklungshelferin sogar ein Lächeln zustande, und es wirkte nicht einmal gezwungen.

»Ich werde nach Zwottertracht zurückkehren und für immer dort bleiben«, sagte Bedomo. »Das habe ich König Tezohr versprochen. Aber ich denke, dass ich auf Terra im Augenblick mehr für die Zwotter tun kann. Finden Sie nicht auch?«

»Ja, natürlich«, sagte Tekener irritiert. Er wandte sich Salik zu. »Ich wundere mich, dass du den Umweg über Terra machst, Jen. Du wirst auf Martappon gebraucht.«

»Diesmal werde ich mich bestimmt nicht lange aufhalten«, antwortete Salik. »Ich kehre rechtzeitig zur Anlage zurück. Außerdem weiß ich, dass die Orbiter meinen Ritterstatus anerkennen werden.«

22.

Die Hotelstadt Suntown auf der Hundertsonnenwelt wirkte wie ausgestorben. Der gigantische Wohnkomplex erstreckte sich scheinbar bis zum Horizont, vom Licht der Atomsonnen gleichmäßig angestrahlt.

Und doch gab es Leben in Suntown. Ein hochgewachsener Mann, schlank, mit dunklem Haar, schritt durch die einsamen Straßen und näherte sich einem der zahlreichen Bungalows mit ihren verwilderten Vorgärten. Ein unmerkliches Zucken huschte über sein wettergegerbtes Gesicht, als er vor der Zugangstür innehielt.

Er wurde erwartet, also brauchte er sich nicht bemerkbar zu machen.

Zarker Prull war 76 Jahre alt und der wissenschaftliche Leiter der LFT-Delegation auf der Hundertsonnenwelt. Da während der Laren-Invasion die Welt der Posbis von den Terranern geräumt worden war, kehrten nun zum ersten Mal wieder Menschen zurück – insgesamt zweitausendundzwölf. Ihre Aufgabe war es, die Hundertsonnenwelt auf ihre erneute Nutzbarkeit zu untersuchen und den freundschaftlichen Kontakt zu den Posbis aufrechtzuerhalten.

So war es vorgesehen. Zarker Prull konnte nicht ahnen, dass sich alles drastisch ändern sollte.

Seine Geduld wurde auf eine harte Probe gestellt, dann öffnete sich die Tür. Eine weibliche Stimme flüsterte hastig: »Komm rein, aber schnell! Du bist unvorsichtig, Zarker!«

Prull unterdrückte seine Verwunderung.

»Was ist denn los mit dir, Marscha?«, fragte er. »Kann doch jeder wissen, dass ich dich besuche. Ohnehin ist allen bekannt, dass wir beide ...«

»Du bist ein schrecklicher Mensch!«, unterbrach ihn die Exobiologin Marscha Hagen und zog ihn ins Haus. Hastig schloss sie die Tür. »Wieder die letzten Neuigkeiten verschlafen, wie ich dich kenne. Du wirst noch deinen eigenen Tod verschlafen.«

Kopfschüttelnd folgte er ihr in den Wohnraum.

Sie alle waren erst vor Kurzem mit dem Kugelraumer HEGEL auf der Hundertsonnenwelt eingetroffen, lebten meist in Suntown und starteten von hier aus ihre Unternehmungen. Posbis und Matten-Willys unterstützten die Terraner, wann immer es notwendig schien.

Marscha Hagen setzte sich. Sie war knapp vierzig Jahre alt, vollschlank, hatte rotblondes, langes Haar und wirkte äußerst anziehend.

»Setz dich endlich!«, sagte sie. »Erstens weiß keiner, dass wir ein Verhältnis haben, und es geht auch niemanden etwas an. Zweitens gibt es Ärger mit den Posbis.«

»Mit den Posbis?« Prull war ehrlich erstaunt. »Wie kommst du auf die Idee?«

»Carlo Wollmacher teilte es mir eben mit. Die Posbis machen Jagd auf uns.«

»Du bist verrückt«, stellte Prull sachlich fest.

Sie schüttelte den Kopf, ohne beleidigt zu sein. »Bin ich nicht, mein Lieber. Du hast nur Glück, dass dich keiner der Roboter gesehen hat, sonst hätten sie dich geschnappt und eingesperrt. Frag doch Carlo, wenn du mir nicht glaubst.«

Er stand auf und ging zum Visio. Ein knappes Kommando stellte die Verbindung zu dem Kybernetiker her.

»Mensch, wo steckst du denn?«, sprudelte der glatzköpfige Mann hervor. »Ich versuche schon die ganze Zeit, dich zu erreichen. Die Posbis drehen durch.«

»Ich bin bei Marscha. Was ist vorgefallen?«

»Bei Marscha? Das hätte ich mir denken können, ich Rindvieh.«

Wollmacher, der sich eigentlich nur Kosmos Tree nannte, weil er seinen Namen angeblich nicht mochte, wirkte äußerst erregt.

»Es fing vor einer oder zwei Stunden an. Die Posbis nahmen einen Trupp von uns gefangen, der zum Gebirge wollte. Ich beobachtete den Vorfall und alarmierte jeden, den ich erreichen konnte. Die Posbis weigern sich, Auskunft zu geben. Als würden sie unter Zwang handeln ...«

»Nun mal langsam, Kosmos Tree. Warum sollten die Posbis das tun? Sie waren immer unsere zuverlässigsten Freunde. Ich sehe keinen Grund, weshalb sich das plötzlich ändern sollte.«

»Das hat es aber!« Kosmos Tree lief rot an. »Geh doch auf die Straße und warte ab, was geschieht!«

»Ich komme gerade von der Straße. Nichts ist passiert.«

»Sind dir Posbis begegnet?«

»Nein.«

»Na also.« Kosmos Tree schnaubte verächtlich. »Dann kann auch nichts passiert sein. Sie sind jetzt unterwegs und nehmen jeden Terraner gefangen, den sie sehen. Die meisten von uns sind noch ahnungslos, aber wir müssen alle warnen. Das ist deine Aufgabe.«

»Darüber brauchst du mich nicht aufzuklären«, gab Prull verstimmt zurück. »Ich werde mich darum kümmern. Was ist mit der HEGEL?«

»Steht im Hangar. Jedenfalls hoffe ich das. Einige Nachrichtenverbindungen sind unterbrochen. Ich kann den Hangar nicht erreichen.«

»Auch darum werde ich mich kümmern«, versprach Prull und schaltete ab. Er kehrte zu Marscha Hagen zurück und setzte sich neben sie. »Verstehst du das?«

Sie schüttelte den Kopf. »Du willst zum Hangar?«

»Wenn hier wirklich etwas vorfällt, was unsere Sicherheit bedroht, ist das Schiff die einzige Rettung. Du solltest mitkommen.«

Die Frau seufzte. »Ich hatte mich auf einen gemütlichen Vormittag gefreut. Das Frühstück ist fertig.«

»Wir müssen sofort los«, sagte Prull bestimmt. »Nimm das Nötigste mit. Und gib mir deinen Impulsstrahler.«

Nicht ganz dreihunderttausend Lichtjahre von Terra entfernt stand die Hundertsonnenwelt im Leerraum zwischen den Galaxien. Die auf ihr lebenden Posbis – positronisch-biologische Roboter mit Zellplasma-Zusatz – hatten die zurückgekehrten Menschen mit freundschaftlicher Gelassenheit empfangen und sich wieder ihrer Arbeit zugewandt.

In den sechs Raumschiffswerften und auf den drei Großraumhäfen warteten einige Fragmentschiffe auf ihren Einsatz. Der Kugelraumer der Terraner war in einem der unterirdischen Hangars untergebracht. Dieser lag nicht weit von Suntown entfernt und war leicht mit Gleitern oder positronisch gesteuerten Fahrkabinen zu erreichen.

Zarker Prull war vorsichtig genug, die City der Hotelstadt zu meiden, obwohl der kürzeste Weg genau hier gewesen wäre. Er bemerkte weder Posbis noch Matten-Willys, trotzdem nahm er Kosmos Trees Warnung ernst.

Weiter vorn war eine Bewegung.

Prull zog Marscha in einen Hauseingang und spähte um die Ecke. Eines der großen Quallenwesen kam. Die Matten-Willys galten als die treuesten Diener und Freunde der Posbis. Auf seinen kurzen Stummelfüßen glitt es quer über die Straße und verschwand, ehe Prull seinen Weg richtig verfolgen konnte.

»Was ist?«, flüsterte Marscha.

»Nur ein Matten-Willy.«

Sie warteten einige Minuten. Als sich nichts mehr regte, verließen sie ihr Versteck und eilten weiter. Mehrmals versuchte Prull, über Armbandfunk Kontakt mit anderen Terranern zu erhalten, aber niemand antwortete. Vielleicht war das Gerät defekt. Marscha hatte das ihre in der Hast des Aufbruchs vergessen.

Auf Umwegen näherten die beiden sich dem gegenüberliegenden Stadtrand. Hier standen Gleiter und Kabinenbahnen.

Der friedliche Eindruck, den Prull und Marscha Hagen noch hatten, änderte sich jäh. Beide glaubten, ihren Augen nicht mehr trauen zu dürfen, als sie sahen, was kaum zweihundert Meter entfernt geschah. Blitzschnell duckten sie sich und krochen auf allen vieren hinter einen Müllcontainer.

Der Kabinenwagen, der soeben eingetroffen war, wurde von einem Dutzend bewaffneter Posbis umringt. Dass es sich nur um Narkosestrahler handelte, war nicht gerade ein Trost. Die sieben Terraner, die von den Robotern aus dem Wagen ins Freie getrieben wurden, begriffen offensichtlich gar nicht, was mit ihnen geschah.

»Sie sind von der Geologischen Forschungsabteilung«, flüsterte Marscha. »Verstehst du das?«

»Die Posbis müssen übergeschnappt sein«, gab Prull ebenso leise zurück.

Die Gefangenen versuchten, mit den Robotern zu verhandeln, und verlangten eine Erklärung. Aber die Posbis drängten sie in Richtung der Stadt davon.

Prull blieb ruhig liegen. Immer noch befanden sich mehrere Roboter bei der Kabinenstation. Der Gleiterparkplatz lag etwas abseits, wurde aber ebenfalls bewacht. Einige Willys bewegten sich träge zwischen den beiden Positionen hin und her, als suchten sie etwas.

»Hier können wir nicht ewig bleiben«, raunte Marscha besorgt. »Früher oder später würden sie uns entdecken.«

»Ich muss wissen, was hier gespielt wird.«

»Eine Fehlschaltung des Zentralplasmas?«

Prull zuckte die Achseln. »Möglich, aber ich kann es mir nicht vorstellen. Auf der anderen Seite scheinen in der Tat sämtliche Posbis von der Sinnesänderung erfasst worden zu sein, was wiederum auf eine zentrale Steuerung hindeutet. Ich möchte wissen, was dahintersteckt.«

»Hier werden wir das nicht herausfinden.«

Zarker Prull nickte. »Natürlich nicht. Wenn ich nur wüsste, wo unsere Freunde sind. Wir müssen sie finden.«

»Vergiss nicht, dass wir nur zweitausend sind und verstreut in einer ausgestorbenen Millionenstadt leben. Muss schon Zufall sein, wenn wir jemandem begegnen – und jetzt erst recht!«

»Wir müssen zur HEGEL«, sagte er.

Geduckt huschten sie zurück.

Einen vorläufigen Unterschlupf fanden sie in einem der riesigen Hotels, die schon lange nicht mehr über Robotpersonal verfügten. Trotzdem machte alles noch einen gepflegten und sauberen Eindruck und funktionierte einwandfrei.

Im zehnten Stock verriegelte Prull die Tür zu einem komfortablen Apartment. Ein Blick auf die Straße belehrte ihn darüber, dass die Posbis aktiver geworden waren. Offensichtlich suchten sie nach den Terranern.

Marscha ließ sich in einen der Sessel sinken.

»Und was nun?«, fragte sie ratlos.

Zarker Prull streckte sich auf dem Doppelbett aus. Er nahm das Armband vom Handgelenk und begann es zu prüfen.

»Hier sind wir vorerst sicher und können abwarten, was weiter geschieht. Vielleicht kann ich das Ding reparieren. Hast du so etwas wie ein Messer bei dir?«

Marscha kramte in den Taschen ihrer Kombination und förderte ein Nagelbesteck hervor. »Genügt das?«

»Geht zur Not.« Prull machte sich an die Arbeit. Als Hyperphysiker hatte er durchaus die Möglichkeit, den Fehler zu finden.

Nach einer Weile gab das Armband wenigstens ein Rauschen von sich, aber nicht mehr.

»Störungen in der Atmosphäre«, murmelte Prull und legte das Gerät wieder um sein Handgelenk. »Ich lasse es eingeschaltet.«

Wenig später marschierten Kolonnen von Posbis in Richtung Zentrum. Sie führten gefangene Terraner ab.

»Eine regelrechte Razzia«, argwöhnte Marscha. »Sie nehmen jeden gefangen. Warum nur?«

»Versuche besser, ein wenig zu schlafen, später kommen wir vielleicht nicht mehr dazu. Wir können nicht ewig hierbleiben.«

»Wohin willst du?«, fragte sie.

»Zur HEGEL.«

Als Marscha antworten wollte, klopfte es an der Tür.

Carz konnte in gewissem Sinn als ein Rebell bezeichnet werden. Er war ein Posbi, doch bereits vor einigen Wochen waren seine halb organischen Nervenstränge ausgefallen, die den faustgroßen Zellplasmazusatz mit den Steuerschaltungen seiner Befehlspositronik verbanden. Statt den Defekt zu melden, wie es seine Pflicht gewesen wäre, genoss er die unverhoffte Freiheit vom Zentralplasma der achtzehn Kuppeln.

Er war selbstständig geworden, ließ sich jedoch nichts anmerken. Wie immer ging er seiner gewohnten Tätigkeit nach, bis das auch für ihn Unbegreifliche geschah. Die Posbis nahmen die befreundeten Terraner gefangen und brachten sie fort.

Carz' erster Gedanke war, die Terraner zu warnen. Das erwies sich jedoch als äußerst schwierig, da er das Funkgerät nicht benutzen durfte. Die Ortungsstationen hätten Standort und Quelle sofort identifiziert und das Zentralplasma alarmiert.

Ihm blieb demnach nichts anderes übrig, als die Terraner einzeln und persönlich von dem unerklärlichen Ereignis zu informieren. Doch auch das funktionierte nur kurze Zeit, einige Stunden vielleicht. Dann wurde es ihm unmöglich, sich einem Terraner auf Rufweite zu nähern, weil sie sofort das Feuer auf ihn eröffneten oder flohen.

Vorübergehend schloss er sich einem Suchkommando an, um zu erfahren, was überhaupt geschehen war. Zu seiner Enttäuschung stellte sich heraus, dass die anderen Roboter ebenfalls nicht wussten, warum sie derart irrational handelten. Er fand nicht einmal heraus, ob die Befehle vom Zentralplasma kamen oder nicht.

Unauffällig trennte er sich wieder von dem Kommando. Niemand hielt ihn auf. Ungehindert konnte er sich in der Stadt bewegen.

Seine Linsen, die mit Infrarot absolute Dunkelheit durchdrangen, erspähten rein zufällig eine vage Bewegung hinter einem der tausend Hotelfenster am Nordrand von Suntown. Den Umrissen nach konnte es sich um einen Terraner handeln, der in dem Riesenbau Zuflucht gesucht hatte. Da ihm sein Umherirren sinnlos erschien, beschloss Carz, Kontakt aufzunehmen.

Er betrat das Hotel, durchquerte die Vorhalle und benützte den Lift. In der zehnten Etage suchte er das Zimmer, hinter dessen Fenster er den Schatten bemerkt hatte.

Kurz entschlossen klopfte er.

Zarker Prull justierte seinen Kombistrahler auf Narkosewirkung – die auch bei Posbis mit Zentralplasma wirkte –, nickte Marscha Hagen eine Warnung zu und betätigte den Öffnungsmechanismus. Die Exobiologin und Astro-Archäologin huschte seitlich neben die Tür, die sich langsam öffnete.

Prull richtete seine Waffe auf den Posbi, der eine abwehrende Handbewegung machte und langsam eintrat. Die Tür schloss sich automatisch.

»Keine Sorge, ich bin ein Freund«, sagte er in perfektem Interkosmo.

Der Strahler blieb auf ihn gerichtet.

»Die Ereignisse der vergangenen Stunden machen es mir schwer, das zu glauben«, sagte Prull. »Aber vielleicht kannst du mir das Unbegreifliche erklären.«

»Leider kann ich das nicht. Ich bin Carz, Techniker unter anderen. Was in Suntown geschieht, ist mir ebenfalls ein Rätsel. Es war mir leider unmöglich, jemand zu fragen, ohne Verdacht zu erregen.«

»Verdacht? Warum?«

Carz beachtete die auf ihn gerichtete Waffe kaum. Er berichtete von seinen unterbrochenen Nervensträngen und der Unabhängigkeit vom Zentralplasma. Zarker Prull verstand sofort.

»Dann bist du von deiner Befehlszentrale abgeschnitten. Trotzdem ist es unverständlich, dass alle anderen Posbis dem Zentralplasma gehorchen. Es müsste zumindest einige geben, die sich weigern, gegen ihre besten Freunde vorzugehen. Hast du etwas in dieser Richtung bemerkt, Carz?«

»Auch das nicht.«

»Das lässt den Schluss zu, dass der Befehl überhaupt nichts mit dem Zentralplasma zu tun hat«, stellte die Exobiologin fest.

Prull ließ die Waffe sinken. »Wie willst du das begründen, Marscha? Carz sagt selbst, dass er keine Befehle mehr erhielt. Ich meine daher ...«

»Und ich meine, dass die Befehle trotzdem woanders herkommen. Suggestivbefehle!«

»Suggestivbefehle, denen jeder Posbi gehorchen muss, ob er will oder nicht«, warf Carz ein. »Jeder Posbi, dessen Plasmazusatz funktioniert. Ich glaube, das ist die Antwort.«

»Klingt jedenfalls vernünftig«, bestätigte Marscha.

Prull war zwar ebenfalls dieser Ansicht, blieb aber dennoch misstrauisch.

»Warum sollten wir dir glauben, Carz? Du könntest ebenso gut im Auftrag des Zentralplasmas handeln, um uns in eine Falle zu locken.«

»Das wäre unlogisch«, entgegnete der Posbi. »Wenn die Suchkommandos euch hier entdecken, werden sie keinen Spion schicken. Sie kämen, um euch beide mit Gewalt zu holen. Du bist der Leiter des terranischen Projekts, ich kenne dich. Du denkst logisch, annähernd wie ein Posbi. Also wirst du mein Argument anerkennen müssen.«

»Allerdings.« Prull nickte. »Und was nun? Kannst du uns einen Rat geben?«

»Nicht, solange die Ursache des Aufstands unbekannt ist.«

»Dann müssen wir sie herausfinden.«

»Und wo fangen wir damit an?«, fragte Marscha.

»In unserem Raumschiff. Ich brauche die Hyperfunkstation, um über Relais Terra zu verständigen.«

»Absolut logisch«, bestätigte Carz. »Ich hoffe, es hat niemand etwas dagegen, wenn ich euch begleite ...«

»Wir sind dir sogar dankbar für die Unterstützung«, sagte Marscha Hagen.

Der Versuch, den Hangar zu erreichen, wurde zum Albtraum.

Carz ging als Erster aus dem Gebäude, um die Lage zu erkunden. Prull und Hagen blieben im Schutz des Eingangsportals zurück. Der Posbi scheuchte einen Matten-Willy fort, der herbeiglitt und seine Dienste anbot.

Nach einer Weile kehrte er zu den Wartenden zurück.

»Die Straße ist frei, aber ich kann nicht um die Ecken oder durch die Mauern hindurchsehen. Überall können Suchkommandos lauern. Es wäre sinnvoller, ich würde allein versuchen, zum Hangar zu gelangen.«

»Das würde uns nichts nützen«, widersprach Prull. »Nur ich kenne den Kode, und eine unverschlüsselte Botschaft wäre zu gefährlich.«

Sie hielten sich dicht an den Hauswänden, um schnell Schutz in den Eingängen und Nischen zu finden, sobald Posbis auftauchten. Carz ging stets ein gutes Stück voraus, um rechtzeitig warnen zu können.

Ohne Zwischenfall gelangten sie bis in die Nähe des nördlichen Stadtrands. Die Suchkommandos schienen sich auf die eigentliche City konzentriert zu haben, weil dort die meisten Terraner wohnten. Prull wusste jedoch, dass sich etwa dreihundert Männer und Frauen in Suntown aufhielten, die Übrigen waren auf der Hundertsonnenwelt verteilt.

Zum ersten Mal kam ihm der Gedanke, dass sich die unbegreiflichen Ereignisse nur in der Hotelstadt abspielten. Er fragte Carz danach, als sie die letzten Häuser erreichten.

»Es geschieht überall«, gab der Posbi bereitwillig Auskunft. »Ich kann empfangen, darf aber nicht senden. Deshalb bin ich informiert. Auf dem ganzen Planeten werden die Terraner gejagt und gefangen.«

Sie hatten sich in einen dicht bewachsenen Vorgarten zurückgezogen. Hier fühlten sie sich einigermaßen sicher. Die Kabinenstation, kaum zweihundert Meter entfernt, wurde von mindestens fünfzig Posbis und einem Dutzend Matten-Willys bewacht. Nicht viel anders sah es bei dem Parkplatz für die Gleiter aus, der unmittelbar daneben lag.

»Es ist unmöglich«, stellte Carz sachlich fest.

Das sah auch Zarker Prull zähneknirschend ein. Niemals konnten sie unbemerkt an eine der Kabinen oder an einen Gleiter herankommen.

»Wir brauchen einen Gleiter, Carz. Du bist ein Posbi, niemand wird dich aufhalten. Behaupte einfach, du hättest einen Befehl des Zentralplasmas erhalten. Nimm einen Gleiter und fliege zu einem Treffpunkt, den wir noch bestimmen müssen.«

Über das menschenähnliche Gesicht des Posbis huschte ein mitleidiges Lächeln. »Mir bliebe nicht einmal eine halbe Minute. Eine einfache Anfrage an die Zentrale würde mich entlarven. Aber dreißig Sekunden sind nicht genug, um einen Gleiter zu entführen und spurlos zu verschwinden.«

»Das kommt auf den Treffpunkt an.« Zarker Prull lockte mit der Überzeugung desjenigen, der genau wusste, dass ihm nur eine einzige Chance blieb. »Nordwestlich von hier, etwa zwei Kilometer entfernt, erhebt sich ein Berg vulkanischen Ursprungs. Im Gipfelplateau befindet sich ein ausgetrockneter Kratersee. Die ehemaligen Kraterwälle ringsum lassen keine Strahlung durch. Man würde dich dort nicht orten können. Wir selbst müssten versuchen, unbemerkt dorthin zu gelangen.«

»Dreißig Sekunden ...?« Carz überlegte laut. »Eine sehr kurze Zeitspanne. Aber sie sollte für zweitausend Meter reichen. Das Risiko besteht nur darin, dass jeder den Flug optisch verfolgen kann.«

»Nicht, wenn du schnell hinter dem flachen Hügelzug verschwindest, der sich vom westlichen Stadtrand aus nach Norden zieht.«

»Das wäre eine Möglichkeit«, bestätigte Carz. »Ich könnte in zehn Sekunden dort sein.«

»Also abgemacht?«

»Ich werde im Krater auf euch warten.«

Zarker Prull und Marscha Hagen blieben in ihrem Versteck und beobachteten den Posbi, der auf die Straße hinaustrat und auf den Gleiterparkplatz zuging. Ungehindert passierte Carz die Wachen an der Kabinenstation und erreichte schließlich die Posbis bei den Fluggleitern.

»Er spricht mit ihnen«, stellte Marscha bebend fest. »Hoffentlich lassen sie ihn starten, ehe sie beim Zentralplasma anfragen.«

Prull kniff die Augen zusammen, die Atomsonnen blendeten ihn. Carz' Gesten nach zu urteilen, gab es Komplikationen. Schließlich drehte Carz sich einfach um und ging auf den am nächsten stehenden Gleiter zu. Zwei Posbis folgten ihm.

Carz rief ihnen noch etwas zu und schwang sich auf den Platz des Piloten. Keine zwei Sekunden später erhob sich der viersitzige Gleiter und raste nach Westen davon. Er hielt sich dicht über dem Gelände, sprang regelrecht über den flachen Hügelzug hinweg und war verschwunden.

Kaum mehr als acht Sekunden waren seit dem Start vergangen.

Beim Wachkommando herrschte offensichtliche Verwirrung, was wertvolle Zeit einbrachte. Dann schien eine Information des Zentralplasmas eingetroffen zu sein, denn drei Gleiter nahmen die Verfolgung auf.

»Hoffentlich ist er schon in Sicherheit«, murmelte Prull.

Er und seine Begleiterin schlichen durch die verwilderte Vegetation. Hin und wieder mussten sie sich im Gebüsch verbergen, wenn Posbis nahe Bungalows durchsuchten und mehr als einmal mit festgenommenen Terranern aus den Gebäuden kamen.

Am Westrand von Suntown herrschte noch relative Ruhe. Nur vereinzelt streiften Posbis umher, begleitet von Matten-Willys, die oft abenteuerliche Formen annahmen. Einige bildeten sogar Terraner nach.

Die Hügel waren noch etwa fünfhundert Meter entfernt. Das Gelände bis zu den Hängen war spärlich mit Büschen und Bauminseln bewachsen, die ein wenig Deckung boten.

»Jetzt?«, fragte Marscha, nachdem sie fast zehn Minuten im Vorgarten einer Villa gelegen hatte.

»Jetzt oder nie!«, flüsterte Prull. »Wir laufen, so schnell wir können, bis zu der Baumgruppe. Das sind nur hundert Meter.«

Atemlos erreichten sie den winzigen Hain aus höchstens zwanzig Laubbäumen und ließen sich erschöpft ins warme Gras sinken. Endlos anmutende Minuten vergingen. Alles blieb ruhig.

Carz raste in nur wenigen Metern Höhe über die Hügelkuppe hinweg und drehte sofort nach Norden ab. Keine zwanzig Sekunden später glitt er den Hang des Berges hoch und tauchte in die Kratersenke ein. Seine Flucht hatte kaum eine halbe Minute gedauert.

Der Ringwall war hoch genug, um Strahlung abzuhalten. Nach oben bot er keinen Schutz, wohl aber ein überhängender Felsen am Kraterrand. Vorsichtig bugsierte Carz den Gleiter in die halbe Höhle hinein und schaltete sämtliche Aggregate aus.

Den wirren Funkmeldungen, die er schwach empfing, entnahm er, dass man ihn verfolgte, die Spur jedoch verloren hatte.

Immer auf Deckung nach oben achtend, umrundete Carz den Krater. Er stellte fest, dass Zarker Prull kein besseres Versteck hätte wählen können. Die Verfolger mussten schon hier landen, um den Gleiter zu finden, doch ohne einen konkreten Hinweis würden sie das niemals tun.

Beruhigt kehrte Carz zum Gleiter zurück und untersuchte ihn. In einem Fach entdeckte er genügend Verpflegung und Trinkwasser für die Terraner.

Er hörte den Funkverkehr ab. Ihm war danach, als sei ein Fieber auf der Hundertsonnenwelt ausgebrochen, das sämtliche Posbis erfasst hatte.

Dieses Fieber zwang dazu, jeden Terraner aufzuspüren und festzunehmen.

Noch etwas kam hinzu, was Carz beunruhigte. Hyperfunksignale, die ununterbrochen gesendet wurden und die er mit dem Gleitergerät empfing, beorderten alle Fragmentraumer, wo immer sie sich auch gerade aufhielten, zur Hundertsonnenwelt zurück.

Mit wachsender Sorge sah Zarker Prull immer mehr Fragmentraumer am Himmel erscheinen. Die gewaltigen Schiffe erinnerten an die Phantasiegebilde wahnsinnig gewordener Techniker, die wahllos Einzelteile von Schiffsfriedhöfen gesammelt und sinnlos zusammengesetzt hatten. Manche dieser Boxen, wie sie von den Terranern genannt wurden, besaßen einen Durchmesser von einem oder zwei Kilometern, und keine sah aus wie die andere.

»Die Posbis scheinen ihre Flotte zu sammeln«, sagte Prull besorgt. »Es wird Zeit, dass wir aufbrechen.«

»Die drei Gleiter, die Carz verfolgten, sind vorhin schon zurückgekehrt«, bemerkte Marscha. »Sie haben ihn also nicht gefunden. Wir sollten nicht zu lange zögern.«

»Wir haben fast zweihundert Meter ohne Deckung vor uns. Drüben die Büsche ... siehst du sie?«

Bis zu den Hügeln, die dichter bewachsen waren, blieben dann nur noch einmal an die zweihundert Meter.

Beide rannten los. Eine kurze Verschnaufpause zwischen den Büschen, suchende Blicke in die Runde. Dann wieder weiter.

Ohne Zwischenfall erreichten sie den Hügelzug. Sie folgten einem kleinen Bach aufwärts und hielten sich dabei im Schutz von Bäumen und Büschen. Jenseits der Wasserscheide waren sie außer Sicht von Suntown.

Hier wandten sie sich nach Norden und schritten kräftig aus. Der Berg wuchs vor ihnen aus der Ebene auf. Seine Flanken waren steil und kaum bewachsen. Dafür boten Felsblöcke und tiefe Einschnitte genügend Deckungsmöglichkeiten.

Der letzte Teil war schwierig, aber dann hatten sie es geschafft. Sie rutschten auf der Innenseite des Ringwalls nach unten und entdeckten den Gleiter unter dem Überhang. Carz kam ihnen entgegen.

»Ich war schon in Sorge«, gestand er und deutete hinauf in den Himmel. »Das Zentralplasma zieht die Flotte zusammen. Ich möchte wissen, was das bedeutet. Nichts Gutes, fürchte ich.«

Zarker ging nicht darauf ein.

»Wir müssen unbedingt Kontakt zu meinen Leuten bekommen. Wäre es möglich, eine Funkverbindung mit ihnen herzustellen, ohne dass wir unseren Standort verraten?«

»Mit deinem Armbandkom?«, erkundigte sich der Posbi.

»Das Gerät scheint defekt zu sein.«

»Dann gib es mir. Ich kenne mich damit gut aus.«

Sie zogen sich in den Gleiter zurück. Carz nahm Zarkers Armbandkom auseinander. Geraume Zeit verging, bis der Posbi erklärte, dass der Minikom wieder funktionsfähig sei.

»Der Gebrauch als Sender ist riskant. Aber es ist ein Raffermodus vorhanden. Und ein Sendeimpuls von einer hundertstel Sekunde Dauer dürfte kaum geortet werden.«

»Niemand wird auf Raffer-Empfang geschaltet haben«, gab Prull zu bedenken.

»Warum nicht? Wer sich in der gleichen Lage befindet wie wir, wird daran denken.«

Carz setzte das Gerät wieder zusammen.

»Nicht länger als eine hundertstel Sekunde!«, mahnte er.

Zarker Prull ging zuerst die Empfangsfrequenzen durch. Er fing mehrere Notrufe auf, die aber gestört wurden. Die Posbis sorgten dafür, dass keine verständlichen Funkverbindungen zustande kamen.

Zarker speicherte den Wortlaut. »Hier ist Prull! Ruhe bewahren, keine Gegenwehr! Es muss alles ein Irrtum sein. Wird sich aufklären. Kosmos Tree! Bitte melden!« Dann aktivierte er den Raffermodus und schaltete danach auf Empfang.

Das schwache Lautsprecherfeld produzierte verwirrende Geräusche. Es waren ungeraffte Sendungen. Aber dann, auf der gleichen Frequenz, meldete sich Kosmos Tree.

»Zarker! Bin noch in Suntown und habe Kontakt zu einzelnen Gruppen. Der Versuch, mit Posbis zu verhandeln, scheiterte. Sie geben keine Auskunft. Wo steckt ihr?«

»Wir versuchen, zur HEGEL zu gelangen.«

Nach einiger Zeit kam es zurück: »Gut, dann treffen wir uns dort. Ende.«

Zarker Prull schaltete ab und lehnte sich zurück.

»Im Hangar also. Kosmos Tree wird es schon schaffen. Danach rufen wir Terra, was immer auch geschieht.«

»Gefangenschaft wird die Folge sein«, befürchtete Carz.

»Wir müssen Terra informieren, koste es, was es wolle!«, beharrte Prull. »Wird es möglich sein, mit dem Gleiter zu fliegen, ohne dass er Verdacht erregt, Carz?«

»Jetzt noch nicht, aber in einigen Stunden.«

»Gut, dann essen wir etwas und ruhen uns aus.«

Marscha kaute unlustig auf einem Riegel Trockenkonzentrat. Urplötzlich fuhr sie hoch. »Erinnerst du dich an die Station ›Bergsee‹, Zarker?«

»Und ob, Marscha. Das ist doch jener Ort, an dem wir beide ...«

»Richtig. Ein glücklicher Ort, versteckt zwischen Bergen. Wäre das ein geeigneter Treffpunkt, falls es mit der HEGEL nicht klappt? Es gibt sogar eine Funkstation dort.«

»Leider keinen Hyperfunk. Aber mit dem Selektivsignal ließe sich die Funkstation der HEGEL aktivieren, auch wenn niemand an Bord ist. Wir könnten also notfalls Terra von der Station Bergsee aus erreichen, ohne allerdings die Antwort empfangen zu können.«

»Also zuerst der Hangar, und wenn das nicht klappt, Bergsee«, bestätigte Carz.

23.

Bendrix, Leiter der geologischen Forschungsgruppe der terranischen Delegation auf der Hundertsonnenwelt, hatte vergeblich versucht, mit Zarker Prull in Verbindung zu treten. Immerhin war es ihm mithilfe seines Kollegen Tohr gelungen, einen ohne Begleitung umherstreifenden Posbi zu überwältigen und in ein leeres Haus am Westrand von Suntown zu verschleppen.

Tohr war Forscher und Spezialist für Legendenbildung, arbeitete jedoch mangels auswertbaren Materials auf der Welt der Posbis eng mit den Geologen zusammen.

Der Roboter, den sie gefangen hatten, konnte nur mit einiger Phantasie als entfernt menschenähnlich bezeichnet werden. Trotz seiner beiden Beine erinnerte er eher an einen winzigen Fragmentraumer mit Auswüchsen an allen Ecken und Enden. Der kubische Kopf mit dem Steuermechanismus saß zwischen den Waffententakeln.

Bendrix hatte ihm die beiden Strahler abgenommen.

»Wir haben nicht viel Zeit, Posbi, denn wir wissen, dass du Alarm gibst. Antworte also schnell: Was ist los? Wer hat euch den Befehl gegeben, alle Terraner zu verhaften?«

Das Ungetüm schwieg.

Bendrix richtete den Impulsstrahler auf den Gefangenen. »Ich gebe dir zehn Sekunden, nicht mehr. Woher stammt der Befehl?«

Obwohl weder Bendrix noch Tohr ernsthaft glaubten, eine Auskunft zu erhalten, redete der Posbi plötzlich.

»Wir müssen den Befehl ausführen, wer immer ihn auch gab.«

»Das Zentralplasma?«, drängte Bendrix. Aber von nun an schwieg der Roboter und ignorierte jede Drohung.

Die beiden Terraner gaben ihre Bemühungen schließlich auf. Sie paralysierten ihren Gefangenen und verließen das Versteck, das bald kein Versteck mehr sein würde. In weniger als zehn Minuten würde es in diesem Bereich von Posbis nur so wimmeln.

Die Revolte hatte vor zwei Tagen begonnen, und nachdem jeder Kontakt mit Zarker Prull unterbrochen war, handelte Bendrix selbstständig. Die Leute seiner Gruppe waren ohnehin auf der ganzen Hundertsonnenwelt verteilt, und es war zu spät, sie zusammenzurufen. Ohne es zu wissen, hatte er aber den gleichen Gedanken wie Zarker. Sein letzter verschlüsselter Funkbefehl an die Gruppe lautete: »Versucht, den Hangar zu erreichen! Treffpunkt HEGEL!«

Bendrix' Schätzung nach mussten bisher mindestens fünfhundert Terraner in Gefangenschaft geraten sein. Der Rest hatte sich in kleine Gruppen aufgeteilt, die unabhängig voneinander versuchten, ihren Verfolgern zu entgehen und zur HEGEL zu gelangen.

Bendrix und Tohr verbargen sich in einem Kellereingang, nicht weit vom Stadtrand entfernt.

»Es sind zehn Kilometer bis zum Hangar«, erinnerte Tohr. Der Impulsstrahler war ziemlich schwer. »Sollen wir die zu Fuß gehen?«

»Glaubst du, wir bekommen einen Gleiter gestellt?«

»Überall sind Posbis und Willys. Auch außerhalb der Stadt.« Tohr deutete auf Bendrix' Minikom. »Von Prull noch immer nichts?«

»Der Rafferspruch vorgestern könnte von ihm gewesen sein. Ich hatte nicht rechtzeitig umgestellt und hörte nur noch: ›Gut, dann treffen wir uns dort.‹«

»Was könnte damit gemeint sein?«

»Keine Ahnung. Wir versuchen jedenfalls, die HEGEL zu erreichen. Wird sie zu stark bewacht, schlagen wir uns zu einer der nächsten Stationen durch. Ich hoffe, unsere Leute dort haben sich nicht so leicht überraschen lassen.«

Tohr sah hinaus auf die Straße. Ein Matten-Willy verschwand soeben um eine Hausecke.

»Niemand mehr zu sehen. Ab durch die Mitte!«

Sie hetzten von Deckung zu Deckung und erreichten endlich den östlichen Stadtrand. Hier war das Gelände günstiger als im Westen, denn der Buschwald begann schon hinter den letzten Bungalows. Eine Gruppe von zehn Posbis durchstreifte das Gelände und zwang die beiden Männer, vorerst noch abzuwarten. Sie lagen im hohen Gras vor einem niedrigen Zaun und konnten die Roboter einigermaßen gut beobachten, ohne selbst gesehen zu werden.

Bendrix warf einen Blick in die Höhe. Die winzigen Lichtpunkte, die über den Himmel zogen, waren Fragmentraumer. Nahezu die gesamte Flotte der Posbis schien sich inzwischen versammelt zu haben.

»Als wäre das eine Generalmobilmachung«, sagte Tohr. »Warum wohl?«

Diese Frage hatten sich in den letzten Tagen mindestens zweitausend Terraner gestellt. Eine Antwort hatten sie nicht erhalten.

Die Posbis bewegten sich am Waldrand entlang. Wesentlich langsamer folgten ihnen einige Matten-Willys. Insgesamt betrachtet konnte die Suche der beiden Gruppen als oberflächlich bezeichnet werden, was Bendrix mit Genugtuung registrierte.

»So finden die uns nie«, stellte auch Tohr fest. »In Suntown gehen sie sorgfältiger vor.«

»Ein Grund mehr, die Stadt zu verlassen.«

Als beide Gruppen endlich verschwunden waren, rannten die Männer auf den Waldrand zu und tauchten im Unterholz unter. Danach wandten sie sich nach Norden.

In Höhe der Kabinenstation wurde es bedrohlich. Hunderte von Robotern durchkämmten das unübersichtliche Gelände und drangen auch in den Wald ein. Immer wieder gelang es Bendrix und Tohr, sich im Unterholz zu verbergen und den Verfolgern zu entgehen. Aber es war ein nervenzermürbendes Spiel.

Zwei Matten-Willys, sonst die friedlichsten Geschöpfe im Bereich der Milchstraße, glitten auf kurzen Beinstummeln dicht an dem Versteck vorüber.

Vier Stunden später sahen die beiden Männer die Oberflächengebäude des subplanetaren Hangars vor sich, in dem die HEGEL untergebracht war. Aber vor ihnen lagen fast fünfhundert Meter ebene Betonfläche.

Es war nicht nur die übersichtliche und deckungslose Fläche, die Bendrix und Tohr am Weitergehen hinderte, sondern der dichte Kordon bewaffneter Posbis, die den Zugang zum Hangar abriegelten.

»Das ist aussichtslos«, stellte Tohr fest.

»Sieht so aus«, bestätigte Bendrix. »In den Hangar kommt keiner hinein. Heraus auch nicht.«

»Und was machen wir jetzt?«

»Keine Ahnung.« Bendrix beobachtete mehrere Matten-Willys, die sich auf der Betonfläche herumtrieben und die eigentümlichsten Gestalten annahmen. Es hatte den Anschein, als quäle sie die Langeweile.

»Sieh dir das an!« Bendrix deutete auf einige der Quallenwesen, die nur knapp zweihundert Meter entfernt waren. »Das könnte glatt Myers von der Biologie sein.«

Tatsächlich hatte einer der Matten-Willys die Gestalt des Biologen angenommen und stolzierte ungeschickt vor seinen Artgenossen hin und her, als wolle er sich schauspielerisch produzieren.

»Unglaublich«, bestätigte Tohr. »Dabei haben wir selbst mit angesehen, wie Myers und einige seiner Mitarbeiter in der Stadt abgeführt wurden.«

»Das ist auch nicht Myers, sondern eine nahezu perfekte Nachbildung«, sagte Bendrix. »Perfektes Mimikry. Unglaublich.«

Tohrs Miene verriet, dass er angestrengt nachdachte. Bendrix verhielt sich ruhig. Es wäre nicht das erste Mal gewesen, dass der Legendenforscher eine gute Idee hatte.

Inzwischen hatte sich der aktionsfreudige Matten-Willy in eine hübsche junge Frau verwandelt, die nur spärlich bekleidet zwischen den anderen Quallenwesen herumhüpfte.

»Das ist Miriam von der Chemie!«, entfuhr es Bendrix.

»Sie sitzt also auch im Kittchen«, kommentierte Tohr. »Kennst du sie näher?«

»Denke lieber darüber nach, was wir unternehmen können«, riet Bendrix.

»Wir mischen uns unter die Willys und tun so, als würden wir Terraner imitieren.«

Bendrix' Blick wurde starr. »Du bist verrückt!«, konstatierte er. »Die merken das sofort, und dann sind wir dran.«

»Warum sollten wir dabei auffallen?«

»Du siehst selbst, dass die Matten-Willys nie länger als wenige Minuten ihre Mimikrygestalt behalten. Deshalb.«

»Schade!«, meinte Tohr und schwieg dann beharrlich.

Bendrix spürte, wie ihn die Müdigkeit zu übermannen drohte. Er hatte seit mindestens vierundzwanzig Stunden nicht mehr geschlafen und war ständig auf der Flucht gewesen. Als ihm wieder die Augen zufielen, kämpfte er nicht mehr gegen seine Müdigkeit an.

Tohr war rücksichtsvoll genug, ihn nicht aufzuwecken.

Die Matten-Willys entfernten sich und schlugen die Richtung auf Suntown ein. *Eine günstige Gelegenheit, ebenfalls etwas Schlaf nachzuholen,* dachte Tohr. Er war genauso müde wie Bendrix.

Als Tohr einige Stunden später wieder erwachte, hatte er das sichere Gefühl, einen Ausweg gefunden zu haben. Er weckte Bendrix.

»Wir umgehen den Hangar auf der Ostseite. Da ist Wald. Später biegen wir nach Westen ab und versuchen, die Station in den Bergen zu erreichen.«

»Du meinst die Station Bergsee? Das sind dreißig Kilometer.«

»Die schaffen wir in einem Tag.«

Bendrix wirkte nicht gerade glücklich. »Abgesehen davon, dass wir mehr als zwanzig Stunden unterwegs sein werden, gibt es da ein weiteres Problem. Ich habe jetzt schon Hunger und Durst.«

»Den Gürtel enger schnallen«, riet Tohr.

Bendrix seufzte. Er sah noch einmal hinüber zum Hangar. Dort hatte sich die Situation nicht geändert.

»Was bleibt uns auch anderes übrig?«

Anfangs mussten sie noch kriechen, nach einigen hundert Metern konnten sie sich wieder aufrichten. Der Wald zog sich dann mit einigen Unterbrechungen bis zum Gebirge hin.

Sie hatten etwa die Hälfte der Strecke zwischen dem Hangar und der Station Bergsee zurückgelegt, als sie eine große Lichtung erreichten. Hier standen die flachen Gebäude einer Farm. Auf den Felsen wuchsen in langen Reihen alle nur denkbaren Gemüsesorten, aber auch eine Obstplantage war vorhanden.

Mit knurrendem Magen lagen Bendrix und Tohr am Waldrand und starrten hinüber zu den Gebäuden. Die Besitzer des Anwesens hatten mit Sicherheit die Farm verlassen oder waren bereits gefangen genommen worden.

Trotz ihrer Gier nach etwas Essbarem blieben beide vorsichtig. Erst nachdem sich fast eine halbe Stunde lang nichts gerührt hatte, verließen sie das schützende Unterholz. Zwischen Möhrenkraut und Obstbäumen fanden sie einigermaßen Deckung.

Tohr konnte nicht ganz so vorsichtig sein wie Bendrix, der seine Möhren aus dem Boden zog und dabei die liegende Haltung beibehielt. Die Pfirsiche und Äpfel wuchsen auf Bäumen. Um sie zu pflücken, musste sich der Legendenforscher strecken. Als er die Posbis bemerkte, war es bereits zu spät.

Sieben Roboter kamen in breiter Formation durch die Felder.

»Das hat keinen Sinn«, murmelte Bendrix. »Sie sind in der Überzahl. Nun haben wir es doch nicht geschafft.«

»Aber wir sind wenigstens satt.«

Sie hoben die Hände, als sie dazu aufgefordert wurden. Ihre Waffen rührten sie gar nicht erst an.

Die Posbis nahmen sie in ihre Mitte und führten sie zur Farm. Dort wurde ihnen befohlen, sie sollten sich auf die Erde setzen und weitere Anordnungen abwarten.

Zwei Posbis blieben als Wachen zurück, die anderen verschwanden im Haus.

»Flucht unmöglich!«, stellte Bendrix sachlich fest. »Sie werden uns wie die anderen nach Suntown zurückbringen, fürchte ich.«

Der Innenhof der Farm war nur nach Süden frei, in Richtung Suntown und Hangar. Da Mauern und Hauswände auf Dauer langweilig wirkten, beschränkten sich Bendrix und Tohr darauf, die nahen Felder zu betrachten.

Ein winziger Punkt weckte ihre Aufmerksamkeit. Es war ein Gleiter, der in geringer Höhe näher kam. Das Abholkommando.

Auch die Wachtposten sahen dem tiefer sinkenden Gleiter entgegen, der in wenigen Metern Höhe stoppte.

Dann geschah das Überraschende ...

Zwei Tage hielten sich Zarker Prull, Marscha Hagen und der Posbi Carz in dem Krater auf, lauschten allen möglichen Funksprüchen und bekamen auf diese Weise einen Eindruck von dem, was sich auf der Hundertsonnenwelt abspielte.

»Ich würde sagen, dass die größte Gefahr vorüber ist.« Carz wirkte inzwischen ungeduldig. »Ein Gleiter mehr oder weniger fällt nicht auf. Sie sind überall auf der Jagd, also gehen wir ebenfalls auf die Jagd.«

»Wenn uns jemand anruft?«

»Dann antworten wir«, sagte Carz.

»Es ist aber bekannt, dass du ...« Zarker wurde sofort unterbrochen:

»Es ist bekannt, dass ein Posbi nicht gehorcht, aber niemand weiß, welcher.«

»Wir können nicht ewig hier herumsitzen, Zarker«, drängte nun auch Marscha. »Damit erreichen wir gar nichts. Carz hat recht.«

»Also zuerst die HEGEL.« Zarker Prull erklärte sich nach einigem Zögern einverstanden. Er dachte an Kosmos Tree, von dem er keine Nachricht mehr empfangen hatte. »Verlassen wir unser sicheres Versteck.«

Carz aktivierte den Antrieb und die Antigravfelder. Lautlos fast schwebte der Gleiter unter dem Felsüberhang hervor und glitt über den Kraterrand hinweg.

Kein Posbi beachtete die Maschine, als sie sich dem Hangar näherten. Es waren noch andere Gleiter in der Luft, und Carz antwortete, sobald sie angefunkt wurden. Mehrmals mussten Prull und Marscha in Deckung gehen, wenn einer der anderen Gleiter zu nahe kam.

Nach einigen Schleifen schaltete Carz auf Automatik. Sie flogen nun langsam nach Norden.

»Eine Landung beim Hangar ist absolut unmöglich«, stellte der Posbi fest. »Solange wir in der Luft sind, kümmert sich niemand um uns, aber eine Landung wäre verdächtig. Hinzu kommt, dass wir niemals unbemerkt in den Hangar selbst gelangen könnten. Selbst mir allein würde das kaum gelingen ...«

»Bergsee«, sagte Marscha, und es klang erleichtert.

»Bergsee«, bekräftigte Prull.

Um eventuell misstrauisch gewordene Posbis zu täuschen, hielt sich Carz weiter in nördlicher Richtung, und so musste er zwangsläufig den

Weg von Bendrix und Tohr kreuzen. Das geschah, als sie sich der Farm näherten.

»Zwei gefangene Terraner«, meldete Carz mit einem Blick auf den stark vergrößernden Holoschirm. »Und zwei Posbis als Wächter.«

»Den einen kenne ich«, stellte Prull fest. »Das ist Bendrix, Leiter der Geologischen. Er wollte wahrscheinlich auch nach Bergsee.«

»Wir können sie nicht im Stich lassen«, sagte Marscha. »Mit zwei Posbis werden wir doch leicht fertig.«

»Im Haus werden weitere sein«, gab Carz zu bedenken. »Aber wir können den Bugstrahler einsetzen.«

»Narkose?«, vergewisserte sich Prull.

»Lässt sich gezielt einsetzen«, bestätigte Carz.

Der Roboter ließ den Gleiter tiefer sinken. Nur noch wenige Meter über den Feldern flog er auf den gut einzusehenden Innenhof zu. Die beiden Gefangenen sahen nach oben, erkannten aber wohl nur den Posbi als Piloten. Ähnlich schien es den beiden Wachtposten zu ergehen, die etwas zur Seite wichen, um dem Gleiter Platz für die Landung zu machen.

Der leicht flirrende Narkosestrahl paralysierte sie für mehrere Stunden. Lautlos sanken sie zu Boden.

Bendrix und Tohr sprangen auf, als Zarker Prull und Marscha sich in der Kabine aufrichteten und ihnen zuwinkten. Das Dach schob sich zurück.

»Beeilt euch!«, rief Prull.

Für Fragen blieb keine Zeit, denn vier Posbis kamen aus dem Haus. Sie richteten ihre tödlichen Impulsstrahler auf den Gleiter.

Carz handelte überlegen und ruhig. Das aufgefächerte Bündel des Paralysestrahlers erfasste die Posbis und machte sie im Bruchteil einer Sekunde kampfunfähig. Fraglich blieb, ob sie die Zeit gehabt hatten, einen Notruf zu senden.

»Nichts wie weg hier!« Zarker Prull drehte sich nach hinten um, wo Marscha von Bendrix und Tohr regelrecht eingequetscht wurde. »Ziemlich eng, was?«

»Besser als viel Platz da unten«, meinte Bendrix. »Wie hast du uns gefunden, Zarker?«

»Zufall. Wir wollten zuerst zur HEGEL, aber nun sind wir auf dem Weg zur Station Bergsee.«

»Da wollten wir auch hin. Wenn Tohr – mein Begleiter ist Tohr, ein Legendenforscher mit geologischen Ambitionen – nicht so einen Hunger gehabt hätte. Dabei schnappten uns die Posbis.«

Die Berge kamen wieder in Sicht. Der See lag in einer flachen Mulde der Vorhügellandschaft, nach Süden fast ungeschützt. Die eigentliche

Station war am Ufer des Sees gebaut worden, ein quadratischer Block mit einer Sendekuppel. Alles war von einem fast tropischen Wald umgeben, der allerdings schon hundert Meter höher in Krüppelgewächse überging.

»Lande auf dem kleinen Plateau vor der Station, dort, wo das Ufer steil abfällt«, riet Prull. »Dort gibt es keine Deckung, und die Station verfügt über keine Bewaffnung. Ein Posbi, der uns erwischen möchte, wäre zu weit entfernt, wir würden ihn rechtzeitig sehen.«

Carz nickte nur als Antwort. Ein wenig heftig setzte er dann den Gleiter auf dem Plateau auf.

»Wartet noch!« Zarker Prull nahm seinen Strahler und kletterte aus der Kabine, nachdem das Dach geöffnet worden war.

Es war seine Absicht, sich sehen zu lassen. Wenn Terraner in der Station waren, würden sie sich nun bemerkbar machen. Hatten aber die Posbis alles besetzt, würden sie mit Sicherheit hervorkommen, um ihn gefangen zu nehmen.

Prull entfernte sich einige Meter vom Gleiter und blieb stehen. Angestrengt sah er hinüber zur Station. Sie war gut zweihundert Meter entfernt, eher etwas mehr. Zu weit für einen normalen Strahlschuss.

Von seinem Platz her rief Carz: »Terraner melden sich über Funk. Sie wollen wissen, ob du ein Matten-Willy bist.«

Zarker Prull lachte.

»Sag ihnen, Carz, dass ein Matten-Willy eine menschliche Form nicht lange stabil halten kann. Aber lass dich nicht sehen, bis ich meine Leute über dich aufgeklärt habe.«

»Geht in Ordnung«, bestätigte der Posbi und duckte sich noch tiefer in den Pilotensessel.

Prull wartete. Endlich war Bewegung am Eingang der Station. Ein Mann in der grünen Kombination der Kolonie trat heraus, blieb stehen und winkte. Dann lief er los. Es war Kosmos Tree, der Kybernetiker.

Carlo Wollmacher, der sich lieber Kosmos Tree nennen ließ, fiel Zarker Prull regelrecht um den Hals. »Du hast es also doch geschafft! Wir sind hier fünfzehn Männer und Frauen. Gut, dass du da bist!«

»Bei mir sind Marscha, Bendrix und Tohr. Und natürlich Carz.«

»Noch nie gehört. Wer ist das?«

»Ein Posbi, der zu uns gehört.«

»Ein Posbi?« Kosmos Tree wich einen Schritt zurück. »Bist du verrückt?«

»Absolut nicht.« Prull erklärte knapp, was mit dem Posbi geschehen war. »Er ist zuverlässig und hat uns hierher gebracht.«

»Na schön, du musst es wissen.«

Nun kamen auch die anderen aus dem Gleiter. Carz folgte ihnen, als Prull ihm einen entsprechenden Wink gab. Kosmos Tree berichtete, dass zwar einige Gleiter in großer Höhe die Station überflogen hätten, aber keiner gelandet war. Schon deshalb erwartete man einen größeren Angriff.

Der Gleiter wurde getarnt, soweit dies mit einfachen Mitteln eben möglich war. Danach betraten alle die Station.

Die Funkstation befand sich in einwandfreiem Zustand.

Prull programmierte den Selektivimpuls, der den Hypersender in der dreißig Kilometer entfernten HEGEL aktivieren sollte, und zeichnete danach den Rafferspruch an Terra auf. Nach der Sendung wartete er vergeblich auf die Bestätigung der HEGEL. Er versuchte es noch einige Male, erzielte aber kein positives Resultat.

»Es hat keinen Sinn, Zarker.« Kosmos Tree schüttelte den Kopf. »Die Posbis haben den Sender lahmgelegt. Sie wollen verhindern, dass die Erde gewarnt wird.«

»Damit dürften wir dann wohl erledigt sein. Wie lange sollen wir uns ohne Hilfe und Nachschub hier halten?«

»Immerhin funktioniert der Sender hier noch. Wir sollten versuchen, unsere frei gebliebenen Leute zu sammeln.«

»In kleinen Gruppen sind sie sicherer.«

»Aber wir könnten uns besser verteidigen ...«

»Und alle zusammen in Gefangenschaft wandern?«

Langsam änderte Kosmos Tree seine Meinung. »Vielleicht stimmt das, was du sagst. Aber früher oder später werden wir die Ursache für alles erkennen, und dann brauchen wir die Koordination mit den einzelnen Gruppen.«

Einige Tage geschah nichts. Kein Posbi ließ sich in der Nähe der Station blicken. Nur manchmal zogen Gleiter in großer Höhe über den See hinweg.

Am zehnten Tag des Posbiaufstands schlug ein starker Sender durch.

Bendrix, der am Empfänger saß, wurde bleich. Dann sprang er auf und alarmierte die Station.

Nur wenige Lichtstunden vor der Hundertsonnenwelt der Posbis verließ die BASIS den Linearraum.

Mausbiber Gucky war aufgeregt, als er mit einem Exemplar der neuesten Bordnachrichten Ras Tschubai aufsuchte.

»Eine Unverschämtheit ist das! Unerhört. Wenn ich den Kerl erwische, der dahintersteckt. Der kann einiges erleben.«

Tschubai sah den Mausbiber verwundert an. »Was ist schon wieder los? Wozu die Aufregung?«

»Lies doch, was ein gewisser Dr. Mörr Üben über mich schreibt. Professor will der Bursche sein ...«

Tschubai nahm das Speicherexemplar entgegen und überflog den Artikel.

»Ich weiß nicht, was du willst, Kleiner. Ist doch eine recht positive medizinische Abhandlung über deine Fähigkeiten und dein phänomenales Gehirn. Was hast du dagegen einzuwenden?«

»Hier ...!« Gucky zerriss die Speicherfolie fast. »Siehst du das hier? Was soll der Quatsch mit meinem sensiblen Nackenfell, das durch psi-elektrisches Induktionsstreicheln eine potenzielle Aufladung meiner Gehirnzellen bewirkt? Besonders dann, wenn eine weibliche Hand das Streicheln besorgt?«

Ras Tschubai versuchte ernst zu bleiben. »Das ist nicht nur bei dir der Fall, Gucky. Wenn mich zum Beispiel eine Frau zärtlich streichelt und ...«

»Du bist auch ein Wüstling!«, zischelte der Mausbiber.

Tschubai schüttelte ratlos den Kopf.

»Und hier: Jede negative Kritik an dir entbehre jeder Grundlage, heißt es. Man will dir überhaupt nichts Böses.«

»Infantile Späße – das steht hier aber auch! Spannungsabbau meiner Psyche. Na warte, diesen Schreiberling knöpfe ich mir vor. Er hat sich den Artikel aus den Fingern gesaugt und den Bordnachrichten zugeleitet. Als ob es nichts Wichtigeres zu tun gäbe.«

»Nun reg dich wieder ab.«

»Außerdem stimmt es nicht, dass ich mich damals auf Tahun freiwillig untersuchen ließ. Man hat mir eine Narkose verpasst, ganz hinterhältig. Und bis ich aufwachte, war ich schon wieder Lichtjahre entfernt. Angeblich war was mit meinem Blinddarm.«

»Du hast einen Blinddarm?«

»Nie einen gehabt, war doch nur ein Vorwand. Aber ich werde ...«

»Ich glaube, du wirst besser nichts tun. Einige werden den Artikel lesen und sich nichts dabei denken. Sobald du Krach schlägst, werden alle erst richtig aufmerksam. Lass diesen Mann in Ruhe, er meint es gut mit dir. Er betont ja auch deine Genialität.«

»Tut er das?«, vergewisserte sich der Mausbiber misstrauisch. »Aber nur sehr zwischen den Zeilen. Immerhin ... vielleicht hast du recht. Schließlich haben wir andere Sorgen.«

»Wahr gesprochen, mein Freund«, stimmte Tschubai erleichtert zu.

Wie auf ein Stichwort hin meldete sich der Interkom. Perry Rhodan bat die beiden Mutanten zu sich in die Zentrale.

Sie teleportierten gemeinsam. Auch Fellmer Lloyd, Irmina Kotschistowa und Alaska Saedelaere waren schon da.

Was der große Panoramaschirm zeigte, war bemerkenswert. Die Hundertsonnenwelt leuchtete als großer Stern in der Schwärze des intergalaktischen Raums, aber das war ein gewohnter Anblick. Auch ein oder zwei Dutzend Fragmentraumer wären nicht besonders aufregend gewesen.

Aber die Fernortung zeigte mindestens zweitausend Fragmentraumer, die in ungeordneten Pulks den Planeten umkreisten. Die Posbis schienen ihre gesamte Flotte zusammengezogen zu haben.

Rhodans Miene verriet Besorgnis.

»Wir werden uns der Hundertsonnenwelt nur mit äußerster Vorsicht nähern und versuchen, vom Zentralplasma eine Information zu erhalten. Aufgefangene Funksendungen geben keine Aufklärung, was dort geschieht. Sieht fast wie eine Mobilmachung aus.«

In geringer Entfernung zog ein Fragmentraumer vorbei, der an eine kreuzförmig verbundene SOL erinnerte, zwei verschmolzenen Hanteln ähnlich. Das Schiff reagierte nicht auf die Nähe der BASIS.

»Ich habe ein ungutes Gefühl«, murmelte Reginald Bull. »Ob die Posbis wieder durchdrehen wie schon einmal?«

»Jedenfalls ist hier nichts mehr normal«, sagte Rhodan.

»Was ist mit dem Stützpunkt der LFT?«, fragte Demeter. »Es sollte doch einer eingerichtet werden.«

»Er wurde eingerichtet. Und wir werden Verbindung aufnehmen. Erst mit den Posbis ...«

Das Zentralplasma ignorierte alle Anfragen und Bitten um Information.

Die BASIS näherte sich dem Planeten mittlerweile langsamer und schwenkte knapp zweihunderttausend Kilometer über der Hundertsonnenwelt in einen Orbit ein.

Die Vertretung der LFT wurde auf Normalfrequenzen angerufen.

Zwei Minuten später bestand Verbindung mit der Station Bergsee.

»... rufen wir den terranischen Stützpunkt der LFT. Hier Perry Rhodan an Bord der BASIS. Melden Sie sich! Was ist vorgefallen?«

»Hier Zarker Prull, Leiter der Delegation. Sind Sie es wirklich, Rhodan, oder haben wir schon Halluzinationen?«

Die Zeitverzögerung betrug eine halbe Sekunde.

»Die BASIS ist auf dem Rückflug nach Terra, Prull. Haben Sie Schwierigkeiten? Können wir helfen?«

»Ich hoffe, dass Sie helfen können.« Zarker Prull gab eine knappe Zusammenfassung dessen, was in den vergangenen zehn Tagen vorgefallen war. »Die Ursachen sind unbekannt, wir können ihnen auch nicht nachgehen. Station Bergsee verfügt nicht über eine entsprechende Ausrüstung. Was werden Sie tun?«

»Wir haben noch keine Pläne und wollten erst wissen, was da unten los ist. Ein Aufstand, eine Revolte, so viel ist sicher. Wahrscheinlich werden wir Ihnen einige Leute schicken. Lassen Sie auf jeden Fall den Empfänger eingeschaltet.«

»Selbstverständlich – und vielen Dank.«

»Perry Rhodan persönlich! Mit der BASIS! Unglaublich!« Bendrix konnte es noch immer nicht fassen.

»Aber wahr«, sagte Prull. »Ich fange an zu glauben, dass wir das Schlimmste hinter uns haben. Das Zentralplasma wird es kaum wagen, Rhodan anzugreifen.«

Die Nachricht von der Ankunft der BASIS verbreitete sich wie ein Lauffeuer in der Station, die mittlerweile schon fünfzig Terranern Zuflucht bot.

Der Kybernetiker Galanter war höchst erstaunt, als er über Interkom gebeten wurde, sich unverzüglich in Rhodans Kabine einzufinden. Dem Verhaltensforscher Fox erging es nicht anders. Beide trafen sich auf dem Korridor.

»Wissen Sie, was das zu bedeuten hat, Fox?«

Die beiden Männer kannten sich nur flüchtig.

»Keine Ahnung. Wird wohl mit den verrückten Zuständen zu tun haben, die wir hier antreffen. Wahrscheinlich sollen wir herausfinden, was in die Posbis gefahren ist.«

Das Erstaunen beider wuchs, als sie Rhodans Kabine betraten. Der Teleporter Ras Tschubai und Mausbiber Gucky waren da und musterten sie mit forschenden Blicken. Rhodan bat sie, Platz zu nehmen.

»Ich habe Ihnen einen Vorschlag zu unterbreiten. Sie sind Spezialisten auf Ihrem Gebiet und dadurch in der Lage, Informationen einzuholen, die wir bisher nicht erhalten konnten. Ras Tschubai und Gucky werden mit Ihnen beiden auf die Hundertsonnenwelt teleportieren. Sie erhalten Kampfanzüge und entsprechende Bewaffnung.«

Galanter und Fox verschlug es zuerst einmal die Sprache, dann stimmten sie zu. Der Auftrag bedeutete eine Abwechslung vom eintönigen Bordleben. An eine wirkliche Gefahr dachte keiner von beiden.

»Wir verzichten absichtlich auf ein größeres Landekommando«, erklärte Rhodan. »Eine kleine Gruppe scheint momentan die beste Lösung zu sein. Können Sie in einer halben Stunde fertig sein?«

Die beiden Männer bejahten.

»Nicht gerade eisenharte Kämpfernaturen«, meckerte Gucky, als Galanter und Fox die Kabine verlassen hatten. »Typische Wissenschaftler, die einen Impulsstrahler nicht von einer Mistgabel unterscheiden können.«

»Ihr sollt auch nicht kämpfen, sondern Kontakt mit den Posbis aufnehmen«, stellte Rhodan klar. »Und zwar friedlichen Kontakt!«

»Wenn die Blechburschen damit einverstanden sind, gern.« Der Ilt reagierte leicht verstimmt. »An uns soll es jedenfalls nicht liegen.«

Rhodan zählte auf, welche Informationen er für besonders wichtig hielt. Wichtig war es, auf jeden Fall Kontakt mit dem Zentralplasma zu bekommen.

»Mit den paar Millionen Kubikmetern Knetgummi werden wir fertig«, prophezeite der Mausbiber respektlos. »Ich werde ihm einen telepathischen Schock versetzen, dass es nur so wabbelt.«

»Du wirst dich sehr höflich und diplomatisch verhalten, mein Kleiner, sonst bekommst du Ärger mit mir«, sagte Rhodan ernst.

»Genau das wollte ich damit ja ausdrücken«, murmelte Gucky.

»Dann Hals- und Beinbruch.« Rhodan verabschiedete beide mit Handschlag.

Tohr sprang entsetzt zur Seite, als neben ihm aus dem Nichts heraus vier Gestalten erschienen. Zumindest genauso erschrocken waren aber auch Galanter und Fox, als sie sich in der ihnen fremden Umgebung wiederfanden.

Zarker Prull übernahm die Vorstellung.

»Ich kenne Ihren Auftrag nicht, aber ich kann Ihnen schon jetzt sagen, dass jeder Versuch, Kontakt mit den Posbis oder dem Zentralplasma aufzunehmen, sinnlos erscheint«, sagte er. »Wir haben es über eine Woche lang versucht.«

»Über eine Woche ...?«, fasste Gucky sofort nach. »Wann genau begann dieser verrückte Aufstand?«

»Am 3. Dezember Standardzeit.«

Gucky warf Ras Tschubai einen forschenden Blick zu. »So ein Zufall, würde ich sagen. Das war der Tag, an dem wir die starke Veränderung der rätselhaften Strahlung bemerkten, die aus der Milchstraße zu stammen scheint.«

»Das muss der Margor-Schwall sein.«

»Der was?«

»Das ist eine längere Geschichte«, sagte Prull. »Allerdings glaube ich, dass Sie da schnell auf etwas gestoßen sind, was wichtig ist. Sie konnten die Strahlung anmessen?«

»Auch ihre plötzliche Veränderung.«

»Davon haben wir nichts bemerkt, weil wir keine Gelegenheit mehr dazu hatten. Am 3. Dezember begannen die Posbis mit ihrer Aktion. Da besteht zweifellos ein Zusammenhang. Also, der Margor-Schwall ...«

Gucky und die drei Terraner der BASIS erfuhren Einzelheiten über Boyt Margors Schicksal und erhielten einen groben Abriss über die Probleme mit den Orbitern. Schnell wurde klar, dass Zentralplasma, Posbis und die sanftmütigen Matten-Willys auf dramatische Weise von der unerklärlichen Veränderung der Paraplasmatischen Sphäre betroffen waren.

Also doch Verhandlungen mit dem Zentralplasma?

»Es scheint der einzige Ausweg zu sein«, erklärte Zarker Prull überzeugt.

»Was geschieht, falls das Plasma auf unsere Versuche negativ reagiert?«, wollte Tschubai wissen.

»Wir haben es noch nicht einmal richtig versucht!«, rief der Verhaltensforscher Fox.

»Höchste Zeit dazu!«, bestätigte Gucky.

Ras Tschubai nahm Funkverbindung zur BASIS auf und informierte die Expeditionsleitung.

»Allmählich wird die BASIS für die Posbis interessant«, sagte Rhodan abschließend. »Mehrere Fragmentraumer sind uns schon ziemlich nah. Noch wurde keine Identifikation von uns gefordert.«

»Und wenn das geschieht?«

»Dann werden wir uns zurückziehen müssen, fürchte ich. Eine bewaffnete Auseinandersetzung möchte ich vermeiden. Ich hoffe jedenfalls nicht, dass ich euch lang allein lassen muss.«

»Wir können uns einige Zeit hier halten, Perry. Es sei denn, die Posbis ändern ihre Taktik und setzen stärkere Waffen ein.«

»Wir werden auf jeden Fall in der Nähe bleiben«, versicherte Rhodan.

24.

Der erste Versuch, das Zentralplasma zu kontaktieren, begann nicht sehr Erfolg versprechend.

Die achtzig riesigen Kuppeln, jede zweihundert Meter hoch, bedeckten eine Fläche von einhundert Quadratkilometern. Geschützt wurde das Gebiet durch Energiegitter, die auch für Teleporter ein unüberwindliches Hindernis darstellten.

Doch das allein war es nicht, was Ras Tschubais Zuversicht mit einem Schlag zunichtemachte, als er mit Gucky und den beiden Männern der BASIS in einiger Entfernung von dem Komplex materialisierte. Die gesamte Anlage war von gelandeten Fragmentraumern eingeschlossen. Und schwer bewaffnete Posbis bezogen ringsum Stellung. Da ermöglichten auch die Deflektorschirme kein Durchkommen mehr.

»Es ist aussichtslos«, sagte Tschubai enttäuscht. »Und wenn wir von hier aus funken, haben uns die Posbis in Sekundenschnelle angepeilt. Gucky, hattest du nicht schon einmal telepathisch Kontakt mit dem Zentralplasma?«

»Stimmt, ist aber schon einige Zeit her. Ich versuche schon die ganze Zeit über, Mentalimpulse aufzufangen. Aber da ist absolut nichts. Das Zentralplasma hat sich offenbar abgeschirmt.«

»Trotzdem solltest du dem Plasma Perrys Friedensbotschaft übermitteln. Vielleicht reagiert es darauf.«

Gucky konzentrierte sich.

Die ersten Posten der Posbis waren nicht mehr als zweihundert Meter entfernt. Tschubai registrierte mit einiger Besorgnis, dass die Roboter Impulsstrahler trugen. Es sah ganz so aus, als rechneten sie mit einem Angriff auf das Zentralplasma.

»Hat keinen Zweck, Freunde«, stellte der Mausbiber fest. »Kein Kontakt. Ich weiß auch nicht, ob der Kaugummi meine Botschaft empfangen hat. Hauen wir hier ab?«

»Und was erzählen wir den anderen in der Station?«, fragte Ras Tschubai.

»Eigentlich ist überhaupt nichts vorgefallen«, sagte Fox. »Es gibt nichts zu erzählen.«

»Ich kann ja dafür sorgen, dass etwas passiert«, bot Gucky bereitwillig an. »Soll ich ein paar Posbis zu Kunstflugübungen animieren?«

»Untersteh dich!«, fuhr Tschubai ihn an. »Keine feindseligen Handlungen!«

Sie blieben noch eine Weile in Deckung und beobachteten die Roboterarmee. Alles, was die Posbis unternahmen, wirkte mittlerweile präzise aufeinander abgestimmt.

Als wieder ein Fragmentraumer in unmittelbarer Nähe zur Landung ansetzte, teleportierten Gucky und Tschubai mit ihren Begleitern zur Station Bergsee zurück.

Am 13. Dezember erfolgte der erste Angriff der Posbis auf die Station.

Es war Glück, dass Ras Tschubai und der Mausbiber kurz zuvor von der BASIS einen schweren Paralysator geholt hatten. Die Waffe war auf dem flachen Dach des Hauptgebäudes in Stellung gebracht worden. Ihre Reichweite war immerhin so groß, dass die heranstürmenden Roboter schon auf beachtliche Entfernung unschädlich gemacht werden konnten.

»Das war erst der Anfang«, warnte Zarker Prull. »Sobald die Roboter wiederkommen, wird es nicht so einfach sein.«

»Warum verbergen wir uns nicht in Suntown?«, fragte Tschubai. »In der Riesenstadt gibt es Tausende von Verstecken.«

»Wer im Versteck lebt, kann nicht handeln.« Prull schüttelte den Kopf. »Außerdem suchen die Posbis in Suntown jetzt jeden Quadratmeter ab. Wir kämen nicht einmal unbemerkt in die Stadt hinein. Es ist besser, wir bleiben hier.«

»Ich habe Kontakt mit Fellmer Lloyd!«, rief Gucky. »Seid mal einen Augenblick still!«

In Situationen wie dieser stellten die beiden Telepathen die sicherste Verbindung dar, die man sich vorstellen konnte.

»Die BASIS muss sich zurückziehen, denn sie wird von Fragmentraumern angegriffen«, sagte Gucky Augenblicke später. »Perry will jeden offenen Konflikt vermeiden, wird jedoch zurückkehren, um uns abzuholen. Wir sollen dafür sorgen, dass möglichst alle Terraner zusammen sind, damit die Befreiungsaktion blitzschnell durchgeführt werden kann.«

»Ist das alles?«, fragte Tschubai enttäuscht.

»Dann sind wir wieder allein«, stellte Zarker Prull entmutigt fest.

»Ich bin ja bei euch«, sagte Gucky. Kaum einer reagierte darauf.

Der zweite Angriff der Posbis verlief nicht ganz so glimpflich wie der erste. Ein Fragmentraumer landete am jenseitigen Seeufer und spie eine Armee von Robotern aus. Der Raumer sah aus wie eine gigantische Festung mit unzähligen Auswüchsen und Vorsprüngen. Dazwischen ragten Geschütze hervor, die sich auf die Station Bergsee richteten.

»Dem haben wir nichts entgegenzusetzen«, stellte Zarker Prull fest.

Sie standen auf dem flachen Dach der Station hinter dem Paralysator. Carz, dem Narkosestrahlen nichts anhaben konnten, sollte den Strahler bedienen. Kosmos Tree deutete hinab zum See und stieß Ras Tschubai an.

»Sie werden bald hier sein. Hinter der Station beginnt das Gebirge. Es gibt eine Höhle dort, die der Beginn eines natürlichen Tunnels ist, der in einem Tal weiter östlich wieder an die Oberfläche kommt. Dort fängt der Wald an, der sich bis nach Suntown zieht.«

Er hatte so laut gesprochen, dass ihn alle hören konnten. Und sie verstanden, was er andeuten wollte.

»Wir sollen fliehen?«, fragte Prull.

»Hast du einen besseren Vorschlag?«

»Die Posbis werden die Höhle schnell entdecken und uns folgen«, wandte Tschubai ein. »Eine Flucht würde uns also wenig helfen.«

»Das ist nicht unbedingt gesagt.« Bendrix griff den Vorschlag auf. »Die Höhle ist uns schon länger bekannt. Sie sollte später einmal bestimmte Anlagen aufnehmen und wurde dafür schon entsprechend präpariert. Das Wichtigste für uns ist, dass wir den Eingang schließen und tarnen können.«

»Genau richtig«, bestätigte Kosmos Tree.

Prull deutete zum See hinab. »Wir müssen uns beeilen!«, drängte er.

Gucky zögerte. Sein Blick wanderte von dem Fragmentraumer zu den Posbis, die in lockerer Marschordnung den See umrundeten. Warum die Roboter nicht einfach Flugaggregate nutzten, blieb offen. Vielleicht setzten sie auf die psychologische Komponente, die ihr Anblick auslöste.

»Einen Denkzettel hätten sie schon verdient ...«

»Später!« Tschubai legte dem Ilt eine Hand auf die Schulter. »Ich halte es für klüger, jetzt von hier zu verschwinden, ehe sie etwas merken. Wir können froh sein, dass der Fragmentraumer noch nicht das Feuer eröffnet hat.«

Der Rückzug verlief reibungslos. Der Vorraum der Höhle war groß genug, um alle Flüchtlinge aufzunehmen. Lautlos schloss sich dann der als Felswand getarnte Eingang. Licht flammte auf. Ungeöffnete Metallkisten beanspruchten viel von dem zur Verfügung stehenden Platz. Im Hintergrund führte ein mannshoher Gang tiefer in den Berg hinein, der von Bendrix erwähnte Tunnel.

»Ich habe das Gefühl, in der Falle zu sitzen«, bekannte Marscha Hagen. »Niemand kann sagen, was inzwischen draußen geschieht. Die Posbis werden uns suchen.«

»Aber sie finden uns nicht.« Bendrix schien sich seiner Sache sehr sicher zu sein. »Es war geplant, hier den Interkom einzurichten, aber der ganze Kram ist noch verpackt.«

»Alles kein Problem.« Gucky drängte sich nach vorn. »Ich werde draußen nachsehen.«

Er materialisierte in drei Kilometern Höhe. Es war so gut wie ausgeschlossen, dass er geortet wurde. Zum einen war er zu klein, zum anderen hatte er keine Energieverbraucher eingeschaltet.

Die Posbis hatten die Station erreicht. Zweifellos durchsuchten sie alle Räumlichkeiten. Sie begannen jetzt schon damit, den Paralysator auf dem Dach zu zerlegen und abzutransportieren.

Gucky teleportierte weiter. Bendrix hatte recht: Der Eingang zur Höhle war vollendet getarnt. Posbis liefen achtlos an der Stelle vorüber, an der Gucky den Zugang vermutete.

Aber eigentlich interessierte ihn der Fragmentraumer. Er teleportierte aufs Geratewohl und fand sich in einer riesigen und völlig leeren Halle wieder.

Jeder Posbiraumer war nach anderen Plänen konstruiert. Gucky konnte sich ungefähr ausrechnen, dass er ziemlich im Zentrum der fliegenden Festung materialisiert war. Er verzichtete auf eine weitere Teleportation und versuchte stattdessen, die mentalen Impulse aufzufangen, die das Zellplasma der an Bord befindlichen Roboter ausstrahlte. Und er wurde fündig, wenn auch nicht ganz so, wie er es sich vorgestellt hatte.

Die Gedankenimpulse kamen nur sehr schwach und mit Unterbrechungen. Immer wieder esperte Gucky die Begriffe *Terraner*, *Verfolgung* und *Gefangennahme*, *notfalls töten* und *Absolutbefehl.*

Absolutbefehl?, fragte er sich. Vom Zentralplasma vielleicht?

Er überlegte, ob es sinnvoll sei, den verantwortlichen Posbi des Fragmentraumers zu befragen. Reden konnte der ja, was er wollte, aber seine Gedanken konnte er vor einem Telepathen kaum verbergen.

Gucky peilte die am deutlichsten zu empfangenden Impulse an und teleportierte. Er hatte Glück.

Ohne jeden Zweifel befand er sich in der Befehlszentrale des Fragmentraumers. Nur ein einziger Posbi war anwesend, allem Anschein nach der Kommandant des Unternehmens. Der Roboter wirkte wie die Plastik eines supermodernen Künstlers, der wahrscheinlich selbst nicht mehr wusste, was er da geschaffen hatte.

Gucky, der seinen Handstrahler bereits auf Lähmung geschaltet hatte, zielte auf die Stelle, an der er das Zellplasma vermutete.

»He, du!«, rief er und feuerte die Waffe ab.

Das Metallgewirr mit einem kompakten Zentrum drehte sich halb um, dann verbogen sich ein paar der unzähligen Verbindungsstreben und gaben sichtlich nach. Das Monstrum sackte zusammen und erinnerte nun an die Überbleibsel eines Verkehrsunfalls.

»Wer gibt den Befehl, die Terraner einzufangen?«

Natürlich bekam er keine Antwort. Der Posbi reagierte nicht, obwohl sein Plasma nur gelähmt, jedoch nicht narkotisiert sein musste. Es war Gucky nun klar, dass er andere Saiten aufziehen musste. Ein Posbi hatte mehr Fähigkeiten als ein gewöhnlicher Roboter. Er verfügte über Emotionen, und damit kannte er die Furcht vor dem Tod.

»Unten links hast du einen birnenförmigen Knubbel, wahrscheinlich ein Gelenk. Das bist du in zehn Sekunden los, wenn du nicht antwortest. Begriffen?«

... kann nicht ...

Ein Gedankenimpuls, klar wie das gesprochene Wort.

»Wieso kannst du nicht? Willst du oder darfst du nicht?«

... weiß nicht ... niemand weiß ...

Der Posbi litt noch unter der Schockwirkung.

»Niemand weiß, wer den Befehl zur Rebellion gegen Terra gegeben hat?«, vergewisserte sich Gucky und überhörte in seinem Eifer das Geräusch hinter sich.

»Niemand weiß es«, bestätigte der halb gelähmte Posbi, jetzt schon deutlicher und klarer.

»Das Zentralplasma?«

Diesmal kam keine Antwort. Es war, als hätte der Posbi sich mental abgeschirmt. Seine Gedanken drangen nicht mehr nach außen.

»Spiel hier nicht die müde Schnecke!«, fuhr Gucky den Roboter an und erinnerte sich der Tatsache, dass Posbis, wenn sie wollten, ihr Zellplasma isolieren konnten. Dann war kein Telepath mehr in der Lage, ihre Gedanken zu empfangen. »Nun, was ist? Soll ich ...?«

Weiter kam er nicht.

Zwei kräftige Arme schlangen sich von hinten um seinen Körper, ein dritter nahm ihm den Strahler ab. Gleichzeitig kam ein starker Gedankenimpuls.

»Du bist kein Terraner, aber du bist ihr Freund!«

Vorsichtig versuchte Gucky, den Kopf zu drehen, um seinen Widersacher erkennen zu können. Natürlich – ein Posbi! Diesmal allerdings einer, der einem Haluter ähnelte.

»Ich bin ein Ilt!«, fauchte der Mausbiber wütend. »Und du wirst in Kürze ein Schrotthaufen sein, wenn du mich nicht freilässt!«

»Du Winzling!«, sagte der übergroße Posbi, diesmal laut. »Was hast du mit unserem Kommandanten gemacht?«

»Leichte Holzhammernarkose. He, drück nicht so fest zu, ich bekomm kaum noch Luft.«

»Ich werde dich zerquetschen«, kündigte der Posbi an.

»Dann drück mal!«, forderte Gucky ihn auf und entmaterialisierte sicherheitshalber.

Von Südwesten näherte sich der Hotelstadt Suntown ein seltsamer Konvoi. Er bestand aus fünf für den Materialtransport ausgerüsteten Fahrzeugen. Auf den ersten Blick war zu erkennen, dass jemand sie provisorisch umgebaut und gepanzert hatte.

Jedes Fahrzeug verfügte über einen weitreichenden Impulsstrahler und bot fünfzig Personen Platz.

Die Chefmedizinerin des Süd-Hospitals, Samora, war für ihre resolute Art bekannt. So verwunderte es wenig, dass sie von Anfang an die Führung der einhundertfünfzig Terraner in der abgelegenen Station im Süden übernahm.

Ernste Krankheitsfälle hatte es auf der Hundertsonnenwelt kaum gegeben, das Hospital konnte eher als Erholungs- und Urlaubsresort bezeichnet werden. Alle Insassen schlossen sich der Kolonne an. Hinzu kamen fünfzig Mitglieder der Schürfabteilung, denen die Fahrzeuge gehörten.

Die beunruhigenden Nachrichten sickerten immer spärlicher herein, schließlich blieben sie völlig aus. Nur die Station Bergsee meldete sich noch einmal, dann war auch diese Verbindung tot. Genau an dem Tag entschloss sich Samora zum Aufbruch nach Suntown.

Inzwischen war die Kolonne bereits fünf Tage unterwegs und unbehelligt geblieben, was im Nachhinein wie ein Wunder erschien. Allerdings bewegten sich die Fahrzeuge weitestgehend durch unübersichtliches Gelände.

Samora saß neben dem Fahrer des ersten Wagens, dem Leiter der Schürfgruppe.

»Was meinst du, Tapor, wie lange brauchen wir noch?«

Der Ingenieur mit den Silbersträhnen im dunklen Haar lenkte den Wagen durch einen kleinen Flusslauf und dann in den Wald hinein. Da der Boden sumpfig wurde, fuhr er den Raupenantrieb aus.

»Bis Suntown? Das kommt aufs Gelände an, Samora. Aber es wird keinesfalls ohne Risiko sein, einfach in die Stadt zu fahren. Wir wissen nicht, was dort inzwischen geschehen ist.«

»Wir versuchen vorher, Funkverbindung zu erhalten. Es können doch nicht alle von den Posbis gefangen worden sein.«

Der Untergrund wurde bald wieder fester, die Fahrzeuge kamen leichter voran. Der Wald lichtete sich, bot aber weiterhin ausreichend Schutz gegen Sicht aus der Höhe.

Etwa hundert Kilometer vor Suntown geriet die Gruppe in eine Falle.

In einem breiten, aber nicht sehr tiefen Cañon warteten mindestens fünfzig Posbis. Samora ließ sofort anhalten und gruppierte die Fahrzeuge dicht nebeneinander.

Schon zweimal hatten sie weiter im Süden Angriffe abgeschlagen und wussten daher, dass die Panzerplatten die Narkosestrahlen der Roboter abhielten. Der Nachteil war nur, dass die eigenen Geschütze jeden Beschuss durch den Gegner nur ungezielt erwidern konnten. Wer den Kopf über die Deckung schob, wurde sofort paralysiert.

Tapor rutschte hinter die Geschützkontrollen. »Schwacheinstellung?«, fragte er.

Samora nickte. »Solange die Posbis auch nicht anders agieren, ja.«

Sekunden später wurde den Terranern klar, dass die Posbis neue Befehle erhalten haben mussten. Eines der Kolonnenfahrzeuge erhielt punktgenaue Treffer aus mehreren Thermostrahlern. Der vordere Panzerschutz wurde sehr schnell rot glühend.

»Höchste Schlagkraft!« Samora gab den Feuerbefehl.

Die vier Geschütze – das des getroffenen Wagens war ausgefallen – spien gebündelte Impulsstrahlen gegen die überraschten Posbis, die mit einer derart massiven Gegenwehr anscheinend nicht gerechnet hatten. Nur wenigen Robotern gelang die Flucht zwischen die nahen Felsen.

Zwei Dutzend Männer folgten den Posbis, um sie unschädlich zu machen. Es gab kein Pardon mehr. Die Terraner mussten sich ihrer Haut wehren, sonst waren sie verloren. Immerhin hatten sie in dem getroffenen Fahrzeug die ersten Verwundeten und sogar Tote zu beklagen.

»Ich fürchte, es wird noch schlimmer werden«, sagte Samora zu Tapor. »Solange sie keine schwereren Waffen einsetzen, werden wir mit ihnen fertig.«

Zwei Stunden später wurde ein ungewöhnlich starker Sender empfangen. Es war die BASIS, die Kontakt mit der Station Bergsee aufnahm.

Samora meldete sich, erhielt aber keine Bestätigung.

»Wir ändern unser Vorhaben«, entschied sie. »Wir werden südlich an Suntown vorbeifahren, dann durch den großen Wald bis zur Station Bergsee. Wenn wir uns mit der Gruppe dort zusammenschließen, sind wir gerettet. Wer hätte auch gedacht, dass die BASIS zurückgekehrt ist ...?«

»Wir hätten wissen müssen, dass Perry Rhodan uns nicht im Stich lassen würde«, sagte Tapor erleichtert.

Nachdem Gucky Bericht erstattet hatte, schlug Kosmos Tree vor, das sichere Versteck zu verlassen.

»Sie finden uns hier nicht, das ist richtig, aber uns wird es unmöglich sein, Verbindung zu anderen Gruppen oder zur BASIS zu erhalten. Außerdem werden die Lebensmittel knapp. Wir müssen die HEGEL erobern, eine andere Möglichkeit sehe ich nicht.«

»Rhodan will den offenen Konflikt vermeiden«, wandte Tschubai ein. »Deshalb hat er sich ja zurückgezogen.«

»Ihr habt beide recht«, sagte Zarker Prull. »Wir gewinnen nichts, wenn wir hierbleiben und nichts unternehmen. Außerdem dürfen wir nicht unbedingt mit Rhodans Unterstützung rechnen. Obwohl ich überzeugt bin, dass er die Konfrontation mit den Posbis riskieren wird, sobald wir alle in Lebensgefahr geraten. Ich bin also für Kosmos Trees Vorschlag.«

Nach einigem Hin und Her stimmten alle zu.

Galanter war es inzwischen gelungen, die richtige Kiste in dem Stapel zu finden und zu öffnen. Er förderte einen in Mikrobauweise konstruierten Hypersender zutage. Damit war die BASIS mühelos zu erreichen, selbst wenn sie mehrere Lichtjahre entfernt stand.

Gucky hatte längst keine telepathische Verbindung mehr mit Fellmer Lloyd.

Die Vorbereitungen für den Aufbruch waren rasch abgeschlossen. Gucky ließ es sich nicht nehmen, vorher draußen die Lage zu peilen.

Der Fragmentraumer war verschwunden, die meisten Posbis auch. Die Roboter hatten nur ein zahlenmäßig starkes Wachkommando zurückgelassen.

Schließlich brach der Trupp auf.

Galanter trug den Hypersender in einem Rucksack. Die Übrigen schleppten Lebensmittel und Waffen. Die Luft war stickig feucht. Gucky, der des Laufens bald überdrüssig wurde, setzte sich alle hundert Meter einfach hin und holte die Gruppe jeweils mit einer Kurzteleportation wieder ein.

Nach einer Stunde schimmerte Licht voraus. Zarker Prull ließ anhalten und ging mit Kosmos Tree und Bendrix vor.

Als sie den Ausgang erreichten, blieben sie im Schutz einiger Büsche stehen. Vor ihnen lag ein kleines Plateau, dahinter ein weites, dicht bewachsenes Tal. Im Norden begrenzte das hohe Gebirge die Senke, im Süden der große Wald.

Fast eine halbe Stunde lang beobachteten die beiden Männer das Tal, die gegenüberliegenden Hänge und den Himmel. Alles war ruhig und friedlich, aber dieser Eindruck konnte täuschen.

Tschubai materialisierte bei ihnen.

»Kann ich die anderen holen? Gucky teilte mir mit, dass alles in Ordnung sei.«

»Sie sollen langsam und einzeln nachkommen«, sagte Prull.

Die Minikoms waren zu schwach, die Störstrahlung der Posbis konnten sie nicht überwinden. Es war unmöglich festzustellen, ob andere Terraner sich meldeten oder Informationen abgaben.

»Vielleicht sollten wir trotzdem versuchen, Verbindung zur BASIS zu bekommen«, schlug Galanter vor. »Gucky schafft es ja doch nicht.«

»Ist das meine Schuld?«, empörte sich der Mausbiber. »Fellmer schläft wahrscheinlich, und bei der Distanz müsste er sich schon auf mich konzentrieren, um mich empfangen zu können. So zeit- und entfernungslos, wie immer behauptet wird, ist Telepathie nur unter gewissen Voraussetzungen ...«

»Schon gut, Gucky«, unterbrach Prull ungeduldig. »Das kannst du uns später erklären. Jetzt ist keine Zeit dazu.«

Gucky warf dem Mann einen vielversprechenden Blick zu und schwieg.

Galanter hatte inzwischen das Hyperfunkgerät eingeschaltet. Im Empfang blieb alles ruhig, also ging er auf Senden. Um jede Ortung möglichst schwierig zu machen, schickte er nur einen kurzen Rafferspruch und bat um eine ebenso kurze Bestätigung.

Sie kam nach knapp dreißig Sekunden. Doch fehlte das vereinbarte Kodewort.

Ratlos blickte Galanter die anderen an. »Die sind aber vergesslich«, beschwerte er sich.

»Vergesslich?«, fragte Tschubai. »Ich weiß nicht, ob das zutrifft.«

»Was soll das heißen?«

»Sie wissen so gut wie ich, Galanter, dass niemand auf der BASIS, der einen verantwortlichen Posten innehat, vergesslich sein darf. Schalten Sie das Funkgerät ab, und zwar sofort!«

»Aber ich ...«

»Abschalten!«

Verwirrt gehorchte der Kybernetiker. Die Fragen standen ihm ins Gesicht geschrieben.

»Das war nicht die BASIS, sondern ein Fremdsender, der uns täuschen soll«, erklärte Ras Tschubai. »Ich tippe auf das Zentralplasma als Urheber. Wenn wir Pech haben, wurden wir trotz der Kürze des Rafferspruchs geortet. Wir müssen also möglichst schnell von hier verschwinden.«

Die Vermutung des Teleporters rief Unruhe hervor, aber Zarker Prull reagierte dementsprechend kompromisslos. Er schulterte den schweren Strahler, den er sich aufgebürdet hatte, und begann den Abstieg ins Tal.

Schweigend folgten ihm die anderen.

Es fiel Samora nicht leicht, den besten Weg durch den Wald zu finden. Einerseits musste sie auf Deckung bedacht sein, andererseits sollten sich die Fahrzeuge möglichst ungehindert fortbewegen können. Jedenfalls ging es nur sehr langsam voran.

Als sie die Höhe von Suntown erreichten, legte die Chefmedizinerin eine Pause ein. Sie selbst, Tapor und mehrere Männer verließen die Kolonne und gingen nach Westen, bis sich ihnen weitgehend freie Sicht auf die Stadt bot.

Posbis patrouillierten vor den Gebäuden und kontrollierten die freie Fläche bis zum Wald. Niemand konnte die Stadt unbemerkt verlassen oder sie betreten.

Über den höchsten Gebäuden schwebte ein flacher Fragmentraumer. Reihenweise waren seine Strahlgeschütze in die Tiefe des Stadtzentrums gerichtet.

»Da läuft kein Terraner mehr frei umher«, argwöhnte Tapor.

»Da kannst du recht haben«, stimmte Samora ihm zu. »Wir können dort niemandem mehr helfen. Also fahren wir weiter nach Norden.«

»Wir werden den Hangar der HEGEL passieren ...«

»Davon verspreche ich mir nichts mehr.« Samora schüttelte den Kopf. »Wenn Suntown schon so bewacht wird, dann unser Schiff ebenfalls. Es wäre ohnehin unsere einzige Fluchtmöglichkeit. Wir werden sehr vorsichtig sein müssen, wenn wir das erkunden.«

Sie kehrten zur Kolonne zurück.

Für die zehn Kilometer bis in Sichtweite des Hangars benötigten sie dann mehr als drei Stunden, weil sie oft unter dicht belaubten Bäumen Deckung suchen mussten. Immer wieder schwebten Gleiter in geringer Höhe über den Wald hinweg.

Als Samora den Kordon der Posbis rings um das Hangargelände sah, gab sie ohne jedes überflüssige Wort den Befehl zur Weiterfahrt nach Norden.

Sie kamen nur noch zwei Kilometer weit.

Im Gegensatz zur fahrbaren Gruppe Samora kamen Zarker Prull und seine Leute schnell voran. Abwechselnd teleportierten Ras Tschubai und Gucky bei unübersichtlichem Gelände ein Stück voraus, um eventuell Verdächtiges rechtzeitig zu bemerken.

Wie gut diese Vorsichtsmaßnahme war, erwies sich kurz vor dem Ende des Tales.

»Ein Dutzend Posbis bewachen den Talausgang«, berichtete Tschubai. »Sie tragen Narkose- und Impulsstrahler. Was tun wir?«

»Wir legen sie schlafen«, schlug Prull vor.

»Zwischen dem Talende und dem Waldrand liegen fünfhundert Meter freie Fläche. Auf der halten sie sich auf. Es wird also ein kleines Problem werden.«

»Auch das werden wir lösen«, behauptete Zarker Prull zuversichtlich. »Das Zentralplasma hat uns also doch nicht geortet, sonst wäre hier mehr los.«

Sie gingen weiter, bis die Deckung spärlicher wurde. Deutlich konnten sie die Posbis in etwa dreihundert Meter Entfernung stehen sehen. Marscha Hagen sah genauer hin.

»Die Narkosestrahler sind nicht in Bereitschaft«, sagte sie besorgt. »Wohl aber die tödlichen Impulswaffen. Was bedeutet das?«

Prull kauerte neben ihr und beobachtete.

»Du hast recht, Marscha«, bestätigte er. »Und das bedeutet, dass wir schnell und überraschend handeln müssen, ehe die Posbis einen Schuss abgeben können.« Er deutete auf das neben ihm liegende Geschütz. »Es hat genügend Reichweite und lässt sich auf Paralyse und auf tödliche Wirkung justieren. Wir versuchen es mit Paralyse.«

Sorgsam bereitete er das Geschütz auf weite Streuung vor, um möglichst viele Posbis mit einem Schuss ausschalten zu können. Dann drückte er den Aktivierungsknopf.

Der breit gefächerte Schuss flimmerte zu den Posbis hinüber und hüllte sie ein. Aber die nahezu transparenten Paralysestrahlen wurden von jedem Posbi glockenförmig abgestoßen und erreichten das Zellplasma überhaupt nicht. Die Roboter bewegten sich also im Schutz von Energieschirmen.

Prull stieß eine heftige Verwünschung aus.

In dem Moment eröffneten die Posbis das Feuer. Dafür mussten sie wenigstens Strukturlücken in ihren Schutzschirmen schalten.

Als der erste seiner Leute tot zu Boden sank, reagierte Zarker Prull kompromisslos. Er verstärkte die Energieleistung des Strahlers bis zum Maximum. Seine Schüsse machten die angreifenden Posbis innerhalb kurzer Zeit unschädlich.

Ruckartig riss Tapor das Steuer seines Fahrzeugs herum und rammte mitten zwischen die nächsten Büsche, weit genug jedenfalls, dass die nachfolgenden drei Wagen ebenfalls Platz in der Deckung fanden.

»Was ist los?«, stieß Samora heftig hervor. »Bist du verrückt geworden?«

»In Fahrtrichtung, keine fünfhundert Meter entfernt auf dem Hügel, ist etwas. Und was wir sehen, kann uns ebenfalls entdecken.«

Die Chefmedizinerin rutschte in ihren Sitz zurück. »Was gesehen?«, drängte sie.

»Gestalten. Es könnten welche von uns sein oder auch Matten-Willys, die uns täuschen wollen.«

Samora stieß die Seitentür auf. »Worauf warten wir dann noch? Das sehen wir uns an.«

Drei Männer begleiteten sie und Tapor. Alle anderen blieben bei den Fahrzeugen und den Geschützen.

Gemeinsam arbeiteten sie sich in Richtung des Abhangs vor, den sie umfahren hätten, weil er nur wenig Deckung bot. Zu Fuß waren sie zwischen den niedrigen Büschen jedoch kaum zu bemerken.

»Duckt euch!«, raunte der Ingenieur. »Hier warten wir.«

Samora nickte ihm ihr Einverständnis zu. Immerhin war sie die Leiterin des Trupps, das sollte er nicht vergessen.

Eine Weile später entdeckten sie die erste Gestalt, die den anderen vorausgeeilt sein musste, denn weiter oben war noch Bewegung zwischen den Büschen. Für einen Terraner war die Gestalt jedoch zu klein.

Trotzdem winkte sie zu Samora und ihren Begleitern herüber. Und das, obwohl sie in Deckung lagen.

»Wer immer das ist, er muss Gedanken lesen können«, murmelte Tapor verblüfft.

Samora zögerte, dann rollte sie sich auf den Rücken und blickte mit weit geöffneten Augen in den Himmel.

»Ich habe gute Augen, sogar sehr gute Augen«, sagte sie. »Ich täusche mich bestimmt nicht. Außerdem hast du eben von Gedankenlesen gesprochen, Tapor. Das da drüben ist kein Matten-Willy, das kann nur Gucky sein.«

»Wie soll der Ilt ausgerechnet hierher kommen?«

»Die BASIS ... Außerdem ist Gucky Teleporter und Telekinet. Er weiß bereits, wer wir sind. Und wenn mich nicht alles täuscht, wird er gleich bei uns sein ...«

»Richtig, Madam!«, sagte eine schrille Stimme hinter ihr. »Ihr seid zwar noch nicht gerettet, aber euer Wanderverein erhält Verstärkung.« Gucky entblößte seinen einzigen Zahn, als alle ihn anstarrten, als sei er ein Geist.

Er machte eine fahrige Ehrenbezeigung. »Gruppe Zarker Prull meldet sich zur Stelle!«

»Zarker«, sagte Samora hörbar erleichtert.

»Er und um die fünfzig Terraner. Wartet hier, bis wir bei euch sind.«

»Und dann?«

»Dann sehen wir weiter«, versprach der Ilt und entmaterialisierte.

Tapor stützte sich auf die Ellenbogen. »Bist du sicher, Samora, dass wir nicht getäuscht werden? Wenn das ein Matten-Willy war ...«

Die Medizinerin schüttelte den Kopf. »Ausgeschlossen. Sie können ihre Gestalt nur kurze Zeit stabil halten, und selbst wenn es einem gelänge, den Mausbiber länger als ein paar Minuten zu kopieren, könnte er trotzdem keine Gedanken lesen. Genau das war für mich der Beweis, abgesehen von der Teleportation.«

Beide Gruppen vereinten sich. Die Begrüßung war herzlich. Nun waren sie zweihundertfünfzig Terraner, mit guten Waffen ausgerüstet und voll neuer Zuversicht.

Zarker Prull schlug eine Beratung vor, teilte gleichzeitig Wachen ein und bat die beiden Teleporter, die weitere Umgebung unter ständiger Beobachtung zu halten.

Gucky nickte Ras Tschubai zu, dann waren beide verschwunden.

Die Chance, endlich die HEGEL zurückzuerobern, war größer geworden. Zahlenmäßig hatte sich die Gruppe verfünffacht. Als besonders günstig bewertete Prull die schweren Geschütze der vier Fahrzeuge, mit denen sich der Kordon der Posbis bestimmt durchbrechen ließ. Wenn möglich, schlug der wissenschaftliche Leiter der LFT-Delegation vor, sollte das mit Narkosestrahlen geschehen. Nur wenn die Posbis ihre Energieschirme einschalteten, galt es, rücksichtsloser vorzugehen.

»Was ist mit dem Hangar?«, fragte Samora.

»Keine Ahnung, was dort inzwischen installiert wurde. Früher gab es da keine Abwehrwaffen. Wir müssen uns auf unser Glück verlassen.«

»Die BASIS könnte eingreifen.«

Zarker Prull schüttelte den Kopf. »Wir zählen besser nicht auf die BASIS. Das hat diplomatische Gründe, wenn ich Rhodan richtig verstanden habe. Allerdings bin ich sicher, dass er im äußersten Notfall eingreifen wird. Wir werden ihn auf jeden Fall per Hyperfunk von unserem Vorhaben unterrichten, wenn auch erst Sekunden vor unserem Angriff. Egal, ob das Zentralplasma mithört oder nicht, den Posbis bleibt dann keine Zeit mehr für Gegenmaßnahmen.«

»Ihr habt einen Hypersender?«

»Es gab Ersatzteile und alle Bausätze in Bergsee. Ich hoffe, das Zentralplasma wird unsere Sendung nicht stören, um unsere Absichten zu erfahren.«

»Und wenn das Plasma es erfährt?«

»Wird es nicht mehr genügend Zeit für Gegenmaßnahmen haben.«

»Hoffentlich«, sagte Samora, ohne ihre Skepsis zu verheimlichen.

Ras Tschubai materialisierte neben der Gruppe.

»Wir waren bis dicht am Hangar. Die Posbis verlassen ihre Posten.«

»Was?« Prull kniff die Brauen zusammen. »Wie soll ich das verstehen?«

»Der Kordon löst sich auf.«

»Das kann eine Falle sein«, warnte Samora.

Während die anderen leise diskutierten, versank Zarker Prull in Nachdenken. Schließlich hatte er seinen Entschluss gefasst.

»Ich glaube nicht, dass wir unseren Plan ändern sollten. Samoras Gruppe bildet mit den vier Fahrzeugen den Angriffskeil und gibt uns zugleich Deckung. Wir müssen versuchen, den Transportlift zu erreichen, um so in den Hangar selbst zu gelangen. Ras, sind Fragmentraumer in der Nähe?«

»Zwei in Richtung Suntown.«

»Das ist schlecht, aber vielleicht schaffen wir es trotzdem.«

Wenig später drangen sie weiter vor. Noch bot der Wald genügend Deckung, aber er lichtete sich immer mehr, bis schließlich die freie Betonfläche vor ihnen lag. Kein Posbi war zu sehen, die von Tschubai erwähnten Fragmentraumer waren ziemlich weit entfernt.

Gucky materialisierte.

»Es ist alles frei!«, rief er. »Ich war beim Lift, die Plattform ist oben.«

»Wo sind die Posbis geblieben?«

»Im subplanetaren Teil, soweit ich es erkennen konnte. Sieht ganz so aus, als warteten sie auf neue Befehle.«

»Dann dürfen wir nicht länger zögern«, sagte Samora.

Die vier Fahrzeuge rollten an, gefolgt von Zarker Prulls Leuten. Die Frau und Männer mussten ziemlich schnell laufen, um nicht zurückzubleiben. Tschubai und Gucky teleportierten schon zu dem großen Lastenlift. Er würde Fahrzeuge und Menschen in einem Arbeitsgang in die Tiefe tragen können.

Ras Tschubai blickte sich nach allen Seiten um und schüttelte den Kopf.

»Diese Ruhe gefällt mir nicht, Gucky. Sie passt einfach nicht zu dem, was hier geschehen ist. Kannst du nichts espern?«

»Nur wenige Gedanken. Sie sind so harmlos, dass es schon wieder verdächtig wird. Das ist ja die Schwierigkeit: Die Posbis haben ihre Gedanken unter Kontrolle, oder sie isolieren sich völlig. Nicht so leicht ranzukommen.«

Inzwischen näherten sich die Fahrzeuge schon der Plattform. In den flachen Kontrollgebäuden rührte sich nichts. Das Areal wirkte wie ausgestorben.

Tapor fuhr als Erster auf die Liftplatte, die anderen drei Wagen folgten. Zarker Prulls Leute verteilten sich zwischen den Fahrzeugen, die Waffen immer noch schussbereit. Kein Gegner zeigte sich.

Kosmos Tree aktivierte den Lift. Langsam sank die Platte mit ihrer Last in die Tiefe. Die Betonwände des Schachtes glitten immer schneller vorbei, bis sich das Tempo endlich wieder verlangsamte und das Ende der Reise ankündigte.

Mit einem Ruck hielt die Plattform an. Die vorderen Schachtwände schoben sich zur Seite und gaben den Weg in den eigentlichen Hangar frei.

In der Halle, die riesige Ausmaße besaß, stand die HEGEL.

»Runter von den Fahrzeugen!«, befahl Samora. »Wir brauchen sie nicht mehr.«

Zarker Prull wurde ein unheimliches Gefühl der Bedrohung nicht los, obwohl er endlich den Kugelraumer erreicht hatte. Alles war viel zu glatt verlaufen. Allerdings würden sie an Bord der HEGEL in Sicherheit sein. Der Kugelraumer konnte mit einem Blitzstart innerhalb weniger Minuten die Hundertsonnenwelt verlassen.

Und doch ...

Gucky packte Ras Tschubais Arm. »Ein Strom nicht mehr kontrollierter Gedankenimpulse, Ras! Von Posbis! Ich wusste, dass es eine Falle ist, und gleich schnappt sie zu!«

Tschubai rief Zarker Prull eine Warnung zu. Prull versuchte vergeblich, die unterste Frachtschleuse der HEGEL zu öffnen. Das Kodewort schien gelöscht worden zu sein, oder jemand hatte die Innenverriegelung aktiviert. In beiden Fällen musste derjenige sich noch an Bord befinden.

Ringsum öffneten sich die Tore zu den anderen unterirdischen Anlagen. Hunderte von Posbis drangen in die Halle ein und griffen die dicht zusammengedrängten Terraner mit Narkosestrahlern an.

Ras Tschubai und Gucky wussten beide, dass sie in dieser Situation machtlos waren. Sie konnten ihren Freunden nur noch nützen, solange sie ihre Freiheit behielten.

Der Mausbiber ergriff Tschubais Hand und teleportierte mit ihm auf den oberen Pol der HEGEL, tausendfünfhundert Meter über dem Boden der Hangarhalle, auf dem die paralysierten Terraner von den Posbis eingesammelt wurden.

»Es ist unsere Schuld«, jammerte Gucky. »Ich hätte es wissen müssen!«

»Du hättest weder Prull noch einen anderen zurückhalten können«, widersprach der Teleporter. »Schlimm ist nur, dass auch Galanter und Fox erwischt wurden. Wir sind für sie verantwortlich.«

»Wir holen sie bei nächster Gelegenheit zurück«, behauptete Gucky. »Ich glaube nicht, dass sich jemand in unmittelbarer Lebensgefahr befindet. Sonst wären die Posbis anders vorgegangen. Und da hätte ich auch gleich einen Vorschlag ...«

Ras Tschubai hörte dem Ilt aufmerksam zu.

»Hört sich gut an«, bestätigte er schließlich. »Perry muss informiert werden, dass es ohne die BASIS nicht mehr geht. Und deine Überlegung, dass sich dann vielleicht auch Kontakt mit dem Zentralplasma herstellen lässt, hat einiges für sich.«

»Also versuchen wir es. Sollten wir getrennt werden, schlage ich als Treffpunkt die Höhle bei der Station Bergsee vor.«

Gemeinsam teleportierten sie in das Innere des Kugelraumers, machten einige hastige Stichproben und entdeckten nicht einen Posbi an Bord. Leider auch keine Terraner. Das Schiff war verlassen. Tschubai aktivierte den Hypersender, gab einen verschlüsselten Rafferspruch weiter und bat die BASIS dringend um Bestätigung. Um Missverständnisse zu vermeiden, verlangte er das Kodewort.

Schon Sekunden später traf die Antwort ein.

Die BASIS befand sich bereits wieder im Anflug auf die Hundertsonnenwelt.

25.

Langsam wich Zarker Prulls Bewusstlosigkeit, und seine Erinnerung kehrte zurück. Alle lagen in einem großen Raum, und er war keineswegs der Einzige, der soeben wieder zu sich kam.

Er entdeckte Marscha in seiner Nähe und kroch zu ihr hin.

Sie blickte ihn sekundenlang verständnislos an, dann huschte ein schwaches Lächeln über ihre Züge.

»Die Posbis haben uns nicht getrennt – zum Glück.«

»Und wir leben!«, sagte Prull mit Nachdruck. Erst jetzt sah er sich ausgiebig um. »Sie scheinen keinen abgesondert zu haben.«

Samora kam schwankend näher. Sie setzte sich.

»Ich bin schon seit einigen Minuten bei Bewusstsein«, sagte die Medizinerin. »Muss wohl eine schwache Ladung erwischt haben. Ich denke, das hier ist die Empfangshalle eines Hotels, wenn auch völlig leer geräumt. Die Posbis haben Wachen postiert.«

»Wir können nur abwarten«, murmelte Prull. »Vielleicht greift Rhodan bald ein. Er kann doch nicht untätig zusehen, wie hier alles den Bach runtergeht. Sind Tschubai und Gucky auch hier?«

»Sie konnten sich rechtzeitig in Sicherheit bringen«, antwortete Samora. »Wir werden sicherlich bald von ihnen hören.«

»Ja, hoffentlich.«

Allmählich kamen alle zu sich. Kleinere Gruppen bildeten sich, die lebhaft diskutierten. Ausbruchspläne wurden geschmiedet und wieder verworfen ...

... und dann öffnete sich eine der Türen. Ein Posbi, annähernd humanoid, aber gut zweieinhalb Meter hoch, erschien im Eingang. Hinter ihm waren bewaffnete Roboter zu erkennen.

»Terraner!«, rief der Posbi. »In den nächsten Tagen wird über euer Schicksal entschieden. Wir dürfen keine Fremden mehr auf unserer Welt dulden. Wer ist euer Sprecher?«

Zarker Prull erhob sich. Er ging einige Schritte auf den Posbi zu, hielt aber inne, als plötzlich mehrere Waffen auf ihn zielten.

»Wer gibt euch diese unsinnigen Befehle?«, fragte er. »Warum lehnen die Posbis Gespräche mit uns ab? Gebt uns unser Schiff zurück und lasst uns frei, dann werden wir die Hundertsonnenwelt verlassen, wenn ihr darauf besteht.«

»Keine Informationen«, lautete die Antwort.

»Was habt ihr mit uns vor?« Prull wurde lauter.

Den Posbi beeindruckte er damit in keiner Weise. »Ihr werdet es erfahren«, sagte der positronisch-biologische Roboter.

»Und bis dahin? Sollen wir verhungern und verdursten?«

»Nicht, bevor das Urteil gesprochen ist. Suche zehn Männer aus, die mich begleiten. Sie werden alles erhalten, was ihr benötigt.«

»Urteil?«, rief Zarker Prull betroffen. »Was für ein Urteil?«

»Keine Informationen«, wiederholte der Posbi stur. »Ich warte auf die zehn Männer.«

Prull bestimmte die Leute und ging zu Samora und Marscha zurück. »Wo ist Carz?«, fragte er hastig.

»Ich weiß nicht, was ich von ihm halten soll, Zarker«, antwortete die Medizinerin. »Als wir paralysiert wurden, stand er neben mir, mittlerweile ist er verschwunden. Ich glaube, er ist einfach zu den anderen Posbis gegangen.«

»Die Narkosestrahlen konnten ihm nichts anhaben«, überlegte Prull. »Ich hoffe, er ist zuverlässig. Wahrscheinlich hat er sich unter die Angreifer gemischt, schließlich ist er auch ein Posbi.«

»Ras Tschubai, Gucky, Carz und die BASIS ... Wir dürfen die Hoffnung nicht aufgeben.« Marscha Hagen lehnte sich mit dem Rücken an eine Wand und schloss die Augen. Sie atmete tief und gleichmäßig, als würde sie plötzlich alles nicht mehr betreffen.

Obwohl sie nicht so recht an einen Erfolg glauben wollten, versuchten Ras Tschubai und der Ilt noch einmal, eine direkte Verbindung zum Zentralplasma zu bekommen. Nach mehreren Versuchen mit dem Hyperkom gab es wenigstens einen kurzen Disput.

»Ihr seid geortet, Terraner, und entgeht eurem Schicksal nicht. Keiner von euch wird nach Terra zurückkehren.«

»Du riskierst einen Krieg«, sagte Tschubai warnend.

»Es herrscht bereits Krieg«, war die Antwort darauf.

»Warum? Was sollen wir verbrochen haben?«

»Alle Terraner werden verurteilt und werden den Tod finden.«

Dann herrschte wieder Stille. Das Zentralplasma war an einer weitergehenden Diskussion nicht interessiert.

»Perry kann nicht mehr anders, er muss eingreifen«, sagte Gucky endlich. »Die BASIS kann es mit den Fragmentraumern aufnehmen. Eine eindeutige Lehre wird diesem durchgedrehten Plasmazeug nur guttun.«

»Hast du Kontakt zu Fellmer?«

»Noch nicht.«

»Dann informieren wir Perry direkt.«

Abermals riefen sie die BASIS über Hyperkom, erhielten eine Bestätigung und sendeten ihren gerafften Text.

Die BASIS versicherte, in exakt zwei Stunden mit einem ersten Störmanöver zu beginnen.

Carz marschierte mit den anderen Posbis in Richtung der Kabinenstation. Die Gefangenen wurden abtransportiert. Carz konnte es nicht verhindern, war aber überzeugt, dass den Terranern kein Leid geschehen würde.

Er hatte inzwischen erkannt, dass nicht nur die Posbis, sondern in erster Linie das Zentralplasma von einer unbekannten Macht beeinflusst wurde. Es war wie ein hypnotischer Zwang, dem sich jeder unterwerfen musste, dessen Zellplasma noch mit den Kontrollen verbunden war.

Dann vernahm er zum ersten Mal von den bevorstehenden Urteilen, die schon jetzt feststanden. Alle Terraner sollten sterben.

Carz wusste nun, dass er zum Handeln gezwungen wurde. Offen blieb die Frage, was er unternehmen konnte. Er stand allein gegen Tausende Posbis.

Als ein Kommando zur vollständigen Säuberung Suntowns aufgestellt wurde, schloss er sich an. Er hoffte, dass es ihm auf diese Weise gelingen würde, wieder mit Zarker Prull und seinen Leuten Verbindung aufzunehmen.

Es fiel Gucky nicht schwer, die Gedanken der Gefangenen in Suntown aufzuspüren und das Hotel zu bestimmen, in dem sie sich aufhielten. Ras Tschubai blieb in der HEGEL zurück, Gucky teleportierte allein.

Er materialisierte zwischen den Terranern, die heftig über ihr Schicksal diskutierten.

»Pst!«, machte er und legte zwei Finger vor seinen Mund.

»Dem Himmel sei Dank!«, flüsterte Marscha Hagen leise. »Wo ist Tschubai?«

»In der HEGEL. In weniger als zwei Stunden wird die BASIS eintreffen. Verhaltet euch also am besten ruhig. Ihr könnt momentan nichts unternehmen.«

»An Bord des Schiffes sind genügend Waffen ...«, begann Prull, wurde aber sofort von Gucky unterbrochen:

»Das wäre zwecklos und würde eure Lage nur verschlechtern. Wartet, was Perry entscheidet. Ich werde mit euch in Verbindung bleiben.«

»Könnten zwei Teleporter uns nicht nach und nach in die HEGEL bringen?«, fragte Kosmos Tree.

»Das wäre möglich«, bestätigte Gucky. »Aber es wäre zugleich sinnlos. Das Zentralplasma weiß, dass Ras und ich in dem Raumschiff Unterschlupf haben, und hat Maßnahmen angekündigt. Ihr wäret an Bord jedenfalls nicht mehr sicher.«

Gucky teleportierte auf das Schiff zurück.

»Hast du draußen etwas Verdächtiges bemerkt?«, wurde er von Tschubai empfangen.

»Nichts. Wozu auch? Das Zentralplasma weiß ebenso gut wie wir, dass wir zwei allein nichts mit dem Schiff anfangen können. Gibt es wieder Funkkontakt mit der BASIS?«

»Wir sind auf Empfang ...«

Gucky seufzte. »Dann warten wir eben. Es geht uns nicht besser als den Gefangenen in Suntown.«

Das Wogen des Linearraums wich einem klaren Bild. Die BASIS erschien über der Hundertsonnenwelt.

Immer noch kreisten Tausende Fragmentraumer um den Planeten. Diesmal erregte das Auftauchen der riesigen BASIS jedoch einiges Aufsehen. Ein Dutzend Fragmentraumer nahmen Fahrt auf und verschwanden.

Rhodan winkte Fellmer Lloyd zu sich heran. »Ich erwarte, dass du mentalen Kontakt zu Gucky bekommst. Er soll mich hier abholen. Mit einem Beiboot zu landen ist mir jetzt zu unsicher.«

»Du willst tatsächlich auf die Hundertsonnenwelt?«

»Ich muss wissen, was wirklich gespielt wird.«

Zuerst kam der Kontakt mit den beiden Teleportern über Hyperfunk. Dann übernahmen der Mausbiber und Fellmer Lloyd die abhörsichere mentale Kommunikation. Rhodan lehnte Guckys Vorschlag ab, von der BASIS aus ein Gespräch mit dem Zentralplasma zu führen.

»Das Plasma soll wissen, dass ich auf der Hundertsonnenwelt bin!«, sagte Perry Rhodan. »Es hat wenig Sinn, aus dem Orbit zu verhandeln. Jetzt hol mich endlich ab, die Zeit drängt!«

Gucky materialisierte auf der BASIS.

Rhodan trug die normale Bordkombination, auf einen Kampfanzug verzichtete er. Als einzige Waffe hatte er einen handgroßen Kombistrahler ausgewählt.

»Dann los!«, sagte er und streckte dem Mausbiber die Hand entgegen.

Von den Kontrollen her sagte Geoffry Waringer: »Wenn wir innerhalb einer Stunde nichts von dir hören, Perry, werden wir denen da unten kräftig einheizen.«

»Wartet lieber zwei Stunden!«, rief Rhodan.

Gucky teleportierte mit ihm.

Das Zentralplasma antwortete nur mit geringer Verzögerung, als Perry Rhodan Auskunft verlangte.

»Die Ankunft des großen Schiffes ist gegen jede Abmachung, Terraner. Ich werde es vernichten lassen.«

»Wer bricht denn unsere Abmachungen? Nur du! Warum hast du die terranische Delegation ihrer Freiheit beraubt? Lass unsere Frauen und Männer frei, dann wird die BASIS dein Einflussgebiet verlassen.«

»Auf meiner Welt werden keine Fremden mehr geduldet.«

»Dieser Entschluss ist für mich unverständlich. Aber wenn du darauf bestehst, lass die Terraner ungehindert in ihr Schiff gehen und starten. So einfach ist das.«

»Es ist nicht so einfach«, widersprach das Zentralplasma. »Der Befehl lautet, alle Gefangenen zu verurteilen und zu töten.«

Für einen Moment war Perry Rhodan entsetzt. Derart bedrohlich hatte er die Lage nicht eingeschätzt.

»Wer gab diesen Befehl?«, fragte er.

»Wer auch immer, die Posbis gehorchen«, lautete die nebulöse Antwort.

Im Hintergrund ruderte Gucky mit den Armen. Rhodan sah es zwar, reagierte aber nicht darauf.

»Wenn nur einem Terraner Schaden zugefügt wird, werde ich mit meinem Schiff den Vergeltungsschlag einleiten«, drohte Rhodan. »Dir wird auch kein Energieschirm helfen! Ich hoffe, dir ist die Konsequenz bewusst.«

Das Zentralplasma schaltete ab.

Rhodan fuhr sich mit beiden Händen übers Gesicht.

»Nun?«, fragte er tonlos und sah Gucky an. »Was ist los?«

»Die Revolte der Posbis begann genau an dem Tag, an dem wir die Veränderung der merkwürdigen Strahlung aus der Milchstraße festgestellt haben. Nennt sich übrigens Margor-Schwall.«

»Und?«

»Es ist anzunehmen, dass ein Zusammenhang besteht.«

Rhodan nickte. »Stelle Kontakt mit Fellmer her. Der Hyperfunk kann abgeschaltet werden.«

»Was soll ich Fellmer mitteilen?«

»Drei Einheiten der THEBEN-Klasse müssen startbereit gemacht werden und auf ihren Einsatzbefehl warten. Start in etwa einer Stunde möglich. Energieschirm der BASIS einschalten. Das wär's.«

Carz setzte alles daran, nicht aufzufallen. Seiner Schätzung nach musste es noch mehr als dreihundert Menschen geben, denen die Flucht in die Wälder und die Berge gelungen war.

Seine Bemühungen konzentrierten sich jedoch auf die Gruppe um Zarker Prull. Es war gut möglich, dass sie schon deshalb keinen Fluchtversuch unternahm, weil sie täglich mit ihrer Freilassung rechnete. Zarker selbst hatte immer wieder erwähnt, dass es sich bei der Aktion der Posbis nur um einen Irrtum handeln könne.

Der Mann musste erfahren, dass der Tod aller eine beschlossene Sache war. Dann würde er handeln.

Mit einigen Posbis verließ Carz ein Hotelgebäude, das sie durchsucht hatten. Auf der Straße marschierte eine Kolonne, die drei gefangene Terraner abführte. Kurz entschlossen trennte sich Carz von seinen bisherigen Begleitern und folgte der Kolonne. Er holte schnell auf und reihte sich ein. Keiner der Posbis achtete auf ihn.

Vor einem kuppelartigen Hotelbau hielt die Kolonne an. Ein Posbi mit den Erkennungszeichen eines Kommandanten kam, musterte die drei Terraner und gab Carz und einigen anderen ein Zeichen. Carz gehörte somit offiziell zur Wachmannschaft des Hotelgefängnisses.

Allerdings gelang es ihm nicht auf Anhieb, Zarker Prull und seine Leute aufzuspüren. Es wäre aufgefallen, wenn er sich allein auf die Suche begeben hätte.

Mehrere Stunden verbrachte er in einer Halle, die in einen Warteraum umfunktioniert worden war. Hin und wieder erschien einer der Kommandanten und teilte Posbis für neue Aufgaben ein.

Schließlich wollte Carz nicht länger warten. Er musste etwas unternehmen, bevor die Lage kritischer wurde. Im Zugangsbereich sprach er einen der Posbis an. Ein wenig prahlerisch berichtete er, wie seine Gruppe die mehr als zweihundert Terraner im Hangar mit einem Trick hereingelegt hatte.

»Sie müssen hierher gebracht worden sein ...«

»Sie sind tatsächlich hier«, bestätigte der Posbi.

»Für wann wird das Urteil erwartet?«

»Noch heute.«

»Und die Vollstreckung?«

»Morgen, aber genau weiß es noch niemand.«

Carz nickte vor sich hin. Später trat er auf den Gang hinaus. Kaum außer Sichtweite des Warteraums, schritt er fester und zielbewusst aus, als habe er einen Auftrag zu erledigen.

Schließlich stand er vor vier bewaffneten Wachtposten.

»Ich bin beauftragt, mit dem Gefangenen Zarker Prull zu sprechen. Er ist der Anführer der Terraner.«

»Weiter hinten«, erhielt er Auskunft.

Carz ging weiter. Der Korridor weitete sich zu einer Halle, in der mindestens zwei Dutzend Posbis verteilt waren. Alle trugen Waffen, lediglich zwei flankierten den Zugang. Carz schritt auf die beiden zu.

»Befehl vom Kommandanten Hangar: Der Gefangene Zarker Prull ist nach dem Kodewort für die HEGEL zu befragen. Die Schotten sind anders nicht zu öffnen.«

Einer der Posten gab den Weg frei.

Carz hatte sich auf eine Diskussion vorbereitet, und nun konnte er einfach passieren. Er ging weiter. Eine Tür schob sich vor ihm zur Seite, und er erblickte die Terraner, die in Gruppen zusammensaßen oder auf dem Boden lagen.

»Zarker Prull!«, rief er.

Einige Gesichter wandten sich ihm zu. Ehe ihn jemand erkennen und ungewollt verraten konnte, legte er seinen Zeigefinger auf die nachgebildeten Lippen.

Carz ging durch die Reihen der Gefangenen. Inzwischen hatte er sich davon überzeugt, dass außer ihm kein Posbi in dem Saal anwesend war.

Zarker Prull kam auf ihn zu. Auch der Mann reagierte vorsichtig, gab einige belanglose Sätze von sich.

»Wie hast du das geschafft?«, fragte er unvermittelt.

Carz berichtete knapp und erfuhr, dass Prull bereits mehr in Erfahrung gebracht hatte als er selbst.

»Ein Ausbruch in der augenblicklichen Situation wäre Selbstmord«, sagte Zarker, als Carz eine entsprechende Bemerkung machte. »Gucky deutete an, dass Rhodan unterwegs ist. So lange müssen wir uns in Geduld üben. Außerdem haben wir keine Waffen.«

»Ich könnte Waffen hereinschmuggeln.«

»Erst dann, wenn es keinen anderen Ausweg mehr gibt.«

Carz gab es auf. Für sein Verständnis war die Mission gescheitert. Er hatte viel gewagt und nichts gewonnen.

»Ich werde mich wieder unter die Wärter mischen«, sagte er. »So wisst ihr wenigstens, dass ihr dort einen Freund habt.«

»Es ist gut, das zu wissen, Carz«, entgegnete der Terraner. »Früher oder später werden wir dich brauchen.«

Perry Rhodan lag daran, den Konflikt friedlich zu regeln, obwohl die Umstände alles andere als normal waren. Seit Gucky den Zusammenhang zwischen der Revolte der Posbis und der veränderten Strahlung des Margor-Schwalls erwähnt hatte, war ihm klar, dass bloße Verhandlungen kaum ans Ziel führen würden.

Das Zentralplasma stand unter fremdem Einfluss. Der beste Beweis dafür war die Konzentration der Fragmentraumerflotte um die Hundertsonnenwelt.

»Fellmer sagt, die drei Kreuzer seien startbereit«, meldete Gucky.

Rhodan schreckte aus seinen Überlegungen hoch.

»Sie sollen die BASIS verlassen!«, ordnete er an. »Vereinbare ein Funksignal auf Notfrequenz. Sobald die Kreuzer es empfangen, soll ein Scheinangriff auf Suntown erfolgen. Nur Narkosestrahler einsetzen.«

»Ist angekommen und wird befolgt«, bestätigte der Mausbiber keine zwei Minuten später. »Was ist mit der BASIS?«

»Schutzschirme aufbauen und in einen tieferen Orbit gehen. Abwarten!«

»Wenn die BASIS angegriffen wird?«

»Ausweichen. Nur im Notfall Feuer erwidern.«

Gucky informierte Fellmer Lloyd.

»Und was tun wir?«, fragte er tatendurstig.

»Du bringst mich zu Zarker Prull und seinen Leuten.«

Der Ilt hielt den Kopf schräg, ein sicheres Zeichen dafür, dass er Rhodans Absicht nicht guthieß.

»Und dann?«, fragte er gedehnt.

»Dann kommst du hierher zurück. Keine Widerrede, ich weiß, was ich tue.«

»Du bist verrückt!«, stellte der Mausbiber respektlos fest. »Das darfst du nicht!«

»Was hat Perry denn vor?«, fragte Tschubai.

Gucky warf dem Teleporter einen hilflosen Blick zu. »Perry will sich freiwillig in Gefangenschaft begeben«, sagte er.

Rhodan hob beide Hände zur beschwichtigenden Geste. »Das hört sich schlimmer an, als es ist«, schwächte er ab. »Wir bleiben in telepathischer Verbindung, Gucky. Du holst mich raus, falls mir tödliche Gefahr droht. Aber nur dann. Ist das klar?«

»Völlig.« Der Ilt seufzte tief. »Möchte bloß wissen, was du dir davon versprichst.«

»Ich nehme an, dass auch die Posbis, und mögen sie noch so unzurechnungsfähig geworden sein, eine mentale Sperre besitzen. Sie werden es sich zehnmal überlegen, die Todesurteile zu vollstrecken, wenn ich dazugehöre. Alle wissen, dass ich den Freundschaftsvertrag mit ihnen geschlossen habe.«

»Viel Glück!«, wünschte der Mausbiber sarkastisch. »Ich werde auf dem Sprung sein, darauf kannst du dich verlassen. Und was ist nun mit den drei Kreuzern? Wer gibt ihnen das Signal?«

»Ich mit meinem Minikom.« Rhodan streckte die Hand aus. »Worauf wartest du noch?«

»Auf ein Wunder«, knurrte Gucky, ergriff Rhodans Hand und teleportierte.

Ahnungslos reihte sich Carz in die Kolonne ein. Ein Kommandant übernahm den Befehl über einhundert Posbis und führte sie aus dem Hotelgebäude. Sie marschierten zu einem Platz, der sogar mittleren Transporträumern eine Landemöglichkeit geboten hätte.

Carz erschrak, als ihm ein schwerer Impulsstrahler übergeben wurde. Jeder Posbi erhielt eine solche Waffe. Und da waren noch andere Kommandos, die ebenfalls mit diesen Waffen ausgerüstet wurden.

Kein Zweifel, die Todesurteile sollten vollstreckt werden.

Mechanisch reihte Carz sich wieder ein und marschierte mit der Kolonne zurück zum Hotelgefängnis. Seine Positronik arbeitete unentwegt. Trotzdem fand er keine Lösung für das Problem, vor dem er nun stand. Selbst wenn er die ganze Kolonne zerstrahlte, würde er nichts erreichen. Innerhalb weniger Minuten wäre ein neues Todeskommando aufgestellt worden.

Vor dem Hotel ließ der Kommandant haltmachen.

Der Befehl zur Exekution schien noch nicht eingetroffen zu sein.

Zarker Prull und seine Leute waren mehr als überrascht, Perry Rhodan plötzlich in ihrer Mitte zu sehen. Einige sprangen auf, als sie ihn erkannten.

»Kein Aufsehen!«, warnte Rhodan und setzte sich zu ihnen. Er nickte dem Mausbiber zu. »Du kannst verschwinden.«

Gucky blickte ihn wütend an. »Deine Arroganz wird dir bald vergehen!«, schimpfte er und entmaterialisierte.

Rhodan lächelte.

»Gucky meint es nicht so. Er ist nur eingeschnappt; weil er nicht hierbleiben kann. Aber als Relaisstation ist er wichtiger. Sie sind Zarker Prull, nehme ich an.«

Nach einer knappen Vorstellung erläuterte Rhodan sein Vorhaben. Auf sein Signal hin sollten die Kreuzer angreifen und die Stadt mit Narkosestrahlen bestreichen. Natürlich würden auch die Terraner davon betroffen sein, weil die wenigsten einen Schutzanzug mit Individualschirm trugen. Das war nicht zu ändern. Hauptsache, die Posbis wurden überrascht und paralysiert.

Sofort danach sollten die Kreuzer landen, alle Menschen an Bord holen und die Hundertsonnenwelt wieder verlassen.

Prull sah Rhodan zweifelnd an.

»Was ist mit den Leuten, die sich in Verstecke geflüchtet haben oder an anderen Orten als Gefangene auf ihre Befreiung warten?«

»Für Suntown ist der Plan geeignet«, antwortete der Aktivatorträger. »Im schlimmsten Fall wird die BASIS den Komplex des Zentralplasmas angreifen. Sollte das Plasma den Tötungsbefehl nicht aufheben, werden wir eine Arkonbombe zünden.«

Die Gefangenen hielten den Atem an.

»Aber ... das würde die völlige Vernichtung der Hundertsonnenwelt bedeuten«, sagte Prull entsetzt.

Rhodan nickte gelassen, wenigstens schien es so. Er allein wusste, wie es tatsächlich in ihm aussah.

Im ersten Moment war auch der Mausbiber zutiefst erschrocken. Dann verstand er Rhodans Absicht. Gegen die Arkonbombe, die eine atomare Kettenreaktion auslöste, gab es kein Gegenmittel.

Das war auch dem Zentralplasma bekannt.

Gucky informierte Fellmer Lloyd, dann nickte er Ras Tschubai zu. »Schalte den Hyperfunk ein, unverschlüsselt und ohne Raffer. Sobald du Kontakt mit der BASIS hast, gib Folgendes durch: Befehl von Perry Rhodan! In sechzig Minuten ist über dem Gebiet des Zentralplasmas eine Arkonbombe abzuwerfen, die von Bord der BASIS aus gezündet werden kann. Zündung erfolgt beim Tod des ersten gefangenen Terraners. Ende!«

Tschubai starrte den Mausbiber an.

»Das soll ich senden?«

»Genau das. Und zwar dreimal, damit wir sicher sein können, dass das Zentralplasma informiert ist. Perry geht davon aus, dass es an einem Selbstmord nicht sonderlich interessiert ist.«

»Ein Bluff?« Tschubai atmete erleichtert auf.

»Was sonst? Hast du ernsthaft angenommen, wir würden die Hundertsonnenwelt vernichten und unsere Leute opfern?«

Der Teleporter grinste breit. »Na dann ...«

Er nahm Kontakt auf und sendete das verkappte Ultimatum. Nach den bisherigen Erfahrungen konnte kein Zweifel daran bestehen, dass die Sendung vom Zentralplasma verstanden wurde, das nun vor einer schweren Entscheidung stand.

Falls es überhaupt noch entscheiden konnte.

Als sich die BASIS der Hundertsonnenwelt weiter näherte, wurde sie angegriffen. Zwei Fragmentraumer wurden dabei so stark beschädigt, dass sie zur Notlandung gezwungen waren. Die übrigen Angreifer drehten ab.

Als die BASIS hoch über den achtzig Kuppeln stand, ließ Waringer die Attrappe abwerfen. Sie schlug in freiem Gelände auf – eine metallisch schimmernde tödliche Bedrohung.

Das Zentralplasma blieb passiv.

Inzwischen führten die Posbis ihre Gefangenen auf die Straße. Rhodan hatte seine ursprüngliche Absicht geändert und gab sich noch nicht zu erkennen. Er blieb bei Zarker Prull und seiner Gruppe. Gucky erschien noch einmal und informierte ihn über den Abwurf der Bombe.

Ein fernes Leuchten im Zenit verriet, dass die drei Kreuzer der BASIS in ein Gefecht verwickelt waren, aber auch sie waren den meist nur schwach bewaffneten Fragmentraumern überlegen.

Von verschiedenen Seiten kamen Posbikommandos mit ihren Gefangenen.

Rhodan aktivierte den Minikom. Fast gleichzeitig stieß Zarker Prull ihn an.

»Was soll das bedeuten? Sehen Sie ...!«

Die Posbis lösten ihre Formation auf. Sie legten ihre Waffen ab und zogen sich zurück.

In Begleitung eines der Posbikommandanten kam Carz näher. Rhodan hielt sich im Hintergrund, bereit, sein Signal zu senden.

Carz wandte sich an Zarker Prull. »Etwas Unerklärliches ist geschehen«, sagte er. »Alle Terraner sind frei und als Gäste weiterhin willkommen.«

Rhodan trat vor und wandte sich an den Kommandanten neben Carz. »Stammt der Befehl zur Freilassung der Gefangenen vom Zentralplasma?«, fragte er.

»Das Unbekannte gab den Befehl«, antwortete der Posbi, drehte sich um und ging ohne weitere Erklärung davon.

Langsam verstanden alle auf dem Platz, dass die Gefahr vorüber war. Viele von ihnen hatten Rhodan inzwischen erkannt. Es war nur zu verständlich, dass sie ihm ihre unerwartete Rettung zuschrieben und ihm danken wollten.

Ehe Perry zu einer Erklärung ansetzen konnte, materialisierte der Ilt. Sekunden nach ihm erschien auch Ras Tschubai.

»Deine Vermutung ist falsch«, sagte Gucky hastig. »Es war keineswegs die Arkonbombe, die das Zentralplasma zum Einlenken bewog. Weißt du, was geschehen ist?«

»Ich werde es sicher gleich erfahren.«

Gucky ließ seinen Zahn blitzen. »Genau in der Sekunde, in der die Posbis anfingen, ihre Waffen abzulegen, stellte die Ortungszentrale der BASIS das Erlöschen des kosmisch mentalen Leuchtfeuers fest. Damit haben wir den Beweis dafür, dass dieser Margor-Schwall an der Misere schuld war.«

»Ich muss mit dem Zentralplasma reden, um sicher zu sein. Zarker Prull, versuchen Sie, die HEGEL zu erreichen! Nehmen Sie alle Leute mit und bleiben Sie an Bord, bis wir die Gewissheit haben, dass der alte Zustand wirklich wiederhergestellt ist. Informieren Sie die Terraner, die sich noch irgendwo in Freiheit befinden. Sollte es wieder zu kritischen Ereignissen kommen, starten Sie, sobald Sie alle Leute zusammenhaben.«

Die BASIS meldete sich.

Jentho Kanthall bestätigte Guckys Information und unterrichtete Rhodan davon, dass bereits Funkkontakt mit dem Zentralplasma bestand. Das Plasma könne sich den peinlichen Vorfall selbst nicht erklären und heiße die Terraner als Freunde und Verbündete auf der Hundertsonnenwelt willkommen.

»Ich werde ihm die Ursache der Revolte selbst erklären«, sagte Rhodan. »Gab es einen Kommentar wegen unserer Attrappe?«

»Allerdings«, sagte Kanthall. »Das Zentralplasma ist der Auffassung, die Bombe sei nur ein Bluff gewesen. Niemals hätte ein Perry Rhodan das Leben seiner Terraner aufs Spiel gesetzt.«

»Gar nicht so dumm, der Riesenkaugummi«, kommentierte Gucky. »Das schöne Ding hätte uns also nichts genützt.«

Zarker Prull konnte Rhodan nur insoweit über die Geschehnisse auf Terra unterrichten, als er selbst informiert war. Er berichtete von Amtranik, von Jen Salik und der Befriedung der Orbiter. Obwohl es sich nicht um Katastrophenmeldungen handelte, wurde Rhodan zunehmend unruhiger. Er spürte, dass er in der Heimat gebraucht wurde.

Er sprach noch einmal mit dem Zentralplasma und war danach überzeugt, dass die Delegation der Liga Freier Terraner auf der Hundertsonnenwelt ihre Arbeit ungestört fortsetzen konnte.

In der BASIS bestätigte Demeter, dass die Strahlung des Margor-

Schwalls erloschen war. Zusammen mit Hamiller und Waringer hatte sie noch etwas herausgefunden, was wie eine gute Erklärung klang und es wahrscheinlich auch war.

»Es dürfte so gut wie sicher sein, dass die Hundertsonnenwelt in einem Brennpunkt der Strahlung lag«, formulierte Waringer die Erkenntnis. »Vielleicht sollte sie als eine Art Relaisstation oder Verstärker für den Margor-Schwall dienen, der damit über den Leerraum hinaus Nachbargalaxien erreichte. Die Gründe dafür sind vorerst unbekannt, aber ich bin überzeugt, dass es so war. Warum eine Veränderung der Strahlung auftrat, wissen wir nicht, aber diese hatte spezifische Auswirkung auf das Zentralplasma und das Zellplasma der Posbis. Nicht übersehen sollten wir dabei die besondere mentale Eigenschaft des Plasmas, die den Effekt wohl noch verstärkt hat. So gesehen handelten Zentralplasma und Posbis gegen ihren Willen, ohne das jedoch zu erkennen.«

»War das beabsichtigt?«

Waringer schüttelte den Kopf. »Das glaube ich nicht. Jedenfalls ist diese mentale Strahlung erloschen. Hoffentlich für immer.«

Über die Relaisstationen der LFT konnte Kontakt mit Terra hergestellt werden. Perry Rhodan kündigte seine bevorstehende Rückkehr an.

26.

Der Orbiter Rokal Papriestal stand vor dem Spiegel. Er sah seine schmalrückige Nase, die hellblauen Augen und den vollen Mund. Das rotblonde, gelockte Haar fiel ihm leicht in die Stirn. Eigentlich konnte er mit seinem Gesicht zufrieden sein, doch er war es nicht. Er war noch jung, aber er entdeckte bereits Spuren des Alters. Sie Spuren waren keineswegs so deutlich, dass sie sein Gesicht geprägt hätten, doch sie waren die Ursache seiner Nachdenklichkeit.

Papriestal war als Geningenieur ausgebildet und arbeitete im Bereich der Brutanlagen von Martappon. Doch die Maschinen standen still, sie würden niemals mehr in Betrieb genommen werden.

Alles das hätte Papriestal vermutlich nicht so nachdenklich gestimmt, wenn nicht vor wenigen Stunden neben ihm eine Axe-Type mit einem Herzanfall zusammengebrochen und gestorben wäre.

»Das passiert uns früher oder später auch«, hatte ein Kollege behauptet. »Wahrscheinlich schon bald, denn wer von uns weiß schon noch, wozu er da ist? Garbeschianer gibt es nicht mehr, und es werden wohl auch keine mehr auftauchen, bis wir alle hinüber sind.«

Rokal Papriestal fragte sich, wozu er eigentlich existierte.

Er lebte zweitausend Meter unter der Oberfläche Martappons. Die Brutstätten hatten ihn vor etlichen Wochen als erwachsenen Mann ausgestoßen, die Schulungsmaschinen hatten ihn mit Wissen vollgestopft und ihm beigebracht, dass er dazu da war, garbeschianische Horden zu bekämpfen. Dann war er in den Bereich seiner Entstehung abkommandiert und allein gelassen worden.

Garbeschianer gab es nicht mehr. Amtranik war auf der Flucht. Es hieß, dass der Ritter der Tiefe ihm auf der Spur war, und Papriestal zweifelte nicht daran, dass der Hordenführer den Kampf verlieren würde. Wozu also lebte er?

Bedeutete Leben, ohne wirkliche Aufgabe abzuwarten, bis der Tod kam?

Er konnte sich das nicht vorstellen.

Und er wollte sich nicht damit abfinden, dass ihm das Leben nicht mehr bieten würde. Es hätte ihm schon genügt, Verantwortung für andere zu übernehmen. Noch reizvoller wäre es natürlich gewesen, ins Unbekannte vorzustoßen und mehr über das Leben an sich zu erfahren.

Was hatte er schon davon, wenn er aus Holoberichten erfuhr, wie die Welt zwei Kilometer über ihm aussah? Wäre es nicht besser gewesen, Kommandant Shakan hätte ihm erlaubt, die Anlage zu verlassen und sich in der Galaxis umzusehen?

Rokal Papriestal wollte nicht einfach auf den Tod warten. Er musste etwas tun, was für ihn wichtig war, unabhängig davon, was andere davon hielten. Und er wollte das getan haben, bevor er alterte und nichts mehr unternehmen konnte.

Mit heulender Sirene raste ein Rettungsroboter am Hygieneraum vorbei. Rokal zuckte zusammen. Bildete er sich ein, dass derartige Roboter häufiger in seine Nähe kamen, oder hatte er vorher nur nicht darauf geachtet?

Während er den Hygieneraum verließ, überlegte er, was zu tun war.

Sein erster Schritt musste zweifellos sein, mehr Wissen zu erlangen und damit zu mehr Macht und Einfluss zu kommen.

Im zentralen Antigravschacht schwebte er nach oben und betrat kurz darauf den Vorraum des Schulungszentrums. Eine Brack-Type kam ihm entgegen.

»Das Schulungszentrum ist geschlossen. Hast du eine Sondergenehmigung?«

Papriestal bemerkte erstaunt, dass er mit Schwierigkeiten nicht gerechnet hatte. Er hatte erwartet, sich einfach an eine der Maschinen setzen und sie entsprechend seinen Wünschen programmieren zu können. Nun wurde ihm klar, wie schlecht er sich vorbereitet hatte. Ihm blieb nur die Möglichkeit, sich sofort zu entscheiden und den Widerstand gewaltsam zu brechen.

Er schlug kraftvoll zu und überraschte die Brack-Type derart, dass schon der eine Hieb genügte. Hastig streifte er dem Überwältigten die Strümpfe ab und fesselte ihn damit. Dann ging er zur Zentralpositronik, über die alle Schulungsmaschinen justiert werden konnten. Fast eine Stunde verging, bis er wusste, was zu tun war. Er rief das Schulungsprogramm für Kommandanten ab.

Kurz Zeit später verfügte er über das gleiche Wissen wie der augenblickliche Kommandant Shakan, der zuvor Kommandeur der Wachflotte von Martappon gewesen war.

Er kehrte zu der Brack-Type zurück, die längst wieder zu sich gekommen war, und löste die Fesseln.

»Was sollte das?«, fragte der Wächter. »Der Kommandant hat jegliche Schulung verboten.«

»Interessiert mich nicht«, sagte Papriestal. »Ich bereite mich darauf vor, aus meinem Leben mehr zu machen.«

»Das wollen wir eigentlich alle, wir haben nur keine Ahnung, wie. Weißt du es?«

»Wir müssen die Anlage verlassen. Wir müssen uns vor allem von der Bevormundung durch den Ritter der Tiefe befreien, von dem wir nicht einmal wissen, ob er zurückkehrt.«

»Wir können doch nicht ohne den Ritter ...«

»Doch, wir können. Unsere Aufgabe ist erfüllt, wir sind frei und sollten die Freiheit nützen.«

»Was hast du vor?«

»Ich führe euch hinaus. Entweder siedeln wir uns auf der Oberfläche an wie die Orbiter von Woornar, oder wir fliegen zu den Wundern des Universums. Uns bleibt ohnehin nur eine kurze Spanne. Warum nutzen wir sie nicht?«

»Du hast recht«, erwiderte die Brack-Type. »Ich will mehr sehen als dieses Gefängnis.«

Papriestal lächelte. Inzwischen glaubte er, dass es ihm gelingen würde, weitere Anhänger zu gewinnen.

»Komm!«, sagte er. »In der Kantine müssten jetzt mindestens hundert Personen versammelt sein. Wir reden mit ihnen. Wie heißt du?«

»Fitt Schäger.«

»Fitt, du bist mein Assistent. Du wirst dafür sorgen, dass mir niemand in den Rücken fällt. Deine Aufgabe ist es, eine Gruppe aufzubauen, die für meinen Schutz zuständig ist. Ich rechne damit, dass Shakan früher oder später gegen uns vorgehen wird. Er ist kleingeistig und borniert. Vermutlich wird er bis an sein Lebensende hierbleiben.«

Die beiden Orbiter betraten kurz darauf die Kantine. Papriestal stellte sich vor dem Essensautomaten auf. »Hört alle her!«, brüllte Schäger. »Rokal Papriestal hat euch Wichtiges zu sagen.«

Augenblicklich wurde es still. Alle schienen nur darauf zu warten, dass ein Zwischenfall ihr eintöniges Leben interessanter machte.

Papriestal erklärte, dass er über das Kommandantenwissen verfügte. Er verheimlichte keineswegs, wie er sich dieses Wissen verschafft hatte, das er brauchte, um für den Rest seines Lebens gewappnet zu sein.

Mit einfachen, aber überzeugenden Worten beschrieb er seine Vorstellung von der Zukunft der Orbiter. Er spürte schon bald, dass die meisten ebenso dachten wie er, dass ihnen aber die Kraft zur Initiative fehlte.

Er redete von Freiheit, von der endlosen Weite des Universums. Als er schließlich erklärte, er wolle alle Orbiter in die Freiheit führen, um ihnen ein würdiges Leben zu bieten, jubelten seine Zuhörer.

Mühsam verschaffte er sich nach einiger Zeit wieder Gehör. Vom Erfolg getragen, steigerte er sich weiter in seine Begeisterung hinein und riss seine Zuhörer mit. Als sie die Kantine verließen, trugen sie den Willen zum Aufbruch in die anderen Bereiche der Anlage hinaus.

Bis Shakan von Papriestals Plänen erfuhr, hatte er bereits die Mehrheit der Orbiter gegen sich. Sogar Quiryleinen ließ sich von der Idee anstecken, und Shakans Gehorsamsappelle halfen nur wenig.

Shakan empfing seinen Gegenspieler in der Zentrale der Anlage von Martappon. Mit röhrender Stimme begrüßte die Tobbon-Type Papriestal.

»So sieht also jemand aus, der es wagt, unsere Bestimmung zu verraten.«

»Ich verstehe deine Aggression, Shakan«, erwiderte Papriestal. »Du hast die Verantwortung und weißt nicht, was du unternehmen sollst. Kommt Jen Salik zurück? Morgen schon oder erst, wenn wir alle tot sind? Du hast keine Antwort darauf.«

»Darum geht es nicht«, sagte Shakan ungehalten. »Du stellst dich gegen Ordnung und Disziplin. Du organisierst einen Aufstand und gefährdest damit unser aller Sicherheit.«

»Garbeschianer gibt es nicht mehr. Wer sollte uns also noch bedrohen? Richte den Blick nach vorn, Shakan, dann wirst du endlich erkennen, dass wir uns auf einer Brücke befinden, die im Nichts endet.«

Der Vergleich überraschte den Kommandanten, das war ihm anzusehen. Auch, dass er im Grunde genommen längst erkannt hatte, wie sinnlos sein Leben geworden war. Trotzdem war er nicht bereit, das zuzugeben.

»Ich kann nicht zulassen, dass ein Rebell alles auf den Kopf stellt«, sagte Shakan. »Du wirst mit Konsequenzen rechnen müssen.«

»Von meiner Forderung nach einem sinnvollen Leben gehe ich nicht ab«, beharrte Rokal Papriestal. »Gib meinen Anhängern und mir ein paar Raumschiffe, damit wir uns eine Welt suchen können, auf der zu leben sich lohnt.«

Shakan setzte zu einer heftigen Erwiderung an, doch ein Alarmsignal hinderte ihn daran.

Einige Monitorschirme erhellten sich. Die Ortungsstationen des Roggyein-Systems meldeten die Annäherung eines sehr großen Flugkörpers.

»Vergiss deine Pläne«, sagte Shakan erregt. »Wenn mich nicht alles täuscht, ist der Hordenführer der Garbeschianer zurückgekehrt.«

»Dieses Raumschiff könnte auch Jen Salik gehören«, sagte Papriestal. »Wieso kommst du darauf, dass Amtranik der Sieger sein könnte?«

»Wir werden in Kürze wissen, mit wem wir es zu tun haben«, erwiderte der Kommandant.

Gucky materialisierte in Ras Tschubais Kabine und ließ sich schnaufend in einen Sessel fallen.

»Das ist ein Attentat«, sagte er wütend. »Ich bin fassungslos. Hast du das schon mal erlebt?«

»Was ist denn los, Kleiner?« Tschubai saß vor dem Holoschirm und sah sich eine Show der Bordstation an. Er lächelte noch über einen Witz, den er eben gehört hatte.

»Hör auf zu grinsen!«, rief der Mausbiber.

»Ich lache nicht über dich. Das würde ich nie tun.«

»Stimmt auffallend.« Gucky erregte sich darüber, dass er seine Wut nicht so ohne Weiteres abreagieren konnte. Telekinetisch schaltete er den Schirm aus.

»Was soll das?«, fragte Tschubai. »Die Show ist ausgezeichnet.«

»Alles, was die bringen, ist Mist.«

»Ah, ich verstehe. Du bist wieder in die Schusslinie der Bildermacher geraten. Du hättest die letzte Quiz-Sendung mit deinen telekinetischen Späßen nicht sprengen dürfen.«

»Die Leute haben keinen Humor.« Jetzt sprudelte es nur so aus dem Ilt hervor. »Sie machen einen Film über mich. Eine Komödie. Nur um sich zu rächen.«

»Eine Komödie, in der du die Hauptrolle spielst? Aber nicht als positiver Held?«

»Natürlich nicht. Sie machen sich über mich lustig.«

»Woher weißt du das? Soweit ich informiert bin, hüllt der Produzent sich stets in Schweigen, bis eine Sendung fertig ist.«

Ras Tschubai blickte den Freund forschend an. Er las es in den Augen des Ilts, der Kleine hatte telepathisch gelauscht.

»Ich muss schließlich was tun, damit ich nicht verschaukelt werde«, verteidigte sich Gucky.

»Klar. Das verstehe ich.«

»Das wusste ich. Deshalb komme ich ja zu dir.«

»Also, was ist?«

»Sie machen eine Komödie und nennen sie ›Kaiser Gucky‹.«

»... und spielen damit auf die Ariolc-Geschichte an?«

Der Mausbiber nickte.

Auf der Suche nach den sieben Schlüsseln, die den Weg durch die Materiequelle öffnen sollten, war der Ilt in die Kosmische Burg Ariolcs vorgedrungen und in eine Falle geraten. In der Folge hatte er sich für Ariolc, den Mächtigen, gehalten und damit sich und seine Freunde in höchste Gefahr gebracht. Sein Verhalten hatte nicht nur einigen einen gehörigen Schrecken eingejagt, sondern auch für allerlei Witze gesorgt. Und das war etwas, das Gucky gar nicht behagte. Ras Tschubai konnte ihm nachfühlen, dass dem Ilt die Aussicht, die Hauptfigur in einer Komödie zu diesem Thema zu sein, schlaflose Nächte bereitete.

»Das ist allerdings unangenehm«, bemerkte Ras. »Wer sind denn die Filmemacher?«

»Chutaristen.« Gucky spie das Wort förmlich aus. »Die Anhänger von diesem Chutar, der alles infrage stellt und dem nichts heilig ist.«

»Nicht einmal du.«

»Nicht einmal ich.« Gucky blickte den Freund misstrauisch an. »Machst du dich über mich lustig?«

»Das würde ich nicht wagen. Aber mir ist klar, dass du gegen diese Leute nichts machen kannst. Sie werden ihre Komödie durchbringen, koste es, was es wolle. Aber wer will denn schon sehen, was die bringen? Seit die sogar Perry auf die Schippe genommen haben, sind ihre Tage wohl gezählt. Nicht, weil Perry eingreifen wird, sondern weil sich die Zuschauer diese Art Berichterstattung nicht mehr ansehen.«

Gucky schnellte plötzlich hoch. »Du meinst, die kann niemand aufhalten. Von wegen!«

»Was hast du vor?«

»Ich? Gar nichts.«

»Du solltest mich nicht anschwindeln.«

»Damit hast du vielleicht auch wieder recht. Also: Die Chutaristen haben eine Maske anfertigen lassen, eine Art Kaiser-Maske.« Gucky kicherte. »Sie behaupten, das hätten sie nur getan, damit ich nicht so leicht zu erkennen sei. Für meinen nächsten Besuch ist das genau das Richtige.«

»Nächsten Besuch? Ich verstehe gar nichts mehr.«

»Ist auch nicht nötig«, krähte der Ilt und verschwand.

Ras Tschubai legte die Stirn in Falten. Er war der Überzeugung, dass der Kulturbetrieb an Bord der BASIS sich frei entwickeln musste. Das galt auch für die letzten verbleibenden Tage bis zur Heimkehr.

Tschubai ging zum Interkom und schaltete eine Verbindung zu Perry Rhodan.

»Ich hatte soeben ein Gespräch mit Gucky. Er sprach von einem bevorstehenden Besuch. Worum kann es sich da handeln?«

»Du bist nicht informiert?« Rhodan zeigte sich überrascht. »Wir nähern uns dem Hauptsystem der Orbiter.«

»Es geht also um Jen Salik.«

»Ganz recht. Wir dringen in den Innenrandsektor ein. Ich habe mir Gedanken darüber gemacht, dass Jen Salik das Orbiterproblem allein in die Hand nimmt.«

»Du siehst da eine gewisse Gefahr, Salik könnte dem Problem nicht gewachsen sein.«

»Es geht um seine charakterlichen Eigenschaften«, stellte Rhodan fest. »Wenn ein einzelner Mann über eine derartige Macht verfügt, kann er durchaus in Versuchung kommen, sie zu missbrauchen. Die Frage ist, wie Jen Salik sich verhalten wird. Das will ich geklärt wissen.«

»Welche Aufgabe hat Gucky?«

»Er soll die Lage sondieren. Wir fliegen in ein Sonnensystem ein, bei dem der dritte und der vierte Planet zur ANLAGE gehören. Gucky wird sich nur ein wenig umsehen und danach Bericht erstatten. Du scheinst dir Sorgen zu machen.«

»Um Gucky?« Tschubai schüttelte den Kopf. »Nein, ich glaube nicht, dass ich mir Sorgen machen muss. Danke.«

Gucky materialisierte in einer Rechnerzentrale. Bert Callow, ein etwa vierzigjähriger Mann, arbeitete hier.

»Hi, Bert«, sagte der Ilt.

»Hallo, Gucky. Was führt dich zu mir?« Der Produktionsprogrammierer stutzte. Auf dem Monitor, an dem er gerade arbeitete, war ein monströser Metallhelm zu erkennen.

»Ich habe das Bedürfnis, mit jemandem zu sprechen, der nicht stetig von kosmischen Ereignissen und Umwälzungen spricht, die das Universum verändern.« Der Mausbiber benutzte den Boden des Raumes als telekinetischen Gegenpol und schwebte zu einem Sessel hinüber. Seufzend ließ er sich in die Polster sinken. »So was kann ich nicht dauernd hören, weißt du.«

Callow löschte das Bild mit dem Helm. Dafür erschienen Produktionssymbole, die jedoch nur einem Fachmann verrieten, aus welchen Grundstoffen das zu fertigende Stück sich zusammensetzen sollte.

»Was treibst du so, Bert?«

Der Angesprochene zuckte die Achseln. »Nichts weiter. Ich warte darauf, dass wir endlich die Erde erreichen. Und ich frage mich, wie es meiner Familie wohl geht.«

»Du hast Familie?«

»Frau und Sohn. Es wäre mir lieb, wenn wir uns nicht auch noch in diesem Orbitersystem aufhalten. Wir waren lange genug unterwegs.«

»Hast schon recht. Aber auf die paar Tage kommt es bestimmt nicht mehr an.«

Callow erhob sich und stopfte sich das Hemd in den Hosenbund. Callow hatte einen ungewöhnlich langen Oberkörper, und Gucky hatte noch nie gesehen, dass ihm ein Hemd passte. Ausgerechnet Callow. Kaum ein anderer an Bord wusste so gut darüber Bescheid, wie die Produktionsroboter programmiert werden mussten, damit sie exakt die benötigten Einzelstücke herstellten. So gut Callow jedoch arbeitete, wenn es darum ging, die Aufträge anderer zu erfüllen, so nachlässig war er bei sich selbst.

»Meinst du das wirklich so, Bert?«, fasste Gucky nach, obwohl er Callow bereits telepathisch sondiert hatte. »Hast du wirklich nichts anderes im Sinn als deine Familie? Was meinst du, was auf der Erde lossein wird, wenn wir landen? Die Presse wird einen Aufruhr veranstalten. Ich sehe mich schon von Studio zu Studio hasten, um nur all die Interviewtermine erfüllen zu können. Du machst dir keine Vorstellungen, was es für die Terraner bedeutet, dass wir nun zurückkommen. Mann, wenn ich daran denke, was alles vorgefallen ist ...«

Bert Callow zuckte abermals die Achseln. Er ging zu einem Versorgungsautomaten und tippte sich einen heißen Kaffee.

»Klar, du hast allerlei erlebt, Gucky«, sagte er gleichmütig. »Das ist in Ordnung so. Für mich war diese Expedition wie jede andere. Von den kosmischen Dingen, von denen du sprichst, habe ich keine Ahnung.«

Er trank den Kaffee und blickte den Mausbiber über den Rand des Bechers hinweg an.

»Was kann ich für dich tun?«

»Das weißt du doch.«

Callow schüttelte den Kopf. »Und du weißt, dass ich dir die Maske nicht geben darf. Ich habe zwar keine Ahnung, wozu die Leute sie benötigen, aber ich kann mir denken, dass es dieses Mal gegen dich geht. Das verrät schon die Maske.«

»Wie lange dauert es, bis du sie fertiggestellt hast?«

»Es gibt Materialschwierigkeiten. Die Filmleute haben ihre Vorstellungen. Aber wenn sie nicht von der Materialforderung abweichen, kann ich ihnen nur dieses eine Exemplar geben.«

»Danke für die Auskunft.« Der Ilt schwebte telekinetisch zur Positronik hinüber. »Die Maske ist ganz gut so. Ich bringe sie selbst zu den Leuten.«

»Nein, das geht nicht!«, protestierte der Produktionsprogrammierer. Es war schon zu spät. Gucky teleportierte in den Fertigungsraum, in dem verschiedene Robotmaschinen arbeiteten. Ihre Positronik sorgte dafür, dass sie unter wirtschaftlichen Aspekten Einzelstücke herstellten. Die Besatzungsmitglieder brauchten beispielsweise nur eine Kodeziffer über die Tastatur einzugeben. Damit präsentierten sie der Fertigungszentrale die individuellen körperlichen Daten, nach denen die Roboter wiederum Kleidungsstücke herstellten.

Ebenso war es mit der Maske, die Bert Callow im Auftrag des Filmzentrums produzierte.

Werkstätten dieser Art gab es überall in der BASIS. In ihnen entstanden nicht nur Kleidungsstücke und Requisiten für die Studios, sondern zudem hochwertige industrielle Güter und Waffen.

Gucky fand den Roboter, der an seiner Maske arbeitete, innerhalb von Sekunden. Das Stück war noch nicht ganz fertig, doch das störte den Ilt nicht. Er nahm es telekinetisch aus dem Werkzeugkranz der Maschine heraus und klemmte es sich unter den Arm.

So teleportierte er zu Bert Callow zurück.

»Das Ding hier nehme ich mit«, verkündete er. »Und wenn du so ein feiner Kerl bist, wie ich glaube, wirst du den Chutaristen sagen, dass du vor acht bis zehn Tagen keine zweite Maske anfertigen kannst.«

»Wieso sollte ich lügen?«

»Für einen guten Freund, der einem behilflich sein kann, die Familie möglichst schnell wiederzusehen, tust du doch alles. Oder nicht? Ist es dir lieber, wenn die mich öffentlich lächerlich machen?«

»Natürlich nicht, Kleiner«, erwiderte Callow. »Du kannst dich auf mich verlassen.«

Der Holoschirm zeigte einen dunkelhaarigen Mann. Er hatte eine Ausstrahlung, wie sie Shakan und Papriestal noch bei niemandem erlebt hatten.

»Ich bin Perry Rhodan von der BASIS«, sagte der Fremde.

»Hier spricht Kommandant Shakan«, entgegnete der Orbiter. »Wir erwarten, dass Sie den Einflug ins Roggyein-System umgehend stoppen. Nähern Sie sich dem Planeten Martappon weiter, wird das Feuer auf Sie eröffnet.«

Rhodan wandte sich zur Seite und erteilte den deutlich hörbaren Befehl, die BASIS auf eine Position am Rand des Sonnensystems zu bringen.

»Wir kommen in friedlicher Mission«, erklärte er dann. »Aber wenn Sie darauf bestehen, ziehen wir uns auch noch weiter zurück.«

»Wir legen keinen Wert auf Kontakt mit Ihnen.«

»Wir sind Terraner, und ich gehe davon aus, dass friedliche Beziehungen zwischen der Liga Freier Terraner und den Orbitern aufgebaut werden sollen. Bitte verbinden Sie mich mit Jen Salik.«

»Salik ist nicht hier«, antwortete Shakan. »Ich denke auch nicht, dass seine Anwesenheit etwas ändern würde.«

»Wann kehrt Jen Salik zurück?«, fragte Rhodan. Er schien kein

Gespür dafür zu haben, wie abweisend, ja feindselig Shakan ihm begegnete.

»In den nächsten Stunden oder Tagen. Das liegt bei ihm. Mir steht nicht zu, den Zeitpunkt anzugeben.«

»Wir warten.«

Rokal Papriestal hielt es nicht mehr an seinem Platz. Er hatte wie fast jeder Orbiter von Rhodan gehört. Er wollte nicht, dass Shakan das Gespräch so abrupt beendete, da er neue Missverständnisse befürchtete.

Papriestal stellte sich neben den Kommandanten und meldete sich zu Wort, bevor die Tobbon-Type es verhindern konnte.

»Die Verhältnisse bei uns sind etwas kompliziert«, sagte er. »Nicht nur Shakan ist Kommandant, ich bin es ebenfalls. Mir liegt daran, mich so schnell wie möglich mit Ihnen zu verständigen. Wir hatten genug Probleme, es muss keine neuen geben.«

Shakan glaubte, sich verhört zu haben. Er hob eine Faust, doch dann scheute er sich, vor einem Zeugen gegen jemanden vorzugehen, der von den Schulungsmaschinen in der gleichen Weise qualifiziert worden war wie er selbst.

»Ich verbitte mir jede Einmischung«, fuhr er Papriestal stattdessen an. »Ich rate dir, so etwas nicht noch einmal zu tun.« Und an Rhodan gewandt, fuhr er fort: »Glauben Sie nicht, dass Sie Nutzen daraus ziehen können. Es bleibt dabei: Wenn Sie mit Ihrem Schiff näher kommen, sprechen die Waffen.«

»Ihre inneren Angelegenheiten interessieren uns nicht«, entgegnete der Terraner. »Wir sollten jedoch zu einer vernünftigen Übereinkunft kommen. Es liegt weder in Ihrem noch in unserem Interesse, wenn wir mit der BASIS wochenlang hier verharren. Wir möchten in einem persönlichen Gespräch kurz mit Ihnen reden und danach zur Erde weiterfliegen. Sie wissen, dass die Terraner keinen Grund haben, sich gegen die Orbiter zu stellen.«

»Wir teilen Ihre Meinung«, sagte Rokal Papriestal. »In einigen Minuten werden wir uns wieder melden und die Einzelheiten unseres Zusammentreffens besprechen.«

Er schaltete ab.

Shakan blickte ihn hasserfüllt an. »Du bist von allen guten Geistern verlassen, oder? Wir werden Rhodan und seine Leute auf keinen Fall auf Martappon empfangen.«

»Was spricht dagegen?«, fragte Papriestal gelassen.

»Dagegen spricht die Tatsache, dass ich der rechtmäßige Kommandant bin und die Verantwortung trage. Was ich nicht will, geschieht nicht. Damit musst du dich schon abfinden.«

Papriestal lächelte. »Du musst etwas falsch verstanden haben, Shakan. Es geht nicht um mich, sondern um Jen Salik. Er wird später ein Urteil über deine Haltung Rhodan gegenüber fällen, und ich kann mir nicht vorstellen, dass er mit dir einverstanden ist. Jen Salik will die friedliche Verständigung. Wir haben die Terraner lange genug mit den Garbeschianern verwechselt und unter Druck gesetzt. Es ist Zeit, ihnen mit mehr Freundschaft zu begegnen.«

»Ich habe nicht vor, mir die Finger an ihnen zu verbrennen.«

»Du bist dabei, genau das zu tun.«

»Du hast hier nichts zu suchen!« Shakan war mit seiner Beherrschung am Ende. »Du hast dir die Kommandantenpersönlichkeit illegal verschafft. Verschwinde endlich!«

Er wollte Papriestal an den Schultern packen und aus dem Raum hinausbefördern, doch das gelang ihm nicht. Seine Hände stießen Zentimeter vor Papriestal auf ein unsichtbares Hindernis.

Shakan stöhnte auf, als er die Gestalt bemerkte, die aus dem Nichts heraus erschienen war. Sie war nicht groß und trug eine blaue Kombination. Der Kopf steckte unter einer schillernden Metallmaske, die nicht erkennen ließ, was sich darunter verbarg. Allerdings hatte die Maske zwei große, spitz zulaufende Ohren und eine gewaltige Hakennase, unter der eine rote Kugel baumelte.

»Was ist mit dir, Kraftprotz?«, fragte die rätselhafte Erscheinung. »Helfen dir deine Epsaler-Muskeln etwa nicht weiter?«

Shakan griff zur Hüfte, doch dort hing keine Waffe.

Die seltsame Erscheinung kicherte vergnügt und verschwand, als sei sie nur eine Projektion gewesen, die ausgeschaltet worden war. Dass sie es nicht war, erkannte Shakan daran, dass auch Papriestal nicht mehr in der Zentrale war. Der Fremde hatte Rokal mitgenommen.

Der Geningenieur brauchte einen Moment, um überhaupt seine Frage zu formulieren. »Wie kommen wir hierher in den Maschinenraum?« Er blickte das fremde Wesen ungläubig an.

»Das ist ganz einfach«, erwiderte sein Gegenüber. »Stell dir eure Anlage wie ein Buch mit vielen Seiten vor. Ich habe einmal umgeblättert, und du warst das Lesezeichen. Dich habe ich mitgenommen.«

Papriestal runzelte die Stirn. »Mag sein, dass du mehr weißt als ich und dass du mir auch sonst überlegen bist. Trotzdem gibt dir das kein Recht, dich über mich lustig zu machen.«

»Das stimmt.« Gucky nahm die Maske ab und warf sie in eine Ecke. »Aber das habe ich auch nicht vor.«

Er nannte seinen Namen und bezeichnete sich als Gesandten Perry Rhodans.

»Rhodan hat mich gebeten, hier nach dem Rechten zu sehen«, fuhr er großspurig fort. »Er möchte gern wissen, wieso ihr zwei Kommandanten habt, die sich beide nicht grün sind.«

Der Orbiter gab es auf, sich zu wundern. Er schilderte die Situation auf Martappon und wie es dazu gekommen war, dass er sich das Kommandantenwissen verschafft hatte.

»Es wird Zeit, dass Jen Salik und Perry Rhodan miteinander reden«, stellte Gucky danach fest.

»Ich weiß vielleicht nicht alles über Rhodan«, sagte Papriestal. »Wer ist er, was kann er?«

Der Ilt ließ sich Zeit mit seiner Antwort. Geduldig wartete der Orbiter.

»Perry Rhodan ist ein Terraner«, erklärte der Mausbiber schließlich ungewöhnlich ernsthaft. »Er hat sein Volk in die Weite des Universums geführt. Wir kehren von einer Expedition zurück, bei der wir mit kosmischen Mächten konfrontiert worden sind. Perry Rhodan stand im Mittelpunkt einer Epoche, die von späteren Generationen wahrscheinlich einmal als eine der wichtigsten in der Geschichte der Menschheit genannt werden wird.«

»Ist das alles?«

»Ich glaube, dass Perry Rhodan eine der wichtigsten Persönlichkeiten der Mächtigkeitsballung von ES ist, vielleicht sogar die wichtigste überhaupt. Ohne ihn würde die Geschichte einen anderen Verlauf nehmen.«

»Ich weiß nicht, was das alles bedeutet«, entgegnete Papriestal. »Sicherlich willst du mir vor allem sagen, dass Perry Rhodan eine der mächtigsten Persönlichkeiten der Galaxis sei. Wird er mit Waffengewalt zuschlagen, wenn wir uns ihm nicht beugen?«

Guckys Augen weiteten sich.

»Wer verbreitet solchen Quatsch?«, erkundigte er sich. »So etwas wird Perry bestimmt nicht tun. Warum ladet ihr ihn nicht zu euch ein, damit ihr mit ihm selbst reden könnt?«

»Das verhindert Shakan.«

»Wenn es weiter nichts ist. Das erledige ich.«

»Dafür wäre ich dir dankbar.« Der Orbiter lächelte erleichtert. »Dann habe ich nur noch eine Frage.«

»Bitte.«

»Was bedeutet die Maske?«

Der Ilt hütete sich, dem Orbiter zu verraten, dass er beabsichtigt hatte, sich als »Ritter der Tiefe« über sie lustig zu machen.

»Das war nur ein Scherz von mir.« Gucky teleportierte, um nicht noch näher darauf eingehen zu müssen.

27.

»Muss das jetzt sein?«, fragte Perry Rhodan, als ein junger Mann seine Kabine betrat. »Ich habe zu tun.«

»Ich auch«, antwortete der Besucher respektlos. Er trug ausgebeulte Hosen und ein Hemd, dessen ursprüngliche Farbe nicht mehr erkennbar war. Sein Haar hatte er zu einem vogelnestartigen Korb geflochten. Die Stirn und der Nasenrücken waren leuchtend weiß geschminkt, die Wangen und das Kinn mit dunkelroter Farbe. Schwarze Tusche umrahmte die Augen und ließ sie größer erscheinen, als sie tatsächlich waren.

»Ich bin Jordan vom Bordtrivid«, erklärte der Besucher. »Wir arbeiten an einer Komödie, in der Gucky eine gewisse Rolle spielt. Das gefällt dem Ilt nicht, und er hat uns ein unersetzliches Requisit entwendet. Das bedeutet, dass die Aufnahmen für mehrere Tage unterbrochen werden müssen. Danach wird es zu spät für die Aufführung sein. In einigen Tagen wird die BASIS ins Solsystem fliegen, und kein Mensch interessiert sich dann noch für unseren Film.«

»Ich habe davon gehört«, sagte Rhodan. »Ihr Regisseur war so freundlich, mir Einblick zu geben. Leider kann ich nur darauf verweisen, dass ich Gucky verstehe. Sie und Ihre Kollegen betreiben eine Verunglimpfung. Wundern Sie sich also nicht, wenn der Ilt auf seine Art reagiert.«

»Sie billigen sein Verhalten?«

»Ich billige überhaupt nichts. Reichen Sie Klage beim Bordgericht ein, wenn Sie wollen. Ich bin nicht bereit, in diesem Fall einzugreifen.«

Jordan setzte zum Protest an, indem er Rhodan auseinandersetzen wollte, dass die Gesellschaft der terranischen Menschheit von Grund auf geändert werden müsste.

»Die Ereignisse des letzten Jahres haben eindeutig gezeigt, dass die Menschheit nicht das Recht hat, sich in kosmische Geschehnisse einzumischen. Uns bleibt keine andere Wahl, als zum einfachen Leben zurückzukehren.«

Rhodan unterbrach den Chutaristen. »Ich bin gern bereit, Sie bei anderer Gelegenheit anzuhören, aber momentan sind andere Dinge dringender.«

»Ich habe mit einer ähnlich hochnäsigen Reaktion gerechnet«, erklärte Jordan gereizt. »Nun gut, dann stellen wir die Story eben ohne diese Maske fertig, mit der wir Gucky nur schonen wollten. Dann wird jeder von Anfang an erkennen, wen wir meinen.«

Rhodan lachte lautlos, als Jordan die Kabine verließ. Die letzten Worte des Mannes zeigten, wie wenig ernst zu nehmen der Filmemacher war.

Das war das Problem, mit dem er sich auseinandersetzen musste. Die Menschheit hatte einen großen Schritt in Richtung ihrer kosmischen Zukunft getan, aber nur wenige hatten bislang begriffen, was wirklich geschehen war. Ein geschichtlicher Abschnitt von überragender Bedeutung lag hinter ihnen. War die Menschheit bereit für den nächsten Schritt, oder musste ihr erst einmal nahegebracht werden, was sich ereignet hatte?

Der junge Mann, der soeben seine Kabine verlassen hatte, zählte fraglos er zu den Intelligentesten, aber er schreckte offenbar vor dem zurück, was vor allen lag. Er wagte es nicht, sich mit dem Geschehen in seiner ganzen Tragweite auseinanderzusetzen. Stattdessen zog er es vor, der versponnenen Idee eines anderen zu folgen, weil sie ihm ein einfacheres Leben versprach. Er verschloss sich dem kosmischen Atem, der die Menschheit gestreift hatte.

Niemand verwehrte es den Chutaristen, sich auf einem unbewohnten Planeten anzusiedeln und dort nach der Idee zu leben, die sie für richtig hielten. Aber darauf kam es Chutar und seinen Anhängern nicht an. Sie wollten ein solches Leben gar nicht. Vielmehr wollten sie verhindern, dass die Menschheit weiter in Richtung Kosmos schritt, weil sie sich vor dem Risiko und den damit verbundenen hohen Ansprüchen fürchteten.

Es hatte wenig Sinn, mit den Chutaristen zu diskutieren. Niemand konnte ihnen ihre verborgenen Ängste nehmen, solange sie nicht bereit waren, zuzugeben, dass sie Angst hatten.

Rhodan dachte daran, wie es sein würde, sobald die BASIS ins Solsystem zurückkehrte. Zweifellos würde er zahllose Fragen zu beantworten haben. Ein großer Bericht vor dem Parlament und seinen Ausschüssen würde im Mittelpunkt stehen.

Würde es ihm allerdings gelingen, seine Worte so zu formulieren, dass alle Zuhörer verstanden, was er aussagen wollte? Würden sie begreifen, dass ein geschichtlicher Abschnitt von großer Bedeutung hinter ihnen allen lag?

Perry Rhodan war sich darüber klar, dass er sich auf seine Rede gründlicher als auf jede andere zuvor vorbereiten musste. Es würde nicht genügen, allein Tatsachen aufzuzählen. Wichtiger war es, die psychologischen und historisch relevanten Hintergründe aufzuzeigen. Alle sollten verstehen, dass die Menschen sich in jeder Hinsicht auf die bevorstehende Epoche einstellen mussten.

Gucky materialisierte in einem Raum, der an die Zentrale der Anlage von Martappon anschloss. Kommandant Shakan stand vor einem Getränkeautomaten, schien jedoch vergessen zu haben, was er eigentlich wollte. Er dachte über sich und Papriestal nach und über die Zukunft der Orbiter. Die Aufgabe, die ihm gestellt worden war, hatte sich erledigt. Garbeschianer existierten nicht mehr in der Milchstraße. Damit war seine Existenz überflüssig geworden.

Shakan wusste nicht, welche Konsequenzen er daraus ziehen sollte.

Er lehnte die Ideen seines Konkurrenten Papriestal nicht mehr grundsätzlich ab. Das war der Grund dafür, dass er nicht mit aller Härte gegen ihn vorgegangen war.

»Irgendwann musst du dich entscheiden, Dicker«, sagte der Ilt schrill. Er schwebte einen Meter über dem Tisch.

Shakan fuhr wie vom Schlag getroffen herum.

Gucky merkte, dass der Orbiter einen Schock erlitten hatte, und er ließ sich ein Stück absinken.

»Nicht aufregen, Dicker«, sagte er. »Das ist alles ganz normal.«

»Was willst du hier?«, fragte Shakan. Er lehnte sich gegen die Wand und überlegte, wonach er greifen sollte, um es dem Eindringling an den Kopf zu werfen.

»Ich will dafür sorgen, dass du endlich vernünftig mit Perry sprichst«, antwortete Gucky. »Das ist schließlich deine Pflicht. Oder?«

Shakan entdeckte einen geschlossenen Becher mit einem Eiweißgetränk. Er glaubte, dass das Gefäß schwer genug war, um als Waffe zu dienen. Mit einer beiläufigen Bewegung nahm er es an sich, riss dann aber jäh den Arm nach hinten und warf. Der Becher wirbelte jedoch an dem Ilt vorbei, flog eine Schleife und kehrte zu Shakan zurück. Dicht vor dem Kommandanten zerplatzte er, und sein Inhalt spritzte dem Epsaler über Brust und Schultern.

»Oh«, sagte Gucky. »Das tut mir leid. Kannst du mir noch einmal verzeihen?«

Shakan wischte sich die weiße Brühe von den Schultern.

»Das war ein ziemlich lächerlicher Angriff auf mich«, stellte Gucky fest. »Das ist dir vermutlich auch schon aufgegangen.«

Shakans Zorn verrauchte. Fähigkeiten, wie das kleine Pelzwesen sie hatte, war er noch nicht begegnet.

»Du kannst meine Gedanken erkennen«, sagte er.

»Stimmt.«

»Du kannst Gegenstände bewegen, ohne sie zu berühren.«

»Stimmt ebenfalls.«

»Und du kannst dich von einem Ort zum anderen bewegen, ohne dass dabei Zeit vergeht?«

»Richtig«, antwortete der Ilt. »Noch Fragen?«
»Was willst du von mir?«
Gucky seufzte. »Hast du es noch immer nicht verstanden? Ich will, dass du Perry Rhodan zu dir einlädst. Du sollst mit ihm reden. Das dürfte auch im Sinne von Jen Salik sein.«
»Was will Rhodan von mir?«
»Er will sich vergewissern, dass die Orbiter keine weiteren Angriffe auf die Erde planen. Er will wissen, ob Friede herrscht.«
Shakan nickte. »Die Zeit der Missverständnisse ist vorbei«, behauptete er. Ihm kam es eigentlich nur noch darauf an, die Situation so zu lösen, dass er sein Gesicht nicht verlor. Er wollte Papriestal gegenüber keinesfalls als Verlierer dastehen.
»Wenn du damit einverstanden bist, kannst du einen Besuch bei Perry Rhodan machen«, schlug Gucky vor. »Anschließend kannst du mit ihm hierher zurückkehren und ihm Martappon zeigen. Ich bin sicher, dass er beruhigt ist, wenn er sieht, dass die Brutanlagen für immer brachliegen werden.«
»Auch das weißt du?«, fragte Shakan überrascht. Ihm fiel ein, dass sein Besucher seine Gedanken erfassen konnte. Gleichzeitig wurde ihm bewusst, dass er schon aus diesem Grund gezwungen war, das Angebot anzunehmen, wenn er nicht auf ganzer Linie verlieren wollte.
»Ich bin einverstanden«, sagte er. »Wir fliegen zu Rhodan auf die BASIS. Ich werde mit ihm reden.«
»Fliegen? Wieso denn?«, fragte Gucky. »Muss es so umständlich sein?«
Er schritt zu dem Orbiter hinüber und ergriff seine Hand. Bevor Shakan recht wusste, wie ihm geschah, wurde ihm dunkel vor Augen. Er hatte das Gefühl, ins Bodenlose zu stürzen. Dann wurde es wieder hell. Shakan fand sich auf einem breiten Korridor wieder, von dem zahlreiche Türen abzweigten. Er wusste sofort, dass er an Bord des riesigen Schiffes war.
Verstört wich er zurück.
Gucky winkte ihm mit dem Zeigefinger der rechten Hand und zeigte mit der linken auf eine Tür. Vergnügt entblößte er seinen Nagezahn. »Hier herein, mein Freund. Dies ist Rhodans Klause.«
Telekinetisch öffnete der Ilt die Tür.
Shakan war entschlossen, dem Terraner mit aller Härte zu begegnen und ihm für das Eindringen in das Roggyein-System einen scharfen Verweis zu erteilen.

Jerome Leroi wirbelte in seinem Sessel herum.
»Das glaubt ihr mir nicht!«, rief er.
Ester Janouce und Jennifer Maine vom Funkleitstand blickten ihn miss-

billigend an. Sie kannten Leroi, und was sie am wenigsten an ihm schätzten, waren seine oft übereifrige Art und seine Unbesonnenheit. Janouce hatte schon einige Male ernsthaft überlegt, ob sie nicht einen anderen Ortungsspezialisten anfordern sollte, hatte jedoch immer wieder darauf verzichtet. Leroi war eine der besten Fachkräfte, denen sie je begegnet war.

»Was ist los, Jerome?«, fragte sie. »Wirst du dich endlich daran gewöhnen, dass wir kein Interesse an einem Frage-Antwort-Spiel haben?«

»Sieh selbst!« Er schaltete von den Ortungsholos auf den Hauptschirm um. Ein riesiges Raumschiff zeichnete sich ab.

»Das ist die BASIS!« Jetzt war die Kommandantin nicht weniger erregt als der Ortungsspezialist.

»Aber warum hat sie sich nicht gemeldet?«, fragte Jennifer Maine. »Warum dringt sie ins Roggyein-System ein, ohne vorher eine Nachricht an die Erde abzusetzen?«

»Weil an Bord niemand weiß, in welcher Lage sich Terra befindet«, antwortete Leroi. »Das ist doch klar.«

»Wir müssen Jen Salik verständigen«, sagte Janouce, nachdem sie sich von ihrer Überraschung erholt hatte. »Ansonsten unternehmen wir nichts.«

»Keine Nachricht an die Erde?«, erkundigte sich Maine.

»Natürlich nicht.« Ester Janouce schüttelte den Kopf.

So unbedacht Leroi oft war, so schwerfällig war Jennifer Maine. Sie überließ es gern anderen, Antworten auf Fragen zu finden, auf die sie auch gekommen wäre, wenn sie nur ein wenig nachgedacht hätte.

»Wenn die BASIS sich nicht meldet, hat die Besatzung Grund dafür«, sagte Janouce. »An Bord wäre man wohl kaum damit einverstanden, wenn wir uns über alle Vorsichtsmaßnahmen hinwegsetzen. Gib Salik endlich Bescheid.«

»Natürlich.« Jennifer Maine beeilte sich, die Nachricht über Interkom weiterzuleiten. Dann erhob sie sich, weil es sie nicht mehr in ihrem Sessel hielt. »Wann funken wir die BASIS an?«

»Sobald Salik hier ist.«

Die Kommandantin blieb sitzen. Aufmerksam beobachtete sie die Instrumente. Zugleich fieberte sie der Begegnung mit der BASIS entgegen. Die Rückkehr des Fernraumschiffs war die größte Sensation seit dem Ultimatum der Orbiter. Die Nachricht würde sich wie ein Lauffeuer in der Milchstraße verbreiten.

Die BASIS war im Jahr 3586 gestartet. ES, die Superintelligenz, die seit Langem heimlichen Einfluss auf das Geschick der Menschheit ausübte, hatte den Aufbruch des Riesenschiffs veranlasst. Sein Auftrag war es gewesen, das verschollene Sporenschiff Bardiocs, die PAN-THAU-RA, zu suchen. Die BASIS war vom Mondgehirn NATHAN noch im Auftrag der aphilischen Erdregierung konzipiert und erbaut worden. Sie hatte bei ihrem Start unter dem gemeinsamen Kommando von Jentho Kanthall und Payne Hamiller gestanden.

Jen Salik betrat die Hauptzentrale des LFT-Raumers, der mit annähernd halber Lichtgeschwindigkeit ins Roggyein-System eindrang. Symbole auf den Ortungsschirmen verrieten, dass der Raumer längst von den Ortungen der Anlage und von denen der BASIS erfasst worden war.

»Es ist also wahr«, sagte Salik leise. Ein Lächeln umspielte seine Mundwinkel. »Verzeihen Sie mir, aber ich war mir nicht ganz sicher, ob Sie einen Scherz machen wollten.«

»Mit einer solchen Nachricht scherzen wir nicht«, erwiderte Janouce. »Vielleicht erfahren wir jetzt, was es mit BARDIOC und seinem Sporenschiff auf sich hatte.«

»Ich hätte gern an dieser Expedition teilgenommen«, bemerkte Maine.

»Warum hast du dich nicht darum beworben?«, fragte Leroi.

»Ich hatte nicht den Mumm dazu.« Die Funkerin lächelte verlegen. »Immerhin ging die Expedition in ferne Gefilde.«

Sie wandte sich an Salik: »Soll ich Funkverbindung mit der BASIS aufnehmen?«

Der Ritter der Tiefe zögerte mit seiner Antwort.

Shakan trat etwa zur gleichen Zeit auf Perry Rhodan zu, der sich erhob, aber hinter seinem Arbeitstisch stehen blieb.

»Ich bin gekommen, um dir zu sagen, dass wir ...«, begann der Kommandant von Martappon, verstummte und senkte den Kopf. Er presste die Lippen aufeinander und blickte Gucky zornig an.

»Du versuchst, mich zu beeinflussen!« Mit der Faust zeigte er auf Rhodan. »Dieser Mann kann den Ritterstatus nicht haben. Du willst es mir nur suggerieren. Verschwinde!«

»Was faselst du da?«, fragte der Ilt verblüfft. »Perry hat den Ritterstatus? Bei dir sind wohl ein paar Schrauben locker, wie?«

»Lass uns allein!«, befahl Rhodan. »Shakan soll nicht glauben, dass wir ihn in irgendeiner Weise beeinflussen wollen.«

»Na schön. Wenn du das für richtig hältst ...« Gucky teleportierte.

Der Orbiter wandte sich Rhodan wieder zu. Seine verhärtete Miene entspannte sich ein wenig.

»Ich wollte keineswegs unhöflich sein«, erklärte er. »Dieses Wesen hat jedoch versucht, mich ...« Abermals stockte er. Verwirrt schaute er den Terraner an. »Ist der Pelzige wirklich nicht mehr in der Nähe?«

»Nein. Er mischt sich auch nicht ein. Du kannst dich darauf verlassen.«

»Es kann nicht sein«, sagte Shakan gedämpft, während er Rhodan aufmerksam musterte. »Du hast etwas an dir, was ... Du hast den Ritterstatus! Du hast das, was auch Jen Salik auszeichnet, wenngleich in einer ganz anderen Weise.« Er schüttelte den Kopf, als könne er nicht begreifen, was er fühlte.

»Du glaubst deinen eigenen Sinnen nicht«, bemerkte Rhodan gelassen. Er zeigte nicht, dass er sich ebenso wenig wie der Orbiter vorstellen konnte, dass er das gewisse Etwas hatte, das einen Ritter der Tiefe kennzeichnete. »Warum bleiben wir dann hier? Warum gehen wir nicht in die Anlage? Nur wir allein. Ich möchte wissen, wie die anderen Orbiter reagieren.«

»Das interessiert mich ebenfalls«, erwiderte der Kommandant. Er schaute sich suchend um, weil er fürchtete, dass der Ilt sich irgendwo hinter ihm verbarg. »Dieses Mal soll Gucky aber nicht dabei sein. Wir fliegen mit einem Raumschiff nach Martappon. Oder Gucky muss sofort hierher zurückkehren, nachdem er uns in die Anlage gebracht hat.«

»Das ist der bessere Vorschlag von beiden.«

Rhodan befürchtete, dass der Mausbiber das Gespräch belauschte und sofort erscheinen würde. Doch Gucky war geschickt genug, ein wenig abzuwarten. Er kam erst, nachdem Rhodan ihn über Interkom gerufen hatte. Und er gab sich so ahnungslos, als wüsste er wirklich nicht, was von ihm erwartet wurde.

»Du wirst mich allein auf Martappon zurücklassen!«, sagte Rhodan.

»Hoffentlich fühlst du dich da nicht zu einsam.« Der Ilt ergriff die Hände Rhodans und des Orbiters und teleportierte mit beiden. Er materialisierte mit ihnen in der Zentrale der Anlage von Martappon.

Eine Schatten- und vier Axe-Typen befanden sich hier. Die Orbiter sprangen überrascht auf, als sie den Kommandanten und Rhodan urplötzlich neben sich sahen. Gucky verschwand so schnell, wie er gekommen war.

Die Tür öffnete sich, und die Simudden-Type Papriestal kam mit drei Tobbon-Typen herein.

Alle Orbiter starrten Rhodan wie eine Erscheinung an. Keiner sagte etwas. Rhodan und Shakan schwiegen ebenfalls. Beide wollten, dass die anderen Orbiter durch ihre Reaktion verrieten, was sie fühlten.

Rokal Papriestal fand als Erster seine Worte wieder. Er trat auf Rhodan zu.

»Verzeih uns, dass wir dich nicht früher zu uns gebeten haben«, sagte er. »Wir konnten nicht wissen, wer du bist.«

»Wer bin ich denn?«, fragte Rhodan.

»Du hast den Ritterstatus. Aber du hast ihn auf eine andere Weise als Jen Salik.«

Seine Worte lösten die Spannung. Die Orbiter redeten aufgeregt durcheinander und äußerten ihre Erleichterung darüber, dass endlich jemand vom Rang Rhodans die Führung übernehmen werde.

Kommandant Shakan beobachtete Rhodan zunächst voll Misstrauen, dann aber mit immer stärker werdender Achtung. Die Reaktionen der anderen Orbiter räumten seine Zweifel aus.

»Es tut mir leid«, entschuldigte er sich. »Ich hätte nicht misstrauisch sein dürfen.«

»Du hast dich völlig korrekt verhalten«, sagte Rhodan. »Deine Vorsicht war richtig. Nach allem, was vorgefallen ist, wäre jede Unbesonnenheit ein Fehler gewesen.«

Perry ließ sich seine Überraschung nicht anmerken. Niemand hatte weniger damit gerechnet als er, dass die Orbiter ihm den Ritterstatus zubilligen würden. Schließlich hatte er nicht vorgehabt, einen Herrschaftsanspruch anzumelden. Er wollte lediglich Jen Salik kennenlernen und sich davon überzeugen, dass von ihm keine Bedrohung für die Liga ausging.

»Wir sollten die Zentrale verlassen und in die Kantine gehen«, schlug Shakan vor. »Dort werden in wenigen Minuten mehr als tausend Orbiter versammelt sein. Sie sollten dich kennenlernen.«

»Einverstanden.« Rhodan kam es nicht darauf an, möglichst viele Orbiter in seinen Bann zu schlagen. Er wollte jedoch für den Fall, dass Jen Salik die Orbiter als Machtmittel nutzte, ein Gegengewicht schaffen.

Zusammen mit Shakan und Papriestal verließ er die Zentrale.

»Ich denke, du und deine Anhänger sollten sich noch einmal überlegen, wie es nun weitergehen soll«, sagte der Kommandant zu der Simudden-Type.

»Ein nicht unerheblicher Teil von uns hat geplant, die Anlage zu verlassen und eine Siedlungswelt zu suchen«, erläuterte Papriestal. »Natürlich geben wir diesen Plan jetzt auf. Wir stehen dir und deinen Interessen zur Verfügung.«

»Warten wir ab, was Jen Salik davon hält«, entgegnete Rhodan.

Minuten später bewies die Reaktion von fast tausend Orbitern, dass Rhodans Ausstrahlung nicht nur auf einen kleinen Kreis Wirkung erzielte, sondern auf alle Orbiter von Martappon.

Auf Shakans Befehl ging die Nachricht an die Orbiter auf den anderen Welten der Anlage, dass ein weiterer Mann aufgetaucht war, der den Ritterstatus hatte.

Unmittelbar darauf teilte Papriestal mit, dass die Ortungsstation den Anflug eines terranischen Kugelraumers erfasste. »Ich vermute, dass Jen Salik in diesem Raumschiff kommt«, schloss er.

Rhodan glaubte zu erkennen, was die Simudden-Type eigentlich ausdrücken wollte. Für den Fall, dass es zu einer Auseinandersetzung mit Salik kommen sollte, würden Papriestal und die anderen Orbiter hinter Rhodan stehen.

Plötzlich schwebte ein Metallei auf den Terraner zu.

»Ich begrüße dich, Perry«, sagte es mit angenehm klingender Stimme.

»Anson Argyris! Du bist hier?«

»Du bist lange fort gewesen«, erwiderte der Vario-500. »Ich freue mich, dass du wohlbehalten zurück bist. Die SOL dürfte demnach nicht weit sein.«

»Von der SOL haben wir uns getrennt«, erklärte Rhodan. »Die Solaner haben beschlossen, ihre eigenen Wege zu gehen, und wir haben ihnen das Schiff überlassen. Ich bin mit der BASIS gekommen.«

Eine Axe-Type trat auf Shakan zu und reichte ihm eine beschriftete Folie. Der Kommandant blickte auf.

»Jen Salik ist da«, verkündete er. »Er ist auf dem Weg zur Anlage. In diesem Moment landet er oben im Hangar mit einem Beiboot.«

Rhodan wurde klar, dass die Orbiter mit einer harten Konfrontation zwischen ihm und Jen Salik rechneten.

»Du hast versprochen, auf der BASIS zu bleiben, bis du gerufen wirst«, sagte Ras Tschubai mahnend. Er ließ Gucky, der ihm gegenübersaß, nicht aus den Augen.

»Das ist schon richtig.« Der Ilt rutschte unruhig im Sessel hin und her. »Aber Perry ist allein, und wenn er in Schwierigkeiten kommt, muss ihm jemand helfen.«

»Er kommt nicht in Schwierigkeiten«, behauptete der dunkelhäutige Teleporter. »Du hast eben gesagt, dass die Orbiter ihm geradezu mit Verehrung begegnen.«

»Sie sind begeistert von ihm. Sie feiern ihn als Ritter der Tiefe. Aber das kann sich schnell ändern, wenn Jen Salik mit ihm zusammentrifft. Und er ist unterwegs zu ihm.«

»Was denkt er?«

»Salik? Eigentlich nichts. Er ist friedlich. Er weiß mittlerweile von den Orbitern, dass Perry in der Anlage ist, aber das stört ihn nicht.«

»Was macht dich dann so unruhig?«

»Die Orbiter. Sie sind davon überzeugt, dass es gleich den großen Knall gibt.«

Tschubai überlegte. »Unter diesen Umständen sollten wir doch nach Martappon gehen. Wenn es notwendig ist, können wir schneller eingreifen.«

Beide Mutanten teleportierten.

Sie materialisierten außerhalb der Anlage, wie sie es sich vorgenommen hatten. Allerdings nur etwa hundert Meter von einem Bodenhangar entfernt, über dessen oberen Rand die Rundung eines Kugelraumers hinausragte.

»Wir könnten auch an Bord gehen«, sagte Tschubai. »Wie ist die Stimmung dort?«

»Alle freuen sich ein Loch in den Bauch, weil ich wieder da bin«, bemerkte Gucky.

Tschubai glaubte, sich verhört zu haben.

»Was sagst du da? Die denken nur an dich?«

»An wen sonst?«

»Ich teleportiere an Bord. Ich möchte mich endlich wieder mit Menschen unterhalten, die nicht im Universum herumgeflogen, sondern auf der Erde geblieben sind.«

Perry Rhodan konnte sich dem Unbehagen nicht entziehen, das die Orbiter erfasst hatte. Unwillkürlich wandte er sich ebenfalls der Tür zu, die sich nun öffnete.

Ein kleiner, unscheinbarer Mann mit rötlichem Gesicht und einer etwas zu lang geratenen Nase trat ein. Rhodan war klar, dass dies nur Jen Salik sein konnte.

Jen Salik lächelte freundlich. Mit ausgestreckter Hand ging er auf den Aktivatorträger zu.

»Ich kann Ihnen kaum sagen, wie sehr ich mich freue, dass Sie heil und gesund zurückgekehrt sind. Ich weiß, dass man auf allen von Menschen besiedelten Planeten der Milchstraße mit großer Spannung auf Sie wartet.«

Rhodan ergriff Saliks Hand.

»Man hat mir Wunderdinge von Ihnen berichtet«, erwiderte er.

»Und nun sind Sie enttäuscht.« Saliks Lächeln vertiefte sich.

»Durchaus nicht«, antwortete Rhodan. Viele mochten übersehen, dass Jen Salik etwas an sich hatte, was ihn weit über die Masse hinaushob. Er bemerkte es auf den ersten Blick und erkannte außerdem, dass er mit diesem Mann keine Schwierigkeiten haben würde.

Die Spannung unter den Orbitern löste sich. Viele flüsterten erregt miteinander.

Salik blickte sich kurz um, wandte sich dann Rhodan wieder zu und sagte: »Ich würde mich freuen, wenn wir uns in Ruhe unterhalten könnten. Shakan, kannst du mir einen Raum anbieten, in dem ich mit unserem Gast ungestört bin?«

»Selbstverständlich.« Der Kommandant führte Rhodan und Salik in ein kleines Büro, in dem mehrere Sessel, ein Tisch und anderes Mobiliar standen.

»Ich gebe zu, dass ich mir einige Sorgen gemacht habe«, eröffnete Rhodan das Gespräch, als er mit Salik allein war.

»Weil man Ihnen gesagt hat, dass ich das Orbiterproblem allein bewältigen will?« Salik lächelte. »Das verstehe ich, aber Ihre Bedenken sind unnötig. Ich habe keine Machtgelüste. Mir geht es nur darum, die Orbiterepisode friedlich zu Ende zu bringen. Sie dürfen nicht noch einmal zur Gefahr für die Milchstraße werden.«

Rhodan war von Salik fasziniert. Dieser Mann hatte etwas Ungewöhnliches an sich.

Schnell stand für Perry fest, dass er seinem Gegenüber bedingungslos vertrauen konnte. Für ihn bestand nicht der geringste Zweifel daran, dass Jen Salik es ehrlich meinte.

»Es geht nur um einige Jahrzehnte«, erläuterte Salik. »Danach wird es keine Orbiter mehr geben. Die Orbiter wollen eigentlich nur noch ihrer Existenz einen vertretbaren Sinn geben. Meine Aufgabe wird es sein, ihr Bestreben ausschließlich auf friedliche Interessen zu richten. Vielleicht werde ich ihnen auch einige Expeditionen gestatten, aber auf keinen Fall wird es zu Konflikten mit anderen Völkern und Zivilisationen kommen.«

»Dann kann ich endlich zur Erde fliegen«, erwiderte Rhodan. »Die Besatzung der BASIS wartet ebenfalls ungeduldig darauf.«

»Lassen Sie sich nicht aufhalten, Perry. Ich hoffe, dass wir uns rasch wiedersehen und dann Gelegenheit für ausführliche Gespräche haben werden. Ich nehme an, dass die Expedition ein voller Erfolg war. Haben Sie Ihr Ziel erreicht?«

»Wir sind zufrieden«, antwortete Rhodan. »Aber das ist eine lange Geschichte, die ich Ihnen später ausführlich erzählen werde, wenn es Ihnen recht ist.«

Jen Salik erhob sich. »Ich werde Sie zum Hangar begleiten.«

»Das wird nicht nötig sein. Ich vermute, dass Gucky in der Nähe ist, um mit mir zur BASIS zu teleportieren.«

Er hatte kaum ausgesprochen, da materialisierte der Ilt neben ihm.

»Oh, hier bist du, Perry?«, krähte er und tat, als sei er maßlos erstaunt.

»Lassen Sie sich nicht täuschen, Jen.« Rhodan lächelte. »Er hat uns belauscht und weiß genau, was ich von ihm erwarte.«

Gucky blickte Jen Salik treuherzig an. »Ich würde dich nie ohne dein Einverständnis belauschen, und den Orbiter-Vater auch nicht. Das weißt du doch.«

Jen Salik lachte.

»Gute Heimkehr!«, wünschte er.

»Ich würde gern noch einige Worte mit dem Kommandanten wechseln«, sagte Rhodan.

»Ich habe nichts dagegen.« Salik rief die beiden Orbiter zu sich.

Rhodan verabschiedete sich von ihnen. Er wollte Gucky schon das Zeichen zum Aufbruch geben, als Papriestal ein Problem zur Sprache brachte: »Wir haben einige technische Schwierigkeiten, die wir allein nicht lösen können. Im Schulungsbereich ist ein Teil der Positronik ausgefallen, der noch niemals angesprochen wurde. Falls wir Orbiter oder wenigstens ein Teil von uns mit der Erlaubnis der Ritter die Anlage verlassen sollten, um andere Planeten zu besuchen, sind wir auf diesen Schulungsteil angewiesen. Haben Sie jemanden, der uns bei der Reparatur helfen kann?«

Salik und Rhodan wechselten einen kurzen Blick miteinander.

»Es ist zweifellos gut, wenn dieser Teil wieder funktioniert«, sagte der ehemalige Klimaingenieur. »Haben Sie noch so viel Zeit, uns einen Fachmann zu schicken, Perry?«

»Das ist doch selbstverständlich. Wen benötigen Sie?«

Rokal Papriestal beschrieb den Schaden und benannte danach die Qualitäten, die benötigt wurden.

»Da weiß ich jemanden«, mischte sich Gucky ein. »Bert Callow. Er ist Produktionsprogrammierer und weiß bestimmt, wie er das Problem lösen muss.«

»Einverstanden«, erwiderte Rhodan. »Du holst den Mann hierher. Ich werde die Gelegenheit wahrnehmen, noch ein wenig mit Jen zu plaudern. Falls es Ihnen recht ist, Jen.«

»Und ob.«

»Ich zwitschere dann schon mal ab«, verkündete der Ilt. »Du könntest dem Orbiter-Vater inzwischen erzählen, wie ich als ...«

»... wie du als Gott und Kaiser Ariolc aufgetreten bist?«

Gucky verschwand, bevor Rhodan zu Ende sprechen konnte. Er materialisierte im Rechnerraum, in dem Bert Callow arbeitete.

»Hallo, Bertie«, sagte er und watschelte die letzten Meter zu ihm hin. »Perry Rhodan benötigt dringend deine Hilfe.«

»Hat das noch ein paar Minuten Zeit? Ich bin gerade dabei, eine neue Maske zu entwerfen.«

»Keine Sekunde«, behauptete der Ilt eilig. »Perry sitzt wie auf glühenden Kohlen.«

»Wenn das so ist, fange ich später noch einmal an.« Der Produktionsprogrammierer speicherte seine Eingaben und streckte dem Ilt die Hand entgegen. »Ich habe mir sagen lassen, dass Körperkontakt notwendig sei, wenn man mit dir teleportieren will.«

»Da hast du gut aufgepasst.« Gucky griff zu und sprang mit Callow nach Martappon.

Mit keinem Wort verriet der Mausbiber, dass er die zornigen Gedanken eines Filmemachers aufgefangen hatte, der sich Callows Arbeitsraum in diesen Sekunden näherte.

28.

Gucky materialisierte mit Callow vor dem Raum, in dem Jen Salik und Perry Rhodan sich unterhielten. Rokal Papriestal und Shakan standen in der Nähe der Tür. Die beiden Orbiter redeten ruhig miteinander. Gucky erfasste, dass beide sich einig waren. Shakan weigerte sich nicht länger, mit seinem Konkurrenten zusammenzuarbeiten, nachdem er erkannt hatte, dass Papriestals Ideen Saliks Billigung fanden.

»Hier bringe ich euch den benötigten Reparaturmeister«, verkündete der Ilt. »Sagt mir, wo ihr euer Wehwehchen habt, und er wird es beheben.«

Die beiden Orbiter blickten Callow respektvoll an. Papriestal streckte ihm die Hand entgegen.

»Wir wissen nicht viel von dem, was die Besatzung der BASIS erlebt hat«, sagte er. »Aber es muss großartig und faszinierend gewesen sein. Ein kosmisches Abenteuer von einer Dimension, die wir uns kaum vorstellen können.«

Bert Callow wollte abwiegeln, aber Gucky trat ihm diskret gegen das Bein, deshalb nickte er nur.

»Es war schon grandios«, bemerkte der Ilt. »Wir haben die PAN-THAU-RA gefunden und geknackt. Dabei haben wir dann herausgefunden, dass das Alles-Rad gar keine Gottheit, sondern Laire, der einäugige Roboter der Mächtigen, war. Wenn ihr wollt, erzähle ich euch davon, während Bert den Dachschaden bei eurem Schulmeister repariert.«

»Was ist die PAN-THAU-RA?«, fragte Shakan, während er Callow, Gucky und Papriestal zu den Schulungsräumen der Anlage begleitete.

»Die PAN-THAU-RA war das Sporenschiff des mächtigen Bardioc, der die anderen sechs Mächtigen verraten hat«, erklärte der Mausbiber. »Uns gelang es, bis in die Zentrale des Sporenschiffs vorzudringen, es unter Kontrolle zu bringen und damit den Auftrag Laires zu erfüllen.«

»Mit dem einäugigen Roboter hatten es ja auch die Terraner im Solsystem zu tun. Genauer gesagt, mit einem Teil von ihm, mit seinem Auge«, fügte Callow hinzu. »Die Loower wollten es unter allen Umständen in ihren Besitz bringen, da es einen Schlüssel zur Materiequelle darstellt.«

»Das weißt du?«, fragte Gucky.

»Alles habe ich nicht verschlafen«, entgegnete der Produktionsprogrammierer lächelnd. »Irgendwie war ich schließlich auch dabei, als es um Laire, die PAN-THAU-RA und die Materiequelle ging.«

»Ich habe von Materiequellen gehört, aber ich kann mir darunter nichts vorstellen«, sagte Shakan. »Was sind Materiequellen?«

Sie erreichten den Schulungsraum. Gucky schlug dem Kommandanten vor, dass er später antworten würde. Zunächst wollte er wissen, welche Reparatur anstand. Bert Callow verlor ohnehin das Interesse an dem Bericht über die Expedition der BASIS. Das Gespräch hatte ihm einen gewissen Aufschwung gegeben und das Gefühl, doch bedeutender zu sein. Dem Programmierer war klar geworden, dass er aus der Sicht der Orbiter immerhin zu jenen gehörte, die in Ereignisse von kosmischer Tragweite verwickelt worden waren. Diese Tatsache erfüllte ihn mit Stolz.

Während er die Schulungsgeräte untersuchte, dachte Callow über seine eigene Zukunft nach. Zunächst war er verärgert gewesen, weil Rhodan sich für eine Unterbrechung des Rückflugs im Roggyein-System entschieden hatte. Nun war er froh darüber.

Er sehnte sich zur Erde zurück, doch gleichzeitig hatte er Angst vor der Zukunft. Bislang war nicht geklärt, was aus der Besatzung der BASIS werden würde.

Bert Callow hatte bei dieser Expedition wie alle anderen an Bord gut verdient. Von dem Geld sah er jedoch nichts. Es wurde seiner Familie ausgezahlt, sodass er nicht wusste, ob er sich all das würde leisten können, wovon er träumte.

Ihn beschäftigte aber zugleich die Frage, was er tun würde, sobald er abgemustert hatte.

Viele an Bord der BASIS sprachen von den Empfängen, die es für die Besatzung geben sollte. Einige waren überzeugt, dass die Regierung ein Volksfest veranstalten würde, wie es Terrania City nie zuvor erlebt hatte. Callow freute sich darauf, aber er dachte auch daran, dass ein Strohfeuer schnell erlosch. Was half ihm die Tatsache, dass er an Bord der BASIS Geschichte geschrieben hatte, wenn er bei seiner Rückkehr zur Erde feststellen musste, dass er den Anschluss nicht mehr fand?

Was nützte ihm die Bewunderung der Orbiter, wenn er nach seiner Rückkehr erfahren musste, dass seine Familie den Belastungen der langen Trennung nicht standgehalten hatte?

Diese Fragen beschäftigten ihn weitaus mehr als die Ereignisse um die BASIS, die er nur am Rand miterlebt hatte.

Er fand die positronischen Bausteine, die versagt hatten, und extrahierte sie.

»Ich muss sie mit zur BASIS nehmen«, erklärte er den Orbitern. »Dort kann ich die Teile nachbauen. In einer Stunde bin ich zurück, dann funktioniert hier alles wieder wie vorher.«

»Sehr schön.« Shakan kratzte sich den Hinterkopf. »Aber was ist denn nun eine Materiequelle?«

»Genau weiß ich das auch nicht«, gestand der Produktionsprogrammierer. »Ich weiß nur, dass in den Materiequellen Materie ausgeworfen wird. Aus ihnen nährt sich das Universum, während in den Materiesenken das Gegenteil geschieht. Materie wird vernichtet.«

»Aha, ich verstehe«, murmelte Papriestal.

»Das bezweifle ich«, sagte Callow. »Damit ist noch nicht geklärt, was Materiequellen und Materiesenken wirklich sind. Woher kommen sie? Woraus sind sie entstanden? Ich meine, solche Gebilde müssen irgendwo ihren Ursprung haben. Außerdem bleibt offen, auf welche Weise in den Materiequellen Materie entsteht. Und was steuert den Vorgang, der gewiss ziemlich kompliziert ist? Gibt es überhaupt jemanden, der ihn steuert, oder läuft der Entstehungsprozess nach Naturgesetzen ab, von deren Existenz wir noch nichts wissen?«

»Das stimmt.« Shakan fuhr sich nun mit beiden Händen über den Kopf. »Materiequellen ... Das hört sich so einfach an, aber sobald man mehr darüber nachdenkt, fällt auf, dass sich sehr viel hinter diesem Begriff verbirgt.«

»Ich werde jemanden fragen, der mehr Ahnung davon hat«, sagte Callow. Eigentlich war er davon überzeugt, dass ihm niemand eine erschöpfende Auskunft geben konnte.

»Weißt du, wer Laire war oder ist?«, fragte Shakan.

»Laire war die verbindende Persönlichkeit zwischen den Mächtigen und den Kosmokraten. Diese befinden sich hinter den Materiequellen. Besser gesagt, auf der anderen Seite der Materiequellen«, antwortete Callow. »Um sich in ihrem Bereich bewegen zu können, benötigte Laire das Auge, das ihm vor ewigen Zeiten von den Loowern gestohlen worden war. Es ermöglichte ihm, im Hyperraum zu sehen. Aber das werdet ihr alles noch genauer und ausführlicher erfahren, wenn die Filmdokumentationen der BASIS fertig sind.«

Gucky materialisierte neben ihm. Callow hatte Mühe, seine Überraschung vor den Orbitern zu verbergen. Er wollte den Eindruck erwecken, dass er mit solchen Ereignissen vertraut war, nur gelang ihm das nicht ganz.

»Willst du die ganze Zeit über quasseln, oder bist du zum Arbeiten gekommen, Bertie?«, fragte der Ilt. »Glaubst du, wir wollen mit dem Flug ins Solsystem bis zum Jüngsten Tag warten?«

Callow stutzte. Dann verstand er. Gucky drängte, weil die Chancen der Filmemacher besser wurden, je länger die BASIS im Roggyein-System blieb.

Er streckte die Hand aus und nickte dem Ilt zu. Im selben Sekundenbruchteil materialisierten sie gemeinsam in seiner Werkstatt.

»Mach schnell!«, bat der Mausbiber. »Sonst wird es knapp für mich.«

Callow benötigte nur kurze Zeit, bis die positronischen Bausteine aus dem Fertigungsraum kamen. Gucky teleportierte mit ihm nach Martappon zurück, und er beendete die Reparatur.

»Ich hoffe, wir sehen uns wieder«, sagte Shakan.

»Klar doch«, krähte Gucky. »Das Universum ist klein. Wäre doch gelacht, wenn wir uns nicht an der nächsten Ecke treffen würden.«

Callow lächelte.

»Bestimmt nicht«, erwiderte er bedauernd. »Wenn ich wieder auf der Erde bin, mustere ich ab. Wer weiß, wann die nächste Expedition beginnt. Vielleicht erst in hundert oder zweihundert Jahren. Bis dahin liege ich längst unter der Erde oder bin so alt, dass mich niemand an Bord ließe. Schließlich bin ich nicht unsterblich. Mir hat niemand einen Zellaktivator verehrt.«

»Du hättest bestimmt nicht viel Spaß an so einem Ei«, erwiderte der Ilt.

»Da wäre ich mir nicht so sicher.«

»Mann, Bertie, du siehst jahrtausendelang immer die gleichen Gesichter. Ich sage dir, das hängt dir irgendwann zum Hals heraus.«

Callow blickte Gucky forschend an.

»Ich glaube, du willst mich auf den Arm nehmen, Kleiner.«

»Das würde ich nie tun, Bertie, sonst zauberst du den Filmfritzen womöglich noch eine Maske hin, die mich wie ein Mensch aussehen lässt. Glaubst du, das könnte ich ertragen?«

Der Ilt zwinkerte den beiden Orbitern zu und teleportierte mit Callow in die BASIS. Dann kehrte er zu Perry Rhodan, Jen Salik und dem Vario-500 zurück, der sich zu den beiden gesellt hatte.

Bert Callow konnte sich nicht entschließen, die Arbeit an der Maske wieder aufzunehmen. Zu viel war auf ihn eingestürmt. Erstmals seit Beginn der Expedition war er auf einem anderen Planeten gewesen. Zwar hatte er von diesem nicht viel gesehen, er war aber dennoch beeindruckt.

Nachdenklich saß er vor seiner Positronik, als Jordan eintrat.

»Was ist los?«, fragte der Filmemacher. »Ist die Maske fertig?«

Callow schüttelte den Kopf.

»Sie wird auch nicht mehr fertig«, sagte er. »Seht zu, wie ihr ohne sie auskommt.«

»Was soll das heißen? Mensch, die BASIS ist gestartet. Wenn jetzt nicht alles wie am Schnürchen klappt, können wir einpacken.«

»Ich habe nichts dagegen.«

»Und ich werde mich beschweren.«

»Das ist mir gleich.«

Jordan fuhr wütend herum und eilte davon. Unmittelbar darauf ertönte ein leises Kichern hinter Callow. Der Produktionsprogrammierer drehte sich verwundert um. Er lächelte, als er Gucky sah.

»Bist du schon lange hier?«

»Natürlich nicht, Bertie. Ich bin erst gekommen, als diese Filmmaske weg war. Warum bist du so nachdenklich?«

»Mir ist einiges bewusst geworden«, antwortete Callow. »Ich habe mich gefragt, was ich wohl sagen werde, wenn mein Sohn wissen will, was wir auf der Expedition erlebt haben. Soll ich ihm erwidern, dass ich überhaupt nichts weiß? Dass ich die BASIS nicht verlassen habe und das Geschehen an mir vorbeigelaufen ist? Du hast davon gesprochen, dass wir in kosmische Geschehnisse verwickelt worden sind.«

»Das ist richtig«, bestätigte Gucky.

»Wie war das eigentlich? Kannst du mir ein wenig auf die Sprünge helfen?«

»Gern. Fangen wir bei den Kosmokraten an, jener Macht von jenseits der Materiequellen. Die Kosmokraten haben in die Evolution unseres Universums eingegriffen, indem sie die Mächtigen entsandten. Diese sollten mit ihren riesigen Sporenschiffen durch die Galaxien fliegen und dabei Lebenskeime verteilen.«

»Das entstehende Leben wurde später dazu angeregt, Intelligenz zu entwickeln?«

»Genau. Das geschah mit den Sternenschwärmen, dahinziehenden Sonnen und Planeten, deren Bewohner mithilfe dafür geeigneter Strahlung andere Wesen intelligent machen. Mann, das hört sich kompliziert an.«

»Immerhin habe sogar ich das kapiert.« Callow lächelte.

»Eine dieser Gruppen von Mächtigen geriet in eine Krise«, fuhr der Ilt fort. »Im Verlauf dieser Krise kam es zu dem bekannten Verrat von Bardioc, der sein Sporenschiff entführte. Wegen der Veruntreuung der Ladung an Lebenskeimen mussten die Kosmokraten annehmen, dass es zu einer negativen Nutzung kommen könnte. Diese Befürchtung war ein entscheidendes Moment für die weitere Entwicklung. Denn aus ihr heraus fingen die Kosmokraten an, eine der Materiequellen zu manipulieren, um die Entfaltung negativer Lebensformen zu verhindern.«

»Auch das habe ich verstanden.«

»Perry bekam Wind von diesem Sachverhalt. Er erfuhr, dass von der Manipulation unser Teil des Universums betroffen sein würde – mithin war auch die Erde direkt bedroht. Deshalb hat er alles versucht, Kontakt mit den Kosmokraten zu bekommen. Er wollte sie überreden, die Manipulation rückgängig zu machen. Schließlich hat er selbst das veruntreute Sporenschiff gefunden und neutralisiert.«

»Du sagtest schon, dass ihr zusammen mit Laire bis in die Zentrale des Sporenschiffs vorgedrungen seid.«

Gucky ging über diese Bemerkung hinweg, als habe er sie nicht gehört. Konzentriert versuchte er, die Zusammenhänge einfach und überschaubar darzustellen und dabei das gesamte Geschehen zu erfassen.

»Sicherlich weißt du, dass es nicht so einfach ist, auf die andere Seite der Materiequelle zu kommen. Dazu sind besondere Voraussetzungen notwendig.«

»Die sieben Schlüssel.«

»Genau. Laire hatte die Möglichkeit, auf die andere Seite zu wechseln. Sein linkes Auge ist ein Hyperrauminstrument, das ihm ermöglichte, eine Materiequelle zu erkennen und zu passieren. Wie du weißt, haben wir Laire gefunden, aber sein linkes Auge war weg. Mittlerweile ist uns bekannt, dass die Loower es vor mehreren Millionen Jahren entwendet haben.«

»Warum haben sie das eigentlich getan? Das ist mir nicht klar.«

»Die Loower haben – wie viele andere Völker auch – am Bau eines Intelligenz bringenden Sternenschwarms gearbeitet. Sie hatten Angst davor, unterzugehen, nachdem sie ihren Auftrag abgeschlossen hatten. Deshalb entschieden sie sich für einen Präventivschlag gegen die Kosmokraten. Dazu brauchten sie das Auge. Als sie es hatten, ging ihnen auf, dass sie damit noch lange nicht weiterkamen. Sie stellten nämlich fest, dass das Auge nur zu einer ganz bestimmten Materiequelle passte.«

»Nun war guter Rat teuer, nehme ich an«, sagte Callow.

»Und ob. Sie fanden diese Materiequelle trotz größter Anstrengungen nicht.«

»Aber sie gaben die Suche nicht auf. Vorsichtshalber versteckten sie das Auge, damit es ihnen nicht gestohlen wurde. Stimmt das?«

»Du hast es erfasst, Bertie. Sie entschieden sich für einen jungfräulichen Planeten – die Erde im mittleren Tertiär. Irgendwann, sehr viel später natürlich, fand ein Pharao das Auge und ließ es in die Cheopspyramide einbauen.«

»Jetzt verstehe ich. Das war der Grund für den Angriff der Loower auf die Erde. Sie holten es sich zurück, nachdem es eine ganze Weile in den Händen von Boyt Margor gewesen war, und brachten es in die Galaxis, in der wir mit der BASIS auf der Suche nach der Materiequelle waren.«

»Inzwischen hatte sich Perry auch den siebten Schlüssel verschafft. Die anderen hatten wir schon vorher aus den Kosmischen Burgen der Mächtigen Bardioc, Kemoauc, Lorvorc, Ganerc, Murcon, Ariolc und Partoc geholt.«

»Den siebten Schlüssel doch nicht.«

»Sei nicht so kleinlich, Bertie. Ich habe die sieben Mächtigen nur aufgezählt, weil du bestimmt schon wieder vergessen hast, wie sie hießen.«

»Das hatte ich allerdings.«

»Du erinnerst dich bestimmt an die Geschichte mit den Kosmischen Burgen.«

»Natürlich. Es war nicht leicht, die Schlüssel zu finden. In der Burg Ariolcs zum Beispiel ...«

»Davon will ich nichts hören«, unterbrach Gucky den Programmierer hastig. »Damit wollen wir uns gar nicht lange aufhalten.«

Er hatte die Burg Ariolcs in schlechter Erinnerung, weil er dort das Opfer einer Strahlung geworden war, die seine Persönlichkeit verändert hatte.

»Die Kosmokraten hatten die Demonteure geschickt. Diese holten die Kosmischen Burgen aus dem Mikrokosmos, in dem sie verborgen waren, um sie zu den Kosmokraten zu bringen. Wir mussten uns also beeilen, die Schlüssel herauszuholen, und wir mussten uns mit den Demonteuren herumschlagen.«

Gucky schwieg, und Bert Callow dachte eine Weile nach. Die Zusammenhänge waren wieder etwas klarer für ihn geworden.

»Hatten die Kosmokraten die Materiequelle nun schon manipuliert oder nicht?«

»Sie hatten«, antwortete der Ilt. »Die Weltraumbeben in der Milchstraße waren ein deutliches Zeichen dafür. Ich kann dir sagen, das ist Perry enorm unter die Haut gegangen, als er davon hörte. In der Anlage der Orbiter lösten diese Beben ein Signal aus, das dazu führte, dass die Orbiter entstanden. Sie waren als Waffe gegen die Horden von Garbesch gedacht. Der längst gestorbene Ritter Armadan von Harpoon hatte sich in ferner Vergangenheit heftige Schlachten mit den Garbeschianern geliefert. Die Horden müssen fürchterlich gehaust haben, denn Armadan von Harpoon hatte offensichtlich einen ziemlichen Bammel vor ihnen.«

»Immerhin hat er sie geschlagen und aus der Milchstraße vertrieben. Wieso hatte er dann so einen Bammel?«

»Kannst du nicht ordentlich reden, Bertie? Weshalb sagst du Bammel? Angst heißt das.«

Callow blickte den Mausbiber verwirrt an. »Du hast doch Bammel gesagt.«

»Ich? Das ist etwas ganz anderes.«

»Aha – ich kapiere schon wieder. Du hast Bammel, und ich habe keine Angst.«

Gucky zeigte seinen Nagezahn. »Du nimmst mich nicht auf die Schippe, mein Lieber. Also bleiben wir lieber beim Thema. Es muss ein hartes Stück Arbeit für Armadan von Harpoon gewesen sein, die Garbeschianer zu vertreiben. Und er hatte wohl seine Gründe dafür, anzunehmen, dass sie zurückkommen würden. Sie sind aber bis heute nicht zurückgekehrt. Die Orbiter haben jedoch geglaubt, dass es so ist, und sie haben die Terraner als Garbeschianer angesehen. Beinahe wäre es zum ganz großen Knall gekommen, nämlich zur Evakuierung der Menschheit aus der Milchstraße. Glücklicherweise hat sich Jen Salik eingemischt. Ich weiß nicht genau, was da passiert ist, aber er scheint ein recht hübsches Teil von der Persönlichkeit des Igsorian von Veylt zu haben.«

»Eines Ritters der Tiefe?«

»Genau, das war Igsorian. Er war sogar der letzte der Ritter, was wiederum besonders wichtig ist. Das wirst du verstehen, wenn du die ganze Geschichte gehört hast. Jen Salik hat jedenfalls mit allerhand Tricks die Orbiter zurückgedrängt und sie schließlich davon überzeugt, dass die Menschen der Erde mit den Garbeschianern überhaupt nichts zu tun haben. Die Orbiter erkannten ihn sogar als Ritter der Tiefe an und gehorchten seinen Befehlen.«

»So war das also.« Bert Callow holte sich Kaffee aus dem Automaten. Er bot Gucky ebenfalls etwas zu trinken an, aber der Ilt wollte nichts.

»Wieso war ES eigentlich in der Materiesenke?«, fragte der Produktionsprogrammierer unvermittelt. »Ich habe davon gehört, weiß aber nicht, wie das war.«

»Das hängt damit zusammen, dass Igsorian von Veylt der letzte Ritter der Tiefe war«, antwortete Gucky und tat, als sei damit schon alles gesagt.

Diese Frage stellte auch die Psychologin und Rhetorikerin Alwa Belton, die ungefähr zur gleichen Zeit bei Rhodan in dessen Kabine war, um ihn bei der Vorbereitung seiner Rede vor dem Parlament in Terrania City zu unterstützen. An dem Gespräch hatten noch weitere Psychologen teilgenommen, sich jedoch schon zurückgezogen, um Einzelheiten auszuarbeiten. Auch Alwa Belton wusste nicht über alles Bescheid, was geschehen war.

»ES kam in die Materiesenke, um Igsorian von Veylt zu retten«, erklärte Rhodan. »Feinde hatten ES die Nachricht zugespielt, dass der Ritter der Tiefe in der Materiesenke gefangen sei. Um ihm zu helfen, wagte sich ES so weit vor. ES war dazu gezwungen, heißt es doch, dass alle Sterne erlöschen werden, sobald der letzte Ritter der Tiefe stirbt.«

»Es war jedoch Kemoauc, der aus den bekannten Gründen in der Materiesenke festsaß«, stellte die Psychologin fest.

»Richtig. Nun sind die Feinde von ES sicherlich klug genug, um zu wissen, dass sie die Superintelligenz nicht auf Dauer in einer Materiesenke gefangen halten können. Darauf kam es ihnen aber offensichtlich gar nicht an. Sie wollten die Abwesenheit von ES nutzen, um die Stabilität seiner Mächtigkeitsballung zu erschüttern.«

Alwa Belton machte sich Notizen. Rhodan wartete, bis sie damit fertig war, dann fuhr er fort:

»ES brauchte dringend Hilfe. Mir gelang es, bis zu dem Unsterblichen vorzustoßen. Es kam dann zu dem Treffen, das mich zutiefst erschüttert hat, aber nicht nur mich, sondern auch ES.«

Rhodan trank einen Schluck Kaffee. Nachdenklich blickte er die Psychologin an.

»Denken wir daran, dass ES Mentor der Menschheit war. ES hat allerlei Prophezeiungen für die Zukunft gemacht. ES hat mit seinen Rätseln und seinem Gelächter uns Menschen immer wieder angespornt. ES hat die Unsterblichkeit verliehen, zunächst durch die Zellduschen, dann in Form der Zellaktivatoren. Und dieses mächtige ES, das für uns Menschen immer ein Wesen war, das weit über uns Menschen rangierte, saß nun in einer Falle fest.«

»Eine schlimme Situation.«

Rhodan nickte. »Ich habe es deutlich gefühlt, dass ES aufgrund dieser Situation beschämt war. Es war geradezu demütigend für ES, mir so begegnen zu müssen. ES in einer derart schlechten Verfassung und in einer solchen Lage zu sehen ging aber auch mir nahe. Ebenso, diese Gefühle von ES miterleben zu müssen. Der große alte Freund der Menschheit befand sich in unmittelbarer Gefahr und brauchte unsere Hilfe.«

»Die Situation eines einstmals kräftigen und weit überlegenen Wesens, das sich plötzlich schwach und gebrechlich seinem herangewachsenen Kind gegenübersieht. Ist Ihnen bewusst geworden, dass diese Begegnung von tief greifender Bedeutung für die Menschheit war?«

»Allerdings«, sagte Perry Rhodan. »Ich fühlte, dass sie ein Meilenstein in der Geschichte der Menschheit war. Die Menschheit ist nun kein von ES geführtes Kind mehr. Sie entwächst den Kinderschuhen und gerät in die Rolle des Erwachsenen, also eines Partners.«

»Obwohl wir von uns wahrhaftig nicht von einer Superintelligenz sprechen können«, schränkte Belton ein.

»Natürlich nicht.« Rhodan lächelte. »So möchte ich auch nicht verstanden werden. Gerade darum geht es. Es wäre schlimm und verhängnisvoll, wenn im Parlament der Eindruck entstünde, ich wolle die Menschheit als Superintelligenz herausstellen. Niemand würde mich ernst nehmen.«

»Sie haben ES versprochen, ihm zu helfen.«

»Das habe ich, obwohl ich zunächst überhaupt nicht wusste, wie ich das bewerkstelligen sollte. Später kam ich darauf, dass es nur eine Möglichkeit dafür gab. Die Mutanten mussten einspringen und ES geistige Substanz zuführen. Dazu waren vor allem die PEW-Mutanten bereit, die es leid waren, immer nur auf Wirtskörper angewiesen zu sein. Sie gingen mit Freuden in ES auf. Aber nicht nur sie. Ihnen folgten Ellert-Ashdon, Kershyll Vanne, Ribald Corello und Balton Wyt, der seinen Zellaktivator ebenso zurückließ wie Corello, Dalaimoc Rorvic, Tatcher a Hainu, Merkosh, der Gläserne, Takvorian und schließlich Lord Zwiebus.«

»Wir alle hatten Angst, dass weitere Mutanten gehen würden«, bemerkte die Psychologin. »Gucky, Ras Tschubai oder Fellmer Lloyd. Aber sie blieben glücklicherweise. Ich habe gespürt, dass sie sehr gern in ES aufgegangen wären.«

»ES meldete sich telepathisch«, fuhr Rhodan fort. »Ich erinnere mich genau an die Worte, die ES mir übermittelte. Du glaubst, einen zu hohen Preis gezahlt zu haben, einen viel zu hohen. Aber ein Unsterblicher, der bald überall sein kann, sollte nicht so denken und niemals verzagen.‹«

»Sie wissen bis heute nicht, was ES damit ausdrücken wollte?«

»Nein. Leider nicht.«

Rhodan holte sich eine weitere Tasse Kaffee. Die Psychologin wählte einen Fruchtsaft.

»Ich habe noch eine Frage«, sagte sie.

»Bitte.«

»Wie war das mit den Weltraumbeben? Wenn ich richtig verstanden habe, waren die Beben eine Folge der Manipulationen der Materiequelle durch die Kosmokraten. Sie haben versucht, Kontakt mit den Kosmokraten zu bekommen. Das ist Ihnen nicht gelungen. Wodurch wurden die Weltraumbeben beendet? Oder müssen wir auch in Zukunft mit dieser Bedrohung rechnen? Geht die Manipulation der Materiequelle weiter?«

»Nein, soweit wir wissen, wird es keine Beben mehr geben«, antwortete Rhodan. »Von den Terranern auf der Hundertsonnenwelt weiß ich, dass der UFOnaut Alurus im November, also vor etwa fünf Wochen, sich mit Julian Tifflor getroffen hat. Er hat eine Botschaft der Kosmokraten übermittelt, in der es sinngemäß hieß, dass die Bewohner der Milchstraße keine weitere Manipulation der Materiequelle befürchten müssen. Nach der zweiten Welle der Weltraumbeben sei alles vorbei. Weitere Beben werde es nicht mehr geben. Die Materiequelle sei weitgehend saniert, man brauche daher keine Evakuierungspläne zu verfolgen. Dies deckt sich mit Informationen, die wir von Laire erhalten haben.« Rhodan lächelte flüchtig. »Darüber hinaus soll Alurus unsere Rückkehr in die Milchstraße angekündigt haben.«

»So war das also.«

»Ich gehe davon aus, dass unsere Expedition in jeder Hinsicht ein voller Erfolg war. Inwieweit all das stimmt, was mir von Tifflor übermittelt wurde, werden wir erst auf der Erde erfahren.«

»Welch ein gewaltiges Geschehen«, sagte Alwa Belton. »Angefangen mit dem Auftrag von ES an die Menschheit, die PAN-THAU-RA zu suchen. Mit dem gefährlichen Inhalt war das Sporenschiff die Ursache dafür, dass die Kosmokraten sich veranlasst sahen, die Materiequelle zu manipulieren und damit den Zusammensturz dieses Teils des Universums einzuleiten. Dagegen wirkt ja geradezu harmlos, dass ES in einer Materiesenke gefangen ist und seine Mächtigkeitsballung vor dem Zugriff eines Feindes retten will. Was für ein Feind eigentlich?«

Perry Rhodan zuckte mit den Schultern. »Das weiß ich nicht«, antwortete er. »Ein mächtiger Feind auf jeden Fall, den selbst ES fürchten muss.«

Er trank seinen Kaffee aus.

»Haben Sie noch Fragen?«

Alwa Belton schüttelte den Kopf. »Nein. Ich glaube, ich bin über alles informiert.«

29.

Am 29.12.3587 erreichte die BASIS das Solsystem und nahm Funkverbindung mit Terrania City auf, nachdem bereits aus dem Roggyein-System eine Nachricht an die Erde gefunkt worden war.

Perry Rhodan wechselte einige Worte mit Julian Tifflor, dem Ersten Terraner. Die beiden Freunde machten keinen Hehl aus ihrer Freude, sich wiederzusehen, kamen jedoch bald auf Einzelheiten für den Empfang der BASIS-Besatzung zu sprechen. Ein Teil der Besatzung hatte den Wunsch geäußert, die Rückkehr in Terrania City feiern zu können, während ein anderer wünschte, sofort zu ihren Familien in die Heimatorte zu fliegen. Rhodan und der Erste Terraner erzielten rasch Einigung darüber, dass die BASIS wegen ihrer Größe nicht auf der Erde landen, sondern in einer Umlaufbahn bleiben sollte.

Danach übergab Rhodan das Gespräch an den Kommandanten Jentho Kanthall, um ihm die Besprechung der Details zu überlassen. Er war sich darüber klar, dass Tifflor darauf brannte, einen möglichst umfassenden Bericht über den Verlauf der Expedition zu bekommen.

Nachdem Rhodan seine Rede gehalten hatte, in der er noch einmal auf die großen Ereignisse zu sprechen kam, zog er sich in seine Kabine zurück, um das zu tun, was Gucky respektlos »Kofferpacken« nannte. Während der mehr als einjährigen Reise hatten sich zahllose Dinge angesammelt, die es galt, mit von Bord zu nehmen.

Rhodan ließ sich einige Kleinbehälter kommen, in denen die wichtigsten Dinge verstaut werden sollten.

Er kam aber zunächst nicht dazu, alles einzupacken, weil Gucky bei ihm erschien und eine Reihe von Fragen stellte. Fellmer Lloyd gesellte sich hinzu, und als beide gegangen waren, kamen andere. Unter ihnen waren Reginald Bull, Irmina Kotschistowa, Alaska Saedelaere, Jentho Kanthall und Demeter. Alle hatten Probleme, die besprochen werden mussten, bevor die BASIS die Erde erreichte und die dann beginnenden Empfänge ein Gespräch im kleinen Kreis vorläufig unmöglich machten.

Als Rhodan endlich allein war, hatte die BASIS die Erde erreicht.

Die ersten Besatzungsmitglieder verließen in Beibooten der THEBEN-Klasse das Raumschiff. Kleinere Raumer, die teilweise Privatpersonen gehörten, kamen von der Erde und legten an, um einzelne Besatzungsmitglieder abzuholen, doch ihnen schob Jentho Kanthall einen Riegel vor. Er wollte, dass die BASIS diszipliniert und unter geordneten Umständen entladen wurde.

Rhodan öffnete das gesicherte Schließfach in seiner Kabine, in dem er den Zellaktivator Ribald Corellos aufbewahrt hatte.

Das Fach war leer.

Rhodan reagierte augenblicklich und ließ die Ausschleusung und die Entladung der BASIS sofort stoppen.

Abfliegende Beiboote wurden zurückbeordert. Einige Schiffe, die schon zur Landung in Terrania City ansetzten, mussten zur BASIS zurückkehren.

Rhodan erschien in der Hauptzentrale. Kanthall kam ihm entgegen.

»Mehrere Beiboote sind schon gelandet und wurden entladen«, berichtete der Kommandant. »Wenigstens zweitausend Personen haben die BASIS schon verlassen. Sie befinden sich in Terrania City oder sind auf dem Weg zu ihren Familien.«

»Wenn wir Glück haben, ist der Zellaktivator noch hier an Bord oder in einem der Beiboote«, entgegnete Rhodan. »In dem Fall werden wir ihn finden. Gucky und Fellmer sollen die BASIS telepathisch unter die Lupe nehmen. Wenn sie hier nichts finden, müssen sie ihre Suche auf die Erde ausdehnen.«

»Du bist davon überzeugt, dass der Zellaktivator gestohlen wurde?«, fragte Alaska Saedelaere.

»Das ist das Einzige, was in diesem Fall sicher ist«, erwiderte Rhodan.

Eine fieberhafte Suche setzte ein, bei der sehr schnell festgestellt wurde, dass wertvolle Messgeräte beschädigt worden waren.

»Der Aktivator kann nicht sofort angemessen werden«, meldete einer der Ingenieure, die an den Geräten saßen. »Wir müssen erst Reparaturen durchführen.«

»Bauen Sie die beschädigten Teile aus. Schnell!«, befahl Rhodan.

Der Ingenieur rief Hilfskräfte hinzu und begann mit der Arbeit. Er war sich der Brisanz bewusst und bemühte sich, keine Zeit zu verlieren.

Kurz darauf materialisierte Gucky in der Kabine von Bert Callow.

»Wieso bist du im Bett?«, fragte der Ilt. »Wir sind endlich zu Hause, aber du liegst hier herum? Willst du nicht zur Erde?«

»Klar will ich das?«, antwortete der Produktionsprogrammierer. »Aber vorläufig ist das wohl nicht möglich. Was ist überhaupt los?«

»Ein Zellaktivator ist weg.«

Callow blickte Gucky an. In seinem Gesicht zuckte es.

Für Rhodan war es eine Katastrophe, dass es jemandem gelungen war, das Unsterblichkeit verleihende Gerät aus seiner Kabine zu stehlen. Für

Callow nicht. Der Programmierer dachte nur voll Bedauern daran, dass er den Zellaktivator nicht hatte an sich nehmen können. Wie gern hätte er sich auf ein Leben vorbereitet, das nicht nach Jahrzehnten, sondern nach Jahrhunderten zählte.

»Schlag dir solche Gedanken aus dem Kopf«, sagte der Mausbiber, während er Callow am Arm packte und mit ihm teleportierte. »Wenn du ihn hättest, könntest du das sowieso nicht vor uns verbergen. Du wärst den Aktivator schnell wieder los.«

»Ich wäre dennoch gern unsterblich«, sagte Callow. »Ich bin neugierig geworden und will wissen, wie die Zukunft der Menschheit aussieht. Als Sterblicher werde ich das nicht erfahren.«

»Das verstehe ich, Bertie, aber ich kann es leider nicht ändern.« Gucky hob bedauernd die Arme. »Ich bin nicht derjenige, der die Zellaktivatoren verteilt.«

»Was willst du von mir?«

Der Ilt zeigte Callow einige positronische Bauteile, die aus den Messgeräten stammten.

»Der Dieb hat diese Teile beschädigt, damit wir ihm nicht so schnell auf die Spur kommen. Das hilft ihm jedoch überhaupt nichts, denn du wirst ganz schnell neue Teile herstellen. Wenn er noch an Bord ist, erwischen wir ihn.«

»Ich weiß nicht, ob ich das tun werde«, sagte Callow bedächtig. Er setzte sich in einen Sessel und faltete die Hände auf den Knien. »Erstens hat er schon einen beachtlichen Vorsprung, der vielleicht für ihn ausreichend ist. Zweitens finde ich das, was er getan hat, durchaus sympathisch. Ehrlich gesagt, einen Zellaktivator würde ich auch klauen, wenn ich könnte.«

»Sicher wirst du die Bausteine nachbauen. Ganz schnell, Bertie.«

»Mein Vertrag ist abgelaufen«, antwortete der Produktionsprogrammierer. »Darin steht, dass er zu Ende geht, sobald die BASIS die Erde erreicht hat. Das ist jetzt der Fall.«

»Wollen wir uns über juristische Angelegenheiten streiten, während es darum geht, den Dieb zu jagen?« Gucky stemmte sich die Fäuste in die Seiten und blickte Callow empört an. »Ich sage dir was, mein Lieber. Wenn du bockig wirst, ist es vorbei mit unserer Freundschaft. Du hast keine Ahnung, was es bedeutet, dass jemand den Zellaktivator hat, wie?«

»Für mich heißt das zunächst einmal, dass jemand euch ein Schnippchen geschlagen hat. Ich finde es lustig, dass da jemand ist, der Rhodan einen Zellaktivator weggeschnappt hat, den dieser doch wieder nur einem Freund geben wird.«

Gucky schüttelte den Kopf.

»Du drehst durch, Bertie. Wenn Perry jemandem die Unsterblichkeit verleiht, hat das nichts mit Kumpanei zu tun. Das ist eine besondere Auszeichnung für eine Persönlichkeit, die sich in den Dienst der Menschheit gestellt hat und die Überragendes leisten kann. Denke einfach mal an Orana Sestore. Perry hat sie geliebt, aber sie hat dennoch keinen Aktivator bekommen. Ach, was rede ich? Du kapierst das doch nicht. Aber tu mir den Gefallen und fang endlich an, bevor es dem Dieb noch gelingt, mit dem Aktivator zu entwischen.«

»Und wenn ich nicht will?«

»Dann kriegst du was hinter die Ohren.« Gucky richtete sich zu seiner ganzen Größe auf. »Andererseits kannst du davon ausgehen, dass ich dir helfe, wenn du in den nächsten Jahren mal in Schwierigkeiten kommen solltest.«

»Ist das wahr?«

»Wenn Mausbiber Gucky etwas verspricht, hält er sein Wort.«

Callow nahm die positronischen Bauteile wortlos entgegen und begann mit der Arbeit.

Das Angebot des Ilts nahm ihm etwas von seiner Angst vor der Zukunft. Er konzentrierte sich darauf, den Produktionsroboter so zu programmieren, dass er das richtige Bauteil anfertigte. Dazu benötigte er etwa zehn Minuten. Der Roboter brauchte weitere acht Minuten dafür, das verlangte Teil herzustellen.

Dann endlich konnte Gucky in die Hauptleitzentrale zurückkehren.

Danach dauerte es nur mehr Minuten, bis die Techniker die BASIS und die Beiboote nach dem Zellaktivator Ribald Corellos durchsuchen konnten.

Sie spürten den Aktivator nicht auf.

Auch alle anderen Bemühungen, das Gerät wiederzufinden, blieben vergeblich. Der Zellaktivator befand sich weder in der BASIS noch in den Beibooten, sodass es nicht gerechtfertigt war, die Ausschleusung der Besatzung weiterhin zu unterbrechen.

»Er muss auf der Erde sein«, sagte Rhodan.

»Muss er das wirklich?«, fragte Saedelaere. »Könnte er nicht auch auf Martappon sein?«

»Du denkst an Jen Salik?«

»Allerdings. Wer sagt uns, dass er nicht derjenige ist, der sich den Aktivator angeeignet hat?«

Rhodan schüttelte den Kopf. »Das halte ich für ausgeschlossen. Salik war nicht an Bord der BASIS.«

»Aber einer der Orbiter war sogar in deiner Kabine.«

»Er hatte keine Gelegenheit, den Aktivator an sich zu bringen. Shakan war nicht allein, und wenn er das Gerät an sich genommen hätte, hätte Gucky ihn telepathisch sofort erfasst. Nein, der Verdacht scheidet aus.«

»Hoffentlich«, sagte der Mausbiber.

»Das steht für mich zweifelsfrei fest«, erwiderte Rhodan.

»Für mich nicht unbedingt«, bemerkte Kanthall. »Salik ist ein Genie. Ihm sind aus dem Nichts heraus enorme Fähigkeiten zugeflossen. Wissen wir, ob diese allein intellektueller Art sind oder ob da noch etwas ist, vielleicht eine parapsychische Kraft?«

»Das sind Spekulationen«, widersprach Rhodan. »Sie bringen uns nicht weiter. Vorläufig sollten wir davon ausgehen, dass der Dieb zur Besatzung gehört. Erst wenn wir wissen, dass es niemand aus diesem Kreis war, müssen wir anderweitig suchen.«

»Dann benötigen wir eine Liste aller, die die BASIS zu dem Zeitpunkt verlassen hatten, an dem du den Diebstahl entdeckt hast«, sagte der Kommandant.

»Allerdings«, bestätigte Rhodan. »Gucky und Fellmer werden diese Personen telepathisch sondieren. So müssten wir den Zellaktivator eigentlich wiederfinden.«

Rhodan irrte sich. Trotz aller Bemühungen und obwohl die Suche mit einem riesigen Aufwand geführt wurde, blieb der Zellaktivator verschwunden. Es schien, als habe er sich in Luft aufgelöst.

»Das begreife ich nicht«, sagte Julian Tifflor, als er Rhodan nach der Landung eines Beiboots auf dem Raumhafen von Terrania City begrüßte. »Ein Zellaktivator ist ein Ding, das nicht so ohne Weiteres verschwinden kann. Wer ihn entwendet hat, muss entweder ein Narr oder ein Genie sein, wenn er glaubt, damit entkommen zu können.«

Auf dem Gebiet des Raumhafens herrschte ein Trubel, der die Besatzungsmitglieder der BASIS überraschte. Sie hatten mit einem großen Empfang gerechnet, nicht jedoch mit einer derart überwältigenden Demonstration der Bevölkerung.

Hunderttausende hatten sich eingefunden, um die Teilnehmer der PAN-THAU-RA-Expedition zu begrüßen. Die Ordnungskräfte hatten Mühe, die Massen zu bändigen. In ihrer Begeisterung versuchten die Menschen, alle Absperrungen zu durchbrechen.

Tifflor stand auf einer mit roten Tüchern bedeckten Antigravplattform, auf der er zusammen mit zwanzig der wichtigsten politischen Persönlichkeiten der LFT bis vor die Hauptschleuse geschwebt war, um Rhodan und die anderen Expeditionsteilnehmer zu empfangen.

Weil Tifflor und Rhodan einige Worte unter Freunden miteinander wechseln wollten, blieben die Mikrofone zunächst ausgeschaltet.

Auch die Aufnahmeteams der verschiedenen Trividsender, die auf Antigravplattformen in der Nähe schwebten, erhielten noch keine Genehmigung. Erst als der inoffizielle Teil der Begrüßung vorbei war, schalteten sie ihre Geräte ein. Die Begrüßung wurde systemumspannend gesendet.

Rhodan war kein Freund von solchen Empfängen, obwohl sie auch für ihn unabdingbar waren.

Tifflors Rede fiel außerordentlich herzlich aus. Der Erste Terraner fand bewegende Worte, mit denen er das geschichtliche Ereignis der Rückkehr der BASIS aus den Tiefen des Universums beschrieb. Nur mit wenigen Worten umfasste er das Ergebnis der Expedition, indem er klarstellte, dass die Manipulation der Materiequelle beendet und damit der Untergang der Milchstraße verhindert worden war.

»Der kosmische Atem hat die Männer und Frauen der BASIS gestreift«, schloss der Erste Terraner. »Durch sie hat die Menschheit einen großen Schritt in die Zukunft getan. Jeder von uns wird spüren, welche Bedeutung dieser Schritt hat. Das werden die nächsten Jahre zeigen. Perry Rhodan und jeder an Bord der BASIS haben sich um die Menschheit verdient gemacht.«

Der Beifall der versammelten Massen brandete auf.

Bert Callow hing seinen Träumen nach, als er die BASIS verließ. Ihn beeindruckte nur wenig, dass er an Bord des Großraumschiffs der THEBEN-Klasse ging, mit dem auch Perry Rhodan und andere führende Persönlichkeiten der Expedition auf die Erde gebracht wurden. Er dachte nahezu ununterbrochen an den verschwundenen Zellaktivator und versuchte, sich vorzustellen, was er getan hätte, wenn das Gerät ihm übergeben worden wäre.

Schweigsam saß er in einem Hangar auf dem Bündel der Sachen, die er mit von Bord genommen hatte. Er fragte sich, ob man wirklich eine Persönlichkeit von überragender, vielleicht kosmischer Bedeutung sein musste, wenn man einen Zellaktivator haben wollte.

Warum gab es das ewige Leben nicht für ihn?

Viele Probleme wurden gegenstandslos, sobald man unsterblich war.

Callow merkte gar nicht, wie das Raumschiff startete. Erst als sich ein Schott öffnete und Perry Rhodan zusammen mit Gucky, Saedelaere, Reginald Bull, Payne Hamiller, Demeter und einigen anderen durch den Hangar ging, wurde Callow sich dessen bewusst, dass er sich nicht mehr im Weltraum befand, sondern auf Terra.

Gucky grüßte ihn, indem er ein Auge zukniff und den Nagezahn zeigte.

Ob der Ilt später noch daran denken würde, dass er ihm helfen wollte, wenn es Schwierigkeiten gab?

Bert Callow erhob sich, nahm sein Bündel unter den Arm und schloss sich der Gruppe an, die zur Hauptschleuse strebte. Wenig später atmete er die würzige Luft und wusste, dass er in Terrania City war.

Er hörte die Begrüßungsreden Tifflors und anderer Politiker sowie die Antworten von Rhodan, Hamiller und Kanthall. Und er fragte sich, wie lange er noch warten musste, bis er zu seiner Familie gehen konnte.

»Mann«, sagte murrend ein Labortechniker neben ihm. »Wie lange soll das noch dauern? Ich will endlich raus hier. Sollen die ihre Reden woanders halten, schließlich sind die anderen längst über alle Berge.«

»Es war eben Pech, dass wir mit denen an Bord sind«, bemerkte Callow. »Wenn ich das gewusst hätte, wäre ich in ein anderes Beiboot gegangen.«

Immer wieder dachte er an seine Familie, und seine Unruhe wuchs.

Viele Männer und Frauen legten kaum noch Wert auf einen beständigen Freundeskreis. Er dagegen hatte seine Kraft immer in der Familie gefunden, und er bereute nun, dass er sie so lange allein gelassen hatte. Die Teilnahme an der Expedition hatte ein besonders gutes Einkommen für diese Zeit bedeutet, außerdem hatte ihn das Abenteuer gelockt. Erst viel zu spät war ihm aufgegangen, dass er eine völlig falsche Vorstellung vom Bordleben gehabt hatte.

Von Abenteuern hatte er nur gehört, während andere, Gucky etwa, häufig genug mittendrin gewesen waren.

Plötzlich materialisierte der Mausbiber neben ihm.

»Du bist ein unruhiger Geist«, sagte der Ilt schrill. »Kannst du dich nicht freuen wie alle anderen auch? Wir werden gefeiert, wie es sich gehört, aber du denkst an den Feierabend. Wenn du damit nicht aufhörst, bringe ich dich sofort nach Hause.«

»Weißt du denn, wo das ist, Gucky?«

»Australien. So ein kleines Kaff nahe Melbourne. Hast du vergessen, dass ich Telepath bin?«

»Mich hat der kosmische Atem eben nicht gestreift«, sagte Callow. Ihm wäre es nur recht gewesen, wenn Gucky seine Drohung wahr gemacht hätte.

In dem Moment ergriff der Ilt seine Hand und teleportierte mit ihm.

Bloß nicht direkt ins Wohnzimmer!, schoss es Callow durch den Kopf.

Auf den Straßen entwickelte sich ein Volksfest, das von der Stadtverwaltung behutsam gesteuert wurde. Währenddessen gingen die offiziellen Empfänge für die Besatzung der BASIS weiter. Dabei wurde nicht nur mit jenen wenigen führenden Persönlichkeiten um Perry Rhodan gefeiert, sondern vor allem mit der Besatzung.

Familienangehörige und Freunde waren angereist, um die Heimgekehrten zu begrüßen.

Währenddessen zogen Rhodan und Tifflor sich in das Arbeitszimmer des Ersten Terraners zurück. Beide wollten sich in Ruhe unterhalten.

»Meine erste Frage«, begann Tifflor. »Wo ist Atlan? Warum ist er nicht mit zurückgekehrt?«

»Ich kann dir nicht sagen, wo der Arkonide ist«, antwortete Rhodan.

Tifflor blickte ihn schockiert an.

»Atlan ist zusammen mit Laire, dem Roboter der Kosmokraten, durch die Materiequelle gegangen«, sagte Rhodan. »Wir haben lange darauf gewartet, dass er zurückkehrt, aber er kam nicht mehr. Ehrlich gesagt war ich zunächst davon überzeugt, dass ich durch die Materiequelle gehen würde, um mit den Kosmokraten Kontakt aufzunehmen. Aber sie ließen mich durch Laire wissen, dass andere Aufgaben auf mich warten. Sie veranlassten ihn, mir zu sagen: *Ein Unsterblicher, der bald überall sein kann, sollte niemals verzagen.*«

»Was bedeutet das?« Tifflor wiederholte den Satz, wie um ihn sich einzuprägen.

»Ich habe viel darüber nachgedacht, ohne eine Antwort zu finden«, antwortete Rhodan. »Diese Worte habe ich auch von ES gehört und konnte mir keinen Reim darauf machen. Ich weiß ebenso wenig, was sie bedeuten, wie ich weiß, was aus Atlan geworden ist.«

»Glaubst du, dass er tot ist?«

Rhodan hob die Schultern.

»Ich weiß es nicht. Jenseits der Materiequelle kann alles geschehen sein. Atlan wurde vor dem Aufbruch trainiert. Vielleicht war das Training nicht ausreichend. Oder etwas hat sich ereignet, mit dem nicht einmal die Kosmokraten rechnen konnten. Möglicherweise werden wir nie erfahren, was aus Atlan geworden ist.«

Tifflor lenkte das Gespräch auf den Verlauf der Expedition. Er hatte zahllose Fragen. Beide wechselten in einen anderen Raum über, in dem inzwischen der Tisch für sie gedeckt worden war.

Tifflor wollte seinen Gast mit terranischen Spezialitäten verwöhnen. Das Gespräch zog sich lange hin.

Viele Einzelheiten interessierten den Ersten Terraner. Er wollte vor allem auch wissen, unter welchen Umständen die SOL verschwunden und was aus ihr geworden war. Ebenso, weshalb einige Mutanten in ES aufgegangen waren.

Am Ende waren längst nicht alle Fragen beantwortet. Auch Rhodans Informationsbedürfnis war keineswegs gestillt, denn er wusste erst in groben Zügen, was sich in der Milchstraße ereignet hatte.

Weit nach Mitternacht brachen beide ihr Gespräch mit der Absicht ab, es beim gemeinsamen Frühstück fortzusetzen.

Rhodan übernachtete im Gästehaus der Regierung, hoch über den Dächern von Terrania City.

Er war schon wieder auf den Beinen, als es gerade hell wurde. Kurz bevor er zu dem Treffen mit Julian Tifflor aufbrechen konnte, erschien Roi Danton bei ihm.

»Entschuldige, dass ich dich so früh störe«, sagte Rhodans Sohn. »Ich muss dringend mit dir reden.«

»Das hat keine Zeit bis nach dem Frühstück?«

Danton schüttelte den Kopf.

»Worum geht es?«

»Um Demeter.«

Rhodan setzte sich. Er ahnte, dass dieses Gespräch sich länger hinziehen würde.

»Ich bemühe mich um einen Ehevertrag mit Demeter«, eröffnete Danton.

»Das habe ich befürchtet.«

»Befürchtet?«

»Allerdings. Ich will keineswegs behaupten, dass ihr beide nicht zusammenpasst. Das entspräche nicht den Tatsachen. Ihr habt jedoch unterschiedliche Probleme, denen ihr kaum gewachsen seid.«

Michael Rhodan setzte sich ebenfalls. »Meinst du nicht, dass du das uns überlassen solltest?«, fragte er.

»Ich glaube nicht, dass das richtig wäre«, entgegnete Rhodan. »Du bist hier, weil du mit mir der Ansicht bist, dass wir darüber reden müssen. Demeter hat keinen Zellaktivator, und wir können über ihre weitere Lebenserwartung nur Spekulationen anstellen. Niemand kann sagen, wie alt sie wird. Sie selbst auch nicht. Wahrscheinlich ist, dass sie nur normal altern wird.«

»Wir haben darüber diskutiert«, bemerkte Roi Danton zurückhaltend.

»Ich musste in letzter Zeit oft über das Dilemma nachdenken, das ich selbst erlebt habe.«

»Du spielst auf deine Ehe mit Orana Sestore an.«

»Genau das. Orana hatte ebenfalls keinen Zellaktivator. Sie alterte an meiner Seite, während ich jung blieb. Das ging eine Zeit lang gut, doch irgendwann wurde diese Tatsache für Orana unerträglich.«

»Du hast nicht versucht, ihr einen Zellaktivator zu verschaffen?«

»Bemühungen gab es, aber keine Möglichkeiten. Ihr einen Zellaktivator zu geben hätte bedeutet, ihn einem anderen wegzunehmen und diesen damit zum Tode zu verurteilen. Orana wollte nie auf diese Weise überleben.«

Perry Rhodan erhob sich, ging zum Fenster und blickte hinaus. Terrania City lag sonnenüberflutet unter ihm. In den Straßen herrschte lebhaftes Treiben. Die Regierung hatte drei arbeitsfreie Tage angeordnet, die von der Bevölkerung dankbar angenommen worden waren.

»Eines Tages verschwand Orana. Sie zog sich von einem Tag zum anderen zurück, ohne vorher etwas anzudeuten. Ich war völlig ahnungslos. Als ich von einer kurzen Reise zurückkehrte, war sie nicht mehr da. Ich habe die Mutanten eingeschaltet und sie suchen lassen, jedoch ohne Erfolg. Orana blieb wie vom Erdboden verschluckt.«

Rhodan drehte sich um und blickte seinen Sohn ernst an.

»Irgendwann habe ich von ihrem Tod erfahren, den sie offenbar freiwillig gesucht hat.«

»Das tut mir leid.«

Rhodan lächelte matt. »Dein Mitleid sollte sich nicht auf mich oder Orana richten, sondern auf Demeter.«

Roi Danton presste die Lippen aufeinander. Starr blickte er an seinem Vater vorbei.

»Ich weiß, dass du dich nicht von Demeter trennen willst«, fuhr Rhodan fort. »Du gibst dich deinen Gefühlen hin, die ich voll und ganz respektiere. Du solltest trotzdem versuchen, dich von Emotionen zu befreien, damit du nüchtern und problemgerecht denken kannst. Für dich ergeben sich vermutlich gar nicht so große Probleme, zumindest nicht in den nächsten Jahren. Für Demeter sieht es anders aus. Sie wird sich bald mit dem Gedanken ihrer eigenen Sterblichkeit beschäftigen müssen. Sie denkt und fühlt anders, ob du es wahrhaben willst oder nicht. Du denkst langfristig wie jeder Aktivatorträger. Für sie sind Jahre, Monate oder gar nur Wochen entscheidend, während du Pläne fasst, die über Jahrzehnte, möglicherweise sogar über Jahrhunderte hinwegreichen.«

»Das spielt für uns keine Rolle. Uns sind ein paar Jahre vollkommenen Glücks mehr wert. Wenn dann alles vorbei ist, gut, dann haben wir wenigstens einige Jahre gehabt.«

Rhodan lächelte ruhig. Er spürte, dass seine Worte wie von einem Schutzschirm abprallten. Roi Danton verschloss sich seinen Argumenten, er hörte im Grunde genommen gar nicht zu.

»Auch das verstehe ich«, sagte er. »Doch du übersiehst, Michael, dass wir wieder auf Terra sind. Die Expedition ist zu Ende. Es geht nicht mehr um kosmische Fragen, die uns in ihren Bann schlagen. Vor dir und Demeter liegen Jahre, in denen es um sehr kleine Probleme geht, die euch beide dennoch völlig entnerven können. Ihr werdet euch eine sinnvolle Beschäftigung suchen müssen, in der Politik, der Wissenschaft, wo auch immer. Auf jeden Fall werdet ihr anders leben als in den vergangenen Monaten.«

»Ich wusste, dass du gegen Demeter bist«, sagte Roi schroff. »Gut. Ich habe dich nicht über unsere Pläne im Unklaren gelassen. Wir werden einen Ehevertrag miteinander schließen, daran ist nichts zu ändern. Meine Absicht war lediglich, dich rechtzeitig zu informieren, um dich nicht damit zu überrumpeln.«

Er eilte aus dem Raum, ohne sich noch einmal umzudrehen. Perry Rhodan schaute ihm nachdenklich hinterher. Er wusste, dass sein Sohn sich eines Tages sehr einsam fühlen würde. Jetzt war es leicht zu sagen, man wolle nichts weiter als ein paar glückliche Jahre.

Wenn es doch so einfach gewesen wäre!

Sicherlich würden Roi Danton und Demeter diese glücklichen Jahre haben. Aber dann begann eine schwere Zeit für beide, eine Zeit der Qualen und des bitteren Abschieds, die alles zerstören konnte, was vorher gewesen war.

Den Unsterblichen blieb ein Teil des Glücks verschlossen. Sie waren von Einsamkeit umgeben, der sie sich nur hin und wieder für einen Moment, jedoch nicht auf Dauer entziehen konnten.

Julian Tifflor kam und riss ihn aus seinen Gedanken über Danton, Demeter und die Unsterblichkeit.

Gemeinsam nahmen sie das Frühstück ein. Rhodan berichtete weiter über die Expedition und kam auf zahllose Einzelheiten zu sprechen. Angefangen von der Kultur der Wynger über Plondfair und die PAN-THAURA bis hin zu den Kosmischen Burgen und Kemoauc, dem letzten der Mächtigen.

»Als ich von Alurus und seiner Botschaft hörte, hatte ich endlich das Gefühl, dass sich alle Anstrengungen gelohnt haben«, sagte Rhodan.

»Du kannst mit dem Ergebnis der Expedition zufrieden sein«, erwiderte Tifflor. »Trotzdem scheinst du es nicht zu sein.«

»Ich bin zufrieden.«

Der Erste Terraner schüttelte den Kopf. Er lächelte kaum merklich.

»Wirklich?«, wollte er wissen.

»Allerdings.«

»Ich habe den Eindruck, dass da irgendetwas ist, womit du nicht so ganz einverstanden bist. Ist es die Tatsache, dass Atlan nicht zurückgekehrt ist? Oder trauerst du dem Verlust der Mutanten nach?«

»Nichts davon. Wirklich.«

Tifflor ließ nicht locker.

»Bist du enttäuscht darüber, dass du nicht mit den Kosmokraten reden durftest? Du bist ihnen nicht begegnet, obwohl du dir alle Mühe gegeben hast.«

Rhodan legte den Gabelbissen, den er gerade in den Mund schieben wollte, auf den Teller zurück. »Du bist verdammt hartnäckig«, sagte er.

»Also ist es das.«

»Ich weiß es selbst nicht genau.« Rhodan schaute den Freund sinnend an.

»Die Kosmokraten sind deine eigentlichen Gegenspieler in diesem Kampf gewesen. Sie waren es, die die Mächtigen auf diese Seite der Materiequelle geschickt haben. Sie waren es, die schon vor einer Million Jahren auf Bardiocs Verrat reagierten.« Tifflor schob den Teller von sich. »Die Kosmokraten haben im Grunde genommen dafür gesorgt, dass Laire den Alles-Rad-Kult aufbauen konnte. Sie haben die Materiequelle manipuliert und sich damit über das Leben unzähliger Lebewesen gestellt, denen der Tod sicher gewesen wäre. Sie haben das Recht für sich in Anspruch genommen, über Wohl und Wehe des Universums zu entscheiden. Und du fragst dich, wer diese Wesen sind, dass sie meinen, sich so verhalten zu können. Nun, es sind zumindest Geschöpfe, die Millionen von Jahren älter sind als die Menschheit.«

»... die sich hinter Materiequellen verschanzen und aus dieser sicheren und unangreifbaren Position heraus handeln wie die Götter, die sie fraglos nicht sind und auch gar nicht sein können«, erwiderte Rhodan mit einem bitteren Unterton, der deutlich verriet, dass er es tatsächlich noch nicht verwunden hatte, den Kosmokraten nicht begegnet zu sein.

»Sie müssen keine hoch über uns stehenden Wesen sein«, fuhr er nachdenklich fort. »Sie steuern das Geschehen aus dem Hintergrund heraus.«

»Die Mächtigen haben sich ihnen gebeugt«, gab Tifflor zu bedenken.

»Weil sie keine andere Möglichkeit hatten. Irgendwann erwachten sie, ohne zu wissen, woher sie kamen und wozu sie da waren. Dann erschien Laire und sagte ihnen, was sie tun sollten.«

Julian Tifflor nippte am Kaffee.

»Warum so ungeduldig, Perry? Du bist ein Unsterblicher. Du hast Zeit. Was spielen ein paar Jahre für eine Rolle? Die Expedition der BASIS hat kaum eineinhalb Jahre gedauert, und was ist nicht alles geschehen? Warum forderst du, dass du in dieser kurzen Spanne auch den Kosmokraten begegnest? Meinst du nicht, dass ein solches Treffen im Lauf der Zeit unvermeidlich ist?«

»Unvermeidlich sicher nicht«, antwortete Rhodan. »Wir wollen unsere Rolle nicht überschätzen. Wir haben zwar einen gewaltigen Schritt vorwärts getan. Wir sind kein Volk mehr, dessen Lebens- und Kulturkreis sich auf einen einzigen Planeten, auf einige Sonnensysteme, auf einen Spiralarm unserer Milchstraße oder auf die Galaxis allein bezieht, sondern das sich in Richtung auf den Kosmos bewegt. Das wurde bei meiner letzten Unterhaltung mit ES ganz klar.«

»ES hat wieder an Substanz gewonnen und wird sich nicht so ohne Weiteres verdrängen lassen.«

Rhodan schaute überrascht auf.

»Ich habe nicht vor, ES zu bekämpfen und aus seiner Position zu vertreiben«, erklärte er. »Auf keinen Fall. Wenn wir Menschen glaubten, so etwas tun zu können, wäre das mehr als anmaßend.«

»Was planst du dann?«, fragte der Erste Terraner.

»Überhaupt nichts. Ich mache mir lediglich Gedanken. Gut, es ist gelungen, die Materiequelle zu sanieren. Dabei dürfen wir jedoch nicht übersehen, in welcher Situation sich ES befand. Begann nicht alles damit, dass ES uns den Auftrag erteilte, die PAN-THAU-RA zu suchen?«

»Das geschah, um diesen Teil seiner Mächtigkeitsballung vor dem Untergang zu retten.«

»Richtig, aber nicht nur das ist wichtig. Wir hörten auch einen Notruf von ES. Die Expedition ging damit zu Ende, dass es uns gelang, ES zu finden und zu befreien. Aber was heißt das eigentlich? ES ist angegriffen, in eine Falle gelockt und dort für eine geraume Weile ausgeschaltet worden. Währenddessen konnte der Feind wirksam arbeiten.«

»Wer mag dieser Feind sein?«, fragte Tifflor.

»Ich weiß es nicht. Aber irgendwo habe ich den Begriff Seth-Apophis gehört. Ich habe keine Ahnung, was sich dahinter verbirgt, aber ich vermute, dass dies der Name des Feindes ist, mit dem ES zu kämpfen hat.«

»Ich verstehe«, sagte Tifflor. »Du willst damit ausdrücken, dass wir Menschen nicht mehr an uns allein denken dürfen.«

»Richtig. Wenn ich behaupte, dass wir einen Schritt in Richtung kosmische Wesen getan haben, dann bedeutet das, dass ich damit rechne, früher oder später in die Auseinandersetzung zwischen ES und Seth-Apophis verwickelt zu werden. Ich glaube einfach nicht daran, dass es uns gelingen wird, uns herauszuhalten. Die Kosmokraten haben mit der Manipulation der Materiequelle diesen Teil des Universums angegriffen. Wir konnten den Angriff abwehren. Der nächste Angriff steht bevor. Sicherlich kommt er nicht aus der Richtung der Kosmokraten, sondern von anderer Seite, aber er bleibt nicht aus.«

»Bist du nicht zu pessimistisch, Perry? Ich hatte mich auf dieses Frühstück gefreut. Nun verdirbst du mir den Appetit.«

Tifflor blickte auf den Teller und die Tasse, die er von sich geschoben hatte. Viel hatte er in der Tat nicht gegessen. Das lag nicht an mangelndem

Appetit, sondern daran, dass er sich von Perrys Worten und Gedanken hatte einnehmen lassen.

Rhodan ging über den Versuch Tifflors, das Gespräch mit einem Scherz aufzulockern, hinweg. »ES ist nach wie vor in Gefahr«, sagte er. »Daher werden wir nicht lange Ruhe haben.«

»Was heißt: lange?«

Jetzt lächelte Perry Rhodan. Er dachte an die Begegnung mit seinem Sohn. Tifflors Frage machte deutlich, wie relativ Zeitbegriffe für sie als Unsterbliche waren.

»Was soll ich darauf antworten? Sicherlich geht es noch nicht morgen, in einem oder in zwei Jahren los. Aber länger als hundert oder zweihundert Jahre werden wir kaum Ruhe haben. Was sind schon hundert Jahre für Superintelligenzen, die gewohnt sind, in Jahrzehntausenden oder gar Jahrmillionen zu denken?«

30.

Bert Callow und Gucky materialisierten in einem kleinen Garten. Erleichtert atmete der Produktionsprogrammierer auf, als er sah, dass der Mausbiber ihn nicht in den Bungalow teleportiert hatte.

»Bitte, bleib noch einen Augenblick«, bat Callow, da er fürchtete, dass der Ilt sofort wieder verschwinden würde. »Sei so nett und sondiere telepathisch, wie es drinnen steht.«

Guckys Blick wurden für einen Moment traurig. Er schüttelte den Kopf und teleportierte.

Callows Herzschlag beschleunigte sich. Der Wandel in den Augen des Mausbibers war ihm nicht entgangen. War dieser traurige Ausdruck der Augen ein Zeichen dafür, dass bei ihm zu Hause noch weniger in Ordnung war, als er befürchtete?

Durch eine Lücke zwischen den Büschen konnte er aufs Meer hinaussehen, das silbern im Sonnenlicht glänzte.

Das Haus stand inmitten einer Siedlung, die auf einer künstlichen Insel etwa zwanzig Kilometer vor der Küste errichtet worden war.

Callow atmete einige Male tief durch und betrat den Bungalow durch die offen stehende Terrassentür. Er hörte die Stimme Perry Rhodans, der im fernen Terrania City auf Tifflors Begrüßung antwortete und auf die Fragen einging, die ein LFT-Politiker im Anschluss daran gestellt hatte.

Vor der Holowand lag Callows Sohn Jay auf dem Bauch. Er achtete aber nicht darauf, was auf der Projektionsfläche ablief, sondern spielte mit einem positronischen Antigravpult, über das er zwölf handlange Spielzeugraumer steuerte.

Jay inszenierte eine Raumschlacht, und die Schiffe rasten wie Geschosse durch das Wohnzimmer. Sie zertrümmerten eine Vase und durchlöcherten die Lehne eines Sessels, umflogen den Jungen jedoch in weitem Bogen, da sie über eine Kindersicherung verfügten. Diese verhinderte, dass Menschen versehentlich getroffen wurden.

»Hallo, Jay«, sagte Callow.

Sein Sohn drehte sich um, lächelte und steuerte die Armada der Spielzeugraumer sofort auf ihn zu, wobei er mit dem Mund Schießgeräusche produzierte. Jay war zwölf, dunkelblond und körperlich für sein Alter nicht besonders groß. Das Haar fiel ihm nicht nur bis tief in den Nacken, sondern auch über die Augen, sodass er es fortwährend zur Seite pusten musste, wenn er etwas sehen wollte.

»Hallo, Daddy.« Er winkte mit der linken Hand, während die zwölf Raumer in keilförmiger Aufstellung verharrten, als plante Jay, seinen Vater beim geringsten Anzeichen von Abwehr anzugreifen. »Ich denke, du bist in Terrania City.«

»Wie du siehst, bin ich das nicht mehr. Ich konnte früher gehen.«

Jay stand immer noch nicht auf. Er ließ eines der Raumschiffe ausscheren und um den Kopf seines Vaters kreisen.

»Wieso werden die anderen so toll begrüßt und du nicht?«, forschte der Junge. »Du warst doch auch dabei.«

»Das ist nicht so wichtig. Ich konnte früher gehen. Willst du mich nicht begrüßen, wie es sich gehört?«

Jay verzog das Gesicht, seufzte und arretierte die positronische Schaltung, sodass sich die Miniraumschiffe nicht von der Stelle bewegen konnten. Er stand auf, spitzte die Lippen und hielt sie seinem Vater ohne große innere Beteiligung zum Kuss hin.

Callow zog sein Kind in die Arme. Er merkte, dass ihm die Kehle eng wurde.

Nur nicht weich werden, durchfuhr es ihn. *Das findet Jay bestimmt nicht gut.*

»Hast du mir was mitgebracht?«, fragte der Junge.

Callow erschrak. Er hatte nichts. Was hätte er auch von Bord der BASIS mitnehmen können, um dem Jungen eine Freude zu machen? Er hatte noch nicht einmal daran gedacht.

Auch für seine Frau hatte er kein Geschenk.

Wenn er auf fremden Planeten gewesen wäre, dann hätte er eine Blume, ein seltsames Gras oder ein exotisches Insekt vorweisen können. So aber hatte er nie das Bedürfnis gehabt, durch ein Souvenir zu unterstreichen, dass er fern der Erde gewesen war.

»... bewiesen die Kosmokraten ihre außerordentliche Macht«, hallte die Stimme Rhodans aus den Akustikfeldern. »Sie demonstrieren, dass sie ohne Weiteres in der Lage sind, die Existenz des Universums zu beenden. Die Manipulation einer Materiequelle ...«

»Es tut mir leid, Jay«, sagte Callow in der Hoffnung, Verständnis zu finden. »Weißt du, keiner von uns durfte seinen Angehörigen etwas mitbringen.«

»Ich verstehe schon. Du brauchst nichts zu sagen, Dad.«

Callow sah seinem Sohn an, dass er zutiefst enttäuscht war, auch wenn Jay so tat, als sei das nicht der Fall. Er kniete sich neben dem Jungen hin, als dieser sein Spiel fortsetzen wollte. Er redete auf Jay ein und versuchte, ihm zu erklären, dass es an Bord der BASIS nichts zu kaufen gegeben hatte, was sich für ein Kind seines Alters geeignet hätte.

»Du hättest mir etwas aus Terrania City mitbringen können«, sagte Jay.

»... ist noch niemals ein Raumschiff der Erde weiter ins Universum vorgestoßen als die BASIS und die SOL«, sagte Rhodan. Die Kameras fingen sein Gesicht mit jeder Nuance ein.

Weder Callow noch sein Sohn hörten zu.

»Das hätte ich ganz gern getan, Jay, aber mein Freund Gucky hat mich direkt aus der BASIS hierher gebracht. Er ist mit mir teleportiert.«

Jay richtete sich ruckartig auf. Die Enttäuschung verflog. Mit leuchtenden Augen blickte er seinen Vater an.

»Gucky ist dein Freund?«

»Genau das ist er.« Callow lächelte. Im Stillen hoffte er, dass der Mausbiber ihn nicht telepathisch belauschte. Schließlich war er lediglich ein Bekannter, aber noch lange kein Freund für den Mausbiber.

»Gucky hat dich hierher gebracht? Er war hier?«

»Im Garten. Wenn du draußen gewesen wärst, hättest du ihn gesehen.«

»Wie ist das, wenn man teleportiert?«

Jay war nicht mehr zu bremsen. Jetzt sprudelten die Fragen aus ihm heraus. Callow war froh, dass er ihm antworten konnte, bauten sich dadurch doch die Spannung und das Fremde ab, das zwischen ihnen stand. Er stellte fest, dass sein Sohn in den anderthalb Jahren kräftig gewachsen war.

Schließlich fragte Callow: »Wo ist Mama?«

Jay blickte auf. »Ich weiß nicht«, sagte er und wandte sich sofort wieder dem Thema Mausbiber zu.

»Warte mal«, bat Callow.

Er schaltete die Aufzeichnung ein. Die Projektion eines Frauengesichts erschien auf der Holowand. Es war das Gesicht einer dunkelhaarigen Frau mit großen, ausdrucksvollen Augen. Es war das Gesicht seiner Frau Jessy.

»Hallo, Bert«, ertönte eine angenehme Stimme. »Sicher hast du dir deine Rückkehr nach Hause etwas anders vorgestellt. Du hast damit gerechnet, dass ich für dich da sein werde.«

Im Nebenzimmer lief das Trivid. Das war Callow noch gar nicht aufgefallen. Jetzt aber vernahm er die Stimme Rhodans wieder.

»... war die Superintelligenz ES in Gefahr. Sie brauchte dringend unsere Hilfe. Uns allen an Bord der BASIS wurde bewusst, dass wir Menschen ein neues Stadium unserer Entwicklung erreicht hatten, in der nicht mehr nur allein die Interessen der Menschheit im Vordergrund stehen, sondern auch die einer Superintelligenz. Der Kosmos hatte sich für uns geöffnet. ES befand sich in einer Materiesenke ...«

Callow fühlte, wie es ihn kalt überlief.

Was war geschehen? Wieso war seine Frau nicht bereit, ihn so zu empfangen, wie er es sich wünschte? »... sind eineinhalb Jahre eine lange Zeit«, erklärte sie ernst. »Für mich eine viel zu lange Zeit. Es gibt so viele Probleme, mit denen eine Frau in unserer Zeit nicht ohne Weiteres fertig wird. Sicher, am Geld hat es nicht gelegen, es war immer genügend da.«

»... sind die großen bewegenden Probleme, mit denen die Menschheit konfrontiert wird, die Anzeichen einer neuen Zeit«, fuhr Rhodan fort. »Niemand von uns soll glauben, dass ihn diese kosmischen Probleme nicht berühren. Wir alle werden in Mitleidenschaft gezogen. Wahrscheinlich gibt es eine Zeit absoluter Ruhe. Es wird die Ruhe vor dem Sturm sein, auf den wir uns alle vorbereiten müssen.«

Bert Callow hatte das Gefühl, den Boden unter den Füßen zu verlieren. Wozu war er mit der BASIS in die Unendlichkeit geflogen? Hatte seine Teilnahme an der Expedition überhaupt einen Sinn gehabt, wenn er nun zu Hause nur Leere vorfand?

Ihm war, als sei er der Weltraumkälte ausgesetzt. Daran änderte auch nichts, dass er plötzlich die Hand seines Sohnes in der seinen fühlte.

»Tust du mir einen Gefallen?«, fragte Jay.

Callow schreckte aus seinen Gedanken auf.

»Gern. Was kann ich für dich tun, mein Lieblingssohn?«

Jay lächelte. »Lieblingssohn? Du hast nur einen Sohn. Mich.«

»Deshalb bist du trotzdem mein Lieblingssohn. Also, worum geht es?«

»Um den Gaggrav. Alle haben einen, bloß ich nicht.«

»Um den Gaggrav? Was ist denn das?«

»Du weißt nicht, was ein Gaggrav ist?«

»Woher denn? Ich war verreist. Als wir mit der BASIS aufbrachen, gab es so etwas noch nicht.«

Er hatte Mühe, sich in die Welt seines Sohnes zurückzufinden. Wie oft hatte er daran gedacht, wie es sein würde, wenn er wieder in seinem Haus und mit seiner Familie allein war.

Alles war ganz anders, als er es sich vorgestellt hatte.

Er musste lernen, geduldig zu sein und zuzuhören. Er wurde sich dessen bewusst, dass er es gewohnt war, sich mit Erwachsenen zu unterhalten, mit denen es leichter war, sich zu verständigen. Er musste umdenken und sich mit den ihm winzig erscheinenden Problemen seines Sohnes auseinandersetzen, die für Jay doch bedeutungsvoll waren.

Noch einmal versuchte er, auf die BASIS zu sprechen zu kommen. Das war, als Rhodan erklärte: »Zu dem Erfolg der Expedition haben nicht nur wenige beigetragen, sondern alle Besatzungsmitglieder. Jede Frau und jeder Mann an Bord war hoch qualifiziert und eine wertvolle Fachkraft. Irgendwann im Verlauf des Raumflugs wurde jeder von ihnen wenigstens einmal gefordert.«

Jay interessierte sich nicht dafür. Sein Spielzeug war ihm wichtiger.

Bert Callow gelang es trotz aller Mühe nicht, sich auf den Jungen und sein Problem zu konzentrieren. Er dachte fortwährend an seine Frau, die den Ehevertrag lösen wollte. Noch hatte sie es nicht getan, und er hoffte, mit ihr sprechen und sie von ihrem Vorhaben abbringen zu können.

Jay bemerkte bald, dass sein Vater ihm nicht entscheidend helfen konnte. Er tat, als fiel ihm gerade ein, dass er eine unaufschiebbare Verabredung mit einem Schulfreund hatte, und er lief aus dem Haus.

Am 30. Dezember 3587 trafen sich Julian Tifflor und Perry Rhodan im Regierungsgebäude von Terrania City. Auch jetzt gab es noch viel zu besprechen.

»Mir liegen die Anträge mehrerer Parlamentarier aus allen Parteien vor«, eröffnete der Erste Terraner das Gespräch. »Sie fordern, dass die Liga dir ein hohes Regierungsamt anträgt. Die Abgeordneten verlangen, dass ich als Erster Terraner zurücktrete und dir Platz mache.«

Rhodan schüttelte den Kopf.

»Sie haben entweder nichts verstanden, oder sie wissen noch nicht, was geschehen ist«, sagte er. »So etwas kommt überhaupt nicht infrage.«

»Das würde ich an deiner Stelle nicht so rundheraus ablehnen«, widersprach Tifflor. »Das Amt des Ersten Terraners steht dir zur Verfügung. Ich klebe nicht daran, sondern sehe ein, dass du einen Anspruch darauf hast.«

»Halt die Luft an, Tiff«, bat Rhodan. »Mich interessiert das Amt nicht, zumal ich es bei dir in den besten Händen weiß. Ich werde überhaupt kein politisches Mandat annehmen, ganz gleich welcher Art, weder hier auf der Erde noch sonst irgendwo.«

»Ich habe so etwas geahnt.«

Rhodan blickte Tifflor ernst an. »Wir haben darüber gesprochen, dass wir die Ruhe vor dem Sturm haben, der früher oder später losbrechen wird. Die Kräfte der Ordnung und die des Chaos werden aufeinandertreffen. Davon bin ich überzeugt. Bis es so weit ist, will ich gewappnet sein. Dann warten Aufgaben auf mich, die weit über das hinausgehen, was ich in einem politischen Amt leisten müsste.«

»Du weißt nicht, was dann sein wird – falls es überhaupt zu diesem

Zusammenprall kommt. Wenn es erst in hundertfünfzig oder zweihundert Jahren so weit sein wird, könntest du die Zeit bis dahin gut nutzen.«

»Ich werde sie nutzen, aber auf meine Art«, versprach Rhodan.

Er blickte auf das Holo hinter Tifflor. Terrania-Trivid brachte Nachrichten. Tiff hatte den Ton abgeschaltet, sodass Rhodan nur anhand der Bilder erkennen konnte, wovon die Rede war.

»Ich brauche den Ton«, bat er. »Das ist doch Augustus.«

In der Wiedergabe war nur der Kopf eines Roboters zu sehen. Der Clip endete bereits.

»Schon zu spät«, bemerkte der Erste Terraner und rief den Anfang der Detailnachricht noch einmal auf. Das Gesicht von Walik Kauk erschien in der Projektion.

»Zu einem Zwischenfall besonderer Art kam es im Zusammenhang mit einem Roboter der BASIS «, meldete eine synthetische Stimme. »Der Roboter Augustus, der mit der BASIS zur Erde zurückgekehrt ist, hat Selbstmord begangen.«

Rhodan und Tifflor blickten sich verblüfft an. Sie waren sich dessen nicht so sicher, ob sie die Nachricht ernst nehmen oder als geschmacklosen Scherz abtun sollten. »Der Ka-zwo hat sich lange Zeit als Anhänger oder Begleiter von Laire betrachtet«, fuhr die Kunststimme fort. »Offensichtlich hoffte er, Laire überallhin folgen zu können, also auch durch die Materiequelle zu den Kosmokraten. Doch Laire hat sich zusammen mit Atlan aus der BASIS entfernt, ohne den Ka-zwo mitzunehmen. Damit wurde das Roboterpaar jäh getrennt.«

»Wollen die uns auf den Arm nehmen?«, fragte Tifflor. »Roboter kennen weder Liebe noch Liebesschmerz.«

»Nach seiner Rückkehr zur Erde ist Augustus wieder mit Walik Kauk zusammengetroffen. Kauk nahm ihn bei sich auf, doch damit hat der Kazwo vermutlich nicht das erwartete Glück gefunden. In der vergangenen Nacht erhob sich Lärm in Kauks Wohnung, der im gesamten Großgebäude registriert wurde. Danach hat Walik Kauk, der sich zu dieser Zeit in einer Nebenwohnung aufhielt, nur noch die Trümmer des Roboters vorgefunden. Augustus hat sich in seine Bestandteile aufgelöst. Dies ist der erste Suizid eines Roboters, der bisher bekannt geworden ist.«

Tifflor und Rhodan diskutierten minutenlang über den Selbstmord des Roboters, ohne eine befriedigende Erklärung für den Vorfall zu finden.

Danach wandten sie sich wieder dem kosmischen Thema zu.

»Ich wüsste gern, was von der Prophezeiung zu halten ist, dass die Sterne erlöschen werden, wenn der letzte Ritter der Tiefe stirbt«, sagte der Erste Terraner. »Glaubst du, dass etwas dran ist an diesen Worten?«

»Mit Sicherheit«, antwortete Rhodan.

»Ich kann es mir nicht vorstellen.«

»Dann hast du übersehen, dass ES Igsorian von Veylt zu Hilfe eilen wollte, weil er der letzte Ritter war und weil er in tödlicher Gefahr zu schweben schien. ES hätte fraglos nicht auf einen solchen Notruf reagiert, wenn das Leben des letzten Ritters nicht unendlich wichtig wäre.«

»Du meinst, die Gefahr, dass die Sterne erlöschen, ist durch Jen Salik behoben?«

»Nicht nur durch ihn«, sagte Rhodan. »Ich habe ebenfalls den Ritterstatus, wie mir die Orbiter bestätigt haben. Darüber hinaus bin ich davon überzeugt, dass auch Atlan den Ritterstatus haben wird, falls er irgendwann aus der Materiequelle zurückkehren sollte. Dafür kann ich zwar keine Begründung angeben, aber ich glaube es dennoch.«

»Morgen ist der 31. Dezember«, sagte der Erste Terraner. »Für die Abendstunden haben wir einen Film mit einer Ansprache vorbereitet. Die Rede ist durch deine Rückkehr nicht mehr aktuell. Ich schlage daher vor, dass du die Gelegenheit ergreifst, den Jahreswechsel für eine Ansprache an die Terraner zu nutzen.«

Perry Rhodan erhob sich und ging einige Schritte auf und ab. Er nickte.

»Du hast recht, ich habe zwar schon einiges gesagt, aber der Jahreswechsel bietet sich an. Vielleicht ist dieser Tag mehr als nur der letzte Tag des Jahres 3587. Vielleicht wird er einmal als der letzte Tag einer Epoche gelten, die wir durchgestanden haben.«

Er blickte Tifflor nachdenklich an.

»Morgen kann ich den Terranern sagen, dass sie sich von nun an als kosmische Wesen begreifen sollen. Alle müssen bereit sein, für den Erhalt der kosmischen Ordnung einzustehen. Wenn wir uns dazu bereitfinden, werden wir in einem langen evolutionären Prozess von einem Volk ausführender zu einem Volk bestimmender Art werden.«

Rhodan sprach über die wichtigsten Dinge, die er in seiner Rede herausarbeiten wollte. Er entwickelte sein vitalistisches Weltbild mit Leidenschaft. Tifflor verstand ihn, war es doch die Summe aller seiner Erfahrungen und Erlebnisse.

Bert Callow hatte das Gefühl, dass ihm sein Sohn entglitt. Jay verlor allzu schnell das Interesse an ihm und seiner Teilnahme an der Expedition. Es schien sogar, als glaube Jay nicht recht, dass er überhaupt dabei gewesen war, denn in den Trividsendungen wurden immer wieder Besatzungsmitglieder der BASIS interviewt, die sich in Terrania City aufhielten.

Nie war die Rede davon, dass viele Besatzungsmitglieder die Hauptstadt längst verlassen hatten.

In den News, in der Schule, im Sportzentrum, das Jay besuchte, und auf den Spielplätzen war die Expedition der BASIS das Tagesgespräch.

Am Vormittag des letzten Tages im Jahr 3587 spielte Jay mit seinen Freunden im Garten vor dem Haus. Callow hörte, wie die Jungen sich über die Expedition der BASIS unterhielten. Er erwartete, dass Jay damit angeben würde, dass sein Vater dabei gewesen war. Doch Jay erwähnte diese Tatsache nicht, obwohl sie ihn in den Augen der anderen aufgewertet hätte.

Am Nachmittag stellte Jay Fragen über einige Ereignisse während der Expedition, und Bert Callow stellte erschrocken fest, dass er sie nur unzureichend beantworten konnte. Er kannte nur die großen und bedeutenden Vorfälle der Expedition, über die vielen kleinen, aber dennoch wichtigen Geschehnisse am Rand war er kaum informiert.

Als Produktionsprogrammierer war er ständig beschäftigt gewesen und hatte nur selten die Berichte der Bordstation gesehen. Er hatte seine Freizeit lieber dazu genutzt, Sport zu treiben. Nun aber berichteten die Trividsender ständig über abenteuerliche Teilausschnitte der großen Expedition, und einige Male kam Jay anschließend zu ihm und wollte Details wissen.

Mit jeder unzureichend beantworteten Frage wurde die Kluft zwischen Callow und seinem Sohn tiefer.

»Ich glaube, du hast gelogen«, sagte Jay am Abend des 31. Dezember. »Du warst gar nicht an Bord der BASIS. Warst du auf einem Strafplaneten?«

Bert Callow ließ die Flasche Sekt sinken, die er gerade öffnen wollte.

»Wie kommst du darauf?«, fragte er.

»Du weißt ja gar nicht, was wirklich passiert ist.«

Callow holte tief Luft. Er wusste nicht, wie er seinem Sohn erklären sollte, dass er die Expedition mitgemacht hatte, aber bei Weitem nicht über alles informiert war.

»Beweise es mir!«, forderte Jay. »Du hast nichts mitgebracht. Du bist hier, obwohl die anderen noch in Terrania City sind. Und du weißt gar nicht, wie es wirklich war.«

»Na, hör mal, du Naseweis«, ertönte eine helle Stimme. »Dein Vater hat dir wohl lange nicht die Ohren lang gezogen, wie?«

Jay Callow stand ganz still. Er blickte seinen Vater groß an und wagte nicht, sich umzudrehen. Hinter ihm stand Gucky.

»Das hätte ich vielleicht tun sollen, Gucky«, bemerkte Bert Callow, dem die Kehle plötzlich eng wurde. »Ich hätte ihm was auf den Hosenboden geben sollen. Möglicherweise bezweifelt er sogar, dass du dabei warst.«

Der Ilt drehte Jay telekinetisch um. Er zwinkerte ihm zu. Dann hob er ihn telekinetisch an und ließ ihn zu einem Sessel hinüberschweben.

»Ich habe es nicht gern, wenn man einen Freund von mir so behandelt«, sagte er zu dem Jungen. »Und schon gar nicht, wenn der eigene Sohn so mit ihm umgeht.«

Er ließ Jay in einen der Sessel fallen. Dann entblößte er seinen Nagezahn. »Ich wünsche euch dreien einen guten Rutsch ins neue Jahr.«

Er zwinkerte Jay noch einmal zu und verabschiedete sich mit einer lässigen Geste von Bert, wie es unter Freunden üblich war. Dann teleportierte er.

Bert Callow hörte, dass Geschirr in der Küche klapperte.

Er öffnete die Tür und blickte hinein.

Verlegen lächelnd stand seine Frau am Kühlschrank.

»Er hat mir die Leviten gelesen«, sagte sie. »Er meinte, einen Mann wie dich lässt man nicht sitzen.«

ENDE

Perry Rhodan-Buch 119

DER TERRANER

erscheint im September 2012

Nachwort

Es sind die Schicksale am Rande, die kleinen Geschichten der Männer und Frauen, die einmal kurz im Rampenlicht erscheinen und danach wieder im Alltag ihres ganz normalen Lebens verschwinden, die ich in einem Buch wie das Salz in der Suppe empfinde. Eine dieser Personen ist für mich Bert Callow, den wir auf den letzten Seiten dieses Buches erst so richtig kennenlernen. Für kurze Zeit, obwohl er sich der großen Show entzieht, wird Bert zum Helden, wenn auch nur für seine Familie. Zugleich lernen wir Mausbiber Gucky, den »Retter des Universums«, von seiner stillen, menschlichen Seite kennen. Er lässt seine Freunde nicht im Stich, und das macht beide, Bert Callow und Gucky, sympathisch.

PERRY RHODAN ist eben nicht nur ein großes kosmisches Epos, sondern zugleich eine Vielzahl bunter Facetten, die den Menschen und überhaupt intelligentes Leben mit allen Stärken und Schwächen zeigen.

Apropos Stärken. Die Horden von Garbesch sind nicht mehr. In unserer Gegenwart (ich meine natürlich, im Jahr 3587 n. Chr.) waren sie ohnehin eher ein Schreckgespenst, wenn auch mit durchschlagender Wirkung. Und die BASIS, das größte Fernraumschiff der Menschheit, ist zurückgekehrt. Mit Erkenntnissen, die sehr viel mehr erwarten lassen, als bislang bekannt geworden ist.

In der Tat. Wir haben den Anfang menschlicher Verstrickung in kosmische Geschehnisse erlebt. Auch wenn jetzt eine Zeit der Ruhe und Konsolidierung für Terra und die Milchstraße guttut, es geht erst richtig los.

Wir springen hinein in neue atemberaubende Erkenntnisse zwischen Vergangenheit und Zukunft. Es gibt viele offene Fragen, die ihrer Klärung harren, und ein bedeutungsvoll klingender Name wurde schon erwähnt: Seth-Apophis.

Lassen wir uns überraschen, was die Zukunft bringt. Ich kann Ihnen versprechen, es wird spannend weitergehen.

Die in diesem Buch enthaltenen Originalromane sind: *Die letzte Horde* (991) von Kurt Mahr; *Bestienrummel* (992) von Peter Griese; *Bastion der Bestien* (993) von Peter Terrid; *Problem Langzeitwaffe* (994) und *Der Kampf gegen die VAZIFAR* (995) von H. G. Ewers; *Der letzte Waffengang* (996) und *Straße der Psychode* (997) von Ernst Vlcek; *Terraner unerwünscht* (998) von Clark Darlton sowie *Heimkehr* (999) von H. G. Francis.

Ad Astra!
Hubert Haensel

Zeittafel

1971/84 Perry Rhodan erreicht mit der STARDUST den Mond und trifft auf die Arkoniden Thora und Crest. Mithilfe der arkonidischen Technik gelingen die Einigung der Menschheit und der Aufbruch in die Galaxis. Geisteswesen ES gewährt Rhodan und seinen engsten Wegbegleitern die relative Unsterblichkeit. (HC 1-7)

2040 Das Solare Imperium entsteht und stellt einen galaktischen Wirtschafts- und Machtfaktor ersten Ranges dar. In den folgenden Jahrhunderten folgen Bedrohungen durch die Posbis sowie galaktische Großmächte wie Akonen und Blues. (HC 7–20)

2400/06 Entdeckung der Transmitterstraße nach Andromeda; Abwehr von Invasionsversuchen von dort und Befreiung der Völker vom Terrorregime der Meister der Insel. (HC 21–32)

2435/37 Der Riesenroboter OLD MAN und die Zweitkonditionierten bedrohen die Galaxis. Nach Rhodans Odyssee durch M 87 gelingt der Sieg über die Erste Schwingungsmacht. (HC 33–44)

2909 Während der Second-Genesis-Krise kommen fast alle Mutanten ums Leben. (HC 45)

3430/38 Das Solare Imperium droht in einem Bruderkrieg vernichtet zu werden. Bei Zeitreisen lernt Perry Rhodan die Cappins kennen. Expedition zur Galaxis Gruelfin, um eine Pedo-Invasion der Milchstraße zu verhindern. (HC 45–54)

3441/43 Die MARCO POLO kehrt in die Milchstraße zurück und findet die Intelligenzen der Galaxis verdummt vor. Der Schwarm dringt in die Galaxis ein. Gleichzeitig wird das heimliche Imperium der Cynos aktiv, die am Ende den Schwarm wieder übernehmen und mit ihm die Milchstraße verlassen. (HC 55–63)

3444 Die bei der Second-Genesis-Krise gestorbenen Mutanten kehren als Bewusstseinsinhalte zurück. Im Planetoiden Wabe 1000 finden sie schließlich ein dauerhaftes Asyl. (HC 64–67)

3456 Perry Rhodan gelangt im Zuge eines gescheiterten Experiments in ein paralleles Universum und muss gegen sein negatives Spiegelbild kämpfen. Nach seiner Rückkehr bricht in der Galaxis die PAD-Seuche aus. (HC 68–69)

3457/58 Perry Rhodans Gehirn wird in die Galaxis Naupaum verschlagen. Auf der Suche nach der heimatlichen Galaxis gewinnt er neue Freunde. Schließlich gelingt ihm mithilfe der PTG-Anlagen auf dem Planeten Payntec die Rückkehr. (HC 70–73)

3458/60 Die technisch überlegenen Laren treten auf den Plan und ernennen Perry Rhodan gegen seinen Willen zum Ersten Hetran der Milchstraße. Rhodan organisiert den Widerstand, muss aber schließlich Erde und Mond durch einen Sonnentransmitter schicken, um sie in Sicherheit zu bringen. Doch sie rematerialisieren nicht am vorgesehenen Ort, sondern weit entfernt von der Milchstraße im »Mahlstrom der Sterne«. Den Terranern gelingt es nur unter großen Schwierigkeiten, sich in dieser fremden Region des Universums zu behaupten. (HC 74–80)

3540 Auf der Erde greift die Aphilie um sich, die Unfähigkeit des Menschen, Gefühle zu empfinden. Perry Rhodan, die Mutanten und andere gesund Gebliebene beginnen an Bord der SOL eine Reise ins Ungewisse – sie suchen den Weg zurück in die Milchstraße. (HC 81)

3578 In Balayndagar wird die SOL von den Keloskern festgehalten, einem Volk des Konzils der Sieben. Um der Vernichtung der Kleingalaxis zu entgehen, bleibt der SOL nur der Sturz in ein gewaltiges Black Hole. (HC 82–84)

3580 Die Laren herrschen in der Milchstraße, die freien Menschen haben sich in die Dunkelwolke Provcon-Faust zurückgezogen. Neue Hoffnung keimt auf, als der Verkünder des Sonnenboten die Freiheit verspricht. Lordadmiral Atlan sucht die Unterstützung alter Freunde, die Galaktische-Völkerwürde-Koalition (GAVÖK) wird gegründet. (HC 82, 84, 85)

Auf der Erde im Mahlstrom zeichnet sich eine verhängnisvolle Entwicklung ab. (HC 83)

3581 Die SOL erreicht die Dimensionsblase der Zgmahkonen und begegnet den Spezialisten der Nacht. Um die Rückkehr zu ermöglichen, dringt ein Stoßtrupp in die Galaxis der Laren vor und holt das Beraghskolth an Bord. (HC 84, 85) Nur knapp entgeht die SOL der Vernichtung; die Entstehung des Konzils wird geklärt. (HC 86) Monate nach der SOL-Zelle-2 erreicht Perry Rhodan mit der SOL die Milchstraße und wird mit einer falschen MARCO POLO und dem Wirken eines Doppelgängers konfrontiert. Die Befreiung vom Konzil wird vorangetrieben. (HC 87, 88)

Im Mahlstrom halten der geheimnisvolle Plan der Vollendung und die PILLE die Menschen im Griff. Die Erde stürzt in den »Schlund«. (HC 86)

3582 Alaska Saedelaere gelangt durch einen Zeitbrunnen auf die ent-

völkerte Erde (HC 88) und gründet mit einigen wenigen Überlebenden der Katastrophe die TERRA-PATROUILLE. (HC 91)
Die SOL fliegt aus der Milchstraße zurück in den Mahlstrom der Sterne (HC 89) und erreicht die Heimatgalaxis der Feyerdaler, Dh'morvon. Über die Superintelligenz Kaiserin von Therm eröffnet sich eine Möglichkeit, die Spur der verschwundenen Erde wiederzufinden. (HC 90, 91)
Die Inkarnation CLERMAC erscheint auf der Heimatwelt der Menschen, und das Wirken der Kleinen Majestät zwingt die TERRA-PATROUILLE, die Erde zu verlassen. (HC 93)

3583 Die SOL erreicht das MODUL und wird mit dem COMP und dem Volk der Choolks konfrontiert. (HC 92) Hilfeleistung für die Kaiserin von Therm und der Kampf um die Erde. (HC 94)
In der Milchstraße machen die Laren Jagd auf Zellaktivatoren. (HC 93) Das Konzept Kershyll Vanne erscheint. (HC 95)

3584 In der Auseinandersetzung mit BARDIOCS Inkarnationen (HC 96) wird Perry Rhodan zum Gefangenen der vierten Inkarnation BULLOC. EDEN II, die neue Heimat der Konzepte, entsteht. (HC 98)

3585 Die Invasionsflotte der Laren verlässt die Milchstraße. (HC 97) Erde und Mond kehren aus der fernen Galaxis Ganuhr an ihren angestammten Platz im Solsystem zurück. (HC 99) Perry Rhodan und die Superintelligenz BARDIOC: Das ist große kosmische Geschichte. (HC 100)

3586/87 Die BASIS erreicht das Sporenschiff PAN-THAU-RA. Um eine tödliche Bedrohung für die Milchstraße abzuwenden, sucht Perry Rhodan die Kosmischen Burgen der Mächtigen und erhält das Auge des Roboters Laire. Die Loower okkupieren das Solsystem, mit Orbitern und Weltraumbeben erwachsen neue Gefahrenherde, und die Geheimnisse der Dunkelwolke Provcon-Faust werden aufgeklärt. (HC 101–113)

3587 Konfrontation mit Kemoauc und den sechs Sporenschiffen; Atlan geht zu den Kosmokraten. (HC 114, 116) Die zweite Welle der Weltraumbeben kündigt den Untergang der Milchstraße an, und der Hordenführer Amtranik erscheint. (HC 115, 117)

ARES

Der terranische Kampfroboter ARES gehört zur Standardausrüstung der LFT-Raumflotte.
Aufgrund seines klassisch humanoiden Äußeren wirkt dieser Typ trotz seiner reichhaltigen Bewaffnung weniger gefährlich als der schwerer armierte TARA-III.
Der ARES ist unter Wasser, bei extremen Umweltbedingungen, in der Luft und dank seines Mikro-Impulstriebwerks sogar im Weltraum bedingt einsatzfähig.
Die Bewaffnung wurde teilweise modular aufgebaut. Statt der Handaktivatoren können schwerere Waffen an die flexiblen Tentakelarme montiert werden. Der Roboter selbst ist dazu in kürzester Zeit in der Lage, ebenso zur langwierigeren Veränderung der Torsobewaffnung.
Die Zeichnung zeigt die Standardausführung.

Technische Daten:

Höhe:	2,30 Meter
Gewicht:	910 kg
Triebwerke:	Gravomechanisches Laufwerk mit eigener Notversorgung, Antigravtriebwerk, Gravopulstriebwerk für Atmosphärenflug, Mikro-Impulstriebwerk
Defensivbewaffnung:	Paratronschutzschirm, HÜ-Schutzschirm, Prallschirm und Deflektorfeld
Offensivbewaffnung:	Impulsstrahler, Desintegrator, Thermostrahler, leichter Paralysator und/oder Thermostrahler am Handaktivator

Legende:

11. Hyper- und Normalfunk
12. Optische Sensoren mit Rundumerfassung
13. Positronik
14. Ortungs- und Kommunikationsring mit Wärmetastern, Masse- und Energiescannern
15. Impulsstrahler (linke Torsobewaffnung)
16. Hochflexibler Hals mit weiteren Ortungssensoren
17. Desintegrator